CB029097

GRANDES OBRAS DA CULTURA UNIVERSAL

(Clássicos de Sempre)

1. DIVINA COMÉDIA — Dante Alighieri — Ilustrações de Gustave Doré — Tradução, nota e um estudo biográfico, por Cristiano Martins.
2. OS LUSÍADAS — Luís de Camões — Introdução de Antônio Soares Amora — Modernização e Revisão do Texto de Flora Amora Sales Campos — Notas de Antônio Soares Amora, Massaud Moisés, Naief Sáfady, Rolando Morel Pinto e Segismundo Spina.
3. FAUSTO — Goethe — Tradução de Eugênio Amado.
4. LÍRICA — Luís de Camões — Introdução e notas de Aires da Mata Machado Filho.
5. O ENGENHOSO FIDALGO DOM QUIXOTE DE LA MANCHA — Miguel de Cervantes Saavedra Com 370 ilustrações de Gustave Doré — Tradução e notas de Eugênio Amado — Introdução de Júlio G. Garcia Morejón.
6. GUERRA E PAZ — Leon Tolstói — Em 2 volumes — Com índice de personagens históricos, 272 ilustrações originais do artista russo S. Shamarinov. Tradução, introdução e notas de Oscar Mendes.
7. ORIGEM DAS ESPÉCIES — Charles Darwin — Com esboço autobiográfico e esboço histórico do progresso da opinião acerca do problema da origem das espécies, até publicação da primeira edição deste trabalho. Tradução de Eugênio Amado.
8. CONTOS DE PERRAULT — Charles Perrault — Com 42 ilustrações de Gustave Doré — Tradução de Regina Régis Junqueira. Introdução de P. J. Stahl e como apêndice uma biografia de Perrault e comentários sobre seus contos.
9. CIRANO DE BERGERAC — Edmond Rostand — Com uma "Nota dos Editores" ilustrada por Mario Murtas. Tradução em versos por Carlos Porto Carreiro.
10. TESTAMENTO — François Villon — Edição bilingüe — Tradução, cronologia, prefácio e notas de Afonso Félix de Souza.
11. FÁBULAS — Jean de La Fontaine — Em 2 volumes com um esboço biográfico, tradução e notas de Milton Amado e Eugênio Amado. Com 360 ilustrações de Gustave Doré.
12. O LIVRO APÓCRIFO DE DOM QUIXOTE DE LA MANCHA — Afonso Fernández de Avelaneda — Tradução, prefácio e notas de Eugênio Amado — Ilustrações de Poty.
13. NOVOS CONTOS — Jacob e Wilhelm Grimm — Tradução de Eugênio Amado
14. GARGÂNTUA E PANTAGRUEL — Rabelais — Tradução de David Jardim Júnior.
15. AVENTURAS DO BARÃO DE MÜNCHHAUSEN — G.A. Burger — Tradução de Moacir Werneck de Castro — Ilustração de Gustave Doré.
16. CONTOS DE GRIMM — Jacob e Wilhelm Grimm — Obra Completa — Ilustrações de artista da época — Tradução de David Jardim Júnior.
17. HISTÓRIAS E CONTOS DE FADAS — OBRA COMPLETA — Hans Christian Andersen —Ilustrações de artistas da época — Tradução de Eugênio Amado.
18. PARAÍSO PERDIDO — John Milton — Ilustrações de Gustave Doré — Tradução de Antônio José Lima Leitão.
19. LEWIS CARROLL OBRAS ESCOLHIDAS — Em 2 volumes. Ilustrações de artistas da época — Tradução Eugênio Amado — Capa Cláudio Martins.
20. GIL BLAS DE SANTILLANA — Lesage — Em 2 volumes. Tradução de Bocage — Ilustrações de Barbant — Vinheta de Sabatacha.
21. O DECAMERÃO — Giovanni Boccaccio — Tradução de Raul de Polillo — Introdução de Eldoardo Bizzarri.
22. QUO VADIS — Henrik Sienkiewicz — Tradução de J. K. Albergaria — Ilustrações Dietricht, Alfredo de Moraes e Sousa e Silva — Gravuras de Carlos Traver.
23. MEMÓRIAS DE UM MÉDICO — Alexandre Dumas (1. José Bálsamo — 2. O Colar da Rainha — 3. A Condessa de Charny — 4. Angelo Pitou — 5. O Cavalheiro da Casa Vermelha).
24. A ORIGEM DO HOMEM (e a seleção sexual) — Charles Darwin — Tradução Eugênio Amado.
25. CONVERSAÇÕES COM GOETHE — Johann Peter Eckermann — Tradução do alemão e notas de Marina Leivas Bastian Pinto.
26. PERFIS DE MULHERES — José de Alencar
27. ÚLTIMOS CONTOS — Hans Christian Andersen
28. CONTOS PICARESCOS — Honoré de Balzac

CONTOS PICARESCOS

GRANDES OBRAS DA CULTURA UNIVERSAL

VOL. 28

Tradução
de
Eugênio Amado

Capa

JOSÉ LUÍS EUGÊNIO

EDITORA ITATIAIA

BELO HORIZONTE

Rua São Geraldo, 53 — Floresta — Cep. 30150-070

Tel.: 3212-4600 — Fax: 3224-5151

e-mail: vilaricaeditora@uol.com.br

Home page: www.villarica.com.br

HONORÉ DE BALZAC

CONTOS PICARESCOS

EDITORA ITATIAIA
Belo Horizonte

Título do original Francês
CONTES DROLATIQUES

FICHA CATALOGRÁFICA

	Balzac, Honoré de
B198c.Pa	Contos picarescos / Honoré de Balzac ; tradução de Eugênio Amado . — Belo Horizonte : Itatiaia , 2008.
	524 p. — (Grandes obras da cultura universal, 28)
	Título original: Contes drolatiques.
	1.Literatura francesa. I.Amado, Eugênio. II.Título. III.Título: Contes drolatiques. IV.Série.
	CDU 821.133.1
	ISBN 978-85-319-0785-2

2008

Impresso no Brasil
Printed in Brazil

LES
CONTES
DROLATIQUE
G. Doré

SUMÁRIO

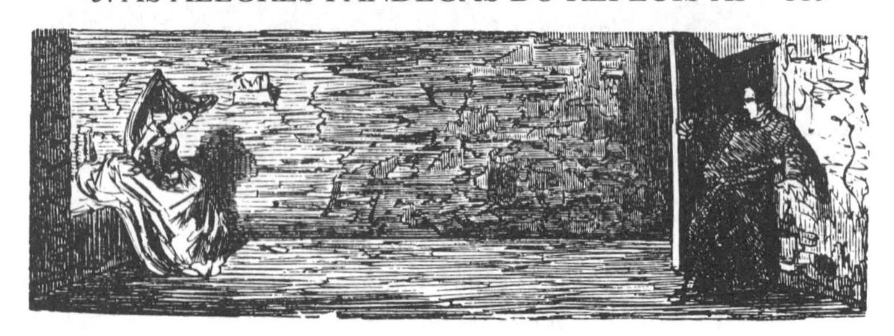

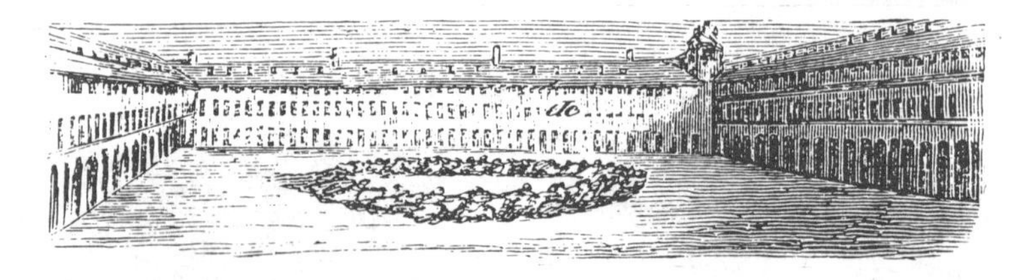

APRESENTAÇÃO

Em março de 1832 foi publicado o primeiro volume de um conjunto de contos escritos pelo romancista Honoré de Balzac, que lhe deu o título de *Contes Drolatiques,* ou seja, "Contos Droláticos" (***drolático***, segundo o Aurélio, significa *"que provoca o riso; que diverte; recreativo").* Por se tratar de um termo algo esdrúxulo, esses contos *droláticos*, escritos propositalmente em estilo quinhentista, receberam outros títulos nos países em que foram traduzidos. Assim, na Inglaterra, foram intitulados *Droll Stories ("Estórias Engraçadas"),* enquanto que, na Espanha e em alguns países ibero-americanos, preferiram designá-los ora por *Cuentos Extravagantes,* ora por *Cuentos Picarescos,* ou ainda por *Cuentos Libertinos.* Nesta edição brasileira, seguindo o exemplo dos nossos *hermanos*, também adotamos o título *"Contos Picarescos",* coisa que de fato eles os são.

Seu autor, então um já renomado romancista, num curto Prefácio, defendeu-se dos ataques que imaginou seriam desfechados contra ele por certos críticos que não iriam perdoar-lhe o atrevimento de redigir tais contos ao estilo de Boccaccio e Rabelais, adotando até mesmo a ortografia encontrada nos livros editados no século XV. Temia ele que lhe imputassem o "crime" de *eruditismo exibicionista*, o que, efetivamente, aconteceu a princípio. Não tardou, contudo, que o talento de Balzac falasse mais alto, e seus contos boccaccianos fossem reconhecidos como uma verdadeira obra de arte, tanto por parte dos críticos literários, como do público em geral.

Consta que teria sido George Sand, romancista famosa e grande amiga de Balzac, quem lhe teria sugerido redigir tais contos nesse estilo, a fim de calar a boca dos críticos que, não lhe perdoando a extrema popularidade de seus romances, duvidavam de seu conhecimento lingüístico e de sua capacidade como escritor.

Atendendo à sugestão, o grande romancista do *A Comédia Humana* descreveu com genialidade toda uma época, utilizando uma linguagem fresca e curiosa, com a qual nos proporcionou uma maravilhosa reprodução da vida e dos costumes da França no finalzinho da Idade Média. Os potentados corruptos, os galantes cavaleiros e as alegres damas desse agitado período da História daquele país ressaltam em suas narrativas repletas de ironia e com um toque marcante de graça e sensualidade, deixando no leitor a mesma impressão risonha e satisfeita que lhe causa a leitura do *Decameron* ou a de *Gargântua e Pantagruel.*

Acresce dizer que a erudição de Balzac não se restringe aos aspectos literários desta obra, mas se estende pelos campos da Geografia, da História, da Lingüística, da Filosofia, da Arqueologia e por aí afora, revelando a profundeza e diversidade do conhecimento e da erudição desse grande escritor.

Trata-se, portanto, de uma obra-prima, conforme logo se reconheceu na França e nos países onde se respeitava e se apreciava a cultura francesa.

Era de se esperar que, por se tratar de um livro tão interessante e curioso, além de proveniente da lavra de um escritor de tal renome, suas traduções não tardassem a ser dadas a público, mas tal não aconteceu, certamente em razão da dificuldade de se conservar, em outra língua, a graça e o frescor do texto original. Assim, a primeira tradução destes contos surgida no mundo foi dada a lume na Inglaterra, no ano da graça de Nosso Senhor Jesus Cristo de 1874.

Realmente, constitui um grande atrevimento empreender a tradução dos *Contes Drolatiques,* passando por cima de todos esses entraves. Daí a razão de, somente agora, mais de um século depois do lançamento da edição inglesa, surgir a primeira tradução brasileira, confiada à responsabilidade de Eugênio Amado, o mesmo intelectual que, faz cerca de 30 anos, nos brindou com uma excelente tradução das *Singularidades da França Antártica*, livro escrito em 1545.

Com esta publicação, a Editora Itatiaia espera que o leitor releve os inevitáveis erros e falhas antecipados modestamente (e, a nosso ver, indevidamente) pelo tradutor, o qual alega em sua defesa ter dispensado toda a reverência possível ao texto de Balzac, e evitado durante todo o tempo burilar ou "passar a limpo" o original balzaqueano, respeitando ao máximo seu palavreado e suas expressões, mesmo aquelas algo licenciosas ou aparentemente desrespeitosas. Levando-se em consideração as dificuldades que tiveram de ser superadas neste trabalho, e que os mais familiarizados com a edição francesa saberão melhor avaliar, o tradutor e a Editora reclamam a indulgência do leitor para com tais defeitos, esperando que aquilo que se conseguiu resgatar em termos de graça picaresca compense o que se perdeu involuntariamente no meio do caminho.

Os Editores

PRÓLOGO

Este é um livro digestivo e saboroso, repleto de gracioso entretenimento, preparado com o tempero que sabe bem ao paladar dos mais ilustres e distintos paus-d'água e beberrões, aos quais se dirigiu nosso digno compatriota François Rabelais, glória eterna da Turena. Outro desejo não possui o autor senão mostrar-se um bom tureniano, e divertidamente relatar os alegres feitos da célebre gente daquela doce e fecunda terra, mais fecunda no que se refere à produção de conquistadores amorosos e maridos enganados que qualquer outra, e que tem fornecido à França grã-cópia de homens de renome, como por exemplo Courier, de picante memória; Verville, autor do "*Como Tornar-se Rico*", e outros intelectuais igualmente famosos, entre os quais mencionaremos particularmente o grande Descartes, gênio melancólico que ficou mais célebre pelos seus estudos escusos do que por aqueles em que tratou de vinho e guloseimas, um homem por quem todos os cozinheiros e confeiteiros de Tours sentem profundo horror, ao qual menosprezam, e de quem sequer querem ouvir falar, perguntando onde ele vive sempre que seu nome é mencionado.

Na realidade, esta obra é o produto do entretido lazer dos bons e velhos monges, recolhida entre os numerosos resíduos espalhados por toda a região, especialmente em Grenadière-les-St.-Cyr, na aldeia de Sacché-les-Azay-le-Rideau, em Marmoustiers, Veretz e Roche-Corbon, bem como em certos arquivos que encerram belas histórias e lindos contos extraídos de velhos cânones e das memórias de vetustas senhoras, que se recor-

À medida que seguimos em frente, a risada estanca, vai sumindo e acaba morrendo, como o azeite na lamparina.

dam dos bons e velhos tempos, quando podiam desfrutar livremente da risada solta, sem se preocupar em saber se sua hilaridade estaria perturbando quem as rodeia, como o fazem as jovens dos nossos dias, que desejam se comprazer sem perder a gravidade — um costume que cai tão bem em nossa Alegre França quanto bem assentaria um jarro de água na cabeça de uma rainha. E uma vez que o riso constitui privilégio exclusivo do homem, ainda que este tenha ao seu alcance razões de sobra para verter lágrimas, sem ter de acrescentar a elas novos livros, passei a considerar coisa mui patriótica publicar um vintém de diversão condizente com o nosso tempo, quando o enfado, qual chuvinha fina, vem molhar-nos e nos ensopar por dentro, desfazendo aqueles antigos costumes que fazem as pessoas colherem na *res publica* o entretenimento popular. Pena terem restado muito poucos daqueles velhos pantagruelistas que permitiam que Deus e o Rei conduzissem seus destinos, evitando provar da torta enfiando-lhe o dedo sempre que quisessem, contentando-se apenas com olhar e rir. Eles estão desaparecendo dia a dia, de tal maneira que receio grandemente ver esses preciosos fragmentos dos antigos breviários desprezados, rasgados, reduzidos a cinzas, desonrados e condenados ao lixo, aos quais eu jamais trataria com desdém ou zombaria, já que sinto profundo respeito pelo que restou de nossas antigüidades gaulesas.

Trazei em mente, ó críticos ferinos, exumadores de palavras, harpias que mutilam as intenções e invenções de todo mundo, que, como apenas as crianças o fazem, nós rimos, e à medida que seguimos em frente, a risada estanca, vai sumindo e acaba morrendo, como o azeite na lamparina. Isso significa que, para rir, deve-se ser inocente e puro de coração. Faltando tais qualidades, a pessoa cerra os lábios, contrai as mandíbulas e franze as, sobrancelhas, como se estivesse escondendo vícios e maus feitos.

Assim sendo, considerai este livro como se fosse um grupo de estátuas nuas, das quais detalhe algum poderia ser omitido por seu escultor. Ele seria o maior de todos os tolos se apusesse folhas sobre elas, sabendo que essas obras de arte não são, mais do que o são os livros em geral, destinadas aos conventos. Não obstante, tenho tomado cuidado, não sem sentir vergonha, de evitar transcrever certos termos antigos encontrados nesses manuscritos, substituindo-os por expressões mais modernas, visto que aqueles outros chocariam os ouvidos, assustariam os olhos, fariam corar as bochechas e tremer os lábios das moçoilas pudicas e senhoras virtuosas que, quando muito, têm três amantes, pois certas providências devem ser tomadas para disfarçar os vícios daquele tempo, e porque uma perífrase é mais galante que o termo nu e cru. De fato, somos antigos, e nos encabulamos com ninharias, diferente do que achávamos das breves loucuras de nossa mocidade, porque nessa época costumávamos desfrutá-las por longo tempo.

Destarte, leitor, poupai-me vossos remoques, e deixai para ler esta obra à noite, e não quando for dia, evitando que ela caia nas mãos das donzelas, caso conheçais alguma, porque este livro é inflamável.

Irei agora liberar-vos de mim, mas nada receeis destes contos, pois eles provêm de elevada e esplêndida fonte, da qual tudo que tem sido publicado tem tido um grande sucesso, conforme foi amplamente comprovado pelas ordenações reais do Tosão de Ouro, do Espírito Santo, da Jarreteira, do Banho, e por muitas coisas notáveis que dela têm sido recolhidas, sob a proteção das quais eu me coloco a mim mesmo. "*Agora alegrai-vos, meus amáveis leitores, e jubilosamente passai a ler com conforto do corpo e descanso dos rins, e que um mal súbito vos destrua caso me condeneis depois que me tiverdes lido."* Estas palavras foram escritas pelo nosso bom mestre Rabelais, diante de quem devemos quedar-nos de chapéu na mão, em postura de reverência e honor, ele que é o príncipe de toda a sabedoria e rei da Comédia.

A Bela Impéria

1- A BELA IMPÉRIA

O Arcebispo de Bordeaux incluíra em seu séquito, quando se dirigia ao Concílio de Constança [1414], um padrezinho jovem e de boa aparência, natural da Turena, cujos modos de proceder e de falar eram tão encantadores que ele até passava por filho de La Soldée, uma conhecida mestra de cerimônias, e do Governador. Foi o Arcebispo de Tours quem de boa mente havia emprestado esse jovem religioso ao seu confrade para seguir com ele na viagem, visto ser usual entre os arcebispos se concederem mutuamente tais favores, sabendo eles quão incômodos são os pruridos teológicos.

Assim, o jovem sacerdote seguiu para o Concílio e ficou alojado na casa em que se hospedara o seu prelado, homem de moral ilibada e muita ciência.

Philippe de Mala, como ele se chamava, tinha a intenção de comportar-se bem e servir dignamente seu protetor, mas encontrou nesse misterioso Concílio muitas pessoas que levavam uma vida dissoluta, e que mesmo assim não eram repreendidas — ao contrário, costumavam receber mais indulgências, recompensas e benefícios que todas os demais, mesmo que estas fossem pessoas virtuosas e de bom proceder.

Ora, numa certa noite – durante a qual sua virtude correu sério risco, — o diabo sussurrou em seu ouvido que ele devia viver mais regaladamente, já que todos estavam mamando no seio da Santa Madre Igreja, o qual, sem embargo, jamais secava, milagre que comprovava fora de qualquer dúvida a existência de Deus. E o jovem clérigo tureniano não decepcionou o demônio, prometendo regalar-se à farta (apesar de não passar de um cura de aldeia muito pobre), devorando pratarrazes de carne assada e de outras iguarias germânicas sempre que pudesse consumi-las sem necessidade de pagamento. Como permanecia casto — no que seguiu o exemplo do velho arcebispo (que de longa data não cometia esse tipo de pecado por não mais ter condições de cometê-lo, e que por causa disso, tinha adquirido fama de santo), — ele logo se viu tomado por ardores intoleráveis, seguidos por acessos de melancolia, mormente quando deparava com belas cortesãs mui desenvoltas, mas que nada queriam com os pobres visitantes, já que se destinavam a alargar o entendimento dos Padres do Concílio. Por falta de traquejo,

ele não sabia como abordar aquelas galantes sereias, que traziam de canto chorado os cardeais, abades, conselheiros, legados, bispos, príncipes e margraves, como se eles não passassem de clérigos sem vintém.

À noite, depois das preces vespertinas, ele ensaiava a maneira de conversar com elas, tentando com afinco aprender de cor o breviário do amor. Ele treinava como responder todas as possíveis perguntas, mas no dia seguinte, se por acaso encontrava uma daquelas princesas elegantemente trajadas, reclinada numa liteira e escoltada por pajens altaneiros e bem-ataviados, ele permanecia boquiaberto, como um cão a caçar moscas, à vista do doce semblante que tanto o inflamava.

O Secretário do Monsenhor, um gentil-homem natural de Perigord, disse-lhe um dia sem rodeios que os padres, procuradores e auditores da Rota, para obter os favores daquelas damas, costumavam ofertar-lhes belos presentes, não relíquias ou indulgências, mas jóias e colares de ouro, para com isso terem acesso às casas daquelas gatas mimadas que viviam sob a proteção dos senhores do Concílio. Ouvindo isso, o pobre padre, simplório e inocente, passou a guardar sob o colchão o dinheiro que recebia do bondoso arcebispo como pagamento por seus trabalhos de redator e copista, na esperança de um dia ter o suficiente para ver, nem que por um breve momento, a amante de um dos Cardeais, e deixando o restante nas mãos de Deus.

Ele tinha raspado todos os pêlos, da cabeça aos pés, e isso o deixava tão parecido com um homem quanto se parece com uma mocinha uma cabra de camisola. Foi então que, incitado por seus desejos, passou a sair de casa toda noite, a perambular pelas ruas de Constança descuidado de sua vida, correndo o risco de ter seu corpo alabardado pelos soldados, e

ficava espiando os cardeais entrando nas casas de suas amigas. Via então acenderem-se as velas de cera, que rebrilhavam através das portas de vidro e janelas, que pouco depois se fechavam. Mais tarde, escutava os benditos abades e monsenhores rindo desbragadamente, bebendo à larga, divertindo-se a valer, tontos de amor, entoando aleluias e aplaudindo a música com a qual se regalavam. As cozinhas operavam milagres, e o Ofício era celebrado em meio a ricas iguarias, as Matinas acompanhadas de delicados presuntos, as Vésperas seguidas de saborosas vitualhas, e as Ladainhas de deliciosas sobremesas. Terminadas as libações, os bravos sacerdotes ficavam em silêncio, enquanto os pajens jogavam dados nas escadas, e as mulas pateavam inquietamente nas ruas. E tudo ficava em paz, pois a Fé e a Religião estavam ali presentes.

E foi assim que o bom Jan Hus acabou queimado na fogueira... E por que o foi? Por ter enfiado o dedo na torta sem ser convidado. Também quem mandou tornar-se huguenote antes de qualquer outro?

Mas vamos retornar ao nosso gentil Philippe de Mala, que não raramente recebia pancadas e rudes golpes da sorte, mas a quem o diabo sustinha, incitando-o a acreditar que mais cedo ou mais tarde iria chegar a sua vez de bancar o cardeal na casa de alguma encantadora dama.

Esse desejo ardente lhe deu a coragem de um cervo no outono, e assim foi que, certa noite, ele silenciosamente se dirigiu a uma daquelas mansões de Constança onde muitas vezes tinha visto oficiais, senescais, valetes e pajens esperando com tochas acesas pelos seus amos — duques, reis, cardeais e arcebispos, — e lá resolveu entrar.

"Ah!", pensou, "quem mora aqui deve ser uma dama bela e galante."

Um soldado bem armado deixou-o passar, acreditando tratar-se de alguém pertencente ao séquito do Eleitor da Baviera, que acabara de sair, e que aquele sujeito ali estivesse a mando dele para entregar alguma mensagem. Philippe de Mala subiu as escadas tão ligeiro quanto um galgo no cio, tomado pelo mal do amor, deixando-se guiar pela deleitável fragrância que se desprendia de certa alcova onde, rodeada por suas aias, a dona da casa se preparava para dormir. Ele quedou-se junto à porta da alcova, imóvel e estarrecido, com cara de ladrão que acabara de ser surpreendido por guardas. A dama estava sem anágua ou touca. A camareira e as criadas ajudavam-na febrilmente a tirar as meias e a se despir com tanta rapidez e habilidade que ela em pouco tempo ficou inteiramente desnuda. O jovem padre, extasiado, deixou escapar um longo suspiro — Ah! — que expressava todo o seu deslumbramento.

— Que deseja, meu querido? — perguntou a dama.

— Juntar minha alma à vossa — respondeu ele, encarando-a com os olhos em chamas.

— Podes voltar amanhã — disse ela, no intuito de se ver livre do intruso.

Enrubescendo, Philippe respondeu:

— Virei sem falta.

Ouvindo isso, ela explodiu em risos. Constrangido, Philippe quedou-se imóvel e extasiado diante dela, fitando-a com olhos rebrilhantes de paixão. Como era bela aquela cabeleira que se derramava sobre suas alvas costas de marfim, deixando entrever aqui e ali, por entre os fios, maravilhosos pedaços de carne alvos e resplandecentes! Sobre

Quedou-se junto à porta da alcova, imóvel e estarrecido, com cara de ladrão que acabara de ser surpreendido por guardas.

sua testa branca como a neve ela trazia uma tiara de rubi, que emitia tantos raios de fogo quanto os que dardejavam de seus negros olhos, ainda úmidos das lágrimas provocadas por seu riso.

Em seguida, ela jogou para longe seu chinelo, dourado como um relicário, enquanto se retorcia de tanto rir. Com isso, deixou à vista seu mimoso pezinho descalço, do tamanho de um bico de cisne.

Nessa noite ela estava de bom humor, pois, do contrário, teria mandado arrojar pela janela o pobre cabeça-pelada, sem pensar duas vezes, como o fizera com seu primeiro bispo.

— Que belos olhos ele tem, Madame! — comentou uma das aias.

— De onde será que ele veio? — perguntou outra.

— Pobre rapazinho! — exclamou a dama. — Sua mãe deve estar procurando por ele. Mostrai-lhe como fazer para voltar para sua casa.

O tureniano, ainda tomado de assombro, arregalou os olhos diante da visão da colcha de brocado de ouro que cobria a cama onde a sereia reclinava seu lindo corpo. Essa olhadela repleta de ardorosa paixão despertou a fantasia da dama, que, meio rindo e meio desvanecida, repetiu:

— Amanhã! — despedindo-o com um gesto ao qual o próprio Papa João teria obedecido, especialmente desde que se sentia como um caracol sem a concha, depois que o Concílio tinha acabado de privá-lo das sagradas chaves.

— Ah, Madame — disse uma das moças, — lá se vai outro voto de castidade trocado por desejo de amor!

As risadinhas recomeçaram, soando como granizo a cair.

Philippe seguiu seu caminho, trombando contra as paredes, tonto como um falcão encapuzado, tão extasiado ficara diante da visão daquela criatura, mais atraente que uma sereia a surgir das águas. Ao sair da casa, notou os animais entalhados na porta e retornou para a casa do arcebispo com a cabeça tomada por desejos diabólicos, e as entranhas revoltas.

Depois de fechar a porta da cela, passou o resto da noite a contar seus escudos de ouro; contudo, por mais que os contasse, não conseguia totalizar mais de quatro. E como aquele montante constituía todo o seu cabedal, imaginava poder satisfazer a bela dama entregando-lhe tudo aquilo que tinha economizado.

— Que se passa contigo, Philippe? — perguntou o bom arcebispo, incomodado pelos suspiros e ais de seu vizinho de cela.

— Ah, Monsenhor, — respondeu o pobre padre, — espanta-me pensar em como uma mulher tão leve e tão doce pode pesar tanto em meu coração!

— A quem te referes? — perguntou o arcebispo, deixando de lado o breviário que estava lendo.

— Ai minha Nossa Senhora! Vossa Reverendíssima vai ralhar comigo, bem sei, meu bom mestre, meu protetor, porque há pouco tive a visão de uma dama que, no mínimo, deve pertencer a algum cardeal, e agora estou chorando ao constatar que me falta mais de um escudo para que eu tenha condição de reconduzi-la ao bom caminho...

O arcebispo, franzindo o acento circunflexo que tinha logo acima do nariz, não disse uma única palavra. Então o humilde e respeitoso padre sentiu o corpo estremecer por se ter aberto tão francamente com seu superior. Nisso, o santo homem lhe disse:

— Será que ela é assim tão cara?

— Ah, Monsenhor! — respondeu o padre. — Ela já engoliu muita mitra e derrubou muitos báculos!

— Pois bem, Philippe, se renunciares a ela, dar-te-ei trinta moedas provenientes do cofre de esmolas dos pobres.

— Ah, Monsenhor, que perda enorme! — replicou o jovem, excitado pela oferta que acabara de receber.

— Ora, Philippe, — replicou o bom prelado, — então tu queres, como nossos bons cardeais, entregar-te ao demo e ofender a Deus?

E o mestre, triste a mais não poder, pôs-se a rezar a São Gaciano, padroeiro dos inocentes, suplicando-lhe que salvasse seu ajudante. Mandou que ele se prostrasse de joelhos e recorresse a São Filipe, seu protetor pessoal, mas o miserável implorou em voz baixa ao santo que o impedisse de fraquejar, caso, no dia seguinte, fosse recebido pela dama com favor e simpatia.

Notando o fervor da prece muda de seu acólito, o prelado disse-lhe em voz alta:

— Coragem, rapaz, e conta com a ajuda dos Céus!

No dia seguinte, enquanto o arcebispo perorava no Concílio contra o desavergonhado procedimento dos apóstolos da Cristandade, Philippe de Mala gastava suas moedas ganhas com tanto esforço, comprando perfumes, sais de banho, ungüentos e outras frivolidades. Mostrava nisso tanta afetação, que quem o visse imaginaria tratar-se do caprichoso cavalheiro de alguma alegre senhora.

Perambulou pela cidade tentando encontrar a residência da rainha de seu coração, até que a encontrou. Mas quando perguntava aos transeuntes quem seria a dona daquela mansão, todos se riam na sua cara e respondiam:

— De onde saiu esse tonto que nunca ouviu falar da Bela Impéria?

Ao escutar esse nome, ele ficou assustado, imaginando que, de moto próprio, estaria prestes a entregar seus escudos ao próprio diabo. Com efeito, Impéria era a mais preci-

osa e fantástica mulher do mundo, além de passar por ser a mais encantadora e sagaz de todas as cortesãs, a que melhor dominava a arte de passar a perna nos cardeais e dobrar a cerviz dos mais rudes soldados e opressores do povo. Ela tinha a seus pés os mais bravos capitães, arqueiros e nobres, todos prontos a servi-la em qualquer transe. Bastava mencionar um nome para selar o destino de quem quer que a tivesse ofendido. Um duelo por sua causa apenas lhe trazia um sorriso aos lábios, e com freqüência o Senhor de Baudricourt, um dos Capitães do Rei de França, lhe perguntava, zombando dos abades que a cortejavam, se ela queria que ele matasse alguém para ela naquele dia. Com exceção dos potentados pertencentes ao alto clero com os quais Madame Impéria sabia como controlar seus eventuais acessos de raiva, ela mantinha todos sob seu poder, à custa de sua voz sussurrante e de seu fascínio pessoal, que enfeitiçava até os mais virtuosos e os menos impressionáveis deixando-os aprisionados como passarinhos no visgo.

Destarte, vivia ela tão amada e respeitada quanto as damas e princesas de sangue, recebendo por parte de todos o tratamento de Madame. E assim foi que o bom Imperador Sigismundo, respondendo a um questionamento que lhe dirigiu uma dama vera e casta que protestava quanto a essa distinção, disse-lhe:

— Vós, damas de pró, podeis guardar vossos prudentes costumes e sacras virtudes, e Madame Impéria os doces desvarios da deusa Vênus — cristianíssimas palavras que muito aborreceram, mas sem razão, as distintas senhoras, seja dito em seu crédito.

Assim, Philippe, que até então prelibava o rico manjar que seus olhos haviam contemplado na noite precedente, quase desistiu de seu intento, supondo que a dama sequer o receberia.Tomado de tristeza, não quis comer ou beber, e preferiu ficar passeando pela cidade enquanto esperava que as horas passassem. É verdade que ele estava bem arrumado e galante, ao menos o bastante para encontrar outras cortesãs menos difíceis de abordar do que Madame Impéria.

Sem embargo, depois que anoiteceu,o jovem tureniano encheu-se de coragem e, de cabeça erguida, cheio de desejo e incitado pelos suspiros de paixão que quase o sufocavam, deslizou como uma enguia para dentro da residência daquela verdadeira rainha do Concílio — uma vez que diante dela se inclinavam humildemente todas as autoridades, todos os eruditos e sábios da Cristandade. O mordomo não o reconheceu, e já se preparava para expulsá-lo, quando uma das damas de companhia lhe gritou do alto da escadaria:

— Alto lá, Senhor Imbert! Esse aí é o amiguinho da Madame!

O pobre Philippe, corando de felicidade como se estivesse seguindo para uma noite de núpcias, subiu as escadas correndo, tomado de delicioso sobressalto. Tomando-o pela mão, a donzela conduziu-o à alcova onde Madame, usando um traje ligeiro, esperava displicentemente a vinda de seu admirador.

A deslumbrante Impéria estava sentada próximo a uma mesa coberta com uma toalha felpuda, bordada em ouro, arrumada com todos os aparelhos necessários a um lauto repasto. Garrafas de vinho, taças de todos os tipos e tamanhos, frascos de hipocraz, botelhas cheias do bom vinho de Chipre, delicadas caixinhas contendo especiarias, pavões assados, molhos verdes, presunto fatiado — tudo o que poderia alegrar a vista do galã, se ele conseguisse enxergar algo que não fosse a bela Impéria.

Esta logo se deu conta de que os olhos do jovem padre somente a ela enxergavam. E embora estivesse acostumada à ímpia devoção dos clérigos, sentiu-se enlevada por sentir que havia conquistado aquele jovem sacerdote que, durante todo aquele dia, não lhe havia saído da cabeça.

Um duelo por sua causa apenas lhe trazia um sorriso aos lábios.

As janelas foram fechadas, e a dama estava ataviada como para receber um príncipe do Império.

Então o esperto rapaz, beatificado pela sacrossanta beleza de Impéria, se deu conta de que nem o Imperador, nem o Burgrave, nem mesmo um cardeal prestes a ser eleito Papa, teria a menor condição, aquela noite, de trocar de lugar com ele, um pobre cura de aldeia que, debaixo da batina, nada guardava senão o diabo e o amor.

Assumindo a pose de um grão senhor, saudou-a com um gesto cortês que nada tinha de desajeitado, e então a doce dama lhe disse, enquanto lhe lançava um olhar ardente:

— Senta-te aqui ao meu lado, para que eu veja se alguma coisa mudou de ontem para hoje.

— Com certeza mudou — concordou o moço.

— Que foi que mudou? — perguntou ela.

— É que, ontem — respondeu ele astutamente, — era eu quem a amava, enquanto que, hoje, nós nos amamos um ao outro. Por isso, de necessitado e miserável, converti-me em alguém mais rico do que um rei.

— Ah, espertinho! — exclamou ela alegremente. — Com efeito, tu mudaste, pois de um padreco inexperiente que eras, estou vendo agora que te transformaste num diabo velho!

Sentados lado a lado diante da lareira, deixaram que o calor do fogo também os invadisse por dentro. Estavam ambos com fome, mas preferiram ficar trocando-se olhares carinhosos, sem provar um bocado que fosse. Quando a sensação de contentamento e felicidade estava prestes a atingir o auge, ouviu-se um ruído desagradável na porta da alcova, como se ali houvesse gente a discutir e brigar.

— Madame! — gritou assustada uma jovem criada. — Tem alguém aqui que quer entrar de qualquer maneira!

—Quem está aí? —perguntou Impéria com arrogância e em voz alta, no tom altivo de um tirano, demonstrando sua irritação por ter sido interrompida.

—É o Bispo de Coire, que insiste em falar-vos.

—Dize-lhe que vá para o diabo! — retrucou ela, enquanto continuava fitando Philippe com olhos ternos.

— Ele diz que avistou luz saindo pelas frestas da porta, e por isso armou todo esse escarcéu.

— Pois dize a ele que estou com febre, o que não é mentira, pois estou me consumindo por este padreco que arrebatou minha alma!

Mal terminara de falar, e enquanto apertava com devoção a mão de Philippe, cuja pele ardia, irrompeu na alcova o gordo e iracundo Bispo de Coire, tremendo de indignação. Um grupo de lacaios seguia atrás dele, carregando uma truta que fora canonicamente marinada, recém-chegada do Reno, disposta com arte numa bandeja de ouro e rodeada de caixinhas enfeitadas contendo temperos exóticos, além de vários outros acompanhamentos, tais como licores e compotas preparadas pelas santas freiras de sua Abadia.

—Ah, ah! — exclamou ele com seu vozeirão. — Antes que eu vá para o diabo, tu me darás uma amostra do que ele te ensinou, minha queridinha!

— Essa vossa barriga flácida presta-se bem a se transformar um dia na bainha de uma espada afiada — replicou Impéria franzindo o cenho sobre os olhos, que de formosos e gentis se tinham tornado malignos, fazendo o prelado estremecer.

— E que faz aqui esse padreco? Veio rezar o Ofertório? — prosseguiu o Bispo com insolência, encarando desdenhosamente o guapo Philippe.

— Não, Monsenhor, eu vim até aqui para confessar essa senhora.

—Oh, oh, então não conheces os cânones? Confessar damas a estas horas da noite é privilégio dos bispos! Portanto, cai fora, vai pastar com os monges descalços, e trata de não mais aparecer por aqui sob pena de ser excomungado!

— Não dês um passo! — ordenou Impéria rubra de cólera, o que a deixava ainda mais linda do que quando tomada apenas de ternura, mormente agora, quando sua ira se misturava à paixão. — Fica, meu amigo, pois aqui estás em tua casa.

Com isso ele ficou sabendo que ela estava de fato apaixonada por ele, tanto quanto ele por ela.

— Não está escrito, tanto no breviário como nas ordenações evangélicas, que sereis igual a Deus no Vale de Josafá? — perguntou ela ao Bispo de Coire.

— Sim, está escrito —respondeu o obeso prelado, que não via a hora de se refestelar à mesa, — mas isso foi uma invenção do diabo, que adulterou o Livro Santo.

— Pois muito bem! Então sois iguais aqui diante de mim, que sou vossa deusa neste mundo, — retrucou Impéria. — Se não concordais, qualquer dia destes farei com que delicadamente vos estrangulem e vos separem as cabeças dos ombros — juro pelo santo poder de minha tonsura, que vale tanto quanto a do Papa.

E com a intenção de que a truta fosse acrescentada ao ágape, juntamente com os doces e outras iguarias, acrescentou espertamente:

— Sentai-vos e bebei.

Mas a astuta mulher, que de artimanhas entendia alguma coisa, piscou discretamente para seu jovem amigo, dando-lhe a entender que não precisava preocupar-se com aquele alemão, pois o vinho iria encarregar-se de tirá-lo da jogada.

Feito isso, ela levou o Bispo até a mesa, ajudando-o a se acomodar, enquanto Philippe, que de tão furioso nada queria comer, vendo que seus planos se esvaíam em fumaça, mandava intimamente o prelado para mais diabos do que monges há no mundo.

Quando o banquete alcançou meio caminho andado, e o jovem sacerdote ainda não havia provado da comida, pois só tinha fome de Impéria, perto de quem já se sentara, usando para com ela daquela doce linguagem que as damas tão bem entendem, sem pontos ou vírgulas, acentos ou letras, figuras, caracteres, notas ou imagens, o ventrudo bispo, sensual e cheio de cuidados com a lustrosa batina de pele que lhe fora ofertada por sua finada mãe, continuou deixando que a delicada mão de Madame lhe servisse generosas doses de hipocraz. Justamente quando lhe sobrevieram os primeiros soluços,

ouviu-se na rua o barulho de um tropel de cavalos se aproximando da casa, a galope, incitados pelos "Eia! Eia!" dos pajens, indicando a chegada de algum príncipe ardendo de fúria amorosa.

De fato, transcorrido um breve instante, irrompeu na alcova o Cardeal de Ragusa, cuja entrada os lacaios de Impéria não tiveram coragem de impedir.

Ante tão terrível visão, a pobre cortesã e seu jovem amante ficaram embaraçados e corridos de vergonha, quais se estivessem atacados de lepra, pois seria como tentar o diabo querer mandar embora o Cardeal, ainda mais sabendo-se que ele era um sério

candidato a ser nomeado Papa, um dos três prelados que tinham resignado ao barrete em benefício da Cristandade. Italiano astuto, o barbudo cardeal, grande sofista, era considerado a vida e a alma do Concílio, e logo adivinhou, sem ter de se esforçar muito, o que devia estar ocorrendo até então naquela alcova. Num átimo, planejou como agir para aplacar o ardente desejo que o assaltava. Chegara ali com o apetite de frade esfomeado, e, para alcançar sua satisfação, não hesitaria em apunhalar dois monges e em passar nos cobres sua lasquinha da Vera Cruz, por mais errado que isso pudesse parecer.

— Olá, meu amiguinho, — saudou Philippe, — chega aqui perto.

O pobre tureniano, mais morto que vivo, suspeitando que o diabo se estaria imiscuindo em seus assuntos, levantou-se e perguntou ao terrível cardeal:

— Que deseja Vossa Eminência?

O Cardeal, tomando-o pelo braço, levou-o até a escadaria e, fitando-o bem dentro dos olhos, falou-lhe sem rodeios:

— Valha-me Deus! És um belo rapaz, e eu não gostaria de que, por minha causa, viesse teu superior a conhecer o quanto pesa a tua carcaça. Minha vingança poderia causar-me um profundo remorso em minha velhice. Destarte, escolhe: ou ficas dono de uma abadia pelo resto de teus dias, ou ficas com Madame por esta noite, mas amanhã estarás morto.

O pobre jovem, desesperado, respondeu:

— Será que eu poderia voltar depois que vossa paixão tiver arrefecido?

O Cardeal custou a manter o controle, mas acabou respondendo:

— Escolhe logo se ficas com a forca ou com a mitra.

— Ah — disse o jovem padre astutamente, — aceito ficar com uma bela e rica abadia.

Ao ouvir isso, o Cardeal entrou de novo na alcova, abriu uma escrivaninha, tomou um pedaço de pergaminho e rabiscou nele uma ordem dirigida ao enviado de França.

— Monsenhor — disse-lhe o jovem tureniano enquanto ele redigia a ordem, — Vossa Eminência não conseguirá livrar-se do Bispo de Coire com a mesma facilidade com que se livrou de mim, pois ele possui tantas abadias quantas tabernas são freqüentadas pelos soldados nesta cidade... Além disso, ele goza da proteção de um poderosíssimo senhor. Ora, como desejo agradecer-vos pela bela abadia que me acabais de conceder, permiti que vos dê um conselho. Sabeis quão fatal e contagiosa tem sido essa terrível peste [a cólera-morbo] que está assolando Paris de maneira cruel. Pois dizei-lhe que há pouco estivestes junto ao leito de morte de um vosso velho amigo, o Arcebispo de Bordeaux, e vereis como ele sem demora há de se escafeder, tão depressa como palha soprada pelo vento.

— Oh, oh! — exclamou o cardeal. — Mereces bem mais que uma abadia, valha-me Deus, meu amiguinho! Aqui estão cem escudos de ouro para as despesas de tua viagem até a Abadia de Turpenay, que ontem ganhei num jogo de cartas, e que agora passo ao teu poder.

A dona da casa, ao ouvir essas palavras, e vendo que Philippe de Mala estava indo embora sem sequer lhe dirigir o terno olhar que ela esperava receber, passou a resfolegar como um delfim, adivinhando toda a covardia do padreco. Ela não era ainda suficientemente católica para perdoar que seu amante a enganasse daquele modo e preferisse perdê-la a perder a vida.

Assim, a morte de Philippe ficou decidida e gravada no olhar de víbora que ela lhe lançou como um insulto, e que tanto alegrou o Cardeal, já que o astuto italiano logo adivinhou que iria recobrar sua abadia dentro em breve.

Sem se preocupar com a tormenta que ameaçava desabar, o tureniano foi saindo de fininho, de orelhas baixas como um cão molhado expulso de uma igreja a pontapés. Madame deixou escapar do coração um profundo suspiro. O fato de imaginar que o tinha a seus pés lhe dera uma falsa idéia do que poderia esperar do gênero humano. O fogo que a tinha abrasado subiu-lhe à cabeça, expedindo raios ao seu redor, e havia boa razão para isso, pois aquela era a primeira vez que ela fora lograda por um cura de aldeia.

Notando sua reação, o Cardeal sorriu, acreditando que agora tinha tudo a seu favor. Sem dúvida, ele era mesmo um sujeito bastante ardiloso! Não fora sem razão que havia conseguido cingir o barrete vermelho!

— Ah, meu prezado amigo — disse ele dirigindo-se ao Bispo, — muito me alegra estar em tua companhia! Estou feliz por ter conseguido tirar do caminho aquele infeliz, indigno do amor de Madame.

Em seguida, dirigindo-se à Bela Impéria, disse-lhe:

— Se tivesses ficado com ele, minha linda e fogosa criatura, terias perecido miseravelmente, por culpa única e exclusiva de um cura simplório.

— Como assim?

— Ele é o secretário do Arcebispo de Bordeaux. Esse bom homem, esta manhã, contraiu a peste!

Ouvindo isso, o Bispo abriu a boca de tal modo que seria capaz de engolir um queijo holandês.

— E como ficastes a par disso? — perguntou ao Cardeal.

— Ah! — disse o outro, tomando a mão do assustado alemão. — Acabo de administrar-lhe a extrema unção. Neste momento, aquele santo homem deve estar ascendendo com vento em popa rumo ao paraíso...

No mesmo instante, o Bispo de Coire demonstrou como podem ser ligeiros os gordos, pois aos barrigudos a misericordiosa Providência, em consideração por suas obras, costuma tornar os vasos internos tão elásticos como os balões. O dito Bispo deu um salto para trás, bufando, suando e tossindo como uma vaca que encontrou penas misturadas ao feno. Tornando-se lívido, disparou pela escada abaixo sem sequer dar adeus a Madame Impéria.

Quando a porta se fechou atrás dele, que em pouco alcançava a rua em disparada, o Cardeal de Ragusa quase explodiu de tanto rir.

— Ah, minha linda! Sou ou não sou digno de ser Papa, e mais ainda de ser teu amante por esta noite?

Porém, ao notar que Impéria estava preocupada, acercou-se dela com a intenção de abraçá-la e acariciá-la, como soem fazer os cardeais melhor do que qualquer outra pessoa, melhor até mesmo que os soldados, pois vivem na ociosidade, sem desgastar seus impulsos vitais.

— Homessa! — disse ela recuando. — Quereis matar-me, prelado idiota? A única coisa que vos importa é o vosso prazer, não é, rufião malvado? Quanto a mim, não passo para vós de assunto secundário. Se eu vier a morrer, acaso serei canonizada? Agora que contraístes a praga quereis transmiti-la para mim? Caí fora daqui, seu monge descabeçado, e nem vos passe pela idéia tocar em mim! — disse ela, ao vê-lo retomar sua tentativa de abraçá-la. — Se chegardes mais perto, cravo esta adaga em vosso bucho!

Dizendo isso, a atilada mulher apanhou no armário um punhal, que sabia manejar com grande habilidade quando se fazia necessário.

— Ah, criatura celestial, minha doçura — disse o prelado rindo, — não vês que se trata de um embuste? Foi o modo que encontrei de espantar para longe aquele boi velho do Bispo de Coire.

— Ah, é? Se vós me amásseis, saberíeis como demonstrá-lo — retrucou ela. — Quero que saiais daqui imediatamente. Se tiverdes contraído a peste, pouco vos importará que eu também a contraia e venha a morrer. Conheço-vos o suficiente para saber que não hesitaríeis em pagar uma fortuna por um momento de prazer em vossos instantes derradeiros. E nem vos importaríeis se, por causa disso, a Terra viesse a ficar inundada. Eh, eh, mais de uma vez vos ouvi dizer isso quando estáveis embriagado! Quanto a mim, prezo muito minha pessoa, meus tesouros, minha saúde. Ide embora, e amanhã, se a peste não vos tiver deixado com as tripas congeladas, podereis retornar. Hoje, quero é distância de vós, meu bom Cardeal — arrematou ela com um sorriso.

— Impéria, minha santinha! —exclamou o Cardeal, prostrando-se de joelhos a seus pés. — Não escarneças de mim!

— Jamais escarneço das coisas sagradas — replicou ela.

— Ah, sua vagabunda, espera só, que amanhã te excomungarei!

— Santo Deus! Estais fora de vosso sentido cardinalesco!

— Ah, Impéria, sua amaldiçoada, filha do diabo! Eh, calma, calma! Não! Calma! Ah, mulher formosa, minha querida!

— Perdestes o respeito por vossa condição! Por que vos ajoelhais diante de mim? Que vergonha!

— Queres que te conceda uma dispensa *in articulo mortis*? Queres que eu repasse para ti toda a minha fortuna? Melhor ainda: queres que te dê um pedacinho da Santa e Vera Cruz? Que me dizes?

— Esta noite, todas as riquezas que existem acima do céu e abaixo da terra não poderiam comprar meu coração — disse ela com ar sério. — Eu seria a última das pecadoras, indigna de receber o Santíssimo Sacramento, se me deixasse seduzir pela ganância.

— Hei de pôr fogo nesta casa, sua bruxa! Tu me deitaste teu feitiço! Vou mandar que te amarrem a uma estaca! Escuta bem, meu amor, minha gentil pombinha, eu te garanto um lugar de destaque no Céu! E então? Mas não! Nada disso! Vais morrer, bruxa maldita!

— Antes disso, serei eu quem vos irá matar, Monsenhor!

Ouvindo isso, o Cardeal espumou de ódio.

— Perdestes o juízo, Eminência? Tratai de dar o fora daqui! Estais me enfastiando.

— Quando eu for Papa, tu me pagarás caro!

— Sem embargo, neste instante havereis de obedecer-me.

— Que posso fazer esta noite para dar-te prazer?

— Basta irdes embora, e o quanto antes.

E, de um salto, ligeira como uma gazela, Impéria entrou na alcova e trancou a porta atrás de si, deixando o Cardeal do lado de fora, tomado de fúria, sem outro remédio senão ir-se embora.

Quando a bela Impéria se viu sozinha, sentou-se diante da lareira e, lembrando-se de que seu padreco não estava mais ali, disse consigo própria, arrancando furiosamente e reduzindo a pedaços a corrente de ouro que trazia ao pescoço:

— Pelos duplos e triplos cornos do diabo, se aquele rapazola me fez cometer tais desatinos para com o Cardeal, expondo-me ao risco de ser envenenada de hoje para amanhã, sem desfrutar de sua presença para contentar meu coração, não quero morrer antes de vê-lo diante de mim esfolado e queimado vivo!

Dizendo isso, prorrompeu em pranto, e continuou a se lamentar:

— Oh! Que vida desgraçada esta que levo! Para cada mísero prazer que de tempos em tempos desfruto, tenho de enfrentar uma vida de cão, além de pôr em risco a minha salvação...

Estava ainda pondo para fora suas mágoas, gemendo como uma bezerra prestes a morrer, quando viu atrás do seu espelho veneziano, onde até então se mantivera escondido, o rosto matreiro do seu jovem amante.

— Ah! — disse ela. — Estou vendo que és o mais perfeito monge, o mais lindo e o mais devoto que jamais apareceu por aqui nesta bendita e amorosa cidade de Constança! Ah, ah! Vem, meu gentil cavaleiro, meu menino levado, meu queridinho, meu paraíso de deleites, deixa-me mergulhar em teus olhos, beber-te, comer-te, matar-te de amor! Oh, meu florescente, frondoso e sempiterno deus!... Verás que, de um padreco de nada, vou transformar-te num rei, num imperador, num papa, e até mais feliz que todos eles juntos! Vem cá, que meu sangue ferve por ti! Sou tua, como logo o verás, pois logo serás um cardeal, ainda que, para tingir de vermelho teu barrete, eu tenha de verter todo o sangue do meu coração!

E, com as mãos trêmulas de felicidade, ela encheu de vinho grego a taça de ouro trazida pelo Bispo de Coire, e a ofereceu ao seu amado, servindo-o de joelhos, logo ela cujos chinelos eram mais venerados pelos príncipes do que os do próprio Papa.

Mas ele a fitava em silêncio, com olhos tão famintos de amor, que ela, estremecendo de prazer, disse-lhe:

— Ah, meu querido, não digas nada! Vamos, sim, tratar de cear!

O castelo do Senescal Bruyn.

2 - O PECADO VENIAL

I- De como o bom homem Bruyn arranjou uma esposa

Messire Bruyn, que foi quem terminou a construção do castelo de Roche-Corbon nas proximidades de Vouvray, à margem do Loire, fora um sujeito bem malcomportado em sua juventude. Desde pequeno já apreciava espremer as meninas

contra as paredes; quando rapaz, costumava sair das casas pelas janelas, mas armou um escarcéu dos diabos no dia em que teve de enterrar seu pai, o Barão de La Roche-Corbon. Tornou-se então dono de seu próprio nariz, e decidiu promover festas ruidosas em sua casa. Para tanto, trabalhava duro de dia, para poder divertir-se à larga depois que anoitecia.

Porém, de tanto dissipar seus bens, reduzir seu cabedal, esvaziar os tonéis e presentear regiamente as raparigas, ele um dia se viu excomungado pelas pessoas de bem, não tendo por amigos senão os saqueadores de aldeias e os arruaceiros lombardos. Foi então que os usurários se tornaram ásperos e amargos como cascas de castanha, quando ele nada mais tinha para penhorar senão seu título de herdeiro de Roche-Corbon, que na realidade pertencia ao Rei nosso senhor.

Por tudo isso, Bruyn ficou num tal mau humor que passou a distribuir golpes a torto e a direito, que-

Em curto espaço de tempo, já tinha saqueado numerosas cidades da Ásia e da África, caído sem trégua sobre os infiéis, esfolado sarracenos, gregos, ingleses e vários outros, pouco se lhe dando se seriam amigos ou não.

brando uma ou duas clavículas e arranjando confusão com quem quer que encontrava pela frente, houvesse motivo ou não.

Diante disso, seu vizinho, o Abade de Marmoustiers, conhecido por seus bons conselhos, lhe disse ser aquilo um sinal evidente de perfeição senhorial, dizendo que ele até poderia daquele modo trilhar o bom caminho, mas desde que, pela glória de Deus, saísse por aí enfrentando os maometanos que conspurcavam a Terra Santa. Seria ainda melhor se ele regressasse para a Turena ileso, rico e carregado de indulgências, desfrutando daquela situação paradisíaca que outrora caracterizou a vida de tantos barões.

O dito Bruyn, admirando o bom senso do prelado, deixou sua terra equipado pelo mosteiro e com as bênçãos do Abade, para grande satisfação de seus vizinhos e amigos.

Em curto espaço de tempo, já tinha saqueado numerosas cidades da Ásia e da África, caído sem trégua sobre os infiéis, esfolado sarracenos, gregos, ingleses e vários outros, pouco se lhe dando se seriam amigos ou não, ou de onde estariam vindo, uma vez que, dentre suas qualidades, ressaltava a de não ser curioso, razão pela qual não interrogava quem quer que fosse senão depois que o infeliz já estivesse morto.

Nessa empresa agradável a Deus, ao Rei e a ele próprio, Bruyn granjeou renome de bom cristão e cavaleiro leal, e se divertiu a valer naquelas terras de além-mar, visto que achava mais natural dar um escudo às raparigas que seis vinténs a um mendigo, ainda que deparasse com muito mais mendigos do que com belas e perfeitas senhoritas; mas acontece que, como bom tureniano, sabia tomar sopa acompanhada de qualquer tipo de pão.

Um belo dia, quando por fim ficou saciado de turcas, de relíquias e demais atrativos da Terra Santa, Bruyn, para espanto da gente de Vouvray, retornou da Cruzada carregado de moedas de ouro e de pedrarias, bem diferente de tantos outros que partiram ricos e regressaram cobertos de chagas e de lepra, conquanto desprovidos de dinheiro.

Ao retornar de Túnis, nosso senhor El-Rei Filipe nomeou-o Conde, e o fez seu Senescal em nossa terra e em Poitou. Ali ele foi muito amado e tido como um bom governante. Além de todas as suas belas qualidades, erigiu uma igreja para as Carmelitas Descalças, na paróquia de Esgrignolles, em agradecimento ao Céu por tê-lo deixado voltar com vida, e como pedido de perdão pelos desatinos de sua juventude. Por isso, caiu e se assentou em cheio nas boas graças da Igreja e de Deus.

De moço cheio de vícios e homem de maus bofes, à medida que foi envelhecendo foi-se transformando num senhor benemérito e sensato. Discreto em seus prazeres e dissipações, raramente se encolerizava, só o fazendo quando alguém blasfemava contra Deus diante dele, coisa que não tolerava, já que tinha blasfemado por si e pelos outros em sua mocidade louca.

Em resumo, evitava até mesmo discutir, porquanto, tendo-se tornado Senescal, as pessoas concordavam com tudo o que ele dizia.

É bem verdade que, nessa época, ele já havia saciado todos os seus desejos, coisa que costuma transformar até mesmo os mais endiabrados sujeitos numa pessoa ociosa e tranqüila da cabeça aos pés. Ademais, ele era dono de um castelo guarnecido de ameias

nos quatro cantos, denteado como um gibão espanhol, assentado sobre uma encosta que se refletia no Loire. Em seu interior havia ricos tapetes e móveis, além de curiosos objetos de decoração de origem sarracena que provocavam a admiração geral da gente de Tours, e mesmo do Sr. Arcebispo e dos clérigos de Sainct-Martin, a quem ele enviou, de presente um estandarte debruado de fios de ouro puro.

Ao redor de seu castelo havia todo tipo de benfeitorias, tais como moinhos de vento, florestas, etc., proporcionando uma boa renda para o dono, que era além disso um dos mais poderosos cavaleiros da província, podendo facilmente convocar para a guerra em prol de El-Rei nosso senhor um contingente de um milhar de homens.

Depois de assumir sua senescalia, se por acaso seu bailio, homem sempre disposto a mandar alguém para a forca, trouxesse diante dele um pobre camponês suspeito de algum malfeito, ele dizia sorrindo:

— Deixa esse aí ir embora, Breddiff! Ele vai compensar aqueles dos quais eu dei cabo sem qualquer consideração, lá no além-mar...

Às vezes, porém, ordenava que fossem pendurados numa castanheira, ou ficassem expostos no patíbulo; mas isso era unicamente em nome da Justiça, e para que os que estavam submetidos a sua jurisdição não perdessem o costume de ser enforcados...

Assim, em seus domínios, todos eram corretos, tranqüilos e ordeiros como freirinhas recém-ordenadas, visto que, por outro lado, ele os protegia dos ladrões e malandrins, aos quais não dava trégua, sabendo por experiência própria quantos males são causados por esses animalescos maus elementos.

De resto, era muito devoto, cumprindo pontualmente tanto seus deveres de bom cristão como de bom bebedor de vinho, e despachando seus processos à moda turca, ou seja, dirigindo mil chalaças aos perdedores, que depois convidava para jantar, a fim de os consolar.

Mandava enterrar os enforcados em terreno consagrado, como se faz com qualquer um que seja filho de Deus, por considerá-los suficientemente punidos pelo fato de lhes ter abreviado a existência.

Enfim, não perseguia senão os judeus, e só de tempos em tempos, quando constatava que estavam praticando usura em excesso, enriquecendo abusivamente. Nesse caso, caía de chofre sobre seus ganhos ilícitos, como mosca sobre o mel, alegando estar apenas cobrando os impostos que eles sonegavam. E não os escorchava senão em proveito dos membros do Clero, do Rei, da Província, e muito eventualmente em seu próprio proveito.

Esse modo benevolente de agir acarretou-lhe a afeição e estima geral, tanto dos graúdos como dos miúdos.

Se regressava sorrindo de alguma excursão de caráter punitivo, o Abade de Marmoustiers, velho como ele, dizia:

— Há, há, *Messire*! Nessa altura, deve haver alguém pendente de uma corda, já que estais rindo tão gostosamente!...

E quando, indo de Roche-Corbon a Tours, passava a cavalo ao longo do arrabalde de Sainct-Symphorien, escutava as raparigas jovens dizendo:

— É dia de Justiça! Lá vai o nosso bom homem Bruyn!

Não sentia constrangimento algum de que o vissem cavalgando uma enorme hacanéia branca que havia trazido do Levante.

Ao atravessar a ponte, os meninos interrompiam seu jogo de bolinhas de gude e gritavam:

— Bom dia, *Monsieur* Senescal!

Ao que ele respondia fazendo burla:

— Prosseguí com a brincadeira, meus meninos, que daqui a pouco chegará a hora de receberdes uma boa surra de açoite!

E a garotada respondia alegremente:

— Obrigado, *Monsieur* Senescal!

O fato era que ele trazia aquela terra tão contente e livre de ladrões, que, durante aquele ano em que o Loire transbordou, não se viram senão vinte e dois malfeitores enforcados durante o inverno, isso sem contar um judeu queimado na comuna de Chasteau-Neuf, por ter roubado uma hóstia, ou, conforme asseveraram alguns, por tê-la comprado, pois se tratava de um ricaço.

Num belo dia do ano seguinte, por ocasião da "colheita de São João", conforme se diz na Turena, chegaram ali alguns egípcios, boêmios e outros grupos nômades, que acabaram surripiando algumas peças sacras da igreja de Sainct-Martin, e no lugar onde antes ficava a imagem da Virgem, deixaram, à guisa de insulto e zombaria quanto a nossa vera fé, uma bonita menina de ascendência mourisca, da idade de um cachorro velho, nua em pêlo, tão histriona quanto o costumam ser seus ancestrais.

Devido a esse inominável crime, a gente ligada ao Rei e à Igreja concluiu que a pequena mourisca deveria pagar por tudo, sendo queimada e assada viva na praça Sainct-Martin, próximo da fonte, onde se acha o Mercado das Ervas.

Foi então que o bom homem Bruyn, de maneira clara e hábil, demonstrou, apesar da má vontade geral, que seria uma atitude proveitosa e agradável a Deus conquistar essa alma africana para a verdadeira religião. Acrescentou ainda que, caso o diabo efetivamente tivesse tomado conta daquele corpo feminino, os feixes de lenha seriam inúteis para queimá-lo, e assim não seriam alcançados os objetivos da ordem de condenação.

O Arcebispo considerou muito sensata e canônica aquela ponderação, além de conforme com a caridade cristã e os Evangelhos. Entretanto, as senhoras da cidade e outras pessoas de autoridade proclamaram em alto e bom som que se sentiam frustradas por não poderem assistir a uma cerimônia que prenunciava ser tão bela.

Enquanto isso, a Mourisca chorava copiosamente na masmorra, berrando como uma cabrita desmamada, deixando em todos a certeza de que ela iria converter-se à fé cristã para poder viver tanto quanto um corvo, se tal lhe fosse permitido. O Senescal então argumentou que se a jovem estrangeira quisesse santamente converter-se à religião cristã, ele mandaria realizar uma cerimônia bem galante, comprometendo-se a imprimir-lhe uma feição realmente magnífica, visto que pretendia tornar-se seu padrinho de batismo, tendo a seu lado, desempenhando o papel de madrinha, uma donzela do lugar, coisa que muito agradaria a Deus, visto que ele próprio, Bruyn, ainda era cabaço. (Em nossa terra da Turena, é assim que se designam os rapazes virgens, ou seja, aqueles que não se casaram, ou que, segundo parece, mantiveram sua inocência, a fim de distingui-los dos casados e viúvos). As moças bem sabem adivinhar quem merecia ou não tal designação, pois os ditos cabaços são mais despreocupados e alegres do que aqueles que se casaram precocemente.

Sabendo disso, a jovem mourisca não hesitou em se decidir entre os feixes de lenha e a água do batismo, preferindo ser cristã e viva do que egípcia e assada.

Portanto, para escapar de ser queimada, mesmo que seu cozimento não fosse durar senão um breve instante, ela decidiu que apenas seu coração iria arder inextinguível e cristãmente durante o resto de sua vida. E, para assegurar seu desejo de se converter, ela foi mandada para um convento próximo de Chardonneret, onde prestou voto de santidade.

A cerimônia do batizado foi realizada no palácio do Arcebispo, onde, dessa vez, em honra do Salvador dos homens, as damas e os cavalheiros turenianos pularam e dançaram durante toda a noite. Não custa lembrar que a Turena é a terra onde se dança, se baila, se come, se namora, se festeja, se banqueteia e se alegra mais do que em qualquer outra parte do mundo.

Como madrinha da Mourisca, o bom e velho Senescal escolheu a filha de *Monseigneur* d'Azay-le-Ridel (*ridel* quer dizer "enrugado"), que depois se tornou conhecido por Azay-le-Bruslé (*bruslé* quer dizer "chamuscado"), um antigo cruzado que fora deixado em Acre, cidade mui distante, nas mãos de um sarraceno, que pediu por ele um régio resgate, por se tratar de pessoa que aparentava ser de condição elevada.

Madame d'Azay, tendo empenhado aos extorsionários lombardos sua propriedade a fim de totalizar o montante pedido, ficou sem uma piastra, tendo de esperar seu marido num casebre da cidade, sem sequer um tapete no qual pudesse se sentar, mas manteve seu porte orgulhoso de Rainha de Sabá, e a braveza de um galgo, sempre a guardar e defender o pouco que restara dos bens de seu amo.

Ciente de sua situação aflitiva, o Senescal dirigiu-se a ela cavalheirescamente, solicitando-lhe que deixasse sua filha, a *Démoiselle* d'Azay, ser a madrinha da moça egípcia, e comprometendo-se a ajudá-la em suas necessidades.

Com efeito, ele guardava consigo uma grossa corrente de ouro que havia pilhado durante a tomada de Chipre, e decidiu colocá-la no pescoço de sua gentil acompanhante: porém, ao fazer isso, entregou-lhe também seu domínio e seus cabelos brancos, seu cabedal e seus cavalos. Resumindo: pôs no colo da donzela tudo o que era seu, pois se apaixonara por Blanche d'Azay desde o momento em que a viu dançando uma pavana em meio às damas de Tours.

Ainda que a Mourisca, comemorando seu último dia de pagã, assombrasse os convidados com seus requebros, volteios, passos, saltos, aberturas e contorções, Blanche superou-a, no dizer de todos, pela sua maneira virginal e gentil de dançar.

Enquanto apreciava a graciosa donzela a dançar, contemplando seus pezinhos que pousavam no assoalho de maneira delicada e algo tímida, e a alegria com que ela se divertia com a inocência que lhe permitiam seus dezessete anos, qual uma cigarra que ensaia seu primeiro canto, Bruyn foi assaltado por um desejo de velho, um desejo apoplético e vigoroso proveniente de sua fraqueza, que o aquecia por dentro desde o calcanhar até a base da nuca, sem daí passar, já que havia neve demais em sua cabeça, impedindo que nela se alojasse o amor.

Nesse instante, o bom homem percebeu que sentia falta de uma mulher em seu solar, o qual nunca lhe pareceu tão solitário e triste. Pensando bem, de que valia um castelo sem a castelã?... Em outras palavras, ele se sentia como um badalo sem sino. De fato, uma mulher seria a única coisa que faltava em sua vida. Assim, ali mesmo decidiu arranjar uma esposa, esperando que a dama d'Azay não o fizesse esperar, pois receava não tardar o tempo de partir deste mundo para o outro.

Enquanto apreciava a visão dessa gentil donzela a dançar, e a alegria com que ela se divertia com a inocência que lhe permitiam seus dezessete anos, Bruyn foi assaltado por um desejo de velho, proveniente de sua fraqueza.

Mas aconteceu que, durante as festividades do batismo, ele mal se lembrou dos graves ferimentos que trazia no corpo, nem tampouco dos oitenta anos que trazia nas costas e que lhe tinham branqueado e raleado os cabelos; apenas deixou que seus olhos claros se fixassem em sua jovem acompanhante. Quanto a esta, atendendo o que a mãe lhe sussurrou discretamente, dirigiu-lhe ternos olhares e sinais de amizade, acreditando que nada teria a recear daquele ancião.

Dessa sorte, Blanche, que se destacava por sua ingenuidade e beleza não só entre todas as convidadas, como entre todas as moças da Turena, consideradas lindas como uma manhã de primavera, permitiu que o bom homem primeiramente lhe beijasse a mão, depois o pescoço, e a seguir mais abaixo do que se devia, segundo censurou o Arcebispo, que os casou na semana seguinte, numa bela festa de casamento, só não tão bela quanto a noiva.

Pois não é que a dita Blanche era esbelta e graciosa como nenhuma outra, senão até melhor que qualquer uma, e virginal como donzela alguma jamais o foi; de tal modo virgem que nada sabia acerca do amor, nem o que significava, nem como se praticava; uma virgem que não entendia por que certos casais tanto demoravam a deixar o leito; virgem a ponto de crer que os bebês vinham ao mundo depois de saírem de dentro de um repolho. Sua mãe a tinha criado nessa completa inocência, sem lhe ensinar senão coisas como evitar fazer barulho ao tomar a sopa. Assim, ela era uma flor cândida e intacta, ingênua e feliz, um anjo que, para ir ao Paraíso, não precisaria senão de asas.

Quando ela deixou a mãe chorosa e o pobre casebre onde até então vivera, para consumar seu matrimônio na Catedral de Sainct-Gatien e Sainct-Maurice, o pessoal do campo veio alegrar as vistas com a cerimônia e os luxuosos tapetes que tinham sido estendidos ao longo da Rue de la Scellerie, e todos disseram que jamais pezinhos mais mimosos tinham pisado o chão da Turena, nem olhos mais belos tinham contemplado aquele céu, nem festa mais esplêndida havia enfeitado a rua com tantos tapetes e flores.

As moças da cidade, as de Sainct-Martin e do burgo de Chasteau-Neuf, todas invejaram as longas e fulvas tranças, com as quais Blanche sem dúvida conseguira apreender um condado. Mais do que tudo, porém, o que elas ansiavam era um dia poderem envergar um belo vestido dourado como aquele que estavam vendo, enfeitar-se com aquelas pedras preciosas trazidas de além-mar, os diamantes transparentes e as caríssimas correntes, com as quais a linda jovem parecia brincar, e que a ligavam para todo o sempre ao provecto Senescal.

Quanto ao veterano guerreiro, este seguia tão rejuvenescido e orgulhoso a seu lado, que a felicidade transparecia por entre suas rugas, saindo-lhe pelos olhos e se revelando em todos os seus movimentos. Ainda que o peso da idade não lhe permitisse mais manter-se o tempo todo firme como um podão, naquela oportunidade ele se postava ao lado de Blanche ereto como se fosse um lansquenete durante um desfile, à passagem de um oficial, com a mão posta sobre o diafragma, como alguém invadido e sufocado pelo prazer.

Ouvindo o repicar dos sinos e apreciando a procissão dos convidados, as pompas e circunstâncias da cerimônia, sobre a qual os comentários se estenderam até depois das festas episcopais, as jovens locais ficaram ansiando por uma colheita de mouriscas, um dilúvio de velhos senescais e cestas repletas de conversões e batismos de egípcias; mas aquela foi a única vez em que tal aconteceu na Turena, visto que essa terra fica longe demais do Egito e da Boêmia.

Após a cerimônia, a dama d'Azay recebeu uma notável soma em espécie, que aproveitou para ir incontinente até Acre à procura do esposo, em companhia do tenente e dos soldados pertencentes à guarda do conde seu genro, que lhes forneceu tudo o que era necessário, e depois de ter deixado a filha nas mãos do Senescal, recomendando-lhe que a tratasse com muito carinho.

Algum tempo depois ela regressou trazendo consigo o senhor d'Azay, que tinha contraído lepra, e dele tratou, correndo o risco de ficar contaminada, até que o viu curado, o que deixou todo o mundo extremamente admirado e contente.

Com as núpcias realizadas e encerrados os festejos, que duraram três alegres dias, *Messire* Bruyn levou a noivinha com grande pompa para seu castelo, e, segundo o costume dos casados, carregou-a solenemente até a cama do casal, que tinha sido abençoada pelo Abade de Marmoustiers. Depois, deitou-se a seu lado na grande alcova senhorial de Roche-Corbon, toda decorada de brocados verdes e guirlandas douradas.

Quando o velho Bruyn, todo perfumado, se viu cara a cara com sua linda mulherzinha, deu-lhe de início um beijo na testa, depois sobre o colo alvo e redondo, no mesmo local onde ela lhe tinha permitido abotoar o fecho do colar que ele lhe dera — e foi tudo! O velho camarada tinha grande confiança em si próprio, e se imaginava plenamente capacitado a poder cumprir todo o restante de seus deveres maritais; apesar disso, preferiu abster-se de completar a tarefa do amor, a despeito das alegres cantigas nupciais, dos epitalâmios e das anedotas que se sussurravam no salão onde muitos convidados ainda estavam bailando. Tentou retemperar-se tomando um gole da bebida servida aos recém-casados, que, segundo o costume, tinha sido benzida, e que estava ao lado da cama, numa taça de ouro. Ela lhe caiu bem no estômago, mas não no coração, pois não foi capaz de ressuscitar seu finado ardor. Blanche não se espantou absolutamente com a felonia de seu marido, já que era donzela de corpo e alma, e que, com relação ao casamento, enxergava apenas o que os olhos de uma virgem conseguiam ver, ou seja, os belos trajes, comida e bebida à farta, os cavalos ajaezados, o fato de ser elevada à condição de senhora e de ser dona de um condado, podendo divertir-se e dar ordens; coisas desse tipo. Assim, como não passava de uma criança, pôs-se a brincar na cama com as taças de ouro, maravilhando-se com o esplendor do oratório que via a sua frente, bem como com a riqueza e fino lavor das colchas e lençóis sob os quais deveria ser enterrada a flor de sua inocência.

Sentindo-se culpado um tanto tardiamente pelo seu açodamento, mas confiando no futuro, que todavia tendia a piorar dia a dia a sua condição de poder satisfazer a esposa, o Senescal tentou substituir os atos por palavras. Assim, passou a procurar várias maneiras de entretê-la. Prometeu entregar-lhe as chaves de todos os seus aparadores, armários, despensas, arcas e baús, além do governo daquela casa e de todos os seus domínios, sem qualquer restrição, colocando em seu pescoço a "ponta do pão", segundo o dito popular da Turena.

Ela se sentiu como um corcel diante de um celeiro aberto, com feno à vontade, e considerou seu idoso marido o sujeito mais galante do mundo, já que não lhe deixava faltar coisa alguma.

Enquanto se vestia em sua alcova, Blanche pôs-se a sorrir, sentindo-se ainda mais alegre ao contemplar seu belo leito de brocado verde, no qual, daí em diante, todas as noites ela pôde dormir o quanto queria, e sem qualquer sentimento de culpa. Vendo sua esfuziante alegria, o astuto velhote, pouco acostumado a lidar com donzelas, mas que conhecia por experiência própria os pequenos truques que deixam as mulheres

O pessoal do campo veio alegrar as vistas com a cerimônia e os luxuosos tapetes que tinham sido estendidos ao longo da rua, e todos disseram que jamais pezinhos mais mimosos tinham pisado aquele chão.

empolgadas, visto que os conhecia do tempo em que lidava com as raparigas da cidade, resolveu reduzir as carícias, os beijinhos e as pequenas manifestações de amor das quais até então ele bem que gostava, mas que naquele momento o estavam deixando tão frio quanto o necrológio de um papa. Passou a dormir com a cabeça voltada para os pés da cama, em detrimento de seu conforto, e disse um dia para a sua deleitável mulherzinha:

— Ora, ora, minha querida, agora te tornaste uma senescala, e com toda a senescalia com a qual poderias sonhar.

— Ah, não! — fez ela.

— Como não? — estranhou ele, com medo do porquê da negação. — Acaso não te consideras minha esposa?

— Ainda não — respondeu ela. — Só me considerarei como tal depois que tiver um filho.

— Enquanto vinhas para cá, acaso prestaste atenção nos prados em flor? — perguntou o bom homem.

— Prestei — respondeu ela. — Por quê?

— Porque eles pertencem a ti...

— E daí? — perguntou ela, dando uma risada. — De vez em quando passo por lá para me divertir caçando borboletas...

— Muito bem, menina — disse ele. — E a floresta, também costumas visitar?

— Ah, não! — respondeu ela. — Sozinha é que não vou lá! Só irei se fores comigo para me guiar. A propósito, dá-me um pouquinho daquele licor que La Ponneuse preparou para nós com tanto carinho.

— E por que, meu amor? Ele vai incendiar teu corpo por dentro!.

— Oh, mas é isso mesmo que eu quero! — exclamou ela, mordendo os lábios com ar de despeito. — É que desejo dar-te um filho logo, logo, e tenho certeza de que essa bebida pode me ajudar a realizar este desejo.

— É claro, querida — disse o Senescal, constatando por essas palavras que Blanche era donzela da cabeça aos pés. — Mas para que isso aconteça, é necessário, primeiro, que haja boa vontade por parte de Deus; segundo, que a mulher esteja em condição de colheita.

— E quando é que isso acontece? — perguntou ela sorrindo.

— Quando a Natureza assim o determinar – respondeu ele, segurando o riso.

— E que preciso fazer para alcançar essa condição?

— Ora! Nada mais que uma operação cabalística e de alquimia, mas que costuma ser assaz perigosa!

— Ah! — disse ela com ar intrigado. — Deve ser por isso que minha mãe chorava sempre que pensava nessa tal metamorfose; mas certa vez Berthe de Preuilly, que tão feliz ficou quando soube que se encontrava nesse estado, me contou que arranjar um filho é a coisa mais fácil do mundo!

— Depende da idade da pessoa — respondeu o velho senhor. — Mas acaso viste no estábulo a bela égua branca sobre a qual tanto se tem comentado na Turena?

— Vi, sim! É um animal bonito e manso.

— Pois muito bem: agora ela é tua! Podes montá-la sempre que te der na veneta.

— Oh! Como és bonzinho! Vejo que não mentiram quando me disseram isso de ti.

— Aqui, meu bem — prosseguiu ele, — o mordomo, o capelão, o tesoureiro, o cavalariço, o ferreiro, o bailio, e mesmo o *Sire* de Montsoreau, aquele jovem valete que se chama Gauttier e que comanda minha tropa armada, bem como todos os soldados, capitães, infantes e alimárias, todos são teus, e obedecerão tuas ordens sem tergiversar, sob pena de sofrerem o incômodo de carregar um baraço no pescoço.

— Mas — replicou ela, — e quanto a essa misteriosa operação de alquimia: não seria possível realizá-la agora mesmo?

— Oh, não — respondeu o Senescal. — Para isso, seria necessário sobretudo que estivéssemos tu e eu em perfeito estado de graça diante de Deus, pois, caso isso não ocorra, a criança iria nascer com muita imperfeição, coberta de pecados, coisa interdita pelos cânones da Igreja. Eis a razão de se encontrarem pelo mundo afora tantos biltres incorrigíveis. É que seus pais não atenderam prudentemente a recomendação de estarem com a alma limpa, e por isso legaram a seus filhos almas corruptas. Já as crianças belas e virtuosas provêm de pais imaculados... E é por isso que se costuma mandar benzer os leitos dos casais, como fez o Abade de Marmoustiers com o nosso. Acaso transgrediste os mandamentos da Igreja?

— Oh, não! — respondeu ela vivamente. — Antes da missa, recebi a absolvição de todas as minhas faltas, e desde então permaneci sem cometer pecado algum, por mínimo que fosse!

— Então estás imaculada! —exclamou o astuto marido. — Quanto a mim, estou jubiloso por ter-te como minha esposa, mas tenho de confessar-te que andei praguejando como um pagão!

— Oh! E por quê?

— Porque aquela dança nunca que terminava, e por isso eu não podia trazer-te aqui para te beijar.

Depois de dizer isso, segurou-lhe as mãos ternamente e as cobriu de carícias, enquanto lhe sussurrava frases tolas de amor que a deixaram toda derretida.

Mas então, como estava cansada devido à dança e ao restante das cerimônias, ela se deitou e disse ao Senescal:

— Tomarei cuidado amanhã para que não cometas pecado algum!

E deixou o velhote empolgado com sua alva beleza, enamorado de sua natureza tão delicada, e algo embaraçado ao pensar em como poderia mantê-la em sua ingenuidade, sem saber como explicar por que os bois mascam o feno duas vezes. E mesmo sem augurar um futuro sorridente para seu caso, inflamou-se tanto por ver a esplendorosa perfeição de Blanche durante seu sono profundo e inocente, que se prometeu guardar e defender essa preciosa jóia de amor... Com os olhos cheios de lágrimas, beijou seus cabelos lisos e dourados, suas belas pálpebras, sua boca rubra e fresca, tudo bem suavemente, pelo receio que tinha de que ela viesse a despertar!...

Essa foi toda a sua fruição, o silente prazer que ainda lhe inflamava o coração, sem que Blanche sequer se movesse. Ele então deplorou as neves de sua desfolhada velhice — pobre bom homem! —, dizendo consigo próprio que Deus se tinha divertido com ele, dando-lhe uma noz quando ele não mais tinha dentes...

II — Como o Senescal enfrentou a donzelice de sua mulher

Durante os primeiros dias de seu casamento, o Senescal inventou diversas lorotas para enganar sua esposa, impedindo-a de constatar que ele estava abusando de sua inocente ingenuidade. Primeiramente, descobriu em suas funções judiciais boas desculpas para deixá-la sozinha de vez em quando, nas ocasiões em que se ocupava em investigar os camponeses residentes em seus domínios; em outras ocasiões, convidava-a a acompanhá-lo até seus vinhedos de Vouvray, a fim de supervisionar a colheita das uvas; enfim, com esses e mil outros pretextos, conseguia engambelar a jovem e justificar suas freqüentes ausências. De certa feita, disse-lhe que os nobres como eles não podiam comportar-se como os plebeus, e que seus filhos só poderiam ser semeados quando ocorressem certas conjunções celestes, conhecidas apenas dos sábios astrólogos; em outra ocasião, afirmou ser necessário evitar a procriação nos dias santos, porque aquilo era considerado um trabalho, e que ele observava rigidamente os mandamentos, pois desejava entrar no Paraíso sem qualquer contestação. Outras vezes, inventava que, se por azar, os pais não se encontrassem em estado de graça, os filhos nascidos no dia da festa de Santa Clara seriam cegos; no da festa de São Januário, contrairiam gota; no de Santa Inês, ficariam tísicos; no dia de São Roque, seriam vitimados pela peste; disse-lhe ainda que os gerados em fevereiro eram friorentos; em março, turbulentos; em abril, não valiam coisa alguma, e que, para serem bonitos e simpáticos, os filhos deveriam ser gerados em maio. Sendo assim, e como ele queria que seus filhos fossem perfeitos e que tivessem cabelos de duas cores, era necessário cumprir todos os requisitos.

Numa outra ocasião, disse a Blanche que era direito do homem decidir como e quando conceder um filho a sua mulher, e que, se ela pretendia ser uma pessoa virtuosa, deveria conformar-se aos desejos de seu marido; enfim, que seria necessário esperar o retorno da senhora d'Azay, a fim de que ela assistisse à chegada do neto.

Analisando tudo isso, Blanche concluiu que o Senescal se aborrecia com sua insistência, e talvez estivesse certo, visto tratar-se de um homem vivido e muito experiente.

Assim sendo, ela se resignou e não mais tocou naquele assunto. Porém, quando se achava a sós, continuava ansiando por ter um filho. Em outras palavras: ela estava sempre pensando naquilo, como o faz qualquer mulher que tem na cabeça uma idéia fixa, mas sem que lhe passasse pela telha a menor vontade de proceder mal como uma mulherzinha à-toa, sem se dar ao respeito.

Certa noite, por acidente fortuito, Bruyn tocou no assunto de ter filhos, tema do qual costumava fugir como gato foge de água, mas acontece que se tinha condoído de um rapazinho que ele havia condenado aquela manhã devido a algumas faltas graves, dizendo que, por certo, o infeliz devia proceder de pais carregados de pecados mortais.

— Que pena! — disse Blanche. — Se quisesses dar-me um filho, mesmo que ele fosse levado da breca como esse pobre coitado, eu iria educá-lo tão bem que tu irias ficar orgulhoso dele...

Isso mostrou ao Conde mais uma vez que sua mulher estava tomada por um ardente desejo, e que já era hora de acabar com sua donzelice, a fim de superá-la, exterminá-la, conquistá-la, derrotá-la, ou sopitá-la e extingui-la.

— Quer dizer então, meu bem, que gostarias de ser mãe? — perguntou ele. — Acontece que ainda não dominas os misteres próprios de uma dama, e nem sabes quais são os deveres de uma dona da casa.

— Oh, oh! — protestou ela. — Para ser uma perfeita condessa e abrigar nos flancos um condezinho, terei de representar o papel de dama? Assim o farei, então, e de modo cabal!

Então, para adquirir conhecimento de causa, Blanche tratou de aprender a caçar corças e cervos, saindo a galope em sua égua através de vales e montanhas, saltando os

obstáculos que encontrava no caminho, atravessando campos e florestas, apreciando acompanhar o vôo dos falcões de caça depois de tirar-lhes o caparão, e sem recear levá-los pousados em seu punho delicado, tudo isso para agradar o Senescal. Porém, de tanto praticar, acabou por adquirir o gosto pela coisa, além de um apetite de freira e de prelado — explico melhor: seu desejo de procriar se aguçou, e como ela não podia satisfazer sua fome de amor, compensava a falta, ao regressar, cravando os dentes apenas naquilo que lhe estava disponível. E devido ao fato de ler as lendas que abordavam aquele tema, e de muitas vezes desfazer com a morte dos parceiros as carícias amorosas das aves e dos animais silvestres, ela descobriu em que consistia aquele mistério de alquimia natural, que a deixava com as faces em brasa e excitava sua frágil imaginação, em nada contribuindo para apaziguar sua natureza belicosa, mas antes fazendo cócegas em seu desejo, e com isso levando-a a achar graça em tudo, a rir sem motivo, e a sempre ficar agitada, o que a tornava ainda mais bela.

O Senescal bem que tentara desarmar a rebelde virtude de sua esposa, incentivando-a a se divertir ao ar livre; mas seu estratagema acabou dando errado, porque a inesperada sensualidade que circulava nas veias de Blanche emergia dessas suas saídas cada vez com maior ímpeto, deixando-a ansiosa por tomar parte em justas e torneios, qual um pajem armado cavaleiro. O bom senhor viu então que cometera um erro, e que teria agora de enfrentar aquele problema, não sabendo que atitude tomar antes que ele se avolumasse a ponto de se tornar insolúvel. Desse combate devia sair um vencido e uma contundida, portadora de uma contusão diabólica, que ele gostaria de manter distante de sua fisionomia até depois de sua morte, se Deus o ajudasse. O pobre Senescal já enfrentava grande dificuldade para acompanhar sua cara-metade à caça, sem cair do cavalo. Suava sob o peso do arnês, e quase morria durante aquelas perseguições, enquanto que, para sua esperta Senescala, tudo era animação e alegria.

Muitas vezes, à noite, ela manifestava desejo de dançar. Ora o bom homem, suando embaixo de suas roupas pesadas, ficava exaurido com esses exercícios dos quais era constrangido a participar, fosse para acompanhá-la nos volteios que imitavam os da Mourisca, fosse para segurar-lhe a tocha acesa, quando lhe dava na telha de dançar à luz de archotes; e, malgrado sua ciática, seus apostemas e seu reumatismo, ele era obrigado a sorrir e a lhe dizer palavras gentis e galanterias depois de todos aqueles volteios, evoluções, trejeitos cômicos e pantomimas que ela inventava para se divertir, pois ele a amava tão loucamente que, se a esposa lhe pedisse um estandarte real, ele acabaria dando um jeito de arranjar-lhe um.

Nessa altura dos acontecimentos, num belo dia ele reconheceu que seus rins estavam bastante debilitados para enfrentar a vigorosa natureza de sua mulherzinha. Então, sentindo-se humilhado diante de sua intacta virgindade, resolveu deixar as coisas seguirem seu curso natural, confiando na religiosidade e pudicícia de Blanche. Todavia, continuou como sempre fora, dormindo com apenas um olho, e mantendo o outro bem aberto, uma vez que duvidava de que Deus tivesse criado as donzelas para que elas fossem caçadas como perdizes, e depois espetadas e assadas. Então, numa certa manhã chuvosa, dessas nas quais os caracóis saem do chão para abrirem seus caminhos, tempo tristonho e propício aos sonhos, Blanche estava em casa, sentada em sua cadeira, absorta em seus pensamentos, pois nada senão esse tempo produz mais vivas cocções das essências substantivas, e nenhum remédio, mezinha ou beberagem é mais penetrante, traspassante, ultrapassante e excitante que o sutil calor que se instala entre o assento de uma cadeira e o de uma donzela que nela assenta as cadeiras — portanto, num dia de tempo frio e úmido, sem saber o que lhe acontecia, a condessa se sentiu incomodada por causa de sua donzelice, que lhe deixava com o cérebro perturbado e sentindo pruridos em todo o corpo. Então o bom homem, aflito por ver a languidez que tomava conta dela, quis expulsar de sua mente qualquer pensamento voltado para os princípios do amor extraconjugal, e lhe perguntou:

— Donde provém essa preocupação, querida?

— Da minha vergonha.

— Mas de que te envergonhas?

— Do fato de não ser uma boa mulher, já que não tenho um filho e não te proporcionei uma linhagem. Pode uma dama não deixar descendência? Nem pensar! Vê: todas as minhas vizinhas têm filhos; e eu me casei para ter os meus, assim como tu te casaste

comigo para que procriássemos. Os senhores da Turena são todos amplamente contemplados com filhos, que suas mulheres costumam ter um atrás do outro! Só tu não tens filho algum, e eles certamente riem de ti pelas costas por causa disso! Se assim continuar, que será de tua reputação de homem? Quem herdará teus feudos e tuas senhorias? Um filho é nossa companhia natural. Para quem o teve, deve ser uma delícia arrumá-lo, carregá-lo no colo, trocar-lhe os cueiros, pôr e tirar suas roupinhas, fazer-lhe afagos, brincar com ele, sussurrar-lhe cantigas de ninar, dar-lhe de papar, levá-lo para a cama, essas coisas. Estou certa de que se eu tivesse apenas meio filho, eu o beijaria, envolveria em faixas, trocaria suas fraldas, brincaria de cavalinho, fazendo-o saltar e dar risadas o dia todo, como fazem as outras mães.

— Costuma acontecer que a mãe morra ao dar à luz. Ademais, para esse fim, ainda és muito verde e despreparada. Não fosse isso, e já serias mãe!... — respondeu o Senescal, um tanto aturdido com aquele jorro de palavras. — Quem sabe não seria melhor comprar um já criado? Isso não irá custar-lhe trabalho ou dor.

— Na verdade – contestou ela, — eu quero ter esse trabalho e padecer essa dor, pois sem isso o filho não seria nosso. Sei muito bem que ele deve sair de dentro de mim, pois quando estamos na igreja dizemos que Jesus é o fruto do ventre da Virgem.

Nesse mesmo dia, Blanche partiu para a igreja de Nossa Senhora de Esgrignolles.

— Sendo assim, vamos suplicar a Deus que assim seja — concluiu o Senescal, — e vamos pedir a intercessão de Nossa Senhora de Esgrignolles. Diversas damas já engravidaram depois de lhe dedicarem uma novena. Por que não fazes isso também?

Nesse mesmo dia, Blanche partiu para a igreja de Nossa Senhora de Esgrignolles, ataviada como uma rainha, montando sua airosa égua, usando seu vestido de veludo verde decotado e de mangas escarlates, trazendo na cintura um fino cordel de ouro. Usava sapatilhas finas e trazia na cabeça um chapéu de copa alta guarnecido de pedras preciosas. À guisa de cinto, uma faixa dourada realçava seu talhe esguio. Ela queria vestir a Virgem com um belo traje, e prometeu cumprir a promessa logo depois de seu parto...

O jovem *Sire* de Montsoreau cavalgava à frente do cortejo, de olhos acesos como os de uma águia, mantendo as pessoas à distância, e, com a ajuda de seus cavaleiros, zelando pela segurança dos viajantes.

Perto de Marmoustiers, o Senescal, que dormitava devido ao calor, pois era agosto, oscilava para lá e para cá sobre a sela do cavalo, qual um cincerro na testa de uma vaca. Vendo aquela dama tão galante e tão gentil seguindo na companhia de um ancião decrépito, um camponês, apoiado no tronco de uma árvore e segurando um caneco com água, perguntou a uma megera desdentada, que ganhava alguns trocados para ajudar a colher uvas, se aquela princesa estaria seguindo para o cadafalso.

— Não senhor! — protestou a velha. — É a nossa daminha de Roche-Corbon, a Senescala de Poitou e da Turena, que está desejosa de ter um filho.

— Há, há! — gargalhou uma camponesa ali perto, feliz como mosca no monturo, ao escutar aquele comentário.

Logo em seguida, apontando para o garboso cavaleiro que seguia à frente do grupo, a megera prosseguiu:

— Aquele ali que encabeça o cortejo bem que podia encarregar-se de resolver o problema da dama, economizando para ela os círios e as promessas.

Então, dirigindo-se a Blanche, falou:

— Olá, minha jovem! Estou surpresa de ver-vos seguindo para Notre Dame de l'Esgrignolles, visto que os padres de lá não são nada bonitos! Tu bem que poderias fazer uma pequena parada à sombra do campanário de Marmoustiers, que em pouco tempo estarias pejada, de tanto que são ativos aqueles bondosos fradecos!...

— Que se fomentem todos os religiosos! — praguejou uma lavradora que estava sentada ali perto. — Vede! O *Sire* de Montsoreau é garboso e bem apessoado, e bem poderia acabar de abrir o coração dessa jovem dama, que aliás já deve estar meio rachado...

E todos caíram na risada.

Tendo ouvido o comentário, o *Sire* de Montsoreau quis avançar sobre o bando, a fim de pendurar todos aqueles gaiatos nas tílias que orlavam o caminho, como punição por aquelas palavras ferinas, mas Blanche logo protestou, dizendo em voz alta:

— Oh, *Messire*, não os enforqueis ainda! Eles não disseram tudo o que queriam, e vamos reencontrá-los na viagem de volta!

Ao dizer isso, ela enrubescera, e o jovem *Sire* de Montsoreau fitou-a com ardor, dando-lhe a entender com seu olhar dardejante os místicos segredos do amor, pois a clareza de sua inteligência começara a mostrar-lhe que as palavras daqueles camponeses já deitavam frutos em seu entendimento. Aquela esposa virginal era como lenha seca: bastaria a faísca de uma palavrinha para que ela se inflamasse.

Só então Blanche passou a perceber as notáveis diferenças físicas entre seu velho marido e as perfeições do tal Gauttier, gentil-homem que, tendo apenas vinte e três anos, ainda não se afligia com problemas corporais, ostentando um porte ereto como um espeque, quando sentado em sua sela, e tão desperto como a primeira badalada do sino matinal. Por sua vez, o Senescal dormia a sono solto. Além disso, o *Sire* possuía coragem e destreza nos assuntos em que seu chefe vacilava.

Era um desses moços espertos, com quem as raparigas não hesitavam em passar a noite usando roupas de couro, pois assim não precisavam temer as pulgas. Há pessoas que as vituperam por isso, mas não se deve criticar o próximo, pois cada qual que durma quando e como bem entender.

Tanto devaneou a Senescala, e tão imperialmente bem, que, quando alcançaram a ponte de Tours, ela passou a amar Gauttier em segredo, com o amor de uma donzela que ainda não sabe em que consiste o amor. Depois disso, ela se tornou uma mulher de verdade, isso é, ansiosa por proporcionar o bem ao próximo, e recebendo aquilo que os homens têm de melhor. Foi tomada pelo mal do amor, e logo ao primeiro ataque desceu às profundezas de sua miséria, visto que tudo é chama entre o primeiro anseio e o derradeiro desejo. Ela não sabia, como poderia ter aprendido isso senão com os olhos, dos quais agora emanava uma essência sutil que provocava uma tão forte corrosão em todas as veias do seu corpo, nos recessos do coração, nos nervos dos membros, na raiz dos cabelos, causando a exsudação da substância vital através dos limbos do cérebro e dos poros da epiderme, das sinuosidades da fressura, nos tubos do hipocôndrio e em outros canais, que nela se dilataram subitamente, aquecendo-se, titilando, coçando, como se envenenados, rasgados, eriçados e perturbados. Era como se houvesse dentro dela mil mancheias de agulhas.

Era esse o desejo que assaltava Blanche, um desejo de donzela, bem condicionado, e que lhe turvava a visão, a ponto de que ela não mais tinha olhos para seu velho esposo, mas tão-somente para o jovem Gauttier, para quem a natureza fora tão basta como a gloriosa barbaça de um abade.

Quando o bom homem entrou em Tours, os *ah! ah!* da populaça conseguiram despertá-lo, e ele, acompanhado de seu séquito, entrou com grande pompa na igreja de Nossa Senhora de Esgrignolles, conhecida no passado como "A Meritíssima", ou seja: "aquela que tem maior mérito". Blanche dirigiu-se à capela onde as mulheres pediam a Deus e à Virgem que lhes dessem filhos, entrando ali sozinha, conforme o costume, mas seguida pelos olhos do Senescal e de seus acompanhantes, além de diversos curiosos postados atrás das grades da porta.

Quando a condessa viu aproximar-se o padre encarregado de programar as missas encomendadas pelas romeiras e de anotar o teor dos pedidos endereçados à Virgem, ela lhe perguntou se havia muitas mulheres estéreis e ricas na fila das postulantes. O bom sacerdote respondeu que, quanto a isso, ele não tinha qualquer queixa a fazer, pois os pedidos de filhos rendiam boas espórtulas para a igreja.

— E é comum virem aqui – prosseguiu Blanche — esposas jovens como eu, acompanhadas de maridos velhos como o meu?

— Só raramente – respondeu ele.

— E essas raras esposas jovens conseguem alcançar a graça que pedem?

— Sempre! – respondeu prontamente o padre, com um sorriso.

— E que me dizeis das esposas cujos maridos não são tão velhos como o meu?

— Essas somente são contempladas de vez em quando...

— Oh, oh! — exclamou ela. — Então é mais seguro alcançar a graça quando o marido é assim como o meu Senescal?

— Com certeza! — garantiu o padre.

— E por quê?

— Ah, minha senhora — respondeu gravemente o sacerdote, — antes da idade dele, só Deus interfere no negócio; depois, entram em cena outros homens.

Nessa época, era verdade que toda sapiência estava concentrada com os clérigos. Blanche fez sua promessa, que foi das mais consideráveis, visto que seu donativo montava em cerca de dois mil escudos de ouro.

— Vejo que estás bem esperançosa! — comentou o Senescal, quando, na viagem de volta, ela fez sua égua patear, saltar e corcovear.

— Ah, sim! — disse ela. — Não tenho mais qualquer dúvida quanto a que terei um filho, já que alguém vai me ajudar a conseguir um, como me afirmou aquele padre. Quero que esse alguém seja o Gauttier...

O Senescal sentiu ganas de voltar e dar cabo do tal padre, mas achou que isso seria um crime que lhe iria custar caro, e preferiu agir com astúcia, maquinando sua vingança com a ajuda do Arcebispo.

Então, antes que fossem avistados os telhados de Roche-Corbon, ele foi até onde estava o *Sire* de Montsoreau e lhe ordenou que fosse embora para um retiro distante, tendo o jovem Gauttier obedecido prontamente, pois conhecia bem o que poderia esperar caso se recusasse a acatar aquela ordem.

O Senescal deixou em seu lugar o filho do *Sire* de Jallanges, cujo feudo confrontava com o de Roche-Corbon. Era um rapazinho de nome René, de mais ou menos quatorze anos, que ele tinha tomado como pajem, enquanto esperava que ele atingisse a idade de ser escudeiro, e entregou o comando de seus homens a um velho aleijado que tinha guerreado com ele na Palestina e em vários outros lugares. Com isso, o bom homem acreditou que evitaria ter de pôr na cabeça o odioso capacete pontudo dos cornudos, podendo assim pôr sela, arreio e freio na preciosa inocência de sua mulher, cuja donzelice escoiceava como uma mula presa numa corda.

Entregou o comando de seus homens a um velho aleijado que tinha guerreado com ele na Palestina e em vários outros lugares.

III — Aquilo que não passa de um pecado venial

No domingo que se seguiu à vinda de René para o solar de Roche-Corbon, Blanche saiu para caçar, sem a companhia do seu bom homem, e, quando já se encontrava na floresta, próximo de Les Carneaux, viu um monge que lhe pareceu estar dando uns estranhos abraços numa mocinha, usando de uma força um tanto desnecessária para caracterizar um ato carinhoso. Então, esporeando o cavalo, disse aos seus acompanhantes:

— Hei! Hei! Não podemos deixar que ele a mate!

Mas quando ela chegou perto dos dois, segurou prontamente as rédeas do animal, pois naquele instante teve um lampejo e entendeu o que estaria na realidade fazendo aquele monge. Com isso, desistiu de prosseguir com a caçada. Voltou para casa pensativa, e então a lanterna de sua inteligência se acendeu, projetando uma luz refulgente que lhe esclareceu mil cousas, mostrando-lhe, como nos quadros que se vêem nas igrejas, aquilo que havia escutado nas fábulas e nas histórias que os trovadores contavam, ou que entrevira nos bordados domésticos representando cenas da vida dos pássaros. De repente, descobriu em que consistia o doce mistério do amor, descrito em todas as línguas, até mesmo na das carpas. Não é tolice querer ocultar das donzelas tal conhecimento?

Nessa noite, ela se recolheu ao leito mais cedo, e disse ao Senescal:

— Bruyn, tu me tens enganado! Devias ter feito comigo o mesmo que o monge de Les Carneaux estava fazendo com aquela mocinha!

O velho Bruyn suspeitou do que havia sucedido, e percebeu que sua má hora havia chegado. Mirou Blanche com os olhos inflamados, mas logo seu ardor se arrefeceu e ele lhe disse com doçura:

— Ai de mim, meu amor! Quando te tomei por esposa, eu tinha mais amor que força, e desde então tenho tirado proveito de tua misericórdia e de tua virtude. A grande angústia que tenho na vida é sentir que toda a minha potência reside apenas em meu coração. Esta aflição vai apressando pouco a pouco a minha morte, e não tardará que te vejas inteiramente livre de mim!... Mas espera que eu me vá deste mundo. Este é o único pedido que te faz este teu amo e senhor, que poderia simplesmente ordenar o que tinhas de fazer, mas que não quer ser senão teu primeiro ministro e servo leal. Não atraiçoes a honra de meus cabelos brancos!... Quando ocorre tal coisa, há senhores que chegam a matar suas mulheres!...

— Deus do Céu! Será que terias coragem de me matar?

— Oh, não! – respondeu seu velho esposo. — Eu te amo demais, minha pequena! Tu és a flor de minha velhice, a alegria de minha alma! És minha menininha bem-amada! Tua visão reconforta meus olhos, e por ti tudo posso enfrentar, seja no infortúnio, seja na felicidade. Dou-te licença plena para fazeres o que quiseres, desde que não abuses do pobre Bruyn, que te transformou numa grande dama, rica e honrada. Ah, que bela viúva haverás de ser! Eh! Tua felicidade suavizará a dor de meu passamento...

Ao dizer isso, encontrou em seus olhos ressecados ainda uma lágrima, que escorreu cálida sobre sua face cor de pinhão, e que foi molhar a mão de Blanche, que, enternecida por ver o profundo amor que lhe dedicava seu velho esposo, o qual não hesitaria em se enfiar sob a terra só para lhe agradar, disse-lhe rindo:

— Ora, ora! Não chores! Eu posso esperar!...

Depois disso, o Senescal beijou-lhe as mãos e lhe fez pequenas carícias, dizendo-lhe com voz embargada de emoção:

— Se soubesses, querida Blanche, como te faço mil carinhos enquanto dormes, ora aqui, ora ali!...

E o velhote acariciou-a com as duas mãos, que não passavam de pele e ossos...

— Eu — prosseguiu ele — não me atrevo a acordar o gato que estrangulou minha felicidade, visto que, nessa questão de amor, apenas abracei meu coração.

— Ah! — replicou ela, — tu podes me acariciar, mesmo quando estou de olhos abertos, que isso não me provoca a menor sensação...

Diante dessas palavras, o pobre Senescal, pegando um punhal que estava sobre a mesa ao lado do leito, entregou-o a ela, dizendo com raiva:

— Mata-me, querida, ou deixa-me acreditar que ainda me amas, nem que apenas um pouquinho!

— Sim! Sim! — disse ela assustada. — Vou tentar amar-te muito!

Eis como a donzelice da jovem dominou e subjugou o velho, que, devido a sua incapacidade de cultivar aquele belo campo de Vênus, deixou que Blanche tirasse proveito da picardia natural das mulheres, e passasse a fazer gato-sapato dele, o seu velho Bruyn, levando-o de um lado para o outro, como mula de moinho.

— Ah, meu bom Bruyn, quero isso! Quero aquilo! Vamos, Bruyn! Bruyn, vamos!

E era Bruyn isso, Bruyn aquilo; Bruyn para cá, Bruyn para lá, de maneira que o Senescal passou a sofrer mais com a clemência de sua mulher do que teria sofrido com sua maldade. Ela o deixava de cérebro atordoado, ora inventando que queria que tudo na casa fosse carmim, ora mandando revirar tudo de pernas para o ar ao menor movimento de seus sobrolhos. Quando a via melancólica, o apaixonado Senescal determinava do alto de seu assento judicial:

— Enforcai-o!

Qualquer outro teria morrido como uma mosca nessa batalha donzelesca, mas a natureza férrea de Bruyn tornava bem difícil levá-lo a sucumbir.

Um dia em que Blanche tinha revirado a casa de cabeça para o ar, deixando em polvorosa pessoas e animais, e devido ao fato de que seu humor pungente devia estar levando o próprio Pai Eterno ao desespero — até Ele que possui opulentos tesouros de paciência, já que consegue nos suportar, — disse ela ao Senescal, na hora em que os dois se foram deitar:

— Meu bom Bruyn, tenho tentado espantar da mente certas fantasias que me mordem e me picam dolorosamente, mas elas insistem em afligir meu coração e inflamar meu cérebro, incitando-me a proceder mal. Assim, é rara a noite em que não sonho com o monge de Les Carneaux...

— Ah, minha querida — respondeu o Senescal, — são diabruras e tentações contra as quais os monges e as freiras bem sabem como se defender. Se quiseres zelar pela saúde de tua alma, trata de te confessares com o mui digno Abade de Marmoustiers, nosso vizinho; ele te dará um bom conselho e dirigirá santamente teus passos para o bom caminho.

— Irei lá amanhã — disse ela.

E, de fato, logo, logo pela manhã, ela mandou encilhar o cavalo e partiu rumo ao mosteiro dos santos religiosos vizinhos, os quais se admiraram ao verem entre eles tão delicada dama. Naquele dia, só de olharem para ela, cometeram mais de um pecado. Por fim, levaram-na com grande alvoroço diante de seu reverendo Abade.

Blanche encontrou aquele bom homem num jardim particular, perto de um rochedo, sob um caramanchão, e permaneceu parada em atitude respeitosa diante do aspecto grave do santo homem, muito embora estivesse acostumada a não dar maior importância a cabelos brancos.

— Deus vos guarde, minha senhora! — ele a saudou. — Que pode querer de um ancião tão próximo de morrer alguém tão jovem como vós?

— Vosso precioso conselho — respondeu ela, curvando-se reverentemente. — Se vos aprouver reconduzir ao redil uma ovelha desnorteada, deixar-me-eis bem satisfeita por ter encontrado um tão sábio confessor.

— Minha filha — disse ele, com quem o velho Bruyn já se havia entendido previamente e combinado aquela hipocrisia e o papel que ele deveria representar, — se eu não tivesse a frialdade de uma centena de invernos sobre esta cabeça de ralos cabelos, eu não me atreveria a escutar vossos pecados; mas dizei-os, que ficarei contente se puder ajudar-vos a entrar no paraíso.

Então a esposa do Senescal despejou seu pequeno bornal de pecadilhos, e, depois que recebeu a absolvição por suas insignificantes iniqüidades, passou ao pós-escrito de sua confissão.

— Ah meu padre — disse ela, — devo confessar que sou diariamente acometida pelo desejo de ter um filho. Isto é pecado?

— Não — respondeu o Abade.

— Acontece — prosseguiu ela, — que a natureza ordenou a meu marido que não abusasse da sua riqueza, para não acabar ficando pobre, como dizem as velhas quando se referem a esse tipo de assunto.

— Sendo assim — retrucou o sacerdote, — é vosso dever viver virtuosamente e abster-vos de todo pensamento desse tipo.

— Mas eu escutei Madame de Jallanges dizer que um desejo não constitui pecado, desde que dele não se tire proveito ou prazer.

— Mas o prazer sempre acontece! — disse o Abade. — De fato, não se pode considerar que um filho constitua um proveito. Ora, guardai em vosso entendimento que sempre irá constituir um pecado mortal diante de Deus, e um crime diante dos homens, trazer ao mundo uma criança através de relações com um homem com quem não estejais eclesiasticamente casada... Portanto, as mulheres que afrontam as sagradas leis do matrimônio sofrem severas punições no outro mundo, sendo entregues à sanha de monstros horrendos, de grifos dotados de garras e bicos agudos e cortantes, que as arremessam dentro de fornalhas flamejantes, em razão de terem aqui embaixo deixado que seus corações se aquecessem um pouco mais do que seria lícito.

Ouvindo isso, Blanche coçou a orelha e, depois de meditar um pouco, retrucou:

— Então como foi que a Virgem Maria concebeu?...

— Ah! — respondeu o Abade, — Eis aí um mistério.

— E em que consiste um mistério?

— Consiste numa cousa que não se consegue explicar, e na qual se deve acreditar sem qualquer questionamento.

— Ora — retrucou ela, — não me seria permitido realizar em mim um mistério?

— Aquele — disse o Abade — não aconteceu senão uma única vez, visto que se tratava do Filho de Deus.

— Oh, meu padre, será da vontade de Deus que eu deva morrer? Ou que, mesmo sendo prudente e sensata, meu cérebro acabe ficando transtornado? Há grande perigo de que isso aconteça. Ora, dentro de mim há cousas que se mexem e se entrechocam, tirando-me do sério. Aí eu não penso em mais nada, e, para encontrar um homem, não hesitaria em saltar muros e cercas, em vagar sem rumo através dos campos sem sentir vergonha, em reduzir tudo que tenho a cacos e farrapos, somente para ver aquilo que excitava tão ardentemente o monge de Les Carneaux. E, durante esses ataques que tomam conta de mim e me pungem corpo e alma, não há Deus, nem diabo, nem marido: eu sapateio, eu corro, quebro os jarros, as louças, o viveiro, o galinheiro, tudo o que vejo pela frente, e faço tanta coisa mais que nem sei o que dizer. Nem me atrevo a confessar todas as minhas más ações, porque só de falar delas minha boca se enche de água, e também porque — que Deus me perdoe! — tudo isso me causa terríveis comichões!... E quando esta loucura me morde e me pica, dando cabo de minha virtude, hein? Deus, que entranhou em meu corpo este grande amor, teria coragem de me condenar à eterna danação?...

Ouvindo tais questionamentos, dessa vez foi o padre quem ficou coçando a orelha, inteiramente pasmado diante da profunda sabedoria daquelas lamentações, controvérsias e razões que a continência podia secretar.

— Minha filha — disse ele, — Deus nos criou distintos dos animais, e nos deixou um paraíso para que possamos conquistá-lo. E para tanto, nos concedeu a razão, que é um leme capaz de dirigir-nos durante as procelas decorrentes de nossos ambiciosos desejos... A melhor maneira de esvaziar o cérebro dessas fantasias malignas é recorrer ao jejum, a trabalhos estafantes e a outros atos virtuosos... E, em vez de espumar de raiva e ficar agitada qual marmota enfurecida, há que se orar à Virgem, dormir no chão duro, cumprir as obrigações domésticas e nunca ficar ociosa...

— Eh, meu padre, quando estou na igreja sentada em minha cadeira, não vejo padre nem altar, mas tão-somente o Menino Jesus, que me tranqüiliza a mente. Mas eis que me distraio, olho para os lados e passo a devanear, e num instante me vejo capturada pelo visgo do amor...

— Se é assim que vos sentis — disse imprudentemente o Abade, — vosso caso seria semelhante ao de Santa Lidória, a qual, num dia em que caiu num sono profundo, vestida com roupas ligeiras devido ao grande calor que fazia, deixou que suas pernas ficassem bem afastadas uma da outra. Nesse momento, dela se aproximou um rapaz cheio de más intenções, e, pé ante pé, emprenhou-a solertemente. Ora, como dessa ardilosa ação a dita santa fosse de todo ignorante, ficou bem surpresa quando caiu de cama, acreditando que aquele inchaço em seu ventre significasse alguma doença grave. Para curar-se, fez penitência, do tipo que se faz quando se comete um pecado venial, visto que não tinha sentido prazer algum com aquele malfeito, segundo mais tarde declarou o malvado aproveitador, que confessou, no cadafalso onde ia ser executado, que a santa não tinha sequer se mexido durante o ato...

— Oh, meu padre — disse ela, — podeis ficar certo de que eu também saberia ficar sem me mexer tanto quanto ela!

Depois de dizer isso, ela se foi, fresca, gentil e sorridente, pensando em como faria para cometer um pecado venial daquele tipo. Ao regressar do grande mosteiro, avistou no pátio do castelo o jovem pajem Jallanges, que, sob a orientação de um velho escudeiro, girava e volteava sobre um belo corcel, curvando-se para os lados de acordo com os movimentos do animal, apeando, voltando a montar, ora saltando, ora marchando, sempre com muita elegância, sabendo manter as coxas altas e firmes, tão destro e ereto na sela que mostrava já dominar completamente a arte da equitação, tanto que até faria inveja à Rainha Lucrécia, aquela que se matou por ter sido envenenada contra sua vontade.

— Ah! – exclamou Blanche, — Se esse pajem já tivesse completado quinze anos, eu poderia adormecer tranqüilamente, desde que ele estivesse por perto...

Então, apesar da tenra idade do gentil servidor, durante a merenda e o jantar, ela se pôs a mirar disfarçadamente seus cabelos bastos e negros, a brancura de sua pele, a graça de René, e sobretudo seus olhos, que despediam um límpido calor e um fogaréu de vida, que ele evitava a todo custo ostentar — vede como não passava de uma criança!

Então, mais tarde, quando a Senescala repousava pensativa em sua cadeira, ao lado da lareira, o velho Bruyn perguntou-lhe qual a razão daquele seu ar preocupado.

— Estou imaginando —respondeu ela — que tu deves ter-te iniciado bem cedo nas batalhas do amor, para hoje estares tão esgotado...

— Oh! – respondeu ele sorrindo, como o fazem todos os velhos quando indagados sobre suas recordações amorosas. — Quando eu tinha treze anos e meio, já havia embarrigado a camareira de minha mãe...

Blanche não quis ouvir mais coisa alguma, imaginando que o pajem René também devesse estar suficientemente apetrechado. Isso deixou-a exultante; assim, depois de fazer alguns agradinhos no bom homem, passou a se deleitar com seu desejo mudo, como se estivesse deitando farinha num bolo.

IV — Como e por quem foi feito o dito filho

A esposa do Senescal não demorou a se decidir pela melhor maneira a ser empregada para despertar rapidamente o amor do jovem pajem, e imaginou lançar mão de uma armadilha natural na qual sempre caem e são apanhados até mesmo os mais atilados. Eis como ela planejou: na hora mais quente do dia, o Senescal fazia sua sesta, à maneira sarracena, costume que jamais perdeu depois de seu regresso da Terra Santa. Durante esse cochilo, Blanche ficava sozinha em casa, ocupada em executar tarefas domésticas de pequena importância, próprias de mulheres, como bordados e costuras; ou então, mais freqüentemente, ia fiscalizar a limpeza dos quartos, ia dobrar e guardar as toalhas, ou ficava andando à-toa pela casa. Então resolveu destinar essa hora vaga e silenciosa para completar a educação do pajem, dando-lhe livros para ler e ensinando-lhe a rezar. Assim, logo no dia seguinte, por volta do meio-dia, quando os raios mais luminosos do Sol dardejaram sobre os telhados de Roche-Corbon, o calor convidou o Senescal a ir dormir, coisa que só não acontecia quando ele estava perturbado, transtornado e agitado por um diabo em forma de donzela. Nessa circunstância, Blanche se empoleirou graciosamente na grande cadeira senhorial de seu bom homem, já que não havia outra de espaldar mais alto, para que ela assim tirasse proveito das possibilidades de suas várias perspectivas. A danadinha ali se acomodou destramente qual andorinha no ninho, e inclinou a cabeça maliciosamente sobre o braço, como uma criança adormecida; porém, enquanto fazia seus preparativos, mantinha abertos os olhos gulosos, que sorriam, prelibando o que iria acontecer. Estava de tal modo empolgada, que sentia pequenos estremecimentos, espirrando, piscando e imaginando a aflição do pajem quando este se sentasse a seus pés, mantendo dela uma distância que não seria maior do que o salto de uma pulga velha. E, de fato, ela puxou para tão perto de si a almofadinha de veludo sobre a qual deveria se ajoelhar o pobre rapazinho com cuja alma e cuja vida ela planejava divertir-se, que, mesmo se ele fosse um santo de pedra, seu olhar seria obrigado a acompanhar as flexuosidades do vestido, a fim de mirar e admirar as perfeições e belezas daquela perna bem torneada que moldava a sua meia justa e branca.

Portanto, era impossível que um frágil pajem não fosse apanhado naquela armadilha na qual o mais possante cavaleiro iria de bom grado sucumbir.

Depois que se tinha virado e revirado, que se ajeitara e mudara de lugar várias vezes, até se instalar numa situação na qual o pajem ficaria mais à vontade, ela chamou com voz melíflua:

— Oh! René!

René, que ela bem sabia que se encontrava ali ao lado, na sala dos guardas, não demorou a acorrer ao chamado da ama, enfiando sua cabeça de cabelos castanhos entre as cortinas da porta.

— Que desejais de mim, senhora? — perguntou, enquanto mantinha respeitosamente na mão seu barrete de pelúcia escarlate, menos vermelho que suas bochechas coradas de vergonha.

— Vem cá! — ordenou ela com voz sumida, pois o menino a atraía tanto que ela até tinha saído de seu normal.

Para dizer a verdade, não havia jóias mais flamejantes que os olhos de René, nem velino mais branco que sua tez, nem mulher de mais bela conformação que Blanche. Quanto a esta, tão perto de alcançar seu desejo, achou que o rapazinho era ainda mais doce do que imaginara. Aquela alegre brincadeira do amor fez com que até se irradiasse luz desse encontro de duas almas juvenis, aquecidas pelo bom sol e protegidas pelo silêncio e por tudo o mais.

— Podes ler para mim a ladainha da Virgem Maria? — pediu ela, pondo um livro aberto sobre a almofadinha onde ele se mantinha ajoelhado. — Quero ver se tens recebido um bom ensinamento por parte de teu mestre!...

Ao vê-lo segurando o volume das Horas Marianas, dotado de iluminuras nas quais realçavam os detalhes em prata e ouro, ela lhe perguntou sorrindo:

—Não achas que a Virgem é linda?

— É uma pintura! — respondeu ele timidamente, lançando um olhar de soslaio para a sua graciosa ama.

— Então lê!

Enquanto René se ocupava em recitar a doce e mística ladainha, os *ora pro nobis* de Blanche iam-se tornando cada vez mais sumidos, como o som da trompa que ressoa na floresta. E quando ele recitou devotamente "*O' Rosa Mística!*", a castelã, embora estivesse escutando muito bem, apenas respondeu com um leve suspiro.Ouvindo isso, René começou a desconfiar de que a Senescala estivesse de fato adormecida, e então passou a olhar para ela sem constrangimento, admirando-a de cima abaixo, e não desejando entoar outra antífona que não fosse uma cantiga de amor. Sua felicidade fazia seu coração sobressaltado bater descompassadamente, como se estivesse querendo sair-lhe pela boca. O fato é que, como seria natural, essas duas inocentes crianças ardiam mutuamente de desejo. Talvez, se pudessem prever o que lhes poderia suceder, jamais se tivessem deixado envolver-se entre si.

René se regalava com os olhos, arquitetando intimamente mil fruições que lhe enchiam a boca de água, faminto que ele estava de provar daquele belo fruto do amor. Tomado de êxtase, deixou cair o livro, o que o fez sentir-se tão embaraçado quanto um monge pilhado enquanto cometia alguma travessura, mas a reação de Blanche mostrou-lhe que ela devia realmente estar ferrada no sono, pois a astuciosa menina nem se mexeu. Aliás, ela não teria aberto os olhos mesmo que o ruído fosse bem maior, e há que se levar em conta que outra coisa poderia ter caído ali, além do livro das Horas Marianas... E, como se sabe, não existe desejo pior que aquele que acontece durante o estado de prenhez!

Foi depois desse incidente que o pajem prestou atenção nos pés de sua dama, enfiados em dois delicados borzeguins de cor azul-claro. Seus pés estavam graciosamente apoiados sobre um escabelo, uma vez que a cadeira do Senescal era muito alta. Eram dois pezinhos de proporções diminutas, com uma ligeira curva no alto, medindo dois dedos de largura, e de comprimento igual ao de um pardal, do bico à ponta da cauda. Eram baixos no topo, dois pés verdadeiramente deliciosos e virginais, pedindo para ser beijados, com o empenho de um ladrão suplicando por clemência; um pé mal-intencionado, lascivo, capaz de levar um arcanjo à perdição; um pé que até parecia ter parte com o demo — dava até vontade de fabricar dois outros iguais, para perpetuar aqui neste mundo aquelas obras-primas de Deus. O pajem foi tomado pela tentação de descalçar aquele pé convidativo. Enquanto fazia isso, seus olhos, ardendo com o fogo próprio da idade, iam e vinham sem parar, como pêndulo de relógio, começando naquele deleitoso pé e subindo até o rosto adormecido de sua ama e senhora, cujo ressonar ele escutava, enquanto sorvia avidamente sua respiração, sem poder se decidir quanto a onde seria mais doce depositar um beijo: se sobre os suaves e rubros lábios da Senescala, ou sobre aquele pé que até parecia falar.

Por fim, fosse por medo ou respeito, ou quem sabe devido a seu grande amor, decidiu-se pelo pé e o beijou rapidamente, como se fosse ele a donzela assustada. Mas logo em seguida retomou o livro, sentindo suas faces ainda mais rubras e afogueadas, na excitação daquele prazer que estava sentindo, e então recitou em voz alta, como o fazem os cegos:

— *Janua coeli* — porta do Céu!...

Mesmo assim, Blanche não se moveu, na certeza de que o pajem iria prosseguir com seus beijos, indo desde o pé ao joelho, e continuando daí até chegar à porta do Céu. Mas ficou extremamente desapontada quando a ladainha chegou ao fim sem qualquer outra traquinagem. Quanto a René, acreditando ter desfrutado de felicidade suficiente para um dia, deixou a sala pé ante pé, sentindo-se mais rico com aquele beijo do que um ladrão que tivesse roubado a caixa de esmolas da igreja.

Quando a Senescala se viu sozinha, pensou no íntimo de sua alma que o pajem dedicaria mais tempo a sua tarefa amorosa se estivesse a seu lado durante as matinas, enquanto se entoava o *Magnificat*. Ela então decidiu que, no dia seguinte, deixaria seu pé um pouco mais alto no escabelo, para desse modo deixar que se entrevisse aquela beleza oculta que na Turena é chamada de "perfeita", visto que ela jamais se desgasta exposta ao ar, mantendo-se desse modo sempre fresquinha. Vede portanto que o pajem, incendiado pelo desejo, e de cabeça transtornada pelas lembranças do que havia acontecido na véspera, aguardava impacientemente que chegasse a hora de voltar a ler aquele breviário de galanteria. De fato, logo foi chamado, e então recomeçaram as desculpas da ladainha. Blanche novamente não tardou a adormecer. Dessa vez, René deslizou a mão sobre aquela perna torneada e se atreveu a tirar a limpo se aquele joelho tão liso, e mesmo um pouco mais acima, seriam de fato acetinados. Ao constatar que era isso mesmo, o pobre rapazinho, indo de encontro ao seu desejo, tão grande era o pavor que sentia, não ousou fazer senão algumas breves ações devotas e rápidas carícias; e ainda que beijasse mais docemente aquela pele suave, permanecia morto de vergonha. Com o bom senso de sua alma e a inteligência de seu corpo, a Senescala logo entendeu o que estava acontecendo, tomando todo cuidado para não se mexer, mas acabou não resistindo, e então exclamou:

— Ora, René, não vês que estou dormindo?

Acreditando que essas palavras representassem uma severa reprimenda, o pajem ficou apavorado e fugiu, deixando os livros e interrompendo a tarefa iniciada e tudo o mais. Em vista disso, a Senescala acrescentou este verso à ladainha:

— Oh Virgem Santa, como é difícil ensinar aos meninos o que eles devem fazer!

Durante o almoço, o pajem suava em bicas nas costas, enquanto servia sua ama e seu senhor, e se sentiu aturdido quando recebeu de Blanche a mais desavergonhada de todas as olhadelas que jamais foi lançada por mulher alguma, e parece ter sido um olhar bem forte e estimulante, visto que mudou aquele menino tímido num homem impávido. Assim, naquela mesma tarde, aproveitando-se do fato de que Bruyn permanecera um pouco mais do que de costume em seu quarto, o pajem foi à procura de Blanche e a encontrou adormecida. Vendo aquilo, ele fez com que ela sonhasse com os anjos, arrancando dela as correntes que tanto a constrangiam, e espargindo sobre ela, sem miséria, a semente de gerar filho, cujo simples excesso seria suficiente para, de lambujem, gerar mais dois.

Depois disso, a lúbrica moça, agarrando o pajem pela cabeça puxou-o para junto de si e exclamou:

— Oh, René, tu me acordaste!

De fato, não haveria sono que pudesse resistir a um assédio daqueles; nem mesmo o sono dos santos, que deve ser assaz profundo.

Depois desse embate sem qualquer sobressalto, e devido a uma propriedade benigna que constitui o princípio fundamental dos cônjuges, o doce e gracioso enfeite que tão bem se encaixa na cabeça dos maridos enganados assentou-se perfeitamente na cabeça do bom marido de Blanche, sem que ele sequer o suspeitasse.

Após esse lauto banquete, a Senescala passou a praticar com enorme satisfação o hábito diário da sesta, à moda francesa, enquanto o confiante Bruyn também fazia a sua, mas à moda sarracena. Durante aquelas sestas, ela pôde constatar que a atividade juvenil do pajem lhe apetecia bem mais que a frouxidão senil do Senescal; por isso, de noite, ela se enfiava toda sob as cobertas, mantendo-se o mais longe que podia do marido, que passou a achar rançoso e desenxabido.

E assim foi que, em virtude de tanto dormir e despertar durante o dia, de tantas sestas e tantas ladainhas, a jovem Senescala sentiu florescer dentro de seus delicados flancos o tesouro pelo qual tantas e tantas vezes havia suspirado; mas nessa altura dos acontecimentos ela passara a apreciar mais o ato de tentar fazer um filho, do que o possível resultado positivo desse ato.

O fato é que René sabia ler não só nos livros, como também nos olhos de sua linda ama e senhora, pela qual seria capaz de se jogar numa fogueira, se ela assim o ordenasse.

Quando seus ensinamentos já tinham ultrapassado a marca de uma centena, a Senescala começou a se preocupar com a alma e o futuro de seu amiguinho. Então numa certa manhã chuvosa, quando os dois brincavam de esconde-esconde, como duas crianças inocentes da cabeça aos pés, Blanche, cujo esconderijo era sempre descoberto, lhe disse:

— Vem cá, René! Sabes que ali onde cometi meus pecados, que não passavam de veniais, uma vez que eu estava dormindo, tu cometias pecados que eram de fato mortais?

— Ah, senhora! — disse ele. — Dizei-me então onde será que Deus coloca tantos condenados, se aquilo que fiz for pecado mortal?

Blanche caiu na risada e lhe deu um beijo na testa.

— Cala-te, menino levado! Estou-me referindo ao Paraíso, ali onde iremos viver juntos um dia, caso queiras estar comigo para sempre.

— Oh! Já tenho aqui meu paraíso!

— Nada disso! Não passas de um menino mal-educado, de um descrente, um malvado que não se importa com aquilo que eu amo, ou seja, contigo! Pois fica sabendo que trago um filho dentro de mim, e que em breve serei tão capaz de ocultar isso como de esconder meu nariz. Então, que irá dizer o Sr. Abade? E nosso amo e senhor, que dirá? Ele será capaz de te matar num assomo de cólera! O que te aconselho, meu pequeno, é que te dirijas ao Abade de Marmoustiers e lhe confesses teus pecados, perguntando-lhe o que seria melhor fazer com respeito ao meu Senescal.

— Ai de nós! — exclamou o atilado pajem. — Se eu lhe revelar o segredo de nossas alegrias, ele lançará sua interdição sobre o nosso amor!

— Isso é verdade — concordou Blanche. — Mas tua boa sorte no outro mundo é um bem tão precioso para mim!

— Quereis então que eu faça isso, meu amor?

— Sim — respondeu ela com voz emocionada.

— Então está bem: irei lá. Ide já dormir, para que eu possa dizer-vos adeus!

E a galante dupla recitou a ladainha da despedida, como se estivessem ambos prevendo que seu amor deveria terminar naquele mês de abril.

Na manhã seguinte, mais com a intenção de salvar sua cara dama que por sua própria causa, e também para obedecer a ela, René de Jallanges seguiu rumo ao grande mosteiro.

Na manhã seguinte, mais com a intenção de salvar sua amada que por sua própria causa, René de Jallanges seguiu rumo ao grande mosteiro.

V — Como o dito pecado de amor motivou uma rigorosa penitência e resultou em luto fechado

— Santo Deus! — exclamou o Abade, quando o pajem desfiou a arenga de seus doces pecados. — Tu és cúmplice de uma gravíssima felonia, a par de teres traído teu senhor! Acaso sabias, ó pajem de maus bofes, que, por causa disso, irás arder no fogo do inferno por toda a eternidade? E acaso sabes o que significa perder para sempre o Céu lá de cima por causa de um momento fugaz e inconseqüente aqui de baixo? Oh infeliz! Estou até te vendo precipitado para sempre nos abismos do averno, a menos que te avenhas com Deus neste mundo, e Lhe pagues aquilo que lhe deves por tal agravo...

Então o bom e velho Abade, que era do mesmo estofo de que são feitos os santos, e que possuía grande autoridade naquela terra da Turena, após deixar o jovem apavorado com uma série de representações, discursos cristãos, lembranças dos preceitos da Igreja, e mil outras cousas eloqüentes — tantas quantas um diabo poderia dizer durante seis semanas para seduzir uma donzela; — tantas e tantas, que o pobre René, que ainda guardava n'alma o leal fervor da inocência, não tardou a lhe prestar sua total submissão.

Ora, o dito Abade, na intenção de transformar para sempre aquela criança, então em vias de chafurdar no mal, num homem santo e virtuoso, ordenou que ele primeiramente se fosse prosternar diante de seu senhor, e que lhe confessasse seu malfeito. Aí, se lhe fosse dado sair vivo dessa conferência, ele deveria logo em seguida tornar-se cruzado e embarcar diretamente para a Terra Santa, ali permanecendo por quinze anos em santa guerra contra os infiéis.

— Ai de mim, reverendo padre! — lamentou-se o jovem como que atordoado. — Quinze anos não serão um tempo longo demais para me desobrigar dos prazeres que experimentei? Ah! A bem da verdade, devo confessar que aqueles momentos me proporcionaram mil anos de doces recordações!...

— Deus será generoso contigo. Agora, podes ir — concluiu o velho Abade, — e não peques mais.

Depois disso, pronunciou o *Ego te absolvo,* e o pobre René retornou com grande contrição ao castelo de Roche-Corbon.

A primeira pessoa que encontrou foi justamente o Senescal, que estava verificando o polimento de seus petrechos de guerra: armas, morriões, celadas, elmos, etc.. O velho estava sentado num comprido banco de mármore, ao ar livre, e se comprazia à vista dos reflexos emitidos pelos belos arneses que conseguira pilhar durante seus combates na Terra Santa, enquanto relembrava saudoso os golpes que desferira, as mulheres que possuíra, e coisa e tal. Quando René se prostrou de joelhos diante de seu bom amo, ele se mostrou intrigado, indagando:

— Por que isso?

— Oh, meu senhor — respondeu o pajem, —peço-vos que mandeis que todos se retirem.

Depois que os presentes saíram de perto, René confessou seu pecado, relatando como abusara de sua dama enquanto ela dormia, e que ela, por causa disso, ficara prenha, do mesmo modo que havia acontecido com aquela santa adormecida. Ele ali viera, cumprindo a ordem que recebera de seu confessor, para se colocar à disposição do amo que havia sofrido aquele agravo.

Depois de dizer isso, René de Jallanges baixou seus belos olhos, os quais tinham sido responsáveis por toda aquela tragédia, e permaneceu timidamente prosternado de joelhos, mas sem demonstrar medo, os braços pendentes, cabeça descoberta, aguardando a decisão do amo e confiante na misericórdia divina. O Senescal não estava tão branco que não pudesse empalidecer ainda mais, como de fato aconteceu, ficando mais alvo que linho recém-secado, e permanecendo mudo de cólera. Foi então que esse veterano de guerra, embora não dispondo em suas veias de fluidos vitais suficientes para gerar um filho, encontrou, naquele momento de fúria ardente, mais vigor do que seria necessário para dar cabo de um homem. Com sua peluda mão direita, empunhou sua pesada clava, ergueu-a bem alto, brandiu-a para sentir-lhe o peso, manipulando-a com tanta facilidade como se estivesse sopesando a bola no jogo de boliche, na intenção de descarregá-la de um só golpe na cabeça do lívido René, o qual, ciente de que passara por cima do direito de seu senhor, permaneceu sereno e de pescoço esticado para a frente, na certeza de que iria pagar sozinho, neste e no outro mundo, pela culpa que cometera a dois com sua amada.

Mas o frescor de sua juventude e todas as seduções naturais de seu doce crime encontraram graça no tribunal do coração daquele ancião, mesmo sendo ele severo; então, arremessando a clava para longe, sobre um cão que passava ali perto, rosnou:

— Que um bilhão de grifos mordam durante toda a eternidade as entranhas daquele que plantou o carvalho do qual foi feita a cadeira sobre a qual tu me puseste cornos! E que o mesmo aconteça com aqueles que te engendraram, maldito pajem causador do meu infortúnio! Vai para o diabo, de onde vieste! Vai-te de diante de mim! Some deste castelo, deste país, e não te demores aqui nem mais um segundo além do tempo necessário; pois, se assim não fizeres, eu saberei preparar-te uma morte bem lenta, que te fará maldizer vinte vezes por hora tua imperdoável vilania!...

Tendo escutado o início dessa peroração do Senescal, cuja ira lhe fizera recuperar um princípio de juventude, o pajem foi-se embora depressa, sem querer ouvir o restante, no que fez muito bem.

Logo em seguida, ardendo de indignação, Bruyn atravessou os jardins em largas passadas, maldizendo tudo o que via a sua frente, praguejando e derrubando tudo o que encontrava; chegou até mesmo a virar de borco três vasilhas de louça que estavam sendo trazidas por um criado contendo a ração servida aos cães. Estava tão fora de si que teria matado o primeiro trabalhador que lhe dirigisse uma simples saudação.

Não tardou a encontrar aquela que tinha perdido a donzelice, e que naquele momento vigiava a estrada do mosteiro, à espera do regresso do pajem, sem saber que nunca mais iria vê-lo.

— Ah, minha dama, pelo rubro tridente do diabo, acaso imaginavas que eu fosse um engolidor de petas, um menino bobo, para acreditar que estivesses tão ferrada no sono que um pajem pudesse entrar onde dormias sem te acordar? Com mil diabos! Com cem mil! Com um milhão!

— Espera respondeu ela, vendo que a mina de ouro fora descoberta, — eu até que notei que alguma coisa estava acontecendo, mas como sempre me ocultaste tudo o que tinha a ver com esse assunto, imaginei que não passasse de um sonho!

A insana fúria do Senescal derreteu-se como neve ao sol; aliás, mesmo a mais terrível cólera divina se desvaneceria diante de um sorriso de Blanche.

— Que um bilhão de diabos carreguem para o inferno essa maldita criança! Juro que...

— Alto lá! Nada de juramentos! — censurou ela. — Ela pode não ser tua, mas é minha! Numa dessas noites, não me disseste que amarias tudo aquilo que viesse de mim?

E em seguida ela desfiou uma tal seqüência de argumentos, de palavras bonitas, de queixas, reclamações, lágrimas e outros padre-nossos próprios das mulheres, tais como: que as propriedades particulares não deveriam ter de retornar ao Rei; que jamais criança alguma fora gerada neste mundo de modo mais inocente; que isso, que aquilo; depois, mais mil outras coisas; tantas, que nosso bondoso chifrudo aos poucos se apaziguou. Ela então, aproveitando-se de uma interrupção propícia, perguntou:

— E onde está o pajem?

— Foi para o diabo!

— Quê?! Então tu o mataste? — exclamou ela, tornando-se pálida e trêmula.

Bruyn não sabia o que seria dele doravante, vendo desabar toda a felicidade de seus últimos anos, e quis, para devolver a Blanche sua perdida alegria, mostrar-lhe o pajem. Para tanto mandou buscá-lo, mas René se tinha escafedido a toda pressa, apavorado com a possibilidade de ser morto. Por isso, partira para as terras d'além-mar, a fim de cumprir sua penitência.

Assim que o Abade informou Blanche quanto ao teor da penitência imposta a seu bem-amado, ela caiu em profunda melancolia, dizendo de vez em quando:

Ela caiu em profunda melancolia, dizendo de vez em quando: "Onde estará,esse pobre infeliz? Deve achar-se em meio a terríveis perigos por amor de mim!"

— Onde estará, esse pobre infeliz? Deve achar-se em meio a terríveis perigos por amor de mim!

E não parava de perguntar por ele, como uma criança que não deixa a mãe em paz enquanto não tem seu pedido atendido. Diante dessas lamentações, o velho Senescal, sentindo-se culpado, se empenhava em fazer mil cousas, exceto uma que lhe era impossível, a fim de devolver a Blanche sua felicidade; mas nada conseguia substituir as doces carícias do pajem...

Eis que, num belo dia, ela teve o filho tão desejado! Podeis ficar certos de que o bom cornudo preparou uma bela festa, ainda que a cara do pai pudesse ser constatada sem qualquer problema no rostinho daquele bonito fruto do amor. Blanche sentiu-se grandemente consolada, e recuperou parte de sua antiga alegria e a flor de inocência que trazia regozijo para as horas derradeiras do Senescal. Quanto a este, de tanto ver aquele pequeno ser correndo pela casa, de tanto apreciar seus risos e os da condessa, acabou por amar aquela criança, e teria ficado furioso com qualquer um que duvidasse de ser ele o pai dela.

Ora, como a aventura de Blanche e de seu pajem não tinha transpirado além dos muros do castelo, constava através de toda a Turena que *Messire* Bruyn ainda havia encontrado força suficiente para procriar. Intacta se manteve a fama de virtude de Blanche, que, pela quintessência de instrução depositada por ela no reservatório natural das mulheres, reconheceu ser necessário fazer silêncio quanto ao pecado venial que revestia seu filho. Assim, passou a agir com modéstia e prudência, sendo mencionada como uma mulher virtuosa. Aí, para tirar proveito próprio, passou a experimentar a bon-

dade de seu bom homem, e, sem lhe conceder licença de ir além de onde seu queixo alcançava, visto que ela se resguardava por se considerar pertencente a René, Blanche, em troca das flores da velhice que lhe eram oferecidas por Bruyn, fazia-lhe pequenos mimos, sorria para ele, deixando-o sempre alegre, e o paparicava com os gestos e atitudes gentis que as boas mulheres usam para com os maridos que enganam, e tudo tão bem feito, que o Senescal desistiu de morrer, espojando-se confortavelmente em sua cadeira, e quanto mais tempo vivia, tanto mais se acostumava com a idéia de estar vivo.

Mas eis que, um belo dia, ele partiu desta vida, sem saber para onde estava indo, pois virou-se para Blanche e lhe disse:

— Oh, oh, minha querida, não consigo ver-te! Já está de noite?

Era a morte do justo, e ele bem que a merecera, como prêmio pelos trabalhos que realizara na Terra Santa.

Devido a essa morte, Blanche cobriu-se de um luto pesado e verdadeiro, chorando por ele como se chora por um pai. Permaneceu melancólica, sem querer escutar uma segunda marcha nupcial, no que foi elogiada pelas pessoas de bem, que desconheciam o fato de ter ela no coração um esposo de verdade e uma esperança de vida, mas ela se portava durante a maior parte do tempo como uma viúva de fato e de coração, uma vez que, não tendo qualquer notícia do paradeiro de seu amado que partira para as Cruzadas, a pobre condessa já o considerava morto; e, em determinadas noites, chegava mesmo a vê-lo ferido e prostrado por terra, acordando de seu sonho encharcada de lágrimas.

E ela assim conviveu durante quatorze anos com a esperança de ter ainda um único dia de felicidade. Finalmente, num dia em que estava acompanhada de algumas damas da Turena, com as quais conversava após o almoço, eis que seu filho, então com treze anos e meio, e uma aparência bem semelhante à de René (mais do que seria permitido a um filho parecer-se com seu pai), não tendo herdado de Bruyn senão o sobrenome, garoto impulsivo e gentil como sua mãe, veio do jardim correndo, corado, suando, resfolegando, jogando para os lados tudo o que via a sua passagem, segundo o uso e costume das crianças, e correu diretamente para o colo da mãe bem-amada, interrompendo a conversação, e disse em voz bem alta:

— Ah, Mamãe, tenho uma coisa para te dizer: acabei de ver no pátio um peregrino que me deu um abraço bem apertado!

— Oh! — gritou a castelã, voltando-se para um criado incumbido de vigiar o jovem conde. — Já te recomendei muitas vezes que nunca deixasses meu filho nas mãos de forasteiros, mesmo que se trate do homem mais santo do mundo. Vou mandar despedir-te!

— Sede compassiva, senhora — suplicou o velho escudeiro, corrido de vergonha, — quem o abraçou não lhe queria mal, porque chorou no momento em que o estava abraçando e o beijando!...

— Ele chorou?! — estranhou ela. — Ah! Deve ser o pai dele!

Dizendo isso, inclinou a cabeça sobre o braço da cadeira onde estava sentada, e que — vede só! — era a mesma onde ela tinha cometido seu pecado.

Ouvindo essas palavras incongruentes, foi tão grande a surpresa das damas que, de início, não repararam que a pobre Senescala acabara de morrer, sem que jamais se soubesse se sua morte súbita teria advindo da dor da segunda perda de seu amante, que, fiel à promessa que fizera, não quisera vê-la de novo, ou pela grande alegria de seu regresso e a esperança de suspender a interdição do Abade de Marmoustiers, que tinha interrompido seus amores. E daí resultou um pesadíssimo luto, pois o *Sire* de Jallanges quase enlouqueceu quando contemplou o espetáculo de sua dama caída por terra, tornando-se um religioso em Marmoustier, que, naquela época, foi chamado por alguns de *Maius Monasterium,* ou seja, "Mosteiro Maior", porquanto, de fato, era então o melhor e mais belo convento da França.

A Favorita do Rei

3 — A FAVORITA DO REI

Naquele tempo vivia nas oficinas de Pont-au-Change um ourives, cuja filha era conhecida em toda Paris por sua excepcional beleza, e famosa sobretudo por sua graciosidade. Havia quem buscasse seus favores lançando mão dos usuais chamariscos do amor, enquanto que outros ofereciam ao pai dela largas somas de dinheiro, para que a convencesse de se casar com eles, coisa que de modo algum aprazia a beldade.

Um seu vizinho, advogado no Parlamento, o qual, de tanto arrecadar com suas patranhas, acabara adquirindo vastas propriedades, tantas quanto o número de pulgas que tem um cão, meteu na cabeça a idéia de oferecer ao dito pai um palacete, em paga de seu consentimento quanto ao matrimônio, que desejava ardentemente contrair com a moça. A proposta não desagradou ao ourives, que concordou com o negócio envolvendo a filha, sem levar em consideração que aquele pretendente de toga e capelo tinha cara de macaco, boca de poucos dentes, e dos quais ele nem tratava, de maneira que daquela boca emanava um bafo nada agradável. Além disso, vivia sujo e malcheiroso, como o costumam ser aqueles que passam a vida em meio à fumaça das chaminés, ao mofo dos pergaminhos, e a outras coisas sujas e repulsivas.

Ora, bastou que a doce donzela o visse, para exclamar quase sem pensar:

— Pelo amor de Deus! Não quero esse aí de modo algum!

— Não me interessam seus caprichos! — ralhou o pai, que já estava louco para tomar posse do palacete. — Eu te concedi a ele como esposa. Trata de entrar em acordo com teu noivo. Doravante, vais viver com ele, e tens a obrigação de tratá-lo com carinho.

— Então vai ser assim? — perguntou ela. — Está bem! Só que, em vez de vos obedecer, o que farei será mostrar a ele o que ele poderá esperar de mim.

E naquela mesma noite, depois do jantar, enquanto o apaixonado homem da Lei expunha a ela seus compromissos de amor, declarando a intensidade de seu amor, e prometendo-lhe mundos e fundos pelo restante de sua vida, ela lhe respondeu de chofre:

— Meu pai vendeu-vos meu corpo; todavia, si me usardes, vereis que não fizestes bom negócio, pois vou preferir entregar-me aos transeuntes do que a vós. Eu vos juro que, ao contrário de me portar como honesta donzela, hei de proceder com uma deslealdade tal que não terá fim senão com a morte, vossa ou minha.

Aí, pôs-se a chorar, como o fazem todas as moças que ainda não adquiriram experiência de vida, pois, depois que isso acontece, elas nunca mais voltam a chorar pelos olhos.

Nosso advogado considerou aquela estranha atitude nada mais que um dos engodos e iscas dos quais se servem as moças a fim de atiçar as chamas do amor e reacender as devoções de seus admiradores, transformando-os em doações, transferências, cessões e outros direitos de mulher casada. Assim pensando, nosso advogado mal prestou atenção naquelas palavras, e até se riu da resposta atrevida da bela jovem, quando ele lhe perguntou:

— Quando faremos as bodas?

— Amanhã mesmo — respondeu ela, — porque quanto mais cedo nos casarmos, mais depressa ficarei livre para ter meus galãs e levar a vida alegre de quem ama a quem lhe apetece.

No mesmo instante, o advogado basbaque, tão cativo do amor como um tentilhão a se debater num galho com visgo, despediu-se dela, tomou as derradeiras providências para o casamento, discursou no Palácio, seguiu às pressas para a Corte de Justiça, pagou por sua dispensa e concluiu seus negócios mais depressa que nunca, sem deixar em momento algum que saísse de sua cabeça a imagem da beldade.

Entrementes, el-Rei, que estava retornando de uma viagem, não tinha ouvido na Corte um outro comentário que não fosse a respeito da linda filha do ourives, que havia recusado mil escudos de Fulano, outros mil de Beltrano, que não aceitara a proposta deste e daquele, e que, em suma, não queria pertencer a quem quer que fosse, dispensando até os rapazes mais bonitos, que não hesitariam em deixar para Deus o que lhes caberia no Paraíso apenas para desfrutar durante um dia da companhia daquele dragão. Por isso, o bom soberano, interessado em participar da caçada àquela presa tão cobiçada, atravessou a cidade, passando diante das oficinas onde o ourives trabalhava, e quis conhecê-lo, sob o pretexto de adquirir jóias para presentear a dama de seu coração, e ao mesmo tempo tentar negociar o mais precioso artigo que ali se poderia comprar. El-Rei não ficou muito entusiasmado com as jóias do ourives, ou talvez não estivesse de fato interessado em comprá-las, e por isso o bom homem quis mostrar-lhe algo especial, tirando de uma gaveta secreta um enorme diamante branco.

— Minha querida — sussurrou El-Rei, dirigindo-se à bela jovem, enquanto seu pai estava com o nariz enfiado na gaveta, — não foste feita para vender gemas preciosas,

mas para usá-las. Se, dentre todas essas peças, escolheres a que te parecer mais bela, sei que a meu lado se encontra uma pela qual todos estão loucos — é a minha predileta!

—, e da qual serei sempre súdito e servo, mas cujo preço nem todo o reino de França poderia jamais pagar!

— Ah, Majestade — replicou a bela, — vou casar-me amanhã! Entretanto, se me emprestardes o punhal que trazeis na cintura, hei de defender minha flor, reservando-a para vós, a fim de observar o Evangelho, no trecho que diz: "*Dai a César o que é de César*".

Imediatamente El-Rei lhe entregou a pequena adaga, pois aquela pronta resposta o tinha deixado tão apaixonado que ele até perdera o apetite, resolvendo que, num de seus palácios situado na Rua das Andorinhas, poderia reservar um apartamento para alojar esse seu novo amor.

Enquanto isso, nosso advogado se apressava em realizar seu casamento, e, para grande despeito dos outros pretendentes, conduzia sua noiva ao altar, ao ruído dos sinos e de instrumentos musicais, numa pressa tal que até parecia estar atacado de diarréia. À noite, terminadas as danças, ele entrou na alcova de sua residência, onde deveria estar

deitada a bela recém-casada, mas não encontrou ali uma donzela ingênua, e sim uma demandista endiabrada, uma enraivecida diabra, que, sentada numa cadeira de braços, não quisera se enfiar sob os lençóis do leito, permanecendo diante da lareira a remoer e ferventar sua ira. O bom marido, aturdido, veio prostrar-se de joelhos diante dela, convidando-a para a batalha inicial da primeira noite, mas ela não se dignou de responder palavra, e quando ele tentou tirar-lhe a roupa para apreciar um pedacinho daquilo que lhe tinha custado tão caro, ela lhe aplicou um bofetão que quase lhe quebrou os ossos, prosseguindo em seu mutismo. A brincadeira começou a agradar o advogado, que decidiu também participar dela, imaginando que, ao final, tudo resultaria naquilo que bem sabeis do que se trata. Ele então entrou no jogo com a cara e a coragem, levando outros bons golpes na cara.

Mas de tanto agarrar e puxar, de tanto torcer e empurrar, ele acabou rasgando uma manga do traje da noiva, depois esfarrapou a saia, até que conseguiu enfiar a mão no delicado alvo de seu desejo, malfeito que fez a bela noiva rosnar, pondo-se de pé. Então, pegando o punhal do Rei, ela vociferou:

"Minha querida", sussurrou el-Rei, dirigindo-se à bela jovem, enquanto seu pai estava com o nariz enfiado na gaveta, "não foste feita para vender gemas preciosas, mas para usá-las!"

— Que queres de mim?

— Quero tudo — respondeu ele.

— Ah! Eu não passaria de uma grande puta se me entregasse a ti contra a minha vontade! Se deres cabo da virgindade que preservei, cometerás um grave erro. Eis aqui o punhal do Rei: mato-te com ele, à menor tentativa de te aproximares de mim!

Dito isso, ela pegou um pedaço de carvão, e, tendo sempre um olho no procurador; traçou uma risca no assoalho e desfechou:

— Eis aqui a linha limítrofe do domínio do Rei. Não a ultrapasses! Se o fizeres, vais pagar bem caro!

O advogado, que desistira de fazer amor depois de ter visto o punhal, quedou-se ali desconfiado. Todavia, ao mesmo tempo em que escutava a cruel proibição de ter aquilo pelo qual já tinha pago, o marido frustrado enxergava, através de um dos rasgões do vestido da noiva, uma tão bela amostra de coxa roliça, branca e fresca, e também tão apetitosos espécimes de mistérios ocultos, através das frestas do vestido, e mais isso e aquilo, que a morte até lhe pareceu doce, caso ele ao menos pudesse desfrutar um pouquinho daquilo tudo. Com esse pensamento, investiu contra o domínio do Rei, enquanto exclamava:

— Pouco me importa morrer!

E de fato se atirou sobre ela com tanta sofreguidão que a bela noiva caiu de mau jeito sobre o leito, mas sem perder os sentidos, e continuou a se defender com unhas e dentes, tão bravamente que o advogado nada conseguiu senão tocar de leve num delicado tufo de cabelos secretos; e por causa disso recebeu um murraço que lhe arrancou uma boa ponta de toucinho do espinhaço, sem todavia machucá-lo muito, de maneira que não lhe custou muito caro a tentativa de invadir e conquistar o domínio de el-Rei. Todavia, inebriado com a pequena vitória que conquistara, exclamou:

— Eu não poderei continuar vivendo se não vier a possuir este corpo tão belo, e usufruir das delícias deste amor! Assim sendo, podes matar-me!

Dito isso, tentou novamente investir contra a propriedade particular do Rei. Mas a bela jovem, que não tirava seu rei do pensamento, não ficou coisa alguma abalada diante desse fervoroso amor, e ameaçou o advogado:

— Se vieres de novo investir contra o que não te pertence, não será a ti que matarei, mas a mim!

E o olhar que dardejou sobre ele foi feroz o bastante para assustar o pobre homem, que se sentou na cama, deplorando essa má hora, e passou aquela noite, que costuma ser tão feliz para aqueles que se amam de verdade, em queixas e lamentações, preces, imprecações e outros resmungos, como por exemplo : como ela seria bem tratada; que ela poderia gastar dinheiro à vontade, e ser servida em salva de prata; que de simples donzela iria tornar-se uma dama, podendo adquirir palácios e mansões; e, por fim, que, se ela lhe permitisse quebrar uma lança em prol do amor, ele a deixaria de todo livre e passaria o resto de sua existência da maneira que ela assim lhe ordenasse. Mas ela, sempre inflexível, ao chegar a manhã, disse-lhe apenas que lhe permitiria morrer, e que essa seria toda a felicidade que lhe poderia conceder.

— Eu não te enganei — disse ela. — Com efeito, sem deixar de cumprir as ameaças que te fiz, vou entregar-me ao Rei, e não aos passantes, aos vadios e aos carroceiros, conforme havia dito.

Aí, quando o dia rompeu, ela se vestiu com seu traje de noiva, inclusive os adornos nupciais, e esperou pacientemente que o pobre marido, com quem ela nada quis ter, deixasse a casa e fosse atender seus compromissos profissionais. Ela então seguiu para a cidade, a fim de encontrar o Rei. Depois de percorrer distância menor que a de um tiro de besta, foi abordada por um enviado do Rei, que ali se encontrava com a incumbência de vigiar e relatar o que havia acontecido, e que, ao encontrar a jovem toda ataviada, a ela se dirigiu, dizendo-lhe:

— Estais indo à procura de el-Rei?

— Sim — respondeu ela.

— Muito bem! Então permiti que eu seja vosso melhor amigo — disse-lhe o sutil cortesão com toda a finura. — Peço que me concedais vossa ajuda e proteção, do mesmo modo que vos ofereço a minha.

Em seguida, revelou-lhe que tipo de homem era el-Rei, e quais eram seus pontos fracos; que de vez em quando acontecia de ser ele tomado pela raiva num dia, permanecendo sem dizer palavra no outro, e mais isso e aquilo; que ela seria tratada com todo o luxo e conforto, mas que devia tratar o soberano com toda a gentileza, etc. E assim foi que, palestrando agradavelmente durante todo o percurso, ela nem viu o tempo passar, até que chegou ao Palácio das Andorinhas, onde outrora vivera Madame d'Estampes.

O pobre marido chorou como um veado que escuta latidos de cães, quando não encontrou sua bela esposa em casa, e entrou num estado de melancolia de dar dó. Seus companheiros lhe fizeram tantos e tais deboches e zombarias quantas honrarias recebera São Tiago em Compostela, mas isso de nada serviu para tirar o pobre cornudo de sua tristeza, e esta era tamanha, que os outros decidiram combinar um meio de alegrá-lo. Então aqueles colegas de toga, lançando mão de seu espírito de chicana, decretaram que seu dolente companheiro não era de modo algum um cornudo, visto que sua mulher se tinha recusado a consumar o casamento. Além do mais, se o autor da chifrada fosse outro que não el-Rei, eles iriam providenciar a anulação do casamento.

Mas o apaixonado advogado estava mesmo era decidido a morrer; e, por fim, deixou-a para o Rei, confiando em que um dia iria recuperá-la, e acalentando a certeza de

Quando não encontrou sua bela esposa em casa, seus companheiros lhe fizeram tantos e tais deboches e zombarias quantas honrarias costumava São Tiago receber em Compostela.

que uma única noite ao lado dela até que compensava a vergonha e o constrangimento que iriam acompanhá-lo por toda uma vida. É preciso amar demais para pensar assim, não é? Pois há uma porção de pessoas mundanas que se entregam a frouxos de riso quando lhes falam desse grande amor.

Quanto a ele, sem jamais tirá-la da cabeça, passou a tratar com negligência suas petições, seus clientes, suas chicanas e tudo o mais. Seguia para o Palácio como um avarento que tenta recuperar um vintém perdido, cabisbaixo e pensativo, tão alheio a tudo o que acontecia a seu redor, que um dia esvaziou a bexiga na toga de um conselheiro, imaginando estar diante do muro onde os advogados dão adeus a suas causas.

Entrementes, a beldade era amada noite e dia por el-Rei, que nunca se fartava dela, porque a moça tinha recursos e maneiras especiais de fazer amor, sabendo como ninguém manter aceso o fogo da paixão. Assim, ela hoje descompunha o Rei; amanhã, o endeusava; jamais se repetia, e sabia lançar mão de mais de mil ardis, usando de muita lábia e sendo useira e vezeira em gaiatices e facécias.

Um nobre que possuía vastas propriedades em Bridoré matou-se por causa dela, despeitado por não conseguir obter seus favores amorosos, apesar de lhe ter oferecido todas as terras que possuía naquela região da Turena. Temos de convir, porém, que, já não se fazem mais turenianos desse tipo que davam um domínio em troca de um encontro de amor.

Aquela morte entristeceu a bela, que foi procurar seu confessor. Este atribuiu-lhe a culpa daquela morte, e ela por isso jurou, em seu íntimo, que, mesmo sendo amante do Rei, no futuro iria aceitar os domínios que lhe fossem oferecidos, e que iria secretamente aliviar os anseios de seus admiradores, a fim de não perder sua alma. E foi assim que ela começou a juntar a grande fortuna que lhe valeu a consideração de toda a cidade. E desse modo ela evitou que muitos cavalheiros galantes perecessem, afinando tão bem seu alaúde e inventando tais mentiras, que o Rei sequer imaginava que ela o estivesse ajudando a tornar seus súditos mais felizes.

O advogado Féron.

De fato, era tal a paixão do soberano por ela, que a beldade lhe teria feito crer que as tábuas do teto eram as do assoalho, e vice-versa, com mais facilidade que qualquer outra, já que, em sua residência das Andorinhas, ele passava deitado a maior parte do tempo, tanto que nem sabia estabelecer a diferença entre um e outro tipo de tábua, sempre a se divertir com ela, como se quisesse ver se aquela bela fazenda podia gastar-se. Todavia, foi o pano dele que se desgastou primeiro, visto que, tempos mais tarde, foi el-Rei quem acabou morrendo por excesso de amor.

Embora ela tomasse cuidado de não se entregar senão aos cortesãos mais bem apessoados e distintos, e mesmo assim apenas de raro em raro, como se seus favores fossem milagres, as pessoas que não gostavam dela e sentiam inveja diziam que por dez mil escudos um simples gentil-homem poderia desfrutar da mesma alegria do Rei, o que não passava de torpe mentira, visto que, quando um dia o monarca foi chamá-la às falas para tirar a limpo aquela intriga, ela se fez de ofendida e lhe respondeu ironicamente:

— Eu detesto, abomino e maldigo aqueles que puseram esse enredo em vossa idéia! Eu nunca me dei a alguém que não tivesse despendido comigo menos de trinta mil escudos!

O Rei, embora envergonhado, não pôde deixar de sorrir, limitando-se a proibi-la de sair de casa por cerca de um mês, até que se calassem os maldizentes.

Mais tarde, e por causa disso, a *Damoiselle* de Pisseleu, ansiosa por tomar seu lugar, acabou por acarretar sua ruína. É bem verdade que muitas damas teriam adorado ficar arruinadas do jeito que ela ficou, visto que a bela acabou se casando com um jovem senhor, e os dois ainda foram felizes, de tanto que ela ainda tinha de amor e de fogo, suficientes para dar e vender para aquelas que pecam por excesso de frigidez.

Mas voltemos à história.

Um dia, a predileta do Rei passeava pela cidade em sua liteira, a fim de comprar agulhas, linhas, botões, laços, fitas, gargantilhas e outros aviamentos. Estava tão elegante e tão bem ataviada, que todos os passantes, especialmente os clérigos, ao vê-la, acreditavam que as portas do Céu tivessem sido abertas. Ao passar nas proximidades do Cruzeiro Velho, ela deparou com seu antigo e bom marido. Mesmo deixando seu delicado pezinho fora da liteira, ela recuou vivamente a cabeça para dentro, como se tivesse visto uma serpente venenosa. Como se pode ver, era uma boa mulher, pois conheço algumas outras que não hesitariam em passar altaneiras por um ex-marido, pelo simples prazer de afrontá-lo, sem levar em conta seus direitos conjugais.

— Que aconteceu? — perguntou *Monsieur* de Lannoy, seu respeitoso acompanhante.

— Nada! — respondeu ela. — É que aquele sujeito ali foi meu marido. Pobre homem, como está mudado! Antigamente, parecia um macaco; agora, me fez lembrar a figura do bíblico Jó!...

O deplorável advogado ficou boquiaberto, sentindo o coração bater acelerado à visão do mimoso pezinho daquela mulher que tanto ainda amava.

Tendo assistido à cena, o *Sieur* dirigiu-se a ele, dizendo-lhe inocente e delicadamente:

— O fato de terdes sido seu marido é razão suficiente para que queirais impedi-la de passar?

Ouvindo isso, ela explodiu em gargalhadas, e o gentil ex-marido, em vez de ficar furioso querendo matá-la, prorrompeu em sentido pranto, ao escutar aquela risada que lhe perfurava a cabeça, o coração, a alma e tudo o mais, e tanto, que ele quase caiu sobre um velho cidadão que estava a seu lado, extasiado ante a visão da predileta do Rei. A aparência daquela bela flor que ele tinha visto em botão, mas que então já desabrochara inteiramente, apresentando-se nívea, perfumada e de farto busto, com um talhe de fada, tudo isso contribuiu para deixar nosso causídico mais doente e louco de paixão — não há palavras passíveis de descrever seu estado de espírito.

Só quem se acha tomado de paixão por uma mulher que se recusa a se lhe entregar poderá entender perfeitamente a agonia que assaltava aquele infeliz. Com efeito, é raro estar-se assim tão ardentemente apaixonado como ele então se encontrava. Nosso advogado jurou que a vida, a fortuna, a honra e tudo o mais poderiam passar, mas que, ao menos uma vez, ele ficaria cara a cara com ela, e desfrutaria de um inebriante momento de amor, durante o qual ela talvez até se esquecesse de sua animosidade e seu desdém.

Passou a noite a repetir: "Oh, sim! Hei de tê-la um dia! Afinal de contas, não sou seu marido diante de Deus e da Igreja? Diabos me levem se não sou!..."

Enquanto dizia isso, estapeava-se na cara, tomado de agitação.

Podem forjar-se neste mundo certas coincidências nas quais as pessoas dotadas de espírito mesquinho se recusam a crer, por parecerem coisa sobrenatural. Os homens de imaginação elevada, porém, consideram-nas fatos naturais e verdadeiros, que nunca poderiam ter sido inventados. Pois eis que um desses acasos aconteceu com nosso pobre advogado logo no dia seguinte ao agravo que ele sofreu, e que representou para ele uma tão dolorosa tribulação. Um seu cliente, homem de boa reputação que costumava participar de audiências no Palácio Real, encontrou-o certa manhã e lhe disse que necessitava urgentemente de uma vultosa soma de dinheiro, coisa de uns doze mil escudos. Ao ouvir isso, o ardiloso advogado respondeu que doze mil escudos não se encontram ali na primeira esquina, e que, além das fianças e garantias de praxe, seria necessário encontrar alguém que tivesse doze mil escudos disponíveis, mas que havia poucos desses tais em Paris, por grande que fosse a cidade, e outras patranhas desse gênero que os chicaneiros costumam dizer.

— É verdade o que ouvi, *Monsieur*, que vos encontrais nas garras de um credor avarento e implacável? — perguntou.

— Oh, sim — respondeu o cliente. — Esse meu credor tem a ver com a amante do Rei... Não digas uma só palavra, mas, esta noite, em troca desses vinte mil escudos e de minhas terras de Brie, eu vou tirar as medidas daquela beldade!

Ouvindo isso, o advogado empalideceu, e seu cliente percebeu que tinha tocado num assunto delicado. Como tinha regressado havia pouco tempo da guerra, não sabia que a predileta do Rei tinha um marido.

— Pareces estar passando mal — comentou.

— Estou com febre — respondeu o chicanista, prosseguindo: — Então é a ela que andais entregando vossos bens de raiz e vosso dinheiro?

— Com certeza!

— E quem é que administra o negócio? É ela também?

— Não — respondeu o outro. — Esses negócios menores e bagatelas sem importância são acertados com uma criada, a mais discreta camareira que jamais existiu! Ela é mais sutil que mostarda, e essas noites roubadas ao Rei têm recheado bastante sua bolsa.

— Conheço um lombardo — comentou o advogado —que poderia resolver vosso problema. Entretanto, não tereis como pôr as mãos nesses doze mil escudos, e não vereis sequer um vintém furado, se essa tal camareira não vier aqui em casa receber o pagamento por esse artigo, que deve ter a ver com algum grande alquimista, visto ser capaz de mudar sangue em ouro — Deus seja louvado!

— Oh, está bem. Mas espero que não venhas a exigir que ela te traga um recibo assinado — retrucou o cliente rindo.

Com efeito, a criada compareceu pontualmente ao encontro na casa do advogado, conforme fora acertado com o seu cliente. Depois que ela conferiu as moedas e verificou que eram boas e legítimas ele as colocou empilhadas e enfileiradas sobre uma mesa, como freiras seguindo para as vésperas, e a cena até teria feito sorrir um asno a caminho de ser esfolado, de tão bonitas e reluzentes que eram aquelas lindas e valiosas pilhas. Mas convenhamos que o bom advogado não tinha de modo algum preparado aquela cena para ser assistida por asnos. Por seu turno, a camareira também contemplava embevecida o arranjo, murmurando mil padre-nossos à visão daqueles escudos. Vendo isso, o advogado lhe segredou essas palavras que soavam como ouro:

— Isso aí pode pertencer-te!

— Oh! — exclamou ela. — Eu nunca iria receber um tão alto pagamento!

— Minha querida — replicou ele,— digo-te que poderás possuir tudo isto sem qualquer problema...

Chegou-se mais perto e prosseguiu:

— O cliente que aqui te trouxe não te disse quem sou eu, não é mesmo? Pois fica sabendo que sou o verdadeiro marido de tua ama, a dama que o Rei não deixou que cumprisse seus deveres de esposa, aquela para quem trabalhas. Leva para ela estes escudos, e depois volta aqui, que eu te entregarei os que poderão ser teus, desde que atendas a uma condição que, tenho certeza, não terás dificuldade de atender. A criada assustou-se, mas logo se recobrou, ficando curiosa de saber a troco de quê iria receber doze mil escudos sem ter de dormir com o advogado. Assim, depois de entregar o pagamento a sua ama, regressou sem tardança à casa do advogado.

— Ora, ora, minha querida — disse-lhe ele, — eis aqui doze mil escudos, quantia que dá para comprar domínios, homens, mulheres e a consciência de pelo menos três sacerdotes! Digo-te ainda que, com esses doze mil escudos, eu poderia possuir o teu corpo, a tua alma, teus hipocôndrios e tudo o mais. Como advogado que sou, confio em ti: quero que vás imediatamente à casa do senhor que acredita poder esta noite desfrutar dos favores de minha esposa, e que o ludibries, inventando que o Rei decidiu vir cear com sua favorita, e que, portanto, nosso amigo terá de protelar seu passatempo amoroso. Eu então assumirei o seu lugar, que também costuma ser o do Rei, ao lado daquela que nunca deixou de ser a minha esposa.

— E como pretendeis fazer? — perguntou a camareira.

— Oh! — respondeu ele, — dado que te paguei, agora posso dispor de ti e de teu engenho. Não permitirei que voltes a contemplar estes escudos caso não descubras um meio seguro de me deixar dormir com minha mulher. Se me propiciares essa oportunidade, não estarás cometendo pecado algum! Então não há de constituir um ato piedoso proporcionar a santa conjunção de dois esposos, que um dia se deram as mãos diante de um sacerdote?

— A la fé que tenho de concordar com isso! Sendo assim, eis o que planejei — disse ela: — depois da janta, apagam-se as luzes, e então podereis saciar-vos com minha ama. Mas advirto que devereis evitar dizer uma só palavra. Por sorte, nessas horas prazerosas, ela mais geme do que fala, e não se comunica senão por gestos, pois é muito pundonorosa e detesta escutar ditos obscenos, diferentemente das outras damas da Corte...

— Está certo — concordou o advogado. — Olha aqui: pega estes doze mil escudos e fica sabendo que prometo dar-te outro tanto, caso eu venha a conseguir, por meios fraudulentos, usufruir daquilo que por lei deveria só a mim pertencer.

Em seguida, combinaram a hora, a porta pela qual ele deveria entrar, os sinais de código, etc. Aí, a criada se foi, levando no dorso de uma mula, e sob proteção armada, as reluzentes moedas de ouro arrancadas uma a uma pelo chicanista às viúvas, aos órfãos e a outros pobres diabos, que eram arremessados no mesmo cadinho onde tudo se funde, inclusive a nossa vida, que aí se acaba.

Eis nosso advogado empenhado em aparar a barba, perfumar-se, envergar sua melhor fatiota, evitando comer cebola para não tirar o frescor do hálito, caprichando no trato; enfim: fazendo tudo aqui que um maroto palaciano pode inventar para se apresentar com o aspecto de um galante senhor. Depois de se trajar como um jovem almofadinha, tentou mostrar-se airoso e sorridente, a fim de disfarçar a feiúra do rosto; porém, por mais que tentasse, não conseguia esconder que se tratava do velho e rançoso advogado. Não foi tão esperto quanto a bela lavadeira de Portillon, que um domingo, pretendendo apresentar-se com capricho para agradar um amante, lixiviou aquele seu buraquinho estreito, e, enfiando ligeiramente o penúltimo dedo lá onde bem podeis imaginar, farejou-o e disse:

— Ah, seu danadinho! Ainda estás trescalando! Ai, ai, ai! Vou lavar-te com água de anil.

E sem perda de tempo cumpriu a ameaça, impedindo o dito cujo de fazê-la passar vergonha.

Quanto ao nosso chicaneiro, imaginou ter-se tornado o rapaz mais bonito do mundo, mas o fato é que, a despeito de todos os seus perfumes e cremes, ele continuou a ser o mais horrendo. Para facilitar seus movimentos, vestiu-se com roupas leves, embora o frio estivesse de arrepiar, e saiu de casa, chegando rapidamente à Rua das Andorinhas. Ali ficou esperando pacientemente durante um bom tempo. Depois que a noite caiu, num momento em que ele começava a achar que tinha sido passado para trás, a camareira abriu-lhe a porta, e o bom marido esgueirou-se nervosamente para dentro do palácio pertencente ao Rei. A criada trancou-o cuidadosamente num armário que ficava diante do leito onde a dama pouco depois se reclinou, e lá dentro, através de uma fresta da porta, ele podia contemplá-la em todo o esplendor de sua beleza, visto que ela estava tirando a roupa, enquanto se aquecia diante da lareira, e vestia uma camisola transparente, que deixava entrever todas as suas formas. Ora, imaginando estar a sós com a camareira, ela dizia aquelas banalidades que as mulheres costumam dizer entre si quando estão trocando a roupa.

— Não achas que esta noite valho bem vinte mil escudos? E que, à guisa de complemento, ainda vá receber um castelo em Brie?

Dizendo isso, ela ergueu ligeiramente seus dois postes inferiores, rijos como bastiões, e que podiam sustentar bravos assaltos, visto que já tinham sido furiosamente atacados sem nunca cederem.

— Meus ombros sozinhos valem um reino! — prosseguiu ela. — Duvido que o Rei consiga encontrar outros iguais! Mas, por Deus, estou começando a me aborrecer de fazer isso. Quando a coisa se torna repetida, deixa de ser prazerosa.

A camareira sorriu, e a bela dama continuou:

— Gostaria de ver como procederias se estivesses em meu lugar!

Ouvindo isso, a criada se pôs a rir mais alto, e lhe respondeu:

— Calai-vos, minha ama. Ele está logo ali.

— Quem?

— Vosso marido.

— Qual deles?

— O legítimo.

— Caluda! — ordenou a beldade.

Então a camareira relatou toda a aventura, na intenção de conservar o favor de sua ama, além dos doze mil escudos.

— Está bem! — disse a dama. — O advogado terá aquilo pelo qual pagou. Vou deixá-lo enregelar-se. Se ele acaso conseguir desfrutar de mim, que eu perca minha beleza e me torne tão feia quanto um filhote de símio! Fica no leito em meu lugar, e assim farás jus aos doze mil escudos. Agora, vai até lá e dize a ele para dar o fora de manhãzinha, a fim de que eu não fique a par de seu embuste, mas pouco antes do alvorecer eu virei aqui e me deitarei ao lado dele.

O pobre marido já estava meio enregelado, e seus dentes se entrechocavam ruidosamente, quando a moça abriu o armário, sob o pretexto de apanhar uma roupa, e lhe sussurrou:

— Mantende-vos firme em vosso desejo, que Madame fez grandes preparativos para esta noite, de maneira que sereis bem servido. Podeis soltar-vos inteiramente, mas sem resfolegar alto, pois do contrário estarei perdida!

Finalmente, quando o bom marido já estava inteiramente gelado, as luzes foram apagadas, e a criada, postada atrás das cortinas, informou em voz baixa para a favorita do Rei que seu homem estava lá; então, ela própria se enfiou no leito, enquanto que a bela dama saiu de fininho, como se fosse ela a camareira. Nisso, o advogado deixou seu esconderijo gelado e se meteu com grande alívio entre as cobertas, dizendo para si mesmo: "Ah, que coisa boa!"

Na realidade do fato, o que a camareira lhe deu valeu mais de cem mil escudos! O bom homem nem percebeu a diferença que há entre as abundantes provisões das casas reais e a mesquinha despensa dos cidadãos burgueses. A jovem criada, que ficou o tempo todo rindo, desempenhou maravilhosamente seu papel, regalando o chicanista com gemidos sofrivelmente gentis, tremeliques, contorções, pinotes, convulsões, como uma carpa sobre a palha, e deixando sempre escapar um *ha! ha!* que a dispensava de outras palavras. E tantas petições lhe dirigiu, e tanto foram elas amplamente atendidas pelo advogado, que ele acabou dormindo como uma pedra. Entretanto, antes de dar por encerrada a sessão, ele quis guardar uma lembrança dessa inesquecível noitada de amor:

com um rápido e hábil puxão arrancou um pequeno tufo de cabelos de sua amada, que reagiu com um ligeiro sobressalto (não sei dizer de onde ele arrancou, porque não pude ver direito), e guardou em sua mão o precioso penhor da tépida virtude da bela moça.

Perto do amanhecer, quando o galo cantou, a favorita do Rei se aninhou ao lado de seu bom marido, e fingiu que estava dormindo. Então a camareira deu um tapinha gentil na testa do felizardo, sussurrando em sua orelha:

— Já é hora! Vesti vossas calças e ide embora sem delongas! O dia já vai raiar.

O bom homem, zangado por ter de abandonar seu tesouro, quis dar uma olhada na fonte da sua esvaída felicidade.

— Oh! Oh! — exclamou ele, examinando e comparando sua amostra com a que então estava vendo. — O que trago na mão é alourado, e este daqui é preto!

— Que foi que fizestes? — perguntou a criada. — Madame vai acabar tomando conhecimento de vossa tramóia!

— Pode ser, mas olha só essa diferença!

— Ora! — disse ela com ar de desdém. — Então não sabeis — logo vós, que pareceis tão sabido! — que, depois de ser arrancado, o cabelo morre e vai perdendo a cor?

Dito isso, disfarçou o riso e puxou-o para fora do quarto. Mais tarde, quando relatava o caso, dava gostosas gargalhadas.

A história logo se espalhou, e o pobre advogado, cujo nome era Féron, morreu de vergonha quando soube ter sido o único marido que não conseguiu usufruir da própria mulher. Já ela, que daí em diante passou a ser chamada de "A Bela Féronnière", voltou a se casar após ter deixado o Rei, com o jovem Conde de Buzançois.

Nos seus derradeiros dias de vida, ela costumava contar esse seu caso, acrescentando entre risos que nunca teve de suportar o mau cheiro que o chicanista exalava.

Esta história nos ensina a não nos apegarmos demais àquelas mulheres que se recusam a suportar o nosso jugo.

O Capitão Cochegrue estava se divertindo com Pasquerette,
a rapariga mais bonita do lugar.

4 — O HERDEIRO DO DIABO

Havia naquele tempo um velho e bom cônego de Notre Dame de Paris, que residia numa bela casa própria, próximo de Saint-Pierre-aux-Boeufs, no bairro de Parvis. O dito cônego chegara a Paris como um simples padre, pelado como uma adaga sem bainha. Porém, como era considerado um homem bonito, bem dotado de tudo e dono de uma excelente compleição, tão possante que, se necessário, poderia realizar o trabalho de muitos homens sem qualquer dificuldade, dedicou-se com todo o empenho à tarefa de confessar as damas, prescrevendo às melancólicas uma absolvição bem doce; às doentias, um dracma de seu bálsamo; a todas, a amostra de uma guloseima. Adquiriu tal renome por sua discrição, sua benevolência e outras qualidades eclesiásticas, que logo passou a ser procurado pelas damas da Corte. Então, para não despertar ciúmes entre a oficialidade, a grei dos maridos e outros grupos de pessoas — em resumo: para untar de santidade esses bons e proveitosos serviços, — a Marechala Desquerdes doou-lhe um osso de São Vítor, cuja virtude era capaz de realizar milagres. Aos curiosos ela costumava dizer:

— Ele tem um osso que cura tudo.

Ciente disso, ninguém tinha coisa alguma a replicar, para não cometer a heresia de suspeitar das relíquias. Sob a sombra de sua sotaina, o bom padre também granjeou a melhor das famas: a de ser um homem valente com as armas. E assim, passou a viver como um rei: ganhando dinheiro com seu aspersório, e transmudando água benta em bom vinho. Ademais, seu nome estava escondido em meio aos *et cætera* dos notários em diversos testamentos, ou nos codicilos (que alguns preferem grafar erroneamente "caudicilos", imaginando que o termo tenha a ver com *cauda,* e que se refira a um apêndice posterior dos legados).

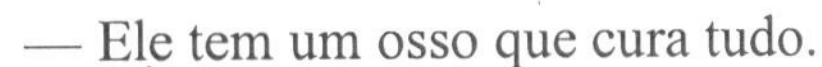

Finalmente, nosso bom padreco teria sido nomeado arcebispo, caso se limitasse a dizer, por mera galhofa: “Eu gostaria de cobrir minha cabeça com uma mitra, para deixá-la mais quente...” Entretanto, de todos os benefícios com os quais lhe acenaram, o que ele escolheu foi uma simples conezia, a fim de não perder os proventos das damas que com ele se confessavam.

Mas eis que, certo dia, o valente cônego contraiu uma fraqueza dos rins, visto que já tinha completado sessenta e oito anos, e que de fato havia tirado muito bom proveito do confessionário. Então, lembrando-se de tantas boas obras que tinha realizado, acreditou poder dar por encerrados seus trabalhos apostólicos, às custas dos quais já amealhara cerca de cem mil escudos, ganhos com o suor de seu corpo. A partir desse dia, passou a confessar apenas as damas de alta linhagem, e o fez muito bem. Por isso, dizia-se na Corte que, malgrado os esforços dos melhores clérigos jovens, ainda não havia surgido alguém que, como o cônego de Saint-Pierre-aux-Boeufs, soubesse alvejar por completo a alma de uma dama de alta linhagem.

Depois, por fim, o cônego se tornou, por exigência da natureza, um belo nonagenário, de cabelos cor de prata, mãos trêmulas, mas quadrado como uma torre; e de tanto que havia cuspido sem tossir, agora tossia sem poder cuspir, não mais se erguendo de sua cadeira — logo ele, que tantas vezes se levantara das cadeiras em prol da humanidade! —, bebendo moderadamente, mas comendo desbragadamente; quase não conversando, porém não deixando de manter o aspecto de um velho cônego de Notre Dame.

Tendo em vista sua atual imobilidade e os lances de sua má vida pregressa, que durante algum tempo transcorrera entre a gentalha ignara, e vendo sua muda reclusão, sua florescente saúde, sua velhice jovem e vários episódios de sua vida, extensos demais para que aqui sejam relatados, havia certas pessoas que, querendo chocar as pessoas e prejudicar nossa santa religião, saíam por aí dizendo que o verdadeiro cônego já morrera muito tempo atrás, e que, passados mais de cinqüenta anos, o diabo se havia alojado em seu corpo. De fato, para as antigas usuárias de suas qualidades de confessor, parecia que só mesmo o diabo poderia, devido ao grande calor que possuía, produzir as destilações herméticas que elas se lembravam de ter haurido por intermédio desse bom confessor que parecia sempre estar com o diabo no corpo.

Apesar de tudo, como esse diabo tinha sido eficazmente cozido e consumido por elas, e que agora, nem diante de uma princesinha de vinte anos, ele ficaria abalado, as pessoas de bom coração e dotadas de bom senso, e também aqueles cidadãos que sabiam argumentar sobre qualquer assunto, mesmo aqueles que encontravam piolho na cabeça de carecas, começaram a indagar entre si por que razão o diabo permanecia sob a forma de um cônego, por que freqüentava a igreja de Notre Dame nas horas em que ali se encontravam os cônegos, e por que se atrevia até mesmo a aspirar o aroma do incenso, a provar da água benta, etc. e tal.

A fim de contestar essas premissas heréticas, outros indivíduos diziam que o diabo estava sem dúvida querendo se converter, enquanto que outros asseveravam que ele permanecia no corpo do cônego apenas para se divertir com os três sobrinhos e herdeiros do mencionado e bravo confessor, deixando-os aflitos a esperar o dia do passamento do tio, para usufruir de sua ampla sucessão. Nesse meio tempo, dois deles dispensavam-lhe diariamente toda a atenção possível, não deixando de ir a sua casa verificar se o bom homem permanecia de olhos abertos. E, de fato, sempre o encontravam com os olhos claros e brilhantes, penetrantes como o de um basilisco, coisa que muito os aprazia, uma vez que o amavam muito (ao menos, era o que diziam).

Com base nesse e em outros fatos, uma velha e sábia mulher comentava que provavelmente o cônego devia ser mesmo o diabo, já que esses dois sobrinhos, tanto o Procurador como o Capitão, numa noite em que, sem archote ou lanterna, acompanhavam o velho tio em seu regresso de uma ceia na casa de uma antiga penitente, tinham acidentalmente deixado que ele tropeçasse e caísse em cima de um monte de pedras ali dispostas para servirem de base à estátua de São Cristóvão. Dizia ela que, ao cair, seu corpo

teria pegado fogo, mas que depois, quando seus queridos sobrinhos ali chegaram aos gritos, sob a luz das tochas que tinham ido buscar na casa da penitente, tê-lo-iam encontrado de pé, firme e ereto como um mastro de navio, e tão alegre quanto um esmerilhão, dizendo que o bom vinho da penitente lhe tinha instilado força suficiente para resistir ao choque, que seus ossos estavam inteiros e sólidos, e que ele já havia saído ileso de acidentes ainda mais sérios que aquele. Os bons sobrinhos, que já o consideravam morto, ficaram atônitos, e viram que ainda faltava muito tempo para que o tio batesse as botas, ainda mais porque, depois da queda do velho sobre as pedras, estas se teriam entortado. Por isso, não continuaram a chamá-lo falsamente de "meu bom tio", constatando que ele era de estofo superior. Algumas línguas de trapo garantiram que o cônego já havia topado com tantas pedras daquele tipo por onde passara, que preferia permanecer em casa, para não sofrer uma crise de pedra nos rins, e que seria esse medo a causa de sua reclusão.

A par de todos esses falatórios e boatos, o que constava mesmo era que o velho cônego, diabo ou não, preferia ficar em casa pelo receio de morrer, e que tinha três herdeiros com os quais convivia, assim como convivia com sua ciática, seu mal dos rins e outras macacoas próprias da idade.

Quanto aos ditos três herdeiros, um era o mais tenebroso soldado saído de um ventre de mulher, a qual deve ter sido bem machucada quando se rompeu a casca do ovo, visto que ele saíra de dentro dela coberto de pêlos e dotado de dentes. Ademais, o que ele comia valia para dois tempos do verbo — o presente e o futuro. Mantinha em casa algumas raparigas, cujos gastos cobria, já que herdara do tio a resistência, a força e o bom uso daquilo que de vez em quando tanta falta nos faz. Durante as renhidas batalhas,

ele se empenhava em golpear sem ser golpeado, o que constitui e sempre constituirá o único problema a ser resolvido na guerra; mas esse soldado sabia como ninguém esquivar-se; e, de fato, como não tinha qualquer outra virtude que não fosse sua bravura, tornou-se capitão de uma companhia de lanceiros, e muito estimado pelo Duque de Borgonha, que pouco se importava com o que faziam seus soldados fora do serviço. Esse sobrinho do diabo era conhecido como Capitão Cochegrue; e seus credores, os cidadãos de cabeça dura cujos bolsos ele esvaziava, chamavam-no de *Gorila,* visto que ele era tão feroz quanto forte; além do mais, tinha o dorso deformado pelo defeito natural de uma bossa, e por isso não conseguia erguer o pescoço para enxergar mais longe — se o conseguisse, teria causado incontestavelmente muito mais prejuízo ao próximo.

O segundo sobrinho estudara Leis, e, através do favor de seu tio, tinha se tornado Procurador, lotado no Palácio, onde cuidava dos negócios das damas que outrora o cônego tinha confessado. Esse aí era conhecido como *Pille-Grue* — "aquele que pilha o grou", — um trocadilho com seu verdadeiro sobrenome, que era *Cochegrue*, o mesmo de seu irmão Capitão. Esse "pilhador de grous" era de compleição magra, deixando a impressão de que vertia água gelada; tinha semblante pálido, e possuía uma fisionomia que lembrava uma fuinha. Não obstante, valia um vintém a mais que seu mano Capitão, e sentia pelo tio uma pitada a mais de afeto; mas, fazia cerca de dois anos, seu coração tinha endurecido um pouco, e, gota a gota, sua gratidão se ia esvaindo, de sorte que, de tempos em tempos, quando o ar estava úmido, ele apreciava enfiar os pés dentro das meias de seu tio e provar por antecipação o suco dessa tão apetitosa herança.

Ele e seu irmão militar não concordavam com a parte que lhes iria caber, visto que, legalmente e por direito, de fato e de justiça, por natureza e na realidade, seria necessário que se destinasse a terça parte do cabedal do tio a um primo pobre, filho de uma outra irmã do cônego, que, embora pouco amada por ele, era também sua herdeira. Ele vivia no campo, nos arredores de Nanterre, onde trabalhava como pastor. Numa certa ocasião, esse zagal, camponês simplório, veio à cidade, atendendo o chamado de seus dois primos, que o alojaram na casa do tio, na esperança de que, fosse por suas asneiras e trapalhadas, fosse por sua falta de engenho, ou ainda por sua ignorância crassa, ele acabaria causando má impressão ao cônego, que por isso o poria portas afora de seu testamento. E assim foi que esse pobre Chiquon, como era conhecido, ficou morando sozinho com seu velho tio durante cerca de um mês; e, vendo que era mais proveitoso e divertido tomar conta de um velho padre do que de um rebanho de ovelhas, tornou-se o cão de guarda do tio, seu servo fiel, seu cajado da velhice, sempre dizendo "Deus vos conserve!", quando ele soltava um peido; "Deus vos salve!", quando espirrava, e "Deus vos guarde!", quando arrotava; indo ver se estava chovendo, onde estaria a gata, e ficando a maior parte do tempo calado e escutando, ou falando e recebendo na cara seus perdigotos de tosse, sempre o admirando como o mais excelente cônego do mundo, de todo o coração e de boa fé, não tendo consciência de que, por assim dizer, estava lambendo o cônego à maneira dos cães quando limpam seus filhotes. Já o tio, que nunca precisara de aprender com os outros de que lado do pão ficava a manteiga, repelia o pobre Chiquon, fazendo-o virar-se como um dado; sempre chamando por Chiquon, e sempre dizendo aos outros sobrinhos que o tal de Chiquon estava apressando a sua morte, de tão estúpido que era.

Um dia, ouvindo isso, Chiquon resolveu ajudar de fato seu tio, e deu tratos à bola imaginando a melhor maneira de servi-lo. Acresce dizer que ele tinha o traseiro conformado como duas metades de uma abóbora, era largo de ombros, grosso de membros, nada esbelto, lembrando antes um robusto Sileno que um ligeiro Zéfiro. Com efeito, o pobre e simplório pastor não tinha como consertar sua aparência; assim, permaneceu grande e gordo, esperando sem pressa o resultado do testamento para então emagrecer.

Certa noite, o reverendo cônego ficou a conversar com ele a respeito do diabo e das atrozes agonias do inferno, dos suplícios, das torturas, etc., que Deus destinava aos condenados. Escutando essas palavras, e imaginando em que consistiriam aquelas punições, o bom Chiquon, de olhos arregalados e com a boca aberta como a de um forno, acabou dizendo que não acreditava em nada daquilo.

— Quê?! — assustou-se o cônego. — Então não és cristão?

— É claro que sou! —respondeu Chiquon.

— Então raciocina comigo: se existe um paraíso para os bons, é necessário que haja um inferno para os maus, não é mesmo?

Numa certa ocasião, esse camponês simplório veio à cidade, atendendo o chamado de seus dois primos.

— É sim, senhor cônego; mas o diabo não faz falta alguma... Se tivésseis aqui uma pessoa má que virasse tudo de cabeça para baixo, não iríeis pô-la daqui para fora?

— Claro que sim, Chiquon...

— É isso aí, senhor meu tio! Deus seria bem pateta se deixasse neste mundo, que foi por Ele tão curiosamente construído, um abominável diabo, especialmente empenhado em estragar tudo o que Ele fez... Ora bolas! Não posso acreditar no diabo, já que existe um Deus que é bom... É ou não é assim? Eu bem que gostaria de ver esse tal de diabo!... Ah! Não tenho medo algum de suas garras...

— Ah! Se eu pensasse como tu, não teria qualquer preocupação com respeito aos meus verdes anos, quando eu confessava umas dez pessoas por dia!...

— Pois voltai a confessar, senhor cônego!... Eu vos garanto que isso vos haverá de granjear méritos preciosos lá em cima.

— Lá em cima... Será?...

— Claro que sim, senhor cônego!

— Nem estremeces, Chiquon, quando negas a existência do diabo?..

— Isso me preocupa tanto quanto um feixe de centeio!...

— Essa tua descrença há de te acarretar muito infortúnio.

— Qual o quê! Deus me defenderá do diabo, visto que O tenho por mais douto e menos imbecil do que O imaginam os sábios.

Num outro dia, os outros dois sobrinhos ali vieram, e, reconhecendo pela voz do cônego que ele já não estava com tanta antipatia de Chiquon, e que as reclamações que fazia a seu respeito não passavam de embustes para ocultar o afeto que passara a lhe dedicar, se entreolharam espantados. Aí, num momento em que viram o tio dando uma risada, disseram-lhe:

— Se fizerdes um testamento, a quem deixaríeis esta casa?

— A Chiquon.

— E as casinhas alugadas da rua Saint Denys?

— A Chiquon.

— E o feudo de Ville-Parisis?

— A Chiquon.

— Mas — contrapôs o Capitão com sua voz grossa — quer dizer que tudo ficará com Chiquon?

— Não —respondeu o cônego sorrindo. — Na realidade, hei de deixar especificado em meu testamento, em letra de fôrma, que minha herança caberá ao mais arguto de vós três. Estou tão próximo de entrar no Além, que posso até visualizar claramente os vossos destinos.

E o ardiloso cônego lançou sobre Chiquon um olhar malicioso, como o teria feito a fêmea do pintarroxo com seu filhote para reconduzi-lo ao ninho. A chama desse olhar clareou o entendimento do pastor, que, a partir desse instante, ficou de orelhas em pé e de cérebro aberto, como fica uma donzela no dia seguinte ao de seu casamento.

O Procurador e o Capitão, encarando essas palavras como profecias dos Evangelhos, fizeram suas reverências e foram para fora da casa assombrados diante das disposições absurdas do cônego.

— Que achas de Chiquon? — perguntou o Pilha-Grou ao Gorila.

— Acho — respondeu o outro rosnando — que eu deveria me emboscar na Rua de Jerusalém, para lhe enfiar a cabeça embaixo de seus pés. Se quiser, ele poderá devolvê-la ao lugar mais tarde.

— Oh! oh! — fez o Procurador. — Tu tens uma maneira de ferir fácil de se reconhecer. Basta ver a pessoa malferida, e logo alguém diz: “Isso aí foi Cochegrue quem fez”. Quanto a mim, estou pensando em convidá-lo para almoçar, para depois brincarmos de nos enfiar dentro de um saco, a fim de ver, como se usa na Corte, quem corre mais depressa assim ensacado. Depois de tê-lo cosido, nós o arremessaremos no Sena, sugerindo-lhe que se safe nadando...

— Essa idéia tem de ser bem amadurecida – comentou o soldado.

— Oh! Ela já está madura — replicou o advogado. — Depois que for para o diabo, o primo não participará da herança, que será dividida entre nós dois.

— Gostei – disse o guerreiro. — Mas será necessário estarmos juntos como duas pernas de um mesmo corpo. De um lado, és escorregadio como seda; de outro, sou forte como aço, e os punhais valem tanto quanto as artimanhas!... Ouve o que te digo, meu bom irmão...

— Sim!... — concordou o advogado, — a diferença está bem estabelecida. E agora, que vamos empregar: o laço ou o aço?

— Eh! Pelo ventre de Deus! Será que estamos querendo dar cabo de algum rei? Para eliminar um simples e grosseiro pastor, será necessário gastar tanta conversa?... Vamos, mano! Vinte mil francos tirados do total da herança para aquele de nós que o trinchar primeiro!... Eu lhe direi em boa fé: “Encolhe a cabeça, amigo!”.

— E eu: “Trata de nadar, meu priminho!...” — exclamou o advogado, rindo arreganhadamente como a abertura de um gibão.

Depois disso foram jantar; o Capitão, na casa da concubina; o advogado, com a esposa de um ourives, que era sua amante.

Quem foi que ficou pasmo ao ouvir tais palavras?... Chiquon! O pobre pastor escutou a trama visando à sua eliminação, embora os dois primos estivessem caminhando no pátio e conversando em voz baixa, como se fala numa igreja quando se ora a Deus. Chiquon ficou intrigado, sem saber se as palavras haviam subido até ele, ou se seus ouvidos é que teriam descido até elas.

— Escutastes tudo isso, senhor cônego?

— Sim — respondeu ele. — Escutei até as crepitações que um incêndio produziu no bosque vizinho...

— Ho! ho! — respondeu Chiquon. — No diabo, eu não creio, mas acredito em São Miguel, meu anjo da guarda, e vou até lá onde ele me está chamando...

— Vai lá, meu filho — disse o cônego, — e cuida de não te molhares, nem de deixares que te arranquem a cabeça, pois creio ter escutado barulho de água; e os mendigos da rua nem sempre são os pedintes mais perigosos...

Ouvindo tais palavras, Chiquon ficou muito intrigado, e, contemplando o cônego, achou que ele estava com um ar gaiato, os olhos brilhantes e os pés um tanto dobrados para trás; mas, como ele tinha de tomar as providências necessárias para se prevenir quanto a sua ameaça de morte, pensou consigo próprio que mais tarde teria tempo de cuidar do cônego e de lhe cortar as unhas do pé. Então, seguiu depressa para a cidade, qual mulher indo atrás de seu prazer.

Seus dois primos, não fazendo a menor idéia da existência daquela ciência divinatória que costuma eventualmente afetar os pastores, tinham muitas vezes conversado diante dele a respeito de seus casos secretos, não dando a mínima pelo fato de estar ele ali

presente. Certa noite, para divertir o cônego, Pilha-Grou lhe tinha contado que se apaixonara pela mulher de um ourives, em cuja cabeça tinha ele assentado um belo par de cornos esmeradamente burilados, brunidos, esculpidos e lavrados, chegando a lembrar saboneteiras de príncipe. A boa moça, pelo que ele dizia, era uma perfeita rapariga, daquelas difíceis de se encontrar. Sabia como ninguém dar um rápido abraço durante o tempo que seu marido levava para subir as escadas, sem demonstrar qualquer receio. Fingia que se satisfazia com o trivial diário, apreciando-o como se estivesse saboreando um morango, e que não perdia seu tempo com estripulias de amor. De mais, estava sempre a brincar e bulir com o marido, alegre como soem ser as mulheres honestas a quem nada falta; satisfazendo-o em tudo por tudo. Quanto a ele, tratava-a tão bem quanto tratava sua goela. De fato, ela era sutil como um perfume: fazia já cinco anos que controlava habilmente tanto os assuntos domésticos como os amorosos, a ponto de ter granjeado fama de mulher prudente, além da confiança de seu marido, as chaves da casa e do cofre, e tudo o mais.

— E quando é que consegues tocar essa flauta doce? — perguntou o cônego.

— Toda noite. E até acontece, às vezes, de ficar com ela a noite toda.

— E como? — estranhou o cônego.

— Vou contar-vos como. Há, num quartinho vizinho, um grande baú, dentro do qual eu me escondo. Quando seu bom marido chega da visita que costuma fazer a seu compadre fabricante de cortinas, onde vai jantar toda noite, visto que presta ajuda à esposa do amigo em seu trabalho, minha amásia alega que está indisposta, e deixa que ele se deite sozinho. Ela aí vem tratar de sua indisposição no quartinho do baú. No dia seguinte quando o ourives já se encontra em sua oficina, eu vou embora. Como a casa tem uma porta dos fundos que dá para a ponte, enquanto que a da frente dá para a rua, eu sempre me dirijo à porta na qual o marido não se encontra, empregando o pretexto de lhe falar sobre assuntos de seu interesse, pois sou eu quem cuida de seus negócios. Chego ali sempre com ar alegre e jovial, nunca deixando que suas questões cheguem ao fim. A chifrada que lhe dou é rendosa, visto que as despesas de expediente e os baixos custos dos procedimentos lhe consomem tanto quanto seus gastos com os cavalos na estrebaria. Por isso, ele gosta muito de mim, como todo bom cornudo deve amar aquele que o ajuda a cavucar, regar, cultivar e manter florido o jardim natural de Vênus. Hoje em dia, ele nada faz sem primeiro me consultar...

Naquele momento, essas histórias afloraram à mente do pastor, que foi iluminado por um luar emanado do perigo que corria. Então, deixou-se aconselhar pela consciência das medidas de autopreservação, das quais todo animal possui uma dose suficiente para atingir a ponta do fio do seu novelo da vida. Assim, Chiquon apressou o passo e logo chegou à Rua da Calandra, onde devia estar o ourives jantando com sua comadre; e, depois de ter batido na porta e escutado perguntar quem era, respondeu à interrogação através de uma pequena grade, dizendo que se tratava de um mensageiro de segredos de Estado, e foi admitido no interior da casa do fabricante de cortinas. Ali, foi direto ao assunto: pediu que o alegre ourives se levantasse da mesa, levou-o para um canto da sala e lhe segredou:

— Se um de teus vizinhos te plantasse uma galhada na testa, e que, sabendo disso, conseguisses amarrar seus pés e punhos, não irias com todo prazer arremessá-lo dentro da água?

— Com certeza! — concordou o ourives. — Mas olha: se estiveres zombando de mim, hei de dar-te uma boa lição!

— Ora, ora! — replicou Chiquon. — Fica sabendo que sou teu amigo, e que vim aqui advertir-te de que, toda vez que vens aqui ajudar tua comadre, em tua casa tua boa mulher está prestando ajuda ao advogado Pilha-Grou. Se quiseres voltar à tua oficina, lá encontrarás o fogo da forja bem aceso... Vendo-te chegar, aquele que cuida com carinho daquilo que bem sabes, para mantê-lo em bom estado, vai se enfiar depressa dentro do baú que fica no quartinho do sótão. Então, faze de conta que acabaste de me vender o tal baú, e dize que estou esperando sobre a ponte com uma carroça, até que o tragas para mim.

O ourives vestiu seu casaco, pôs o boné e deixou a casa do compadre sem dizer palavra, seguindo pálido para seu lar, como se fosse um rato envenenado. Chegou e bateu na porta da oficina. Esta se abriu e ele entrou, subindo depressa a escada. No quarto do casal, encontrou duas cobertas usadas, e, vindo do sótão, ouviu claramente que o baú estava sendo fechado. Em seguida, viu sua mulher vindo da pequena alcova do amor, e então lhe disse:

— Oh, minha querida, que fazem aqui essas duas cobertas?

— Ora, meu amor, não somos dois?

— Não! Somos três!

— Teu compadre veio contigo? — perguntou ela, olhando para a escada com ar de perfeita inocência.

— Não. Estou-me referindo ao compadre que está escondido no baú.

— Que baú? — perguntou ela. — Estás regulando bem? Onde foi que viste um baú? É normal ter um compadre dentro de um baú? Serei acaso mulher de guardar em casa baús cheios de compadres? E desde quando os compadres costumam esconder-se dentro de baús? Só mesmo alguém maluco poderia inventar essa mistura de compadres e baús! Não conheço outro compadre teu além do Mestre Corneille, fabricante de cortinas, nem de outro baú que não seja aquele lá de cima, no qual guardo nossas roupas velhas.

— Oh, minha boa mulher — disse o ourives, — pois não é que apareceu por aqui um rapaz malvado, vindo me advertir que tu te deixavas cavalgar pelo nosso advogado, o qual, neste instante, estaria escondido dentro do baú? Vê só!

— Logo eu! — exclamou ela. — Nada tenho a ver com essa patifaria! Isso tudo não passa de invenção!

— Ora, ora, minha querida — replicou o ourives, — sei que és uma boa mulher, e não quero aprontar uma confusão contigo por causa do danado de um baú. O responsável pela advertência é fabricante de caixotes, e pretendo vender-lhe esse maldito baú, que não quero mais ver na minha frente. Em troca desse aí, ele vai me dar dois bonitos bauzinhos, nos quais só haverá lugar para esconder uma criança. Assim, as maldades e lorotas dos caluniadores de tua virtude serão extintas por falta de alimento.

— Fico muito satisfeita com isso — disse ela. — Não ligo a mínima para este baú, que, aliás, ora se encontra vazio. Nossas roupas brancas foram mandadas para a lavadeira. Não há qualquer problema em, logo amanhã de manhã, levar embora esse execrando baú. Queres jantar?

— Nem pensar! — respondeu o marido. — Só irei recobrar meu apetite quando nos tivermos livrado deste baú!

— Já vi que será mais fácil tirar o baú desta casa — murmurou ela — do que tirálo de tua cabeça...

— Olá, minha gente! — gritou o ourives, chamando seus ferreiros e aprendizes. — Vamos descer com o baú!

Num piscar de olhos, seus empregados se apresentaram diante dele. Então, o patrão, depois de organizar o traslado do baú, que até pouco tempo atrás tinha facilitado amores clandestinos, foi transferido aos trancos e barrancos para a sala; mas, ao ser levado de borco, o advogado, tendo ficado de pernas para o ar, posição à qual não estava acostumado, levou um baque, fazendo barulho.

— Não é nada, gente! — tranqüilizou a mulher. — É a tampa que está batendo!

— Não, querida, deve ser o ferrolho da tranca...

E sem qualquer contestação, o baú foi arrastado escada abaixo até a porta dos fundos.

— Ei, carroceiro! — gritou o ourives. — Podes chegar!

Chiquon assobiou para as mulas e se aproximou da porta. Os aprendizes ergueram o baú da discórdia e o puseram dentro da carroça.

— Ui! Ui! — fez o advogado.

— Mestre! — gritou um dos aprendizes. — O baú está falando!

— Em que língua? — indagou o ourives, aplicando-lhe um forte pontapé entre duas alças, que felizmente não eram de vidro.

O aprendiz deixou-se cair sobre o degrau da porta, desse modo interrompendo seus estudos sobre a língua dos baús. Quanto ao pastor, acompanhado do bom ourives, levou a bagagem para a margem do rio, sem dar atenção à eloqüência da arca falante. Ali, depois de amarrar-lhe algumas pedras, o ourives arremessou-o no Sena.

— "Trata de nadar, meu priminho!" — gritou o pastor com uma voz extremamente trocista, no momento em que o baú se encharcou e virou de borco, mergulhando nas águas que nem um pato.

Depois disso, Chiquon prosseguiu rumo ao cais, até alcançar a rua do porto de Saint Landry, perto da clausura de Notre Dame. Ali divisou uma casa e, pelo estilo da porta, reconheceu quem era que nela morava, batendo rudemente.

— Abri! —vociferou. — Abri em nome de el-Rei!

Ouvindo essa ordem, um velho, que não era outro senão o famoso lombardo Versoris, acorreu à porta.

— Que é isso? —perguntou.

— Fui enviado pelo Preboste a fim de vos prevenir para que fiqueis vigilante esta noite — respondeu Chiquon. Por seu turno, ele deixará de sobreaviso seus arqueiros. O corcunda que vos roubou está de volta. Mantende preparadas vossas armas, pois ele bem pode estar querendo arrancar o restante de vossas posses.

Dito isso, o bom pastor pôs sebo nas canelas e correu para a Rua das Pirralhas, na casa em que, naquele instante, o Capitão Cochegrue estava se banqueteando com Pasquerette, a rapariga mais bonita, e a mais requintada de todas no tocante às perversões, segundo o reconheciam as próprias damas de vida airada. Seu olhar era vivo, penetrante como uma punhalada. Sua aparência causava um tal impacto que ela seria até capaz de deixar de cio os moradores do Paraíso. Enfim, ela era atrevida, como soem ser as mulheres sem qualquer outra virtude que não a insolência.

O pobre Chiquon ficou bem embaraçado quando chegou àquele bairro. Receava não localizar a casa de Pasquerette, ou encontrar os dois pombinhos deitados; mas, para sua satisfação, um anjo bom acomodou as coisas de modo especial. Eis como foi: entrando na Rua das Pirralhas, ele avistou diversas lâmpadas nas janelas, das quais afloravam cabeças com toucas de dormir, pertencentes a boas raparigas, moças de vida alegre, mulheres de aluguel. Viu também, pela rua, maridos errantes e mulheres erradas, todos parecendo recém-saídos de uma cama, a se entreolharem como se estivessem vendo um ladrão seguindo pela rua para ser executado.

— Que houve? — perguntou o pastor a um cidadão que, demonstrando afobação, estava junto a uma porta com uma partasana na mão.

— Oh! Não é nada — respondeu o bom homem. — Estávamos achando que eram os Armagnac seguindo para a cidade, mas era apenas o Gorila aplicando uma boa sova em Pasquerette.

— Onde eles estão? — perguntou o pastor.

— Lá embaixo, naquele casarão de pilares encimados por artísticas e delicadas goelas de sapos volantes. Dá para escutar os gritos dos criados e das camareiras?

E, de fato, podiam-se ouvir gritos que diziam:

— Ele está me matando! Socorro! Ei! Que venha alguém ajudar!

Depois, dentro da casa, passaram a chover pancadas, podendo-se escutar a voz grossa do Gorila a esbravejar:

— Que morra esta vagabunda! Canta agora, rameira! Ah! Então estás querendo é dinheiro, não? Pois toma!

E Pasquerette só gemia:

— Oh! Oh! Vou morrer! Acudi-me! Oh! Oh!...

Ouviu-se então um violento golpe de espada, seguido do ruído de um corpo que cai: o corpo esguio da bela rapariga! Na seqüência, sobreveio um grande silêncio; depois, as luzes se apagaram. Criados, camareiras, transeuntes e outros entraram no casarão, juntamente com o pastor, que subiu os degraus junto com eles. Mas, ao procurarem dentro da sala taças quebradas, tapetes cortados, toalhas de mesa jogadas por terra junto com copos e pratos, ficaram todos atônitos. O pastor, com o atrevimento de quem está tomado por uma idéia fixa, abriu a porta da bela alcova de Pasquerette, e a encontrou caída no chão, cabelos em desalinho, a garganta torcida, prostrada sobre um tapete ensangüentado; ao lado, o Gorila, pasmado, com voz embargada, sem saber com qual nota musical iria entoar o restante de sua antífona.

— Vamos! Oh, minha Pasquerettezinha, pára de fingir que estás morta! Vem cá, que vou te restabelecer! Ah, mulher sonsa: defunta ou viva, estás tão bonita em meio a essa poça de sangue, que não resisto ao desejo de te abraçar!

Tendo dito isso, o ardiloso soldado tomou-a nos braços e a atirou sobre o leito. Ela ali tombou dura e inerte como o corpo de um enforcado. Vendo isso, o Gorila concluiu que já era hora de tirar sua corcunda do caminho. Todavia, o astuto sujeito, antes de dar no pé, ainda disse:

— Pobre Pasquerette! Como fui capaz de assassinar essa moça tão boa que tanto amei? Mas, sim, eu a matei, e a cousa está clara, pois, enquanto ela estava viva, jamais seu lindo seio ficou caído assim como está! Deus do Céu! Dir-se-ia que se trata de um escudo deitado no fundo de um alforje!

Logo em seguida, porém, Pasquerette abriu os olhos e inclinou ligeiramente a cabeça para ver sua pele, que estava branca e firme. Mas só recobrou de fato a consciência após um violento sopapo que aplicou no rosto do Capitão.

— Isto é para que aprendas a cuidar dos mortos — disse ela sorrindo.

— E por que razão ele te matou, minha prima? — perguntou o pastor.

— Por quê? Porque amanhã os guardas virão confiscar tudo o que está aqui dentro, e ele, que tem tão pouco dinheiro quanto virtudes, me recriminou por querer proporcionar prazer a um meirinho bem apessoado, que me poderá livrar das mãos da Justiça.

— Ah, Pasquerette, vou quebrar teus ossos!

— Oh, não! — protestou Chiquon, que o Gorila tinha acabado de reconhecer. — Por que o farias? Deixa disso, meu bom amigo, que te arranjarei uma bela soma de dinheiro!

— Saída de onde? – estranhou o Capitão.

— Vem aqui, que quero te falar em particular. Se uns trinta mil escudos estiverem uma noite dessas a sua disposição, protegidos pela sombra de uma pereira, não te abaixarias para apanhá-los, a fim de que não deteriorassem?

— Ah, Chiquon, eu te matarei como um cão, se estiveres brincando comigo, ou então beijar-te-ei onde bem quiseres, se me puseres nas mãos trinta mil escudos, mesmo que para tê-los fosse necessário matar três cidadãos num canto do cais!

— Não terás de matar um único que seja. Vê como será a coisa. Tenho uma amiga de total confiança que trabalha para aquele lombardo que mora na Cité, não longe da casa do nosso bom tio. Ora, acabo de saber, de fonte segura, que esse sujeito partiu esta manhã para o campo, depois de ter enterrado sob uma pereira do seu pomar uma arca cheia de ouro, acreditando que não fora visto senão pelos anjos. Mas a moça, que por azar estava com uma terrível dor de dentes, naquele momento tinha ido espairecer diante de uma janelinha do seu quarto, de onde casualmente pôde enxergar o velho muquirana, e inocentemente me revelou o segredo. Se jurares que me darás uma boa parte desse tesouro, eu te emprestarei meus ombros para que subas no muro, e de lá alcances a pereira que fica junto dele. Sei que vais estranhar minha atitude, imaginando que não passo de um desequilibrado, de um idiota chapado...

— Nada disso, querido primo! Tu és um parente leal e honesto! Se precisares tirar um inimigo de teu caminho, eu estarei a teu dispor, pronto a matar até mesmo algum de meus amigos, se assim necessitares. Não me consideres teu primo, mas sim teu irmão!

— Olá, minha querida! — gritou o Gorila para Pasquerette. — Põe a mesa de novo; limpa esse sangue que me pertence. Eu te pagarei por isso e te darei cem vezes mais do que te tomei. Faze o melhor que puderes: sacode a poeira do casaco; ajusta a saia; põe-te a rir, que é o que mais quero ver; não descuides do guisado que está no fogo, e vamos continuar a reza da noite do ponto em que tínhamos parado. Amanhã eu te tornarei mais poderosa que uma rainha! Eis aqui meu primo: hei de regalá-lo, nem que para isso seja necessário jogar pela janela tudo o que há nesta casa! Amanhã teremos tudo de volta guardado nos porões. Sus! Mãos à obra!

Então, e em menor tempo que um padre levaria para dizer *Dominus vobiscum,* todo aquele pombal passou das lágrimas ao riso, assim como antes tinha passado do riso às lágrimas. É apenas nessas casas de putaria que acontece de haver amor a golpes de punhal, e desabam tempestades de alegria entre quatro paredes; mas trata-se de cousas que as damas de gola alta não conseguem entender.

O Capitão Cochegrue estava alegre como uma centena de estudantes quando as aulas são suspensas, e obrigou seu bom primo a beber. Este então passou a esvaziar as taças uma atrás da outra, como se fosse um camponês inexperiente; logo após, fingindo estar embriagado, passou a proferir mil asneiras, do tipo "amanhã vou comprar Paris"; ou "acho que vou emprestar cem mil escudos ao Rei"; ou ainda "não demora e estarei nadando em ouro". No final já havia proferido tanta insensatez, que o Capitão, receando alguma revelação comprometedora, e acreditando que ele estivesse bêbado, arrastou-o para fora, demons-

Os dois foram embora, discutindo mil assuntos teológicos, os quais acabaram formando uma mixórdia.

trando bom coração, pois bem poderia tentar abri-lo de cima abaixo, para verificar se ele não teria dentro do estômago uma esponja, já que acabara de sorver um enorme ancorote de bom vinho de Suresne. Os dois foram embora dali discutindo mil assuntos teológicos, os quais acabaram formando uma mixórdia, e só interromperam a discussão quando chegaram junto ao muro do pomar onde estariam enterrados os escudos do lombardo. Aí, apoiando os pés nos largos ombros de Chiquon, o Capitão Cochegrue subiu no muro, alcançando daí a pereira, usando para tanto sua experiência em assaltar cidades; mas Versoris, que o estava aguardando, lhe desfechou um golpe na nuca, e o repetiu duas vezes com tal violência que a parte de cima do Capitão se soltou e rolou no chão, mas não antes que ele pudesse ouvir a voz clara do pastor, a lhe gritar:

— "*Encolhe a cabeça, amigo!*"

Depois disso, o generoso Chiquon, em quem a virtude recebeu sua recompensa, achou que seria sensato retornar à casa do bom cônego, cuja herança, pela graça de Deus, estava metodicamente simplificada. Assim, a passos largos, ganhou a rua de Saint-Pierre-aux-Boeufs, e pouco depois dormia como um recém-nascido, não se importando absolutamente com qual seria o significado da palavra "primo-irmão".

Na manhã seguinte, ele se levantou com o sol, segundo o costume pastoril, e foi até o quarto de seu tio para perguntar se ele tinha escarrado branco, se tinha tossido muito, se dormira bem; mas a velha criada informou que o cônego, quando escutou soar o sino da igreja de São Maurício, o primeiro padroeiro de Notre Dame, tinha seguido reverentemente para a Catedral, onde todo o Capítulo estava reunido para o desjejum em companhia do Bispo de Paris. Ao ouvir isso, Chiquon comentou:

— O senhor cônego não agiu com bom senso ao ir para esse pequeno repasto! Ele poderá contrair reumatismo, resfriado, e sei lá mais o quê! Será que meu tio quer bater as botas? Vou acender um fogaréu para reconfortá-lo quando ele regressar.

E o bom pastor foi até a sala onde o cônego gostava de repousar; todavia, para seu espanto, avistou o tio sentado em sua cadeira.

— Oh, oh! — estranhou. —A maluca da Buyrette me garantiu que devíeis estar neste instante refestelado em vosso banco de igreja!

O cônego não respondeu palavra. O pastor, que era, como soem ser os contemplativos, um homem de inato bom senso, não ignorava que às vezes as pessoas idosas têm caprichos estranhos, que conversam com as essências das cousas ocultas, e que costumam travar internamente enérgicas discussões, de maneira que, por reverência e com grande respeito pelas absconsas meditações do cônego, ele preferiu manter-se à distância, aguardando o término dessas divagações eloqüentes mas silenciosas, enquanto verificava, mas sem dizer palavra, o comprimento das unhas do bom homem, que até pareciam querer furar as meias. Então, examinando atentamente os pés de seu caro tio, ficou assustado ao ver a pele de suas pernas, tão marcantemente rubra que até avermelhava suas calças, dando a impressão, mesmo através do pano, que elas estariam em chamas.

"Ele deve ter morrido", pensou Chiquon. Nesse momento, a porta da sala se abriu, e ele viu o cônego que, de nariz enregelado, voltava da igreja.

— Oh, oh! — fez Chiquon. — Homessa, meu tio, estais fora de vosso juízo? Como é possível que estejais agora junto à porta, se estáveis agorinha mesmo sentado em vossa cadeira junto à lareira? Será possível que haja no mundo dois cônegos como vós?

Aí, apoiando os pés nos largos ombros de Chiquon, o Capitão Cochegrue subiu no muro, usando para tanto sua experiência em assaltar cidades.

— Ah, Chiquon, houve um tempo em que eu bem gostaria de estar em dois lugares simultaneamente, mas não é essa a condição normal do homem — seria felicidade demais! Estás com uma venda nos olhos? Eu estou aqui inteiramente desacompanhado!

Então Chiquon, voltando a cabeça em direção à cadeira, viu que ela estava vazia. Surpreso, como bem podeis imaginar, aproximou-se e avistou sobre o assento um montinho de cinzas do qual se desprendia um cheiro de enxofre.

— Oh! — fez ele tomado de espanto — Estou percebendo que o diabo se tem comportado como um sujeito bem educado com relação a mim. Vou pedir a Deus por ele.

Mais tarde, relatou ao cônego, sem ocultar pormenores, como o diabo se tinha divertido com ele sugerindo as providências a serem tomadas, e como o ajudara a se desembaraçar astutamente de seus malvados primos, o que deixou o bom cônego bastante admirado e satisfeito, visto que ele ainda tinha muito bom senso, e por diversas vezes pudera observar certas coisas que depunham a favor do diabo. Então, esse velho e bom sacerdote lhe revelou que o diabo nem sempre praticava o mal, e que às vezes se colocava do lado do bem. Por conseguinte, ninguém deveria ficar preocupado demais com o que lhe estaria reservado na outra vida. Na realidade, tal idéia constitui uma grave heresia, conforme ficou definido em diversos Concílios.

Eis como Chiquon e seus descendentes ficaram ricos e puderam, nestes nossos tempos, usando a fortuna deixada por seu ancestral, ajudar a construir a ponte de São Miguel, na qual, ao lado do Arcanjo, se representa o diabo com uma bela aparência, em memória da aventura relatada nesta verídica história.

5 — AS ALEGRES PÂNDEGAS DO REI LUÍS XI

O Rei Luís XI era um sujeito bonachão que sabia apreciar uma boa anedota, e que, sem deixar de lado os interesses de sua condição de Rei e os da Religião, sabia gozar a vida. Apreciava caçar pintarroxos-de-topete, bem como coelhos e outros animais de pequeno porte. Assim, os escrevinhadores que o descreveram como sonso mostram com isso que não o conheceram bem, visto ignorarem que ele era uma pessoa amistosa, um sujeito burlão e risonho a mais não poder. Ele costumava dizer, quando estava de bom humor, que as quatro coisas mais excelentes e oportunas da vida são manter-se quente, beber frio, mastigar duro e engolir mole. Alguns o recriminaram pela amizade que mantinha com mulheres de vida airada. Trata-se de uma deslavada mentira, visto que suas parceiras do amor, uma das quais foi legitimada, eram todas provenientes de casas honradas, e deixaram descendências notáveis. Não era dado a estroinices e extravagâncias; só se apoiava naquilo que era sólido; e porque alguns exploradores dos poderosos não encontraram migalhas em sua mesa, todos passaram a difamá-lo. Mas os insignes colecionadores de verdades sabem que esse Rei era um excelente sujeito em sua vida privada, uma pessoa de extrema amabilidade, que somente chegava ao extremo de mandar decapitar seus amigos, ou puni-los de alguma forma, pois não costumava poupá-los, se assegurava de que eles efetivamente tinham cometido graves ofensas contra ele, pois sua vingança foi sempre a justiça. Não encontrei senão em nosso amigo Verville a informação de que esse digno soberano uma vez se enganou nesse particular; mas uma vez não gera o hábito — o fato é que há mais o que condenar em seu compadre Tristão do que nesse mencionado Rei. Eis como foi a circunstância, tal qual a relata o dito Verville, e que suponho não passar de mero gracejo. Vou aqui reproduzi-la porque certas pessoas desconhecem a encantadora obra desse meu perfeito compatriota. Preferi abreviá-la, não apresentando senão a sustância, e deixando de lado os pormenores, que encompridariam demais este texto, como os sábios o não ignoram.

"Luís XI tinha entregue a Abadia de Turpenay (mencionada na história da Bela Impéria) a um gentil-homem que, tirando proveito do presente recebido, passou a se denominar *Monsieur* de Turpenay. Aconteceu então que, estando o Rei em Plessis-les-

A bela Nicole Beaupertuys

Tours, o abade legítimo, que era um monge, veio diante do Rei, apresentando-lhe sua reivindicação e lhe demonstrando que, canônica e monasticamente, era ele quem deveria ter recebido a Abadia que o dito gentil-homem havia usurpado contra toda razão, e que, portanto, ele invocava a Sua Majestade que lhe fizesse justiça. Balançando sua peruca, o Rei lhe prometeu satisfazê-lo. Esse monge, importuno como todos os animais encapuzados, passou a freqüentar amiúde as refeições de Sua Majestade, que, enfarado de tanta água benta do convento, chamou seu amigo Tristão e lhe disse:

— Compadre, temos aqui um Turpenay que me está dando nos nervos. Tira-o para mim deste mundo.

Tristão, tomando capuz por monge, ou monge por capuz, foi até o gentil-homem que toda a Corte chamava de *Monsieur* de Turpenay, e, depois de abordá-lo, tanto fez que o virou de borco; aí, erguendo-o, fê-lo compreender que o Rei queria dar-lhe um sumiço. O outro quis resistir, suplicando e rogando o quanto pôde, mas Tristão não lhe deu ouvidos, e delicadamente o estrangulou, separando-lhe a cabeça dos ombros, donde ele veio a expirar. Três horas depois, o compadre contou ao Rei que o tal Turpenay já devia estar destilado. Daí a cinco dias, tempo que constitui o termo do regresso das almas, entrou o monge na sala onde se encontrava o Rei, que se assombrou ao vê-lo. Tristão estava presente. O soberano chamou-o e lhe segredou ao ouvido:

— Tu não fizeste o que te mandei fazer!

— Não me censureis nem vos aborreceis, Majestade, pois fiz, sim! Turpenay está morto.

— Homessa! Eu me referia era a este monge aqui!

— Achei que era àquele outro cavalheiro!...

— Quê! Quer dizer que deste cabo dele?

— Sim, Majestade...

— Ora, ora... Então... fica por isso mesmo!...

E, voltando-se para o monge:

— Vem cá, monge.

O monge aproximou-se, e o Rei lhe ordenou:

— Põe-te de joelhos!

O pobre monge ficou morrendo de medo, mas o Rei então lhe disse:

— Dá graças a Deus, que não quis que fosses morto, como eu tinha ordenado. Quem acabou morrendo foi aquele que usurpou teu direito. Deus te fez justiça. Vai-te daqui, roga a Deus por mim, e não te afastes mais do teu convento."

Isso comprova a bondade de Luís XI. Ele teria podido muito bem mandar enforcar aquele monge, levando em conta o erro cometido. Já no tocante ao gentil-homem, este havia morrido a serviço de Sua Majestade...

Nos primeiros tempos de sua estada em Plessis-les-Tours, o Rei Luís não quis que seus pifões e suas escapadas amorosas tivessem lugar em seu castelo, por respeito a sua condição de soberano da nação (uma atitude delicada que seus sucessores não praticaram). Foi então que ele se enamorou de uma dama chamada Nicole Beaupertuys, que era, na realidade, uma burguesa da cidade, cujo marido ele tratou de enviar para o Poente, enquanto que a dita Nicole passou a ser por ele mantida numa casa próximo de Chardonneret, no trecho onde se situa a rua Quincangrogne, um lugar deserto, longe de qualquer outra residência. Por conseguinte, tanto o marido quanto a mulher estavam a seu serviço. Com essa Beaupertuys teve ele uma filha que seguiu a vida religiosa, e cedo morreu.

Essa Nicole tinha uma língua mais afiada que a de um papagaio, mas era de bela compleição e dotada de duas grandes, belas e amplas almofadas naturais, firmes ao toque, brancas como asas de anjo, além de ser conhecida por sua criatividade em matéria de trejeitos peripatéticos, devido aos quais um novo ato amoroso jamais parecia ser igual ao precedente, de tanto que ela tinha estudado as inteligentes soluções inventadas pela Ciência, as maneiras de acomodar as azeitonas de Poissy, o encadeamento dos nervos, e as doutrinas que não constavam no breviário, coisas que o Rei muito apreciava. Ela era alegre como um tentilhão, sempre a cantar e a rir, e jamais deixava o próximo triste, coisa que é própria das mulheres de natureza aberta e franca, e que sempre estão ocupadas com alguma tarefa. Cuidado para não vos equivocardes com o que estou querendo dizer!

O Rei muitas vezes ia com seus bons companheiros e amigos até aquela casa; e, a fim de evitar que fosse visto, ia lá somente à noite, sem qualquer séquito. Mas, como era desconfiado e receava alguma cilada, deixava com Nicole os cães mais ferozes de seu canil, verdadeiras feras capazes de devorar um homem por dá cá aquela palha. Esses cães só não avançavam em Nicole e no Rei. Quando Sua Majestade vinha visitá-la, Nicole deixava-os soltos no jardim. Depois de verificar que a porta da casa estava devidamente fechada e trancada, o Rei guardava as chaves, e, com toda segurança, sob a proteção de seus guardas, entregava-se a

mil tipos de prazeres, sem receio de alguma traição, divertindo-se a valer, jogando e pregando peças. Nessas ocasiões, o compadre Tristão vigiava os arredores, e qualquer um que saísse para dar uma volta no Passeio do Chardonneret teria sido sem delongas colocado em condição de dar aos passantes sua benção com os pés, a menos que tivesse um salvo-conduto do Rei, visto que às vezes Luís XI mandava buscar moçoilas para seus amigos ou pessoas que o pudessem divertir, para tomar parte nas brincadeiras inventadas por Nicole ou por algum conviva. Os que vinham de Tours ali estavam para proporcionar entretenimento a Sua Majestade, que exigia absoluta discrição por parte de todos, de maneira que, enquanto vivo, ninguém tomava conhecimento desses passatempos. Por exemplo, a brincadeira intitulada "*Beija meu cu*", que consta ter sido inventada pelo próprio soberano, será aqui descrita, se bem não seja este o escopo desta história, a fim de que se constate a natureza cômica e faceta desse bom Rei.

Havia em Tours três famosos avarentos. O primeiro era Mestre Cornelius, nosso velho conhecido. O segundo chamava-se Peccard, e vendia jóias, bijuterias e objetos sacros. O terceiro chamava-se Marchandeau, e era um vinhateiro riquíssimo. Estes dois turenianos produziram honestos descendentes, apesar de suas ladroagens. Certa noite em que o Rei se encontrava bem-humoradíssimo na casa da Beaupertuys, depois de beber do melhor, de contar potocas e de fazer antes das Vésperas sua novena no oratório de Madame, ele disse a seu compadre Le Daim, ao Cardeal La Balue e ao velho Dunois, que ainda estava meio tocado:

— É hora de rir, meus amigos!...

Acho que seria bem engraçado ver um avarento diante de um saco cheio de ouro sem poder nele tocar!... Homessa!

Ouvindo isso, um de seus valetes se apresentou diante dele.

— Vai disse o Rei — buscar meu tesoureiro, e dize a ele que me traga agora seis mil escudos de ouro, e bem depressa. Em seguida, procura meu compadre Cornelius, o joalheiro da Rua do Cisne, depois o velho Marchandeau, e traze-os aqui, de parte do Rei.

Depois disso, voltou a beber e a palestrar com seus amigos, discutindo sobre que coisa teria maior valor: uma mulher com cheiro de quem há tempos não se lavava, ou uma gloriosamente saída de um belo banho; uma bem magra, ou uma bem fornida de carnes; e, como seus acompanhantes constituíam a nata dos sábios, eles concluíram que a melhor era aquela da qual somente ele próprio pudesse desfrutar, como se fosse um prato de mexilhões bem quentes, no exato momento em que Deus lhe tivesse enviado uma boa idéia para comunicar a ela.

O Cardeal propôs uma questão: qual seria a coisa mais preciosa para uma dama: o primeiro ou o último beijo? Quem respondeu foi a Beaupertuys, garantindo que seria o derradeiro, pois, com esse, a mulher sabia o que estava perdendo, ao passo que, no caso do primeiro, ela ainda não sabia o que poderia vir a ganhar.

Enquanto eles discutiam sobre esses assuntos e vários outros que foram surgindo no transcurso da conversa, e que por infelicidade acabaram se perdendo, chegaram ali os seis mil escudos de ouro, que deviam valer atualmente uns trezentos mil francos, para que se veja o quanto fomos diminuindo de valor em todas as coisas. O Rei ordenou que as moedas fossem postas sobre uma mesa, sob luz forte. Desse modo, elas ficaram reluzentes, do mesmo modo que os olhos dos presentes, ainda que involuntariamente, o que os fez rirem a contragosto.

Não foi preciso esperar muito tempo pelos três avarentos, trazidos até ali pelo valete. Chegaram pálidos e assustados, exceção feita a Cornelius, que estava familiarizado com os caprichos do Rei.

— Então, meus amigos — disse Luís XI dirigindo-se a eles, — vede os escudos que estão sobre esta mesa.

E os três cidadãos desviaram seus olhares para as moedas, deixando ver que o diamante da Beaupertuys reluzia menos que seus olhinhos cúpidos.

— Isso aí é para vós outros — declarou o Rei.

Ouvindo isso, eles desviaram o olhar dos escudos, passando a entreolhar-se, deixando nos convivas a certeza de que aqueles velhacos tinham mais experiência na arte de disfarçar que qualquer outra pessoa, cuja fisionomia vai assumindo pouco a pouco um ar de curiosidade, como as dos gatos quando bebem leite ou das moças ansiosas por se casarem.

— É isso mesmo! — fez o Rei. — Tudo isso aí pertencerá àquele de vós que disser três vezes aos dois outros "*Beija meu cu!*", enquanto bota a mão no ouro; porém, se ele não se mantiver sério como uma mosca que violou sua vizinha, e se vier a sorrir ao dizer essa frase, terá de pagar dez escudos a Madame. Ainda assim, terá direito fazer três novas tentativas.

— Podeis estar certos de que já ganhei! — exclamou Cornelius, que, dada a sua condição de holandês, tinha uma boca de lábios apertados e um ar de pessoa sisuda, diferente de Madame, que tinha a boca aberta, apresentando-se sempre com ar de quem estava rindo. Depois de dizer isso, o avarento deitou confiantemente a mão sobre os escudos, para ver se eram de boa qualidade monetária, e os sopesou gravemente; mas, como ficara olhando os outros de esguelha antes de intimá-los civilmente com a ordem de "*Beija meu cu!*", os dois avarentos restantes, induzidos por aquela gravidade holandesa, responderam "Saúde!" como se ele tivesse espirrado. Aquilo fez com que todos os presentes explodissem numa gargalhada, inclusive o próprio Cornelius.

Quando o vinhateiro quis tentar sua vez de abiscoitar os escudos, sentiu uma tal comichão nas bochechas, que sua velha cara de escumadeira deixou passar o riso através de todas as gretaduras, como se fosse fumaça saindo pelas gretas de uma chaminé, e nada conseguiu dizer.

Chegou então a vez do joalheiro, um homenzinho galhofeiro, que tinha os lábios apertados como o pescoço de um enforcado. Ele apanhou um punhado de moedas, olhou para os outros, encarou o Rei e disse com um ar gaiato:

— Beijai meu cu!

— Ele está limpo? — perguntou o vinhateiro.

— Tu terás condição de verificar — respondeu gravemente o joalheiro.

Nessa altura, o Rei começou a temer pelos seus escudos, visto que o dito Peccard havia respondido sem rir, e que pela terceira estava prestes a dizer a frase sacramental, mas foi então que a Beaupertuys lhe fez um sinal travesso de consentimento, o qual lhe fez perder a pose de sério. Logo sua boca se arreganhou num riso desatado, que pouco depois se transformou numa verdadeira explosão de risos.

— Como foi que conseguiste realizar essa façanha — perguntou Dunois — de manter por tanto tempo essa cara séria diante de seis mil escudos?

— Oh, *Monseigneur*, eu pensei primeiro num de meus processos que será julgado amanhã; depois, naquela megera desaforada da minha mulher!

O desejo incontido de pôr as mãos naquela notável soma fez com que eles ainda fizessem novas tentativas, e o Rei se divertiu a valer durante cerca de uma hora com as expressões faciais dessas figuras, suas preparações, posturas, caretas e pantomimas que representavam; mas era como se quisessem armazenar água numa peneira; e, para pessoas que apreciavam antes a manga que o braço, constituía uma dor bem lancinante para cada um deles ter de, a todo novo fracasso, reservar dez escudos para Madame.

Quando eles se foram, Nicole disse atrevidamente ao Rei:

— Majestade, permitiríeis que eu também tente?

— Deus seja louvado! — exclamou Luís XI. — Não! Por bem menos que isso, posso dar-te um beijo naquele lugar!

Pelo modo como ele se expressava, via-se que se tratava de um homem caseiro, coisa que de fato ele sempre foi.

Certa noite, o gordo Cardeal La Balue deu galantemente em cima da Beaupertuys, tanto com palavras como com gestos, passando um pouco além do que o permitiriam os Cânones. Por sua vez, ela felizmente era uma mulher esperta, que não precisava perguntar quantos furos havia na camisola de sua mãe. Assim, respondeu secamente ao Cardeal:

— Ficai esperto, Sr. Cardeal! Aquela que o Rei ama não pode receber vossos santos óleos...

Depois foi a vez de Olivier le Daim, a quem ela sequer quis escutar. Diante das baboseiras que o barbeiro lhe disse, ela se voltou para ele e ameaçou perguntar ao Rei se ele apreciaria saber que sua amada tinha feito a barba...

Ora, como Le Daim não lhe pediu para guardar segredo quanto a suas propostas, ela desconfiou daquelas investidas, acreditando que se tratasse de burlas inventadas pelo Rei, talvez geradas por suspeitas sopradas em seus ouvidos por seus próprios amigos. Por isso, ela quis desforrar-se deles, divertindo-se a suas custas, ao mesmo tempo em que proporcionaria um bom divertimento ao Rei com a peça que lhes iria pregar. E a ocasião escolhida foi uma certa noite em que eles tinham vindo cear, e na qual também se encontrava presente uma dama da cidade, possuidora de certa condição, interessada em falar com o Rei, pois viera solicitar perdão para seu marido. Com efeito, em conseqüência dessa conversa em particular, ela acabou sendo bem sucedida em suas pretensões. Foi então que Nicole Beaupertuys puxou o Rei para uma antecâmara durante um instante, e sugeriu que ele fizesse com que todos os seus convidados bebessem e comessem à farta, e que não deixasse de lhes contar anedotas. Depois que fossem retiradas as toalhas, ele deveria ficar discutindo com eles sobre assuntos sem qualquer importância (as chamadas "querelas de alemão"), analisando bem suas palavras e criticando-as acerbamente, pois só depois disso, ela iria diverti-lo, botando para fora todos os seus podres. Seria também importante que ele se mostrasse bastante amistoso

com a já mencionada dama, sem quaisquer segundas intenções, comentando que ela estava usando o perfume que ele mais apreciava, pois ela estava a par de toda a brincadeira e aceitara gentilmente participar dela.

— Vamos lá, senhores — disse o Rei entrando na sala, — tratemos de nos assentar à mesa: a caçada de hoje foi boa e proveitosa.

O barbeiro, o obeso Cardeal, o Capitão da Guarda Escocesa e um enviado do Parlamento, Oficial de Justiça, grande amigo do Rei, seguiram as duas damas até a sala onde as mandíbulas iriam tirar o atraso. Ali eles tiveram de refazer o feitio de seus casacos. E como! Sem perda de tempo, forraram o estômago, praticaram a química natural, limparam os pratos, regalaram as tripas, cavaram sua sepultura a golpes de maxilar, brincaram com a espada de Caim, puseram os molhos para dentro, sustentaram um cornudo; para nos expressarmos mais filosoficamente, fabricaram farelo com os dentes. Compreendido? Quantas expressões ainda seriam necessárias para acabar de abrir o vosso entendimento?

O fato foi que o Rei fez tudo que era necessário para que seus convivas devorassem toda aquela esplêndida ceia. Como complemento, fartou-os de ervilhas verdes, fê-los repetir a carne guisada, exaltando as ameixas, recomendando o peixe; dizendo a este: "Por que não estás comendo?"; a outro: "Vamos beber à saúde de Madame!"; a todos: "Não deixeis de provar destas lagostas, meus amigos!"; "Vamos esvaziar esta garrafa!"; "Experimentai e apreciai esta lingüiça!"; "E esta lampreia aqui, hein? Que me dizeis dela?";"Ah, meu Deus do Céu! Eis aqui o mais belo barbo do Loire!"; "Vamos lá! Fazei-me o favor de avançar sem dó neste empadão!"; "Eis aqui algo que acabei de caçar: quem não provar desta vianda estará me fazendo uma afronta!" E depois ainda acrescentou: "Bebei, senhores, sem constrangimento, que o Rei não está vendo!"; "E destes doces, que me dizeis? Foi Madame quem os preparou."; "Podeis chupar destas uvas sem medo, pois são do meu vinhedo"; "Oh! Não provastes das nêsperas?" E, sempre os incentivando a expandir seus abdomes, o bom monarca gargalhava com eles, troçava deste, discutia com aquele, ora cuspia, ora assoava o nariz, divertindo-se à socapa, como se não fosse ele o Rei. E assim tantas vitualhas foram consumidas, tantas garrafas emborcadas e esvaziadas, tantos guisados deglutidos, que as faces dos convivas ficaram da cor das vestes cardinalícias, e seus casacos pareciam querer romper-se, visto que todos estavam inchados como um salsichão de Troyes, desde a entrada até a saída de suas panças.

Ao reentrarem na sala de estar, passaram a suar desbragadamente e a resfolegar sem descanso, e então puseram-se a maldizer sua voracidade desatinada. Nessa altura, o Rei preferiu manter-se à parte em silêncio. Ninguém queria falar, de tanto que suas forças estavam sendo exigidas para fazer a decocção intestinal dos pratarrazes cheios confinados em seus estômagos, que já tinham começado a se comprimir e gorgolejar violentamente. Este dizia consigo próprio: "Foi estupidez abusar dos molhos como o fiz!"; outro se vituperava por ter entesourado um prato de enguias arranjadas com alcaparras; aquele matutava: "Oh! Oh! Aquele chouriço já está me causando encrenca!." O Cardeal, que tinha uma barriga maior que a de todos os presentes, bufava como um cavalo esfalfado. Foi ele quem primeiramente não conseguiu se controlar, deixando escapar um sonoro arroto, o que o deixou com vontade de estar na Alemanha, onde é desse modo que as pessoas se saúdam. Ao escutar essa linguagem gastrintestinal, o Rei olhou para ele de cenho franzido, e comentou:

— Que é isso, meu prelado? Acaso pensas estar diante de um simples clérigo?

Essas palavras foram recebidas com terror por aquele que de ordinário Sua Majestade tratava com grande deferência. Os outros convidados deixaram escapar de outro modo os vapores que borbulhavam em suas retortas pancreáticas. No início, trataram de contê-los o máximo que lhes foi possível, nas dobras do mesentério.

Foi então que, ao notar que todos os convivas estavam opados como coletores de impostos, a Beaupertuys chamou o Rei à parte e lhe disse:

— Quero revelar-vos que mandei o joalheiro Peccard confeccionar duas bonecas bem grandes: uma, que é a cara da nossa amiga dama; outra, que é a minha cara. Ora, quando esses vossos amigos, premidos pelas drogas que pus em suas taças, quiserem ir à casinha, aonde nós iremos antes deles, fingindo estarmos apertadas, vão encontrar o lugar ocupado. Com isso, podereis divertir-vos à larga, assistindo a suas retorceduras.

Dito isso, a Beaupertuys desapareceu juntamente com a dama, para irem "dar vazão à natureza", segundo a expressão usual entre as mulheres, e cuja origem irei revelar-vos oportunamente. Aí, depois de transcorrido algum tempo, ela voltou sozinha, fazendo crer que teria deixado a dama dentro da pequena oficina de alquimia natural. Logo em seguida, o Rei, voltando-se para o Cardeal, chamou-o para um canto e se pôs a conversar com ele, fingindo estar tratando de assuntos sérios, segurando-o pela borla de sua murça. A tudo o que o Rei dizia, La Balue respondia: "Sim, Majestade", para ficar livre daquela conversa sem fim e poder arriar as calças, a fim de esgotar a água que ameaçava escapulir, e antes de perder a chave de sua porta de trás. Todos os convivas estavam sem saber como deter o escapamento daquele material ao qual a Natureza deu, e ainda mais do que concedeu à água, a virtude de se distender até um certo nível. Seus componentes vão-se amolecendo e se infiltrando e se imiscuindo através das passagens naturais, como aqueles insetos que buscam escapar de seus casulos, contorcendo-se, agoniados e sem qualquer reconhecimento para com Sua Augusta Majestade, porquanto ninguém é tão ignorante e insolente como essas malditas substâncias, a par de serem importunas como o são todos os detidos aos quais se cerceia a liberdade. E eles assim escorregam sempre que podem, como enguias fora da rede, e cada um dos presentes tinha necessidade de empreender grandes esforços e lançar mão de excepcionais habilidades pessoais para não desandar diante do Rei.

Enquanto isso, Luís XI experimentava grande prazer em interrogar seus hóspedes, e se divertiu deveras com as vicissitudes que se refletiam em seus semblantes, levando-os a fazer esgares e caretas de dar dó.

O Oficial de Justiça disse a Olivier:

— Eu largaria mão de meu cargo para poder estar atrás de uma moita por cerca de três ou quatro minutos! Oh! Não há prazer que se equivalha a uma boa evacuada.

— A partir de hoje não mais ficarei espantado diante das sempiternas marquinhas deixadas pelas moscas — respondeu o barbeiro.

O Cardeal, acreditando que a dama já teria quitado suas contas diante do "trono", deixou as borlas do cinto nas mãos do Rei dando um tapa na testa como se houvesse esquecido de dizer suas preces, e se dirigiu para a porta.

— Que tens, meu caro Cardeal? — perguntou o Rei.

— Deus seja louvado! Que tenho? Acho que hoje estais demorando demais a encerrar este assunto, Majestade!

Disse isso e se evadiu, deixando os outros impressionados com sua sutileza, e marchou gloriosamente em direção ao quartinho que ficava do lado de fora, enquanto afrouxava os cordões do cinto. Entretanto, quando abriu a bendita portinha, deparou com a dama em plena função sobre o banquinho furado, como um papa na hora de ser consagrado. Então, devolvendo à bainha a espada que esteve prestes empunhar, desceu a escadinha que dava para o jardim. Porém, quanto estava chegando aos derradeiros degraus, os latidos dos cães bravos o fizeram recuar, tomado do pavor de ser mordido num de seus preciosos hemisférios, e, não sabendo onde se livrar de suas produções químicas, acabou voltando para a sala trêmulo e arrepiado, como alguém que tivesse acabado de enfrentar uma terrível frialdade. Os outros, vendo-o regressar, acharam que ele tinha conseguido esvaziar seus reservatórios naturais e aliviado seu intestino eclesiástico, e imaginaram que ele agora estivesse bem feliz. Assim, o barbeiro se levantou depressa, como se fosse inventariar as tapeçarias e contar as vigas do teto, e com isso chegou à porta antes de qualquer outro. Então, relaxando o esfíncter antecipadamente, foi trauteando uma canção enquanto seguia para a latrina. Lá chegando, do mesmo modo que aconteceu com La Balue, pôs-se a balbuciar palavras de escusas à eterna ocupante do banquinho, fechando a porta com a mesma presteza com que a tinha aberto, e sendo obrigado a retornar à sala com o traseiro cheio de moléculas acumuladas que embaraçavam seus condutos intestinos.

Assim, como numa procissão, os convivas seguiram para a latrina de um em um, mas sem poderem se esvaziar, donde terem invariavelmente de se reapresentar diante de Luís XI, tão apertados quanto antes, a se entreolharem envergonhados, contraindo o botão com eficiência maior do que a que não tiveram para conter a boca, e com isso mostrando não existir equívoco nas transações entre as partes naturais, já que a razão sempre prevalece, como é fácil de entender, já que se trata de uma ciência que aprendemos desde a tenra infância.

— Eu acredito — disse o Cardeal ao barbeiro — que essa dama não vai sair dali antes que amanheça...

Mas quem mandou a Beaupertuys convidar uma mulher atacada de uma tal diarréia?

— Já faz uma hora que ela está fazendo aquilo que eu só levaria poucos minutos para fazer! Que as febres a consumam! — exclamou Olivier le Daim.

Retorcendo-se de cólicas, os cortesãos caminhavam para cá e para lá, a fim de conter o escape das matérias importunas, quando finalmente a famigerada dama reapareceu no salão. Só vendo como eles a acharam linda e graciosa, não havendo ali um só que não quisesse beijá-la na parte de seu corpo que tanto tempo levara para funcionar, e que, no caso deles, era a custo reprimida! Jamais eles haviam saudado o dia com júbilo igual ao que agora sentiam ao contemplarem aquela dama libertadora de seus pobres e desventurados ventres.

La Balue levantou-se. Os outros cederam-lhe a vez por uma questão de respeito e reverência, dada a sua condição de eclesiásticos com assento no alto Clero. Depois, revestidos de paciência, continuaram a fazer esgares e caretas, levando o Rei a trocar com Nicole olhares maliciosos e risinhos disfarçados, sem deixar que os convivas os notassem. O bom Capitão da Guarda Escocesa, que tinha comido mais do que todos os outros de certa iguaria na qual o cozinheiro tinha espargido um pozinho de virtude laxante, deixou escapar uma ventosidade discreta, acreditando que ninguém iria perceber sua vilania, e se refugiou envergonhadamente num canto, esperando que o fartum se dissipasse antes de atingir as narinas do Rei. Nesse momento, o Cardeal retornou com o semblante horrivelmente transtornado, por ter encontrado Madame Beaupertuys refestelada sobre o trono episcopal. Ora, em seu tormento, ignorando que na verdade ela se encontrava na sala, ele proferiu um "*Oh!*" aterrorizado ao avistá-la ao lado de seu protetor.

— Que surpresa é essa? — perguntou o Rei encarando-o de tal modo que quase o deixou com febre.

— Majestade — disse insolentemente La Balue, — os negócios do Purgatório são de minha alçada, e eu devo avisar-vos da existência de feitiçaria dentro desta casa!

— Ah, seu padreco, estás querendo divertir-te às minhas custas! — ralhou o Rei.

A essas palavras, os presentes ficaram sem saber distinguir o que eram calças e o que era o forro, e foram tomados de pavor, a ponto de que suas gargantas quase se romperam.

— Ah! — disse o Rei com tal entonação de voz que os fez empalidecer. — Estais a me faltar com o respeito? Vem cá agora mesmo, compadre Tristão — gritou através da janela, abrindo-a com brutalidade. — Vem cá em cima!

O temido Preboste do Palácio não tardou a aparecer, e, como os convidados eram pessoas de origem plebéia, erguidas a suas atuais situações pelo favor do Rei Luís XI, num capricho momentâneo ele poderia tranqüilamente rebaixá-las a sua posição original, de sorte que, afora o Cardeal, que se sentia protegido pela sotaina, Tristão deparou com um grupo de pessoas trêmulas e assustadas.

— Conduze esses senhores ao Pretório, no Passeio Público, meu compadre. Eles incorreram no crime de excesso de comilança.

— Então, Majestade, não sou uma boa trocista? — indagou Nicole em voz baixa.

— A farsa até que foi boa, embora um tanto fétida — respondeu ele rindo.

Essa resposta de cunho real revelou aos cortesãos que o Rei dessa vez não tinha a intenção de fazer rolar suas cabeças, razão pela qual deram graças aos Céus. Esse monarca apreciava bastante essas brincadeiras porcas, coisa que de modo algum poderia caracterizá-lo como um mau sujeito, conforme convieram os convivas enquanto se punham a salvo seguindo pelo Passeio Público em companhia de Tristão. Já este, como bom francês que era, fez questão de acompanhar cada um deles até a porta de sua residência.

Eis porque desde essa data os moradores de Tours nunca mais deixaram de caminhar ao longo do Passeio de Chardonneret, refazendo o trajeto trilhado pelos cortesãos naquela ocasião.

Não posso encerrar esses relatos referentes àquele grande Rei sem narrar a bela peça que ele pregou em *Madamoiselle* Godegrand, uma solteirona de pele curtida, que se sentia desesperada por não ter encontrado uma tampa para sua panela durante seus quarenta anos de existência; ou seja: qual acontece com os burros, nunca ter deixado de ser virgem. Essa dita donzela quarentona morava defronte à casa que pertencia à Beaupertuys, na esquina da Rua de Jerusalém. Ali, quando a amante do Rei se debruçava sobre a mureta de uma varanda junto ao muro da casa, podia tranqüilamente ver o que sua vizinha fazia e escutar tudo o que se dizia numa sala baixa em que ela costumava ficar. Muitas vezes, o Rei se divertia à larga com essa madura donzela, que não sabia estar dentro do alcance dos ouvidos de Sua Majestade.

E assim foi que, num dia de feira, aconteceu de ter sido levado à forca um jovem cidadão de Tours que tinha violado uma dama nobre já um tanto entrada em anos, imaginando que se tratasse de uma donzela. Nesse particular, não se pode dizer que tenha sido um ato mau, mas antes uma ação meritória, mormente porque a tal dama fora tomada por virgem; mas acontece que, ao constatar seu engano, ele a havia coberto de mil vitupérios e injúrias, e que, imaginando ter caído num logro, considerou ser de justiça apropriar-se de uma bela taça de prata cravejada de rubis, em paga pelo favor que lhe havia prestado. Esse rapaz tinha cabelos compridos, e era tão bonito que toda a cidade ansiava por assistir ao seu enforcamento; alguns, lamentando sua morte precoce,e outros, por mera curiosidade. Pôde-se constatar que, por ocasião do enforcamento, havia entre os assistentes mais gorros e bonés do que chapéus.

De fato, o jovem condenado oscilava elegantemente para lá e para cá; e, conforme o uso e costume dos enforcados dessa época, morreu de modo galante, com a lança em riste, o que provocou enorme alvoroço entre as cidadãs. Em virtude desse fato, várias damas disseram ter sido um descalabro não se conceder a suspensão da pena máxima para uma tão bela alma...

— Que me diríeis, Majestade — perguntou a Beaupertuys — se puséssemos esse belo enforcado no leito da Godegrand?

— Iríamos deixá-la aterrorizada! — respondeu Luís XI.

— Não acredito. Podeis estar certo de que ela acolherá com prazer um homem morto, já que tanto anseia por ter na cama um vivo. Ontem eu a vi a se esbaldar com um

Os convivas puseram-se a salvo, seguindo pelo Passeio Público em companhia de Tristan, que, como bom francês que era, fez questão de acompanhar cada um deles até a porta de sua residência.

boné de rapaz, que ela pôs no topo de uma cadeira. Teríeis rido bastante se a tivésseis ouvido e presenciado seus trejeitos.

E assim, enquanto nossa virgem quarentona deixou sua casa para a oração das Vésperas, o Rei mandou retirar da forca o rapaz, a fim de representar a derradeira cena de sua trágica farsa. Ordenou ainda que lhe pusessem uma camisa branca, e destacou dois oficiais para trepar no muro do jardim da Godegrand e depositar o defunto em sua cama, no lado que dava para a rua. Feito isso, eles se foram, e o Rei se manteve na varanda, jogando com a Beaupertuys, enquanto aguardava a hora em que a vizinha se fosse deitar.

Mademoiselle Godegrand logo voltou para casa — foi num pé e voltou noutro, como dizem os turenianos —, já que a igreja de São Martinho não ficava longe: a Rua de Jerusalém coincidia com os fundos do seu claustro. Entrando em casa, ela guardou a bolsinha de esmolas, o livro de rezas, o terço e outros objetos que as devotas costumam carregar; depois atiçou o fogo, soprou-o, esquentou as mãos e sentou-se em sua cadeira; fez carinho no gato à falta de coisa melhor para acariciar, e em seguida tirou do guarda-comidas algo de comer; fez sua refeição entre suspiros, e, sempre suspirando enquanto fazia sua solitária refeição, pôs-se a examinar atentamente seus tapetes e cortinas, até o momento em que soltou um peido tão alto que até o Rei escutou.

— Oh, Céus! —exclamou a Beaupertuys. — Se ela soltar outro desses, até o enforcado vai lhe dizer "Deus te abençoe!"

Diante desse comentário, ela e o Rei abafaram uma risota. Então, prestando toda a atenção, aquele cristianíssimo Rei assistiu ao despimento da quarentona, que se examinava detidamente enquanto tirava a roupa, arrancando um pelinho aqui e outro acolá, tirando uma catota que obstruía maldosamente uma de suas narinas, depois palitando os dentes e fazendo mil outras coisinhas — oh vida cruel! — que todas as damas, virgens ou não, sempre fazem, por mais que se envergonhem disso; mas temos de considerar que, sem esses pequenos defeitos de sua natureza humana, elas seriam altivas demais, e nenhum de nós outros poderia desfrutar de seu convívio.

Depois de iniciar e encerrar uma representação aquático-musical, a velha donzela se enfiou entre os lençóis, mas logo em seguida desferiu um guincho agudo e assustado, ao sentir o contato com o corpo do enforcado, e aspirar seu gostoso aroma de juventude. Imediatamente saltou para longe, mais por coqueteria que por outra razão. Porém, como não sabia que se tratava de um genuíno defunto, voltou pouco a pouco para o leito, acreditando que quem ali se encontrava estivesse a zombar dela, fingindo-se de morto.

— Vai embora daí, seu galhofeiro malvado! — intimou ela, embora tenha proferido essas palavras num tom bem manso e gracioso.

Aí, vendo que o fulano não tugia nem mugia, examinou-o mais de perto, ficando muito impressionada com sua bela natureza humana. Logo reconheceu que se tratava do rapaz enforcado. Então sua fantasia levou-a a tentar algumas experiências de cunho puramente científico, para o interesse dos enforcados.

— Que é que ela está fazendo? — perguntou a Beaupertuys ao Rei.

— Está tentando reanimá-lo. O que ela faz é um ato de humanidade cristã...

E a solteirona sacudia e esfregava o belo moço, enquanto suplicava a Santa Maria do Egito que a ajudasse a fazer com que aquele marido enviado caridosamente pelo Céu recobrasse os sentidos. Súbito, prestando atenção naquele morto que ela esfregava tão caridosamente, acreditou ver em seu rosto um ligeiro movimento de olhos. Então, pôs a mão sobre seu coração e o sentiu bater debilmente. Por fim, ao calor do leito e do seu afeto, e pela alta temperatura que as moças velhas emanam, e que é por certo até mais abrasadora que os ventos dos desertos africanos, ela sentiu o regozijo de devolver a vida àquele belo e bom rapagão que, por um lance de extrema sorte, tinha sido enforcado um tanto incompetentemente

— Eis como os carrascos me prestam bons serviços! — disse Luís XI rindo.

— Há! — riu também a Beaupertuys. — Acaso teríeis coragem de mandar enforcá-lo de novo? Vede como ele está bonito!

— O decreto não reza que ele deva ser enforcado duas vezes. Contudo, ele deverá casar-se com essa velha donzela...

De fato, a boa moça velha foi, a toda pressa atrás de um barbeiro conhecido por sua habilidade em aplicar sanguessugas, o qual residia na Abadia, trazendo-o rapidamente até sua casa. Ele logo tomou de sua lanceta e aplicou no rapaz uma sangria; porém, como o sangue não queria jorrar, disse:

— Oh, cheguei tarde! Parece que o sangue já terá vazado para os pulmões...

Mas eis que um sangue rubro e juvenil começou a gotejar devagarinho, depois mais depressa, até que escorreu abundantemente, e a apoplexia letárgica, que não tinha sido senão esboçada, foi detida em seu curso. O jovem se mexeu, recobrou as cores; mas pouco depois, devido à cobrança da Natureza, caiu num estado de grande fraqueza e profunda melancolia, prostração das carnes e debilidade generalizada. Ora, a velha donzela, que o examinava detida e incessantemente, acompanhando as grandes e notáveis mudanças que se operavam na pessoa daquele mal-enforcado, segurou o barbeiro pela manga e, mostrando-lhe a lastimável figura do moço, com uma mirada curiosa, perguntou:

— Será que ele vai ficar sempre assim de hoje em diante?

— Não, só de vez em quando — respondeu o outro com sinceridade.

— Oh! Ele estava com aspecto bem melhor enquanto balançava na forca...

Ouvindo isso, o Rei não se conteve e soltou uma boa gargalhada. Avistando-o pela janela, a madura donzela e o barbeiro ficaram com medo, pois aquela risada lhes pareceu uma segunda sentença de morte para o infeliz condenado. Mas o Rei era homem de palavra, e casou os dois. Depois, para que se fizesse justiça, concedeu o título de *Sieur* de Mortsauf — isso é, "salvo da morte" — ao rapaz, substituindo seu antigo nome, já que este se perdera no cadafalso. E como o pé-de-meia da Godegrand consistia numa enorme cesta cheia de escudos, eles vieram a constituir uma das boas famílias da Turena, que até hoje subsiste em meio a grande felicidade, visto que o Senhor Salvo da Morte veio a prestar enormes serviços a Luís XI em diversas ocasiões. E ele nunca mais quis se aproximar de um patíbulo, e muito menos de alguma mulher mais velha, tendo jurado que jamais atenderia a intimações amorosas durante a noite.

Isso ensina-nos a examinar e conhecer bem as mulheres, para que nunca nos deixemos enganar no tocante às diferenças pouco perceptíveis que existem entre as velhas e as jovens, visto que, mesmo se não formos enforcados devido a algum engano de amor, estaremos sempre correndo grandes riscos nesse particular.

6 — A MULHER DO CONDESTÁVEL

O Condestável d'Armignac desposou, por cobiçar sua grande fortuna, a Condessa Bonne, sem levar em conta que ela já estava enamorada do jovem Savoisy, filho da camareira de Sua Majestade el-Rei Carlos VI.

O Condestável era um rude guerreiro, de aparência medonha, pele crestada, hirsuto a mais não poder, sempre a proferir palavrões, sempre ocupado em enforcar pessoas, sempre envolto no suor das batalhas, ou planejando estratagemas que nada tinham a ver com as coisas do amor.

Destarte, esse bom soldado, sem a menor preocupação de espargir tempero no guisado do matrimônio, tratava sua gentil esposa como homem que almeja coisas mais elevadas; o que deixa as damas horrorizadas, visto que elas detestam ter o estrado da cama de casal como único juiz de seus gestos de delicadeza e carinho.

Por sua vez, a bela Condessa, desde que se tornou a mulher do Condestável, passou a acalentar a idéia de desfrutar melhor do amor, deixando que seu coração continuasse cada vez mais voltado para o já mencionado Savoisy, que logo o percebeu.

Querendo ambos executar a mesma música, não tardaram a afinar seus instrumentos, ou decifrar a charada de onde e como se encontrarem, o que também não tardou a ser percebido claramente pela Rainha Isabela, quando esta notou que os cavalos de Savoisy mais vezes eram vistos nos estábulos de seu primo

A mulher do condestável

d'Armignac que no palácio Sainct-Pol, onde passara a residir a camareira desde a destruição de sua casa por ordem da Universidade, conforme é do conhecimento de todos.

Essa altiva e sábia princesa, receando antecipadamente que Bonne viesse a sofrer algum deplorável acidente, uma vez que o dito Condestável não perdia tempo em usar sua espada, que nem padre no tocante a deitar suas bênçãos; por isso, a dita Rainha, de mente aguçada como uma adaga de chumbo, disse certo dia, ao sair das Vésperas, a sua prima, quando a viu ao lado de Savoisy junto à pia de água benta:

— Oh, querida, acaso queres ver sangue misturado a essa água benta?

— Bah! — fez Savoisy dirigindo-se à Rainha, — o amor gosta de sangue, Alteza!...

A Rainha achou excelente aquele comentário, anotando-o num caderninho; entretanto, algum tempo depois, acabou por experimentá-lo na prática, uma vez que el-Rei seu esposo feriu fundo um seu amante, um conde, conforme será aqui relatado mais à frente.

Sabe-se, com base em diversas experimentações, que, durante os primórdios do amor, cada um dos amantes está sempre temeroso de que seja descoberto o mistério de seu coração, e que, quer por uma questão de prudência, quer pelo júbilo produzido pelas doces artimanhas da galanteria, os dois disputam acerca de qual deles saberá dissimular melhor seu amor. À medida que o tempo passa, porém, bastará um dia de distração para deitar por terra todo o esforço de esconder a verdade. A pobre esposa foi pilhada em meio a sua alegria como se pegada num laço: seu amigo revelou sua presença, ou talvez sua saída, por alguns vestígios de um objeto de uso pessoal — não sei se um cachecol ou um par de esporas — ali esquecido por fatal des-

cuido. Foi como que um golpe de punhal, rompendo aquela trama tão galantemente urdida, e que proporcionava à dupla de amantes tão intensas delícias. O fato é que, quando os dias são repletos de alegria, não se deve tratar a morte com desdém, pois a espada de um marido pode causar uma bela morte para um amante, se é que a morte pode ser bela... Eis como devia findar o lindo amor desfrutado pela esposa do Condestável. Foi assim: numa certa manhã em que *Monsieur* d'Armignac pôde reservar um bom tempo de lazer, devido à fuga do Duque de Borgonha, que acabava de abandonar Lagny, o Condestável resolveu desejar um bom dia a sua dama, despertando-a de seu sono da maneira mais delicada possível, para não deixá-la aborrecida. Acontece que ela, mergulhada no pesado sono matinal, sem erguer as pálpebras, assim respondeu ao gesto carinhoso:

— Deixa-me em paz, Charles!

— Oh, oh! —exclamou o Condestável, ao escutar aquele nome que não era o de seu santo protetor. —Quer dizer que existe um Charles plantado em minha testa!

Então, sem tocar na esposa, deixou a cama e subiu as escadas, de rosto afogueado e espada desembainhada, seguindo diretamente para o quarto onde dormia a camareira

A espada de um marido pode causar uma bela morte para um amante, se é que a morte pode ser bela...

da Condessa, desconfiado que estava de que a criada em questão tinha as mãos enfiadas naquela tramóia.

— Ah, vagabunda do inferno! — vociferou ele, começando a despejar a sua cólera. — Reza já teus padre-nossos, que vim te matar, por causa da velhacaria desse tal de Charles que costuma aparecer por aqui.

— Oh, *Monseigneur!* — respondeu ela. — Quem foi que vos contou isso?

— Fica certa de que eu te partirei ao meio sem remissão, se não me revelares todas as traições perpetradas aqui, e de que maneira elas foram acertadas. Se tua língua se entortar e começares a gaguejar, cravar-te-ei agora mesmo o meu punhal. Trata de falar!

— Podeis cravá-lo em mim, se isso vos apraz — replicou a moça. — De minha boca, nada ireis saber!

O Condestável, após ouvir essa excelente resposta, ficou fora de si e lhe desferiu uma punhalada, de tanto que o ódio o deixara cego; depois retornou ao quarto onde sua mulher dormia, e disse ao seu escudeiro que o aguardava sentado nos degraus, apavorado com os gritos que escutara, proferidos pela camareira:

— Vai lá em cima, pois apliquei um corretivo um tanto rigoroso na Billette.

Antes de se reapresentar diante de sua mulher, foi buscar o filho que estava mergulhado em seu sono infantil, e o arrastou de maneira brusca até onde estava a mãe. Esta abriu os olhos, e bem arregalados, como certamente tereis imaginado, ao escutar os berros do pirralho, sendo tomada de pavor quanto o viu nas mãos de seu marido, uma das quais estava ensangüentada, e notando o olhar feroz que ele lançou a ela e ao filho.

— Que houve? — perguntou.

— Madame — respondeu aquele homem que não costumava parar para pensar, — este menino saiu de meus rins, ou dos de teu amiguinho Savoisy?...

Ouvindo essa pergunta, Bonne empalideceu e saltou sobre o filho como uma rã assustada que se atira na água.

— Oh! Não resta dúvida de que ele é nosso! — respondeu ela.

— Se não quiseres ver tua cabeça rolar a teus pés, confessa-me e responde sem mentir: existe em tua vida alguém que me esteja substituindo no leito?

— Existe, sim!

— Quem é?

— Não é Savoisy, e jamais irei revelar-te seu nome, pois se trata de um homem que não conheço.

Depois disso, o Condestável levantou-se, segurou a mulher pelo braço para lhe sustar a palavra de um só golpe de espada; mas ela, lançando-lhe um olhar imperial, exclamou:

— Está bem, mata-me; mas não me toques mais!

— Vou deixar-te viver — disse ele, — porque reservei para ti um castigo mais terrível que a morte!

E, temendo as tiradas engenhosas, as armadilhas, os arrazoados e outros artifícios dos quais as mulheres costumam lançar mão nesses casos fortuitos que soem acontecer-lhes noite e dia, e cujas variantes elas estudam e discutem entre si, ele se foi embora, depois dessas palavras rudes e amargas. Dali foi interrogar seus serviçais, exibindo uma carantonha divinamente terrível, mas todos lhe deram a mesma resposta que pretendem dar a Deus Pai no dia derradeiro, quando cada um de nós tiver de prestar nossas contas.Nenhum deles tinha consciência do sério risco que se escondia por trás desses

Após ouvir essa excelente resposta, o Condestável ficou fora de si e lhe desferiu uma punhalada, de tanto que o ódio o deixara cego.

interrogatórios sumários e perguntas capciosas; mas, de tudo o que disseram, o Condestável concluiu que nenhum macho da casa teria enfiado o dedo naquele molho, salvo um de seus cães, que se manteve mudo, e ao qual fora dada a incumbência de vigi-

ar os jardins. Então, segurando com as mãos o pobre animal, ele o estrangulou cheio de ódio. Esse fato levou-o de modo peripatético a supor que seu desconhecido substituto teria entrado no palácio através do jardim, que tinha como única saída um bueiro que ia até a margem do rio. Cabe informar àqueles que desconhecem a localização do palácio d'Armignac, que ele possuía uma excepcional situação junto às mansões reais de Sainct-Pol. Nesse local foi posteriormente construído o palácio de Longueville. Tanto naqueles tempos como hoje em dia, o palácio d'Armignac tinha um belo pórtico de pedra lavrada na Rua de Santo Antônio, e era fortificado de todo lado. Além disso, os altos muros do lado do rio, defronte à ilha das Vacas, no trecho onde ainda se encontra hoje em dia o porto de La Gresve, estavam guarnecidos de torrinhas. Seu projeto ficou exposto durante longo tempo na residência do Cardeal Duprat, Chanceler do Rei.

O Condestável deu tratos à bola, até que, entre seus estratagemas mais bem imaginados, escolheu o que lhe pareceu melhor e mais adequado ao assunto em questão, e que certamente faria o galã cair na esparrela que nem lebre num laço.

— Morra ele e viva eu! — exclamou. — Meu plantador de cornos está no papo! Agora vou planejar o que farei com ele.

Vede qual foi o plano de batalha que esse arguto e hirsuto capitão, que travara tão renhidas guerras contra o Duque João-Sem-Medo, idealizou para enfrentar seu inimigo secreto. Ele reuniu um bom número de seus mais leais e hábeis arqueiros e os posicionou dentro das torres do cais, ameaçando-os com as mais severas penalidades caso não vedassem a ida ao jardim de quem quer que fosse, sem distinguir entre esse ou aquele, exceto em se tratando dele próprio, e caso permitissem que ali entrasse o indesejável galã. Agiu-se da mesma forma do lado do pórtico de pedra e na rua de Santo Antônio. Aos demais homens, inclusive o Capelão, foi recomendado que não deixassem a casa sob risco de serem mortos.

Então, depois de entregar aos soldados de sua companhia de artilheiros a guarda dos dois flancos do palácio, ordenou-lhes que mantivessem estrita vigilância nas ruas laterais. Assim, seria inexorável que o amante secreto, ao qual o Condestável estava devendo seu par de chifres, fosse apanhado com a boca na botija, quando, de nada sabendo, chegasse ali na hora costumeira de seu encontro amoroso, com a intenção insolente de chantar seu estandarte no coração de quem pertencia legitimamente ao Senhor Conde. Naquela ratoeira deveria cair o tão sagaz patife, a menos que se tratasse de um especial protegido de Deus, como o foi o bom São Pedro com relação ao Salvador, quando este o impediu de se afogar, naquele dia em que lhe deu na telha experimentar se o mar seria tão sólido quanto a terra firme onde pastam as vacas.

O Condestável tinha negócios a tratar em Poissy, e devia seguir para lá a cavalo depois do almoço, de maneira que, sabendo de seu intento, a inocente Condessa Bonne, já na véspera, decidira convidar seu amiguinho a vir travar com ela aquele gentil duelo no qual Bonne sempre demonstrara ser mais destra.

Enquanto o Condestável cercava seu palácio com um cinturão de olhos e de ameaças de morte, e emboscava seus homens nas proximidades do bueiro, a fim de agarrar o intruso quando este estivesse saindo de lá sem saber da cilada que lhe fora preparada, sua mulher não ficou a se divertir ensartando contas de rosário ou procurando sarna para se coçar. Logo de saída, a camareira que tinha sido apunhalada, e que já retirara do corpo o punhal, conseguiu arrastar-se até onde estava sua ama, e lhe contou que ela nada tinha revelado ao seu cornudo marido, e que, antes de entregar a alma, fazia questão de confortar sua querida ama, garantindo-lhe que ela poderia confiar em sua irmã, a lavadeira do palácio, a qual não hesitaria em se deixar cortar em pedacinhos miúdos que nem carne de salsicha só para agradar a Madame. A tal irmã era a mais atilada e astuta mulher daquelas bandas, conhecida entre os da arraia miúda, desde a Câmara do Conselho até o Cruzeiro do Trahoir, como a pessoa mais inventiva no tocante a intrigas de amor.

Então, mesmo enquanto deplorava a perda de sua boa camareira, a Condessa ordenou que a lavadeira deixasse de lado a tina, e que, junto com ela, viesse dar tratos à bola para arquitetar um plano destinado a salvar Savoisy, ainda que o preço a ser pago por isso fosse a salvação de sua alma.

Primeiramente, as duas mulherinhas deliberaram torná-lo ciente das suspeitas do Condestável, recomendando-lhe cautela.

Para tanto, a boa lavadeira pegou sua tina e a carregou consigo, intencionada a deixar o palácio. Porém, chegando ao pórtico, deu de cara com um homem armado, que fez ouvidos de mercador a todas as suas súplicas e escusas. Ela então resolveu, demonstrando especial devotamento, explorar o lado fraco do soldado, cumulando-o de tão sedutoras propostas, que ele não hesitou em folgar com ela, mesmo estando revestido de armadura, como se pronto para seguir ao campo de batalha. Entretanto, terminada a diversão, ele voltou a insistir em não lhe permitir a saída, e ainda que ela tentasse abordar outros galantes vigias a fim de conseguir um salvo-conduto, nenhum dos arqueiros, soldados e afins ousou abrir-lhe nem mesmo uma brechinha por onde passar.

— Vós todos não passais de indivíduos malvados e ingratos — disse ela, — pois não me compensastes o trabalho que tive!

Por sorte, no tocante a esse tipo de tarefa, ela era bem traquejada; assim, voltou depressa para junto da ama e lhe revelou todos os estratagemas e ardis arquitetados pelo Conde. As duas mulheres voltaram a conferenciar, e, sem levar o tempo exigido para entoar duas vezes a Aleluia, logo já estavam a par de todo esse aparato de guerra, sabendo em que consistiam os pontos de espionagem, as defesas, ordens e disposições de batalha surdas, especiosas e diabólicas, que elas não tardaram em desvendar, recorrendo ao sexto sentido do qual toda mulher é dotada, e antevendo o terrível perigo que ameaçava o desditoso amante.

Ao saber que apenas ela tinha permissão de sair de casa, Madame apressou-se a tirar proveito dessa concessão; mas não conseguiu ir mais longe que um tiro de balestra, porquanto o Condestável tinha ordenado a quatro de seus pajens que a acompanhassem por onde quer que ela fosse, e a dois batedores de sua companhia que a não deixassem sozinha. Assim, a pobre esposa não teve outra alternativa senão voltar para o quarto, derramando pranto idêntico ao das Madalenas que se vêm nos vitrais das igrejas.

— Ai de mim! — lamentava-se, — Meu amante vai morrer, e nunca mais irei vê-lo!... Ele que sabia dizer palavras tão doces, e que tinha maneiras tão gentis! Sua linda cabeça que tantas vezes repousou sobre meus joelhos será em breve cortada!... Oh céus! Eu não poderia impingir a meu marido uma cabeça vazia e sem qualquer valor, em vez dessa outra repleta de encanto e valor!... Uma cabeça rançosa em vez de uma perfumada! Uma cabeça cheia de ódio em lugar de uma cheia de amor!...

— Ah, Madame! — exclamou a lavadeira. — Se vestirmos o filho do cozinheiro com trajes de nobre (não haverá problema, porque ele é doido por mim e vive a me apoquentar), e aí, depois, que ele estiver assim trajado, nós poderemos fazê-lo passar para fora através do bueiro!

Antevendo essa tramóia, as duas se entreolharam de modo astuto e diabólico.

— Uma vez que esse aprendiz de cozinheiro tenha sido morto —prosseguiu ela, — todos os soldados imaginarão ter cumprido seu dever, e imediatamente debandarão, como se fosse uma migração de grous.

Essa missa era conhecida como a missa enfeitada, porque nela não se encontravam senão almofadinhas, belas jovens, rapazes guapos e damas emproadas, recendendo a perfumes caros.

— Sim, mas será que o Conde não irá reconhecer o lavador de panelas?

E a Condessa, com o coração apertado, exclamou, sacudindo a cabeça:

— Não, não, minha querida; aqui é sangue nobre que deverá ser derramado, e sem miséria!

Depois ela se pôs a pensar durante algum tempo, quando então, pulando de alegria, abraçou repentinamente a lavadeira, dizendo-lhe:

— Já que estou para salvar meu amigo em virtude do teu conselho, hei de recompensar-te em vida até a hora da tua morte!

Em seguida, secou suas lágrimas, aprontou-se com o esmero de uma noiva, pegou sua bolsinha de esmolas e seu livro das Horas, e se dirigiu à igreja de Saint-Pol, cujos sinos estavam soando, visto que faltava pouco para o início da última missa. Ora, a essa bela devoção a esposa do Condestável nunca faltava, mostrando-se assídua como todas as demais damas da Corte. Com efeito, essa missa era conhecida como *a missa enfeitada,* porque nela não se encontravam senão almofadinhas, belas jovens, rapazes guapos e damas emproadas, recendendo a perfumes caros; em suma, não se viam nelas roupas que não fossem forradas, nem esporas que não fossem de ouro. Destarte, a Condessa Bonne saiu de casa, deixando no palácio a lavadeira perplexa incumbida de ficar bem atenta a tudo o que acontecia; e então seguiu em grande pompa para a igreja, acompanhada de seus pajens, além de dois batedores e alguns soldados rasos.

É necessário dizer que, entre o grupo de elegantes cavalheiros que se encontravam na igreja e se agitavam irrequietamente ao redor das damas, havia dois ou três bastante atraídos pela Condessa, e inteiramente tomados de paixão por ela, conforme costuma acontecer quando somos jovens, e com freqüência não pensamos em outra coisa que não seja conquistar ao menos uma mulher em meio a tantas que estão a nossa volta. Dentre esses gentis rapinantes de fala mansinha, que prestavam menos atenção ao que acontecia junto ao altar e às palavras proferidas pelos padres do que entre os que se achavam nos bancos, havia um a quem a Condessa de vez em quando concedia a esmola de uma olhadela furtiva, porque se tratava de um rapaz menos indiscreto e mais profundamente apaixonado por ela que os demais. Esse aí tinha um ar tímido, e permanecia sempre encostado à mesma coluna, sem jamais sair dali, veramente encantado com o fato de, naquele local, poder contemplar a dama que tomara conta de seu coração. Em seu semblante pálido transparecia uma suave melancolia. Sua fisionomia revelava um coração generoso, daqueles que se nutrem de paixões ardentes e se entregam perdidamente às desesperanças de um amor sem qualquer expectativa de ser correspondido. São poucos os indivíduos desse gênero, porque, de ordinário, a preferência recai

Ele mergulhou efetivamente num genuíno amor, que veio a beneficiar seus parcos haveres, visto que lhe fez perder a vontade de comer e de beber. Tal amor pertence à pior espécie, porque incita a pessoa ao amor da dieta.

E embora ele caminhasse ora atrás, ora à frente da dama; ora a sua direita, ora à esquerda, ela sempre lançava em sua direção um luzente olhar, para deixá-lo ainda mais enfeitiçado.

antes sobre aquilo que bem sabeis, do que nas felicidades ignotas que jazem e desabrocham nas profundezas d'alma. Esse jovem gentil-homem, embora se trajasse de maneira elegante, mas discreta, chegando mesmo a demonstrar um certo bom gosto nos detalhes, dava à mulher do Condestável a impressão de se tratar de um cavaleiro pobre em busca de fortuna, que devia ter vindo de longe, trazendo apenas sua capa e sua espada por todo o cabedal que possuía. Assim, fosse pela suspeita de sua pobreza, fosse porque ela se sentia bem amada por ele, e ainda um pouco por sua boa aparência, sua bela e comprida cabeleira negra, seu talhe elegante e seu ar de pessoa modesta e bem educada, a Condessa Bonne desejava que ele viesse a alcançar o favor das mulheres e da fortuna. Contudo, para não desperdiçar aquela gentil galanteria, e por ser ela uma mulher vaidosa, deu largas a seu desejo, agindo de acordo com seu capricho, e passou a dirigir-lhe discretos sorrisos e ligeiros olhares que serpenteavam em torno dele como áspides vorazes, zombando sem cessar daquela jovem vida, e agindo ela como princesa orgulhosa, acostumada a brincar com coisas mais preciosas que um simples cavaleiro. Com efeito, ela bem sabia que, para lavar sua honra, seu marido, o Condestável, não teria hesitado em arriscar tudo o que possuía e mais um pouco, do mesmo modo que qualquer um de nós teria arriscado um vintém no jogo de piquetes.

Dias atrás, antes que se passassem três dias do encerramento das Vésperas, ela, mostrando com um olhar à Rainha aquele aficionado amoroso, comentara entre risos:

— Eis ali um homem de qualidade!

Desde então, essa expressão passou a fazer parte do linguajar elegante. Mais tarde, acabou por se tornar uma maneira de designar a gente da Corte. Portanto, foi à esposa do Condestável d'Armignac, e não a outras fontes, que a língua francesa ficou devendo essa bonita expressão.

Por um feliz acaso, a Condessa tinha atinado com a verdade no que se referia àquele gentil-homem. Tratava-se com efeito de um cavaleiro sem bandeira, cujo nome era Julien de Boys-Bourredon, o qual, não tendo herdado o suficiente para sequer se tornar um tira-dentes, e não conhecendo outra riqueza que não fossem os ricos dotes naturais que sua falecida mãe lhe tinha generosamente legado, concebeu o projeto de obter rendimento e proveito na Corte, sabendo quão benevolentes costumam ser as damas com respeito a esses guapos recém-chegados, avaliando-os alto e caro, quando eles sabem como não serem percebidos sem problema entre um e outro pôr-do-sol. Existem muitos desses tais que resolveram trilhar a estreita via das mulheres para abrir seu próprio caminho; quanto a este tal, longe de conformar seu amor dentro de proporções modestas, despendeu mundos e fundos, e tão depressa que, tendo vindo à "missa elegante", ficou extasiado ante a triunfal beleza da Condessa Bonne. Com isso, ele mergulhou efetivamente num genuíno amor, que veio a beneficiar seus parcos haveres, visto que lhe fez perder a vontade de comer e de beber. Tal amor pertence à pior espécie, porque incita a pessoa ao amor da dieta, enquanto ela se encontra em plena dieta do amor, um duplo mal do qual bastaria um para prostrar um homem.

Eis em que situação se encontrava o jovem cavaleiro a quem a boa esposa do Condestável pensara em recorrer, e a quem efetivamente recorreu, para convidá-lo a morrer.

Logo ao chegar à igreja ela avistou o pobre cavaleiro, que, fiel a seu prazer, a esperava com o dorso apoiado na coluna, como um sujeito doentio à espera do sol, num alvorecer de primavera. Ela então desviou seu olhar e quis dirigir-se à Rainha para requerer ajuda naquele caso desesperado, uma vez que ela se apiedara de seu amante; mas um dos capitães a impediu, dizendo-lhe com ademanes muito respeitosos:

— Madame, tenho ordens de não vos permitir conversar com quem quer que seja, homem ou mulher, mesmo que se trate da Rainha ou de vosso confessor. Lembrai-vos de que se acha em jogo a vida de nós todos.

— Vosso dever, Capitão — replicou ela, —não inclui morrer?

— E também obedecer — retrucou o soldado.

Então a Condessa se pôs a rezar em seu lugar de costume; e, olhando mais uma vez para seu admirador, achou que seu rosto estava mais magro e mais encovado do que jamais estivera.“Bah!”, pensou ela. “Isso me deixará com menos remorso por sua morte. Afinal de contas, ele já está semimorto!”

Com base nessa paráfrase mental, ela lançou sobre o dito gentil-homem um desses olhares quentes apenas permitidos às princesas e às meretrizes; e o falso amor que seus belos olhos sugeriram causou uma prazerosa aflição no galante moço encostado na coluna. Quem não ama o caloroso ataque da vida enquanto ela aflui em torno do coração e tudo engolfa? A infeliz dama descobriu, com um prazer que sempre se renova na alma das mulheres, a onipotência de seu magnífico olhar, pela resposta que lhe deu o cavaleiro sem nada dizer. E, de fato, o rubor que tomou conta de suas faces foi mais eloqüente que os mais candentes discursos dos oradores gregos e latinos, e fácil de ser compreendido. Ante essa auspiciosa visão, a Condessa, para sentir-se segura de que não se tratava de alguma burla da natureza, divertiu-se em experimentar até onde iria a virtude de seu olhar. Então, após deixar que o coração de seu admirador se aquecesse por mais de trinta vezes, ela não teve mais qualquer dúvida quanto a que ele não relutaria em morrer bravamente por ela.

Essa idéia tocou-a tão fortemente que, tendo-a repensado por três vezes entre uma e outra oração, comichou-lhe o desejo de deitar numa taça todos os prazeres que um homem pode sentir, e concentrá-los para ele num único olhar carregado de amor, a fim de não ser um dia recriminada por ter dissipado não somente a vida, mas também a felicidade daquele moço.

Quando o oficiante se voltou para a seleta assistência e recitou o *Ite, missa est*, a mulher do Condestável passou por trás da coluna onde estava o moço que a vinha cortejando, depois passou diante dele e lhe dirigiu um olhar insinuante e sugestivo, indicando-lhe que ele devia vir atrás dela, e, para reforçar o entendimento de seu apelo mudo, a ardilosa dama fez uma ligeira parada e voltou o rosto para o lado, evidenciando estar interessada em sua companhia. Ela logo notou que ele se afastou um pouco de seu lugar costumeiro, mas que estava sem coragem de seguir em frente, de tão tímido que era; mas, depois dessa derradeira insinuação, o gentil-homem, agora certo de não estar sendo atrevido ou presunçoso, misturou-se ao cortejo dos que saíam em passos curtos e sem fazer barulho, como um jovem inocente receoso de se aventurar num desses lugares bons que costumeiramente são chamados de maus. E, embora ele caminhasse ora atrás, ora à frente da dama; ora a sua direita, ora à esquerda, ela sempre lançava em sua direção um luzente olhar, para deixá-lo ainda mais enfeitiçado e atraí-lo para seu lado, como um pescador que suspende a linha bem devagar, a fim de atrair o peixe. Resumindo: a Condessa executou tão bem o trabalho das mulheres de vida fácil, quando elas se empenham em mover seus moinhos com água benta, que fez jus ao dito popular segundo o qual nada existe mais parecido com uma puta do que uma mulher de berço nobre.

Chegando ao pórtico do palácio, ela hesitou antes de entrar; então, de novo, voltou o rosto em direção a sua infeliz vítima, convidando o moço a continuar em seu encalço. Para tanto, endereçou-lhe um olhar tão diabólico, que ele logo acorreu em direção à rainha de seu coração, como se ela o tivesse chamado em voz alta. Quando a alcançou, ela lhe ofereceu a mão, e os dois, fervendo e estremecendo por causas diferentes, em breve já se encontravam no interior da residência.

Nessa má hora, Madame d'Armignac sentiu-se envergonhada de ter praticado todas essas putarias com o intuito único de atrair o moço para a morte, tendo com isso traído Savoisy, ainda que com o propósito de salvar-lhe a vida; mas esse breve remorso foi tão cambaio quanto o tinham sido os mais fortes, além de terem chegado tardiamente.

Vendo que tudo estava preparado para a farsa, a mulher do Condestável apoiou-se bem forte no braço de seu admirador e convidou:

— Vem depressa até meu quarto, pois preciso falar-te...

Quanto a ele, não sabendo que estava perto de perder a vida, nem teve voz para responder, de tanto que a esperança de um instante de prazer o deixava sufocado.

Quando a lavadeira viu que sua ama tinha capturado com tanta rapidez aquele belo gentil-homem, disse de si para si: "Olalá! Só mesmo as damas da Corte sabem encarregar-se com tanta eficiência de tais negócios!" Então, saudou o cortesão com uma profunda mesura, com a qual patenteava o irônico respeito devido àqueles que têm a supina coragem de morrer por uma causa tão mesquinha.

— Picarde — chamou-a a Condessa à parte, — eu não tenho coragem de revelar a esse moço a recompensa que reservei para seu mudo amor e sua encantadora crença na lealdade das mulheres...

— Bah, Madame, por que revelar? Mandai-o embora através do bueiro, que ele há de ficar bem contente com o que já conseguiu! Tantos soldados acabam morrendo na guerra por nada! Esse aí pelo menos teria uma causa pela qual morrer... Prometo arranjar-vos outro que nem ele, se isso vos puder consolar.

— Não posso enganá-lo mais! — desabafou a Condessa. — Vou contar-lhe tudo. Será esta a minha penitência pelo pecado que estou cometendo!

Enquanto isso, certo de que sua dama estava acertando com a criada algumas pequenas providências a serem tomadas e tratando de assuntos secretos, a fim de não ser incomodada durante o encontro que ela lhe prometia proporcionar, o amante desconhecido manteve-se discretamente à distância, observando as moscas. Nesse ínterim, imaginou que a Condessa estivesse ansiosa por ficar a sós com ele; mas, assim, como o teria feito até mesmo um corcunda, ele encontrou mil razões para justificar a demora, e se acreditou bastante digno de inspirar uma tal loucura. Estava em meio a essas divagações, quando ela abriu a porta da alcova e chamou o cavaleiro para ali entrarem. Fechada a porta, a nobre dama deixou de lado todo o aparato de sua alta prosopopéia e se tornou uma simples mulher, prostrando-se aos pés do nobre gentil-homem.

— Ai de mim, nobre senhor! — lamentou-se ela. — Procedi de maneira vil com relação a vós. Escutai: quando fordes embora desta casa, ireis encontrar a morte!... O louco amor que sinto por um outro ofuscou minha mente, e, sem que possais encontrar aqui a vossa sorte, ireis encontrá-la quando estiverdes diante de vossos assassinos. Eis a torpe recompensa que vos reservei...

— Ah! — replicou Boys-Bourredon, enterrando no fundo de seu coração um sombrio desespero. — Sou-vos grato por me terdes usado como um bem que a vós perten-

Diante desse gesto e em vista da face afogueada daquele homem tão audaz, a esposa do Condestável sentiu seu coração traspassado, e sua aflição tornou-se ainda mais profunda ao notar que ele dava sinais de estar querendo partir, sem nem mesmo implorar-lhe a esmola de um favor.

ce... Não nego, senhora, que vos amo tanto, que todos os dias sonho em vos oferecer, à imitação de como o fazem as damas, uma cousa que somente possa ser entregue uma única vez! Sendo assim, entrego-vos a minha vida!

E o pobre cavaleiro, dizendo isso, fitou-a fixamente durante o máximo de tempo de que dispunha antes de seguir para a morte.

Escutando essas bravas e amorosas palavras, Bonne levantou-se subitamente e disse:

— Oh! Se não fosse o Savoisy, como eu vos teria amado!

— Ai de mim! Minha sorte está cumprida... — replicou Boys-Bourredon. — Meu horóscopo predisse que eu iria morrer por amor de uma grande dama. Ah, meu Deus!

Tendo dito isso, desembainhou sua espada e prosseguiu:

— Vou vender caro minha vida; mas morrerei contente, só de imaginar que minha morte irá assegurar a felicidade daquela que amo! Hei de viver melhor em sua memória do que na dura realidade.

Diante desse gesto e em vista da face afogueada desse homem tão audaz, a esposa do Condestável sentiu seu coração traspassado. Pouco depois, seu ferimento tornou-se ainda mais profundo ao notar que ele dava sinais de estar querendo partir, sem nem mesmo implorar-lhe a esmola de um pequeno favor.

— Vinde comigo, para que eu vos arme – disse-lhe a dama, deixando entrever que queria abraçá-lo.

— Ah, gentil senhora — disse ele, encobrindo o fogo de seus olhos com as lágrimas que os marejavam, — quereis tornar minha morte impossível, concedendo à minha vida um prêmio de tal valor?

— Vem! — exclamou ela, começando a sentir-se conquistada por esse ardente amor. — Não sei que fim resultará disso tudo! Mas vem! Depois pereceremos ambos ao sairmos do bueiro!

Tendo a mesma chama a abrasar seus corações, e o mesmo acorde soando dentro de seus peitos, os dois juntaram seus corpos do melhor modo que existe, e, durante aquele delicioso acesso de loucura febril que tão bem conheceis (assim espero), olvidaram completamente os perigos destinados originalmente a Savoisy, e que agora eram eles que corriam, se caíssem nas mãos do Condestável, relacionados com a morte, a vida e tudo o mais.

Nesse meio tempo, os que montavam guarda junto ao pórtico apressaram-se a informar o Condestável da presença em sua casa do jovem galã, pretendendo relatar-lhe como aquele atrevido gentil-homem não tinha entendido o significado dos olhares que, durante a missa e no percurso até o palácio, a Condessa lhe tinha dirigido, na intenção de avisá-lo do risco que ele estava correndo. Sem lhes dar atenção, o Conde preferiu seguir a toda pressa rumo à saída do bueiro, porque, daquele lado, seus arqueiros do cais já lhe tinham chamado a atenção de longe, por meio de assobios, avisando:

— Vede, *Monseigneur*, que o cavaleiro de Savoisy está querendo entrar.

De fato, Savoisy havia chegado na hora combinada, e, como fazem todos os amantes, tendo todos os seus pensamentos voltados para sua dama, não percebeu a presença dos espias do Conde, e se enfiou através do bueiro. Essa superposição de amantes teve como conseqüência que o Condestável nem quis escutar as palavras dos guardas que vinham da rua de Santo Antônio, ordenando-lhes com um gesto autoritário que não se atrevessem a desobedecer suas ordens, e então exclamou:

— Oh! — gemeu a Condessa empalidecendo de terror. — Savoisy deve estar morrendo por mim!

— Já vi que o bicho está no papo!...

Ouvindo isso, todos se precipitaram ruidosamente rumo ao bueiro, aos gritos de "Vai morrer! Vai morrer!" Soldados, esbirros, arqueiros, o Condestável, os capitães, todos caíram sobre o incauto Charles Savoisy, afilhado do Rei, conseguindo agarrá-lo quando ele se encontrava debaixo da janela da Condessa. Por um notável acaso, os gemidos de dor do pobre rapaz se exalaram ruidosamente, misturados aos uivos dos soldados e aos suspiros apaixonados e gritos de prazer emitidos pelos dois amantes, que só nesse momento se deram conta de que algo estranho estava acontecendo lá fora, sendo tomados por grande pavor.

— Oh! — gemeu a Condessa empalidecendo de terror. — Savoisy deve estar morrendo por mim!

— Mas eu viverei por vós — retrucou Boys-Bourredon, — e ainda me darei por satisfeito se tiver de pagar pela minha felicidade o preço que ele acaba de pagar pela sua.

— Esconde-te já dentro deste baú — ordenou a Condessa. — Ouço os passos do Condestável!

Com efeito, o Senhor d'Armignac logo apareceu junto à porta trazendo nas mãos uma cabeça, e depositando-a toda ensangüentada sobre a bancada da lareira, enquanto rosnava:

— Eis aí, Madame, uma imagem destinada a doutrinar-te quanto aos deveres de uma esposa com relação a seu marido!

— Acabastes de matar um inocente — retrucou a Condessa sem empalidecer. — Savoisy nunca foi meu amante.

E, dizendo essas palavras, encarou com bravura o Condestável, dissimulando sua dor atrás de um rosto impassível, e exibindo uma audácia feminina que deixou seu marido desarvorado, tal qual uma mocinha que deixa escapar pelas partes de baixo um ruído suspeito, na presença de um numeroso grupo de pessoas, ficando ele em dúvida quanto a ter ou não cometido um terrível engano.

— Então dize-me com quem estavas sonhando hoje pela manhã — ordenou ele.

— Eu estava sonhando com el-Rei — respondeu ela.

— Mas por que não me revelaste isso, querida?

— Acaso terias acreditado em mim em meio àquela cólera bestial que então tomara conta de ti?

O Condestável baixou a orelha e replicou:

— Mas como Savoisy podia ter a chave que abria o gradil de nosso bueiro?

— Ah, isso eu não sei responder — disse ela sem pestanejar. — É pena que não tenhas para comigo a delicadeza de crer nisso que acabo de te contar.

Depois de dizer essas palavras, ela se virou rapidamente sobre os calcanhares, como um cata-vento quando a brisa muda de direção, fazendo de conta que estava indo dar cumprimento a suas tarefas de dona de casa.

Acaso imaginais que *Monseigneur* d'Armignac teria ficado muito embaraçado por ter arrancado a cabeça do infeliz Savoisy, e que, por seu turno, Boys-Bourredon não teve qualquer vontade de tossir, ao escutar o Conde que resmungava sozinho toda sorte de palavras? Para encerrar seu monólogo, o Condestável desfechou dois potentes murros sobre a mesa e disse em voz alta:

— Vou cair em cima dos defensores de Poissy!

Tendo dito isso, saiu do palácio para cumprir sua ameaça.

Com efeito, o Senhor d'Armignac logo apareceu junto à porta trazendo nas mãos uma cabeça, enquanto rosnava:

— Eis aí, Madame, uma imagem destinada a doutrinar-te quanto aos deveres de uma esposa com relação a seu marido!

Quando a noite caiu, Boys-Bourredon deixou o palácio disfarçado.

O desditoso Savoisy foi muito chorado por sua dama, que tinha feito tudo o que uma mulher podia fazer para livrá-lo da morte. Mais tarde, ele foi mais do que chorado: sua ausência foi deplorada, visto que a Rainha Isabela, depois que a Condessa lhe narrou toda essa aventura, dispensou Boys-Bourredon do serviço que ele passara a prestar a sua prima, e o colocou a seu próprio serviço, tão impressionada ficara com as qualidades e a bravura desse gentil-homem.

Por ter conseguido lograr a Morte, Boys-Bourredon se tornou muito benquisto pelas damas. E, com efeito, ele se comportava tão eficientemente na execução de seus deveres, especialmente no tocante ao régio presente que a Rainha lhe concedera, que, num dia em que foi pilhado substituindo o Rei Carlos junto dela, os cortesãos, enciumados com sua boa sorte, foram ao soberano e o deixaram a par daquela traição. Então, o Rei ordenou que Boys-Bourredon fosse sem demora costurado dentro de um saco e atirado no Sena, próximo da balsa de Charenton, conforme depois todo o mundo ficou sabendo.

Cabe ainda informar que, desde o dia no qual deu na telha do Condestável usar o cutelo de maneira imprudente, sua bela esposa soube tirar bom proveito das duas mortes que ele tinha causado, atirando-as tantas vezes em sua cara, que ele acabou por se tornar tão macio quanto pêlo de gato, passando a trilhar sem reclamação a via desimpedida do matrimônio. Daí em diante, ele nunca mais deixou de proclamar que Bonne era uma esposa modesta e virtuosa, como de fato ela passou a ser. E como este livro deve, segundo as máximas dos grandes autores antigos, juntar cousas úteis aos risos que porventura provoque em vós que o lerdes, e conter preceitos de bom gosto, dir-vos-ei em que consiste a quintessência do presente Conto: é que as mulheres jamais têm precisão de perder a cabeça por ocasião de eventos graves, porque o Deus do amor nunca irá abandoná-las, sobretudo quando elas forem belas, jovens e pertencentes a alguma nobre casa. Por seu turno, quando os galãs estiverem seguindo para seus encontros amorosos, não devem jamais andar como cabeças-de-vento, mas sempre bem avisados, nunca deixando de examinar atentamente as tocas de coelho que avistarem pelo caminho, para evitar que caiam numa armadilha, e desse modo possam conservar-se vivos. Com efeito, depois de uma boa mulher, a cousa mais preciosa que existe é, por certo, um belo gentil-homem.

7. A DONZELA DE THILOUSE

O Senhor de Valennes, um lugar aprazível, cujo castelo não fica distante do burgo de Thilouse, tinha-se casado com uma mulher enfezadinha, que, fosse por gosto ou desgosto, por prazer ou desprazer, por ser ou não doente, deixava seu bom marido em jejum carnal, privando-o dos prazeres e doçuras estipulados em todos os contratos de casamento. A bem da verdade, cabe dizer que o supradito senhor era um valentão sujo e asqueroso, cuja maior diversão era sair à caça de animais silvestres. Além disso, era tão agradável quanto fumaça num recinto fechado. Por fim, para piorar as coisas, o tal caçador tinha por volta de sessenta anos de idade, coisa que evitava revelar, do mesmo modo que a viúva de um enforcado detesta que se fale em corda. Mas a Natureza, que despeja aqui embaixo aos montões gente torta, cambaia, cega e feia, sem mostrar por eles maior estima que pelos bem conformados, visto que, como os tapeceiros, ela não sabe o que está fazendo, concede a todos o mesmo apetite, bem como o mesmo prazer em provar da sopa. Assim é que, por obra do acaso, todo animal encontra uma companheira, donde o provérbio: "*Não há panela tão ruim que não encontre sua tampa*".

Ora, pois, o Senhor de Valennes vivia procurando uma bela panelinha para tampar, e muitas vezes, além dos animais silvestres, também saía à procura de mimosos animaizinhos

Nos dias de festa, a mãe levava-a à igreja, mal lhe deixando um tempo exíguo para trocar uma palavrinha com os rapazes, com os quais não lhe permitia sequer um ligeiro aperto de mãos.

de estimação, embora as terras locais estivessem bem desguarnecidas desse tipo refinado de caça. De fato, encontrar uma donzela custava bem caro! Entretanto, de tanto procurar e de tanto esmiuçar, ele acabou vindo a saber que, em Thilouse, vivia a viúva de um tecelão que guardava consigo um verdadeiro tesouro: sua gentil filha, uma donzela de dezesseis anos, que jamais se afastara da barra da saia da mãe, que fazia questão de acompanhá-la até na hora de verter água, por excesso de precaução materna, e que a

seguia até o leito na hora de se deitar; que a vigiava zelosamente, e ajudava a se levantar pela manhã. As duas trabalhavam juntas como fiandeiras, e com tanto afinco que conseguiam auferir cerca de oito sóis por dia. Nos dias de festa, a mãe levava-a à igreja, mal lhe deixando um tempo exíguo para trocar uma palavrinha com os rapazes, com os quais não lhe permitia sequer um ligeiro aperto de mãos.

Mas os tempos eram então tão difíceis, que a viúva e sua filha mal conseguiam comprar o pão que lhes permitia não morrerem de fome. E, como moravam de aluguel na casa de um parente pobre, muitas vezes não tinham lenha para o inverno, nem roupas frescas para usar no verão. Ademais, eram tantos os meses de aluguel que deviam, que com isso até deixavam tontos os oficiais de justiça, eles que vivem de cobrar sem qualquer comiseração os débitos alheios.

Para resumir, enquanto a moça crescia em beleza, a viúva crescia em miséria, endividando-se cada vez mais para manter a donzelice da filha, velando por ela como um alquimista em relação ao crisol no qual tudo é despejado e derretido.

Enquanto procedia e reprocedia a suas investigações, num dia de chuva, o dito *Sieur* de Valennes, por mero acaso, foi-se abrigar no casebre das duas fiandeiras, e, para se secar, mandou buscar alguns feixes de gravetos no vizinho burgo de Plessis. Aí, enquanto esperava, sentou-se num escabelo entre as duas pobres mulheres. Apesar do lusco-fusco reinante no interior da cabana, ele conseguiu divisar o gracioso rostinho da donzela de Thilouse, seus formosos braços rosados e roliços, seus "postos avançados" rijos como baluartes a proteger seu coração do frio, sua cinturinha esguia e torneada como um carvalho jovem; todo o seu conjunto refletia frescor e limpeza, além da elegância e da graça de uma primeira geada; e era jovem e tenro como um broto primaveril. Enfim, ela lembrava tudo o que há de mais belo neste mundo. Tinha os olhos de um azul modesto e bondoso, e o olhar ainda mais puro que o da Virgem, visto que ela era menos vivida, pois ainda não tivera um filho.

A alguém que lhe tivesse sugerido: "Que tal fazermos amor?", ela teria respondido: "Eu não sabia que o amor pode ser feito!", de tanto que era inocente e pouco aberta a esse tipo de conversa.

Assim, o bom e velho senhor não sossegava em seu escabelo, espiando a moçoila e espichando o pescoço como um macaco querendo apanhar nozes no pé. Isso foi percebido pela mãe, que nada disse, pelo pavor que aquele senhor provocava tanto nela como em todo lugar em derredor.

Quando os gravetos foram postos no fogão e acesos, o velho caçador disse à mulher:

— Oh, oh! Isso me aquece quase tanto quanto os olhos de vossa filha!

— Ai de mim, meu senhor — replicou ela, — que nada tenho para cozinhar neste fogo...

— Mas podeis ter — retrucou ele.
— Como?
— Ah, minha boa senhora, cedei vossa mocinha à minha mulher, que anda precisada de uma empregada. Em paga, dar-vos-emos dois feixes de gravetos todo dia.
— Ah, meu senhor, e que poderei cozinhar depois de pôr fogo neles?
— Ora, ora — respondeu o velho maroto, — podereis preparar saborosos mingaus, pois pretendo repassar-vos o que for colhido em meia fanga cultivada com trigo, nas épocas de colheita.
— E onde porei todo esse trigo? — retrucou a velha.
— Em vosso guarda-comida, ora! — exclamou o caçador de donzelices.
— Mas eu não tenho guarda-comida, nem baú, nem coisa alguma...
— Não seja por isso! Dar-vos-ei um guarda-comida, um bom baú, e mais panelas, pratos, talheres, uma boa cama com cortinado, e tudo o mais!
— É... — retrucou a boa viúva, — mas a chuva vai estragar tudo isso, porque não tenho casa...

— Creio que daqui podeis ver — disse o senhor — a casa de La Tourbellière, onde morou meu pobre batedor Pillegrain, que teve a barriga perfurada por um javali, não é?
— Sim — respondeu a velha.
— E então? Podeis residir nela até o fim de vossos dias!
— A la fé! – exclamou a mãe, deixando cair o fuso. — Estais dizendo a verdade?
— Estou.
— E que paga dareis à minha filha?
— Darei a ela tudo o que ela achar que merece por estar a meu serviço — respondeu o senhor.
— Oh, meu senhor, estais querendo troçar?
— Oh, não!
— Sendo assim, sim — concordou ela.
— Por São Gaciano, por Santa Eleutéria e por mil milhões de santos que formigam lá em cima, eu juro que...

— Está bem! E já que não estais mofando de mim — replicou a boa mãe, — eu queria que esses gravetos e as demais promessas passassem pelas mãos do notário.

— Pelo sangue de Cristo e pelo mais delicado de vossa filha, acaso não sou um homem de bem? Minha palavra basta como garantia.

— Não vou dizer que não baste, meu senhor; mas, por outro lado, eu não passo de uma pobre fiandeira, que ama demais a filha para deixá-la ir-se embora. Ela ainda é muito nova e fraquinha, e talvez não dê conta de assumir esse serviço. Ontem, durante o sermão, o senhor cura disse que nós responderemos a Deus por nossos filhos.

— Ai, ai, ai! — exclamou o senhor. — Está bem: mandai buscar o notário!

Um velho lenhador correu ao tabelião, que logo veio e preparou um belo e bom contrato, ao pé do qual *Monseigneur* de Valennes apôs sua cruz, já que não sabia escrever. Depois que tudo foi firmado e selado, ele rematou:

— Muito bem, senhora mãe, então não precisareis mais responder diante de Deus pela inocência de vossa filha?

— Ah, meu senhor, o cura disse que essa responsabilidade se estende "até a idade da razão", e minha filha é bem razoável.

Então, voltando-se para a mocinha, prosseguiu:

— Marie Ficquet, o que tens de mais precioso é tua honra, e, lá para onde vais, todos, exceto esse meu senhor, vão tentar tirá-la de ti; mas tu sabes bem o quanto ela vale!... Assim sendo, não te desfaças dela a não ser voluntariamente e por uma boa razão. Ora, para não contaminar tua virtude diante de Deus e dos homens (salvo por motivos legítimos), toma todo cuidado de não deixar que algum pequeno deslize acabe prejudicando teu futuro casamento, pois do contrário vais te dar muito mal.

— Sim, minha mãe — aquiesceu a mocinha.

Pouco depois ela deixou a pobre morada de seu parente, e seguiu para o castelo de Valennes, a fim de servir a dama, que a achou muito bonita e a seu gosto.

Quando os moradores de Valennes, de Saché, de Villaines e de outros lugares vizinhos tomaram conhecimento do alto preço pago pela donzela de Thilouse, as boas donas de casa, reconhecendo que nada poderia ser mais lucrativo que a inocência, empenha-

ram-se em conservar e aumentar a virtude de suas filhas donzelas; mas a tarefa foi tão arriscada como a de criar bicho-da-seda, tão sujeitos a rebentar, visto que a inocência é como a nêspera: amadurece mais depressa quando a deitamos sobre a palha.

Entretanto, houve algumas moçoilas que se destacaram por isso na Turena, e que passaram por virgens em todos os conventos de religiosas. De minha parte, porém, não ponho a mão no fogo por elas, pois não pude examiná-las da maneira ensinada por Verville para reconhecer a perfeita virtude feminina.

Portanto, Marie Ficquet seguiu o sábio conselho de sua mãe, e não se deixou cativar pelos doces galanteios, palavras macias e macaquices de seu patrão, já que não envolviam qualquer promessa de casamento.

Quando o velho senhor demonstrava estar com más intenções, ela se encrespava toda, como uma gata à aproximação de um cachorro, ameaçando: "Vou contar para a Madame."

Enfim, ao cabo de seis meses, o patrão não tinha ainda recobrado o preço de um só feixe de gravetos. A cada nova proposta, Marie Ficquet se mostrava cada vez mais firme e mais dura, assim respondendo certa vez a um pedido maroto de seu senhor: "Quando me tiverdes tirado o que me quereis tirar, acaso podereis devolver-me o que me foi tirado?" Numa outra ocasião, assim falou: "Mesmo que eu tivesse tantos buracos como um crivo, não vos daria um único que fosse, de tanto que vos acho feio!"

Para o bom velho, essas respostas ingênuas não passavam de flores de inocência, e não o faziam desistir de tentar dobrar a jovem, ora com pequenos gestos galantes, ora com longas arengas e cem mil juras de amor, porquanto, de tanto contemplar os belos e volumosos anteparos dianteiros de Marie Ficquet, suas coxas roliças, que se destacavam em relevo através de sua saia conforme seus movimentos, e de tanto admirar outros atributos passíveis de inflamar o entendimento de um santo, o bom patrão acabou se enamorando dela, com aquela paixão de velho que aumenta em proporção geométrica, ao contrário do que acontece com as paixões juvenis, porque os velhos amam com sua fraqueza, que vai pouco a pouco aumentando, enquanto que os jovens amam com sua força, que vai pouco a pouco diminuindo.

Para não permitir sequer uma razão de recusa a essa endiabrada jovem, o senhor chamou à parte um seu mordomo, homem de uns setenta e poucos anos, e insinuou que ele devia casar-se, a fim de conservar seu corpo aquecido, e que Marie Ficquet seria a pessoa certa para tal fim. O velho mordomo, que tinha ganho trezentas libras por diversos serviços prestados ao senhor, bem que desejaria continuar vivendo tranqüilo sem ter de abrir de novo suas portas da frente; mas o bom senhor pediu-lhe que fizesse aquilo como um favor pessoal, assegurando-lhe que ele não teria de se preocupar em atender as necessidades de sua esposa.

Assim sendo, o velho mordomo, por uma questão de obrigação, aceitou engajar-se nesse casamento.

No dia do casamento, Marie Ficquet, privada de todos os seus pretextos, e não podendo apresentar queixa alguma a seu incansável perseguidor, outorgou-se um belo dote e uma polpuda dotação de viúva como preço de sua defloração; depois concedeu licença ao velho servidor para vir deitar-se com ela tantas vezes quantas quisesse, prometendo-lhe tantos deleites quantos alqueires de trigo que ele desse a sua mãe. Porém, tendo em vista a sua idade avançada, talvez o deleite concedido não correspondesse a uma quarta de alqueire...

Terminada a festa, e tão logo sua mulher foi-se deitar, o senhor veio depressa apresentar-se diante daquele quarto dotado de espelhos, tapetes e cortinado, onde ele tinha acomodado sua franguinha, a qual levara consigo seu dote, seus feixes de gravetos, sua casa, seu trigo... e seu mordomo. Para encurtar a história, cabe informar ter ele achado que aquela donzela de Thilouse era a mais bela jovem do mundo, bonita como nenhuma outra, à suave luz do fogo que crepitava na lareira, bem acomodada entre os lençóis, fazendo castelos no ar, exalando um suave aroma de donzelice, o que acabou com todo o remorso que ele sentia pelo alto preço que tinha pago por aquela jóia. Então, não podendo conter o desejo de papar os primeiros bocados dessa apetitosa iguaria real, o senhor tratou-a antes como o antigo patrão do que como um jovem iniciante. Assim sendo, o felizardo, por excesso de gula, acabou rateando, escorregando, enfim: demonstrando não entender mais do bonito ofício do amor.

Vendo isso, passado um breve instante, a moçoila disse inocentemente a seu velho cavaleiro:

Monseigneur, se estais aí, como imagino que estais, fazei o favor de sacudir com maior decisão o badalo desse vosso sino.

Depois dessas palavras, que, não se sabe como, terminaram por se espalhar, Marie Ficquet ficou famosa, e até hoje se costuma dizer em nossa terra: "Essa aí é uma donzela de Thilouse!", para brincar com uma noiva, e para significar que uma mocinha ainda é uma *fricquenelle* (."Fricquenelle" é o nome que se dá a uma jovem que eu não desejo de modo algum encontrar sob vossos lençóis na primeira noite de núpcias, a menos que sejais versado na filosofia do Pórtico — ou do Estoicismo, — sabendo receber resignadamente qualquer infortúnio. E há muita gente constrangida a ser estóica nas circunstâncias droláticas que acabais de ler, ainda hoje encontradas com freqüência, porque a

Natureza revolve, mas não altera, e sempre haverá boas "donzelas de Thilouse" na Turena e por aí afora.

E se me perguntardes em que consiste e a quem se aplica a moralidade desta história, tomo a liberdade de responder às damas que estes Contos Picarescos e droláticos mais se prestam a ensinar a moral do prazer, que a procurar o prazer de apontar uma moral.

Porém, caso se trate de um bom e velho maroto brincalhão que me interrogue, eu lhe direi, com a graciosa deferência devida a suas respeitáveis perucas louras ou grisalhas, que Deus quis punir o *Sieur* de Valennes por ter tentado comprar uma jóia feita para ser recebida de graça.

8 — O "IRMÃO DE ARMAS"

No início do reinado de Henrique II, aquele que tanto amou a bela Diane, ainda se costumava celebrar uma cerimônia cujo uso mais tarde se foi enfraquecendo, e que acabou por desaparecer por completo, tal como uma infinidade de outras belas coisas que se usavam nos velhos tempos. Esse belo e nobre costume consistia na escolha de um "irmão de armas" por todos os cavaleiros. Assim, após se terem considerado mutuamente como sendo dois homens leais e bravos, cada membro dessa galante dupla estava por assim dizer casado por toda a vida com o outro. Todos dois como que se tornavam irmãos; cada qual devia defender o outro nas batalhas, contra os inimigos que o ameaçassem, e, na Corte, contra os amigos que os difamassem. Na ausência de seu companheiro, o outro se comprometia a dizer a alguém que tivesse acusado seu "irmão" de alguma deslealdade, malvadeza ou felonia atroz: "Vossa garganta perpetrou uma grossa mentira!", dirigindo-se o mas depressa possível para o campo de honra, de tão certo que estaria da honorabilidade do outro. Nem é necessário acrescentar que este era sempre o segundo do outro, em qualquer assunto, mau ou bom, e que eles partilhavam todos os bons e maus momentos de suas vidas. Procediam melhor que os irmãos de sangue, que não são aliados senão por um capricho da Natureza, uma vez que sua fraternidade está amarrada por laços de um sentimento especial, involuntário e mútuo.

O fato é que a fraternidade das armas produziu belos exemplos de bravura, tais quais os que se viam entre os antigos gregos, romanos e outros.

Mas não é sobre este assunto que pretendo dissertar. A narrativa de tais fatos foi registrada pelos historiadores de nossa pátria, e é de conhecimento geral.

E foi assim que, naquele tempo, dois jovens gentis-homens da Turena, um dos quais era o Cadete Maillé, e o outro o *Sieur* de Lavallière, tornaram-se irmãos em armas no dia em que receberam suas esporas. Eles deixaram a casa de *Monsieur* de Montmorency onde lhes haviam sido ensinadas boas doutrinas por parte desse grande Capitão, e tinham demonstrado sobejamente como o valor fora contagioso nessa bela companhia, porquanto, na batalha de Ravena, ambos mereceram os louvores dos cavaleiros mais velhos. Foi no bojo dessa rude jornada que Maillé, salvo pelo supradito Lavallière, com quem tempos atrás tivera algumas querelas, pôde constatar que aquele gentil-homem

"Oh meu Deus!", dizia Marie d'Annebault. "Tu és minha força e minha vida, minha felicidade e meu tesouro."
"E quanto a ti?", replicava ele. "És uma pérola, um anjo!"

era dotado de um nobre coração. Como ambos tinham saído da luta com os gibões dilacerados, batizaram essa fraternidade em seu sangue e foram tratados juntos no mesmo leito, sob a tenda de *Monsieur* de Montmorency, seu mestre. Cabe dizer que, contrariando a tradição de sua família, na qual sempre se viram rostos bonitos, o Cadete Maillé não tinha uma fisionomia agradável, podendo-se mesmo dizer que era apenas pouco menos feio que o diabo; quanto ao resto, era ágil como um lebréu, largo de ombros

e dotado de enorme força física, tal qual o rei Pepino, que foi um terrível competidor de justas. Por outro lado, o *Sieur* de Lavallière era um guapo moço de fisionomia delicada, para quem pareciam ter sido inventadas as belas camisas rendadas, as meias de seda e os sapatos de fivela. Seus longos e belos cabelos escuros pareciam de mulher; e como ele era de estatura baixa, parecia um menino, com o qual, aliás, todas as damas gostariam de brincar. E tanto era assim, que, um belo dia, a Delfina, sobrinha do Papa, disse entre risos à Rainha de Navarra, que apreciava ditos picantes e maliciosos: "Esse pajem é um emplastro destinado a curar todo tipo de dor!", o que fez enrubescer o bonito e pequeno tureniano, que, ainda estando para completar dezesseis anos, entendeu esse comentário galante como uma recriminação.

Então, ao regressar da Itália, o Cadete Maillé encontrou uma boa calçadeira para seu casamento, que tinha sido arranjado por sua mãe, na pessoa de *Madamoiselle* d'Annebault, graciosa donzela de bom parecer e dotada de tudo o que é necessário a um bom partido: era dona de um belo palácio na Rua Barbette, esplendidamente mobiliado e adornado com telas italianas, e era também herdeira de extensas propriedades rurais.

Alguns dias depois da morte de el-rei Dom Francisco, infausta ocorrência que espalhou terror em todos os corações, visto que esse soberano morrera em decorrência do mal-de-nápoles [sífilis], e que, daí em diante, mesmo as mais altas princesas perderam sua antiga segurança, o mencionado Maillé foi obrigado a deixar a Corte para resolver alguns negócios de grande importância no Piemonte. Ficai certos de que muito o aborreceu deixar sua boa mulher, tão novinha, tão delicada, tão animada, em meio a tantos perigos, tentações, assédios, embustes e surpresas por parte da galante companhia constituída por tantos rapagões bem apessoados, ousados como águias, de olhar altaneiro, e tão chegados às damas quanto o são as pessoas em geral com relação aos presuntos de Páscoa. Por causa desse ciúme, tudo lhe parecia difícil de suportar; todavia, depois de muito matutar, ele decidiu proteger sua mulher, do modo como a seguir será narrado: convidou seu bom irmão de armas a se encontrar com ele ao romper do dia, na manhã de sua partida, e aí, no momento em que escutou o ruído dos cascos do cavalo de Lavallière entrando no pátio, saltou do leito, deixando ali sua doce e branca cara-metade a desfrutar daquele gostoso soninho matinal, tão apreciado por todas aquelas que se deleitam com a preguiça. Os dois companheiros se encontraram, e, protegendo-se atrás do vão da janela, saudaram-se com um leal aperto de mãos. Na seqüência do encontro, Lavallière desculpou-se com Maillé dizendo:

— Eu queria ter atendido a teu pedido e vindo até aqui na noite passada, mas tinha um encontro amoroso marcado há tempos com minha dama, e ao qual não poderia faltar. Logo que amanheceu, porém, deixei-a e vim correndo para cá. Queres que te acompanhe em tua viagem? Quando contei para minha dama que talvez tivesse de seguir contigo para longe, ela se comprometeu por escrito que iria esperar-me, mantendo-se sem qualquer outro amor. Ai dela se me enganar! Enfim, mais vale um amigo que uma amante!...

— Oh, meu bom irmão — respondeu Maillé, comovido com essas palavras, — o que quero é pedir-te uma prova cabal de teu bravo coração... Poderias assumir o encargo de zelar por minha mulher, defendendo-a contra todos, sendo seu guia, mantendo-a ilesa e assegurando a integridade de minha testa?... Ficarás aqui durante todo o tempo de minha ausência, ocupando o quarto verde, e serás o acompanhante constante de minha mulher...

Lavallière franziu o cenho e respondeu:

— Não é a ti, nem a tua esposa, nem a mim que receio, mas sim as pessoas malignas que tentarão aproveitar-se dessa circunstância para nos enredar como se fôssemos fios de seda...

— Não te deixes levar por tais receios — replicou Maillé, estreitando Lavallière contra o peito. — Se for da vontade de Deus que eu tenha a infelicidade de ser corneado, doeria menos em mim se fosses tu o corneador... Todavia — por minha fé! — eu morreria de pesar, pois tenho plena confiança em minha boa, delicada e virtuosa esposa.

Após dizer isso, virou-se de costas, para impedir que Lavallière visse as lágrimas que lhe afluíam aos olhos; mas o gentil cortesão percebeu essa ameaça de pranto, e então, tomando entre as suas as mãos de Maillé, disse:

— Meu irmão, eu te juro e te empenho minha palavra de honra que, antes que algum atrevido encoste um dedo em tua esposa, ele irá experimentar a ponta de minha adaga a penetrar no fundo de sua fressura... E, a menos que eu venha a morrer, haverás de reencontrá-la intacta de corpo, senão mesmo de coração, porquanto o pensamento está além do controle dos gentis-homens...

— Seja então o que tiver sido decretado lá em cima! — disse Maillé, — Eu serei para sempre teu criado e teu devedor...

Depois disso, o companheiro partiu, antes que seu pranto o sufocasse, e com isso evitando as exclamações de dor e outras demonstrações de tristeza próprias das damas na hora de dizer adeus.

Depois de acompanhá-lo até a porta da cidade, Lavallière retornou ao palácio, esperou que Marie d'Annebault terminasse de fazer seu desjejum, deu-lhe ciência da partida de seu bom marido e se colocou a seu inteiro dispor, tudo isso com maneiras tão gentis, que a mais virtuosa mulher ficaria assaltada pelo desejo de conservar para si um tal cavalheiro. Mas todo esse belo palavreado não foi suficiente para tranqüilizar aquela dama, uma vez que ela tinha escutado toda a conversa dos dois amigos, e ficara bastante ofendida com as dúvidas de seu marido. Oh Senhor! Somente o Todo-Poderoso é perfeito! No fundo de todo pensamento do homem, sempre haverá um pontinha de maldade, e de fato constitui uma bela ciência de vida, embora uma ciência impossível de dominar, saber em qualquer circunstância empunhar o bastão certo, para aplicar o golpe certeiro. A causa dessa grande dificuldade em comprazer as damas reside no fato de que há entre elas uma cousa que é mais feminina do que elas próprias, e que não tem a ver com o respeito que lhes é devido — na realidade, eu preferia ter usado uma outra palavra que não essa. Ora, não devemos jamais despertar as fantasias desse ser tão malévolo que é uma mulher que se sente ofendida. Mas o controle perfeito das mulheres é tarefa que aflige o homem, e nos obriga a permanecer em total submissão com relação a elas; imagino que seja a melhor maneira de desvendar o mais intrincado enigma referente ao casamento.

Portanto, retomando o relato, Marie d'Annebault ficou satisfeita com as maneiras e ofertas gentis do galante cavaleiro, mas deixava entrever em seu sorriso um toque de malícia, e, para falar mais claro, a intenção de deixar seu jovem guardião a hesitar entre a honra e o prazer. Decidiu tratá-lo com um carinho especial, cercá-lo de atenções, dirigir-lhe olhares quentes e difíceis de resistir. Com isso, ele acabaria passando por cima dos deveres de amizade e cedendo aos apelos da galanteria.

Tudo estava preparado para a execução de seu plano, uma vez que o *Sieur* de Lavallière se comprometera a permanecer a seu lado no palácio, fazendo-lhe companhia constante. E, como não existe no mundo coisa alguma capaz de dissuadir uma mulher de agir conforme os caprichos de seu coração, sempre que tinha oportunidade, a inescrupulosa dama tudo fazia para atirá-lo dentro de uma armadilha.

Às vezes, convidava o cavaleiro a sentar-se perto dela, diante do fogo, ali permanecendo até a meia-noite, enquanto trauteava baixinho doces cantigas de amor. Em várias oportunidades, deixava-lhe contemplar seus belos ombros e as brancas tentações que realçavam através de seu corpete. Ademais, dirigia-lhe mil olhares maliciosos, tudo isso sem revelar em seu semblante os desígnios que guardava no recôndito de seu coração. Com freqüência, pela manhã, saía a passear com ele nos jardins do palácio, e nessas ocasiões apoiava-se em seu braço, pressionando-o com força, e então suspirava e lhe pedia que amarrasse os cadarços de seus borzeguins, que naquela circunstância estavam sempre a se desatar. Além disso, dirigia-lhe mil palavras gentis, com respeito àqueles assuntos que as damas tão bem entendem, e vivia fazendo pequenos agrados a seu hóspede, como perguntar se ele se sentia confortável, se a cama estava macia, se o quarto tinha sido arrumado, se era bem ventilado; à noite, se havia correntes de ar; de dia, se o sol estaria incomodando; a toda hora, pedindo-lhe que não deixasse de solicitar tudo o que lhe passasse pela cabeça, inclusive suas menores vontades, dizendo-lhe:

— Enquanto ainda não deixaste a cama pela manhã, gostarias de tomar alguma cousa especial? Quem sabe uma taça de hidromel, um copo de leite ou alguma iguaria condimentada? Nossos horários de refeição são de seu agrado? Quero atender a todos os teus desejos... basta que mos reveles... Vejo que ficas constrangido de me dirigir qualquer pedido... Ora, não te intimides, vamos!

Ela acompanhava essas pequenas atenções de uma centena de atitudes corteses, como dizer ao entrar em seu quarto:

— Se eu estiver incomodando, podes expulsar-me! Acaso preferes que te deixe a sós?... Se for assim, desculpa-me, estou de saída...

Mas ele sempre insistia com ela galantemente para entrar e permanecer o tempo que fosse necessário.

Nessas ocasiões, a ardilosa dama sempre estava usando roupas ligeiras, exibindo tentadoras amostras de sua beleza, capaz de fazer relinchar um patriarca, mesmo que fosse um daqueles bem desgastados pelo tempo, como já deveria estar o velho Matusalém aos cento e sessenta anos.

O bom cavaleiro, que tinha a finura da seda, deixava a dama continuar lançando mão de seus ardis, orgulhoso pelo modo como ela o estava tratando, uma vez que aquilo até que era bem agradável; porém, por se tratar de um amigo leal e fraterno, ele sempre fazia questão de mencionar o nome do marido ausente, de maneira que sua hospedeira não deixasse de se lembrar dele.

Ora, numa certa noite que encerrou um dia extremamente quente, Lavallière, querendo dar um basta aos truques da dama, revelou-lhe o quanto Maillé a amava, acrescentando que ela era esposa de um homem honrado, um fidalgo que ardia de desejo por ela, e que se sentia orgulhoso por ter desposado alguém de tal valor.

— Já que ele se sente assim tão orgulhoso de mim, por que te chamou até aqui?

— Não achas que ele agiu com prudência? — retrucou o outro. — Ele não quis confiar a proteção de tua virtude a um guardião qualquer! Seu intento foi apenas o de proteger-te contra os maus elementos...

— Quer dizer que ele te designou como o meu guardião? — indagou ela.

— Sim, e isso muito me orgulhou! — exclamou Lavallière.

— Deveras? — disse ela. — Pois acho que ele não foi muito feliz na escolha...

Essa crítica foi acompanhada de um olhar descaradamente lascivo, mas o bom irmão de armas imaginou tratar-se não de um convite, mas de uma reprimenda, fechando a cara e deixando a bela dama sozinha, desapontada com aquela recusa tácita em encetar a batalha do amor.

Ela permaneceu mergulhada numa profunda meditação, imaginando qual poderia ser a explicação daquela obstinada recusa, daquele obstáculo com o qual havia deparado, pois jamais poderia ocorrer ao espírito de uma dama que um gentil-homem normal pudesse desdenhar de uma tal oferta graciosa e gentil, tão preciosa e de tamanho valor.

Ora, esses pensamentos se confundiram e se entrelaçaram tão emaranhadamente, cada qual interferindo no outro, de modo que, de cada pequena conclusão, ela foi deduzindo toda a causa, acabando por se entregar ao mais profundo amor pelo altivo cavaleiro. Isso deveria ensinar as damas a jamais brincar com as armas do homem, uma vez que, à maneira da cola, tal traquinagem acaba deixando resíduos pregados em seus dedos.

E assim foi que Marie d'Annebault acabou por onde deveria ter começado, ou seja: concluiu que, para se salvar dessas ciladas, o bom cavaleiro devia estar enamorado de uma dama capaz de desviar seu pensamento de um novo amor. Então, buscando entre seus relacionamentos onde seria que seu jovem hóspede poderia ter encontrado um pitéu que o apetecesse, ela achou que a bela Limeuil, uma das aias da Rainha Catarina, e as madames de Nevers, d'Estrées e de Giac, eram as amigas declaradas de Lavallière, e que, dentre todas, ele devia amar perdidamente ao menos uma delas.

Partindo dessa idéia, e acrescentando a ela uma boa pitada de ciúme com relação a todas as outras que engrossavam o séquito das que poderiam ter tentado seduzir seu Argos, cuja cabeça ela não queria de modo algum ferir, mas sim perfumar, beijar e não provocar dano algum, também concluiu que com certeza era mais bela, mais jovem, mais apetitosa e mais atraente que suas rivais; ao menos, era essa a melodiosa cantilena que seu cérebro lhe sussurrava. Assim, movida por todos os cordéis e molas de sua consciência, e pelas causas físicas que impelem movimento às mulheres, Marie retomou seu ataque, projetando um novo assalto ao coração do cavaleiro, porquanto os castelos que as damas adoram conquistar são justamente os mais bem fortificados.

Passou então a agir como uma gata, e se enroscou tão juntinho dele, roçando-lhe o corpo de modo bem terno, dirigindo-lhe dulcíssimas lisonjas e fazendo-lhe pequenas carícias assaz delicadas. Numa certa noite em que estava impregnada de intenções malévolas, ainda que se sentindo bem alegre no âmago de sua alma, ela tanto fez que seu irmão guardião por fim lhe perguntou:

— Que está acontecendo contigo?...

Com ar sonhador, ela lhe respondeu, num tom de voz que ele escutou como sendo uma música delicadíssima,que tinha desposado Maillé contra a vontade de seu coração, e que por isso estava se sentindo muito infeliz; que nunca havia provado das doçuras do amor; que seu marido não a compreendia, e que sua vida passara a ser cheia de lágrimas. Em resumo, ela se declarou donzela de coração e de tudo o mais, e confessou não ter ainda experimentado em seu casamento outro sentimento que não o enfado e o desprazer. Disse ainda que, com certeza, a condição normal de uma mulher casada deveria ser repleta de doçuras e de todo tipo de deleites, visto que todas as damas se apressavam em adotá-la, e demonstravam sentir ciúmes daquelas que o conseguiam antes delas, porquanto, para algumas, era bastante difícil adquirir tal condição; mas que, no caso dela, era tão grande sua curiosidade que, por um só dia prazeroso, ou uma bela noitada de amor, ela entregaria sua vida e se tornaria para sempre súdita de seu amigo, sem nada exigir em troca.

Infelizmente — acrescentou, — a pessoa com quem ela poderia alcançar maior prazer não queria dar-lhe ouvidos; e, no entanto, o segredo quanto a esses amores escondidos podia ser eternamente guardado, dada a confiança que seu marido depositava nele; finalmente, que, se ele insistisse em recusá-la, ela iria morrer.

E todas as paráfrases dessa cantilena conhecida de todas as damas desde que chegam ao mundo foram proferidas entre mil silêncios entrecortados de suspiros arrancados das profundezas do coração, adornados de numerosos rodeios, apelos ao Céu, olhos voltados para cima, rubor das faces, e cabelos arrancados... enfim, todos os ingrediente da tentação foram adicionados àquele prato. E, como atrás de tudo isso havia um pungente desejo capaz de embelezar até mesmo uma horrenda bruaca, o bom cavaleiro caiu aos pés da dama, tomou-os entre as mãos e beijou-os com ardor, enquanto prorrompia em pranto. Cabe mencionar que, no tocante aos pés, a bela mulher ficou muito contente de permitir que ele os beijasse; e que, sem se preocupar com as conseqüências, deixou que ele arrancasse suas roupas, sabendo bem que seria melhor suspendê-las do que tirá-las de cima para baixo, já que assim se sujariam, mas estava escrito que aquela noite ela agiria insensatamente, porquanto o belo Lavallière acabou confessando desesperadamente:

— Ah, minha dama, não passo de um desafortunado, de um ser indigno!...

— De modo algum! — replicou ela. — Vai em frente!

— Oh céus! Para mim não há a menor possibilidade de desfrutar da ventura de estar contigo!.

— E por que não? — estranhou ela.

— Não me atrevo a confessar meu caso!...

— É coisa de fato muito séria?...

— Se é! Tu irias sentir vergonha só de olhar para mim!...

— Pois conta-me! Hei de esconder meu rosto entre as mãos.

E a cínica mulher cobriu o rosto com as mãos, mas de maneira a continuar enxergando seu querido cavaleiro por entre os dedos.

— Oh, meu Deus! — lamentou-se ele. — Naquela noite em que me disseste aquelas tão graciosas palavras, fiquei tão excitado com a idéia de ter-te em meus braços que, sem levar em conta a proximidade de minha fortuna, e não ousando revelar-te o fogo que me consumia, fui correndo até um lugar de encontros clandestinos freqüentado por gentis-homens, e lá, por amor a ti, e para salvar a honra de meu irmão antes de cometer a ação vergonhosa de colocar um enfeite em sua cabeça, eu já estava infectado pelo mal-italiano, de maneira que agora me encontro seriamente ameaçado de morrer...

Aterrorizada com essa revelação, a dama deixou escapar um grito tão forte como o de quem se acha em trabalho de parto, e, tomada de grande emoção, expulsou-o dali com um discreto gesto.

Então, o pobre Lavallière, pilhado nessa tão deplorável situação, deixou a sala; porém, antes de abrir as cortinas da porta, Marie d'Annebault contemplou-o mais uma vez e disse para si própria: "Oh, que perda!"...

Depois disso, ela mergulhou num estado de extrema melancolia, deplorando em silêncio a lastimosa situação do gentil-homem, e se sentindo ainda mais enamorada dele, por se tratar de um fruto três vezes proibido.

— Se não fosse o Maillé — disse-lhe ela uma noite em que o achou mais encantador do que de costume, — não me importaria de contrair tua enfermidade! Assim, poderíamos enfrentar juntos os estertores da morte...

— Eu te amo demais — disse o irmão — para não agir sensatamente.

E deixou-a para ir até a casa de sua bela Limeuil. Cabe mencionar que, embora não podendo recusar-se a receber os inflamados olhares da dama, os quais, nas horas das refeições e durante as vésperas, ardiam a ponto de aquecê-lo, ele tinha de se contentar com isso. Quanto a ela, viu-se obrigada a viver sem jamais tocar no cavaleiro, a não ser com seu olhar.

De tanto agir assim, Marie d'Annebault reforçou-se em todos os sentidos contra os galãs da Corte, pois não há limites mais intransponíveis e mais bem defendidos que os do amor, que é como o diabo: tudo o que ele conquista, rodeia de chamas.

Certa noite, Lavallière, tendo levado a esposa de seu companheiro a um baile organizado pela Rainha Catarina, dançou com sua bela Limeuil, por quem estava deveras apaixonado. Naquela época, os cavaleiros costumavam manter brava e simultaneamente dois amores, quando não uma legião de amantes. Ora, todas as damas estavam enciumadas da jovem Limeuil, que finalmente se decidira a entregar-se ao belo Lavallière. Antes de tomar seu lugar na quadrilha, ela lhe havia feito o mais doce convite para que se encontrassem no dia seguinte, aproveitando o pretexto de uma caçada. Nossa augusta

Rainha Catarina, que, por altas razões de política, fomentava tais amores, agindo do modo como os confeiteiros procedem para avivar o fogo no forno, atiçando as brasas, mantinha-se atenta a todas as duplas amorosas que se formavam durante a quadrilha, e comentava com seu marido:

— Enquanto eles batalham aqui dentro, acaso poderiam estar conspirando lá fora contra Vossa Majestade?... Hein?

— Sim, mas... e os que não entram em tais refregas pelo fato de seguirem outra religião?

— Ora! Também esses estão por aqui! — respondeu ela rindo. — Vede: eis ali o Lavallière, que se supõe ser huguenote: ele está inteiramente convertido à veneração pela minha querida Limeuil, que não se sai nada mal no jogo do amor, para uma jovem de dezesseis anos... Ela não vai demorar a fazer parte de sua lista de amantes...

— Ah, Alteza, não creiais nisso! — interrompeu Marie d'Annebault, que tinha escutado o comentário. — Acontece que ele foi contaminado pelo mal-de-nápoles, sem o qual não vos teríeis tornado Rainha!

Diante dessa revelação exposta de maneira tão ingênua, Catarina, a bela Diane e o Rei, que estavam por perto, quase dobraram de tanto rir, e aquela bisbilhotice logo se tornou de conhecimento geral, transmitida de boca em boca. Isso deixou Lavallière inteiramente vexado, pois passou a ser motivo de zombarias que daí em diante não tiveram mais fim. O pobre gentil-homem, apontado com o dedo por todo o mundo, bem gostaria que outro infeliz estivesse em sua pele, já que a Limeuil, a quem os rivais de Lavallière não deram trégua, fazendo questão de adverti-la entre risos do perigo que corria, logo passou a olhar com desconfiança para seu amado, tão rapidamente a notícia se espalhou e tão grande era a apreensão provocada por essa inclemente doença. Em pouco tempo ele se viu abandonado por todos, como se fosse um leproso. O Rei tratou-o com palavras de desprezo, e o bom cavaleiro se viu obrigado a ir-se embora do salão de baile, seguido da pobre Marie, desesperada com sua inconfidência, que havia arruinado o futuro daquele que ela amava, destruído sua honra e acabado com sua vida, uma vez que os médicos e cirurgiões garantiam como fato consumado que os indivíduos a quem o mal de amor havia provocado o mal-italiano logo perderiam suas qualidades físicas mais importantes, principalmente a capacidade de procriar, além de sofrerem enegrecimento dos ossos.

Por causa disso, mulher alguma aceitaria o pedido de casamento de um cavalheiro, por mais bem apessoado e rico que fosse, desde que fosse ao menos suspeito de ser um daqueles a quem o mestre François Rabelais denominava *os mui preciosos cascas-grossas.*

Como o bom cavaleiro se recolheu ao silêncio e se afundou na melancolia, sua acompanhante lhe disse enquanto retornavam do Palácio de Hércules, onde se dera a festa:

— Oh meu querido senhor, acabo de te causar um enorme prejuízo!...

— Ora, Madame — respondeu Lavallière, — meu prejuízo pode ser reparado, mas, e o teu? Que podes esperar do futuro?... Acaso não estás a par do perigo que corres caso cedamos às injunções do amor?...

— Ah! — disse ela.— Agora estou bem certa de ter-te sempre a meu lado, porque, para compensar esta vilania que cometi e a vergonha que te fiz passar, doravante serei para sempre tua amiga, tua hospedeira e tua dama — melhor ainda, tua criada. Assim, decidi entregar-me inteiramente a ti, a fim de apagar qualquer vestígio desse vexame, e te cumular de mil cuidados, de mil vigílias; e se os entendidos nesse assunto declararem que o mal está muito avançado e que vai resultar em tua morte tal e qual aconteceu com o nosso finado soberano, quero estar sempre em tua companhia, padecendo dessa tua mesma enfermidade e te acompanhando em tua morte gloriosa. É isso aí! — disse ela derramada em pranto. — Não há suplícios capazes de compensar o prejuízo que te causei!

Essas palavras foram acompanhadas de grossas lágrimas. Seu coração sensível se enlanguesceu e ela caiu no chão desfalecida. Receando o pior, Lavallière ergueu-a e colocou a mão sobre aquele coração que batia debaixo de um seio de beleza ímpar.

A dama recobrou os sentidos ao calor daquela mão tão querida, experimentando um tal prazer que até teve vontade de desfalecer novamente.

— Ai, meu Deus! — exclamou ela. — Essa carícia demoníaca, conquanto superficial, será doravante o único ato prazeroso de nosso amor. Mesmo assim, ela supera em mil vezes as débeis alegrias que o pobre Maillé imagina ter-me proporcionado... Deixa tua mão repousar aí — prosseguiu. — Na realidade, ela está em cima de minha alma, e chega até mesmo a tocá-la!...

Ouvindo essas palavras, o cavaleiro, com um ar triste a mais não poder, confessou ingenuamente que sentia uma enorme felicidade em poder tocá-la, mas que por causa disso as dores de seu mal até aumentavam, deixando-lhe a certeza de que a morte era preferível àquele martírio.

— Então vamos morrer juntos! — exclamou ela.

Nessa altura, a liteira já havia chegado ao pátio do palácio, e como os meios de morrer não se achavam à mão, cada qual foi-se deitar em seu quarto, ambos padecendo do mal de amor; ele, lamentando a perda de sua bela Limeuil; ela, agradecendo aos céus pelas alegrias sem par que acabara de sentir.

Devido a essa circunstância que de modo algum fora prevista, viu-se Lavallière proibido de amar e até mesmo de se casar. Não mais se atreveu a se mostrar em parte alguma, e viu quão caro custa ser o guardião da virtude de uma mulher. Entretanto, quanto mais ele zelava pela honra e integridade da dama, mais encontrava prazer no ingente sacrifício que enfrentava em nome de sua fraternidade. Todavia, quando chegaram os derradeiros dias de sua missão, sua obrigação passou a parecer-lhe por demais árdua, assaz espinhosa e intolerável de ser cumprida. Eis como foram esses dias: A confissão de seu amor que ela acreditava compartilhado, o prejuízo acarretado por ela a seu cavaleiro, o encontro de um prazer desconhecido, transmitiram muita coragem à bela Marie, que se refugiou naquele amor platônico, levemente temperado pelas pequenas carícias desprovidas de qualquer perigo. Ambos passaram a experimentar os inocentes mas diabólicos prazeres femininos, inventados pelas damas que, depois da morte do rei Francisco I, evitavam a todo custo contaminar-se, mas sem querer perder seus amantes; assim, embora desempenhando seu papel de guardião, Lavalliére não podia de modo algum se recusar a enfrentar a deliciosa crueldade dos toques e abraços. Desse modo, todas as noites, a dolente Marie trazia seu hóspede junto à barra de sua saia, segurava-lhe as mãos, beijava-o com seus ternos olhares, encostava delicadamente sua face na dele; e, durante esses abraços desprovidos de risco, o cavaleiro se sentia aprisionado como um diabo num batistério. Ela então lhe falava de seu grande amor, dizendo que ele não tinha limites, uma vez que havia percorrido todos os espaços infinitos do desejo que não se podia satisfazer. Todo o fogo que as damas acendem em seus amores substanciais, quando a noite não tem outras luzes que não as de seus olhos, ela o transferia para os movimentos místicos de sua cabeça, as exultações de sua alma e os êxtases de seu coração. Então naturalmente e com a alegria deliciosa de dois anjos unidos apenas pelo espírito, eles entoavam a duas vozes as doces ladainhas que os amantes dessa época repetiam em honra do amor, as antífonas que o Abade de Thelesme salvou paragraficamente do olvido, inscrevendo-as nos muros de sua Abadia, situada, segundo nos informa o mestre Alcofribas, em nossa região de Chinon, onde eu pude vê-los em latim e os traduzi para o vernáculo para proveito dos cristãos.

— Oh meu Deus! — dizia Marie d'Annebault — Tu és minha força e minha vida, minha felicidade e meu tesouro.

— E quanto a ti? — replicava ele. — És uma pérola, um anjo.

— E tu meu serafim.

— Tu és a minha alma!

— E tu, meu deus!

— Tu, minha estrela vespertina e matutina, minha honra, minha beleza, meu universo.

— Tu, meu sábio, meu divino mestre.

— Tu, minha glória, minha fé, minha religião.

— Tu, meu gentil, meu belo, meu corajoso, meu nobre, meu querido, meu cavaleiro, meu defensor, meu rei, meu amor.

— Tu, minha fada, a flor de meus dias, o sonho de minhas noites.

— Tu, meu pensamento de todos os momentos.

— Tu, a alegria de meus olhos.

— Tu, a voz de minh'alma.

— Tu, a luz que clareia o dia.

— Tu, o luar das minhas noites.

— Tu, dentre todas as mulheres do mundo, a que mais amo.

— Tu, o mais adorado dentre os homens. .

— Tu, meu sangue, um eu melhor que eu próprio.

— Tu, meu coração, meu brilho.

— Tu, minha santa, minha única alegria.

— Entrego-te a palma do amor, e, embora o meu seja enorme, creio que o teu ainda é maior, porque és o meu senhor.

— Não! Essa palma é tua, minha deusa, minha Virgem Maria.

— Não! O que sou é tua serva, tua criada, um nada que podes reduzir a átomos.

— Não, não! Eu é quem sou teu escravo, teu pajem fiel, uma palha que podes soprar para longe de ti, e sobre quem podes caminhar como se sobre um tapete. Meu coração é teu trono.

— Não, meu amado, pois tua voz me transfigura.

— Teu olhar me incendeia.

— Somente a ti eu enxergo.

— Somente a ti eu sinto.

— Oh meu bem, põe tua mão sobre o meu coração, apenas tua mão, e verás como ficarei pálida, mesmo que meu sangue esteja tão quente quanto o teu.

Então, durante esses duelos de amor, seus olhos, de per si tão ardentes, inflamavam-se ainda mais, e o bom cavaleiro se tornava um pouco cúmplice da felicidade que tomava conta de Marie d'Annebault ao sentir aquela mão sobre seu coração. Ora, como nesses delicados abraços se gastavam todas as suas forças, morriam todos os seus desejos, se concentravam todas as suas idéias sobre aquele assunto, os transportes do cavaleiro acabavam por atingir um clímax. Seus olhos choravam lágrimas quentes, e os dois se fitavam entre si com ardor, como um incêndio a consumir uma casa; mas não passava disso! De fato, Lavallière tinha prometido devolver são e salvo a seu amigo tão-somente o corpo, e não o coração de sua esposa... E quando Maillé comunicou que estava prestes a regressar, por pouco não teria acontecido o pior, porquanto nenhuma virtude poderia resistir a esse embalo sem se desfazer; e, quanto menos os dois amantes ainda poderiam se encontrar, tanto mais eles se regozijavam em suas fantasias.

Deixando Marie d'Annebault, o bom companheiro apresentou-se diante de seu amigo já nas proximidades de Bondy, para ajudá-lo a passar através da floresta sem acidentes, e então os dois irmãos de armas foram-se deitar juntos, consoante a moda antiga, na cidade de Bondy.

Lá, no leito, um deles relatou suas aventuras de viagem, e o outro os mexericos da Corte, histórias galantes *et coetera.* Mas a coisa que Maillé mais gostou de tomar conhecimento, tão logo se tocou no nome de Marie d'Annebault, foi que Lavallière jurou estar ela intacta com relação àquela preciosa parte do corpo onde se acha alojada a honra dos maridos, informação que deixou o amoroso Maillé bem contente.

No dia seguinte, os três se encontraram, com grande constrangimento de Marie, que, segundo a alta jurisprudência feminina, teve de festejar a chegada de seu bom marido, embora com o dedo ficasse mostrando seu coração para Lavallière, acompanhando o gesto de um sorriso meigo, como se estivesse dizendo:

— Este aqui pertence a ti!

Ao jantar, Lavallière anunciou que iria partir para a guerra. Maillé ficou bem preocupado com essa grave decisão, e manifestou desejo de acompanhar seu irmão, mas Lavallière não o permitiu.

— Madame — disse ele depois a Marie d'Annebault, — eu te amo mais que a própria vida, porém não mais que a honra.

Empalideceu ao dizer isso, do mesmo modo que Madame de Maillé ao escutá-lo, porque jamais, em seus jogos de amor sem conseqüências, ele tinha sentido um amor tão verdadeiro quanto o que então passara a tomar conta de seu coração.

Maillé quis acompanhar seu amigo até Meaulx. Quando voltou ao palácio, discutiu com sua mulher as razões desconhecidas e causas ignoradas daquela súbita partida, enquanto que Marie, duvidando dos pretextos apresentados na véspera pelo pobre Lavallière, disse sem rodeios:

— O que sei é que ele se sente muito envergonhado aqui, pois, como é de conhecimento geral, contraiu o mal-de-nápoles.

— Ele?! — exclamou Maillé tomado de espanto. — Mas como poderia, se eu o vi quando nos deitamos em Bondy, naquela noite, e ontem em Meaulx? Ele nada tem! Está tão são como esse teu olho.

A dama se desfez em lágrimas, espantada diante da enorme lealdade do cavaleiro, de sua sublime resignação diante da promessa feita, e dos árduos sofrimentos que ele tinha enfrentado devido a sua paixão oculta. Mas, como ela também guardava seu amor no fundo de seu coração, morreu quando soube que Lavallière havia sucumbido diante de Metz, informada que fora desse infausto acontecimento pela tagarelice de *Messire* Bourdeilles de Brantosme.

9 — O PÁROCO DE AZAY-LE-RIDEAU

Naquele tempo, os padres de longa data não mais se ligavam a uma mulher em matrimônio legítimo; contudo, não deixavam de ter suas concubinas; se possível, bonitas, coisa que depois lhes foi interdita pelos concílios, como todo o mundo sabe, porque, de fato, não seria nada agradável que as confissões mais íntimas das pessoas fossem depois reveladas a uma zinha qualquer, provocando-lhe risos, além de ferir outras doutrinas absconsas, considerações de ordem eclesiástica e especulações que abundam nesse caso da alta política romana. O último padre de nossa terra que, teologicamente, manteve uma mulher em seu presbitério, ofertando-lhe o seu amor escolástico, foi um certo pároco de Azay-le-Ridel, lugar mui aprazível, que mais tarde recebeu a denominação de Azay-le-Bruslé, e é atualmente conhecido por Azay-le-Rideau. Seu castelo é uma das maravilhas da Turena.

Ora, nesse tempo ao qual já nos referimos, ou seja, quando as mulheres não sentiam aversão pelo cheiro de padre, foi uma época que não está assim tão distante de nossos dias como se poderia imaginar, visto que a Sé de Paris ainda estava sob a direção de Monsenhor d'Orgemont, filho do bispo precedente, e as renhidas disputas dos Armignacs ainda não haviam terminado. A bem da verdade, esse pároco deu sorte em ter sua paróquia naquele século, uma vez que era de porte altaneiro, corado, de bela constituição física, além de alto e forte; para completar, comia e bebia como um convalescente, e, de fato, costumava de vez em quando ficar de cama devido a crises passageiras de uma doença branda. O fato é que, mais tarde, ele se teria tornado seu próprio verdugo, caso tivesse querido observar a continência canônica. Acrescente-se que ele era da Turena; *id est,* moreno, e *ipso facto* dotado de olhos de fogo, para iluminar, e de água, para controlar todo os fornos domésticos que precisassem ser mantidos acesos ou ser apagados. O fato é que jamais Azay teve outro pároco igual!

Era efetivamente um belo pároco, largo de ombros, aberto de espírito, sempre a benzer e a incensar; preferindo oficiar bodas e batismos. do que extrema-unções e funerais; bom trocista, religioso na igreja, homem em toda parte. Já houve párocos bons de garfo e de copo; outros, incansáveis no benzer, e alguns até que muito engraçados; mas, mesmo juntando todos, eles jamais chegariam aos pés desse pároco do qual estamos

Jamais aqueles que vieram buscar lã em sua paróquia saíram tosquiados, uma vez que ele nunca deixava de levar a mão ao bolso, por ter o coração mole.

falando, pois bastava ele para deixar sua paróquia dignamente repleta de bênçãos, mantendo-a sempre alegre, e sabendo como ninguém consolar os aflitos. Ademais, fazia tudo isso de tão boa mente, que ninguém o via sair de casa sem cumprimentá-lo e lhe desejar boa sorte, de tanto que ele era amado. Foi ele quem primeiro disse numa homilia que o diabo não era tão feio quanto o pintavam, e quem, para Madame de Candé, transformou perdizes em peixes, dizendo que as percas do Indre eram perdizes de rio, e que, por outro lado, as perdizes propriamente ditas eram percas aladas. Jamais lançou mão de petas e ardis para justificar a moral; e, muitas vezes, fazia troça, dizendo que preferia estar deitado numa boa cama que contemplado num testamento; que Deus já tinha tudo, e que, por conseguinte, não precisava de coisa alguma. Com relação aos pobres e desvalidos da sorte, jamais aqueles que vieram buscar lã em sua paróquia saíram tosquiados, uma vez que ele nunca deixava de levar a mão ao bolso, por ter o coração mole (logo ele, que, em tudo mais era tão firme!...), sempre que deparava com qualquer tipo de miséria e de enfermidade, empenhando-se o quanto podia em amenizar o sofrimento do próximo.

Assim, de longa data se conhecem boas histórias a respeito desse pároco modelo!... Foi ele que tantos risos provocou durante as bodas do Senhor de Valesnes, lugarejo próximo de Sacché. A mãe desse fidalgo às vezes abusava um pouco das vitualhas, das carnes assadas e das demais iguarias, que ali abundavam em quantidade suficiente para alimentar pelo menos uma pequena cidade, tanto que, na realidade do fato, foram convidados para aqueles esponsais moradores de Montbazon, de Tours, de Chinon, de Langeais, de tudo quanto é lugar, e a festa não durou menos de oito dias!

Pois bem: o bom pároco, quando se dirigia para a sala onde os convidados se divertiam, encontrou um pequeno ajudante de cozinha que se apressava para transmitir a Madame uma áspera condenação a todas as substâncias elementares e resíduos gordurosos, criticando acerbamente os caldos e molhos que ela havia reservado para a confecção de um empadão de excepcional qualidade, a propósito do qual ela se jactava de conhecer e não revelar os ingredientes, o modo de preparo e os segredos das manipulações, e que se destinava a regalar os pais da noiva. Ao saber da intenção do desmancha-prazeres, o dito pároco aplicou-lhe um piparote na orelha, dizendo-lhe que ele estava muito mal-ajambrado e sujo para se apresentar diante de pessoas de alto gabarito, e que ele próprio iria desincumbir-se de comunicar aquele recado. Dito isso, o trocista empurrou a porta, fechou a mão esquerda de modo a conferir-lhe a forma de uma bainha, e dentro desse buraquinho apertado enfiou por diversas vezes, e mui gentilmente, o dedo médio da mão direita, enquanto encarava a dama de Valesnes e lhe dizia: "Podeis vir, senhora, que tudo já está preparado!" Aqueles que ignoravam a que coisa ele se estava referindo quase estouraram de tanto rir, quando viram a Madame se levantar e seguir atrás dele, porquanto ela sabia que ele se referia à surpresa do preparo do empadão, e não àquilo que os outros ficaram a imaginar....

Outra boa e verídica história tem a ver com a maneira como esse digno pastor perdeu sua companheira, à qual o Promotor Metropolitano não havia concedido a condição de herdeira. Por causa disso, nosso pároco não possuía utensílios domésticos. Na paróquia, todos consideravam uma grande honra emprestar-lhe os seus, que ele, aliás, fazia questão de devolvê-los limpos e areados, bom caráter que era!

Mas eis como se deu o fato. Uma noite, o bom pároco foi jantar, revelando no rosto uma profunda melancolia, uma vez que tinha acabado de enterrar um bom meeiro, morto de uma maneira muito estranha, sobre a qual os habitantes de Azay até hoje costumam comentar. Vendo que ele não comia senão com a ponta dos dentes, e que torcia o nariz para um bom prato de tripas, cujo preparo ele próprio acabara de supervisionar e aprovar, sua boa mulher lhe disse:

— Que houve contigo? Acaso passaste diante do Lombardo (vide a história de Mestre Cornelius*),* ou cruzaste com duas gralhas, ou viste um morto a remexer-se na cova, para que ficasses assim tão macambúzio?

— Ahn, ahn!

— Alguém te fez uma falseta?

— Hum, hum!...

— Dize-me então o que foi que te aconteceu!

— Oh, meu amor, eu ainda estou perplexo com a morte do pobre Cochegrue, e neste momento não existe num raio de vinte léguas uma língua de dona de casa ou uma boca de algum corno manso que não estejam a comentar esse triste acontecimento ...

— E por que razão'?

— Ouve. O bom Cochegrue estava regressando do mercado, onde acabara de vender sua colheita de trigo e dois leitões bem gordos. Vinha montado em sua bela égua, que, ao passar por Azay, começou, sem quê nem para quê, a ficar meio esquisita. Nisso, o pobre Cochegrue vinha a trote, enquanto calculava seu lucro. Então, ao contornar a velha estradinha das Landes de Carlos Magno, um garanhão que o *Sieur* de La Carte tinha deixado num pasto, para ali se reforçar e se preparar para padrear e produzir belos potros, já que se tratava de um animal de boa marcha , tão robusto quanto um abade, garboso e possante, tanto que o Sr. Almirante veio vê-lo e disse que era uma cavalgadura da melhor qualidade; pois não é que esse cavalo do diabo sentiu o cheirinho da égua do Cochegrue e, dando uma de sonso, sem bufar nem relinchar, nem proferir uma perífrase própria de cavalo, esperou que a egüinha chegasse junto da estrada, e então atravessou a galope quarenta fileiras de vinhas, e chispou em sua direção, deixando o chão marcado com o rasto de suas quatro ferraduras. Aí, o animal disparou sua artilharia de garanhão enamorado sequioso por um relacionamento íntimo, produzindo um escarcéu tal que seria capaz de fazer os mais fortes mijarem vinagre. O alarido era tão escandaloso que os moradores de Champy o escutaram, enchendo-se de pavor.

"Suspeitando do que se tratava, Cochegrue se enfiou pelos Landes a dentro, e fincou as esporas na égua lasciva, confiado em seu galope. Com efeito, a boa alimária entendeu a ordem, obedeceu e voou, voou como um passarinho; mas, por artes do demo, o danado do cavalo seguia atrás, suas patas estrondeando no chão de terra, como se um bando de ferreiros estivessem martelando uma bigorna; e, empregando todas as suas forças, com a crina oscilando ao vento, respondia ao galope ritmado da égua com seu aterrorizante pacatã-pacatã!...

"Foi então que o bom campônio, sentindo que a morte vinha a reboque da excitação amorosa do animal, fincou novamente a espora na égua — e égua boa de corrida! —, até que, por fim, pálido e semimorto, alcançou o pátio externo de sua propriedade. Porém, ao chegar à porta de seu estábulo, encontrou-a trancada, e então prorrompeu em gritos: "Socorro! Acode, mulher!" Depois, fez a égua dar meia-volta, tentando com isso evitar o maldito cavalo, que até espumava de tanta excitação amorosa, começando a ficar enfurecido, enquanto sua exacerbação ia aumentando a olhos vistos, ameaçando a segurança da égua do Cochegrue. Todos os parentes do meeiro, apavorados diante daquele perigo, não se atreviam a ir abrir a porta do estábulo, com receio das mordidas e dos coices do corcel apaixonado. Por fim, a mulher do Cochegrue foi lá; mas, justo quando a égua estava passando pela porta, aquele animal excomungado arremeteu sobre ela, espremeu-a, presenteou-a com uma selvagem recepção, estreitou-a contra o peito com as patas da frente, comprimiu-a, beliscou-a, amassou-a, mordeu-lhe o pescoço, ao mesmo tempo em que esmagava e pisoteava tão duramente o infeliz Cochegrue, que dele não se pôde encontrar mais tarde senão uma massa informe, esmigalhada como uma pasta de nozes, depois de extraído o óleo.

"Dava pena vê-lo esmagado e ainda vivo, mesclando seus gritos de dor aos gemidos de prazer eqüino.

— Oh! E que aconteceu com a à égua? — perguntou assustada a mulherzinha do pároco.

— Quê?! — fez o bom padre, tomado de furor.

— Sim, com a pobrezinha! Vós outros nem vos importais com o que lhe sucedeu!

— Ora bolas! — exclamou ele, — tu me recriminas sem a menor razão!

O bom marido arremessou-a encolerizado sobre a cama; e, apanhando uma sovela, atacou-a tão rudemente que ela se desfez com os golpes, toda ensangüentada, e logo em seguida morreu, sem que nem cirurgião nem médico soubessem determinar a maneira pela qual sua vida havia sofrido solução de continuidade, de tanto que ficaram violentamente desconjuntadas as articulações e os septos medianos.

Cabe lembrar que ele era um belo homem, um pároco às direitas, como já se disse.

As pessoas honestas da região, inclusive as mulheres, concordaram com que ele não tinha culpa alguma, já que estava em seu direito. Talvez seja daí que tenha surgido aquela expressão tão usada naquela época: *Que te cubra um garanhão!* Com o passar do tempo, tal expressão corrompeu-se, e costuma ser expressa com palavras menos decentes, que prefiro aqui não transcrever por uma questão de respeito às damas.

Mas esse grande e nobre pároco não ficou só nisso, pois, mesmo antes desse infausto acontecimento, havia tomado parte num episódio tão notável, que depois dele ladrão algum ousou perguntar-lhe se ele seria protegido por algum anjo, e não se atreviam a assaltá-lo mesmo que fossem vinte ou mais. Foi assim: uma noite, quando ele ainda vivia com sua boa mulher, acabado o jantar, durante o qual ele tinha elogiado o ganso assado, a mulherzinha, o vinho e tudo o mais, enquanto descansava em sua cadeira imaginando onde mandaria construir um celeiro novo para estocar os dízimos, recebeu um comunicado do Senhor de Sacché que estava para entregar sua alma ao Criador e queria se reconciliar com Ele, recebê-lo em comunhão e participar de todas as cerimônias que tão bem conheceis. "Trata-se de um bom homem e de um fidalgo leal; portanto, lá vou!" disse ele. No caminho, passou por sua igreja, pegou o estojinho de prata onde ficam as hóstias consagradas, tocou ele mesmo a campainha para não dar trabalho ao seu sacristão, e seguiu pela estrada afora o mais rápido e bem disposto que podia. Ao alcançar o Guédroit, que é um regato que se lança no Indre depois de atravessar um brejo, o bom pároco percebeu o vulto de um malandrim. E quem era o tal malandrim? Era o sacristão da paróquia vizinha de São Nicolau. E que mais se poderia dizer? Que ele sabia enxergar claramente em plena escuridão da noite, que estava empenhado em aprender a revirar e examinar o conteúdo de bolsas, usando as estradas como sua sala de aula. Entendestes o que quero dizer? Pois bem: esse malandrim logo avistou aquele estojo que ele sabia ser de grande valor.

— Oh, oh! — resmungou o padre, depositando o cibório junto à pedra que assinalava a extremidade da ponte. — Ei, amigo, fica aí quietinho, sem querer fazer graça!

Aí, correu para cima do ladrão, aplicou-lhe uma rasteira, tomou-lhe o porrete que ele trazia, e quando o mau elemento se levantou para engalfinhar-se com ele, o bom padre pôs-lhe os bofes para fora, aplicando-lhe uma murraça bem na boca do estômago.Em seguida, pegou de novo o viático, encarou-o com firmeza e lhe dirigiu com voz zangada a seguinte reprimenda: "Aí, hein? Se eu fosse me fiar em tua providência, nós estaríamos fodidos!..."

Mas proferir essa impiedade na estrada de Sacché foi o mesmo que cravar ferradura em cigarra, porquanto ele endereçou suas palavras não a Deus, mas sim ao Arcebispo de Tours, que certa vez o tinha repreendido duramente, ameaçado de interdição e levado seu caso diante do Capítulo, pelo fato de ter ele asseverado no púlpito, para um auditório composto principalmente de pessoas preguiçosas, que uma boa colheita não acontecia pela graça de Deus, mas sim em decorrência de trabalho árduo e sofrido. O que cheirava a heresia. Com efeito, isso era um erro, já que os frutos da terra têm necessidade tanto da ajuda divina como do esforço humano; mas ele morreu defendendo essa tese herege, pois não quis jamais compreender que as colheitas pudessem acontecer sem emprego de enxada, mesmo que isso não agradasse a Deus, doutrina que os sábios comprovaram ser verídica, demonstrando que outrora o trigo se desenvolvia muito bem sem a ajuda dos homens...

Não posso encerrar minha história sobre esse belo modelo de pastor antes de relatar aqui um episódio de sua vida que prova com que fervor ele imitava os santos na repartição de seus bens e agasalhos, que outrora eram doados aos pobres e andarilhos. Um dia, ao voltar de Tours, onde fora apresentar seus respeitos ao Oficial de Justiça, e regressava a Azay montado em sua mula, ao chegar a um passo de Ballan, encontrou uma bela jovem que seguia a pé. Aborrecido por ver aquela moça a viajar como os cães, penalizado com o seu visível cansaço, e também prestando atenção, ainda que a contragosto, em seu belo traseiro, ele a chamou com voz gentil. A bela jovem parou e se voltou para escutá-lo. Então o bom padre, num tom de voz que não seria capaz sequer de assustar os passarinhos, sobretudo os de penacho, ofereceu-lhe cortesmente um lugar na garupa da mula, e o fez com maneiras tão polidas, que a jovem caminhante aceitou o oferecimento e montou, mas não sem antes fazer-se de rogada, como o fazem as moças quando são

convidadas a comer ou a ganhar alguma coisa que estão loucas para ter. Assim, já estando a ovelhinha a reboque do pastor, a mula seguiu com seu passo de mula, enquanto a nova passageira passou a escorregar para cá e para lá, com tal desconforto que o padre lhe sugeriu, tão logo passaram por Ballan, que seria melhor para ela segurar-se a ele; e no mesmo instante a bela jovem enroscou seus braços rechonchudos no peitoral de seu cavaleiro, ainda que muito envergonhada.

— E aí, ainda estás escorregando? Ficaste confortável? — perguntou o pároco.

— Oh, sim, agora estou bem. E o senhor?

— Estou ótimo! —respondeu o padre.

De fato, ele estava bem à vontade, e logo sentiu um gostoso calor nas costas, no local onde dois macios ressaltos o tangenciavam e esfregavam, e que, com o passar do tempo, pareciam querer ficar espremidos em suas omoplatas, o que teria sido uma pena, uma vez que ali não era o lugar adequado para guardar aquela mercadoria tenra e branquinha.

Aos poucos, o movimento da mula pôs em contato o calor interno dos dois cavaleiros, e fez seu sangue correr mais depressa nas veias, uma vez que eles combinavam o balanço da mula com o seu; desse modo, a mocetona e o pároco acabaram por penetrar mutuamente em seus pensamentos, ele nos dela, e ela nos dele; só não penetraram nos da mula. Depois, quando cada qual se acostumou com a temperatura do outro, o vizinho com a da vizinha, e a vizinha com o do vizinho, eles sentiram uma comichão que acabou resultando em desejos secretos.

— Ei! — disse o pároco voltando-se para sua acompanhante. — Eis ali um belo trecho de árvores mais densas.

— Mas fica muito perto da estrada – retrucou ela. — Os meninos levados podem cortar os galhos, e as vacas podem comer as folhinhas novas.

— Dize-me uma coisa — interrompeu ele, refreando o trote do animal. — Por acaso és casada?

— Não — respondeu ela.

— Não mesmo?

— A la fé que não!

— Na idade que tens, isso é vergonhoso....

— De fato é, meu senhor; mas parir um filho, para uma moça pobre, não é um bom negócio.

Então, o bom pároco, sentindo pena daquela ignorância, e sabendo que os cânones prescreviam, entre outras cousas, que os pastores deviam doutrinar suas ovelhas e lhes ensinar seus deveres e obrigações nesta vida, acreditou que executaria bem sua missão se lhe mostrasse o fardo que ela teria um dia de suportar. Assim, pediu-lhe mansamente que ela não ficasse receosa, e que, se acaso aceitasse confiar em sua lealdade, jamais seria sabido por quem quer que fosse a experiência preliminar de casamento que ele lhe propunha fazer naquele instante. E ainda que, depois de Ballan, era apenas naquilo que a moça tinha pensado; que seu desejo tinha sido cuidadosamente mantido e aumentado pelo calor e pelos movimentos ritmados da mula, ela respondeu de maneira ríspida ao pároco:

— Se o senhor continuar falando essas coisas, eu vou apear.

Então o bom pároco prosseguiu com sua falinha macia, e de modo tão insinuante que, quando deram por si, tinham chegado à altura das matas de Azay. Nesse trecho, a moça quis descer; e, de fato, o padre ajudou-a a desmontar, pois estava precisando montar de outra maneira para encerrar a conversa. Foi então que a virtuosa moçoila se enfiou na parte mais densa da mata para fugir dele, mas ao mesmo tempo dizia em voz alta:

— Oh, seu malvado, o senhor não sabe onde é que eu estou!

Nisso, a mula chegou a uma clareira onde havia uma relva densa e macia, e então a jovem tropeçou numa touceira, e enrubesceu. O pároco veio a seu encontro, e ali, como ele já tinha anunciado que era hora da missa, começou a rezá-la, e os dois experimentaram um belo adiantamento das alegrias do paraíso. O bom padre tinha a intenção de instruí-la bem, e encontrou uma catecúmena bem meiga, tão dócil de alma quanto de corpo, uma verdadeira jóia. Desse modo, ficou bem satisfeito por ter conseguido tão ardilosamente resumir a lição antes de chegar a Azay, se bem que ele até gostaria de recomeçá-la, como costumam fazer os bons professores, que repetem muitas vezes a mesma lição aos seus alunos.

— Ah, minha pequena! — lamentou o bom homem. — Por que atrasaste tanto o início do nosso ensaio, fazendo com que somente o conseguíssemos realizar quando já estávamos quase chegando a Azay?

— Ah — respondeu ela, — é porque eu moro em Ballan...

Para não me estender muito, direi apenas que, quando esse bom homem morreu, houve em sua paróquia um grande número de pessoas, tanto crianças como adultos, que compareceu ao enterro. Estavam todos desolados, aflitos, pesarosos, derramando lágrimas sentidas e exclamando: "Oh! Perdemos nosso paizinho." As meninas, as donzelas, as casadas, as viúvas se entreolhavam tristonhas, achando que tinham perdido um amigo mui dileto, e todas diziam:

— Era bem mais do que um padre: era um homem!

De párocos como aquele, a semente foi lançada ao vento, de modo que eles nunca mais surgiram neste mundo, apesar de tantos que se formam nos seminários.

E até mesmo os pobres, a quem seus bens foram legados, acharam que saíram perdendo com sua morte. Um deles, um velho aleijado a quem ele tinha arranjado um abrigo no pátio da igreja, gritava em prantos: "E eu que não morri, logo eu?", querendo dizer: "Por que a morte não me levou em seu lugar?" Isso fez muita gente rir, especialmente aquelas pessoas a quem a sombra do bom pároco não trazia más recordações.

10 - A APÓSTROFE

A formosa lavadeira de Portillon, vilarejo próximo de Tours, cujos argumentos droláticos foram registradas no Conto deste livro que recebeu o nº 25,era uma rapariga dotada de tanta malícia que até parecia ter surripiado a de pelo menos seis sacerdotes ou de três mulheres.

Destarte, não lhe faltavam pretendentes, e eram tantos que, vendo-os a seu redor, até poderíeis imaginar estar diante de um enxame de abelhas regressando à noite para sua colméia.

Um velho tintureiro de sedas que morava na Rua Montfumier, dono de uma mansão escandalosamente rica, ao regressar certo dia de sua casa de campo situada em Grenadière, na aprazível encosta de Saint-Cyr, quando passava a cavalo por Portillón, pouco antes de alcançar a ponte de Tours, durante um escaldante entardecer, sentiu-se tomado por um desejo louco quando avistou a bela lavadeira sentada junto à entrada de sua casa. Ora, como já de longa data vinha sonhando com aquela sorridente moçoila, resolveu torná-la sua esposa, e num piscar de olhos ela, de lavadeira, foi promovida a tintureira, tornando-se uma distinta cidadã de Tours, usando finas rendas e roupas elegantes, com casa bem mobiliada, e passou a viver como uma pessoa feliz, convivendo em boa paz com o tintureiro, com quem aprendeu a lidar muito bem.

O bom tintureiro tinha por compadre um fabricante de máquinas de sedas, sujeito baixinho, corcunda de nascença e cheio de maldade no coração.

E assim foi que, no dia das bodas, ele assim falou ao tintureiro:

— Fizeste bem em te casares, compadre. Agora nós teremos uma bela mulher.

Vieram em seguida aqueles milhares de pilhérias maliciosas que se costuma dizer aos recém-casados.

De fato, o já mencionado corcunda logo cortejou a tintureira, a qual, de natural pouco afeita às pessoas com má conformação, achou foi graça nas propostas do mecânico, pois sentia desdém pelas molas, engenhocas, rodas e alavancas das quais sua tenda estava repleta.

Porém, nada conseguiu dissuadir o corcunda de sua paixão, e tão insistente ela se tornou, que a tintureira resolveu curá-la, recorrendo ao seu repertório de brincadeiras malvadas.

Certo dia, ao cair da tarde, depois de escutar pela milésima vez as galantes propostas do mecânico, ela fingiu aceitá-las, dizendo-lhe para vir encontrá-la por volta de meia-noite. Recomendou-lhe entrar pela porta de trás da casa, e prometeu que, na hora combinada, ela iria abrir-lhe todas as entradas que ele desejasse.

Ficai sabendo que isso estava ocorrendo numa bela noite de inverno. Ora, a Rua Montfumier desemboca no rio Loire, e no corredor constituído por ela sopram ventos cortantes mesmo no verão, fazendo a pele arder como se picada por uma centena de agulhas. O bom corcunda, bem agasalhado em seu capote, não deixou de comparecer ao encontro marcado. Enquanto esperava a chegada da hora, ficou a passear, a fim de manter o corpo aquecido. Por volta da meia-noite, já meio enregelado, pôs-se a praguejar como trinta e dois demônios colhidos debaixo de uma estola. Quando ele já se preparava para renunciar a sua felicidade, avistou através das persianas das janelas uma débil luzinha deslocando-se e prosseguindo pela casa até chegar à portinha dos fundos.

— Ah! — murmurou. — É ela!

Essa esperança reaqueceu-lhe o corpo, e ele então se encostou à porta e escutou uma vozinha — era a da tintureira — que dizia:

— Estás aí?.

— Sim.

— Então tosse, para que eu veja se és tu mesmo...

O corcunda pôs-se a tossir.

— Não, não és tu...

Ele então retrucou em voz alta:

— Como não seria eu?! Não reconheceste a minha voz? Abre logo!

Nessa altura, o tintureiro abriu a janela e perguntou:

— Quem está aí?

— Ai, ai, ai! Tu acordaste meu marido, que regressou inesperadamente de Amboise esta noite!...

Firmando a vista, o tintureiro conseguiu divisar à luz da Lua um homem parado em sua porta, e arremessou-lhe um balde de água fria, enquanto gritava:

— Socorro! Ladrão!

O corcunda não teve outro jeito senão fugir em disparada; porém, devido ao susto que levou, saltou desajeitadamente sobre a corrente estendida na esquina da rua, e caiu numa vala fedorenta que até então os administradores da cidade não tinham mandado substituir por um bueiro decente destinado a escoar os resíduos da tinturaria no Loire.

Com esse banho, o mecânico pensou que iria arrebentar, e maldisse a bela Tascherette, que era como a gente de Tours designava por gentileza a mulher do tintureiro, o qual tinha por nome Taschereau.

Por sua vez, chamava-se Carandas o fabricante de máquinas de fiar, tecer, enrolar e embobinar as sedas. Ele não era tolo a ponto de crer na inocência da tintureira; por isso, jurou dedicar-lhe um ódio demoníaco. Assim, dias depois, já recomposto do banho que tinha tomado no canal de escoamento da tinturaria, foi jantar na casa de seu compadre, onde a tintureira o convenceu tão bem de sua inocência, e tanto se desculpou, ainda que com poucas palavras, e tão bem o engambelou com tão cativantes promessas, que em seu espírito não restou mais qualquer suspeita contra ela. Ele então pediu que Tascherette marcasse um novo encontro amoroso, e a bela tintureira, com cara de mulher experiente nesses assuntos, respondeu:

— Vem amanhã à noite. Meu marido vai ficar durante três dias em Chenonceaux. A Rainha quer tingir alguns tecidos velhos e discutir com ele acerca das cores. Esse tipo de conversa costuma demorar...

No dia seguinte, Carandas vestiu suas melhores roupas e compareceu sem falta ao encontro, na hora acertada, ali deparando com uma lauta ceia. O prato principal era lampreia assada, acompanhada de vinho de Vouvroy, e servida sobre toalhas alvíssimas, pois a tintureira, no que se referia a tingimento de panos, nada tinha a aprender. Enfim, tudo estava tão bem arrumado que dava gosto ver os pratos de estanho reluzentes, sentir o cheiro atraente dos manjares e admirar outras mil coisas deleitosas, entre as quais, como a melhor parte do ágape, destacava-se a própria Tascherette, ágil e elegante, além de apetitosa como uma maçã num dia escaldante.

Nessa altura, o mecânico, superaquecido por sua ardorosa expectativa, imediatamente se viu assaltado pelo desejo de estreitar nos braços a tintureira, mas aí Mestre Taschereau bateu com força na porta.

— Oh! — estranhou ela. — Que terá acontecido? Esconde-te já dentro do baú, pois, por tua culpa, meu marido outro dia já me xingou um bocado! Se ele te encontrar aqui, do jeito como fica violento quando se enfurece, seria capaz de te matar!

Sem perda de templo, ajudou o corcunda a se enfiar no baú, trancou-o à chave e correu até a porta para abri-la, sabedora que era de que seu bom marido deveria regressar de Chenonceaux a tempo de cear. Depois de entrar em casa, o tintureiro recebeu dois beijos carinhosos nos dois olhos, depois outros dois, um em cada orelha, retribuindo as carícias de sua boa esposa em quem deu uns beijos tão estalados que podiam ser escutados à distância. Em seguida, o casal sentou-se à mesa e se pôs a trocar idéias alegremente, até que ambos se levantaram e foram para a cama. O mecânico teve de escutar tudo sem sequer poder tossir ou se mexer. Estava em meio a um monte de roupas de cama, espremido como sardinha na lata, dispondo de tanto ar para respirar como dispõem de sol os barbos no fundo da água, e tendo para se divertir apenas a música do amor, os suspiros do tintureiro e as carinhosas palavras que Tascherette lhe dirigia.

Lá para as tantas, quando presumiu que seu compadre estaria dormindo, o corcunda tentou arrombar o baú.

— Quem está aí?... — estranhou o tintureiro.

— Que foi, querido? — perguntou sua mulher, erguendo o nariz acima da colcha.

— Estou ouvindo um ruído como se fosse de alguma coisa raspando — respondeu o bom homem.

— Deve ser a gata — disse a esposa. — Vamos ter chuva amanhã...

Ouvindo isso, o bom marido voltou a apoiar a cabeça no travesseiro, depois de receber novas carícias da esposa.

— Esquece, filhinho. Que sono leve tu tens!... Ah, ah, não é possível fazer de ti um marido tranqüilo e sossegado!... Fica calmo!.. .Olha como está a tua touca, maridinho:

toda torta e amarfanhada!... Vamos lá, conserta a touca, amorzinho, fica bem arrumadinho, pois até dormindo quero que estejas bem bonito... E então, agora está tudo certo?

— Sim.

— Estás dormindo? — perguntou ela, enquanto lhe dava um beijo.

— Estou...

Ao amanhecer, a bela tintureira foi pé ante pé até o baú, a fim de livrar o o desditoso mecânico, encontrando-o mais pálido que um defunto.

— Ar!... Preciso de ar!... — disse ele, arquejante.

E tratou de se escafeder, curado de seu amor, levando no coração uma quantidade de ódio igual à de trigo negro que pode caber num bolso.

Dias depois, o corcunda deixou Tours e foi morar na cidade de Bruges, atendendo ao convite feito por alguns comerciantes locais interessados na manutenção de suas máquinas de fazer cotas de malha. Durante essa longa ausência, Carandas, que tinha sangue mouro nas veias, pois descendia de um antigo sarraceno que fora abandonado quase morto por ocasião do grande combate travado entre mouros e franceses na comuna de Ballan (mencionada num dos Contos precedentes), pois é lá que se encontram as Landes de Carlos Magno, um lugar onde não cresce coisa alguma, por ter sido ali onde foram sepultados os malditos infiéis, tanto assim que até mesmo o pasto é maligno para as vacas; então, como eu estava dizendo, Carandas não se levantava nem se deitava em país estrangeiro sem se pôr a imaginar como faria para saciar seus anseios de vingança. Era esse o único sonho que acalentava, e não desejava nada menos que dar cabo da boa lavadeira de Portillón. Por isso costumava comentar com seus botões: "Vou comer sua carne...! Sim, porei para cozer um de seus peitinhos, e hei de devorá-lo, sem tempero e sem molho!»

Era um ódio carmesim, tinto e retinto, um ódio cardeal, um ódio de vespa ou de solteirona; enfim: eram todos os ódios conhecidos que se fundiam num ódio único, que lhe borbulhava por dentro, e que se foi cozinhando até se reduzir a um elixir de fel, composto de malignos e diabólicos sentimentos, aquecido ao fogo das mais flamejantes brasas do inferno; em suma, era um ódio figadal.

Ora, um belo dia, o tal Carandas voltou às terras turenianas, bem provido de dinheiro, ganho em Flandres, onde conseguira fazer fortuna com seus segredos de mecânica. Comprou uma bela casa na Rua Montfumier (essa mansão pode ser vista até hoje, e provoca a admiração dos passantes, em virtude dos belos altos-relevos existentes nas pedras de seus muros).

O rancoroso Carandas deparou com algumas mudanças notáveis na casa de seu compadre tintureiro, pois o bom homem agora tinha dois belos filhos, os quais, por mero acaso, não tinham semelhança alguma nem com a mãe, nem com o pai; todavia, como é necessário que os filhos apresentem alguma semelhança com alguém, certas pessoas enxeridas acabam encontrando neles os traços de seus antepassados, quando eles são bonitos — cambada de aduladores! No seu caso particular, o bom marido opinava que seus dois pimpolhos seriam parecidos com um tio padre, que outrora fora pároco em Notre-Dame de l'Escrignolles; contudo, para alguns chocarrões, aqueles dois pirralhos eram os retratos vivos de um guapo diácono que auxiliava o vigário de Notre-Dame-la-Riche, famosa paróquia situada entre Tours e Plessis.

Ora, crede numa cousa, e tentai inculcá-la em vosso espírito: quando neste livro tiverdes selecionado, catado, pinçado e aprendido esta verdade podereis considerar-vos felizes; e é que nunca poderá um homem ficar sem seu nariz; melhor dizendo, que o homem sempre haverá de produzir muco; ou seja, que ele sempre haverá de ser homem, e seguirá assim pelos séculos vindouros, sempre a rir e a beber, a vestir sua camisa, sem se tornar melhor ou pior, e terá as mesmas ocupações: mas todas essas idéias preparatórias são para melhor fixar em vossa mente que essa alma dotada de duas patas sempre haverá de achar que são verdadeiras as coisas que fazem comichar suas paixões, aplacam seus ódios e servem a seus amores; daí provém a Lógica. E assim foi que, desde o primeiro dia em que Carandas viu os filhos de seu compadre, viu o guapo diácono, viu a bela tintureira, viu Taschereau, todos os cinco sentados à mesa, e também viu, para seu grande desgosto, que o melhor pedaço da lampreia era oferecido, acompanhado de um olhar matreiro de Tascherette, a seu amigo diácono, ele pensou: "Meu compadre está levando chifre! Sua mulher vai para a cama com seu confessor, os meninos foram concebidos com água benta, e eu irei demonstrar-lhes que os corcundas têm algo mais que os demais homens..."

E tão verdadeiro era isso como é verdade que Tours esteve e estará sempre com os pés mergulhados no Loire, qual gentil donzela a se banhar e a brincar em suas águas, chapinhando e levantando ondas com suas brancas mãos; pois essa cidade é risonha, brincalhona, amorosa, fresca, florida, muito mais perfumada que quaisquer outras cidades do mundo, as quais nem sequer são dignas de pentear seus cabelos, nem de abraçá-la pela cintura.

Ficai sabendo que, se ali fordes, encontrareis no centro dela uma bonita e larga faixa retilínea, uma encantadora rua ao longo da qual todo o mundo passeia, e onde sempre se desfruta de uma doce brisa, de boa sombra, e de sol, e de chuva, e de amor...

Ha, ha! Podeis achar graça, mas não deixeis de ir ver essa rua que é sempre nova, sempre régia, imperial; uma rua patriótica; uma rua com dois passeios, uma rua aberta nas duas pontas, bem traçada, uma rua tão larga que ninguém jamais teve de gritar: "Cuidado!"; uma rua que não se desgasta, uma rua que leva à abadia de Grant-Mont e a uma trincheira que se encaixa perfeitamente na ponte, em cuja extremidade há um aprazível descampado destinado às feiras; uma rua bem calçada, bem edificada, limpa e luzidia como um espelho; buliçosa, às vezes silenciosa, faceira, e que se torna ainda mais vistosa à noite com seus lindos telhados azuis; em suma: é a rua onde nasci, a rainha das ruas, sempre entre a terra e o céu, uma rua com uma fonte, uma rua na qual nada falta para ser celebrada entre todas as ruas...! Trata-se, com efeito, de uma rua de verdade, a única de Tours... E se outras há, são sombrias, tortuosas, estreitas, úmidas, e todas, respeitosamente vêm saudar essa nobre rua à qual nenhuma deixa de obedecer....

Mas onde foi que eu estava? Pois é, quando alguém se encontra nessa rua nunca quer deixá-la, de tão aprazível que ela é...

Bem, eu estava devendo esta homenagem filial, este hino descritivo, saído do coração, a minha rua natal, em cujas esquinas só estão faltando as honradas figuras de meu bom mestre Rabelais e de Descartes, desconhecidos dos naturais da terra.

Portanto, estávamos dizendo que Carandas, ao regressar de Flandres, foi recebido festivamente por seu compadre, bem como por todos que o apreciavam devido a suas facécias e a seus ditos irônicos e jocosos. O bom corcunda, que parecia se ter livrado de

Ficai sabendo que, se ali fordes, encontrareis no centro dela uma bonita e larga faixa retilínea, uma encantadora rua ao longo da qual todo o mundo passeia, e onde sempre se desfruta de uma doce brisa, de boa sombra, e de sol, e de chuva, e de amor...

sua antiga paixão, saudou com cordialidade Tascherette e o diácono, abraçou os meninos, e quando se viu a sós com a tintureira relembrou a noite do baú e a noite do esgoto, dizendo-lhe:

— E tu, hein? Como me maltrataste!...

— Bem o mereceste! — retrucou ela, rindo. —Em razão de tua paixão, te deixaste aborrecer, burlar enganar e ser ridicularizado; porém, se aguardasses algum tempo, talvez tivesses conseguido farrear comigo, como tantos outros o fizeram!

Ouvindo isso, Carandas sufocou o ódio e deu uma boa risada.

Mais tarde quando viu o baú dentro do qual quase arrebentou, sua cólera tanto o esquentou por dentro, ainda mais porque ele estava achando que a tintureira se havia tornado ainda mais bela, como costuma acontecer com todas aquelas que rejuvenescem ao se banharem nas águas de Juvêncio, e que são na realidade as fontes do Amor...

O mecânico, para vingar-se, estudou como tinha acontecido em sua casa a chifrada que o compadre levara; pois existe nesse gênero de assunto tanta variedade quanto a de tipos de casa que existem, e, ainda que todos os amantes se pareçam, do mesmo modo que os homens se assemelham entre si, é coisa comprovada pelos pesquisadores da verdade que, para a felicidade das mulheres, cada amor tem sua fisionomia especial, e que, se nada se parece tanto com um homem como outro homem, tampouco nada difere tanto de um homem como outro homem. Eis aqui o que confunde tudo, ou então que explica as mil fantasias das mulheres, que buscam o melhor dos homens, ao lado de mil castigos e mil prazeres, mais destes que daqueles!

Mas por que condená-las por suas tentativas, mudanças de intenção e idéias contraditórias...? Ora! A Natureza sempre serpenteia, dá voltas e muda de rumo, e mesmo assim quereis que uma mulher permaneça tranqüila...? Estais seguros de que o gelo é efetivamente frio...? Não...! Então, tampouco sabeis se ser chifrado constitui ou não uma coisa boa, passível de produzir cérebros bem desenvolvidos e mais bem feitos que qualquer outro...! Buscai então algo melhor que ventosidades sob o céu... Isso em muito contribuirá para aumentar a reputação filosófica deste livro concêntrico! Sim, sim, vamos lá! Aquele que gritar: "Eis aqui a morte para os ratos!" estará mais adiantado que os que se dedicam a enganar a Mãe Natura, pois esta é uma augusta prostituta, muito caprichosa, e que só se deixa ver nas horas que lhe convêm... Entendestes? É por isso que, em todos os idiomas, ela pertence ao gênero feminino, por se constituir em algo essencialmente móvel, fecundo e fértil em trapaças.

Portanto, Carandas não tardou a reconhecer que, dentre as chifradas, a mais bem arquitetada e mais discreta era a eclesiástica. De fato, eis como a boa tintureira havia organizado suas saídas clandestinas: Ela ia sempre a sua casa de campo em Grenadière, próximo de Saint-Cyr, na véspera do domingo, deixando seu bom marido ocupado em terminar seus trabalhos de contar, verificar, pagar os operários, etc. Taschereau somente seguia para lá na manhã seguinte, e ali já encontrava servido o desjejum, e sua boa mulher muito contente, especialmente ao vê-lo chegar em companhia do diácono. Esse velhaco, por sua vez, na véspera tinha atravessado o Loire num barco à vela para aquecer a tintureira e acalmar suas fantasias, a fim de que ela dormisse bem durante a noite; tarefa que os moços sabem executar com perfeição. Depois, ao amanhecer, o simpático aplacador de fantasias voltava para sua casa, ali chegando antes que Taschereau fosse buscá-lo para passar o domingo em Grenadière. Ao chegar à casa do diácono, o cornudo sempre o encontrava mergulhado num sono profundo. Tirante o barqueiro, que era muito bem pago, ninguém mais tinha conhecimento desse vai e vem, pois o amante somente viajava à noite, na véspera, e bem de manhãzinha, no domingo...

Depois que Carandas ficou a par do acordo e da prática constante dessas galantes disposições, esperou um dia em que os dois amantes voltariam a se ver bem sedentos um do outro, depois de um fortuito período de abstinência.

O reencontro logo teve lugar, e o curioso corcunda assistiu a toda a manobra do barqueiro, esperando junto à beira da praia, perto do canal de Sainte-Anne, a chegada do diácono, que era um jovem louro, esbelto, de aspecto agradável, como o galante e cobarde herói amoroso tão celebrado por Mestre Ariosto.

Nesse instante, o mecânico foi encontrar seu velho compadre, que era apaixonado pela esposa, pois acreditava ser o único a quem ela permitia enfiar o dedo em sua mimosa pia de água benta...

— Olá, compadre! Boa noite — cumprimentou Carandas, enquanto Taschereau retribuiu a saudação tirando o boné.

Então o mecânico falou-lhe acerca dos festins de amor dos quais ele até então nunca tivera conhecimento, acrescentando à descrição um sem-número de pormenores, e espicaçando o tintureiro por todos os lados. Por fim, quando o viu disposto a dar cabo da mulher e do diácono, desfechou:

— Meu caro vizinho, eu trouxe de Flandres uma espada envenenada que mata num piscar de olhos, bastando que ela produza um pequeno lanho na pessoa; assim, tão logo a encostes no traidor e em sua concubina, os dois irão morrer.

— Então, vamos buscá-la! — exclamou o tintureiro.

Dito isso, os dois comerciantes seguiram rapidamente para a casa do corcunda, pegaram a espada e se foram à toda pressa para a casa de campo.

— Nós vamos encontrá-los deitados! — lamentou Taschereau.

— Então queres esperar que se levantem? — retrucou o corcunda, zombando de seu compadre cornudo, que de fato não sentiria grande pesar se tivesse de esperar que terminasse a alegria dos dois amantes.

A bela tintureira e seu bem-amado estavam ocupados em apanhar, junto ao lindo lago que sabeis, esse delicado pássaro que sempre consegue escapar; e os dois riam e tornavam a tentar apanhá-lo, e continuavam tentando e rindo.

— Ah, meu querido — dizia Tascherette, espremendo-o contra o peito como se quisesse gravá-lo em seu corpo, — amo-te tanto que queria te morder todo!... Não, melhor ainda, queria ter-te gravado em minha pele, para que não me deixasses jamais...

— Bem o quisera! — disse o diácono, — mas não posso ficar aí por inteiro... Terás de te contentar em ter contigo apenas um pedaço de mim...

Nesse exato e doce instante, o marido entrou na alcova brandindo a espada que retirara da bainha. A bela tintureira, que conhecia muito bem a cara de seu homem, logo entendeu o que iria acontecer com seu bem-amado diácono; porém, num ato repentino, ela se postou seminua à frente do tintureiro, os cabelos soltos, bela devido à vergonha, mais bela ainda por causa do amor, enquanto exclamava:

— Pára, infeliz! Detém-te já, antes que mates o pai de teus filhos!

Ouvindo essas palavras, o bom tintureiro, espantado diante da majestade paterna de seu par de chifres, quiçá também pelo fulgor dos olhos de sua mulher, deixou cair a espada sobre o pé do corcunda que estava atrás dele, e que por essa razão acabou morrendo.

Isto nos ensina a nunca nos deixarmos levar pelo sentimento do ódio.

EPÍLOGO DA PRIMEIRA DEZENA

Termina aqui a Primeira Dezena destes Contos, um bisonho exemplo da atuação da alegre Musa drolática que outrora viveu em nossa pátria da Turena, uma gentil mocinha que aprendeu de cor as belas palavras de seu amigo Verville, pinçadas em sua obra COMO VENCER NA VIDA: "Para alcançar favores, basta apenas ser atrevido".

Ah, meu Deus do Céu, volta, minha querida, volta para teu leito, e torna a dormir. Essa caminhada foi cansativa, e talvez tenhas ido longe demais. Assim, lava e seca teus lindos pezinhos, tapa os ouvidos e volta a cantar o amor. Se sonhares com outras poesias intercaladas de risos para terminar estas invenções cômicas, não dês atenção aos insensatos clamores e insultos daqueles que, quando escutam o canto de uma canora cotovia gaulesa, não sabem senão dizer: "Eh, passarinho aborrecido!..."

PRÓLOGO DA SEGUNDA DEZENA

Houve gente que recriminou o Autor, acusando-o de não dominar o linguajar de antigamente, e de entender desse assunto tanto quanto entendem as lebres da arte de colher gravetos no mato. Se fosse nos tempos pretéritos, essas pessoas teriam sido chamadas — muito apropriadamente — de canibais grosseirões e sicofantas, senão mesmo de naturais daquela bonita cidade de Gomorra. Mas o Autor prefere não lhes ofertar essas belas flores críticas dos antigos, contentando-se em não querer estar em sua pele, uma vez que iria sentir baixa estima e vergonha, julgando-se o mais vil dos escribas, pelo fato de despejar tais calúnias em cima de um modesto livro que procura imitar o estilo de um escritor daquela época.

Oh gente malvada! Melhor teríeis feito com o fôlego que desperdiçastes se o tivésseis poupado para assoprar vossa sopa! Pelo fato de não poder agradar a todos, sirva de consolo ao Autor ter em mente que se um antigo tureniano de eterna memória tivesse recebido contumélias desse tipo, suscetíveis de ofendê-lo e lhe esgotar a paciência, ele iria reagir (como aliás o fez num de seus prólogos) afirmando *estar decidido a nunca mais escrever nem mesmo um pingo do **i**.*

Com efeito, os tempos eram outros, mas o sentimento sempre foi o mesmo. Nada mudou, seja Deus lá em cima, sejam os homens, cá em baixo. Assim sendo, o Autor, satisfeito e risonho, dá prosseguimento a seu trabalho, na certeza de que o julgamento futuro irá compensá-lo de seus sofrimentos hodiernos.

Com certeza, não haverá de ser tarefa fácil excogitar **uma centena de contos droláticos**, uma vez que, após ter experimentado o fogo cerrado dos rufiões e dos invejosos, o que porventura lhe vier dos amigos não irá chamuscá-lo, ainda que estes lhe venham com remoques do tipo: *"Estás doido? Acaso estás a sonhar? Nunca passou pela idéia de quem quer que fosse tirar do bestunto uma centena de contos desse gênero! Trata de mudar o hiperbólico título dessa tua obra, meu caro amigo! Jamais conseguireis atingir tal meta!"*

Tais indivíduos não são de modo algum misantropos, nem canibais; quanto a se seriam ou não rufiões, isso eu não sei dizer; mas com certeza se trata de bons amigos, daqueles que têm a coragem de te desfechar mil críticas bem duras durante toda a tua vida. São ásperos e dolorosos como escovas de cavalo, sempre escudados no pretexto da sincera e profunda amizade que te dedicam, tantas vezes demonstrada em todas as circunstâncias da vida, e da qual terás a prova mesmo em tua hora derradeira. Se tais amigos se restringissem a essas tristes gentilezas... mas não! Quando se constata serem infundados seus receios, é aí que eles dizem triunfalmente: "*Há-ha, eu sabia! Bem que te avisei!*".

A fim de não desencorajar os seus bons sentimentos, ainda que sejam duros de suportar, o Autor lega para esses amigos suas velhas pantufas furadas na sola, e lhes garante, a título de consolo, que ele possui, legalmente protegido e isento de confisco judicial, armazenadas em seu reservatório natural, ou seja, em sua cachola, setenta deliciosos Contos Picarescos. Louvado seja Deus! Trata-se de preciosos filhos do entendimento, dotados de belas frases, recheados de peripécias, amplamente revestidos de comicidade, todos inéditos, cheios de lances diurnos e noturnos, sem lacunas e omissões quanto aos enredos e as tramas nos quais se emaranha o gênero humano a cada minuto e a cada hora, a cada semana, cada mês e cada ano do extenso cômputo eclesiástico, iniciado num tempo em que o Sol ainda não tinha contraído gota, e em que a Lua ainda esperava encontrar seu caminho.

Estes setenta assuntos, que tendes licença de considerar ruins, repletos de trapaça e impudência, debochados e libertinos, trocistas, despudorados e obscenos, somados a estas duas primeiras dezenas aqui apresentadas, irão constituir – pelo ventre de Mafoma! — nada mais que um aperitivo com relação à centena de contos que resultará ao final. E não poderão ser considerados um mau negócio para os bibliopolas os bibliófilos, os biblíômanos, os bibliógrafos e os bibliotecários, pois haverão de impedir a bibliofagia, já que poderiam ser tragados de uma só golada, e não gota a gota, como se estivessem sofrendo de disúria cerebral.

Tal enfermidade não é — pelas braguilhas de Apolo! — de se recear que aflija o Autor, uma vez que ele muitas vezes tem entregado sua mercadoria com peso excedente, narrando mais de uma história num conto só, como se pode facilmente verificar em diversos outros da presente Dezena. E podeis estar certos de que ele escolheu, para encerrar o volume, os melhores e mais saborosos de todos, a fim de não ser acusado de descortesia senil.

Por isso, trata de misturar amor às coisas que detestas, e de retirar os resíduos de ódio daquilo que amas. Esquecendo o comportamento mesquinho da Natureza nos relatos dos contistas, os quais não passam de sete que atingiram a perfeição em meio ao oceano das produções literárias humanas, os demais, ainda que amigos, são de opinião que, num tempo em que todo o mundo só se veste de preto, como se de luto por alguém ou por algo que há pouco se foi, seria necessário editar obras aborrecidamente sérias ou seriamente aborrecidas; que um escriba somente pudesse viver daqui para a frente se armazenasse suas idéias em edificações enormes, e que aqueles que não sabem reconstruir as catedrais e os castelos, nem mudar de lugar suas pedras e seu cimento, acabariam morrendo tão ignorados como as chinelas dos papas.

Esses amigos foram solicitados a declarar de que coisa gostavam mais, se de uma pinta de bom vinho ou um tonel de cerveja; de um diamante de vinte e dois quilates, ou de um calhau pesando cem libras; do anel de Hans Carvel, conforme descrito por Rabelais, ou de uma novela moderna deploravelmente expectorada por um estudante. Ao vê-los pasmados e embaraçados, alguém lhes disse sem cólera: “”*Então, meus amigos, entendestes tudo? Sendo assim, retomai vosso caminho e retornai aos vossos negócios!”*

Mas é necessário acrescentar, em benefício daqueles a quem tal assunto concerne: “*O bom homem ao qual devemos as fábulas e os contos de sempiterna autoridade nada mais fez que dar-lhes acabamento, tendo furtado de outrem o material, mas a mão-de-obra empregada na conformação dessas figuras conferiu-lhes um revestimento de alto valor; e ainda que ele, à semelhança do que ocorreu com* Messer *Ludovico Ariosto, seja vituperado por se preocupar com maneirismos e ninharias, existe um certo inseto que ele conformou e que se tornou mais tarde um monumento de maior perenidade que a de muitas obras construídas com maior solidez”.*

Na jurisprudência especial, respeita-se o costume de se dedicar maior estima a uma folha arrancada ao livro da Natureza e da Verdade, do que a todos os alentados volumes dos quais, por mais belos que sejam, seria impossível extrair um riso ou uma lágrima. O Autor possui licença de afirmar tal coisa, sem cometer qualquer incongruência, já que não tem intenção de se erguer sobre os dedos dos pés, a fim de aparentar uma estatura sobrenatural, mas por se tratar de uma questão da majestade da Arte, e não de si próprio, que não passa de um pobre escriba cujo mérito consiste em ter a pena na mão e o tinteiro cheio, em dar ouvidos ao que comentam os nobres da Corte e anotar os ditos de cada participante destas histórias. Ele é responsável pela mão-de-obra, pela descrição da Natureza, pelos momentos de repouso, quer se trate da Vênus esculpida pelo ateniense Fídias, quer do insignificante Godenot, também conhecido como *Monsieur* Berloque, um personagem curiosamente elaborado por um dos mais célebres autores de nosso tempo, tudo estudado a partir do eterno modelo das imitações humanas, que é de domínio público. E neste honesto mister, os mais felizes são os ladrões, pois não são enforcados; ao contrário, recebem toda estima e consideração!

Mas ele é três vezes tolo, portando uma cabeça dotada de uma dezena de chifres! É um toleirão que se vangloria, se jacta e se ufana de uma vantagem devida ao azar das circunstâncias, porque a glória reside somente no desenvolvimento das faculdades, bem como na paciência e na coragem. Quanto àquelas pessoas de vozinha aflautada e palavrório gentil, que sussurram delicadamente frases gentis na orelha do Autor, queixando-se de que ele teria despenteado seus cabelos e amassado suas saias aqui e ali, a essas ele poderia dizer-lhes: “*Por que te encontravas ali*?” Ele é obrigado a fazer tais reparos em razão das notáveis malvadezas de determinadas pessoas, ainda acrescentando um conselho dirigido aos homens de boa vontade, a fim de que eles possam usá-lo para dar cabo das calúnias assacadas a seu respeito pelos supraditos cacógrafos.

Estes Contos Picarescos foram escritos com base nas mais respeitadas autoridades, referindo-se ao tempo em que a Rainha Catarina, da casa dos Médicis, esteve em plena efervescência política, durante a qual costumava interferir nos negócios públicos em proveito de nossa santa religião. Nesse tempo, muita gente se deixou agarrar pela goela, desde o pobre Dom Francisco, o primeiro desse nome, até os que se reuniram nas Assembléias de Blois, onde se deu muito mal o nosso Duque de Guise.

Ora os estudantes que ainda estão na fase das brincadeiras infantis sabem que, nesse período de insurreições, pacificações e perturbações da ordem, a língua francesa também enfrentou seus problemas, pois as invenções dos poetas, que já naquela época costumavam criar sua própria língua particular, entremeando-a de bizarrices gregas, latinas, italianas, alemãs e suíças, além de expressões d'além-mar e jargões espanhóis trazidos pelos visitantes estrangeiros, fizeram com que o pobre amante das belas letras se sentisse livre e à vontade para utilizar essa linguagem babélica, mais tarde adotada pelos senhores Balzac, Blaise Pascal, Furetière, Mesnage, Saint-Evremond, Malherbe e outros, os quais primeiramente trataram de purificar o francês, escoimando-o dos estrangeirismos desnecessários, e depois outorgaram direito de cidadania às palavras legítimas, de uso geral e conhecidas de todos, ainda que não fossem da predileção de *Monsieur* Ronsard.

Tendo dito tudo o que queria, o Autor agora retorna a sua dama, augurando mil votos de felicidades a todos aqueles que lhe querem bem, e agourando aos demais, infortúnio e azar, conforme o merecimento de cada um. Quando as andorinhas forem para longe, ele regressará, não sem a terceira e a quarta Dezenas, que se compromete a entregar aos pantagruelistas e aos bons salafrários e finórios de todo tipo, que desaprovam inteiramente as elucubrações, meditações e tiradas melancólicas dos coaxantes literários.

11 — OS TRÊS EMBUSTEIROS DE SAINT NICHOLAS

A estalagem dos Três Barbos foi outrora o lugar de Tours que oferecia o melhor passadio, uma vez que o proprietário, considerado o rei dos cozinheiros, era chamado para preparar banquetes de núpcias em toda a região, inclusive em Chastellerault, Loches, Vendôme e Blois. Esse sujeito, mestre em seu ofício, era uma raposa velha que não acendia lâmpada de dia, nem dava ponto sem nó, que vendia o pêlo, a pele e as penas, que estava sempre de olhos bem abertos, não se deixando lograr na hora de receber a conta, pois mesmo se faltasse apenas um vintém, seria capaz de afrontar até um príncipe. De resto, era brincalhão e gostava de beber e de rir na companhia de seus fregueses, sempre de chapéu na mão diante das pessoas agraciadas com indulgências plenárias concedidas *Sit nomen Domini benedictum,* aumentando suas notas de despesa e provando para eles, quando necessário, e com sólidos argumentos, que os vinhos tinham subido de preço, e que, por diversas razões, nada na Turen podia ser dado de graça, pois tudo custava dinheiro, tendo conseqüentemente de ser pago. Em suma: se lhe fosse possível fazer isso sem passar vergonha, ele teria somado um tanto ao bom ar e outro tanto à bela vista que aquela terra proporcionava. Agindo com tal prudência, conseguiu construir uma confortável residência com o dinheiro que recebia dos outros, tornando-se redondo como uma pipa, bem recheado de gordura, e passou a ser chamado de *Monsieur*.

Por ocasião da última feira, três sujeitinhos que não passavam de aprendizes de maroteira, cujo estofo era mais apropriado para costurar ladrões do que para coser santos, e que sabiam bem até onde ir sem arriscar o pescoço, tiveram a idéia de se divertirem às custas do alheio, e resolveram passar a perna em alguns feirantes, forasteiros ou não. Então esses pupilos do diabo, imitando seu mestre, que lhes ensinara a lidar com as ciências ocultas na cidade de Angiers, logo ao chegarem foram alojar-se na estalagem dos Três Barbos, onde pediram do bom e do melhor, deixando o estabelecimento em polvorosa, enfiando o nariz onde não eram chamados, mandando trazer todas as lampreias existentes no mercado, e se portando como pessoas de alto coturno, daquelas que não carregam consigo seus artigos e que viajam desacompanhadas de qualquer tipo de séquito.

O estalajadeiro ia daqui para ali, revirando os espetos e escolhendo os melhores ingredientes, a fim de preparar uma ceia digna daqueles três figurões, que só pelo tumul-

O proprietário da estalagem dos Três Barbos era uma raposa velha que não acendia lâmpada de dia, nem dava ponto sem nó.

to causado já estariam devendo uns cem escudos, mas que, com toda certeza, não disporiam senão dos doze vinténs que um deles fazia tilintar em seu bolso. Entretanto, o que lhes faltava em espécie sobrava em esperteza, e todos três combinaram ir à feira na manhã seguinte, para ali representarem seus papéis de patifes.

Com essa pose de ricos conseguiram beber, comer e se fartar durante cinco dias, atacando vorazmente as provisões de todo tipo, de maneira que um batalhão de lansquenetes teria devorado menos do que aquilo que eles conseguiram consumir durante esse tempo, sempre recorrendo a embustes.

Assim, pela manhã, os três espertalhões foram espairecer na feira, depois do desjejum, bem fartos, batendo na barriga de satisfação; e ali tripudiaram sobre os ingênuos e otários, roubando, surripiando, apostando e perdendo, mas falsificando as anotações dos débitos, e se divertindo trocando as tabuletas dos comerciantes, pondo a do vendedor de quinquilharias na tenda do ourives, e a deste na do remendão; revirando as tendas de cabeça para baixo, atiçando os cães contra os passantes, soltando os cavalos presos nos postes, arremessando gatos sobre os ajuntamentos de gente; gritando a todo momento "*Pega ladrão*", ou perguntando a este ou àquele: "*Por acaso o distinto cavalheiro não é o Senhor Entrenádegas de Angiers*?" Além disso, davam encontrões em todo o mundo, furavam os sacos de farinha, punham-se a revirar as bolsinhas de esmolas das damas, a pretexto de estarem procurando um lenço, e suspendendo suas saias, enquanto se lamentavam e reclamavam, alegando que estavam procurando um anel perdido, e olhando embaixo delas enquanto diziam: "*Desculpai, minhas senhoras, mas quero crer que ele tenha caído num desses buraquinhos...*"

Se deparavam com uma criança perdida, encaminhavam-na para a direção errada; se viam alguém olhando para cima ou bocejando, davam-lhe um tapa na barriga; de resto, ficaram perambulando a esmo, trombando com as pessoas e estorvando deus e o mundo. Em resumo, comparado com esses excomungados, o diabo até pareceria um cavalheiro. De fato, seria mais fácil para eles serem enforcados do que praticarem uma boa ação, ou então pedir a duas pessoas empenhadas numa feroz disputa judicial que agissem caridosamente com relação a seu oponente.

Os três saíram da feira, não fatigados, mas cansados de tantas traquinagens, e então foram almoçar. Depois ficaram descansando até o anoitecer, quando recomeçaram com suas estripulias à luz de archotes. Então, já tendo infernizado a vida dos feirantes, decidiram tirar o sossego das raparigas alegres, em relação às quais, lançando mão de mil ardis, não davam a elas nem um vintém pelo que delas recebiam, em obediência ao axioma de Justiniano: "*Cuicum ius tribuere*", ou seja, a cada qual o que se lhe deve. Aí, tirando proveito da situação, diziam para as pobres meninas:

— Os certos somos nós; as erradas sois vós.

Por fim, à hora do jantar, não tendo a quem perturbar, ficaram a se estapear uns aos outros, e, para prosseguir com a farsa, passaram a queixar-se com o proprietário das moscas, alegando que em outras hospedarias os donos as matavam, para que os hóspedes de qualidade não fossem incomodados por elas.

Entretanto, chegando o quinto dia, que é o dia crítico das febres, não tendo o estalajadeiro visto até então, ainda que mantendo seus olhos bem abertos, nem a cara nem a coroa de um escudo saído do bolso daqueles fregueses, e sabendo que, se tudo o que reluzia fosse ouro, as coisas ficariam mais em conta, começou a franzir o cenho e a ficar com um pé atrás com relação às exigências daqueles sujeitos de alta prosápia.

Foi aí que, receando estar sendo passado para trás, tratou de sondar o quanto haveria dentro daqueles bolsos. Percebendo sua intenção, os três farsantes lhe ordenaram, com a segurança de um preboste na hora de enforcar um condenado, que ele lhes servisse imediatamente uma lauta ceia, alegando que iriam partir naquela mesma noite.

Vendo aquelas três caras sorridentes, foram-se embora as suspeitas do hospedeiro, dada a sua certeza de que velhacos desprovidos de dinheiro teriam forçosamente de aparentar seriedade. Com essa certeza, ele preparou uma ceia digna de cônegos, com a velada intenção de deixá-los embriagados, a fim de levá-los sem problema para a cadeia, se a coisa viesse a degenerar.

Não sabendo como escapulir daquela sala onde passaram a sentir-se tão pouco à vontade como peixinhos na palha, os três camaradas comeram e beberam sem qualquer moderação, calculando qual seria a distância e altura das janelas, aguardando o momento de se escafeder, mas não encontrando nem jeito nem falta de jeito para fazê-lo. Maldizendo sua falta de sorte, um deles quis sair para desabotoar as calças, alegando estar com cólicas; o outro ameaçou chamar um médico para o terceiro, que fazia o possível para se fingir de desmaiado. Porém, o maldito estalajadeiro não parava de se deslocar da cozinha para a sala e vice-versa, sempre a espreitar os três velhacos, dando um passo à frente para resguardar seu pagamento, e dois para trás, a fim de não ser logrado por aqueles senhores, se é que seriam mesmo senhores, e nisso agia como um bravo e prudente estalajadeiro, bom amigo do dinheiro e inimigo figadal de golpes e embustes. Contudo, a pretexto de bem servi-los, sempre mantinha uma orelha na sala e um pé na cozinha, fingindo estar sempre sendo requisitado por eles, e vindo até a sala de refeições à menor risota que escutasse, exibindo-lhes um semblante interrogativo, e sempre fazendo a mesma pergunta:

— Que é que os cavalheiros ordenam?

Como resposta a essa repetitiva indagação, eles bem que gostariam de lhe enfiar o espeto de carne pela goela abaixo, já que ele deixava entrever que sabia muito bem o que seria melhor para eles naquela conjuntura, uma vez que, para poder entregar-lhe vinte escudos em moeda sonante, cada um deles teria vendido a terça parte de sua eternidade. Imaginai que eles se sentiam naquele banco comprido como se estivessem sentados sobre uma grelha, que seus pés comichavam, e que seus fiofós até ardiam de tão quentes. Quanto ao hospedeiro, já tinha colocado embaixo de seus narizes as pêras, o queijo e as compotas, enquanto que eles, bebericando bem devagar, mastigando demoradamente, se entreolhavam sorrateiramente, tentando ver se um deles tiraria de seu saco de maldades uma trapaça das boas; e todos já demonstravam uma certa aflição. O mais ardiloso dos três trapaceiros, natural da Borgonha, sorriu e disse ao sentir que chegava o momento do acerto de contas:

— Será que teremos de ficar aqui por mais uma semana, *Messieurs*?" — como se estivesse acabando de voltar do Palácio da Justiça.

E os dois outros, sem embargo do perigo que corriam, caíram na risada.

— Quanto estamos devendo? — perguntou o que trazia na cintura uma bolsinha contendo os já mencionados doze vinténs. Ele os esfregava uns contra os outros, como se pretendesse fazê-los gerar filhotes com aquela movimentação. Esse aí era picardo, sujeito muito passional, suscetível de se ofender por dá cá aquela palha, sendo isso razão suficiente para atirar o proprietário pela janela fora, sem qualquer problema de consciência.

Disse aquelas palavras com ar displicente, como se fosse alguém cuja renda mensal superasse dez mil dobrões.

— Seis escudos, senhores!... — respondeu o hospedeiro estendendo a mão.

— Não permitirei, caro Visconde, que arqueis com toda essa despesa!... — protestou o terceiro velhaco, que era um angevino, ou seja, natural de Anjou, tão ardiloso quanto uma mulher apaixonada.

— Nem eu! — apoiou o borgonhês.

— Cavalheiros! Cavalheiros! — ralhou o picardo. — Estais fazendo chalaça! Deixai o pagamento para este vosso humilde servidor!....

— Ora, Sambreguoy! — protestou o de Anjou. — Não ireis permitir que sejamos três a disputar sobre quem irá pagar a conta!... Isso iria deixar contrafeito o nosso bom hospedeiro...

— Ora muito bem! — fez o borgonhês. — Aquele dentre nós que contar a pior história acertará com o hospedeiro.

— E quem será o árbitro? — perguntou o picardo, fazendo tilintar seus doze vinténs.

— Por Deus! Quem, senão nosso hospedeiro? Ele está plenamente capacitado, uma vez que se trata de pessoa de extremo bom gosto — retrucou o angevino. — Vamos lá, Mestre Cuca, sentai-vos conosco e vamos beber! Neste ínterim, emprestai-nos vossos dois ouvidos, pois está aberta a sessão.

Imediatamente o hospedeiro sentou-se, mas não sem deixar de tomar previamente um bom gole de vinho.

— Eu tomo a palavra! — disse o angevino. — Em nosso ducado de Anjou, as pessoas do campo são seguidoras fiéis de nossa santa religião católica, e nenhuma delas perderia sua parte do Paraíso por não fazer penitência ou dar cabo de um herege. Nem pensar! Se algum pregador de heresias passasse por lá, logo iria repousar sob sete palmos de terra, sem saber como, nem por quê. Assim sendo, um bom homem de Larzé, regressando à noite daquilo que devia ter sido uma novena, mas que ele aproveitara como pretexto para esvaziar uma garrafa de Pomme-de-Pin, dentro da qual agora repousavam seu entendimento e sua memória, caiu dentro de um fosso enlameado, imaginando estar deitado em sua cama. Um seu vizinho de nome Godenot, ao encontrá-lo ali quase enregelado, visto que era inverno, disse-lhe por deboche:

— Ei, vizinho! Que estás a fazer aí?

— Estou esperando o degelo —respondeu o outro, ainda sob efeito da bebida, ao se ver envolto em gelo.

"Então Godenot, que era um bom cristão, e tendo em vista seu respeito pelo vinho, que é o rei daquela terra solucionou o caso, abrindo-lhe a porta de sua casa. O bom homem lá entrou, mas acabou errando de cômodo e indo deitar-se na cama da criada, uma jovem gentil e de mui bom parecer. Aí, encharcado de vinho, ao encostar naquele corpo morno, acreditando que se tratava de sua mulher, deu cabo do resto de donzelice que a criada ainda possuía. Nesse ínterim, ao ouvir a voz do marido, a mulher se pôs a esgoelar a toda altura, e aqueles gritos históricos revelaram ao pobre sujeito que ele se tinha extraviado da estrada da salvação, coisa que o deixou desacorçoado a mais não poder.

— Oh! — lamentou-se. — Deus me castigou por não ter ido rezar a novena na igreja!...

"E aí começou a arranjar mil desculpas para seu pecado, alegando que o vinho teria transtornado sua memória, e que, agora que estava deitado na cama certa ao lado de sua boa esposa, jurava por sua melhor vaca de leite que não se acusava em sua consciência de ter cometido pecado algum.

— Deixa isso para lá! — consolou-o a esposa, a quem a moça havia contado que se deixara montar devido a estar naquele momento sonhando com seu namorado, razão pela qual levou uma boa surra, para aprender a não ter um sono tão pesado.

"Mas o marido, entendendo a gravidade do caso, continuou a se lamentar em seu leito, chorando lágrimas de vinho, com medo da punição divina.

— Oh, meu benzinho — ela voltou a consolá-lo, — amanhã de manhã vai confessar-te, e não se toca mais neste assunto.

"O bom homem seguiu de manhã para o confessionário e contou humildemente o que acontecera ao Reitor da Paróquia, que era um bom e velho padre que, quando fosse para o Céu, certamente poderia calçar e descalçar quando quisesse as sandálias do Todo Poderoso.

— Foi um equívoco, e não um pecado, o que cometeste — disse ele ao penitente. — Basta jejuares amanhã para seres absolvido.

— Jejuar? Com prazer! — disse o bom homem. — Isto não irá impedir-me de beber!

— Oh, oh! — replicou o padre. — Poderás beber apenas água, e comer somente um quarto de pão e uma maçã.

"Então o bom homem, que não confiava de modo algum em sua memória, voltou para casa repetindo em voz baixa o teor de sua penitência. Entretanto, tendo obedientemente começado a repetição mencionando um quarto de pão e uma maçã, ao chegar a sua casa já se confundira, e passara a dizer para si próprio: "Um quarto de maçã e um pão."

"Aí, para deixar sua alma limpa e alvejada, empenhou-se em cumprir rigorosamente o jejum prescrito. Tendo sua cara-metade separado e entregue para ele um pão, e colhido no pé algumas maçãs, ele deu início melancolicamente ao sacrifício. Quando pegou o último pedaço de pão, e como naquele instante ainda estava mastigando o penúltimo, ficou sem saber o que fazer com ele, e soltou um triste suspiro. Então, sua mulher lembrou-lhe que Deus não quer a morte do pecador, e que, pelo fato de ter deixado de pôr um naco de pão em sua pança, ele não seria de modo algum condenado por ter posto outra coisa num lugar indevido.

— Cala a boca, mulher! — ralhou o marido. — Se eu sentir que vou arrebentar de tanto comer, eu jejuo de novo...

* * *

Dito isso, o angevino rematou, enquanto fitava o picardo com ar malicioso:

— Pronto. Já cumpri minha parte. Agora é vossa vez, Visconde...

— As taças estão vazias — comentou o hospedeiro. — Vamos enchê-las de vinho...

— Sim! — exclamou o picardo. — Bem regadas, as histórias descem melhor!

Dizendo isso, acabou de esvaziar sua taça, sem deixar nela sequer uma gotinha no fundo, e, depois de uma tossidinha preliminar, assim falou:

— Conforme todos sabeis, nossas donzelas da Picardia, antes de se tornarem donas de casa, têm por costume ganhar honestamente suas roupas de cama, o vasilhame doméstico, baús; em suma: todos os utensílios necessários ao bom funcionamento de uma casa. E, para tanto, empregam-se como camareiras nas casas de família de Péronne,

Abbeville, Amiens e outras cidades, e ali se encarregam de limpar as vidraças, lavar vasilhas, arear panelas, arrumar as camas, servir as refeições e tudo o mais que for necessário. Assim, não demoram a ser pedidas em casamento, já que sabem fazer qualquer cousa dentro de um lar, além daquilo que já é esperado pelos seus maridos. São elas as melhores donas de casa do mundo, porque conhecem o serviço, e muito bem.

"Pois bem: uma certa jovem residente em Azonville, que é o feudo que me coube por herança, tendo ouvido falar de Paris, onde as pessoas não se abaixam na rua para apanhar uma pratinha caída no chão, e onde uma pessoa pode ficar farta durante todo um dia só de passar diante das portas dos restaurantes, apreciando o aroma que sai de lá de dentro, de tanta gordura que ele contém, resolveu conhecer aquela cidade, esperando conseguir arrecadar ali tanto dinheiro quanto o que deve haver no cofre de esmolas de uma igreja. Pôs-se a caminho a pé, e foi para lá sozinha, levando consigo um cesto cheio apenas de esperança. Lá chegando, foi dar com os costados na porta de Saint-Denis, diante de uma companhia de soldados acampados ali durante algum tempo, de prontidão, em razão de tumultos provocados por gente ligada à religião, que tinha ameaçado assumir atitudes agressivas.

"O sargento, vendo chegar aquela moça de pano na cabeça, pôs o quepe de lado, preparou a pena, cofiou os bigodes, limpou a garganta, arregalou os olhos, pôs as mãos nas cadeiras e deteve a picarda, a fim de examinar se ela estava com as orelhas devidamente furadas, uma vez que era proibido às moças entrar em Paris sem ter tomado previamente aquela providência. Depois, para divertir-se, mas com cara séria, pôs-se a interrogá-la, fingindo acreditar que ela pretendesse tomar de assalto as chaves da cidade.

"Sem entender a razão daquelas perguntas, a ingênua mocinha respondeu que tinha vindo ali sem qualquer má intenção, mas tão-somente em busca de um bom emprego, com o qual pudesse receber algum provento.

— Então vou dar-te um emprego, minha cara — disse o gaiato sargento. — Também sou picardo, e vou deixar-te trabalhar aqui, onde serás tratada como uma rainha, e onde certamente irás receber boas gorjetas.

"Levou-a então até o corpo da guarda, ordenando que ela varresse o chão, areasse as panelas, acendesse o fogo e tomasse conta de tudo, acrescentando que ela receberia trinta vinténs por soldado, caso aceitasse trabalhar ali.

"Ora, uma vez que aquele pelotão deveria ficar estacionado por lá durante cerca de um mês, ela iria acabar recebendo dez escudos, e aí, quando aquela turma partisse, chegariam seus substitutos, que poderiam acertar com ela uma boa paga por seu ofício honesto, e desse modo ela acabaria percebendo uma polpuda soma, podendo levar bons presentes para sua terra.

"A boa moça transformou aquela saleta num brinco, além de preparar as refeições com esmero, trabalhando sempre alegre, a cantar e assoviar. Assim, ao final do dia, os bons soldados acharam que aquele lugar até estava parecendo um refeitório de beneditinos.

"Satisfeitos por contemplar aquilo, os soldados não se negaram a entregar um vintém por cabeça à boa moça, e depois que ela também comeu, mandaram-na deitar na cama do Comandante, que tinha ido à cidade encontrar-se com sua amante. Então, no tempo que se seguiu, cumularam a moça de mil gentilezas militares e filosóficas, *id est,* amorosas, recompensando-a a seu modo pelas boas coisas que estavam recebendo. E eis nossa jovem sentindo-se regalada e bem tratada por aqueles nobres guerreiros, que, para evitar atritos e querelas, tiraram a sorte, a fim de determinar a vez de cada um; depois, puseram-se em fila, passando e repassando a picarda competentemente, sem dizer palavra, bons soldados que eram, cada qual deixando com ela sua contribuição, que acabou totalizando vinte e seis vinténs.

"Embora não estivesse acostumada a tal tipo de serviço duro, a mocinha deu o melhor de si, e, assim sendo, não pregou o olho durante toda a noite.

"Pela manhã, vendo que os soldados dormiam a bom dormir, ela se levantou feliz, sem apresentar qualquer marca no ventre, apesar de ter suportado uma carga tão pesada, e, embora ligeiramente fatigada, foi-se embora pelo campo afora, com seus trinta vinténs.

"Depois de alcançar a estrada para a Picardia, ela avistou uma de suas amigas, a qual, imitando seu gesto, decidira procurar trabalho em Paris, e seguia por ali a toda pressa. Ao se encontrarem, a outra se deteve e interrogou a primeira a respeito das condições que iria encontrar.

— Ah! Perrine, não vás para lá! Em Paris, as moças precisam ter um fiofó de ferro; e mesmo assim ele corre o risco de se desgastar, de tanto que vai ser usado!

* * *

— Agora é tua vez, borgonhês barrigudo — rematou, dando um tapinha na pança do seu vizinho — tapinha de sargento. — Que preferes, contar o conto ou pagar a conta?...

— Pela Rainha do Chouriço! — respondeu o borgonhês. — A la fé! Pelos cornos do diabo! Por Deus e pelos santos! Não conheço outras histórias que não sejam as da Corte de Borgonha, que só valem como moeda corrente em nossa terra...

— Eh! Deus do céu! E acaso não estamos na terra dos enxugadores de copos, que é a tua? — vociferou o outro, apontando para as garrafas vazias.

— Então vou contar-vos uma aventura bem conhecida em Dijon, ocorrida no tempo em que eu ali exerci o comando, a qual seria bem digna de ser posta por escrito:

"Havia ali um Sargento de Justiça chamado Franc-Taupin, que era um conhecido saco de malvadezas, e que vivia a rosnar e a discutir, sempre com cara de poucos amigos, indivíduo incapaz de dirigir uma palavra de conforto àqueles que conduzia para o cadafalso; ao contrário, sempre lhes dizendo chalaças enquanto os encaminhava para a forca. Resumindo: era alguém capaz de encontrar piolho em cabeça de careca, e pecados cabeludos no Todo Poderoso.

"Pois bem, o tal Taupin, antipatizado por todos, arranjou uma esposa que, por acaso, era tão suave como pele de cebola. Quanto a ela, notando o mau humor de seu marido, empenhou-se o quanto pôde para lhe proporcionar em casa o ambiente mais alegre que fosse possível. Porém, ainda que ela se esforçasse por obedecer-lho em tudo por tudo, e que, para manter a paz, até tentaria excretar ouro para ele, se Deus tal permitisse, mesmo assim aquele sujeitinho abominável se mostrava noite e dia ranzinza e turrão, tratando a mulher com brutalidade, como se ela fosse um devedor diante de um Oficial de Justiça.

"Sempre submetida a esse tratamento rude, que não levava em conta os cuidados e trabalhos daquele anjo de candura, ela, cansada daquilo, acabou por contar para seus parentes o que estava acontecendo. Estes então intervieram no caso, indo até a casa do casal. Ali chegando, ouviram o marido declarar que sua cara-metade era desprovida de

bom senso, que não lhe causava senão desprazer, e que por causa dela sua vida se havia tornado dura de suportar; que ela costumava acordá-lo quando ele ainda se encontrava no primeiro sono; que nunca vinha abrir a porta quando ele batia, mesmo que estivesse chovendo ou nevando, e que não se importava em deixar a casa suja e desarrumada. Suas fivelas estavam sem ganchos, e suas agulhetas sem a cabeça. Os lençóis estavam esfarrapados, o vinho tinha azedado, a lenha tinha ficado úmida, e seu leito rangia e ameaçava desabar nos piores momentos. Em suma, tudo ali estava péssimo.

"A esse conjunto de falsidades, a mulher nada respondeu, limitando-se a mostrar as roupas caprichosamente guardadas e mantidas em excelente estado de conservação.

"Então o sargento acrescentou que era muito maltratado; que nunca encontrava o almoço pronto, ou que, quando isso acontecia, o caldo estava ralo, a sopa fria, ou não havia copos na mesa, ou o vinho não fora servido; que a carne estava sem sal, ou sem molho ou sem tempero; que havia manchas de mostarda na mesa, fios de cabelo nos pratos e nos guardanapos, e que a toalha de mesa estava rasgada e suja; enfim, tudo contribuía para tirar-lhe o apetite, sem falar em que ela jamais preparava um prato que fosse do seu agrado.

"Espantada diante daquelas afirmações sem fundamento algum, a mulher negou-as veementemente, ao que ele replicou:

— Ah! Afirmas então que não estou dizendo a verdade, e que não és porcalhona e desmazelada? Pois está bem! Convido a vós outros que venhais hoje mesmo almoçar aqui em casa, a fim de que possais testemunhar a verdade do que acabo de dizer. E se ela, por uma única vez que seja, puder servir-me a contento, eu pedirei desculpas pelo que disse e não mais erguerei a mão para castigá-la, mas antes lhe entregarei minha albarda e minhas braguilhas, e passarei para ela todo o comando desta casa!

— Ótimo! — disse ela demonstrando alegria. — Doravante serei a verdadeira dona desta casa!

"Assim, confiando na natureza e nas naturais imperfeições da mulher, o marido quis que o almoço fosse servido sob a parreira de uvas do quintal, pensando em ralhar com a esposa, caso ela se demorasse deslocando-se da despensa para a mesa e vice-versa. Já a boa dona de casa arregaçou as mangas e se pôs a trabalhar com todo o afinco, tencionada a desempenhar a contento seu mister.

"Os pratos estavam tão limpos que até reluziam, podendo servir como espelhos. A mostarda estava fresca e bem preparada. A comida foi servida quente e cheirosa, dando a impressão de estar tão apetitosa como uma fruta roubada. Os copos e taças brilhavam de tão limpos, o vinho fora refrescado , e tudo parecia tão bem arrumado, tão limpo, tão reluzente, que aquela refeição até parecia ter sido preparada pela cozinheira de um bispo.

"Porém, no momento em que a esposa se postou diante da mesa, lançando aquela vista-d'olhos final que as boas donas de casa consideram imprescindível, seu marido chegou da rua bateu na porta. Nesse exato momento, uma maldita galinha que tivera a idéia de se empoleirar sobre a parreira para bicar umas uvas, deixou cair uma enorme titica bem no meio da toalha branca. A pobre mulher quase caiu morta de raiva e vergonha ali mesmo no chão, tal seu desespero, sem saber como disfarçar ou consertar aquela intemperança galinácea. Só lhe ocorreu cobrir a nojenta plastada com um pratinho, dentro do qual colocou algumas frutas que tirou do bolso do avental, sem qualquer preocupação com a simetria. Aí, para não deixar perceber a artimanha, trouxe rapidamente a sopa, mandou que todos se sentassem em seus lugares e pediu alegremente que eles se servissem à vontade.

"Então, ao depararem com aquela bela disposição dos pratos e travessas, todos prorromperam em elogiosas exclamações; todos, exceto o diabo do marido, que se manteve sério, de cenho franzido, resmungando e examinando tudo atentamente, a procura de algum pretexto para censurar a mulher. Ela então se arriscou a lhe dizer sem medo, tranqüila por estar na presença e sob a proteção de seus familiares:

— Eis aí tua comida quentinha, servida com capricho sobre uma toalha impecável. Os saleiros estão cheios, os pratos limpíssimos, o vinho fresco, o pão bem assado. Falta alguma coisa? Gostarias de algo mais? Que mais queres? De que sentes falta?

— Sinto falta de merda! — explodiu o marido num arroubo de cólera.

"Imediatamente a esposa ergueu o pratinho e respondeu:

— Pois ei-la aí. Não faças cerimônia!

"Vendo aquilo, o Sargento ficou pasmado, acreditando que o diabo estava de conluio com a mulher. Ali mesmo ele foi severamente repreendido pelos parentes dela, que vituperaram seu procedimento, dirigiram-lhe mil chacotas, e lhe fizeram mais remoques num curto espaço de tempo do que as escrituras que um escrivão teria preparado num mês de trabalho.

"Depois desse dia, o sargento viveu em harmonia com sua mulher, que, ao vê-lo com o menor indício de cenho franzido, lhe dizia:

— Vais querer provar uma porção de merda?...

* * *

— Quem contou a pior história? — perguntou o angevino, dando um tapinha nas costas do hospedeiro.

— Foi ele! A pior de todas foi a história dele! — exclamaram os outros dois, que no mesmo instante começaram a discutir como padres num concílio, aplicando-se bofetões, atirando as travessas nas cabeças uns dos outros, e de repente levantando-se e, como se empenhados num feroz combate, deixando a sala em disparada, e logo ganhando a vastidão dos campos.

— Vou dar o veredicto! — exclamou o hospedeiro, vendo que ali onde havia três devedores de boa vontade já não restava mais um só, visto que nenhum deles parecia querer tomar conhecimento do resultado final da disputa quanto a qual teria sido a melhor história.

Ouvindo aquilo, eles se detiveram curiosos.

— Vou contar-vos uma que será a melhor, e reduzo a conta para dez vinténs por barriga; digo, por cabeça.

— Ouçamos o hospedeiro! — disse o angevino.

"Viveu faz algum tempo em nosso arrabalde de Nostre Dame la Riche, do qual depende esta estalagem, uma formosa moça que, a par de seus belos dotes naturais, tinha guardada uma boa soma de escudos. Assim sendo, e tão logo ela alcançou idade e força suficientes para suportar a carga pesada do matrimônio, o número de seus pretendentes era tão grande quanto o de moedas que se deixam no cofre de esmolas de São Graciano no dia de Páscoa.

"A moça acabou escolhendo para marido um rapaz que, com o perdão da comparação, podia cumprir seus deveres matrimoniais de dia e de noite tão bem quanto o teriam feito dois monges.

"Destarte, não demoraram a acertar a data do casamento, mas as delícias da primeira noite não se foram aproximando sem que a noiva sentisse uma ligeira apreensão, dado um certo problema que afetava seus condutos subterrâneos, deixando-a propensa a exalar vapores que eram expelidos à semelhança da explosão de uma bomba.

"Portanto, com receio de, já na primeira noite, soltar as rédeas de suas importunas ventosidades num momento em que estivesse com outros pensamentos na cabeça, ela revelou seus receios à mãe, solicitando sua ajuda naquela emergência. A boa dama disse-lhe então que aquela propensão a produzir ventosidades ruidosas não passava de uma característica de família, e que ela própria, em sua época de moça, tivera de enfrentar o mesmo problema, mas que, no outono da vida, Deus lhe concedera a graça de trancar sua saída.

Assim, já fazia sete anos que ela não mais exalava vapores, salvo durante uma única e derradeira vez, quando, à guisa de adeus, ela soltara uma notável ventosidade sobre seu defunto marido.

— Contudo — disse ela à filha, — eu sempre recorri a um certo expediente que me foi ensinado por minha boa mãe, capaz de reduzir a quase nada essas emissões gasosas, deixando que elas escapem de maneira silenciosa. Ora, visto que esses sopros discretos não produzem mau cheiro, o escândalo pode ser perfeitamente evitado. Para tanto, é preciso cozer em fogo brando a substância produtora de ventosidades, e retê-la junto à boca de saída do canhão, para depois expulsá-la sem alarde. Com efeito, depois que o ar se enfraquece, ele é expelido como se fosse um suspiro. Em nossa família chamamos a isso de "sufocar o peido".

"A jovem, exultante por tomar conhecimento daquele método seguro de sufocação, agradeceu à mãe e se pôs a dançar de alegria, deixando armazenada sua flatuosidade no fundo de seu conduto natural, como um órgão de tubos à espera de que seja desferida a primeira nota para o início da missa.

"Terminada a cerimônia do casamento, ao se dirigir à câmara nupcial, ela resolveu que, tão logo se deitasse, expulsaria de uma só vez toda aquela ventosidade armazenada, mas o fantástico elemento estava tão bem cozinhado que se recusou a sair. O marido chegou, e eu vou permitir que imagineis como foi que o casal se digladiou naquele galante duelo no qual duas armas valem pelo menos por mil.

Bem no meio da noite, a noiva teve de se levantar, a fim de resolver uma pequena necessidade, mas logo retornou para a cama; porém, ao se enroscar sob as cobertas, seu conduto de saída resolveu espirrar, e aconteceu então uma tal descarga de colubrina, que, se a tivésseis escutado, acreditaríeis (como eu) que todos os cortinados do quarto se teriam rasgado de uma só vez e de cima abaixo!

— Oh! Disparou sem querer! — lamentou-se ela.

— Ai, ai, ai, meu Deus do céu! — exclamou o noivo. — Pois trata de economizar essa pólvora! Poderias ganhar a vida nas Forças Armadas com essa artilharia pesada que possuis!

E, depois de uma pausa:

— Essa aí era a minha mulher...

* * *

— Ho! ho! ho! — gargalharam os três tratantes.

E entre risos e exclamações alegres, cumprimentaram efusivamente o hospedeiro, enquanto se perguntavam:

— E aí, Visconde, acaso ouviste alguma história melhor que essa?

— Oh, não! Que história!

— Eis aí um belo conto!

— Aliás, um conto magistral!

— O rei dos contos!

— Ha, ha! Esse aí bateu todos os que aqui foram contados! De hoje em diante, não quero escutar outras histórias que não as narradas em hospedarias!

— Por minha fé de cristão! Esse foi o melhor conto que já ouvi em toda a minha vida!

— Posso até escutar o som daquele tiro de canhão!

— Quanto a mim, gostaria de dar um beijo nesse canhão...

— Ah, meu prezado hospedeiro — disse gravemente o angevino, — não queremos sair daqui antes de conhecer a dona da hospedaria; e, se não insistimos em pedir para beijar seu instrumento produtor de ventos, é apenas devido ao grande respeito que temos por um tão competente contador de histórias.

Em seguida, todos exaltaram tanto o hospedeiro, sua história e a capacidade explosiva de sua mulher, que o velho mestre-cuca, empolgado com essas risadas alegres e esses encômios, gritou para dentro da hospedaria, a fim de chamar a mulher. Mas como ela não apareceu, os descarados fingiram estar frustrados e disseram:

— Vamos procurá-la.

Então deixaram a sala, enquanto o hospedeiro pegou a vela e os precedeu escada acima, para lhes mostrar o caminho. Porém, vendo a porta da rua apenas encostada, os três trapaceiros se escafederam velozes como sombras, cedendo ao hospedeiro o direito de receber, a guisa de saudação e recompensa, um estupendo tiro de canhão disparado por sua mulher.

12 — A CONTINÊNCIA DO REI FRANCISCO I

Todo o mundo tem conhecimento da aventura enfrentada pelo Rei Francisco, o primeiro desse nome, que foi considerado um elemento periculoso, e levado como tal para a cidade de Madri, na Espanha. Lá, o Imperador Carlos V manteve-o preso e bem vigiado, tal qual um artigo de grande valor, num de seus castelos, no qual nosso falecido monarca, de eterna memória, ficou muito emburrado, uma vez que, amante da vida ao ar-livre e de seus confortos, viver engaiolado era para ele tão incompreensível quanto seria ver uma gata a costurar renda numa saia.

E assim foi que o pobre prisioneiro caiu num tão profundo estado de melancolia, que, ao lerem em conjunto suas cartas, Madame d'Angoulême, sua mãe; Madame Catarina, a Delfina; o Cardeal Duprat, *Monsieur* de Montmorency e todos os que assumiram a direção dos negócios do Estado Francês, conhecendo de sobra a sensualidade do Rei, houveram por bem, após madura reflexão, enviar até onde ele se encontrava a Rainha Margarida, que certamente representaria um lenitivo para seus sofrimentos, já que ele dedicava um profundo amor àquela boa senhora, que era ademais muito alegre e dotada de grande sabedoria.

Mas acontece que a Rainha Margarida, alegando que seria perigoso para sua alma, dado o risco que iria correr ficando sozinha com o Rei em sua cela, conseguiu que fosse despachado para a Corte de Roma um hábil secretário, o *Sieur* de Fizes, com ordens de impetrar ao Pontífice um breve papal de indulgências especiais, contendo as necessárias absolvições dos pecados veniais que, devido à consangüinidade, a dita Rainha poderia acabar cometendo, na intenção de curar a melancolia do Rei. [Obs.: Margarida de Angoulême era irmã de Francisco I]

Nessa época, o batavo Adriano VII ainda estava usando a tiara papal, e, bom amigo do prisioneiro, não hesitou em favorecê-lo, apesar dos laços escolásticos que o ligavam ao Imperador, e de que ele se tratava do filho mais velho da Igreja Católica. Portanto, o Papa teve a galanteria de enviar à Espanha um delegado especial, munido de plenos poderes, a fim de tentar salvar, sem causar ofensa a Deus, a alma da Rainha e o corpo do Rei. Esse negócio de extrema urgência provocou grande tormento entre os nobres da Corte, causando comichão nos pés das damas, que, devido a sua enorme devoção à Coroa, teriam todas se oferecido para ir a Madri, não fosse a feroz desconfiança de Carlos V, que não concedeu ao Rei licença de se encontrar com seus súditos, inclusive seus familiares. Por isso, foi necessário negociar a partida da Rainha de Navarra. Por essa razão, nada mais se comentava na Corte que não fôsse esse deplorável jejum e falta de exercício amoroso, tão contrários a um príncipe useiro e vezeiro em se dedicar a tais práticas. Para encerrar o assunto, pode-se dizer que, naquela circunstância, mais preocupação demonstravam as damas com relação ao que o soberano tinha por dentro da braguilha do que com respeito ao Rei propriamente dito. A propósito disso, a Rainha disse um dia que, para se deslocar até lá, gostaria de criar asas. Ouvindo isso *Monseigneur* Odet de Chastillon comentou galantemente que ela não tinha necessidade de ganhá-las, visto ser um anjo. Outra nobre, a Madame l'Amirale, indagou de Deus se não seria possível enviar por um mensageiro aquilo que tanta falta fazia ao pobre monarca, acrescentando que todas as damas procederiam àquela remessa, uma de cada vez.

— Deus fez muito bem em impedir que façam isso — comentou com sarcasmo a Delfina, — pois nossos maridos iriam deixar-nos sem qualquer remorso, quando tivessem de se ausentar.

Tanto se disse e tanto se cogitou sobre esse assunto, que a "Rainha das Margaridas", quando de sua partida, foi incumbida por essas boas cristãs de beijar carinhosamente o cativo em nome de todas as damas do Reino; e, se fosse permitido armazenar prazer como se faz com a mostarda, ela teria transportado consigo um tal carregamento desse artigo, que daria de sobra para produzir regozijo em Castela Nova e na Castela Velha.

Enquanto uma numerosa tropa de mulas levava Margarida através dos Alpes, enfrentando a neve e fugindo dessas recomendações como se de um incêndio, o Rei se encontrava oprimido por uma terrível cólica renal, a pior que ele teve de suportar em toda a sua vida. Em meio a essa extrema reverberação da natureza, ele se abriu com o Imperador Carlos V, a quem solicitou que lhe providenciasse algum poderoso remédio para amenizar-lhe a dor, argumentando com aquele monarca que iria constituir uma vergonha eterna para um soberano deixar que um outro viesse a morrer — uma tremenda falta de galanteria! O imperador castelhano mostrou ser um bom homem, e, achando que poderia recuperar-se de suas perdas de guerra com o resgate que iria conseguir por seu hóspede, dirigiu-se discretamente aos homens encarregados da guarda de seu prisioneiro, concedendo-lhes licença para proporcionar ao cativo os prazeres que ele vivia a reclamar.

Em vista disso, um certo *Don* Hijos de Lara y Lopez Barra de Pinto, um capitão sem fortuna, cuja pomposa genealogia não fora suficiente para lhe proporcionar riquezas, as quais ele sonhava um dia adquirir na Corte de França, tratou de procurar para o dito senhor um gentil cataplasma de carne viva, na certeza de que isso iria abrir-lhe uma porta fecunda e honesta. E, de fato, aqueles mais familiarizados com nossa Corte e nosso bom Rei sabem qual foi o desfecho do caso.

Quando chegou o turno de guarda desse mencionado capitão, ele se dirigiu ao quarto do Rei de França, e solicitou respeitosamente do soberano se este faria a gentileza de lhe responder uma pergunta sobre algo pelo qual ele tinha tanta curiosidade de saber quanto de receber indulgências papais. Então o príncipe, esquecendo sua condição de hipocondríaco, remexeu-se na cadeira em que estava sentado e fez um sinal de consentimento. O Capitão pediu-lhe que não se ofendesse com a permissividade de seu linguajar, e em seguida lhe confessou que, uma vez que ele, o Rei, tinha fama de ser uma das pessoas mais sensuais da França, desejava saber dele próprio se as damas de sua Corte eram de fato experientes no tocante ao amor. O pobre Rei, trazendo à recordação os lances saudosos de sua vida amorosa, soltou um profundo suspiro e respondeu:

— Mulher alguma, de qualquer país que seja, sem excluir os que existem na Lua, conhece melhor que as damas francesas os segredos daquela alquimia.

Disse ainda que bastava a lembrança que guardara das saborosas, graciosas e vigorosas carícias de uma única delas para voltar a sentir-se um homem; e mais ainda caso ela se apresentasse diante dele, pois então iria estreitá-la nos braços com ardor, mesmo que sobre um estrado carcomido, no fundo de um precipício, a cem pés de profundidade...

Depois de dizer isso, o bom Rei, mais ardoroso do que de costume, mirou o Capitão com olhos tão flamejantes de vida e de calor, que o outro, ainda que se tratasse de um corajoso militar, sentiu um estremecimento tomar conta de todo o seu corpo, tão intensa era a chama daquela sacra majestade do amor real. Não obstante, recobrando sua coragem, decidiu tomar a defesa das damas espanholas, declarando que só em Castela é que se praticava corretamente o amor, visto haver ali mais religiosidade que em qualquer outro lugar da Cristandade, e que, tanto mais as mulheres dali temiam perder a salvação de sua alma pelo fato de se entregarem a um amante, quanto melhor elas faziam amor, sabendo que aquele prazer devia custar-lhes a perda de toda a eternidade. Acrescentou além disso que, se Sua Majestade aceitasse apostar uma das melhores e mais proveitosas propriedades senhoriais de seu reino, ele lhe proporcionaria uma noitada de amor à moda espanhola, na qual uma rainha sem coroa iria tirar-lhe a alma pelas braguilhas, caso ele não tomasse cuidado.

— Aceito! — exclamou o Rei erguendo-se da cadeira. — Eu te entregarei, sem tergiversar, o feudo de Ville-aux-Dames, em minha província da Turena, com os mais amplos privilégios de caça e da Justiça, tanto superior como inferior.

Então o Capitão, que conhecia a amante do Cardeal-Arcebispo de Toledo, requisitou seus serviços, pedindo-lhe que sufocasse com carícias o Rei de França, e lhe demonstrasse a superioridade imaginativa das castelhanas com relação às maneiras simplórias e sem requintes das francesas.

E assim foi que a Marquesa d'Amaesguy consentiu em visitar o monarca francês, visando a defender a honra de Espanha, e também pelo prazer de conhecer o tipo de barro com o qual Deus fazia os reis, coisa que ela de fato ignorava, já que seu conhecimento ainda não passara além dos príncipes da Igreja. Ela então foi até lá, fogosa como um leão que escapou da jaula, e fez os ossos de Francisco chocalharem de modo tal que, fosse ele outra pessoa, já estaria morto. Mas o supradito senhor era tão forte, tão bem apetrechado e dotado de tão rija constituição física, que nem se importou com aquele sacudimento, e desse terrível duelo de morte foi a Marquesa quem saiu estropiada, tão aturdida como se houvesse escutado a confissão do diabo.

Com as damas de sua Corte, o amor era uma doçura sem par, e jamais teria qualquer semelhança com o trabalho braçal de um padeiro em plena faina de estender a massa.

O Capitão, confiante em sua campeã, veio cumprimentar o Rei, pensando em agradecer pelo feudo que acreditava ter acabado de ganhar. Mas então o soberano francês lhe disse, à guisa de burla, que as espanholas tinham boa temperatura, e que sabiam como praticar o amor, mas que elas abusavam do frenesi nos momentos em que antes seria necessário agir delicadamente, e que, quando estremeciam de prazer, até pareciam estar tendo um acesso de espirros, ou sofrendo uma violação. Já com as damas de sua Corte, o abraço de uma delas até faria um embriagado voltar a si! Ele, o Rei, nunca ficara cansado depois de estar com uma delas, pois com suas compatriotas o amor era uma doçura sem par. Em suma, com as damas de sua Corte o amor jamais teria qualquer semelhança com o trabalho braçal de um padeiro em plena faina de estender a massa.

Essas palavras deixaram o pobre Capitão extremamente vexado. A despeito da condição de cavalheiro honrado que o Rei gostava de ostentar, ele acreditou que o soberano queria escarnecer dele, tratando-o como se fosse um estudante escapando sem pagar de um encontro amoroso num bordel de Paris. Entretanto, mesmo não sabendo qual teria sido o tratamento espanhol imposto pela Marquesa ao Rei, ele pediu ao cativo uma revanche, dando sua palavra de que dessa vez ele iria com toda certeza encontrar uma verdadeira fada, e que, ao final do encontro, ele, Capitão, acabaria abiscoitando seu feudo. O Rei era um cavalheiro por demais cortês e galante para não aceitar esse desafio, e chegou a proferir um pequeno discurso gentil e real, afirmando que não se importaria de modo algum se viesse a perder aquela aposta.

Aí, depois da oração das Vésperas, o guarda acompanhou até a cela do Rei a dama mais ardente, alva e reluzente daquela terra. Ela era sorridente e delicada, de longas tranças, mãos de veludo, revelando através do vestido, ao menor movimento, a beleza e maciez de suas graciosas curvas, e tendo além do mais uma boca risonha e olhos úmidos. Enfim, era uma mulher que tornaria o inferno um local aprazível, e que, logo ao chegar, saudou o Rei com palavras tão cordiais, que as braguilhas dele quase se romperam.

No dia seguinte, após o desjejum do Rei e depois que a beldade se foi embora, o bom Capitão entrou feliz e triunfante no quarto. Quando ali chegou, o prisioneiro bradou:

— Ó Barão de Ville-aux-Dames, que Deus te proporcione alegrias iguais às que há pouco Ele me concedeu! Bendita prisão esta em que me encontro! Por Nossa Senhora, não quero fazer qualquer julgamento quanto à qualidade do amor daqui e de lá, mas honro o compromisso e pago a aposta!

— Eu já sabia que ia ser assim! — disse o Capitão sorrindo.

— Sabia como? — indagou o Rei.

— Sabia sim, Majestade, porque aquela que eu vos trouxe era a minha mulher!

Eis como surgiu a estirpe dos Larray, de Ville-aux-Dames, em nosso país. O nome decorreu da deturpação do sobrenome espanhol *Lara y Lopez,* que acabou se transformando em *Larray*. Essa foi uma boa família, que sempre agiu com firmeza e lealdade a serviço dos Reis de França, e que logo se multiplicou em nossa terra.

Pouco depois, a Rainha de Navarra chegou a tempo de mitigar a angústia do Rei, que, perdendo o gosto pelo estilo espanhol, voltou a preferir o modo francês de amar. Quanto ao que aconteceu depois, isso aí não constitui assunto desta história. Eu me reservo o direito de revelar alhures como se portou o enviado do Papa encarregado de passar uma esponja naqueles pecados decorrentes desse arranjo, e a gentil observação de nossa "Rainha das Margaridas", que merece um nicho de santa nesta coleção de contos, por ter sido ela quem primeiramente se dedicou a narrar esse tão belo gênero de histórias *[Obs.: Margarida de Angoulême foi autora do "Heptameron"]*.

A moral deste conto que acabastes de ler é fácil de apreender.

Seu primeiro ensinamento é que os reis não devem nunca se deixar aprisionar nas guerras, tal como seu arquétipo no jogo de xadrez criado pelo nobre grego Palamedes. Todos concordamos tratar-se de uma carga pesada e calamitosa que desaba sobre os ombros da população a captura de seu Rei. Se isso tivesse acontecido com alguma rainha ou mesmo uma princesa, poderia haver para ela destino mais cruel? Pior que isso, só se ela tivesse sido capturada por um bando de canibais!

E acaso existe alguma razão que justifique aprisionar-se a flor de um reino? Imagino quais não teriam sido as mais incríveis diabruras de Astaroth, Lúcifer e outros que tais, para imaginar que, se eles fossem nossos governantes, haveriam de nos esconder a alegre e benfazeja luz sob a qual se aquecem os pobres sofredores. E seria necessário que o pior dos demônios, *id est,* aquela velha herética de maus bofes *[Elizabeth I]*, estivesse num trono, para conservar presa a bela Maria Stuart da Escócia, situação que encheu de vergonha todos os cavaleiros da Cristandade, os quais deveriam ter ido, sem qualquer intimação prévia, até a base da fortaleza de Fotheringay, ali não deixando pedra sobre pedra!

13 — A ALEGRE TAGARELICE DAS IRMÃZINHAS DE POISSY

Teve fama a Abadia de Poissy entre os autores do passado como um lugar de divertimento, onde tiveram sua origem os costumes dissolutos das freiras, e de onde procedem tantas anedotas para que os leigos riam às custas de nossa santa Religião.

Temos de acrescentar a isso que a mencionada Abadia se converteu em fonte de provérbios que alguns sábios hoje em dia já não são capazes de entender, por muito que se afadiguem em mastigá-los e triturá-los para melhor digeri-los.

Se perguntardes a algum deles em que consistem as *azeitonas de Poissy*, ele responderá gravemente que se trata de uma perífrase, usada em lugar de trufas, e que a *maneira de acomodá-las* da qual se falava antigamente para burlar dessas virtuosas mulheres envolvia o emprego de uma salmoura especial...

Eis aqui como esses plumitivos acertam uma vez em cem.

Mas voltemos a nossas bondosas enclausuradas, das quais se dizia, claro que a título de chalaça, que, dentro de seus hábitos, antes preferiam que houvesse uma puta a uma mulher de bem... Outros chocarreiros lhes recriminavam o fato de imitarem de modo mui peculiar a vida das santas, e diziam que, de Santa Maria do Egito, somente imitavam sua forma de remunerar os barqueiros. É daí que procede a expressão *honrar os santos à maneira de Poissy*. Também existe o *crucifixo de Poissy*, que conservava os estômagos aquecidos, e as *matinais de Poissy*, que terminavam com os meninos do coro.

Para encerrar, quando alguém queria referir-se a uma mulher de vida airada que fosse muito entendida nas artimanhas do amor, costumava dizer: "*Essa aí é uma freirinha de Poissy*".

E quanto àquela coisa que bem conheceis, e que somente o homem pode emprestar, dela se dizia que era *a chave da Abadia de Poissy*. E no que se refere ao portal da Abadia, já desde bem cedinho todos sabiam como fazer para abri-lo. O dito portal, porta, portão, porteira, portela, pórtico sempre estava entreaberto, por ser mais fácil de abrir que de fechar, além de ficar caro consertá-lo. Como se pode ver, não havia naquele tempo uma gentileza de amor que não fosse oriunda do bom convento de Poissy.

Cabe frisar que há muito de mentira e de exagero nessas anedotas, piadas, patranhas e descalabros. As freiras de Poissy eram umas boas donzelas que, uma vez ou outra, burlavam de Deus, em proveito do demônio, como tantas outras costumam fazê-lo, visto que nossa natureza é frágil, e que, conquanto fossem elas dedicadas à vida religiosa, tinham lá suas mazelas. Era inevitável encontrar nelas um ponto fraco onde faltassem as boas disposições espirituais, e era daí que provinha o mal. Mas o certo é que essas maldades foram provocadas por uma abadessa que teve quatorze filhos, todos os quais vingaram, visto terem nascido verdadeiramente perfeitos. Foram os amores escusos e as picardias daquela mulher (que tinha sangue real) que fizeram de Poissy o convento da moda. Desde então não houve casos picarescos ocorridos nas abadias de França, que não tivessem brotado das comichões que assaltavam essas pobres mulheres, que na realidade teriam preferido estar ali unicamente em razão dos dízimos. Depois, a Abadia foi reformada, como todos sabem, e se retirou daquelas santas freiras a pouca alegria e liberdade de que desfrutavam.

Num antigo cartulário da Abadia de Turpenay, perto de Chinon, que em razão dos seus ulteriores maus tempos acabou por encontrar abrigo na biblioteca de Azay, onde foi devidamente recolhido pelo atual castelão, deparei com um fragmento intitulado "*As Horas de Poissy*", que foi evidentemente composto por um alegre abade de Turpenay para diversão de seus vizinhos de Ussé, Azay, Mongauger, Sacchez e outros lugares desta terra. Aqui o transcrevo sob a autoridade do hábito, se bem que acomodado a meu estilo, já que me vi obrigado a traduzi-lo do latim para o francês.

Vamos lá. Portanto, em Poissy, as irmãs tinham por costume, quando a augusta filha do Rei, sua abadessa, se recolhia ao leito... como direi?... bem, foi ela quem denominou "*bancar a bobinha*" ao ato de ficar, quando se tratava de assunto de amor, apenas nas preliminares, nos prolegômenos, na introdução, no prefácio, nos protocolos, nas advertências e notícias, nos pródromos, preâmbulos, sumários, prospectos, inícios, notas, índices, prólogos, epígrafes, títulos, licenças, antecipações, assinaturas, escólios, notas marginais, frontispícios, observações, cantos dourados, registros, encerramentos, introduções, vinhetas, colofões, gravuras e arabescos, sem de maneira alguma abrir aquele livro alegre, para ler, reler, estudar, aprender e compreender seu conteúdo. E ela tão bem resumiu num corpo de doutrina todas as miúdas diversões extrajudiciais desse belo linguajar que, conquanto proceda dos lábios, não faz ruído algum, e com tal proficiência o praticou, que morreu virgem de formas e sem qualquer tipo de corrução. Essa prazerosa ciência seria mais tarde grandemente aprofundada pelas damas da Corte, que reservavam certos amantes apenas para a prática de "bancar a bobinha", outros para fazer as honras do amor, e, às vezes, alguns muito especiais, que tinham sobre elas direito de alta e baixa jurisdição, junto com a licença de tudo praticar, condição que era de todos a predileta.

Mas vamos em frente. Quando então essa virtuosa princesa estava despida entre seus lençóis, sem sentir por isso qualquer tipo de vergonha, as demais reclusas, aquelas que não tinham rugas nos queixos e eram dotadas de corações alegres, saíam pé ante pé de suas celas e entravam sorrateiramente na de uma de suas irmãs, a qual sentia por todas elas uma terna afeição. Ali trocavam confidências entremeadas de mexericos, revelações, enredos, intrigas, bisbilhotices e discussões de mocinhas, criticando as mais velhas, imitando seus trejeitos, debochando delas com inocência, contando anedotas até chorarem de rir, e tratando de mil assuntos. De vez em quando se descalçavam, a fim de ver qual delas teria o pezinho mais bem conformado; comparavam as brancas redondezas de seus braços; verificavam qual nariz tinha a característica de ficar vermelho depois do jantar; contavam suas sardas; revelavam umas às outras onde se localizavam suas pintas; disputavam sobre qual delas teria a pele mais fina, as cores mais bonitas, o talhe mais elegante. Ficai sabendo também que entre aquelas silhuetas que somente diante de Deus podiam ser expostas, havia as esguias, as curvilíneas, as retas, côncavas, convexas, ligeiras, socadas, delgadas, de todo tipo.

Além de tudo isso, ainda discutiam sobre qual delas necessitaria menos pano para confeccionar seus cintos, e aquela que tinha menor precisão ficava toda contente, sem saber o porquê dessa satisfação.

Havia vezes em que elas revelavam seus sonhos, detalhando o que neles tinham visto. Com freqüência uma ou duas, ou às vezes todas, haviam sonhado que tinham entre as mãos e apertavam com força as chaves da Abadia.

E ainda se consultavam acerca de seus pequenos azares: uma ferira o dedo com uma farpa, a outra estava com um panarício; esta notara, ao se olhar no espelho, que tinha um filete de sangue dentro do branco do olho; aquela deslocara o indicador enquanto rezava o rosário; enfim: todas tinham algum pequeno infortúnio a relatar.

— Tu mentiste para a Madre Superiora! Tens as unhas manchadas de branco! — dizia uma delas para a colega ao lado.

— Hoje de manhã, levaste muito tempo em tua confissão, Irmã — dizia outra. — Por quê? Tinhas muitos pecadinhos para contar?

E, como não há nada que se pareça mais com um gato do que uma gata, ora se faziam pequenos favores, ora discutiam asperamente, ficavam de mal, faziam as pazes, sentiam inveja umas das outras, se beliscavam para rir, riam para ser beliscadas, pregavam peças nas noviças.

Às vezes também diziam:

— Se um cavalariano caísse aqui num dia de chuva, onde poderíamos escondê-lo?

— No quarto da Irmã Ovide. A cela dela é a maior, e nela ele poderia entrar sem que o penacho o estorvasse...

— Que estais dizendo? — protestou a Irmã Ovide. — Que eu saiba, nossas celas são todas do mesmo tamanho!

Diante do protesto, todas racharam de rir como figos maduros.

Certa noite, levaram para sua reunião uma linda noviça de apenas dezessete anos, que parecia inocente como um recém-nascido, e passível de receber o corpo de Deus sem necessidade de confissão, mas que vivia com água na boca para tomar parte naqueles conciliábulos, imaginando como seriam as conversinhas e brincadeiras com as quais as jovens freiras adoçavam o sacrossanto cativeiro imposto a seus corpos, e que chorava pelo fato de ainda não poder participar do convívio com as veteranas.

— E aí, minha pequena corça — perguntou Irmã Ovide, — dormiste bem esta noite?

— Ah, não! — respondeu a noviça. — As pulgas não me deram sossego!.

— Ih! Então tens pulgas em tua cela? Pois trata de te livrares delas a toque de caixa. Como deves saber, a regra de nossa Ordem prescreve que as expulsemos, de modo que nenhuma irmã volte a ver jamais a cauda de uma delas durante todo o restante de sua vida conventual.

— Eu não sabia disso, Irmã — respondeu a noviça.

— Ora, ora, então vou ensinar-te como deverás fazer. Olha para nós: acaso vês pulgas ou vestígios delas por aqui? Sentes cheiro de pulga nesta cela? Vês por aí algum rasto de pulga? Examina bem...

— Nada disso eu vejo — disse a noviça, que antes de entrar para o convento era conhecida como *Mademoiselle* de Fiennes, — nem senti outro odor que não fosse cheiro de freira.

— Faze então o que te vou dizer, e elas não mais te picarão. Caso venhas a ser picada de novo, minha filha, será preciso que tires toda a roupa (mas não vás cometer o pecado de ficar admirando detalhadamente o teu corpo!) e que não te preocupes senão em encontrar a maldita pulga, procurando-a com denodo e fé, sem prestar atenção a qualquer outra coisa; concentrando-se em como caçá-la, o que já constitui árdua tarefa, porque podes equivocar-te tomando por pulgas tuas pintinhas negras naturais, adquiridas na pele por hereditariedade. Tens dessas pintas, minha pequena?

— Sim — disse ela, — tenho duas manchinhas roxas; uma, no ombro; outra, nas costas, um pouco abaixo daquela, mas escondida atrás de uma dobrinha da pele.

— E como foi que a viste? — perguntou Irmã Perpétue.

— Eu nem tinha conhecimento da existência dela! Foi *Monsieur* de Montrezor quem a descobriu...

— Ahá! — exclamaram as irmãs. — E ele não viu outras coisas além da manchinha?

— Ele viu tudo — respondeu a noviça. — Eu era então muito novinha, só tinha uns nove anos, e nós dois estávamos brincando...

Diante disso, as irmãs viram que fora precipitado o seu riso, e deixaram a Irmã Ovide prosseguir com a burla:

— Por mais que a citada pulga salte para longe de tuas pernas tentando escapar de tuas vistas, escondendo-se nos recônditos de teu corpo, nos bosques, nas partes fundas, seguindo pelos vales e montes, na tentativa de escapar de ti, a regra da casa ordena persegui-la denodadamente, enquanto rezas ave-marias. De ordinário, à terceira *Ave,* a fera já foi apanhada...

— A pulga? — perguntou a noviça.

— Claro que é ela — respondeu Irmã Ovide. — Todavia, para evitar os perigos dessa caçada, é preciso, onde quer que ponhas o dedo sobre ela, não agarrar outra coisa que não seja a danada... Aí, sem levar em conta seus gritos, gemidos, queixas, esforços e, esgares,se por acaso ela se rebelar (caso bastante freqüente), mantém-na sob o polegar ou qualquer outro dedo da mão ocupada em sujigá-la; e depois, com a outra mão , procura uma venda para tapar-lhe os olhos e impedi-la de saltar, pois quando não está enxergando direito, a ferinha não sabe para onde ir. Sem embargo disso, como ela ainda pode dar picadas, e é capaz de ficar enfurecida, tenta entreabrir-lhe a boquinha e enfia nela delicadamente um talinho do buxo bento que há na vasilhinha presa na cabeceira de tua cama, e então ela se haverá de ver obrigada a proceder bem. Mas tem sempre em mente que a disciplina de nossa Ordem não nos outorga o direito de propriedade sobre coisa alguma terrena, e que, por conseguinte, a excomungada pulga não poderia pertencer-te. Lembra-te de que ela é uma criatura de Deus, e procura torná-la mais tratável.

"Portanto, será necessário verificar dois aspectos mui sérios, que são: se a pulga é macho ou fêmea, e se é virgem ou não. Vamos supor que seja virgem, coisa mui rara entre as pulgas, pois elas não têm bons costumes, vivem promiscuamente e são mui lascivas, entregando-se sem pestanejar ao primeiro que encontram. Então, segura suas patas posteriores, tira-as de debaixo de seu pequeno invólucro natural, ata-as com um fio de cabelo e leva-a à Madre Superiora, que decidirá quanto a sua sorte, após consultar o Capítulo. Caso se trate de um macho...

— E como se pode tirar a limpo se uma pulga é virgem? — perguntou a noviça curiosa.

— Primeiramente — respondeu Irmã Ovide, — a pulga donzela está sempre tristonha e melancólica, não ri como as outras, não pica tão forte, tem o focinho menos arreganhado, sorri quando é tocada já sabes onde...

— Nesse caso — concluiu a noviça, — a que me picou era macho...

Ante tal comentário, as irmãs rebentaram de rir, e tanto que uma delas soltou um peido em lá sustenido, tão espremido que até saiu água. Mostrando a mancha molhada no chão, Irmã Ovide comentou:

— Como se pode ver, o vento costuma trazer chuva...

Mesmo a noviça riu até quase perder o fôlego, imaginando que aquela sufocação seria conseqüência da severa chamada de atenção que acabara de receber da Irmã Ovide.

— Caso se trate de fato de um macho - prosseguiu Irmã Ovide, — trata de pegar uma tesoura, ou a faquinha que talvez teu antigo namorado te tenha deixado como recordação antes de entrares no convento, e, munida de um instrumento perfurante, crava-o repetidas vezes nas costas da pulga. Espera até que a ouças gritar, tossir, cuspir, pedir perdão; até que a vejas contorcer-se, suar, fitar-te com olhos suplicantes e tudo o mais que se lhe ocorrer para escapar dessa operação, mas não te deixes levar pela emoção: age com toda a coragem, pois desse modo conseguirás direcionar uma criatura pervertida para o caminho da salvação. Retira com habilidade as entranhas dela, o fígado, os bofes, o coração, o bucho, as partes nobres; depois molha tudo isso repetidas vezes com água benta, lavando, e purificando sem deixar de implorar ao Espírito Santo que santifique o interior desse pobre animalzinho.

"Por fim, repõe todas essas partes intestinas no corpo da pulga, que já está impaciente por recuperá-las. Estando por assim dizer batizada, a alma dessa criatura torna-se católica. Busca em seguida agulha e linha e cose o ventre da pulga com todo capricho, consideração e cuidado que deves ter para com essa tua irmã em Jesus Cristo.

"E reza por ela, que se mostrará sensível a tal cuidado, como o verás pelas genuflexões e pelos olhares atentos que ela te dirigirá. E ela assim não mais gritará, já não terá desejo de picar, e como acontece com freqüência que elas morram de prazer por se verem convertidas à nossa santa religião, procede de modo idêntico com todas as outras que porventura conseguires pegar, vendo que as pulgas fogem depois de ficarem admiradas diante da convertida, tão perversas são e tal o medo que sentem de também terem de se tornar cristãs.

— E elas de fato cometem um grande erro — comentou a noviça, — pois pode haver fortuna maior que pertencer à nossa Religião?

—Tens razão, minha filha — concordou Irmã Úrsula. — Aqui estamos abrigadas dos perigos do amor e do mundo, onde eles são tão freqüentes...

— Será que existe algum perigo maior do que fazer um filho sem querer? — perguntou uma irmã jovem.

— Desde que se instalou este novo reinado — respondeu Irmã Úrsula meneando a cabeça, — que o amor herdou a lepra, o fogo-de-santo-antônio, o mal-das-ardenas, a pelada vermelha, e contraiu todas as febres, angústias, drogas, sofrimentos, debaixo de sua vistosa mortalha, para fazer surgir um espantoso mal cuja receita foi dada pelo demônio, felizmente para os conventos, porque neles tem entrado um número infinito de damas assustadas que se fazem de virtuosas por medo desse amor.

Nesse ponto, todas se apertaram umas contra as outras, aterrorizadas com as palavras que acabavam de escutar, embora querendo saber mais coisas.

— E basta amar para sofrer? — indagou uma delas.

— Oh, sim, Jesus amado! — exclamou irmã Ovide.

— Caso tu amasses, uma vezinha só, um lindo gentil-homem — continuou Irmã Úrsula, — terias ocasião de ver que teus dentes se perderiam um a um, que teus cabelos cairiam fio por fio, que tuas bochechas iriam tornar-se azuladas, tuas pestanas se soltariam entre dores indizíveis, e a perda de teus bens mais preciosos iria custar-te muito caro.

Há desditosas mulheres das quais sai um lagostim da ponta do nariz, outras que têm um bicho de mil patas que formiga sempre dentro delas, ou que rói as partes mais tenras dos nossos corpos.

Por fim, viu-se o Papa obrigado a excomungar esse gênero de amor.

— Ah! Como sou feliz por não ter coisa alguma a ver com esse amor! — comentou com alívio a noviça.

Ouvindo esse seu comentário acerca do amor, as irmãs duvidaram de que ela não tivesse algum dia perdido seu acanhamento natural ao receber as tépidas bênçãos de um "crucifixo de Poissy", e enganado a Irmã Ovide, ao fingir que era uma donzela inocente. Mas aos poucos todas se foram alegrando ao reconhecerem a boa índole da futura colega, que era ademais uma jovem muito alegre, e lhe perguntaram a que circunstância deviam sua companhia.

— Ai de mim! — lamentou-se ela. — Eu me deixei morder por uma pulga adulta que já havia sido batizada...

Ouvindo isso, a irmã do lá sustenido não pôde conter um segundo "suspiro".

— Ai, ai, ai! — protestou a Irmã Ovide. — Não estás obrigada a nos mostrar o terceiro. Se usares essa linguagem no coro, a Abadessa irá submeter-te ao mesmo regime da Irmã Petronille. Seria bom que pusesses uma surdina em tua música...

— Dizei-me então, vós que conhecestes em vida a Irmã Petronille, se foi verdade que Deus lhe concedeu o dom de visitar apenas duas vezes por ano o quartinho onde se prestam contas à Natureza? — perguntou Irmã Úrsula.

— É verdade, sim! — respondeu Irmã Ovide. — E aconteceu certa noite de ficar a pobrezinha ali de cócoras até o amanhecer, murmurando sem cessar: "Eis-me aqui a inteira disposição do Senhor". Mas logo ao primeiro versículo Ele a liberou da longa espera, permitindo desse modo que ela não faltasse às preces matinais. A finada Abadessa, porém jamais aceitou a idéia de que tal liberação proviesse de um favor especial outorgado do alto, argumentando que a vista de Deus não chegava tão baixo.

"Eis os fatos: depois que faleceu a Irmã Petronille, sua canonização passou a ser defendida pela nossa Ordem junto à Corte de Roma, e ela até já teria sido alcançada caso pudéssemos arcar com os custos legais da emissão de um breve papal. Em vida, teve ela a veleidade de ver seu nome inscrito no calendário, coisa que não deixaria nossa Ordem nem um pouco agastada. Ela então passou a viver em orações, permanecendo em êxtase diante do altar da Virgem que fica do lado dos prados, e pretendia ouvir claramente o ruflar das asas dos anjos a voar no Paraíso, embora não tenha conseguido aprender a música que entoavam. E como é de conhecimento geral, ela adotou o belo cântico do *Adoremus*, do qual homem algum teria sido capaz de encontrar um só suspiro. Ela permaneceu durante dias inteiros de olhos fixos como uma estrela, jejuando e não consumindo alimento algum que não coubesse dentro do meu olho. Havia feito voto de não provar carne, fosse cozida, fosse crua, e não comer diariamente senão uma fatia pequena de pão, mas nos dias de festa solene ela acrescentava a sua dieta ordinária uma pequena porção de peixe temperado apenas com sal, e nada mais. Com essa alimentação frugal, emagreceu e ficou muito combalida, amarela como açafrão, seca como um osso de cemitério, inclusive porque era de compleição ardente: se alguém por acaso roçasse nela, produziria uma faísca, qual se tivesse atritado uma pederneira.

"Não obstante, dada a pequena quantidade que ingeria, ela acabou adquirindo um problema referente àquela necessidade à qual estamos mais ou menos sujeitas, por azar ou sorte, pois se ela não existisse passaríamos por terríveis apuros: refiro-me à necessidade premente que temos de, após as refeições, expulsar torpemente, como qualquer animal, um dejeto que pode ser mais ou menos delicado, conforme quem o produz. No caso da Irmã Petronille, porém, ela diferia das demais pessoas, pelo fato de expulsar um dejeto tão seco e duro que até se poderia imaginar tratar-se de merda de cerva no cio, a qual, como se sabe, é composta de cocções tão endurecidas como as produzidas por certas moelas, como por certo até poderíeis atestar, se porventura pisardes em algumas delas, ao caminhardes ao longo de uma trilha na floresta. O fato é que, por sua dureza, elas são chamadas de "nódulos", no linguajar eufemístico dos praticantes da caça.

"Pois bem: o duríssimo dejeto expelido pela Irmã Petronille nada tinha de sobrenatural, uma vez que os jejuns mantinham seu temperamento em permanente ardor. Segundo o atestam as irmãs mais velhas, sua natureza era tão ardente que, quando ela entrava dentro d'água, fazia «*frsht*», como se fosse um carvão em brasa.

"Houve irmãs que a acusaram de cozinhar ovos secretamente durante a noite, mantendo-os entre os dedos dos pés a fim de aquecê-los, para assim poder conservar sua aparente austeridade. Mas eram maledicências inventadas para desmoralizar essa grande santidade, tal a inveja que ela despertava nos outros mosteiros.

"Nossa irmã era conduzida através da via da salvação e da perfeição divina pelo abade de Saint Germain des Prés, de Paris, santo varão que sempre, ao final de seus aconselhamentos, dizia ser necessário oferecer a Deus todas as nossas dores e nos submeter a Sua vontade, pois nada acontecia sem Sua expressa autorização. Essa doutrina, embora aparentemente ortodoxa, deu origem a encarniçadas controvérsias, até que foi por fim condenada, obedecendo a orientação do Cardeal de Chastillon, cuja opinião era a de que, se todos assim procedessem, o pecado iria desaparecer, circunstância que poderia reduzir ponderavelmente os rendimentos eclesiásticos.

"Mas a Irmã Petronille comungava desse pensamento, alheia ao perigo contido em seu bojo. Depois da Quaresma e dos jejuns do Jubileu, pela primeira vez em oito meses, ela sentiu necessidade de fazer uma visita ao "quartinho dourado", como de fato o fez. Uma vez ali dentro, ao erguer a saia com toda a honestidade e se colocar na posição de fazer aquilo que nós outras, pobres pecadoras, também costumamos fazer um pouco mais amiúde, a Irmã Petronille não teve ânimo senão para deixar escapar um principinho da coisa, enquanto arquejava continuamente, sem que o restante terminasse de sair do reservatório natural. Ainda que ela contraísse e retorcesse as nádegas, erguesse e baixasse as sobrancelhas, retesasse e distendesse todas as molas da máquina, sua relutante hóspede teimava em permanecer no interior de seu bendito corpo, deixando aflorar na sua janela natural unicamente a cabecinha, qual uma rã tomando ar, sem demonstrar pressa alguma de se precipitar no vale de miséria, onde jaziam algumas de suas iguais, talvez sob a alegação de que, se ela ali caísse, Petronille acabaria perdendo seu odor de santidade, uma idéia bastante razoável para algo que não passava de uma simples merdinha.

"A santinha, tendo esgotado todas as vias coercitivas até inchar desmesuradamente seus músculos bucinadores e retesar os nervos de sua carinha magra até fazê-los saltar para fora, reconheceu que nenhum sofrimento no mundo seria tão doloroso quanto aquele. Assim, quando sua dor atingiu o apogeu das angústias esfinctéricas, ela exclamou em alto e bom som:

— Oh, meu Deus! Eu Vo-lo ofereço...

"Com essa jaculatória, a pétrea matéria se rompeu piamente ao rés do orifício e foi chocar-se como um calhau contra as paredes da latrina, fazendo *croc*, *croc*, *croooc... paf*! Havereis de compreender, irmãs, por que razão ela nem teve precisão de se limpar, etc., deixando as demais providências para outra ocasião.

— Era em tal circunstância que ela via os anjos? — perguntou uma irmã.

— Eles têm traseiro? — indagou uma outra.

— Claro que não! — respondeu Irmã Úrsula. — Não sabes que, num dia de assembléia, ao ordenar-lhes Deus que se sentassem, um deles redargüiu que não sabia com quê?

Neste ponto, foram todas deitar-se, umas sozinhas, outras nem tanto. Eram boas moças que não faziam qualquer mal senão a si próprias.

Não as deixarei sem antes contar-vos uma aventura que teve lugar naquele convento, quando a Reforma por lá passou uma esponja e tornou todas elas santas, como há pouco se disse. Nessa ocasião, pois, havia na sede de Paris um legítimo santo que não alardeava suas obras com matracas e não tinha outra preocupação que não fosse com relação aos pobres e aos padecentes, a quem abrigava em seu coração de bom e velho bispo, esquecendo-se de si próprio, cuidando apenas dos desvalidos, e que estava a par de todas as misérias para aliviá-las com palavras, socorros, dinheiro, conforme a circunstância, intervindo tanto no infortúnio dos ricos como no dos pobres, fortalecendo suas almas, recordando-lhes a existência de Deus; enfim, assumindo de corpo e alma a figura do bom pastor, sempre a velar pelo seu rebanho. Devido a isso, o santo homem não dava maior atenção a seus calções, sotainas e capas, já que sua única preocupação tinha a ver com os membros maltrapilhos de sua igreja. E ele era caridoso a ponto de se dar em penhor para salvar até um incréu que estivesse passando por um momento de angústia. Por isso, seus paroquianos se viam obrigados a cuidar dele, que às vezes até os recriminava ao notar que lhe tinham trocado, sem que ele o pedisse, suas roupas surradas por trajes novos, poupando-o do inconveniente de continuar a remendá-las enquanto não atingiam o estado extremo do desgaste.

"Pois bem: esse bondoso e velho arcebispo ficou sabendo que o ex-proprietário de Poissy, depois de uma vida de dissipação, veio a falecer, deixando na miséria uma filha, que passara a morar num tugúrio, sem fogo no inverno, sem cerejas na primavera, vivendo à custa de pequenos biscates, sem querer casar-se com qualquer um, e tampouco vender sua virtude. O prelado fazia votos para que ela encontrasse um esposo jovem que a pudesse sustentar; porém, enquanto tal não acontecia, encomendava-lhe pequenos trabalhos de costura. Assim, resolveu enviar-lhe para conserto um de seus velhos calções, tarefa que a pobre moça ficaria muito feliz de poder executar, para desse modo ganhar alguns trocados. Portanto, num dia em que ele planejara fazer uma visita ao convento de Poissy a fim de verificar como estavam passando as irmãzinhas depois da Reforma, chamou um seu empregado e lhe entregou o mais velho de seus calções, tão surrado que já estava implorando por um remendo, e recomendou:

— Leva isto aqui, Saintot, para as donzelas de Poissy.

Disse "donzelas" por engano, pois na realidade queria referir-se apenas a uma donzela, a pobre mocinha sem herança; todavia, como estava com a mente voltada para os assuntos do claustro, cometeu aquele equívoco, além de não ter informado o endereço da jovem, e, por uma questão de caridade e discrição, evitado fazer qualquer comentário acerca da sua situação desesperada.

Saintot embrulhou as bragas do prelado e seguiu para Poissy, alegre como um passarinho, parando com todos os amigos que encontrou pelo caminho, entrando nas tabernas para cumprimentar os proprietários, e mostrando muitas coisas para aquela peça de roupa, que desse modo desfrutou de uma viagem mui instrutiva.

Para encurtar a história, cabe relatar que ele chegou ao convento de Poissy, apresentou-se e disse à Abadessa que o Sr. Arcebispo o enviara até lá para entregar-lhe aquilo que ele tinha nas mãos. Depois de dar esse recado, foi-se embora, deixando com a reverenda madre aquela peça de vestuário habituada a modelar em relevo as formas e proporções arquiepiscopais absconsas do bom homem, segundo a moda da época, revelando a imagem de certas coisas não concedidas aos anjos pelo Padre Eterno, as quais, no caso do prelado, não primavam de modo algum pela amplitude das dimensões.

Quando a Abadessa revelou às irmãs o conteúdo do precioso embrulho enviado pelo bondoso arcebispo, todas vieram vê-lo apressadamente, curiosas e impacientes como um bando de formigas em cujo reduto tivesse caído um ouriço de castanha. Depois de desembrulharem o pacote e avistado a peça de roupa cuja braguilha se entreabriu diante delas sem pejo ou decoro, elas soltaram gritinhos nervosos, tapando os olhos com uma das mãos, com medo de que dali de dentro saltasse um diabo, enquanto a Abadessa lhes dizia:

— Tapai bem os olhos, minhas filhas, pois é aí que reside o pecado mortal!...

A diretora das noviças, deitando uma olhadela furtiva por entre os dedos, enfrentou com denodo a visão daquele sagrado esconderijo, jurando com um "*Ave*" que nenhum bicho bravo vivente se achava escondido debaixo daquela braguilha. Ao ouvirem isso, todas desenrubesceram e se sentiram à vontade, enquanto examinavam atentamente aquela *habitavit,* imaginando que talvez o que o prelado desejasse fosse que elas dali retirassem alguma sábia admoestação ou parábola evangélica. Ora, sem supor que aquela visão pudesse acarretar alguns estragos em seus corações, as virtuosíssimas donzelas não atentaram para a trepidação que estava tomando conta de suas entranhas, e então, derramando um bocado de água benta no interior daquele abismo, esta aqui tocando-o, aquela ali passando o dedo pelo buraco da braguilha, todas foram perdendo o receio de se aproximar para ver aquilo de perto. Na certeza de que o primeiro impacto já fora superado, a Abadessa falou com uma voz despida de emoção:

— Que será que está oculto atrás disso tudo?... Com que intenção nosso padre nos terá enviado isso aí, que acarreta a ruína e a perdição das mulheres?...

— Faz quinze anos, Madre, que eu não tinha licença para ver o esconderijo do demônio!

— Cala-te, minha filha, que não me estás deixando pensar razoavelmente quanto ao que seria mais sensato para se fazer.

Tanto foi examinada e revirada, apalpada, cheirada, sopesada, e admirada, esticada e amassada, posta de boca para cima e de boca para baixo a dita braga arquiepiscopal, e tanto se deliberou, se discutiu e se cogitou a respeito dela, durante a noite e durante o dia, que na manhã seguinte, depois de terem entoado as matinas, durante as quais elas omitiram um versículo e dois responsos, uma irmãzinha comentou:

— Já descobri qual foi a parábola que o arcebispo sugeriu. Irmãs, ele nos enviou, para nossa mortificação, seus calções para que os remendemos, como um santo remédio para fugirmos da ociosidade, mãe e abadessa de todos os vícios.

Aí passaram a discutir quanto a quem deveria encarregar-se da tarefa de remendar os calções do Sr. Arcebispo, mas a Abadessa apelou para sua autoridade, reservando a si própria a decisão quanto a esse serviço. E ela de fato se empenhou na tarefa com todo o afã, juntamente com a diretora das noviças, durante mais de dez dias, sempre a consertar a tal peça de roupa, forrando-a de seda, costurando bainhas reforçadas, tudo com a maior humildade. Mais tarde, reunidas em assembléia, decidiram que o convento testemunharia, por meio de uma gentil lembrança, sua satisfação em servir o Sr. Arcebispo, na certeza de que ele se preocupava com suas filhas diante de Deus. Assim, pois, todas, até a mais modesta noviça, se puseram a arrematar o reparo dos calções, lançando mão de toda a sua competência e habilidade, a fim de honrar a virtude do bom prelado.

Nesse ínterim, dado o ingente trabalho que tinha com seu rebanho, o Arcebispo acabou não mais se lembrando dos calções. E foi nessa ocasião que ele veio a conhecer um nobre da Corte, o qual, tendo perdido a mulher, que, além de cheia de vícios, era estéril, disse ao bom sacerdote que acalentava a esperança de conseguir uma outra, dessa vez prudente e confiante em Deus, com a qual tivesse a sorte de nunca receber um par de chifres, e de ter belos e bons filhos, e que desejava receber tal dádiva de suas mãos, devido à confiança que depositava nele. Então, o santo varão falou-lhe da donzela órfã de Poissy com palavras de tal modo elogiosas, que a linda jovem não tardou a se converter em Madame de Genoilhac.

As núpcias foram celebradas no Arcebispado de Paris, seguidas de um lauto banquete, numa mesa em torno da qual só se viam damas de alta linhagem, selecionadas entre as mais distintas da Corte, destacando-se a noiva como a mais formosa, pois sua donzelice era certa, sendo o Arcebispo o principal fiador de sua virgindade.

Ao ver sobre a toalha as frutas, compotas e demais sobremesas, tudo muito ornamentado, Saintot disse ao prelado:

— Monsenhor, vossas bem-amadas donzelas de Poissy enviaram um prato para enfeitar o centro da mesa.

— Traze-o... — disse o bom homem, admirando uma alta torre feita de veludos e cetins, enfeitada de canutilhos e miçangas arranjados em forma de ânfora, de cuja boca eram exalados deliciosos aromas. Quando a noiva a abriu para verificar seu conteúdo, encontrou ali dentro grande quantidade de doces, gragéias, marzipãs e mil confeitos deliciosos, com os quais as damas se regalaram. Uma delas, por certo uma devota curiosa, vendo uma cobertura de seda que escondia alguma coisa, suspendeu-a, deixando a descoberto o habitáculo da bússola humana conjugal, para grande confusão do prelado, pois explodiram mil risadas por todo o salão, como se fosse uma salva de tiros de escopeta.

— Isso é que é prato de centro caprichado! — comentou o noivo. — Essas donzelas de Poissy entendem bem do riscado! Sabem muito bem onde residem as doçuras do matrimônio!

Para encerrar este conto, será que existe moral melhor do que a contida nesse comentário proferido por *Monsieur* de Genoilhac? Creio não ser necessário qualquer outra!

14 — DE COMO SE CONSTRUIU O CASTELO DE AZAY

Jehan, filho de Simon Fourniez, apelidado de Simonnin, burguês de Tours, originário da aldeia de Moulinot, próximo de Beaune, de onde, à imitação de certas pessoas, tirou o nome quando foi nomeado Tesoureiro do falecido rei Luís XI, teve um dia de fugir para o Languedoc com sua mulher, depois de cair em desgraça, e deixou na Turena seu filho Jacques, a quem não legou coisa alguma. Este, que nada possuía neste mundo, a não ser sua boa aparência, sua capa e sua espada, mas que, para os velhos cujas braguilhas já não se abriam amiúde, era até considerado um nababo, guardava no coração o firme intento de alcançar o perdão do pai e fazer fortuna na Corte, que estava então sediada na Turena.

Pelas manhãs, esse bom tureniano costumava sair do seu albergue e, envolto em sua manta, deixando de fora apenas o nariz para respirar ar fresco, de bucho vazio, e portanto sem qualquer problema de digestão, se punha a vaguear pela cidade, entrando nas igrejas que achava belas, esquadrinhando as capelas, espantando as moscas que encon-

Decidiu seguir atrás da beldade, imaginando para onde ela o poderia levar: se para o Paraíso, ou se para os limbos do inferno; se para a forca ou para algum ninho de amor. Com efeito, ela era um lampejo de esperança no fundo escuro de seu desespero.

trava pousadas nas telas sacras, ou se punha a contar as colunas, qual um ocioso que não sabia o que fazer do tempo e do dinheiro.

Em outras ocasiões, fingia estar ali rezando seus padre-nossos, enquanto fazia preces mudas às damas, oferecendo-lhes água benta quando se preparavam para sair, e seguindo-as à distância, buscando encontrar, em paga dessas pequenas atenções, alguma aventura na qual, mesmo com risco de perder a vida, poderia arranjar uma protetora ou uma amante gentil.

Levava nos bolsos dois dobrões, dispensando-lhes mais cuidados do que com a própria pele, uma vez que esta se podia recompor, mas não os dobrões. Dia após dia, ia tirando de seu minguado cabedal o suficiente para comprar um pãozinho e algumas maçãs baratas, com o que se sustentava, complementando a refeição com a água do Loire, que bebia à vontade. Essa dieta prudente e frugal, além de muito saudável para seus dobrões, mantinha o rapaz ágil e vivaz como um lebréu, conferindo-lhe ademais um claro entendimento e o coração aquecido, pois a água do Loire é, dentre todas as bebidas,a que mais fortalece as pessoas, uma vez que, provindo de longínqua nascente, vai adquirindo vigor ao longo de seu extenso curso até chegar a Tours.

Outra coisa a dizer é que esse nosso infeliz amigo imaginava mil e uma maneiras de se dar bem na vida, chegando a quase acreditar que elas poderiam dar certo. Ah, que época boa aquela!

Certo dia, ao anoitecer, Jacques de Beaune, que usava esse nome, embora não fosse senhor de Beaune, caminhava ao longo dos diques, maldizendo sua vida e sua sorte, pois seu derradeiro dobrão, sem qualquer respeito, ameaçava ir-se embora de sua bolsa, quando, ao dobrar uma esquina, teve sua atenção atraída por uma dama de véu na cabeça, que lhe deixou nas narinas uma deliciosa fragrância de requintados perfumes. Tendo os pés calçados num par de mimosos borzeguins, a bela senhora trajava um elegante vestido de veludo italiano, com mangas bufantes de cetim, e, para patentear sua fortuna, deixava entrever sob o véu um diamante branco de bom tamanho enfeitando sua testa e refletindo os raios do sol poente. Seus cabelos eram esmeradamente trançados, tão limpos e tão delicadamente arranjados, que certamente aquele penteado devia ter-lhe custado três horas de trabalho. Seu modo de caminhar indicava que ela devia estar mais acostumada a seguir de liteira do que a caminhar a pé. Atrás dela seguia um pajem bem armado. Seu belo corpo, do qual ela devia orgulhar-se, talvez pertencesse a alguma nobre de alta categoria, quem sabe a alguma dama da Corte, pois se notava que ela tinha o cuidado de não deixar a barra do vestido arrastar-se no chão, e que meneava elegantemente os quadris, demonstrando tratar-se efetivamente de uma mulher refinada. Fosse dama da Corte ou mera cortesã, o fato foi que ela enfeitiçou o coração do nosso Jacques de Beaune, que logo concebeu a idéia louca de agarrá-la e nunca mais soltá-la senão depois de morto. Empolgado por essa idéia, ele decidiu seguir atrás da beldade, imaginando para onde ela o poderia levar: se para o Paraíso, ou se para os limbos do inferno; se para a forca ou para algum ninho de amor. Com efeito, ela era um lampejo de esperança no fundo escuro de seu desespero.

A dama continuou seu passeio, seguindo ao longo da margem do Loire em direção a Plessis, aspirando, como as carpas, o frescor que a água deixava no ar, divertindo-se com tudo o que via, olhando para os lados como um camundongo ávido de tudo ver e tudo experimentar.

Quando o pajem percebeu que Jacques de Beaune seguia persistentemente sua ama por todo lugar aonde ela ia, detendo-se quando ela parava, e fitando-a descaradamente, como se ela estivesse a seu alcance, ele se voltou bruscamente, com uma carranca zangada e ameaçadora, como a de um cão que diz: "Já para trás!" Mas o bom tureniano tinha outro modo de pensar. Já que ninguém tiraria de um cão o direito de ver passar o Papa, a ele, cristão e batizado, devia ser permitido apreciar a passagem de uma bela mulher. Assim, ele passou à frente dela, depois de dirigir um sorriso ao fero pajem, depois deixou que ela o ultrapassasse, seguindo em seu encalço, e assim foi alternando sua posição, ficando ora adiante, ora atrás da dama. Quanto a ela, nada disse, limitando-se a olhar para o céu, que começava a vestir sua capa noturna, enchendo-se de estrelas para que ela as apreciasse. E assim foi, até que, ao chegar defronte a Portillon, ela se deteve, e então, para enxergar melhor o panorama, jogou o véu sobre os ombros e aproveitou para lançar sobre seu admirador uma olhadela discreta e sagaz, a fim de conferir se haveria algum perigo de ser assaltada.

Cabe assinalar que Jacques de Beaune podia realizar facilmente o trabalho de três maridos, que poderia caminhar ao lado de uma princesa sem deixá-la constrangida com sua companhia, que exibia aquela aparência de homem confiante e decidido que tanto apraz às damas, e que, embora estivesse um tanto tostado devido ao fato de passar a maior parte do tempo ao ar livre, sua cor devia esmaecer bastante sob o cortinado de um leito. Aquele olhar que lhe dirigiu a dama, e que escorreu de cima abaixo sobre ele qual uma enguia, lhe pareceu mais perquiridor do que o que ela certamente costumava lançar sobre o missal, trazendo-lhe a esperança de uma dádiva inesperada de amor. De fato, aquele olhar fê-lo decidir-se a levar avante aquela aventura até as últimas conseqüências, mesmo arriscando, caso quisesse seguir mais longe, não somente perder a vida, risco que tinha em pequena conta, mas também suas duas orelhas, senão mesmo algo mais...

Destarte, ele seguiu a dama pela cidade a dentro, vendo-a entrar pela rua das Três Donzelas e prosseguir através de um labirinto de becos e vielas, até chegar ao largo onde atualmente se encontra o Palácio da Crouzille. Ali, ela se deteve junto à porta de entrada de uma magnífica residência. O pajem bateu, e logo um criado veio abrir, fechando a porta logo depois que a dama entrou, e deixando do lado de fora *Monsieur* de Beaune pasmado, boquiaberto e perdido como deve ter ficado o bem-aventurado São Dionísio quando ficou sem saber como faria para apanhar no chão sua cabeça decepada. Ele ergueu o nariz para o ar, a fim de ver se receberia ao menos uma gota de favor, mas nada mais viu senão uma luz que subia os degraus e seguia através das salas, até

Quanto a ela, nada disse, limitando-se a olhar para o céu, que começava a vestir sua capa noturna, enchendo-se de estrelas para que ela as apreciasse.

que parou diante de uma bela janela onde por certo devia estar a dama. Podeis crer que o infeliz apaixonado ali permaneceu durante algum tempo, macambúzio e sonhador, sem saber o que fazer. Súbito, a janela rangeu, interrompendo suas fantasias. Imaginando que a dama iria chamá-lo, ele subiu na mureta atrás da qual se postara, perdendo assim a proteção que ela lhe conferia, e logo em seguida recebeu uma chuva torrencial de água fria, além do balde que a continha, já que a alça ficou nas mãos do responsável pelo inesperado dilúvio. Na tentativa de tirar proveito do ocorrido, Jacques de Beaune não

perdeu a oportunidade e se deixou cair do muro, aos gritos de *"Estou morrendo!"*, com uma voz débil e trêmula. Em seguida, rolou sobre uns cacos de porcelana caídos no chão, fingindo-se de morto e dando um tempo para ver o que poderia acontecer. Assustados, os criados se precipitaram escada abaixo, receando a reação da dama, a quem acabaram confessando o seu malfeito. Abriram a porta e carregaram para dentro o ferido, que mal conseguia conter o riso ao se ver levado para o interior da mansão.

— Ih! — comentou o pajem. — Ele está frio!

— E parece estar banhado em sangue — disse o mordomo, ao apalpar o forasteiro e sentir as mãos molhadas, devido à água que o ensopara.

— Se ele voltar a si, mando rezar uma missa na igreja de São Graciano! — exclamou o culpado em prantos.

— Madame é tão severa quanto seu finado pai, e se não te mandar para a forca, o menor castigo que te dará será despedir-te, despachando-te para o olho da rua! — comentou um outro.

— É... — disse um terceiro. — Com toda a certeza ele já está morto, e bem morto! E como é pesado!

"Quem diria!", pensou Jacques. "Esta mansão parece pertencer a uma dama de escol!"

— Ai de mim! — choramingou o autor da tragédia. — E se ele tiver morrido mesmo?

Então, num momento em que carregavam escada acima o tureniano com grande esforço, seu gibão se prendeu num ressalto do corrimão, e o morto então exclamou:

— Cuidado com o meu gibão!

— Acho que ele gemeu! — exclamou o culpado, dando um suspiro de alívio.

Os criados da Regente (pois ali era a residência da filha do falecido Rei Luís XI, de saudosa memória) entraram com Jacques de Beaune numa sala, depositando-o inerte sobre uma mesa, não acreditando que ele pudesse escapar de morrer.

— Ide já buscar um cirurgião! — ordenou Madame de Beaujeu. — Procurai um onde quer que ele esteja!

Num piscar de olhos todos os criados desceram a escada, a fim de cumprir a ordem. Em seguida, a boa Regente mandou que suas aias trouxessem ungüentos, gaze para pensar as feridas, e uma bacia com água. Foram tantas ordens, que ela acabou ficando ali desacompanhada. Então, observando aquele belo rapaz inerte sobre a mesa, comentou em voz alta, enquanto admirava o porte garboso e o belo semblante do morto:

— Oh! Deus quis castigar-me... Por uma única e pequena vez em minha vida, brotou do fundo de minha natureza um desejo mau e tomou posse de mim. Minha santa

padroeira zangou-se comigo e levou embora o mais belo cavaleiro que jamais vi até hoje. Bendito seja Deus! Pela alma de meu pai, mandarei enforcar todos aqueles que tiveram a ver com este assassinato!

— Madame — interrompeu-a Jacques de Beaune, erguendo-se da mesa onde até então jazia morto, e se lançando aos pés da Regente, — eu vivo para vos servir, e estou tão pouco ferido que, se me concederdes tão-somente esta noite, eu vos prometo realizar em vossa companhia tantas e tais façanhas quantos são os meses que tem o ano, à imitação de Hércules, o herói pagão. Nestes últimos vinte dias — prosseguiu, na crença de que era necessário pregar uma pequena mentira para ajeitar as coisas, — nem sei quantas foram as vezes em que deparei convosco aqui e ali, o que me deixou transtornado de paixão. Todavia, não me atrevi, dado o grande respeito que nutro pela vossa pessoa, abordar-vos, mas podeis crer que vossa real formosura me deixou como que inebriado, a ponto de eu ter idealizado este embuste ao qual devo a sublime ventura de estar agora prostrado a vossos pés.

Como complemento de suas palavras, beijou carinhosamente os ditos pés e se pôs a fitar a bela dama com olhar de súplica. A Regente, uma vez que o tempo não respeita as rainhas, estava, como se sabe, na segunda juventude das damas. Nessa idade crítica e outonal, as mulheres que até então primaram por uma vida discreta e virtuosa, passam a querer desfrutar eventualmente, sem que pessoa alguma fique sabendo, de uma noitada de amor, a fim de não entrarem no outro mais vazios, pelo fato de não terem experimentado conhecer aquelas coisas especiais que bem sabeis quais são. Desse modo, Madame de Beaujeu, sem demonstrar estranheza por escutar a promessa de doze prazeres seguidos feita por aquele jovem desconhecido, visto que as pessoas de sangue real estão acostumadas a tudo receber às dúzias, guardou aquelas palavras pretensiosas no fundo de sua mente, melhor dizendo: de seu registro de amor, que a essa altura ardia de ansiedade. Então ela ordenou que o tureniano se erguesse, tendo ele arrancado de dentro de seu desespero a coragem de lhe dirigir um sorriso, enquanto observava sua majestade de rosa já desabrochada havia algum tempo, as orelhas vermelhas, a cor da pele lembrando a de uma gata doente, mas tão bem ataviada, de porte tão altaneiro, exibindo dos pés à cabeça tanta realeza, com os quadris tão empinados, que ele encontrou, naquelas primorosas feições, um inesperado incentivo para levar avante seus intentos.

— Quem sois? — indagou a Regente, assumindo o mesmo ar rebarbativo do falecido Rei.

— Sou vosso súdito mui fiel Jacques de Beaune, filho do antigo tesoureiro de vosso pai, hoje caído em desgraça, apesar da probidade de seus serviços.

Num piscar de olhos todos os criados desceram a escada, a fim de cumprir a ordem.

— Está bem! — respondeu a dama. — Então tratai de voltar para a mesa onde há pouco vos encontrei, para não deixar que as pessoas desta casa achem que eu seja vossa cúmplice nesta ridícula farsa.

O bom rapaz notou, pelo suave tom de sua voz, que a bela dama lhe havia perdoado gentilmente seu atrevimento. Ele então voltou a deitar-se sobre a mesa, enquanto se lembrava de que certos senhores tinham galgado os degraus da Corte apoiando-se num velho protetor — pensamento que se acomodava perfeitamente bem com tudo aquilo que então lhe estava acontecendo.

— Muito bem! — disse a Regente dirigindo-se às aias que acabavam de regressar. — Não temos mais necessidade de coisa alguma. Este gentil-homem já está melhor. Graças a Deus e à Santíssima Virgem, não houve assassinato algum nesta casa.

Dizendo isso, ela passou os dedos entre os cabelos do moço que lhe tinha caído do céu, e depois, com um pouco de água, banhou-lhe as têmporas. Em seguida, desabotoou-lhe o gibão e, sob o pretexto de ajudá-lo a recobrar os sentidos, examinou-o melhor que o faria um experiente escrivão encarregado de uma perícia, tão suave e juvenil lhe pareceu a pele daquele rapaz que tantos regozijos lhe prometia conceder numa única noite. Todos que ali se encontravam, homens e mulheres, se espantaram ao ver aquela atitude da Regente, mas logo se lembraram de que a compaixão sempre encontra guarida no coração das pessoas de sangue real.

Jacques se pôs de pé, fingindo ainda estar recobrando os sentidos; agradeceu à Regente com grande humildade, e dispensou o médico, os cirurgiões e outros profissionais de vestes negras, dizendo que estava plenamente restabelecido. Então, depois de declinar seu nome, saudou constrangidamente Madame de Beaujeu, fingindo estar com receio de que ela o recriminasse devido à situação de seu pai caído em desgraça, mas de fato preocupado com a repercussão de sua atitude atrevida.

— Não permitirei que saiais daqui desse modo — disse ela. — As pessoas que visitam esta casa não podem ser tão maltratadas quanto o fostes.

E, voltando-se para o mordomo, prosseguiu:

Monsieur de Beaune vai jantar conosco. Ele que foi aqui tão injustamente maltratado irá receber, a partir deste instante, um tratamento condigno. Que a pessoa que tão injustamente o maltratou se apresente, pois vou deixá-la a sua mercê, e se o culpado não se acusar, hei de encarregar o Preboste do Palácio de identificá-lo, levá-lo daqui e lhe aplicar uma severa punição.

Ouvindo isso, aquele pajem que acompanhara a dama durante sua caminhada deu um passo à frente.

— Madame — falou Jacques, — rogo-vos que lhe concedais vosso perdão, uma vez que devo a ele a felicidade de vos conhecer e o favor de ter sido convidado a jantar em vossa companhia, senão até mesmo a de restabelecer meu pai no cargo para o qual aprouve ao vosso glorioso pai nomeá-lo.

— Bem lembrado — concordou a Regente.

Então, voltando-se para o pajem, prosseguiu:

— D'Estouteville, vou entregar-te o comando de uma companhia de arqueiros, mas daqui em diante não atires mais coisa alguma pelas janelas, ouviste bem?

Em seguida, atraída que estava por *Monsieur* de Beaune, ela estendeu-lhe a mão, e ele seguiu com ela galantemente até um quarto, onde puderam palestrar à vontade, enquanto esperavam que o jantar fosse servido. Ali, o galhardo Jacques não deixou de exibir seus talentos oratórios, enaltecendo o bom procedimento do pai, e com isso crescendo na admiração da bela dama, que, como se sabe, tinha um modo de pensar bem parecido com o do pai, e se entregava sem receio aos caprichos do acaso. Em seu íntimo, Jacques de Beaune imaginava que seria bem difícil conseguir que ela consentisse em passar a noite com ele, uma vez que tais combinações não se realizam como ocorre com os gatos, que sempre encontram refúgio nos telhados das casas para ali fornicarem a seu bel-prazer. Assim, sua satisfação iria consistir apenas no fato de ter conhecido a Regente, não lhe sendo cobrado o cumprimento de sua pretensiosa promessa, já que, para isso, seria necessário que as aias e os criados se afastassem, a fim de preservar a reputação da ama. Não obstante, confiando na sorte e na astúcia da bela dama, aguardou o que estava por acontecer, enquanto se dirigia a seguinte pergunta: "Eu seria mesmo capaz de dar conta daquilo que prometi?"

Ao mesmo tempo, uma idêntica idéia aflorava na mente da dama, acostumada a se safar sem problemas de questões daquela natureza. Assim, tratou ela de agir ardilosamente, mandando chamar um secretário, homem de grande habilidade no trato das coisas necessárias ao perfeito andamento dos negócios governamentais do Reino, e lhe ordenando que lhe remetesse secretamente uma falsa mensagem, que deveria chegar a suas mãos durante o jantar.

Este então foi servido, sem que ela tocasse num só dos pratos, uma vez que sentia seu coração intumescido, qual se fosse uma esponja, ocupando o lugar do estômago, pois não lhe saía do pensamento a figura daquele atraente e belo homem, tomando inteira conta de seu apetite. Por sua vez, Jacques não se fez de rogado à mesa, devido a outra sorte de razões.

O mensageiro chegou. Depois de ler a mensagem, a Regente ficou séria, franziu o cenho à maneira do falecido Rei, e disse:

— Será que nunca iremos ter paz nesta terra? Deus seja louvado! Parece que jamais poderei desfrutar de uma noite tranqüila!

Dito isso, levantou-se, pondo-se a caminhar nervosamente pela sala, e então falou em voz alta:

—Depressa! Encilhai meu cavalo! Onde está *Monsieur* de Vieilleville, meu escudeiro? Ah, lembrei-me: foi encarregado de resolver um assunto na Picardia! Sendo assim, D'Estouteville, conduze meu pessoal e vai a meu encontro no castelo de Amboise...

Em seguida, dirigindo-se a Jacques, disse:

— Nomeio-vos meu escudeiro, *Sieur* de Beaune. Desejais servir o Rei? Eis uma boa ocasião, benza-a Deus! Vinde. Temos de enfrentar rebeldes, e há uma grande necessidade de fiéis servidores!

Em menos tempo do que um mendigo levaria para dizer "Deus vos pague", os cavalos foram arreados, encilhados e enfreados. Madame montou sua hacanéia, e o tureniano seguiu a seu lado, galopando a toda a velocidade rumo ao castelo de Amboise, seguidos de uma pequena tropa de soldados. Para resumir a história e chegar ao desfecho sem delongas, basta dizer que o *Sieur* de Beaune ficou alojado a doze toesas [24m] de Madame de Beaujeu, longe de quaisquer olhos curiosos.

Os cortesãos e criados, tomados de susto, corriam para cá e para lá, aflitos por saber de onde deveria chegar o inimigo, mas nosso prometedor de uma dúzia de prazeres já

entendera que tudo aquilo não passava de um embuste destinado a preservar a virtude da Regente, da qual ninguém duvidava em todo o Reino, e que a deixava a salvo de qualquer suspeita, conferindo-lhe a fama de ser tão inexpugnável quanto o castelo de Péronne.

Ao toque de recolher, quando tudo foi fechado, inclusive as orelhas e os olhos, e o castelo mergulhou no silêncio, Madame de Beaujeu ordenou que sua aia fosse deitar-se e reclamou a presença do escudeiro, que não tardou a chegar. Então, a dama e o aventureiro se viram diante de uma imponente lareira, sentados lado a lado sobre um banco forrado de veludo. Aí, a curiosa Regente, com voz mui terna, perguntou a Jacques:

— Estais ferido? Sou bem cruel por ter feito cavalgar durante doze milhas um gentil súdito ferido faz pouco tempo por um dos meus homens. Estou tão desolada que não quis me deitar antes de ver vossa pessoa. Estais sofrendo?

— Sofro, sim, mas de impaciência — respondeu o atrevido cavaleiro, na intenção de não parecer relutante naquela circunstância. — Estou vendo — prosseguiu, — minha nobre e formosa senhora, que este vosso servidor encontrou graça perante vossa augusta pessoa.

— Ai, ai, ai! — retrucou ela. — Sei que estáveis mentindo quando me dissestes...

— Quando eu disse... — interrompeu ele.

— Que me seguistes uma dúzia de vezes pelas igrejas e outros lugares aonde eu teria ido...

— E não foi? — perguntou ele.

— Acho muito estranho que apenas hoje eu tenha reparado num garboso jovem em cujos traços se denota tamanha coragem... Não sinto vergonha daquelas palavras que me ouvistes dizer quando julguei que estáveis morto. Vossa pessoa me agrada, e mais ainda o que me prometestes conceder.

Aí, tendo soado a hora do sacrifício demoníaco, Jacques se prostrou junto aos joelhos da Regente, beijou-lhe os pés, as mãos e tudo o mais que pôde. Depois, enquanto continuava a beijá-la e a lhe fazer carícias preliminares, provou mediante diversos argumentos destinados a dobrar a tradicional virtude de sua soberana que uma dama que carrega o fardo do Governo tem mais do que direito de se divertir, nem que fosse um pouquinho, direito esse que a Regente preferia dispensar, jogando sobre os ombros do apaixonado rapaz a responsabilidade da iniciativa a ser tomada para concretizar aquele pecado. Não obstante, podeis estar certos de que ela já se perfumara toda, que já envergara um belo traje de dormir, e que morria de desejo de ser abraçada, donde o brilho de seu olhar e o colorido que lhe tingiu as faces, conferindo-lhe um encanto especial. E, não se importando com a débil resistência que ela fingiu oferecer, ele a tomou nos braços, como o faria com uma noiva, e a carregou até seu leito real, onde ele e ela se enlaçaram ternamente. Ali, o que era brincadeira transformou-se em disputa, esta em luta, e a luta em feroz duelo; ou seja, passaram de linha a agulha, e então a Regente declarou ser mais fácil acreditar na virgindade da Rainha Maria do que na dúzia de prazeres que ele lhe prometera conceder aquela noite.

Ora, por sorte, Jacques de Beaune não achou que aquela grande dama fosse muito madura para ele, ao vê-la embaixo dos lençóis, uma vez que tudo sofre uma verdadeira metamorfose à luz difusa das lâmpadas noturnas. Muitas mulheres que ao meio-dia têm cinqüenta anos, passam a ter vinte à meia-noite, assim como há aquelas que têm vinte anos ao meio-dia, e cem depois que anoitece. Então, Jacques, mais feliz ainda com essa visão do que um rei num dia de enforcamento, empenhou-se no pleno cumprimento de sua promessa. Espantada com o seu desempenho inicial, Madame comprometeu-se a se interessar pessoalmente pelo seu caso, asseverando ainda que iria conceder-lhe a senhoria de Azay-le-Bruslé, bem dotada de benfeitorias, e comprometendo-se a conferir-lhe um título de nobreza, a par de lhe conceder o perdão do pai, com a condição de sair derrotada daquele duelo.

Então o bom moço foi dizendo:

— Esta aqui é para livrar meu pai de seu injusto castigo.

— Esta outra é pelo feudo que me ireis conceder.

— Esta, pelos laudêmios!

— Esta, pela floresta de Azay!

— Agora, pelos direitos de pesca! — Esta de agora pela ilhas do rio Indre!

— Agora é pelos campos de cultivo!

— Esta, por liberar das garras da Justiça os terrenos de La Carte, que tão caro custaram ao meu bom pai!

— Mais uma pela colocação que hei de obter na Corte!

Chegando nesse ponto sem problema, confiante na dignidade daquilo que sua braguilha encobria, passou a fantasiar que, uma vez tendo embaixo de si a própria França, dependia dele apenas a honra da Coroa. Portanto, em virtude de uma promessa que fez a seu padroeiro São Tiago [em francês, Saint Jacques] de lhe erigir uma capela em Azay, continuou pagando a promessa, prestando sua homenagem à Regente em onze perífrases, todas elas claras, limpas e bem enunciadas. Mas no que concernia ao epílogo conclusivo desse longo discurso, o tureniano decidiu esmerar-se ainda mais, na tentativa de regalar ao máximo a Regente, reservando para ela, quando de seu despertar, a saudação de um homem honesto, como seria de se esperar do senhor de Azay, a fim de lhe agradecer devidamente, conforme me havereis de entender. Todavia, quando se força a Natureza, ela reage qual cavalo xucro: deixa-se cair no chão e prefere morrer debaixo do chicote a se mover, quedando-se ali inerte e imóvel até quando bem entende, sem se levantar enquanto não se sente revigorado. E assim foi que, pela manhã, quando o senhor de Azay quis saudar a filha do Rei Luís XI, foi constrangido, a despeito de sua boa vontade, a saudá-la da maneira como se emprega para saudar os soberanos: com uma salva de tiros de festim... Por essa razão, a Regente, depois que se levantou, enquanto tomava seu desjejum em companhia de Jacques, que já se considerava o legítimo senhor de Azay, repreendeu-o por sua insuficiência, recusando-se a aceitar sua pretensão, alegando que ele não teria feito jus à prometida concessão, tendo assim de desistir da sonhada senhoria.

— Pelo ventre do Padre Eterno! Cheguei tão perto! — lamentou Jacques de Beaune.— Contudo, minha cara dama e nobre soberana, não acho que esteja nas minhas ou nas vossas mãos julgar esta causa. Sendo este caso do gênero alodial, ele deveria ser levado perante o vosso Conselho, uma vez que o feudo de Azay pertence ao patrimônio da Coroa.

— Bendito seja Deus! — exclamou a Regente com uma risada forçada. — E que me direis se eu vos conceder o cargo de *Sieur* de Vieilleville em minha casa? Não vos preocupeis com vosso pai. Além de vos entregar Azay, eu também poderia nomear-vos para um cargo real, mas desde que fôsseis capaz, sem prejuízo de minha honra, de expor o caso diante do dito Conselho. Entretanto, se uma simples palavrinha vossa vier macular minha reputação de mulher honrada, eu....

— Que eu então seja enforcado! —completou nosso herói, apressando-se a desviar o caso para o lado da galhofa, já que acabara de notar um princípio de rancor aflorando no semblante de Madame de Beaujeu.

De fato, a filha de Luís Xl passara a se preocupar mais em manter sua realeza do que em cobrar o que ficara faltando da dúzia prometida, às quais deixara então de dar qualquer importância, uma vez que já desfrutara de sua noitada amorosa sem ter de abrir a bolsa, preferindo escutar a reclamação do outro a receber uma outra efetiva dúzia que o tureniano porventura lhe viesse a prometer.

— Quer dizer, Madame — insistiu o bom moço, — que não passarei doravante a ser senão vosso humilde escudeiro...

Os capitães, secretários e outros ocupantes de cargos na Regência, sem entenderem a súbita partida de Madame de Beauieu, querendo conhecer a causa de sua ansiedade, vieram apressadamente ao castelo de Amboise, a fim de conhecer a origem do tumulto, e decidiram reunir-se em conselho tão logo a Regente se levantasse. Ela então achou por bem convocá-los para que eles não viessem a suspeitar que tinham sido logrados, e lhes forneceu algumas falsas informações que eles trataram de analisar judiciosamente.

Quando a sessão estava para ser encerrada, apresentou-se diante deles o novo escudeiro que passara a acompanhar a dama. Ao ver os conselheiros começando a erguer-se de seus assentos, o atrevido tureniano lhes solicitou que dirimissem um litígio de caráter legal de seu interesse pessoal, mas que também tinha a ver com uma propriedade da Coroa.

— Prestai atenção, senhores — pediu a Regente, — pois o que ele vai dizer é a pura verdade.

Então, Jacques de Beaune, sem se assustar com todo o aparato judicial daquela augusta Corte, tomou a palavra e disse mais ou menos o que se segue:

— Nobres senhores, eu vos suplico, ainda que vos fale de cascas de noz, que atenteis para este caso, e me perdoeis a aparente mesquinhez do assunto.

"Um senhor estava a passear com um outro num pomar. Ali depararam com uma bonita e frondosa nogueira bela de se contemplar, boa de produzir, embora naquele instante estivesse um tanto desprovida de frutos. Era enfim uma nogueira que espalhava frescor e aroma suave, uma árvore pela qual pessoa alguma passaria sem se deter diante dela, uma nogueira encantadora que lembrava a árvore do Bem e do Mal, defendida pelo Senhor Deus, e devido à qual foram banidos do Éden nossa mãe Eva e o senhor seu marido. Pois bem, meus nobres senhores, a tal nogueira constituiu a causa de uma ligeira disputa entre os dois senhores, uma dessas curiosas apostas que costumam ser acertadas entre amigos. O mais jovem se gabava de poder atirar doze vezes, através da copa folhada daquela nogueira, um bordão que tinha nas mãos, como as pessoas costumam levar consigo quando vão passear num pomar, e de cada vez que atirasse o bordão, garantia que iria conseguir derrubar uma noz.

"Reside exatamente nessa afirmação o nó de todo este processo", explicou Jacques, mirando discretamente a Regente.

— Sim, meus senhores! — confirmou ela, surpresa com a tirada de seu escudeiro.

— O outro apostou que ele não iria conseguir cumprir o que prometera — prosseguiu o pleiteante. — Então, o primeiro apostador arremessou o bastão com tal pontaria e tal precisão que até o perdedor se rejubilou com o resultado alcançado.

"Aí, devido à bondosa proteção dos santos, que por certo talvez também se estivessem divertindo em assistir à disputa, ele prosseguiu com os arremessos, sempre derrubando uma noz em cada tentativa. Ao final, caíram ao chão doze nozes.

"Todavia, por mero acaso, a última noz derrubada estava oca, sem polpa comestível, aquele material que até poderia originar uma nova nogueira, caso viesse a ser plantado.

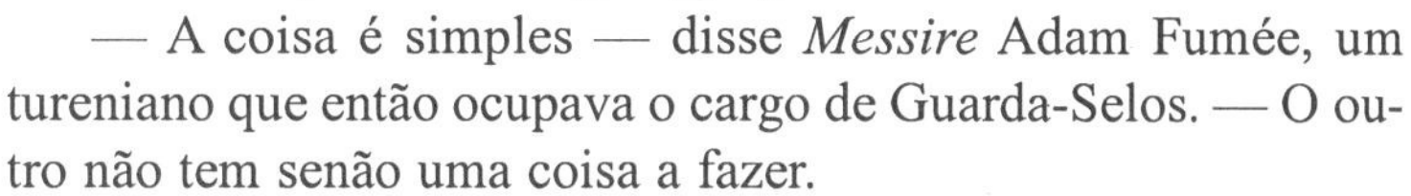

"Pergunto: o homem do bordão teria ganho a aposta?

"É isso aí, senhores. Agora, julgai.

— A coisa é simples — disse *Messire* Adam Fumée, um tureniano que então ocupava o cargo de Guarda-Selos. — O outro não tem senão uma coisa a fazer.

— E que coisa é? — perguntou a Regente.

— Dar-se por vencido, Madame.

— Isso é por demais sutil — retrucou ela, dando um tapinha na bochecha do seu escudeiro. — Qualquer dia destes, esse sujeito será enforcado...

Estava apenas brincando, mas aquelas palavras acabaram se transformando num horóscopo para o filho do tesoureiro, que ascendeu ao cadafalso pela via do favorecimento real, em razão da vingança de uma outra mulher madura, e à notória traição de um indivíduo natural de Ballan, seu secretário, que enriquecera a suas custas, e que se chamava Prévost (e não René Gentil, como alguns erroneamente chegaram a afirmar). Esse mau servidor, discípulo de Ganelon, segundo a versão corrente, concedeu a Madame d'Angoulême a quitação de um empréstimo que lhe tinha sido feito pelo nosso Jacques de Beaune, o qual então já se tornara Barão de Semblançay, Senhor de La Carte e de Azay, e um dos mais altos funcionários do Estado. Dos dois filhos que tivera, um era arcebispo de Tours; o outro, Ministro das Finanças e Governador da Turena. Mas isso não é assunto a ser tratado aqui. O que nos concerne no momento, e que tem a ver com a mocidade desse bom homem, é que Madame de Beauieu, a quem os prazeres do amor tinham sido revelados um tanto tardiamente, satisfeita por ter encontrado em seu amante um profundo entendedor dos negócios públicos, encarregou-o do controle das finanças do Reino, função na qual ele se saiu muito bem, multiplicando ponderavelmente os recursos do país. Isso granjeou-lhe reconhecimento e nomeada, sendo ele encarregado da supervisão geral das rendas públicas, e nomeado Superintendente das Finanças do Estado. Nesse cargo, soube controlar judiciosamente os gastos públicos, sem deixar de tirar proveito pessoal, coisa aliás mui justa. A boa Regente concordou que tinha perdido a aposta, concedendo ao seu escudeiro a senhoria de Azay-le-Bruslé, cujo castelo fora destruído tempos atrás pelos primeiros bombardeios infligidos à Turena, conforme é de conhecimento geral. Em razão dessa destruição que a pólvora provocou, e sem que o Rei tivesse intervindo nessa questão, os engenheiros responsáveis foram condenados como traidores e hereges demoníacos pelo Tribunal Eclesiástico do Capítulo. A partir de então foi entregue aos cuidados de *Messire* Bohier, Ministro das Finanças, a construção do castelo de Chenonceaux, que, por curiosidade, ficou localizado bem ao lado do rio Cher. Ora, o Barão de Semblançay, pretendendo contrapor-se a Bohier, se gabava de conseguir edificar o seu próprio castelo assentado no fundo do rio Indre, onde ele ainda se encontra, e constitui a jóia desse belo vale verdejante, visto estar solidamente sustentado por pilotis. Jacques de Beaune nele gastou trinta mil escudos, sem contar o trabalho executado pelos seus vassalos. Cabe ainda dizer que esse castelo é um dos mais belos, elegantes e delicados, um dos mais bem construídos da aprazível Turena, banhando-se no rio Indre como uma principesca cortesã, alegremente decorado com seus pavilhões e bordas denteadas, mantendo garbosos soldadinhos em seus cata-ventos, girando con-

forme sopra o vento, que ali costuma alternar sua direção. Porém, antes que terminasse a sua construção, foi enforcado o bom Semblançay, e desde então não mais se encontrou quem quer que tivesse dinheiro suficiente para completá-lo.

Pouco antes disso, seu amo, o Rei Francisco I nele se hospedou certa vez, e a câmara real ainda lá pode ser vista. Numa noite, quando o soberano se foi deitar, Semblançay, que era chamado por ele de "meu pai" em razão de seus cabelos brancos, escutou seu real amo, por quem sentia devotada afeição, fazer a seguinte observação: "Teu relógio acaba de dar doze sonoras badaladas, meu caro pai". Logo em seguida, o soberano recebeu a seguinte resposta de seu Superintendente das Finanças:

— Ah, Majestade, quando soam as doze badaladas, hoje em dia, é um velho quem as escuta; antigamente, porém, foi a uma dúzia como esta que fiquei devendo a minha senhoria, o dinheiro que nela despendi e a ventura de vos servir...

Intrigado com esse estranho comentário, o bom monarca quis saber o significado daquelas palavras proferidas pelo seu ministro, e então, quando ele se deitou, Jacques de Beaune lhe relatou esta história que acabastes de ler. Francisco I, que era apreciador dessas histórias apimentadas, achou aquela aventura muito divertida, ainda mais porque, nessa ocasião, sua mãe, a Duquesa d'Angoulême, já no ocaso de sua existência, andava perseguindo o Condestável de Bourbon, para obter dele ao menos uma parte daquela dúzia. Malvado amor de uma mulher malvada, pois foi daí que seu reino periclitou, sendo o Rei capturado, e o pobre Semblançay condenado à morte, conforme há pouco se disse.

Cuidei aqui de relatar como foi construído o castelo de Azay, porque fica implícito que assim teve início a enorme fortuna de Semblançay, que muito fez pela sua cidade natal, dotando-a de mil ornamentos, além de ter gasto vultosas somas no acabamento das torres da Catedral. Esta feliz aventura passou de pai para filho, e de um senhor para outro, nesse mencionado lugar de Azay-le-Ridel. Ali, os feitos que acabamos de relatar ainda se esconde sob o cortinado do Rei, que tem sido curiosamente respeitado até o presente. Portanto, constitui a falsidade das falsidades atribuir aquela dúzia tureniana a um cavaleiro alemão, o qual, por esse feito, teria conquistado para a casa de Habsburgo os domínios da Áustria. O autor moderno que trouxe à luz essa outra versão, ainda que se trate de pessoa culta, se deixou enganar por certos cronistas, uma vez que os arquivos do Sacro Império Romano não contêm qualquer menção a tal tipo de conquista. Aborrece-me constatar que ele acreditou na possibilidade de que uma braguilha alimentada com cerveja tenha podido proporcionar a essa alquimia a mesma e honrosa capacidade das braguilhas de Chinon, tão caras a Rabelais. E ainda posso me gabar de, em favor do país, da glória de Azay, da consciência do castelo e do renome da casa de Beaune, de onde saíram os Sauves e os Noirmoustiers, de haver restabelecido os fatos em sua verdade, histórica e mirífica beleza.

E caso alguma dama queira visitar o castelo, informo que ainda se podem encontrar naquela região muitas dúzias disponíveis, mas não por atacado, e sim a retalho...

15 — A CORTESÃ LUDIBRIADA

Uma coisa que muita gente não sabe é a verdade acerca da morte do Duque de Orléans irmão do Rei Carlos VI, morte que decorreu de grande número de causas, uma das quais será objeto deste conto.

Aquele príncipe foi, sem sombra de dúvida, o mais lascivo de todos os que pertenceram à cepa real do venerável São Luís, que foi, em vida, Rei de França; isso sem deixar de lado alguns debochados membros dessa boa família, tão concorde com os vícios e as qualidades especiais de nossa brava e trocista nação, de maneira que seria mais fácil imaginar o inferno sem Satã do que a França sem seus valorosos, gloriosos, rudes e joviais soberanos.

Destarte, podereis rir à socapa dos fuçadores de livros de Filosofia que saem por aí afirmando: "Nossos pais eram melhores do que nós!", assim como dos bons e ingênuos filantropos, que imaginam estar a Humanidade trilhando a via da perfeição. São todos eles cegos que não observam a plumagem das ostras, nem as conchas das aves, as quais mudam tanto quanto nós mudamos as nossas.

Madame d'Hocquetonville era de uma beleza tão deslumbrante, que todas as damas da Corte pareciam ficar na sombra quando ao lado dela, cujas raras qualidades recebiam o polimento religioso de sua suprema inocência, notável modéstia e casta educação.

Hip, hurra! Gozai enquanto fordes jovens, mantende sempre molhadas vossas goelas, e secos vossos olhos, pois um quintal de melancolia não daria para pagar uma onça de alegria.

Os desregramentos desse nobre, amante da Rainha Isabel, por quem nutria extrema paixão, produziram curiosas aventuras, em razão de sua natureza galhofeira, à semelhança de Alcibíades, donde se concluir ter sido ele um verdadeiro francês da velha e boa estirpe.

Foi ele quem primeiro concebeu a idéia de proceder à muda das namoradas, de maneira que, se alguém fosse de Paris a Bordeaux, sempre encontraria, ao apear, uma boa refeição e uma cama de casal na qual não lhe faltasse uma bela companhia.

Oh príncipe feliz, que morreu no dorso de um cavalo, pois estava sempre atrás de alguma coisa, mesmo quando envolto em seus lençóis.

De seus casos engraçados, nosso excelentíssimo Rei Luís XI nos forneceu excelentes amostras no livro das *Cem Novas Novelas,* escrito sob sua supervisão, durante seu exílio na Corte de Borgonha, onde, no transcurso daquelas longas noites, para sua diversão, ele e seu primo Charolois contavam um para o outro as histórias engraçadas acontecidas naqueles bons tempos. Depois de esgotarem seu repertório, alguns cortesãos passaram a disputar a glória de qual deles conseguiria contar a melhor história. Porém, por respeito ao sangue real, o Delfim acabou atribuindo certo caso acontecido com Madame de Cany a um cidadão local, intitulando o conto de *O reverso da medalha*, e ele pode ser lido naquela obra, da qual é uma das jóias mais brilhantes, a primeira daquela relação de uma centena de histórias. Apresento-lhes a seguir a versão dessa história.

O Duque de Orléans tinha entre seus servidores um certo nobre da Província da Picardia, de nome Raoul d'Hocquetonville, que veio a desposar, para futura dor de cabeça desse príncipe, uma jovem aparentada com a casa de Borgonha, herdeira de ricos domínios. Porém, como exceção à regra geral que afeta as herdeiras, ela era de uma beleza tão deslumbrante, que todas as damas da Corte, mesmo a Rainha e Madame Valentine, pareciam ficar na sombra quando ao lado dela. Todavia, isso parecia pouco representar para Madame d'Hocquetonville, que nenhum alarde fazia de sua consangüinidade borgonhesa, de sua herança, de sua beleza e da sua delicadeza natural, porque essas raras qualidades recebiam o polimento religioso de sua suprema inocência, notável modéstia e casta educação.

Acontece que o Duque não precisou aspirar durante longo tempo a fragrância daquela flor caída do céu para ficar perdidamente apaixonado por ela. Tornou-se profundamente melancólico, deixou de freqüentar os lupanares, e não dirigia senão um olhar ligeiro, de tempos em tempos, e uma mordidinha de leve no real e saboroso bocado alemão de sua Isabel, pois tinha ficado embevecido pela outra, e jurou que, fosse à custa de feitiçaria ou à força bruta, por meio de ardis ou apelando para a boa vontade dela, tudo faria para desfrutar das delícias daquela tão graciosa dama, já que a simples visão de seu belo corpo o tinha forçado a se satisfazer por conta própria durante as noites que se lhe tornaram tristonhas e vazias.

No início, ele a abordou com doces palavras, mas logo entendeu, pelo ar despreocupado da jovem dama, que ela estava determinada a manter sua virtude, uma vez que lhe respondia com tranqüilidade, sem demonstrar espanto ou irritação, diferente do que já lhe acontecera com certas damas da Corte, limitando-se ela a lhe retrucar:— Devo informar-vos, Alteza, que não tenho a menor intenção de me envolver amorosamente com outra pessoa; não que despreze as alegrias que posso com ela encontrar, e que esplêndidas devem ser, visto haver tão grande número de mulheres que não hesitam em se precipitar nesse abismo, arriscando suas vidas, suas casas, sua glória, seu futuro, e sei lá que mais.

“Ajo assim por amor das duas filhas de cuja criação o Céu me encarregou. Não quero que elas jamais sintam vergonha de mim por causa de um mau proceder, pois hei de instilar nelas o princípio de que apenas na virtude é que se pode encontrar a verdadeira felicidade.

“De fato, Alteza, se o número de dias de velhice que nos aguarda é bem maior que os de juventude de que ora desfrutamos, é naqueles com que devemos nos preocupar. Nestes que venho desfrutando aprendi a apreciar devidamente esta vida, e a saber que tudo é passageiro, exceto a firmeza das afeições naturais. Por isso, desejo granjear a estima de todos, principalmente a de meu esposo, que vale para mim mais do que todo o restante do mundo. Meu maior desejo é parecer honesta diante de seus olhos.

“Era o que eu tinha a dizer. Agora, suplico-vos que me deixeis cuidar em paz das coisas referentes à minha vida doméstica, pois, do contrário, terei de revelar tudo isso ao meu amo e senhor, sem coisa alguma ocultar, rogando-lhe que se retire de vosso serviço.

Essa corajosa resposta deixou bastante constrangido o irmão do Rei, que resolveu conquistar à força aquela nobre mulher, decidido a possuí-la viva ou morta. O depravado Duque não teve qualquer dúvida quanto ao sucesso que imaginava vir a alcançar nessa empresa, pela confiança que tinha em sua prática nesse tipo de caçada, a mais interessante que existe, e para a qual se necessita empregar vários estratagemas utilizados para apanhar outros tipos de caça, uma vez que aquele belo animal exige velocidade, paciência, uso de archotes tanto à noite quanto de dia, e que se esteja ora na cidade, ora no campo ou enfurnado nas florestas, ou rondando as margens dos cursos de água, com emprego de redes, de falcões de caça, de chuços e lanças, de trompas, buzinas e cornetas, de arcabuzes, de chamarizes, de laços, de telas, pois a presa ora corre, ora voa, e quando pousa tem de ser apanhada com visgo, com iscas; enfim, como todo tipo de armadilha inventada depois do banimento de Adão. Na seqüência, ela pode ser abatida de mil maneiras, depois de perseguida a cavalo pelo caçador.

Assim, nosso sorrateiro príncipe nada mencionou acerca de seus desejos, mas conseguiu que fosse concedido a Madame d’Hocquetonville um cargo no Palácio St. Paul, pertencente à Rainha. E aconteceu que, num dia em que Isabel seguiu para Vincennes a fim de prestar assistência ao Rei, que se encontrava doente, deixando o marido incumbido dos negócios domésticos daquele palácio, ele ordenou aos seus serviçais que lhe fosse preparada uma lauta ceia, a ser servida nos aposentos da Rainha. Depois mandou que um pajem fosse chamar a resistente dama, através de uma ordem expressa. A Condessa d’Hocquetonville, imaginando que aquele chamado viesse da parte de Isabel, e que tivesse a ver com os afazeres de seu cargo, ou então que se tratasse de um convite para desfrutar com ela de alguns momentos de lazer, seguiu imediatamente para atender o chamado. Porém, segundo as disposições tomadas pelo astuto apaixonado, ninguém tinha informado a nobre dama a respeito da partida das princesa, de maneira que ela seguiu sem perda de tempo para o Palácio St. Paul, indo até a esplêndida antecâmara situada diante do quarto de dormir da Rainha. Chegando ali, avistou o Duque de Orléans sozinho naquela enorme sala. Suspeitando de algum embuste, entrou depressa no quarto, não encontrando ali a Rainha, mas escutou uma gostosa risada do príncipe. "Estou perdida", pensou, enquanto procurava algum modo de escapar.

Nessa altura, o astuto caçador de beldades tinha espalhado pelos corredores diversos criados fiéis, que, sem saberem o que estava para acontecer, trancaram o palácio com barricadas nas portas, e, dentro daquela construção, tão vasta que correspondia à quarta parte da extensão de Paris, Madame d'Hocquetonville se encontrou como num deserto, sem outra ajuda que não fosse a de sua padroeira e de Deus.

Então, entendendo em que consistia o ardil do Duque, a pobre dama estremeceu de pavor, desabando sentada sobre uma cadeira, quando o trabalho referente ao embuste tão ardilosamente tramado começou a ser executado pelo depravado Duque, que não parava de dar boas risadas.

Logo que ele fez menção de se aproximar da dama, ela se levantou e exclamou, já que tinha como única arma o brilho dos olhos, que despedia mil maldições:

— Ireis possuir-me, com efeito, mas morta! Ah, senhor Duque, não me forceis a uma luta que, sem dúvida alguma, logo será de todos conhecida. Neste instante, ainda há tempo para que eu me retire, sem que *Monsieur* d'Hocquetonville tome conhecimento dos tormentos que de longa data me vindes infligindo.

"Oh, senhor Duque, vós perdeis muito tempo olhando para os rostos das damas, sem encontrar hora de estudar os semblantes dos homens. Por isso, não sabeis quais deles vos servem com empenho e lealdade. O Sire d'Hocquetonville, por exemplo, seria capaz de, para defender-vos, deixar-se cortar em pedacinhos, se assim fosse necessário, de tanto que vos é afeiçoado, em memória de vossa bondade, bem como por muito apreciar-vos. Porém, o mesmo tanto que ele ama, ele pode vir a odiar, e creio ser ele bem capaz de desferir-vos, sem pensar duas vezes, uma tremenda paulada na cabeça, a fim de castigar-vos por um único grito que me obrigardes a emitir.

"Acaso, malvado, desejais a minha e a vossa morte? Ficai certo de que minha condição de mulher honesta não me permite esconder ou calar qualquer agressão que eu venha a sofrer.

"E então, ireis deixar-me sair daqui?

O descarado príncipe pôs-se a assobiar. Ouvindo esse assobio, a boa mulher entrou de repente no quarto da Rainha, e ali, indo até um lugar que conhecia, apanhou um estilete de ponta aguçada. Aí, quando o Duque entrou para saber o porquê daquela reação, escutou-a dizer, enquanto lhe mostrava a arma:

— Se transpuserdes esta linha, eu me matarei.

Sem demonstrar medo ou preocupação, o Duque puxou uma cadeira, colocou-a junto à porta e deu início a uma tentativa de convencimento, na esperança de subverter a decisão daquela mulher decidida, confundindo seu cérebro, seu coração e tudo o mais, de modo a deixá-la a sua mercê. Então começou a falar-lhe daquela maneira delicada que os príncipes costumam usar, dizendo que, em primeiro lugar, as mulheres virtuosas vendem caro sua virtude com a finalidade de auferir as incertas bênçãos do futuro, e com isso acabam deixando de usufruir dos melhores prazeres do presente, ainda mais porque os maridos se sentem obrigados, em virtude da política conjugal, a não lhes abrir o estojo que guarda as mais preciosas jóias do amor, cujas excitantes delícias tanto afetariam seus corações e lhes provocariam tão voluptuosas comichões, que, depois de as experimentar, uma mulher não conseguiria permanecer tranqüila nas frígidas regiões da vida doméstica. Disse ainda que essa abominação marital não passava de uma grande felonia, já que o mínimo que um homem deveria fazer, em reconhecimento pelo virtuoso procedimento de uma mulher de bem, e de seus tão preciosos méritos, seria dar tudo de si, esfalfando-se e, se aniquilando para agradá-la de todos os modos, dispensando-lhe mil carícias e beijos, propondo brincadeiras e diversões, a fim de lhe proporcionar as guloseimas e doces delícias do amor. Dito isso, ele indagou provocativamente se ela de fato não desejava dar uma lambiscada nas delícias seráficas desses desconhecidos acepipes, pois só assim ela iria ter idéia de como seriam gostosas tantas outras iguarias do amor. Se ela tomasse tal decisão, ele jurava que seria mais silencioso que os mortos, de maneira tal que escândalo algum iria macular sua ilibada reputação de mulher virtuosa.

Depois desse discurso, aquele cínico e lúbrico indivíduo, vendo que a dama não lhe dava ouvidos, tratou de lhe descrever, à maneira das pinturas arabescas, que então gozavam de grande prestígio, as lascivas invenções dos pervertidos. Isso fez com que seus olhos passassem a despedir chamas, suas palavras a assumirem um tom ardoroso, a voz a se aflautar, tendo ele então deixado transparecer um indizível prazer na descrição pormenorizada dos diversos métodos empregados por suas amantes, não ocultando seus nomes, e nem mesmo os carinhos, as meiguices e as doces intimidades que lhe proporcionava a Rainha Isabel, usando expressões realistas e excitantes, na errônea presunção de que com isso a dama ficaria relaxada e acabaria se esquecendo do estilete. Fez então menção de se aproximar dela, que, entretanto, com receio de se deixar levar por aquelas untuosas palavras, não tirava os olhos de cima daquele diabólico Leviatã que a tentava, e então lhe disse:

— Gostaria de agradecer-vos, meu bom senhor, porquanto, por tudo isso que me dissestes, passei a gostar ainda mais de meu nobre esposo, depois de constatar que ele muito me estima, e que é tal seu respeito por mim, que seria incapaz de desonrar nosso leito praticando as mesmas vilanias e velhacarias próprias dos biltres e das mulheres de vida fácil. Eu me iria considerar uma infame, condenada por toda a eternidade, se acaso pusesse os pés nesses lodaçais onde transitam esses seres abjetos e imorais. Uma coisa é ser a esposa de um homem, e outra bem diferente é ser sua amante.

— Eu aposto — disse o Duque sorrindo — que doravante havereis de instigar um pouco mais o Sire d'Hocquetonville, fazendo-o galopar mais velozmente.

Ouvindo isso, um estremecimento então a invadiu, e ela exclamou:

— Como podeis ser assim tão malvado? Agora conseguistes com que eu vos despreze e abomine! Oh meu Deus! Não podendo conspurcar minha honra, estais tentando envenenar minha alma! Ah, meu senhor, o que acabastes de fazer haverá de vos acarretar um severo castigo! Se eu acaso viesse a perdoar-vos, de Deus não receberia o perdão! Vedes como estes versículos vos caem bem?

— Madame — disse o Duque pálido de cólera, — posso mandar prender-vos!

— Oh, não! Antes disso, eu mesma posso me libertar! — respondeu ela brandindo seu estilete.

O cínico Duque caiu na risada.

— Nada disso! — retrucou ele. — Tenho meios de atirar-vos no lodaçal por onde transitam os abjetos e imorais, conforme há pouco vos referistes.

— Jamais o fareis, enquanto viva eu for!

— Pois lá vos atolareis de corpo inteiro — replicou ele, — da cabeça aos pés, com vossas duas mãos, vossos dois peitinhos cor de marfim, aquelas vossas duas outras coisas branquinhas como neve, com vossa basta cabeleira, com todos os vossos dentes; enfim: com tudo o mais que for vosso! E ireis de boa vontade, bem lascivamente, deixando estafado quem vos cavalga, qual se fôsseis uma égua brava que rompeu as rédeas, empinando, pateando, saltando, corcoveando e bufando! Juro por São Castúdio!

Depois disso deu um assobio forte, chamando um pajem, que logo apareceu, e então ordenou-lhe em voz sussurrante que fosse buscar o Sire d'Hocquetonville, além de Savoisy, Tanneguy, Cypierre, conhecidos rufiões, convidando-os para cear, e dizendo-lhes que também iria convidar uma ou duas beldades de vida airada. Feito isso, voltou para o quarto e sentou-se em sua cadeira, a dez passos da dama, de quem não tinha tirado os olhos, enquanto conversava com o pajem numa voz que ela não podia escutar.

— Então Raoul sente ciúmes, não é?... — perguntou. — Pois vou encarregar-vos de uma tarefa; não deixeis de cumpri-la. Ali dentro — e indicou uma porta secreta — estão guardados óleos e perfumes finíssimos pertencentes à Rainha. Naquele quartinho que fica ao lado, ela faz sua toalete e procede às abluções femininas. Eu sei, por experiência própria, que, entre vós, mulheres, cada qual tem seu perfume particular, que lhe confere um aroma peculiar, passível de ser reconhecido por outras pessoas. Assim sendo, já que Raoul sente, como dissestes, um ciúme avassalador, que é o pior de todos os ciúmes, ireis usar uma dessas essências próprias das damas do lodaçal, para saber se ireis ou não nele vos atolar.

— Ah, meu senhor, que pretendeis alcançar com isso?

— Ficareis a par do que pretendo na hora certa, quando então será mesmo necessário que recebais a devida informação. Eu não vos quero mal algum, e vos dou minha palavra de cavaleiro que vos irei respeitar plenamente, e que me irei calar para todo o sempre acerca desta derrota que me infligistes. Sem tardança vereis que o Duque de Orléans tem bom coração e se vinga de modo nobre do desprezo que lhe votam as damas quando lhes entrega nas mãos a chave do Paraíso. Recomendo apenas que presteis atenção às despudoradas palavras que forem proferidas no cômodo vizinho, e que eviteis tossir a todo custo, se de fato amais vossas filhas.

Visto não haver qualquer possibilidade de fuga daquele aposento real, e que as grades das janelas impediam que alguém ali enfiasse a cabeça, o descarado nobre trancou a porta daquele quarto, na certeza de manter ali cativa a dama, à qual ainda reiterou a exigência de manter completo silêncio.

Eis que chegam às pressas os pândegos convivas, encontrando a sua espera uma lauta ceia que até parecia sorrir dentro das travessas de prata dispostas sobre a mesa, e mesa bem arrumada, farta, cheia de travessas reluzentes, taças cintilantes e jarras contendo vinho de primeira. Em seguida, seu chefe lhes disse:

— Vamos, minha gente! Tomai assento, meus bons amigos! Eu já estava começando a me aborrecer com vossa demora. Pensando em vós, eu quis participar convosco de uma bela festança à maneira antiga, do tempo em que os gregos e romanos dirigiam suas preces ao venerável Príapo e ao deus cornudo conhecido em todos os países pelo nome de Baco. Com certeza teremos uma supimpa comemoração, uma vez que, durante as libações, estarão presentes algumas lindas "gralhas de três bicos", dentre os quais até hoje não sei qual seria o que bica melhor...

E como todos eles obedeciam a seu amo em tudo por tudo, muito folgaram com aquelas divertidas palavras, exceção feita a Raoul d'Hocquetonville, que deu um passo à frente e retrucou:

— Meu caro Sire, quero estar ao vosso lado em todas as batalhas, salvo naquelas que têm a ver com as saias; nas de lança e machadinha, sim, mas não nas das jarras de vinho. Meus bons companheiros que aqui se encontram não têm esposas em suas casas, mas esse não é o meu caso, pois tenho na minha uma gentil esposa a quem devo emprestar minha companhia e prestar contas de todas as minhas ações.

— Quereis dizer com isso que mereço censura por ser um homem casado? — perguntou o Duque.

— Oh, meu amo e senhor, sois um príncipe, e como tal vos comportais....

Essas belas palavras, como bem podeis imaginar, ressoaram quentes e frias dentro do coração da dama aprisionada.

— Ah, meu Raoul! — murmurou ela. — Tu és um homem nobre!

— Tu, Raoul — disse-lhe o Duque — és um homem que eu aprecio, e que considero, dentre meus servidores, o mais fiel e digno de confiança. Quanto a nós outros — e lançou um olhar aos três convivas, — não passamos de pervertidos!...

Depois de sorrir, prosseguiu:

— Mas senta-te, Raoul. Quando aqui chegarem os pintarroxos que convidei, e que são pintarroxos de alta categoria, tu então poderás deixar-nos e voltar para a tua casa. Pela morte de Deus! Uma vez que sempre te considerei um homem correto, sem qualquer experiência do que seja o amor extraconjugal, tive o cuidado de trazer para esse quartinho ali atrás a rainha da devassidão, um verdadeiro demônio que concentra em si toda a astúcia das filhas de Eva. Quis com isso que, ao menos uma vez na vida, tu que jamais revelaste apreciar devidamente as iguarias do amor e que não pensas senão em assuntos de guerra, venhas a tomar conhecimento das maravilhas ocultas desse galante passatempo, porquanto para mim é vergonhoso que um de meus homens ignore a arte de se entreter com uma gentil mulher.

Após ouvir isso, d'Hocquetonville sentou-se à mesa para agradar ao príncipe, ao menos no tocante às coisas que lhe seriam lícitas. Então, todos começaram a dar boas gargalhadas, enquanto trocavam confidências acerca de mulheres, revelando suas inti-

midades. Aí, segundo seu costume, passaram a confessar entre si suas aventuras galantes, suas conquistas, não poupando mulher alguma, exceção feita à dona da casa e a uma ou outra que consideravam bem amadas, e trazendo à luz os podres de cada uma, seguindo-se mexericos maldosos e revelações escabrosas, que iam aumentando em lascívia e canalhice à medida que as taças e os pratos se iam esvaziando. O Duque, alegre como um herdeiro universal, dava corda à maledicência dos companheiros, jogando verde para colher maduro, enquanto que seus convivas, indo a trote em direção aos pratos, e a galope rumo às panelas, destravavam a língua sem qualquer pudor.

Ora, enquanto os escutava e ia ficando embriagado, o Sire d'Hocquetonville foi perdendo pouco a pouco sua resistência, e, apesar de suas virtudes, confessou alguns desejos que tinha quanto a tais assuntos, e acabou descambando em certas impurezas, como um santo que se perde em maus pensamentos enquanto diz suas preces. Percebendo isso, o príncipe, na intenção de satisfazer sua ira e desopilar o fígado, pôs-se a lhe dizer à guisa de chacota:

— Eh, eh! Por São Castúdio! Ora, Raoul, não vês que somos cabeças de um só chapéu, pessoas de extrema discrição fora desta mesa? Deixa disso, homem! Não vamos contar nada à Madame! Vem comigo, ventre de Deus, que eu quero te dar a conhecer as delícias celestiais. Olha o que temos aqui dentro — falou enquanto tocava o trinco da porta do quartinho onde se encontrava Madame d'Hocquetonville. — Aqui dentro se encontra uma dama da Corte, grande amiga da Rainha, a maior sacerdotisa de Vênus que jamais existiu, e da qual nem chegam perto quaisquer cortesãs, meretrizes, rameiras, marafonas ou devassas... Ela foi gerada num momento em que o Paraíso estava em festa, em que tudo na Natureza se entrelaçava, em que as plantas comemoravam seus himeneus, em que os animais corcoveavam alacremente, e em que todas as coisas tinham sido incendiadas pelo Amor. E embora as mulheres considerem seu leito tão sagrado quanto um altar, esta aqui é uma dama importante demais para se deixar ver, e conhecida demais para que possa proferir outras palavras que não apenas gemidos de amor. Não teremos necessidade de luz, uma vez que seus olhos despedem chamas, e nem de discursos, uma vez que ela fala através de seus movimentos e coleios mais rápidos que as das feras acuadas surpreendidas atrás da moita.. Apenas, meu bom Raoul, se fores montar em tão galharda potranca, firma-te bem nos estribos, agarra-te à sela e não te deixes derrubar, tendo sempre em mente que bastará um corcoveio dela para arremessar-te às vigas do teto, deixando-te de espinhaço quebrado. Ela não quer senão estar sobre o colchão; sempre está a arder, sempre desejando uma companhia masculina.

Nosso pobre amigo já falecido, o jovem Sire de Giac, morreu por causa dela, que precisou de apenas uma primavera para dar cabo de todo o seu tutano. Dá louvores a Deus por poderes tomar parte nessa festa, durante a qual haverás de escutar o repicar dos sinos e o espocar de fogos. Para alcançar tal ventura, que homem não aceitaria perder a terça parte da felicidade que lhe haveria de ser concedida o futuro? Podes crer que quem um dia desfrutou com ela de uma noite de amor daria, por uma segunda, a eternidade inteira, sem qualquer pesar!

— Mas como é que pode — estranhou Raoul — em cousas tão naturalmente idênticas haver tão grandes dessemelhanças?

— Ha, ha, ha! — gargalharam todos os convivas.

Depois, animados pelo vinho e obedecendo a um matreiro piscar de olhos do chefe, puseram-se todos a contar histórias velhacas e obscenas, em alta voz, sem o menor pudor ou discrição. Ora, não sabendo que uma pessoa ingênua e inocente estava ali perto a

Nosso pobre amigo já falecido, o jovem Sire de Giac, morreu por causa dela, que precisou de apenas uma primavera para dar cabo de todo o seu tutano. Quem um dia desfrutou com ela de uma noite de amor daria, por uma segunda, a eternidade inteira, sem qualquer pesar!

escutá-los, os descarados convivas, que já tinham afogado a vergonha dentro das taças de vinho, desfiaram casos escabrosos passíveis de fazer enrubescer as figuras gravadas nos beirais das lareiras, nos lambris e nos alizares. Nessa altura dos acontecimentos, o Duque deixou todos eles empolgados, informando que a dama que estava deitada no quarto à espera de um amante devia ser a imperatriz de seus sonhos mais loucos, porque a cada nova noite ela os transformava em diabólicas e ardentes realidades.

Depois disso, já estando as taças e garrafas vazias, o Duque empurrou Raoul para dentro do quarto, e ele, já bem tonto, não ofereceu resistência. Cabe lembrar que, pouco antes, o príncipe tinha obrigado a dama a escolher entre usar o punhal para se matar, ou não usá-lo, para permanecer viva.

Por volta da meia-noite, o Sire d'Hocquetonville deixou o pequeno aposento demonstrando satisfação, mas não sem uma ponta de remorso por ter traído sua boa esposa. Pouco mais tarde, o Duque de Orléans tirou de lá Madame d'Hocquetonville através de uma porta que dava para os jardins, recomendando-lhe que seguisse sem demora para sua residência, a fim de lá chegar antes de seu marido.

— Isso que acaba de acontecer — murmurou ela para si própria, enquanto transpunha o portão dos fundos do palácio — vai custar caro para todos nós.

* * *

Um ano mais tarde, na antiga rua do Templo, Raoul de Hocquetonville, que tinha deixado de servir ao Duque, passando ao serviço de Jehan de Borgonha, deu cabo da vida do inescrupuloso irmão do Rei, ao lhe aplicar uma tremenda cacetada na cabeça, conforme é de conhecimento geral. Nesse mesmo ano morria Madame d'Hocquetonville, que definhou aos poucos como uma flor privada de ar ou roída por um verme. Seu bom marido mandou gravar na lápide de mármore do túmulo, que fica num claustro de Péronne, a seguinte inscrição:

AQUI JAZ
BERTHE DE BORGONHA,
DIGNA E GENTIL ESPOSA DE RAOUL,
SIRE DE HOCQUETONVILLE.
OH! NÃO TEMAIS PELO DESTINO DE SUA ALMA!
ELA REFLORIU NO PARAÍSO,
NA DATA DE XI DE JANEIRO
DO ANO DA GRAÇA
DE NOSSO SENHOR JESUS CRISTO
DE MCCCCVIII,
COM A IDADE DE XXIII ANOS,
DEIXANDO SUAS DUAS FILHAS
E O SENHOR SEU ESPOSO
PORTANDO LUTO FECHADO

✝

A justa morte desse indivíduo, que era nobre de sangue, conquanto desprovido de nobreza de caráter, acabou provocando terríveis rebeliões, até que Luís XI, depois de perder a paciência, lhes deu um término a ferro e fogo.

Esse epitáfio foi redigido em bom latim, mas, para comodidade de todos, preferi traduzi-lo para o vernáculo, ainda que o termo "*gentil*" seja uma tradução pobre da palavra "*formosa*", que etimologicamente significa "de formas agradáveis".

O senhor Duque de Borgonha, que ficou conhecido pela alcunha de *João Sem Medo,* a quem, antes de morrer, o Sire de Hocquetonville tinha confessado sua mágoa cimentada em seu coração com cal e areia, costumava dizer, a despeito da dureza com que encarava tais coisas, que aquele epitáfio teve o dom de mergulhá-lo numa profunda melancolia por um mês a fio, e que, entre as abominações perpetradas por seu primo de Orléans, havia uma que, por si só, daria margem a condená-lo à morte, se morto ele já não estivesse, porque aquele indivíduo inescrupuloso tinha vilmente maculado a reputação até então irreprochável da mais divina virtude jamais encontrada neste mundo, além de ter prostituído dois nobres corações, fazendo com que cada qual maculasse o outro. Dizia isso referindo-se a Madame d'Hocquetonville e a si próprio, cujo retrato fora indevidamente colocado no armário em que seu primo guardava os retratos de suas amantes.

Esta aventura foi considerada tão chocante, que, embora tenha sido relatada pelo Conde de Charolois ao Delfim que mais tarde foi coroado Rei com o nome de Luís XI, este não quis que os secretários a inserissem em sua coleção de contos, para resguardar a memória de seu famigerado tio, o Duque de Orléans, bem como a de seu filho Dunois, que era um velho companheiro. Mas a personagem de Madame de Hocquetonville é tão sublime de virtudes e digna de dó, que, em seu favor, serei perdoado por incluir aqui este conto, passando por cima da diabólica invenção e vingança de *Monseigneur* de Orléans. A justa morte desse indivíduo, que era nobre de sangue, conquanto desprovido de nobreza de caráter, acabou provocando terríveis rebeliões, até que Luís XI, depois de perder a paciência, lhes deu um término a ferro e fogo.

Isso mostra-nos que em todas as cousas há sempre a presença de uma mulher, seja na França, seja alhures, a par de nos ensinar que cedo ou tarde teremos de pagar pelas loucuras que um dia cometemos.

16 — O PERIGO DE SER INOCENTE DEMAIS

Monsieur de Moncontour, valente soldado tureniano, que, em honra da famosa batalha de Moncontour, da qual saiu vitorioso o Duque de Anjou, nosso mui glorioso Rei mandou construir, perto de Vouvray, o castelo desse mesmo nome, em virtude de seu heróico comportamento naquele combate, durante o qual foram derrotados os mais ferrenhos heréticos, concedeu a esse herói autorização de igualmente portar essa designação. Esse renomado capitão teve dois filhos, bons católicos, gozando o mais velho de grande prestígio na Corte. Uma vez alcançada a pacificação, graças ao estratagema preparado para o dia de São Bartolomeu, o bom homem regressou ao seu solar, que não estava tão adornado como hoje em dia, e ali recebeu a triste notícia da morte de seu filho, morto num duelo por *Monsieur* de Villequier. O pobre pai ficou extremamente desolado por aquela morte, principalmente porque havia planejado um bom casamento para aquele rapaz com uma donzela do ramo masculino da família Amboise. Assim, com esse falecimento tão inesperado, foram por água abaixo toda a felicidade e os benefícios a serem auferidos por sua família, que ele sempre criou com ares de uma grande e nobre casa. Por isso, tinha mandado seu outro filho para um mosteiro, sob a direção espiritual e temporal de um homem de reconhecida santidade, o qual vinha proporcionando ao rapaz uma excelente formação cristã, atendendo as recomendações de seu pai, que, movido por grande ambição, queria converter seu filho num renomado cardeal. Assim sendo, o bom abade tratava o pupilo como se seu filho fosse, fazendo com que ele dormisse a seu lado em sua própria cela, não deixando que em seu espírito vicejassem ervas daninhas, e inculcando em seu coração os princípios de contrição e pureza que todo sacerdote deveria possuir.

Nosso jovem amigo tinha dezenove anos completos. Do amor, somente conhecia aquele que se devota a Deus; da natureza, tão-somente a dos anjos, os quais, para conservar sua pureza, não possuem as coisas carnais, pois do contrário acabariam fazendo perfeito uso delas. E eram justamente essas coisas carnais que tanto preocupavam nosso Rei dos Céus, que desejava manter sempre puros seus pajens. E sua providência não foi nada má, pois com isso seus leais súditos, não podiam acantonar em cabarés e explorar as tocas das coelhinhas, como o fazem os nossos moços. Portanto, Ele é servido divinamente, mas há que se levar em conta que se trata do Senhor de tudo o que existe.

Portanto, diante de tal infortúnio, *Monsieur* de Moncontour decidiu tirar seu segundo filho do claustro, e trocar a púrpura eclesiástica pela soldadesca e cortesã. E foi assim que ele resolveu casar o moço com a donzela que tinha sido prometida para o filho assassinado, decisão mui acertada, uma vez que, sendo ele um fradeco criado entre algodões e atulhado de castidade e virtudes, a desposada estaria bem servida, e até mesmo mais feliz do que o estaria se se casasse com o mais velho, que já tinha sido bem usado, mexido e acariciado pelas damas da Corte.

Acostumado com o cabresto eclesiástico, o ex-seminarista submeteu-se obedientemente à sagrada determinação do pai, consentindo naquele matrimônio, apesar de sua total inexperiência no trato com mulheres, ainda mais em se tratando de uma donzela! Por azar, sua viagem foi retardada pelas revoltas e correrias dos rebeldes, e aquele jovem tão inocente como jamais deveria ser homem algum somente conseguiu chegar ao castelo de Moncontour na véspera das núpcias, que ali seriam celebradas, já tendo o castelão recebido as devidas dispensas e permissão junto ao Arcebispado de Tours.

Agora chegou a hora de falarmos a respeito da noiva. Sua mãe, que enviuvara muito tempo atrás, vivia então na casa de *Monsieur* de Braguelonne, lugar-tenente civil do Administrador da Corte, cuja esposa, para grande escândalo daqueles tempos, vivia com *Monsieur* de Lignières. Mas acontece que, nessa época, tinha cada qual tantas traves no próprio olho que não lhe era possível ver a palha no olho do próximo. Assim, em cada família, sem se admirar do que o vizinho fazia, seguiam todos pelo caminho da perdição, uns em marcha lenta, outros a trote, muitos a galope, e um número menor a passo, pois aquela via é cheia de ladeiras escorregadias.

Com efeito, naqueles tempos o diabo deitava e rolava o quanto podia, uma vez que os desvios de conduta não eram vistos com maus olhos. Aquela pobre senhora chamada de Dona Virtude, trêmula e tiritante, se havia refugiado ninguém sabia onde, indo daqui para ali, sempre buscando a companhia das poucas mulheres recatadas ainda existentes.

Enquanto isso, no nobilíssimo solar dos d'Amboise, vivia ainda a anciã viúva de Chaumont, uma velha dama de ilibada virtude, que concentrava em si toda a religiosidade e fidalguia daquela bela família. Essa senhora havia acolhido no regaço, desde quando contava dez anos de idade, a donzela à qual se refere este conto, circunstância que de modo algum causava preocupação a Madame d'Amboise, que assim ficava mais livre para bater pernas. Desde então, uma vez ao ano, quando ia visitar a Corte, aproveitava para ir ver a filha.

Em que pese essa total falta de desvelo quanto a sua maternidade, Madame d'Amboise foi convidada para o casamento da filha, como também o foram *Monsieur* de Moncontour e *Monsieur* de Braguelonne, militar muito experiente. Quem não pôde comparecer à cerimônia foi a velha avó aristocrática, impedida por sua deplorável ciática, sua bronquite e suas pernas cambaias, que já não lhe permitiam caminhar. Por causa disso, muito chorou a boa mulher. E embora não lhe agradasse de modo algum deixar desprotegida em meio aos perigos da Corte e da vida aquela donzela tão bonita como bonita pode ser uma jovem, também era certo ser aquele o momento de deixá-la alçar vôo. Todavia, não permitiu que ela partisse sem antes prometer mandar rezar uma infinidade de missas e novenas em prol de sua felicidade, durante os ofícios vespertinos. E a boa dama se reconfortou um pouco ao imaginar que a bengala de sua velhice seria entregue nas mãos de um jovem quase santo, instruído na senda do bem por aquele supracitado abade que ela de longa data conhecia, o que muito deveria contribuir para o sucesso daquele casamento.

Por fim, entre lágrimas, a virtuosa viúva de Chaumont deu aqueles últimos conselhos que costumam ser dados às noivas pelas damas mais experientes, como por exemplo quanto ao respeito que ela deveria guardar para com sua mãe, e à obediência que devia prestar ao marido em tudo.

Pouco tempo depois, acompanhada por um séquito de criadas, camareiras, escudeiros cavaleiros e demais pessoas pertencentes à casa de Chaumont, chegou ao seu destino a donzela, num tal alvoroço, que até parecia tratar-se da chegada de algum cardeal legado com sua comitiva. Os noivos somente chegaram a se conhecer na véspera de seu casamento.

Terminadas as festas que antecederam ao casamento, este foi realizado com grande pompa, no domingo, durante uma missa celebrada no castelo pelo Sr. Bispo de Blois, grande amigo de *Monsieur* de Moncontour.

Para resumir, cabe informar que os festejos, as danças e demais cerimônias duraram até a manhã de segunda-feira. Porém, antes de soar meia-noite, segundo o costume tureniano, as damas de honor acompanharam a noiva até o leito. Nesse ínterim, foram pregadas muitas peças ao inexperiente recém-casado, a fim de retardar seu encontro com sua inocente noiva, tendo ele aceitado as brincadeiras sem reclamar. Às tantas, porém, o bom *Monsieur* de Moncontour acabou dando um basta àquelas brincadeiras, pois era mister que o filho começasse a desempenhar seu novo ofício de homem casado.

Assim, lá se foi o basbaque à alcova onde o esperava a noiva, que então lhe pareceu mais formosa que todas as Virgens Marias das telas italianas, flamengas e outras, aos pés das quais ele tantas vezes se prostrara a fim de dirigir suas orações. Mas não vos esqueçais de que, para ele, não seria possível transformar-se de uma hora para outra em marido, dada sua total inexperiência nesse assunto. Com efeito, ele apenas sabia que ele teria de fazer uma coisa acerca da qual, em virtude de seu pudor, não se atrevera a conversar nem mesmo com seu pai, que só lhe dissera mui laconicamente:

— Sabes bem o que deve ser feito; portanto, mãos à obra, rapaz!

Já se encontrava ali a donzela que lhe fora prometida, aguardando-o entre os lençóis, cheia de curiosidade, a cabeça voltada para o lado, mas lançando sobre ele um olhar tão aguçado como a ponta de uma alabarda, enquanto dizia para si própria:

— Devo ser-lhe obediente...

E como nada sabia do que poderia acontecer em seguida, ficou esperando as ordens que lhe daria aquele gentil-homem algo eclesiástico, a quem legalmente passara a pertencer.

Um tanto perplexo, o jovem cavaleiro de Moncontour aproximou-se do leito e ali se postou, coçando a orelha, até que se ajoelhou, adotando uma postura que lhe era costumeira.

— Já fizestes vossas preces...? — perguntou num tom de voz adocicado.

— Não — respondeu ela. — Esqueci-me completamente. Quereis rezar comigo?

Então começaram os recém-casados a orar, pedindo a Deus que os orientasse nas coisas ligadas ao matrimônio, o que nada tinha de indecoroso. Porém, por sorte ou por azar, somente o diabo os escutou, e resolveu atender àquela solicitação, aproveitando-se da circunstância de que Deus então se encontrava entretido com os problemas relativos à abominável religião reformada.

— Que foi que vos recomendaram? — perguntou o marido.

— Disseram-me que eu vos devia amar — respondeu ela com toda a ingenuidade.

— A mim não me recomendaram tal coisa — disse ele. — Não obstante, eu vos estou amando, e chego a recear que amando mais do que amo a Deus...

Notando que suas palavras não causaram constrangimento algum à noiva, ele prosseguiu:

— Eu apreciaria muito se me permitísseis partilhar de vosso leito, caso isso não representar incômodo para vós.

— Incômodo algum! Fazei conforme quiserdes, pois aqui estou para ser-vos submissa em tudo.

— Então, está bem — disse ele, — mas não fiqueis olhando para mim, pois quero trocar de roupa antes de me deitar.

Diante dessa virtuosa ordem, a donzela voltou o rosto para a parede, cheia de expectativa, pois era a primeira vez que se iria ver separada de um homem apenas pelos confins de uma camisola.

Não demorou o cândido rapaz a deslizar para embaixo dos lençóis, e foi assim que se reuniram pela primeira vez, mas não como imaginais que a coisa de fato deveria ter acontecido. Acaso já tivestes a oportunidade de ver um macaco recém-chegado de suas terras d'além-mar, ao qual pela primeira vez alguém entregou uma noz sem descascar? O pobre símio, usando seu poderoso raciocínio simiesco, depois de deduzir quão delicioso deve ser o conteúdo protegido por aquele duro invólucro, põe-se a cheirar a noz e a fazer mil macaquices, murmurando em sua língua: "E agora, como é que eu faço?" Cáspite! E com que interesse a estuda, com que seriedade a examina, como a perscruta, gira entre os dedos, sacode com raiva, e, caso se trate de um macaco de baixa extração e inteligência tacanha, acaba deixando a noz de lado!...

Pois foi o que fez nosso pobre paspalho, que, ao amanhecer, se viu na contingência de confessar a sua mulherzinha que, visto não saber como desempenhar sua obrigação, nem de que se tratava a tal obrigação, nem onde e como cumpri-la, era mister indagar a respeito do assunto e pedir conselho e auxílio a alguém mais experiente.

— Boa idéia — concordou ela, — já que, para vosso azar, não compete a mim ensinar-vos.

Com efeito, em que pese suas descobertas e experiências de toda sorte, apesar das mil coisas que os inexpertos acabam inventando, e que os sábios em matéria de amor nem suspeitam, os dois esposos acabaram dormindo, desolados por não saberem como quebrar a casca da noz da primeira noite. Entretanto, ambos concordaram sensatamente que se davam bem e que tinham sido feitos um para o outro.

Ao se levantar, a jovem, que, dadas as circunstâncias, ainda não havia deixado de ser donzela, achou que sua noite tinha sido excelente, e adquiriu a certeza de que se casara com o rei dos maridos. Nas conversas que travou depois com suas amigas, manteve firme sua convicção a esse respeito, transmitindo-a cabalmente, sem lhes revelar os pormenores de sua primeira noite. Por isso, todo o mundo achou a donzela muito espevitada, ainda mais depois de que, para aumentar a graça, uma dama de Roche-

Corbon incitou uma jovem donzela de Bourdaisiere que nada sabia quanto ao que estava acontecendo, que procurasse a recém-casada e lhe fizesse a seguinte pergunta:

— Quantos pães teu marido assou na primeira fornada?

— Vinte e quatro — respondeu ela.

Porém, vendo como andava macambúzio o senhor recém-casado, o que deixava muito penalizada sua mulher, que o seguia com o olhar e com a esperança de assistir ao fim de sua ingenuidade, as damas passaram a acreditar que o regozijo daquela noite lhe havia custado muito caro, e que a recém-casada devia estar muito arrependida por tanto ter abusado dele, deixando-o daquele modo tão depauperado.

Durante o desjejum das bodas, começaram as brincadeiras de mau gosto, com as quais, nessa época, todos costumavam divertir-se à socapa, como se fossem uma deliciosa invenção. Um dos convidados disse que a noiva estava com um ar espevitado; outro, que naquela noite passada no castelo foi possível escutar o barulho dos golpes que os noivos haviam trocado entre si; outro ainda que o forno se tinha queimado, e mais outro que as duas famílias, naquela noite, haviam perdido algo que nunca mais poderiam encontrar, e mil outras graçolas, asneiras, despropósitos e chalaças que por desgraça o marido não compreendeu. Acresce dizer que, devido à grande afluência de parentes, vizinhos e amigos, ninguém tinha ido dormir aquela noite. Todos haviam dançado, bebido, comido e rido, como é costume nas bodas desse tipo de gente.

No final, quem não ficou muito satisfeito foi *Monsieur* de Braguelonne, o lugar-tenente do Palácio de Paris, sobre quem sua amante Madame d'Amboise, esquentada por dentro ao imaginar as boas coisas que deveriam estar acontecendo com sua filha no quarto de casal, lançava olhares dardejantes, que consistiam em evidentes convites galantes. O pobre lugar-tenente civil, que tanto entendia de oficiais e sargentos de justiça, pois era quem agadanhava os gatunos e maus elementos de Paris, fingia não estar vendo aqueles mudos apelos da velha senhora. Há que se ter em mente, porém, que esse amor que lhe votava uma tão importante dama representava um grande peso para ele, que não se descartava dela senão por espírito de justiça, pois não achava de modo algum decente para um lugar-tenente criminal arranjar uma outra amante, como se ele não passasse de um frívolo cortesão, e não alguém a quem competia prestigiar os bons costumes, a polícia e a religião. Apesar de tudo isso, sabia que sua aparente indiferença teria de chegar ao fim, mais cedo ou mais tarde.

No dia seguinte ao das núpcias grande número de convidados foi embora. Só então puderam descansar Madame d'Amboise, *Monsieur* de Braguelonne e os avós. Aí, chegando a hora do jantar, tendo o lugar-tenente recebido intimações meio verbais que não lhe pareceram decentes como matéria processual, preferiu recusar os convites de sua amante, alegando razões moratórias expressas. Porém, antes do jantar, Madame d'Amboise fez mais de cem demonstrações de enfado, destinadas a fazer com que seu bom amante saísse da sala e fosse encontrá-la lá fora, mas ele preferiu ficar fazendo sala para a recém-casada. Então, em vez do lugar-tenente, quem saiu foi o noivo, que havia planejado passear pelo jardim em companhia da mãe de sua gentil esposa. Ora, no espírito desse cândido rapaz crescera como um cogumelo a idéia de interrogar aquela boa senhora, a quem tinha por muito recatada. Destarte, recordando os preceitos religiosos de seu abade, que lhe recomendava informar-se acerca de tudo com as pessoas de idade dotadas de grande experiência de vida, ele achou que seria lícito relatar seu caso a Madame d'Amboise. A princípio, porém, inquieto e nervoso, ele seguia de um lado para o outro, não encontrando palavras para desembuchar seu problema. Também ela se mantinha calada, já que se sentia ferida e ultrajada pela cegueira, surdez e paralisia voluntária de *Monsieur* de Braguelonne. Assim, enquanto caminhava ao lado daquele ansioso rapaz que receava expor-lhe seu caso, e de cuja inocência não tinha conhecimento, sequer imaginando que aquele gato que dispunha de tanta carne fresca não sabia o que fazer com ela, tendo de recorrer aos conselhos dos mais velhos, seguia ela distraída, dizendo de si para si:

— Ah, sujeito descarado, de barbicha mole como pés de mosca, barbicha velha, grisalha, arruinada; barbicha gemebunda, desprovida de compreensão, de vergonha e de respeito feminino; barbicha que finge não sentir, ver ou escutar; barbicha desbarbada, abatida, cheirando a alho; barbicha derreada! Que o mal-italiano me livre desse maldito descarado de nariz murcho, nariz nojento, frio, sem religião; nariz seco como madeira de alaúde; nariz pálido; nariz desalmado, que nada mais possui senão sua sombra, e que não lhe deixa enxergar um palmo a sua frente; nariz enrugado como folha de videira; nariz que odeio; nariz de velho, cheio de vento; enfim: nariz que já morreu! Onde estaria eu com a cabeça ao imaginar ligar-me a um tal nariz em formato de trufa, a esse velho ferrolho que não mais sabe correr pela sua guia de trancamento? Entrego ao diabo a parte que me cabe desse velho nariz sem honra, dessa velha barba sem sustância, dessa velha cabeça grisalha, dessa cara amarrotada, desses velhos farrapos, desse velho arremedo de homem, desse nem sei que dizer. O que eu queria mesmo era arranjar um marido jovem que me regalasse com as venturas do casamento, e regalasse com fartura, todo santo dia! Queria também...

Estava perdida nesses pensamentos, quando deu na telha do pascácio despejar para fora sua antífona, revelando seu problema para aquela mulher tão ardentemente excitada, cujo entendimento se inflamou logo à primeira perífrase que ela escutou, qual isca de escopeta atingida por uma faísca. Com isso se acendeu seu interesse em desasnar o genro, e ela se pôs a murmurar de si para si:

— Ah, barbinha jovem e de cheiro bom! Ah, narizinho lindo e novo em folha! Barbinha fresca, nariz de tolo, barbinha virgem, nariz cheio de júbilo; barbinha primaveril, linda cavilha do Amor!

A experiente dama muito teve que dizer durante o passeio pelo jardim, já que este era bem comprido. Por fim, acertou com o ingênuo rapaz que, na calada da noite, ele poderia sair de seu quarto e ir para o dela, que então iria torná-lo mais sábio naquele assunto do que o era seu próprio pai.

O jovem ficou bem contente, e agradeceu muito a Madame d'Amboise, rogando-lhe que nada contasse a quem quer que fosse sobre aquela combinação.

Nesse meio tempo, o bom velho Braguelonne rogava pragas e resmungava:

— Ah, velha danada! Que a coqueluche te sufoque! Que um cancro te roa por dentro! Ah, sua escova de cavalo que perdeu os dentes! Chinela velha na qual não cabe o pé! Ah, velho arcabuz! Ah, bacalhau mofado, pescado há mais de dez anos! Aranha velha que de noite não sabe mover-se sem deixar a teia! Velha defunta de olhos arregalados! Velha cadeira de balanço do diabo! Velha lanterna de um velho pregoeiro! Ah, velha dotada de um mau-olhado mortal! Velha bigodeira de um velho charlatão! Ah, velha que faz até a própria Morte chorar! Ah, sua velha pedaleira de órgão! Ah, velha bainha onde cabem cem facões! Ah, velho pórtico de igreja quebrado nas juntas! Velho cofre de esmolas, cheio até a boca de espórtulas! Eu dispensaria toda a minha felicidade futura para me ver livre de ti...!

Quando estava terminando de murmurar seu desaforado desabafo, a linda recém-casada, que só pensava em como aplacar a grande angústia que afligia seu jovem esposo pelo fato de desconhecer os procedimentos essenciais referentes à união conjugal, sem sequer suspeitar em que consistiriam, quis instruir-se no assunto, a fim de poupar desgostos, vergonhas e graves penas ao seu maridinho. Com isso, quando chegasse a próxima noite, contava ter condição de proporcionar-lhe uma grande alegria, podendo ela mesma ensinar-lhe a como cumprir sua obrigação, enquanto lhe diria: "Eis aqui, meu querido amigo, em que consiste a coisa!"

Assim, dado o grande respeito que tinha pelas pessoas de mais idade, conforme lhe fora ensinado pela velha viúva, decidiu persuadir aquele distinto e bom homem com ademanes gentis, a fim de que ele lhe desvendasse o doce mistério das relações conjugais. Então *Monsieur* de Braguelonne, constrangido por se ter deixado levar por seus rancorosos pensamentos, deixando de prestar atenção ao que lhe dizia a apetitosa jovem que estava a seu lado, passou a proceder a um breve interrogatório da bela noivinha, indagando se ela se estaria sentindo feliz por se ter casado com aquele jovem tão recatado.

— Recatado até demais — respondeu ela.

— Seria assim de fato tão recatado? — perguntou o lugar-tenente sorrindo. — É... pode ser que seja...

Para resumir, as coisas chegaram a se emaranhar de tal modo entre eles, que, passando a entoar um outro cântico trepidante de alegria, *Monsieur* de Braguelonne se comprometeu a atender à demanda da jovem, sem esconder coisa alguma passível de aviventar o entendimento da nora de Madame d'Amboise, tendo a noiva prometido ir mais tarde até sua alcova, onde ele teria todo o prazer de lhe ministrar os devidos ensinamentos.

Devo ainda informar-vos que a dita Madame d'Amboise, acabado o jantar, entoou para *Monsieur* de Braguelonne um tenebroso cantochão em tom menor, censurando-o por não demonstrar qualquer reconhecimento pelos bens que ela havia perdido por causa dele: sua condição, suas finanças, sua fidelidade, *et coetera*. No final, ela ficou falando durante meia hora seguida, sem que a quarta parte de sua ira se evaporasse. Como resultado, trocaram mil cutiladas, mas sem tirar as espadas da bainha.

Nesse ínterim, os recém-casados, já instalados no leito, se empenhavam, ele e ela, em buscar um modo de se evadir, para depois poder alegrar o cônjuge. O inexperiente noivo dizia que estava um tanto alterado, sem saber a razão; por isso, iria sair do leito para tomar ar. Já a noiva, que até então não deixara de ser donzela, dizia estar querendo tomar um banho de lua. Num dado momento, o ingênuo rapaz, compadecendo-se de sua noivinha, pediu-lhe desculpas, mas teria de deixá-la sozinha durante um instante. Para resumir, ficai sabendo que ambos, quando divisaram a oportunidade, deixaram o leito conjugal com grande pressa, interessados em adquirir o conhecimento que lhes faltava, e seguiram depressa para as alcovas de seus professores, que já os aguardavam impacientes, como bem podeis imaginar.

E foi assim que ambos receberam a devida instrução, a qual foi muito bem aprendida tanto por ele como por ela.

Como? Isso eu não saberia dizer, visto que cada qual tinha seu método e sua prática; ademais, dentre quantas ciências existem, essa é uma das mais mutáveis no tocante aos princípios. Só vos direi que estudante algum jamais apreendeu com mais aplicação os preceitos lingüísticos, gramaticais ou de qualquer outra natureza, que nem aqueles dois.

Mais tarde, os recém-casados voltaram para o seu ninho, muito satisfeitos por poderem intercambiar os descobrimentos resultantes de sua peregrinação científica.

— Ah, meu querido — disse a noiva, — estou vendo que teu conhecimento até já superou o do meu professor!

Dessas curiosas experiências resultou para aqueles dois a felicidade matrimonial e sua perfeita fidelidade, visto que, logo depois de transpostos os umbrais de seu casamento, viram que cada qual tinha muita coisa nova para incrementar as brincadeiras amorosas, tornando-as mais interessantes do que as que seus mestres lhes haviam ensinado.

Com efeito, durante todo o restante de seus dias, não mais necessitaram recorrer a outros conhecimentos que não os seus próprios.

E foi por isso que *Monsieur* de Moncontour, já com idade avançada, comentava com seus amigos:

— Fazei como eu: sede cornudos enquanto estais verdes, e não quando estiverdes maduros...

17 — A TERNA NOITE DE AMOR

Naquele inverno em que teve início a proibição do uso de armas entre as pessoas envolvidas nas revoltas religiosas, e durante o qual ocorreu o chamado "Tumulto de Amboise", um advogado de nome Avenelles cedeu sua casa situada na Rue des Marmouzets para as entrevistas e convenções dos huguenotes, pois que ele era um deles. Entretanto, não era do seu conhecimento que o Príncipe de Condé, La Regnaudie e outros pretendiam raptar o Rei.

Esse tal Avenelles era um barba-ruiva sem entranhas, lustroso como raiz de alcaçuz, pálido como o diabo, conforme costumam ser os chicanistas que se escondem nos recintos tenebrosos do Parlamento. Para encurtar a descrição, era o advogado mais desalmado que jamais existiu. Ria sem pejo dos que se viam obrigados a vender o que tinham para saldar suas dívidas. De fato, era um verdadeiro Judas. Segundo alguns autores que entendiam a fundo de velhacarias e sutilezas, nesses assuntos ele era metade figo e metade passa, conforme será sobejamente mostrado neste Conto que ora vos apresentamos.

Esse procurador tinha desposado uma encantadora burguesa de Paris, em relação à qual sentia um ciúme mortal, sendo até capaz de matá-la caso encontrasse nos lençóis de sua cama uma dobra para a qual ela não tivesse uma explicação convincente. Todavia, caso a matasse por isso, iria cometer um grave erro, porque tais dobras soíam ser indubitavelmente inocentes. Por causa disso, ela dobrava caprichosamente seus lençóis, a fim de não dar margem a quaisquer mal-entendidos. Cabe frisar que, conhecendo a natureza truculenta e assassina do marido, ela lhe era inteiramente fiel, sempre a postos, qual um candelabro, a cumprir seu dever, como se fora um baú que nunca sai de seu lugar, pronto a se abrir conforme o desejo do dono.

Não obstante, o advogado costumava deixá-la debaixo da estrita vigilância de uma velha governanta carrancuda, mais feia que panela sem cabo. Fora ela quem criara o *Sieur* Avenelles, por quem sentia irrestrita afeição.

A pobre esposa, como única distração que encontrava em meio a sua fria vida doméstica, costumava freqüentar a igreja de São João, onde fazia suas rezas e novenas. A igreja estava situada na Place de la Grève, que, como todos sabem, era o ponto de encontro do mundo elegante. Ali, enquanto dirigia suas preces a Deus, ela regalava os olhos contemplando aquele desfile de rapazes galantes de cabelos frisados, todos elegantes, engomados e bem adereçados, indo e vindo, flutuando por ali como se fossem borboletas. Depois de admirar todos eles, acabava sempre fixando o olhar num cavalheiro que constava ser amigo íntimo da Rainha-Mãe, um bonito italiano por quem acabou se apaixonando. Seu escolhido estava na flor da idade, tinha aspecto nobre, era ágil de movimentos e ostentava todo um ar de sujeito de caráter firme; enfim: era tudo aquilo que um amante deve ser para poder entregar um coração cheio de amor a uma honesta senhora casada, firmemente atada aos laços do matrimônio, mas que vivia atormentada e incitada a desatá-los, a fim de libertar-se de vez daquelas amarras conjugais.

E acontece que também o rapaz se enamorou da bela dama, cujo mudo amor lhe falava secretamente, sem que o diabo ou eles próprios jamais soubessem como podia ser aquilo. O fato era que tanto ele como ela mantinham suas tácitas correspondências de amor.

Por essa razão, a esposa do advogado passou a se enfeitar com todo o capricho, ainda que a pretexto de ir rezar. Chegada à igreja, em vez de pensar em Deus, passou a deixá-Lo zangado, dirigindo seus pensamentos apenas para o seu elegante cavalheiro, esquecendo-se de orar e de mitigar o fogo que lhe consumia o coração e lhe umedecia os olhos, os lábios e tudo o mais, uma vez que esse fogo acaba sempre por se dissolver em água. Muitas vezes ela dizia de si para si: “Oh! Eu daria minha vida por um único abraço desse lindo cavalheiro que tanto me ama!” Outras vezes, em vez de dirigir suas ladainhas à Virgem, murmurava baixinho, extraindo as palavras do fundo de seu coração: “Para aproveitar a gloriosa juventude desse gentil amante e usufruir das alegrias plenas do amor, desfrutando de tudo isto num único momento, pouco me importaria de arder nas chamas aonde são lançados os heréticos”.

Um dia, o dito cavalheiro, ao notar os encantos daquela bela dama e o rubor que lhe coloria as faces quando seus olhos se encontravam, sentou-se próximo de seu banco e lhe lançou aqueles olhares que as damas tão bem entendem. Então, sem que ela ouvisse, murmurou para si mesmo:

— Pelos duplos cornos de meu pai! Juro que essa dama há de ser minha, ainda que isso me custe a vida!"

E quando a bela dama voltou a cabeça em sua direção, através de seus olhares os dois enamorados se abraçaram, se espremeram, se cheiraram, se devoraram e até se beijaram. Aquele olhar que trocaram poderia incendiar a mecha de um arcabuz, se ali houvesse uma. Era forçoso que um tão intenso amor que tanto lhes afetava o coração viesse mais cedo ou mais tarde a se concretizar. Para tanto, o cavalheiro vestiu-se como um estudante de Montaigu, e passou a freqüentar os lugares aonde iam os subordinados de Avenelles e a se divertir em sua companhia, a fim de conhecer os hábitos do advogado, as horas em que estaria fora de casa, suas viagens, e tudo o mais, aguardando a oportunidade para lhe plantar na cabeça um belo par de chifres.

E eis como, por mero acaso, essa oportunidade surgiu. O advogado, obrigado a acompanhar o curso da conspiração religiosa, ainda que se mantivesse algo à parte dela, para o caso de tudo desandar, obrigando-o a recorrer aos Guises, teve de seguir para Blois, onde estava então sediada a Corte, correndo grande perigo de ser agarrado e preso. Sabendo disso, o cavalheiro seguiu para lá antes dele, e ali planejou montar um ardiloso esquema para apanhar *Monsieur* Avenelles, sem embargo de sua astúcia, e sem que ele conseguisse escapar dessa armadilha senão depois de portar na testa um belo par de chifres de cor carmesim.

Embriagado de amor, o cavalheiro italiano convocou todos os seus pajens e criados, distribuindo-os pela cidade de tal maneira que, quando ali chegassem o advogado, sua mulher e sua criada, fossem eles informados de que todas as hospedarias nas quais procurassem se alojar estavam lotadas, devido à estada da Corte na cidade. Por isso, eles teriam de procurar alojar-se nos arredores. Tomada essa providência, entrou ele em acordo com o proprietário da Estalagem do Sol Real, combinando arrendar por algum tempo o seu estabelecimento, e nesse intervalo dispensando todos os empregados da casa. Para maior segurança, o dono da estalagem enviou o cozinheiro e demais serviçais para o interior, sendo seus lugares ocupados pelo pessoal do nobre italiano, a fim de que o advogado não desconfiasse daquela combinação.

Então, depois de alojar na estalagem seus cúmplices, reservou para si próprio um quarto situado logo acima daquele no qual planejara hospedar sua amada, seu esposo e a governanta, providenciando imediatamente a abertura de um alçapão no assoalho. Aí, prestadas as devidas instruções ao seu amigo incumbido de representar o papel do hospedeiro, e já estando seus pajens vestidos como se fossem hospedes, e suas criadas fantasiadas de camareiras, ficou esperando que seus espias encaminhassem para lá as personagens daquela farsa que estavam faltando, a saber: a esposa, o marido, a governanta e os demais empregados, os quais não demoraram a ali se apresentar.

Dada a presença maciça de gente importante — nobres, comerciantes, militares, funcionários públicos e outros — que se encontravam na cidade devido à estada no lugar do jovem Rei, das duas Rainhas, dos Guises e de toda a Corte, ninguém poderia se espantar diante da confusão e do rebuliço que reinavam na Estalagem do Sol Real. Eis então *Monsieur* Avenelles ali chegando juntamente com sua esposa e a governanta, indo de hotel em hotel, de hospedaria em hospedaria, e se considerando felicíssimo quando por fim ficou sabendo da existência de vagas naquela estalagem onde o galante italiano já se aquecia, deixando em banho-maria seu desejo amoroso.

Resolvido o problema de alojamento do advogado, o cavalheiro foi espairecer no pátio, a fim de dar uma espiada em sua dama, e não teve de esperar muito, uma vez que a bela Madame Avenelles, preparando-se para visitar a Corte pela manhã, segundo o costume das damas, logo avistou e reconheceu, não sem que seu coração passasse a palpitar mais depressa, seu galante e bem-amado cavalheiro. Imaginai a satisfação que aquela visão lhe causou! E se, por um feliz acaso, eles pudessem ficar a sós nem que apenas por um fugaz instante, aquele bom cavalheiro não teria de duvidar da boa sorte que o aguardava, tão incendiada se encontrava a bela dama dos pés à cabeça.

— Oh! Como me aquecem o peito os raios emitidos por esse cavalheiro! — disse ela sem pensar, em vez de dizer "por esse sol", que então rebrilhava ardentemente no céu.

Ouvindo essas palavras, o advogado correu para a janela, avistando lá fora o sujeito que ela acabara de mencionar.

— Ah, minha querida! Então estais atrás de cavalheiros ardentes? — perguntou o advogado, agarrando-a pelo braço e a arremessando como um saco sobre a cama. — Lembrai-vos de que, se eu carregasse aqui de lado um estojo, e não uma bainha de espada, e esse estojo contivesse um canivete, eu o cravaria agora mesmo bem no vosso coração, à menor suspeita de traição conjugal! Acredito já ter visto esse cavalheiro em algum lugar.

Vendo o semblante terrivelmente maligno do advogado, sua esposa se levantou e lhe disse:

— Matai-me, se assim quiserdes, pois sinto vergonha por imaginardes que eu vos queira enganar. Jamais voltareis a pôr as mãos em mim, depois de me terdes assim ameaçado. E de hoje em diante não terei outro pensamento que não seja dormir com um amante mais gentil do que sois.

— Ora, ora, meu benzinho — replicou o advogado tomado de surpresa, — acho que passei da conta. Beijai-me, queridinha, e dizei-me que estou perdoado.

— Não vou dar-vos um beijo, nem vos conceder meu perdão — replicou a dama. — Não passais de um desalmado!

Furioso, Avenelles quis conseguir pela força aquilo que sua esposa lhe negava, seguindo-se daí um feroz combate, do qual ele saiu todo lanhado. Mas o pior foi que, sem embargo de todos aqueles arranhões, ele estava sendo esperado pelos conspiradores, que tinham marcado para aquela hora uma audiência, e por isso foi obrigado a deixar sua boa esposa sob a guarda da velha governanta.

Ciente da ausência do chicanista, o cavalheiro, após deixar um de seus ajudantes de guarda numa esquina da rua, deu início à concretização de sua bendita tramóia, erguendo sem ruído algum a tampa do alçapão, e atraindo a atenção da dama por meio de um "*Psit, psit!*" dito à meia voz, o qual logo foi escutado e compreendido por seu coração, que, de ordinário, tudo entende.

A bela ergueu a cabeça e avistou o gentil amante a quatro pulos de pulga logo acima dela. Com um sinal, ele chamou sua atenção para dois cordões grossos de seda, cada qual com um laço nas pontas, dando-lhe a entender que ela devia passar os braços através deles. A dama obedeceu, e num piscar de olhos foi alçada por meio de duas polias para o quarto de cima. Assim como se abrira, o alçapão foi fechado deixando sozinha no quarto de baixo a velha governanta. Esta, ao voltar o rosto, ficou embasbacada por não mais avistar nem o vestido, nem a mulher, acreditando que esta tivesse sido raptada. Como? Por quem? Por onde? Quando?... Pega! Atrás dela! Socorro! Acudi! Tão perplexa estava quanto o ficavam os alquimistas diante de seus fornos e cadinhos, ou depois de lerem Herr Trippa. Com efeito, a velha conhecia bem o crisol e aquela grande obra, e logo percebeu que o advogado estava sendo corneado, e que sua esposa parecia ter participação ativa naquele enredo. Ela ali permaneceu pasmada, esperando a chegada de *Monsieur* Avenelles, que era o mesmo que dizer "esperando a morte", uma vez que, quando tomado de ódio, ele se voltava contra tudo e contra todos, e a pobre mulher não via como fazer para se salvar, ainda mais porque, por medida de prudência, o ciumento marido tinha levado consigo as chaves do quarto.

A primeira coisa com que Madame Avenelles se deparou foi a mesa servida com uma bela refeição, além de um crepitante fogo na lareira, mas um fogo ainda melhor aceso no coração de seu amante, que a abraçou e beijou com lágrimas de alegria nos olhos, enquanto agradecia aos dela as furtivas e excitantes olhadelas que lhe dirigira durante as novenas na igreja de São João, na Place de la Grève. Aí, ela não se recusou a se entregar ao amor, deixando-se adorar, abraçar, acariciar, e sentindo-se feliz pela adoração, pelos abraços e pelas carícias que recebia, à moda dos mais celebrados amantes. Depois, os dois decidiram entre si passar a noite juntos, não se importando com o que poderia acontecer, esperando ela que o futuro fosse tão agradável como o que lhe estava acontecendo aquela noite, e confiando ele em sua astúcia e sua espada. Em suma, os dois pouco se preocupavam com a possibilidade de perder a vida, desde que de uma só vez consumassem mil vidas e desfrutassem de mil delícias, entregando-se em dobro um ao outro, na certeza de que estavam caindo num abismo, mas satisfeitos de rolar por ele abaixo bem abraçadinhos, entregando-se mutuamente com todo o amor de sua alma e com enorme sofreguidão.

E como era intenso o amor que sentiam um pelo outro! Esse tipo de amor não é conhecido pelos pobres cidadãos que se deitam prosaicamente com suas esposas, ignorando a sensação de um coração acelerado, dos jatos ferventes de vida, dos abraços apertados, ao contrário do que ocorre com dois jovens amantes unidos intimamente e reluzentes de desejo, especialmente quando seus abraços representam perigo de morte.

E foi por isso que a bela dama e o gentil cavalheiro mal tocaram no jantar, logo se recolhendo ao leito. Agora vamos ter de deixá-los a seu alvedrio, uma vez que nenhuma palavra, a não ser as pronunciadas no Paraíso, as quais desconhecemos, seria suscetível de expressar suas deliciosas angústias e sua angustiante agitação. Nos instantes que se seguiram, o marido foi tão bem corneado, que todas as más recordações de seu casamento foram varridas da memória da dama pelo amor.

Enquanto isso, nosso prezado *Monsieur* Avenelles estava enfrentando um grande problema, pois à reunião secreta dos huguenotes havia comparecido o Príncipe de Condé, acompanhado de todos os manda-chuvas e chefes; e ali foi resolvido que deveriam raptar a Rainha-Mãe, os Guises, o jovem Rei, a jovem Rainha, e mudar o Governo. Vendo que as coisas estavam se encaminhando para um lado perigoso, o advogado, receando que sua cabeça acabasse rolando, e sem sentir o peso dos enfeites que nela estavam sendo aplicados naquele instante, apressou-se em alcagüetar a conjuração a Sua Eminência o Cardeal de Lorena, que enviou nosso chicanista à casa do Duque seu irmão, onde os três entraram em conluio, fazendo belas promessas a *Monsieur* Avenelles, e prendendo-o ali até por volta da meia-noite, quando ele por fim conseguiu escapulir discretamente do castelo.

Nesse exato momento, os pajens do cavalheiro e toda a sua gente participavam de uma alegre farra comemorando o sucesso amoroso do chefe. Então, chegando em meio à comemoração, na hora das bebedeiras e da gritaria geral, nosso irritadiço advogado foi saudado por caçoadas, ditos maldosos e gargalhadas ferinas, que o fizeram empalidecer, ainda mais quando, ao entrar em seu quarto, não encontrou ali senão a velha governanta. A infeliz até que quis se explicar, mas o advogado lhe aplicou um violento soco na barriga, mandando com um gesto, que ela fizesse silêncio. Depois remexeu em sua valise, tirando de lá um punhal. Enquanto o retirava da bainha e o empunhava, escutou uma risada franca, alegre, despreocupada, amorosa, gentil e celestial, seguida de algumas palavras de fácil compreensão, que escaparam pelas frestas do alçapão. O astuto advogado então apagou sua vela e avistou, através das gretas do teto, de maneira extrajudicial, uma luzinha fraca que lhe desvendou vagamente o mistério, pois lhe permitiu reconhecer a voz de sua mulher e a do combatente. Tomando a governanta pelo braço, ele subiu os degraus, pisando com passo de veludo, e seguindo pé ante pé até a porta do quarto onde se encontravam os dois pombinhos, não custando a encontrá-la. Imaginai qual não teria sido a tremenda patada que ele deu na porta para arrombá-la! Em seguida, entrando no quarto, surpreendeu sua mulher seminua nos braços do galã, caindo de um salto sobre o casal.

— Oh! — assustou-se a esposa.

Sem perda de tempo, o advogado tentou golpear o amante, que conseguiu evitar o golpe, e se esforçou por tomar-lhe o punhal das mãos, mas sem sucesso. Ora, nessa luta de vida e de morte, o marido, vendo-se impedido de golpear seu substituto de alcova, que lhe segurava o pulso firmemente com dedos de ferro, enquanto a mulher lhe cravava seus belos dentes numa mordida feroz, qual um cão que abocanha seu osso, imaginou um modo melhor de aplacar sua cólera. Foi então que esse demônio em forma de gente, interrompendo seu processo cornífero, ordenou astutamente à governanta, falando-lhe em linguajar macarrônico, que amarrasse os amantes utilizando os cordões de seda deixados ao lado do alçapão, e, jogando para longe o punhal, ajudou-a a atá-los. Tendo

feito isso num piscar de olhos, enfiou-lhes um pano na boca para impedi-los de gritar, e, sem dizer palavra, voltou a apanhar o punhal. Nesse exato momento entraram no quarto diversos oficiais do Duque de Guise, cuja presença não tinha sido notada durante o fragor daquela refrega, embora eles estivessem revirando a hospedaria de cabeça para baixo, à procura de *Monsieur* Avenelles. Esses soldados, advertidos subitamente por um grito dos pajens do cavalheiro amarrado, amordaçado e semimorto, logo se postaram entre o homem com o punhal e os amantes, arrancando-lhe a arma das mãos, e depois concluíram sua missão dando-lhe voz de prisão e levando para a masmorra do castelo ele, sua mulher e a governanta. Ao mesmo tempo, um dos soldados dos Guises, reconhecendo no italiano um amigo de seus amos, com o qual a Rainha estava assaz interessada em se encontrar, donde lhes ter sido recomendado enviá-lo ao Conselho, convidou-o a acompanhar a tropa. Então, já devidamente desamarrado, o cavalheiro vestiu-se, e, chamando à parte o chefe da escolta, disse-lhe que, por uma questão de deferência para com ele, seria de suma importância manter o marido longe da mulher, prometendo conceder-lhe seu favor, suas recomendações e até mesmo alguma soma em dinheiro, caso ele tivesse o cuidado de lhe obedecer durante aquela circunstância. Então, para maior segurança, revelou-lhe o porquê de tudo aquilo, acrescentando que, se a pobre mulher se encontrasse dentro do alcance de seu rancoroso marido, este com certeza iria aplicar-lhe um murro no estômago, do qual ela nunca mais iria recobrar-se. Para encerrar o assunto, ele pediu que colocassem a dama aprisionada no castelo, mas numa cela aprazível, dando vista para os jardins, e o advogado num calabouço afastado, acorrentando-lhe as mãos e os pés.

Tendo o oficial se comprometido a tudo fazer de acordo com as instruções do cavalheiro, este acompanhou a dama até o pátio do castelo, garantindo-lhe que, se tudo corresse como ele previa, ela logo se tornaria viúva, podendo ele então desposá-la em matrimônio legítimo.

De fato, *Monsieur* Avenelles foi jogado numa úmida masmorra pouco arejada, enquanto que sua gentil esposa foi alojada numa cela logo acima dele, segundo a recomendação de seu amante, que era o *Signor* Scipione Sardini, riquíssimo nobre proveniente de Lucca, e, como dissemos antes, grande amigo da Rainha Catarina de Médicis, que nessa época estava agindo de acordo com os Guises.

Resolvido esse assunto, ele então subiu depressa aos aposentos da Rainha, onde estava sendo realizada uma reunião secreta. Ali o italiano ficou a par do que estava acontecendo, e dos perigos que ele estaria correndo se permanecesse na Corte. O *Signore* Sardini notou que os conselheiros estavam embaraçados e surpresos com toda a confusão corrente, e por isso tratou de tranqüilizá-los, dizendo como poderiam tirar proveito daquilo tudo. Seguindo seu conselho, foi adotada a sensata idéia de levar o Rei para o castelo de Amboise atraindo para lá os hereges, e aí prendendo-os como raposas num saco, para em seguida dar cabo de todos eles.

Com efeito, como é de conhecimento geral, a Rainha-Mãe e os Guises souberam dissimular seus intentos, encerrando de maneira radical o Tumulto de Amboise. Todavia, isso não constitui assunto do presente Conto.

Pela manhã, depois que os conspiradores já tinham deixado o quarto da Rainha-Mãe, e que tudo já estava acertado, ali permaneceu o *Signore* Sardini, que em momento algum se havia esquecido do amor que sentia por sua burguesinha, embora nessa época

ele também estivesse profundamente apaixonado pela encantadora Limeuil, uma linda aia da Rainha-Mãe, e aparentada com ela através da casa tureniana de La Tour. Então a Rainha perguntou por que razão aquele Judas tinha sido aprisionado, tendo o Cardeal de Lorena respondido que sua intenção não era de modo algum fazer mal ao chicanista, mas que, receando que ele se arrependesse, e para assegurar seu silêncio até o final daquela conspiração, ele o tinha deixado de quarentena, comprometendo-se a devolver-lhe a liberdade no momento oportuno.

— Libertá-lo?! — vociferou o nobre de Lucca. — Nem pensar! Temos é que costurá-lo dentro de um saco e atirá-lo sem dó no meio do Loire! Para início de conversa, conheço-o bem, e sei que ele não tem propensão nem vontade alguma de perdoar-vos por ter sido preso, e logo tratará de retornar ao Protestantismo. Portanto, há de comprazer a Deus essa tarefa de dar sumiço num herege. Destarte, ninguém ficará a par de vossos segredos, e nenhum de seus adeptos irá se dar ao trabalho de vos perguntar o que teria acontecido com ele, receando ser considerado por isso um traidor. Permiti que eu salve sua mulher e acomode o resto, pois assim garanto que irei livrar-vos dele.

— Há, ha! — riu o Cardeal. — É bem boa essa vossa sugestão! Agora eu me vou, pois antes de seguir vosso conselho, quero ter os dois guardados com toda a segurança possível. Vamos lá!

Chamou então um oficial de justiça, ordenando-lhe que não permitisse a pessoa alguma comunicar-se com os dois prisioneiros. Em seguida, pediu a Sardini que avisasse em sua hospedaria que o advogado fora embora de Blois para retomar seus processos de Paris. Aos homens encarregados de guardar o advogado deu ordens verbais para que o tratassem como pessoa importante, não o deixando despido nem roubando seus pertences.

Quanto ao advogado, que tinha guardados em sua bolsa trinta escudos de ouro, e não se importava de perder tudo, desde que pudesse executar sua vingança, dirigiu-se aos carcereiros, e, depois de lhes provar com sólidos argumentos que tinha plenos direitos de estar com sua mulher, por quem era apaixonado, disse-lhes ainda que ansiava por voltar a manter com ela as relações que a Lei lhe assegurava. Mas o *Signore* Sardini, receando que a presença do chicanista de cabelos ruivos representasse um perigo para a dama, e querendo zelar pela sua segurança, dada a possibilidade de vir ela a ser vítima de alguma grande malvadeza, decidiu raptá-la durante a noite, levando-a para um lugar seguro. Então contratou alguns barqueiros e um batel, postando-os perto da ponte, e ordenou a três de seus mais ágeis criados que fossem limar as grades da cela na qual se encontrava a dama, encarregando-os ainda de conduzi-la até os muros do jardim onde ele a estaria esperando.

Concluídos esses preparativos, e depois de adquiridas boas limas, ele conseguiu falar pela manhã com a Rainha-Mãe, cujos aposentos se situavam acima da fortaleza onde estavam presos o advogado e sua mulher, na certeza de que ela o ajudaria naquela fuga. De fato, foi recebido por ela, a quem pediu que não se opusesse ao livramento da dama,

Acorreram ao local vários criados portando archotes, mas ele ainda teve tempo de saltar dentro do barco e se afastar o mais depressa que pôde.

apesar do pensamento contrário do Cardeal e de *Monsieur* de Guise. Implorava, isso sim, que ela insistisse com Sua Eminência quanto à necessidade de se jogar aquele sujeito no rio, ao que a Rainha concordou, dizendo *Amen*. Ele então, sem perda de tempo, enviou a sua dama um bilhete oculto num prato de pepinos, dando-lhe ciência de sua viuvez próxima, e da hora da fuga, informações que deixaram a nossa burguesa bem satisfeita.

Então, ao entardecer, tendo os soldados encarregados de guardar a dama sido descartados pela Rainha, que os chamou devido ao medo que estava sentindo por causa da estranha luminosidade do luar, eis os criados erguendo apressadamente a grade e chamando a dama, que acorreu sem tardança ao seu chamado, sendo acompanhada por eles até o muro, onde a esperava o *Signore* Sardini.

Depois de fechada a poterna, e estando o italiano do lado de fora com a dama, eis que ela tirou o manto que a cobria, surgindo em seu lugar o advogado, que imediatamente se arremessou sobre seu rival, agarrando-o pelo pescoço e quase o estrangulando, enquanto o arrastava para a água, intencionado a atirá-lo no fundo do Loire. Sardini tentou defender-se, gritando e se debatendo, mas sem conseguir livrar-se daquele furioso demônio de beca, apesar de possuir um estilete. Aos poucos, foi-se aquietando, até cair dentro de um atoleiro sob os pés do advogado, ao qual só então pôde reconhecer, apesar do nevoeiro que encobria aquele combate diabólico. Ali, à luz do luar, conseguiu enxergar o rosto do seu rival todo salpicado do sangue da esposa. Bufando de ódio, o advogado finalmente soltou o italiano, acreditando que ele estivesse morto, e também porque acorreram ao local vários criados portando archotes. Ele ainda teve tempo de saltar dentro do barco e se afastar o mais depressa que pôde.

E foi assim que a pobre Madame Avenelles acabou morrendo sozinha. Quanto ao *Signore* Sardini, foi encontrado pelos criados meio estrangulado, e medicado logo em seguida, de modo que, por assim dizer, ressuscitou.

Mais tarde, como é de conhecimento geral, Sardini desposou a formosa Limeuil, depois que essa bela moça foi transportada às pressas para a cama na alcova da Rainha-Mãe, a fim de encobrir um grande escândalo, que, dada a sua amizade pela Regente, ele quis esconder, e que, dado o amor que sentia pela jovem, houve por bem encobrir com seu casamento. Agradecida pela fidalguia dessa atitude, Catarina concedeu-lhe a bela propriedade de Chaumont-sur-Loire, juntamente com o castelo. Mas como ele tinha sido tão brutalmente agredido, pisado, enforcado e maltratado pelo marido enganado, não durou muito tempo, deixando a bela Limeuil viúva logo na primavera seguinte.

Não obstante seus malfeitos, o advogado não foi procurado ou perseguido. Bem ao contrário, ele teve a esperteza de fazer com que fosse incluído no último Edito de Conciliação, como um dos conspiradores que não deviam ser punidos, tendo retomado o convívio com os huguenotes, para os quais foi trabalhar na Alemanha.

E no tocante à pobre Madame Avenelles, orai por sua alma, pois seu corpo foi jogado não se sabe onde, não recebendo as preces da Igreja, nem sepultura cristã. Pobre mulher! Derramai vossas lágrimas por ela, ó damas cujos amores deram certo!...

18 — O SERMÃO DO ALEGRE VIGÁRIO DE MEUDON

Quando Mestre François Rabelais visitou pela última vez a Corte do Rei Henrique, o segundo desse nome, isso se deu naquele inverno em que ele, por injunção da Natureza, teve de deixar para trás seu envoltório carnal, para sobreviver eternamente em seus esplendorosos escritos dotados daquela bela filosofia à qual sempre teremos necessidade de retornar. O bom homem tinha então completado (ou pouco faltava para isso) setenta ninhadas de andorinhas. Sua cabeça homérica estava bem desprovida de cabelos, mas ele ainda tinha sua famosa e majestosa barba, e sempre deixava entrever um ar de primavera em seu sorriso tranqüilo, bem como revelava indícios de sua enorme sapiência na ampla fronte que ostentava. Era um belo ancião, no dizer daqueles que tiveram a ventura de contemplar seu rosto, em cujos traços Sócrates e Aristófanes,

outrora inimigos, mas que então já se haviam reconciliado, misturavam suas feições. Foi então que, sentindo sua hora extrema prestes a soar, decidiu ir apresentar seus respeitos ao Rei de França, aproveitando que o monarca tinha vindo a seu castelo de Tournelles, que ficava perto da casa do bom homem, situada à altura dos jardins de Saint Paul apenas à distância de uma pedrada de lá.

Tiveram então um encontro nos aposentos da Rainha Catarina: Madame Diane, cuja visita ela concordava em receber com base em razões de alta política; o Rei; e ainda o senhor Condestável, os cardeais De Lorraine e Du Bellay, os senhores de Guise, *Monsieur* de Birague e outros italianos, que nessa ocasião já se haviam aboletado na Corte sob a proteção da Rainha; o Almirante Montgomery, os oficiais lotados no serviço do Rei, bem como alguns poetas, como Melin de Saint-Gelays, Philibert de l'Orme e *Monsieur* Brantôme.

Percebendo a presença do bom homem, o Rei, que conhecia e apreciava suas facécias, depois de trocar com ele algumas palavras corteses, disse sorrindo:

— Acaso já proferiste algum sermão para os teus paroquianos de Meudon?

Seus esplendorosos escritos dotados daquela bela filosofia à qual sempre teremos necessidade de retornar.

Mestre Rabelais, imaginando que Sua Majestade estaria tão-somente fazendo burla, uma vez que ele não tinha jamais demonstrado ao bom vigário outra preocupação com relação a seu cargo que não fosse com a arrecadação dos proventos eclesiásticos, respondeu:

— Sire, meus ouvintes estão em todo lugar, e meus sermões ressoam por toda a Cristandade.

Em seguida, lançando um olhar sobre toda aquela gente da Corte, que, afora os senhores Du Bellay e Chastillon, não costumavam enxergar nele senão um misto de sábio e de bufão, ainda que na realidade estivessem diante do rei dos espirituosos, e melhor rei que aquele cuja coroa os cortesãos veneravam, ainda que apenas no tocante às benesses que à sombra dela usufruíam, o bom homem resolveu, antes de bater as botas, concretizar um antigo e malicioso desejo: despejar uma urinada filosófica em cima de suas cabeças, assim como o tinha feito o bom Gargântua com os parisienses, depois de subir ao alto das torres de Notre Dame, de onde os regou generosamente. Então, acrescentou:

— Se estiverdes de bom humor, Majestade, poderei regalar-vos com um excelente sermãozinho de perpétua utilidade, que deixei guardado sob o tímpano de minha orelha esquerda, a fim de pronunciá-lo num local adequado, à maneira de parábola áulica.

— Senhores — disse o soberano, — tem a palavra Mestre François Rabelais, que haverá de com ela nos propiciar a salvação. Portanto, prestai atenção: ele é fecundo em chistes evangélicos.

— Com vossa permissão, Majestade — disse o bom homem, — estou pronto para começar.

Então todos os cortesãos fizeram silêncio e se reuniram em círculo ao redor dele, em curiosa expectativa diante do pai de Pantagruel, que lhes contou a seguinte história em palavras cuja ínclita eloqüência ninguém seria capaz de equiparar. Há que se frisar, porém, que como este conto não nos foi conservado senão pela tradição oral, será perdoado ao autor transcrevê-lo em seu próprio estilo.

“Quando chegou à idade provecta, Gargântua havia adquirido certos hábitos bizarros, que deixavam intrigadas as pessoas que viviam em sua casa, as quais, todavia o perdoavam, uma vez que ele já havia alcançado a idade de setecentos e quatro anos, a despeito da declaração de São Clemente de Alexandria em seus *Stromates,* o qual afirmava que, naquele tempo, ele deixava de usar um quarto do dia, o que para nós tem mui pouca importância.

“Então esse paternal mestre, vendo que tudo estava indo de mal a pior em sua casa, e que todo o mundo só que queria puxar a brasa para sua sardinha, ficou apavorado com a idéia de que lhe tirassem tudo o que ainda possuía em seus últimos momentos, e resolveu inventar um sistema mais perfeito de administrar suas posses. E tratou de pôr mãos à obra. Então, num porão da casa gargantuesca, enterrou uma boa porção de trigo, juntamente com vinte potes de mostarda e várias iguarias, tais como ameixas, pãezinhos da Turena, fogaças, torresmos, almôndegas, queijos de Olivet, de leite de cabra e outros, bem conhecidos na região situada entre Langeais e Loches, latas de manteiga, tortas de carne de lebre, patos assados, pés de porco recobertos de farelo de trigo, ervilhas piladas em abundância, delicadas caixinhas de marmelo de Orléans em conserva, tonéis de lampreias, cestos de temperos verdes, aves aquáticas como galinholas, marrecos, garças e flamingos conservados em salmoura, passas secas, línguas defumadas à maneira inventada por Happe-Mousche, seu afamado ancestral, e ainda doces para Gargamelle em dias de festa; enfim, mil outras cousas cuja relação se encontra nos registros das Leis Ripuárias e em alguns fólios esparsos dos Capitulários, das Pragmáticas, dos Estabelecimentos Reais, Ordenanças e Instituições daquela época.

“Em suma, o bom homem, enfiando seus óculos sobre o nariz, ou seu nariz sob os óculos, pôs-se a procurar um belo dragão voador ou um licorne, a fim de incumbir um ou outro da guarda desses preciosos tesouros.

“Imerso nessas profundas cogitações, pôs-se a passear pelos seus jardins. Não queria saber de um pássaro-roca, porque os egípcios tinham medo dessa ave, conforme se depreende dos seus hieróglifos. Também tirou da cabeça a idéia de bandos de pássaros-chaleiras, uma vez que os imperadores antipatizavam com eles, assim como já o faziam os romanos, se dermos crédito à informação daquele autor sonso que se chamava Tácito. Depois rejeitou os grifos que vivem em bandos, as hostes de magos e de druidas, a legião de papimânios e massoretas, que proliferavam como erva daninha, invadindo todos os terrenos, como lhe fora informado por seu filho Pantagruel ao regressar de sua viagem.

“O fato era que o bom homem, devido à lembrança que guardava de antigos relatos, não tinha confiança em raça alguma, e, se lhe tivesse sido possível, teria implorado ao Criador por uma raça em tudo por tudo diferente das existentes; porém, não se atrevendo a perturbá-Lo com tais ninharias, o pobre Gargântua não sabia por qual das raças existentes optar, e se angustiava por se ver impedido disso devido à abundância de bens que havia guardado, quando deparou no caminho com um pequeno e gentil musaranho, da nobre raça dos musaranídeos, que ostentam um escudo de goles em campo blau. Ventre de Mafoma! Podeis crer que aquele era um belo macho, dotado da mais imponente cauda de sua família. Ele se pavoneava ao sol, conforme o costume dos musaranhos que Deus criou, orgulhoso por pertencer a este mundo depois que ele foi repovoado após o Dilúvio. Segundo certas cartas patentes, não restava dúvida quanto a essa sua nobreza, devidamente registrada no Parlamento Universal, desde que constou, pela tradição oral ecumênica, que um musaranho estava presente na arca de Noé...

"Nesse ponto, Mestre Alcofribas ergueu ligeiramente seu chapéu e disse com religiosa deferência: '*Noé, meus senhores, foi aquele que primeiro plantou a vinha, e também o primeiro a desfrutar da ventura de se embriagar de vinho.*'

"*Porquanto não resta dúvida quanto ao fato de que um musaranho estava naquela nau* — prosseguiu, — *de onde todos nós procedemos; só que os homens contraíram uniões errôneas, diferentemente do que fizeram os musaranhos, donde serem eles mais zelosos de sua nobreza, mais que qualquer outro animal. Eles jamais concordariam em receber um camundongo em sua grei ainda que fosse este dotado do dom especial de transmudar grãos de areia em saborosas avelãs".*

"Tendo o bom Gargântua aprovado essa bela e cavalheiresca virtude, teve a idéia de conceder ao musaranho a lugar-tenência de seu celeiro, com os mais amplos poderes, tais como o de distribuir a justiça, o de se encarregar dos *Committimus* e das *Missi dominici,* o de supervisionar o Clero, a Gendarmaria, etc. e tal. O musaranho prometeu executar com rigor as tarefas de seu cargo e cumprir rigorosamente seu dever, como leal musaranho que era, com a condição de viver em cima de uma pilha de grãos de trigo, condição que o bom Gargântua considerou bastante razoável.

"Então, depois de tomar posse de seu domínio, o nosso musaranho começou a dar cambalhotas, feliz como um príncipe costuma estar, enquanto tomava conhecimento de seu enorme império de mostarda, seus terrenos de confeitos, suas províncias de presuntos, seus ducados de passas, condados de chouriço, baronias de tudo quanto é coisa, escalando os montes e pilhas de trigo, enquanto sua cauda tudo ia varrendo.

"Em suma, por toda parte o musaranho foi recebido com honras pelas panelas que se mantinham em respeitoso silêncio, exceção feita a um ou dois canecos de ouro, que se entrechocaram como sinos de igreja em dobre fúnebre. Isso tudo deixou-o bastante satisfeito, e ele então agradeceu a todos os presentes, inclinando a cabeça para a direita e para a esquerda, enquanto passeava à luz do sol que iluminava seu domínio. Nesse instante a cor castanha de sua pelagem tanto resplandecia, que poderíeis acreditar-se diante de um soberano nórdico envolto numa túnica de peles de marta zibelina.

"Terminadas as idas e vindas, os saltos e cabriolas, ele mastigou dois grãos de trigo, sentado no topo da pilha, como um rei em meio a sua Corte, e se acreditou o mais importante de todos os musaranhos.

"Nesse momento saíram de seus buracos e tocas os nobres da Corte noctâmbula, correndo espertamente com seus pezinhos minúsculos sobre as tábuas do assoalho. Tratava-se dos ratos, camundongos e demais roedores pihadores e vadios, dos quais se queixam os cidadãos e suas esposas.

"Pois bem: quando todos viram o musaranho, encheram-se de medo e recuaram para o limiar de seus buracos, ali permanecendo calados e tímidos. Por entre toda essa arraia miúda, apesar do perigo que o ameaçava, adiantou-se um atrevido velho da raça saltitante e roedora dos camundongos, o qual, enfiando o focinho na saída de sua toca, teve a coragem de encarar o senhor musaranho, orgulhosamente sentado sobre seu traseiro, a cauda no ar. Depois de analisar longamente o musaranho, o velho acabou chegando à conclusão de que estaria diante de um demônio, com o qual nada teria a ganhar senão lanhadas e arranhões. Por sua vez, o bom Gargântua, para que a alta autoridade de seu lugar-tenente fosse universalmente reconhecida por todos os musaranhos, gatos, doninhas, fuinhas, ratos-silvestres, camundongos, ratazanas e outros maus elementos, todos farinhas do mesmo saco, lhe tinha enfiado ligeiramente seu focinho pontudo como uma lardeadeira numa vasilha contendo óleo de almíscar, que depois foi herdada pelos musaranhos. Feito isso, o musaranho se esfregou, não obstante os prudentes avisos de Gargântua, contra os outros indivíduos mustelídeos. Decorreram daí os problemas em Musarânia, dos quais vos darei conta num livro do gênero histórico, caso me sobre tempo.

"Portanto, esse velho camundongo, que talvez fosse um rato — os rabinos do Talmude ainda não chegaram a uma conclusão acerca de sua espécie, — percebendo pelo perfume que esse musaranho fora incumbido da tarefa de tomar conta do celeiro de Gargântua, e que tinha sido borrifado de virtudes, bem como investido de plenos poderes e armado até os dentes, receava não mais poder viver segundo o costume dos camundongos, ou seja, de migalhas, farelos, pedacinhos de pão, bocados, restos, sobejos, crostas, miolinhos, fragmentos, e mil outras iguarias dessa terra prometida dos ratos. Entendendo esse dilema, o velho camundongo, ardiloso como um veterano cortesão que presenciou duas regências e três reis, resolveu testar o espírito do musaranho, ao mesmo tempo em que se devotava à salvação de todos os maxilares ratinheiros. Tal façanha já teria sido notável para um homem, e que dizer no caso dos camundongos, tendo em vista seu egoísmo, visto que vivem tão-somente para si próprios, sem pudor e com a cara mais limpa? Esses tais, a fim de se satisfazerem mais rapidamente, não hesitam em devorar hóstias, em roer estolas de padre, sem pensar duas vezes, e mesmo em beber de um cálice sagrado, sem qualquer preocupação com Deus.

"Aí, o velho camundongo avançou, fazendo bonitas curvetas, tendo o musaranho deixado que ele chegasse perto, talvez porque, a bem da verdade, devido a sua natureza, os musaranhos não enxergam bem. Então o Cúrcio dos lambisqueiros disse essas palavras, não em banal camundonguês, mas em culto linguajar toscano de Musarânia:

— Senhor, já escutei muito falar de vossa gloriosa família, da qual me considero um dos mais devotados servos. Conheço a tradição de vossos ancestrais, que no passado foram reverenciados pelos antigos egípcios, os quais os tinham em alta veneração, adorando-os com a mesma unção que destinavam a certos pássaros sagrados. Noto com prazer que vossa capa de peles é deliciosamente perfumada, e sua cor é tão esplendorosamente acastanhada, que eu duvido que possais ser efetivamente reconhecido como pertencente a essa raça, uma vez que jamais deparei com um musaranho que estivesse assim tão elegantemente trajado. Entretanto, notei que mastigastes os grãos à moda antiga, que vosso focinho é o arauto da sapiência, e que costumais espernear como um sábio musaranho. Porém, se de fato sois um genuíno musaranho, devíeis ter, não sei em que parte de vossa orelha, não sei que canal superauditivo especial, que se abre por uma porta mirífica de não sei que tipo, a qual se fecha por meio de um vosso comando secreto, não sei como, com não sei quais senhas, para vos conceder, não sei por quê, licença de não escutar não sei que cousas que vos seriam desagradáveis, uma vez que a perfeição de vossa sacrossanta capacidade de escutar e idônea condição de tudo apreender pode muitas vezes causar-vos profunda dor.

— Em verdade — disse o musaranho, — essa tal porta acaba de ser arrombada, e eu não escutei ruído algum!

— Vejamos — respondeu o velho espertalhão.

"E em seguida grimpou até o topo da pilha de grãos de trigo, de onde teve uma visão completa das reservas armazenadas para o inverno.

— Escutaste um ruído? — perguntou ele.

— Só estou a escutar o bate-bate do meu coração...

— Qüic! — fizeram todos os camundongos. — Já vimos que vamos poder enganá-lo direitinho!

O musaranho, acreditando ter encontrado um fiel criado, abriu a porta do seu orifício musical, e escutou o trique-traque dos grãos a escorrer pelo orifício de saída. Então, mesmo sem ter consultado a boa Justiça dos comissários, saltou sobre o velho camundongo e o estrangulou até a morte. Morte gloriosa, já que esse herói morreu em meio aos grãos de trigo, e foi canonizado como mártir. O musaranho segurou-o pelas orelhas e o colocou sobre a porta do celeiro, em obediência à metodologia adotada pela Porta Otomana, onde meu bom Panurgo por um triz não foi empalado.

"Aos gritos do moribundo, todos os camundongos, ratos e afins correram assustados para os seus buracos. Depois, ao cair da noite, vieram para o porão, convocados para uma assembléia destinada a discutir os negócios públicos, à qual, com respaldo na *Lei Papiria* e em outras legislações, foi permitida a presença das esposas legítimas. Os ratos quiseram postar-se na frente dos camundongos, e uma feroz disputa quanto à precedência quase fez com que tudo degenerasse em conflito, mas um rato grande deu o braço a uma camundonga, logo se estabelecendo o compadrio entre uns e outras, que desse modo compuseram casais, e todos se sentaram sobre os traseiros, de cauda para cima, o focinho para a frente, bigodes frementes e olhos brilhantes como os dos esmerilhões. Então iniciaram uma discussão que terminou em gritaria e insultos, degenerando numa embrulhada digna de um concílio ecumênico. Diziam estes que sim, outros diziam que não, e um gato que passou por ali até se assustou e disparou a correr, ao escutar aquela zoada estranha: *Bu, bu; fru fru; uh, uh; huic, huic; briff, briff; nac, nac, nac; fuí, fuí; trr, trr, trr, trr; ratsatsatsá, tsaaá; brrr, brrrr; raaá, ra, ra, ra, ra; fuiii!* Tudo compondo uma zoada geral e confusa, formando um tumulto vocal, que nossos augustos conselheiros não teriam igualado quando se põem a discutir durante uma reunião.

"Em meio a essa tempestade, uma camundonguinha que não tinha idade para entrar no Parlamento, dona de uma pelagem macia e felpuda como o são os pêlos das donzelas roedoras, enfiou seu focinho curioso por uma greta, e, à medida que crescia o tumulto, seu corpo foi seguindo atrás do focinho, até que a jovem assistente desabou em cheio sobre um arco de barril, no qual se encaixou tão bem que teríeis imaginado tratar-se de uma bela obra de arte, qual uma daquelas antigas gravações em baixo-relevo. Nesse instante, quando erguia os olhos para o céu a fim de suplicar por um santo remédio capaz de curar os males do Estado, um velho ratão, ao avistar aquela jeitosa camundonguinha, tão delicada de formas, declarou que talvez somente ela teria condição de salvar o Estado. Todos os focinhos se voltaram para aquela jovem Senhora da Boa Ajuda, e seus donos emudeceram, concordando que deviam dá-la ao Musaranho como presente, e,

François Rabelais, o alegre vigário de Meudon

independente do despeito que tal sugestão provocou em algumas camundongas enciumadas, eles a carregaram em triunfo através do porão, onde, contemplando seu passinho miúdo e gracioso a se suceder mecanicamente, os bamboleios de suas ancas, os meneios de sua pequenina e esperta cabeça, o tremelicar de suas orelhas diáfanas as lambidinhas que dava com sua lingüinha rosada nos bigodinhos e nos pelinhos da barbinha incipiente, além de seu constante sorriso, os velhos ratos se apaixonaram por ela e abanavam suas bochechas enrugadas cobertas por costeletas brancas, deliciados ante aquela visão, como outrora fizeram os velhos troianos diante da formosa Helena quando esta regressava de seu banho.

"Assim, a donzela foi conduzida para o celeiro com a missão de amolecer o coração do musaranho e salvar da inanição os roedores, tal qual o fizera, tempos atrás, a bela hebraica Ester com relação ao povo de Deus, diante do sultão Assuero, conforme se pode ler no livro dos livros, uma vez que a palavra *Bíblia* provém do grego *Biblos;* portanto, é como se a gente dissesse "o único livro". A camundonga prometeu liberar o acesso à pilha de grãos, pois, por um golpe de sorte, tratava-se da rainha dos camundongos, uma linda, fofa e rechonchuda camundonga, a mais delicada senhorita que algum dia tinha saltitado alegremente ao longo das vigas, traves e barrotes do teto, percorrido os frisos e soltado os mais graciosos guinchos quando deparava com uma noz, alguma migalha ou miolinho de pão durante seus passeios. Enfim: era uma verdadeira fada, bonita e travessa, de olhos claros como diamantes brancos, cabeça miúda, pêlo liso, corpo lascivo, patinhas rosadas, rabinho aveludado, uma camundonguinha bem nascida, que sabia falar bem, amante por natureza de viver na ociosidade, sem fazer coisa alguma, uma figurinha alegre, mais astuta que um velho doutor da Sorbonne habituado a consultar vetustos pergaminhos; ratinha vivaz, de barriguinha alva, dorso listrado, peitinhos pequenos e delicadamente conformados, dentes de pérolas, de natureza franca e afável; em suma: um pitéu digno de um rei!

"Essa pintura de donzela era tão atrevida que até parecia ser o retrato fiel de Madame Diane, aqui presente entre nós."

(Essa comparação deixou os cortesãos constrangidos e estupefactos. A Rainha Catarina sorriu, mas o Rei não achou graça alguma. O bom Rabelais seguiu em frente com seu relato, sem dar maior atenção aos cenhos franzidos e olhares zangados dos cardeais Du Bellay e De Chastillon, apavorados com a perspectiva daquilo que o temível bom homem poderia vir a dizer.)

"A gentil camundonguinha não se fez de rogada, e desde a primeira vez que desfilou diante do musaranho, já o deixou enfeitiçado para todo o sempre com seu coquetismo, suas denguices, provocações, travessuras, negaças, falsas recusas, seus olhares lânguidos e trejeitos de donzela que quer mas não se atreve a tomar a iniciativa, suas piscadelas amorosas, pequenas carícias e gracejos destinados a preparar o terreno, sua altivez de camundonga que conhece seu valor, seus chiados que provocavam risos, e risinhos que provocavam chiados, seus gestos de gentileza e outras ninharias, pequenas e cativantes traições femininas, suas promessas mudas, todas as artimanhas que são usadas e abusadas pelas representantes do sexo frágil de tudo quanto é lugar.

"Então, depois de muito ziguezague, batidinhas na cara, esfregadelas de focinhos, beijocas e outras galanterias de musaranho apaixonado, de muito franzir de sobrancelhas, suspiros, serenatas, degustações, almoços, jantares e ceias no topo da pilha de trigo, além de outros passatempos, o fiscal do celeiro, seduzido pela bela namorada, deixou de lado seus escrúpulos e acabou pegando gosto por esse incestuoso e ilícito amor. Já a camundonga, na certeza de ter o musaranho preso pelo focinho e estar com tudo dominado, quis botar mostarda no queijo e provar dos doces e de tudo o mais, e forçou seu namorado a conceder todas as licenças à imperatriz de seu coração. E ele o fez, ainda que envergonhado daquela traição com respeito a seus deveres de guardião e à quebra de seu compromisso assumido diante de Gargântua.

"Para resumir, prosseguindo sua tarefa evangélica com pertinácia de mulher, certa noite em que eles estavam em pleno divertimento, a camundonga recordou-se de seu velho e bondoso pai, desejando intimamente que também ele pudesse repimpar-se naquela pilha e comer à farta daquele trigo. Invadida por esse desejo, ameaçou o musaranho de deixá-lo sozinho e abandonado em seu domínio, caso ele não atendesse ao pedido proveniente de sua piedade filial. Então, sem pensar duas vezes, o musaranho outorgou cartas patentes contendo aquela permissão, carimbadas com lacre verde e amarradas com lacinhos de seda carmesim, nas quais se concedia ao pai se sua amada acesso irrestrito ao palácio gargantuesco, a fim de que ele pudesse ali encontrar sua bondosa e virtuosa filha, beijá-la na fronte e comer a seu bel prazer, mas desde que num canto discreto.

"Depois disso, apresentou-se diante dele um ancião de cauda branca, um rato venerável que pesava vinte e cinco onças [700 gramas], pomposo como um presidente de Corte de Justiça, balançado a cabeça e seguido de quinze ou vinte sobrinhos, todos dotados de dentes ávidos e aguçados como serras, os quais logo demonstraram ao musaranho, através de argumentos irrefutáveis, que eles, agora que se tinham tornado seus parentes, iriam servi-lo fielmente, podendo ser-lhe de grande ajuda com respeito às tarefas que lhe cabiam de contagem e verificação das vitualhas, organizando, etiquetando e contabilizando tudo, a fim de que, quando Gargântua viesse proceder a uma vistoria, encontrasse as finanças e o controle de tudo em perfeita ordem.

"Aquele compromisso tinha toda a aparência de verdade. Entretanto, o pobre musaranho, a despeito de tudo o que lhe asseveraram, estava perturbado com problemas de consciência musaranhesca. Notando que ele torcia o nariz diante daquilo tudo e passara a tratar seus convivas com cara amarrada, devido ao receio que tinha do que seu amo poderia dizer e acertar com mão mortal, sua amada, que nessa altura já fora emprenhada por ele, certa manhã descobriu um modo de acalmar suas dúvidas e apaziguar seu espírito: iria proceder a uma consulta sorbônica. Assim, mandou buscar um doutor de sua grei. Então, naquela mesma tarde, ela lhe apresentou *Monsieur* Evegault, recém-saído de um queijo, dentro do qual vivia em perfeita abstinência, um velho confessor de alta hierarquia e mui boa aparência, que envergava uma elegante toga negra, e se apresentou ereto e firme como uma torre, ligeiramente tonsurado na cabeça devido a uma unhada de gato. Era um rato circunspecto, com uma pança monástica, que costumava debruçar-se sobre os tratados científicos mais abalizados, constantes em pergaminhos, em decretais e na papelada dos processos clementinos, bem como em livros de todo tipo, cujos fragmentos ainda permaneciam disseminados sobre sua barba grisalha. Para grande honra e reverência de sua excelsa virtude, sapiência e modesta vida queijeira, vinha acompanhado por um escuro bando de ratos negros, que traziam consigo belas ratinhas de uso privativo, visto que os Cânones do Concílio de Chezil ainda não tinham sido adotados, sendo-lhes considerado lícito viver com concubinas, desde que fossem ratinhas de bom proceder. Tais ratos e camundongos beneficiados com prebendas caminhavam em duas fileiras. Se os vísseis, até acreditaríeis estar assistindo a uma procissão da Universidade, seguindo para Lendit. Tão logo chegaram ao seu destino, começaram todos a farejar avidamente as vitualhas.

"Depois que todos ocuparam seus lugares para a cerimônia, o velho cardeal dos ratos tomou a palavra e proferiu uma arenga em latim camundonguês, na qual pretendeu

demonstrar ao musaranho que ninguém, salvo o Todo Poderoso, seria superior a ele, e que somente a Deus devia ele obediência, tudo isso com rebuscadas perífrases recheadas de citações evangélicas para desviar a atenção do essencial e confundir os assistentes. Foi, a bem da verdade, um belo arrazoado salpicado de pitadas de bom senso. O discurso terminou por uma peroração repleta de palavras retumbantes em homenagem aos musaranhos, afirmando o orador que se encontrava diante do mais ínclito e o melhor representante daquela raça que jamais existiu sob o sol. Tais palavras mexeram com a vaidade do guardião do celeiro, deixando-o de cabeça virada, tendo ele então instalado o hábil orador e seus leais acompanhantes naquele porão, onde passou a escutar noite e dia elogios e louvações, além de algumas canções compostas em sua homenagem. Também não se esqueceram de celebrar sua dama, cujas patas dianteiras todos se adiantaram para beijar, e cujo traseiro foi por todos eles farejado e elogiado. Depois dessas homenagens, a patroa, sabendo que muitos ratinhos jovens ainda eram jejunos, quis completar sua obra, e então agiu ardilosamente em relação ao musaranho, tratando-o com ternura e fazendo mil denguices, das quais bastaria uma só para perder a alma de qualquer animal, e lhe disse que ele estava perdendo um tempo precioso devido ao seu amor para ficar viajando daqui para ali com o intuito de manter suas coisas sob vigilância, de modo que ele sempre se encontrava pelas estradas e pelos caminhos, sem destinar a ela a parcela de tempo que por justiça lhe cabia desfrutar. Com efeito, disse ainda, quando ela ansiava por sua companhia, eis que ele estava fora, fosse consertando as goteiras, fosse espantando os gatos, enquanto que ela o queria sempre a postos como uma lança e gentil como um passarinho. Para completar, fazendo cara de dor, arrancou um pêlo grisalho da cabeça, dizendo-se a mais infeliz camundonga que havia no mundo, e desatando a chorar. Ouvindo tais queixas, o musaranho tentou demonstrar que ela era a senhora de tudo, e quis contestar suas palavras; porém, depois de uma nova torrente de pranto derramada pela dama, acabou implorando por uma trégua, e aquiesceu a seus rogos. Bastou isso para que todas as lágrimas secassem, e ela, entregando-lhe a patinha para que ele a beijasse, sugeriu que ele convocasse e armasse uma boa tropa de soldados, constituída de ratos bem experientes, tarimbados nas batalhas e bons de serviço, encarregando-os de fazer as rondas e a servir como sentinelas.

"Tudo foi então sabiamente arranjado. O musaranho ficou com o restante do dia para dançar, divertir-se, escutar os rondós e baladas que lhe compuseram os poetas, tocar alaúde e mandola, fazer acrósticos, provar do que havia nas panelas e nas jarras de vinho.

Um dia, sua concubina, tendo deixado o resguardo depois de dar a luz ao mais formoso musaranhundongo, ou então camundongaranho (como não sei como designar tal híbrido proveniente da alquimia amorosa, deixo a solução do impasse para vós outros, estudiosos e eruditos) — *nessa altura, o Condestável de Montmorency que havia pouco arranjara o casamento de seu filho com uma bastarda legitimada pelo soberano ali presente, levou a mão à espada, segurando-a com uma força tal que chegava a dar medo)*. Então uma grande festa foi realizada no celeiro, com tal pompa e requinte que nenhum festival ou comemoração da Corte, os quais tão bem conheceis, se lhe poderia comparar, nem mesmo o Festival dos Trajes Dourados. Em todos os cantos os camundongos podiam regalar-se à vontade. Por toda parte só se viam danças, concertos, banquetes, divertimentos, sarabandas, músicas, canções alegres, epitalâmios, etc. Os ratos já haviam esvaziado as panelas e jarras de vinho, secado as ânforas e os barriletes, desembalado os fardos e pacotes das reservas de alimentos. E por ali podiam-se ver rios de mostarda, nacos de presunto espalhados pelo chão, pilhas desfeitas e espalhadas pelo chão; tudo a escorrer, a fluir, a despejar, a rolar, enquanto os ratinhos cha-

furdavam nos riachos de molho verde, os camundongos navegavam nos lagos de ponche, e os mais velhos escoltavam os empadões. Havia ratinhos cavalgando línguas de boi salgadas. Alguns ratos-silvestres nadavam dentro das panelas, e os mais sabidos tratavam de carrear os grãos de trigo para seus buracos particulares, aproveitando a confusão da festa para armazenar amplas provisões. Ninguém passava diante dos marmelos em calda de Orléans sem lhes dar uma boa dentada, quando não duas. Enfim, tudo lembrava uma bacanal romana. Na realidade, bastaria não ser surdo para escutar a chiadeira das frituras e os guinchos e clamores vindos da cozinha, o crepitar dos fornos, o pampã dos martelos de bater carne, o gluglu das fervuras, o hém-hém dos espetos a girar, o rangido das cestas e balaios, o frufru dos confeiteiros, o tinido dos facões e cutelos, e o som das patinhas a saltitar sobre as tábuas do assoalho, lembrando o barulho de uma chuva de granizo. Era como uma álacre festa de bodas, com ratinhos indo e vindo por toda parte, uns lidando na cozinha, outros nas despensas, servindo, usufruindo, sem falar nos músicos, nos cantores, bufões e saltimbancos, todo o mundo se saudando e cumprimentando, enquanto outros tocavam tambores e pandeiros, numa balbúrdia infernal. Em resumo, tão grande era a alegria que todos se puseram a menear as cabeças num movimento coletivo para celebrar aquela noite formidável.

"Súbito, escutou-se o passo aterrorizante de Gargântua, que subia os degraus de sua casa, a fim de se dirigir ao porão. Suas pisadas faziam trepidar as vigas, o soalho e tudo o mais. Os ratos mais velhos estranharam o barulho, indagando entre si o que significava aquilo, e quando se deram conta de que se tratava dos passos cadenciados do amo e senhor, tomados de pavor, alguns trataram de se escafeder, e fizeram bem, uma vez que o patrão ali entrou de repente, e, avistando aquela baderna dos senhores ratos, vendo

como estavam sendo dilapidadas suas conservas e reservas, esvaziadas suas panelas e seus potes de mostarda, tudo mexido, usado e emporcalhado, pisoteou com raiva aqueles torpes vermes, para esmagá-los, sem sequer lhes dar tempo de gritar, e assim destroçou seus belos trajes, seus cetins, pérolas e veludos, reduzindo tudo a frangalhos e andrajos, e desse modo encerrando a festa.

— E que aconteceu com o musaranho? — perguntou o Rei, deixando de lado seu ar pensativo.

— Ah, Majestade — respondeu Rabelais, — pois vede como foi injusta a gente gargantuesca! O infeliz foi condenado à morte, mas em virtude de sua qualidade de nobre, teve a cabeça decepada. Isso foi uma coisa mal feita, uma vez que ele fora vítima de uma traição.

— Foste bem longe, bom homem — comentou o Rei.

— Não bem longe, Majestade — replicou Rabelais, — mas bem alto. Não tendes vosso trono abaixo de vossa coroa? Solicitastes de mim que proferisse um sermão. Foi o que fiz, ao estilo evangélico.

— Meu querido vigário — segredou-lhe ao ouvido Madame Diane, — que vos aconteceria se eu fosse rancorosa?

— Madame — respondeu Rabelais, — faríeis melhor se alertásseis o Rei, vosso amo, contra os Italianos da Rainha, que abundam como besouros por aqui.

— Pobre pregador — disse-lhe o Cardeal Odet ao ouvido, — devias ser exilado para uma terra bem distante.

— Ah, *Monseigneur* — respondeu o bom homem, — dentro em breve deverei estar seguindo para a mais distante de todas as terras...

— Que Deus te guarde, meu preclaro escritor! — exclamou o Condestável, cujo filho, como se sabe, tinha traiçoeiramente abandonado *Mademoiselle* de Piennes, da qual estava noivo, tendo-a trocado por Diane de França, filha de uma dama do lado de cá dos montes e do Rei. — Com que direito te atreves a difamar pessoas de alto gabarito? Ah, poeta maldito, gostas mesmo de aparecer, não? Ora muito bem, dou-te minha palavra de que ainda irei colocar-te num lugar onde todos te poderão ver!

— Será para onde todos nós iremos, Senhor Condestável — replicou o bom homem. — Mas, se de fato fordes amigo do Estado e do Rei, agradecer-me-íeis por ter-vos advertido quanto às tramóias dos lorenos, ratos dispostos a roer tudo o que puderem.

— Meu bom homem — disse-lhe ao ouvido o Cardeal Charles de Lorraine, — se forem necessários alguns escudos de ouro para que se publique teu quinto livro de Pantagruel, podes contar comigo, pois acabaste de expor claramente o caso a essa megera que enfeitiçou o Rei, bem como a sua camarilha.

— Pois muito bem, senhores — disse o Rei, — que ensinamento tirastes desse sermão?

— Sire — disse Mellin de Saint-Gelais, notando que todos tinham ficado contentes, — jamais tive a oportunidade de escutar uma prognosticação pantagruélica melhor do que esta! E dizer que a devemos àquele que compôs estes inspirados versos leoninos na Abadia de Theleme:

Vós que aqui estais em total proteção,
ide pregar sem medo e com unção,
o ensinamento que a nós foi legado,
e que os hostis arautos do pecado
tentam torcer com torpe pregação.

Tendo todos os cortesãos concordado em aplaudir o declamador, passaram a celebrar Rabelais, que logo em seguida se retirou, acompanhado com grande pompa pelos pajens do Rei, os quais, por ordem expressa de Sua Majestade, seguiram a sua frente, portando archotes acesos. Enquanto ia embora, ignorando sua condição de o mais honorável intelectual de nossa terra, alguns dirigiram a François Rabelais ditos zombeteiros, chalaças e caretas simiescas, indignas desse Homero filosófico, desse príncipe de sabedoria, desse centro paternal de onde saíram, depois que sua luz subterrânea veio à tona, um bom número de obras magníficas. Uma figa para aqueles que desonraram sua divinal cabeça! Sejam triturados entre seus dentes durante toda a sua vida aqueles que ignoraram seu saudável e bem dosado alimento!

Meu prezado bebedor de água pura, fiel seguidor das abstinências monásticas, sábio de vinte e cinco quilates: sereis tomado por uma crise de espirros e de risos sempiternos, e até rejuvenescerás um pouco, caso vás a Chinon e consigas licença para ler os incongruentes balbuceios, as desconexas patetices daqueles que, em tom ora maior, ora menor, interpretaram, comentaram, despedaçaram, difamaram, deturparam, atraiçoaram, adulteraram, perverteram, falsificaram e tentaram passar a limpo tua obra sem par. Tanto pôde Panurgo encontrar cães ocupados com o vestido de sua dama na igreja, quanto se podem encontrar capões acadêmicos de duas patas e desprovidos de meninges na cabeça, sem esforçar o diafragma, para conspurcar tua excelsa pirâmide de mármore, na qual foi cimentada para sempre a semente de todas as invenções fantásticas e cômicas, além dos magníficos ensinamentos acerca de tantos assuntos. Ainda que sejam bem raros os peregrinos com fôlego suficiente para embarcar em tua nau, acompanhando-te em tua peregrinação sublime através do oceano das idéias, métodos, aspirações, religiões, sabedoria e esperteza humanas, ao menos o incenso com que te cultuam é de boa qualidade, puro, sem mistura, e tua onipotência, onisciência e estilo onipalrante são por si sós amplamente reconhecidos. Foi por isso que um pobre filho da alegre Turena se empenhou em te fazer justiça, ainda que bem aquém de seu merecimento, tentando realçar tua imagem e glorificar tuas obras de eterna memória, tão caras àqueles que amam as obras homocêntricas, nas quais o universo moral está contido, e nas quais se encontram, espremidas como sardinha em lata, as idéias filosóficas que versam sobre qualquer assunto, tais como ciências, artes, eloqüência, sem deixar de lado as pantomimas teatrais.

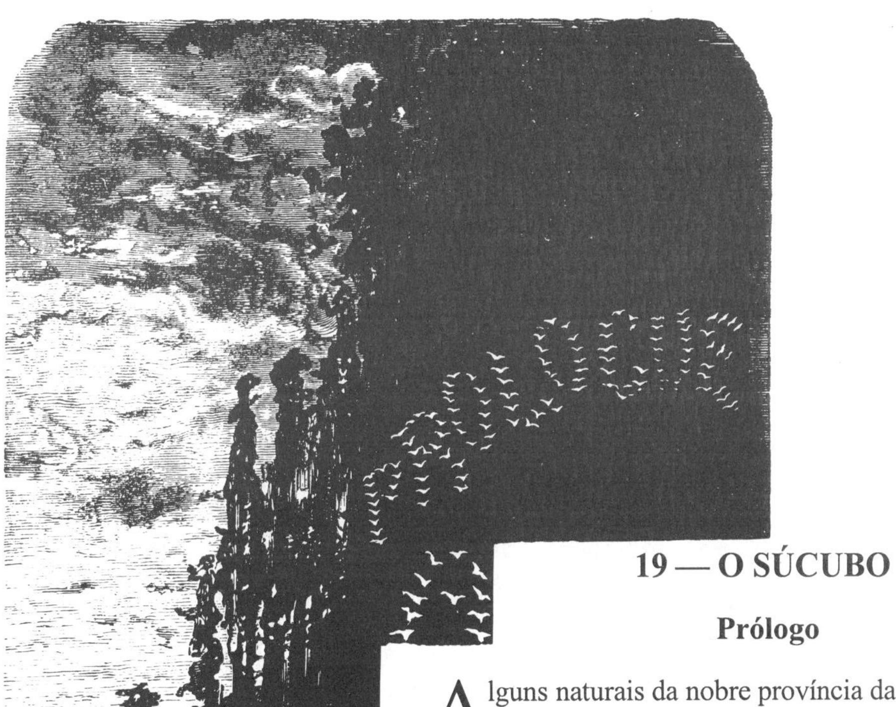

19 — O SÚCUBO

Prólogo

Alguns naturais da nobre província da Turena, tendo-se sentido tocados pela ingente investigação que o autor fazia sobre os tempos passados, as aventuras, velhacarias e gentilezas acontecidas nesse bendito lugar, imaginando que, com toda a certeza, ele devia estar sabendo de tudo, perguntaram-lhe — evidentemente, depois de encharcados de bebida — se ele teria descoberto a razão etimológica que deixara preocupadas e curiosas todas as damas da cidade quanto ao fato de uma rua de Tours chamar-se "Rua Quente". Ele respondeu que se espantava por ver como os moradores antigos se haviam esquecido do grande número de conventos situados naquela via, na qual a severa continência dos monges e noviços tanto devia ter feito arder aqueles muros, a ponto de algumas damas de prol terem ficado prenhes só de terem passeado por ali, talvez em passo muito vagaroso, e especialmente quando começava a anoitecer.

Querendo passar por sábio, disse um fidalguete que outrora todos os lupanares da cidade estavam ali localizados. Um outro se enredou entre os minuciosos sufrágios da Ciência, e falou bonito, mas de modo incompreensível, combinando as melodias do passado com as atuais, apelando aos costumes, destilando os verbos, procedendo à alquimia da língua ocorrida após o Dilúvio, desde os tempos dos hebreus, caldeus, egípcios, gregos, latinos, passando por Turnus, que fundou Tours, até que terminou afirmando que "quente" era sinônimo de "cálido", outrossim pronunciado "caldo", palavra que muito tinha a ver

Qual seria a razão que deixara preocupadas e curiosas todas as damas da cidade quanto ao fato de uma rua de Tours chamar-se "Rua Quente"?

com "cauda", que, como se sabe, é o mesmo que "rabo" — só que as damas não entenderam coisa alguma desse arrazoado, a não ser no tocante a esta parte derradeira.

Já um ancião asseverou que ali teria existido, em priscas eras, uma fonte de água termal, na qual seu tataravô mais de uma vez havia matado a sede.

Para encurtar a história, em menos tempo que uma mosca levaria para se atracar com sua vizinha, apareceu um monte de etimologias, nas quais o fundamento da coisa mais demorou a ser encontrado do que o seria um piolho na barbaça de um capuchinho.

Mas um homem douto, conhecido por haver pisado com suas botas em diversos mosteiros, despendendo muito azeite em suas noites, depois de destripar mais de um alfarrábio e amontoar mais peças, fragmentos, dípticos, polípticos, cartulários, anais e registros sobre a história da Turena, gastando nisso mais tempo do que gastaria um fazendeiro guardando palhas de forragem no mês de agosto, esse velho erudito, alquebrado e gotoso, que bebia em seu canto sem dizer palavra, ouvindo essas coisas deu um sorriso de sábio, apenas franzindo os lábios, um sorriso que veio a se transformar num "*Dane-se!*" bem articulado, que o Autor escutou e entendeu que devia estar cheio de uma bela aventura digna de ser contada, e que poderia vir a calhar para ser transcrita neste livro.

Com efeito, no dia seguinte, o velho gotoso assim falou:

— Com aquele teu conto poético intitulado *O pecado venial* lograste conquistar minha estima para sempre, visto que nele tudo é verdade, dos pés à cabeça, o que, em matérias que tais, acredito tratar-se de uma rara preciosidade. Acho, contudo, que não ficaste a par do que teria acontecido com a mourisca convertida à nossa religião por obra e graça do senhor Bruyn de Roche Corbon, não é?

Pois bem: eu sei o que lhe sucedeu. Assim, se a etimologia do nome desta rua atiça a tua curiosidade e também a de tua freirinha egípcia, vou emprestar-te um curioso e antigo manuscrito, encontrado por mim em meio aos *Olim* do Arcebispado, cujas bibliotecas foram um tanto saqueadas naquele tempo em que cada um de nós não sabia de noite se no dia seguinte estaria com sua cabeça ligada ao pescoço. Então? Estes papéis não são de molde a deixar-te bastante interessado?

— Com certeza! — respondeu o Autor.

Então, aquele digno colecionador de verdades entregou alguns belos e empoeirados pergaminhos ao Autor, que, não sem grande esforço, os traduziu para a nossa língua. Eram de fato peças de procedência eclesiástica antiqüíssimas. Creio que nada seria más drolático do que retirar do olvido aquele antigo assunto, suscetível de ressaltar a ignara ingenuidade daqueles bons e velhos tempos.

Portanto, aqui vo-los apresento em sua ordem estas escrituras selecionadas e transcritas como melhor aprouve ao Autor, devido ao fato de que sua linguagem era diabolicamente complicada.

I — Em que consiste um súcubo

✠ *In nomine Patris, et Filii, et Spiritus Sancti, amen.*

Neste ano da graça de Nosso Senhor Jesus Cristo de mil duzentos e setenta e um, diante de mim, **Hierosme Cornille**, Grande Penitenciário, Juiz Eclesiástico, encarregado deste caso pelos senhores do Capítulo de São Maurício, da Catedral de Tours, após longamente deliberar sobre o mesmo, estando presente nosso senhor Jehan de Monsoreau, Arcebispo, com respeito às aflições e queixas dos habitantes da cidade, cuja instância será juntada logo abaixo, compareceram alguns nobres, burgueses e vilões da diocese, os quais relataram as seguintes façanhas acerca do mau comportamento de um demônio suspeito de haver assumido aparência de mulher, o qual muito aflige as almas diocesanas, e que ora se encontra encerrado na cela do Capítulo. Para alcançar a verdade quanto aos ditos agravos, abrimos o presente processo verbal, nesta segunda-feira, onze de dezembro, depois da missa, a fim de comunicar as acusações de cada pessoa ao dito demônio, interrogando-o acerca dos feitos que lhe foram imputados, os quais serão julgados segundo as leis baixadas *contra daemonios.*

Neste inquérito, encarregado de tudo anotar, fui assistido por Guillaume Tournebousche, rubricador do Capítulo e homem douto.

Primeiramente, compareceu diante de nós Jehan, de apelido "Braço Torto", burguês de Tours, proprietário, com a devida licença, da Pousada da Cegonha, na Praça da Ponte, o qual jurou pela salvação de sua alma, pondo a mão sobre os Santos Evangelhos, nada mais declarar que não fosse o que ele pessoalmente presenciou e escutou. Disse então o que se segue:

"Eu declaro que, cerca de dois anos antes da festa de São João, quando se acendem as fogueiras festivas, um gentil-homem que a princípio não reconheci, mas que seguramente pertencia a El-Rei Nosso Senhor, e que então se encontrava em nossa província

Hierosme Cornille, Grande Penitenciário e Juiz Eclesiástico.

depois de regressar da Terra Santa, se me apresentou com intenção de me propor que lhe alugasse a casa de campo que construí na jurisdição do Capítulo, próximo do lugar chamado Saint Higiene. Tendo concordado com sua proposta, cedi-lhe o imóvel pelo prazo de nove anos, ao custo de três besuntes de ouro.

"Nessa tal casa, o dito senhor instalou sua bela concubina, que em tudo por tudo parecia mulher, vestida à moda das sarracenas e maometanas, não permitindo que ela fosse vista por pessoa alguma, nem que alguém chegasse perto dela a menos de um tiro de arco.

"Não obstante tais proibições, pude vê-la com meus próprios olhos, quando ela estava usando um bizarro chapéu de plumas. Sua pele tinha um colorido que parecia sobrenatural, e seus olhos eram tão flamejantes que eu não seria capaz de descrevê-los, só sabendo dizer que eles emitiam um fogo infernal.

"Tendo o finado cavalheiro ameaçado de morte quem quer que tentasse bisbilhotar por ali, eu, cheio de medo, fui embora depressa, mas até hoje guardei secretamente em minh'alma algumas suposições e dúvidas quanto à maligna aparência da tal estrangeira, que era tão louçã como nenhuma mulher que vi até hoje.

"Muitas pessoas de todo tipo, presumiram que o dito senhor estaria de fato morto, mas que se mantinha de pé em virtude de certos encantamentos, filtros, feitiços, embustes e bruxarias diabólicas praticadas por aquele ser que parecia mulher desejosa de manter residência em nossa terra.

"Quanto a mim, declaro sempre ter visto o dito cavalheiro ostentando tão extrema palidez, que eu costumava comparar seu rosto com a cera de um círio pascal, sendo mesmo crença geral entre a gente da Pousada da Cegonha que ele até deveria ter sido enterrado nove dias depois de sua chegada.

"Segundo seu escudeiro, o defunto convivera calorosamente com a dita moura durante sete dias inteiros, durante os quais ambos ficaram encerrados em minha casa, sem dela saírem, o que lhe ouvi confessar apavoradamente em seu leito de morte.

"Naquele tempo, houve mesmo quem dissesse que a diaba, com seus longos cabelos, tinha prendido o gentil-homem a seu corpo, que seria dotado de propriedades tépidas, com as quais esses seres comunicam aos cristãos o fogo do inferno sob a forma de amor, fazendo com que eles tanto se empolguem na execução dos atos amorosos, que sua alma, por assim dizer, saia de seu corpo, indo entregar-se a Satã.

"Contudo, declaro que não vi nada disso, mas tão-somente o mencionado cavalheiro derreado, estropiado, moribundo, sem poder mover-se, e mesmo assim ansiando encontrar-se com a amásia, apesar dos conselhos em contrário de seu confessor.

"Reconheceram-no como sendo o *Sieur* de Bueil, havia pouco chegado das Cruzadas, o qual então se encontrava, no dizer de alguns moradores da cidade, sob o encantamento de um demônio, com o qual convivera em terras asiáticas de Damasco e de outros lugares.

Guillaume Tournebousche, rubricador do Capítulo e homem douto.

“Por tudo isso, deixei minha casa aos cuidados da dama desconhecida, segundo as cláusulas deduzidas do contrato de arrendamento. Porém, ao ficar ciente da morte do *Sieur* de Bueil, dirigi-me depressa para lá, a fim de saber se a estrangeira desejava continuar ali residindo. Após longa espera, fui conduzido a sua presença por um indivíduo muito esquisito, de cor negra, olhos brancos, seminu. Foi então que avistei a mourisca num recinto reluzente de ouro e pedrarias, iluminado por grande quantidade de lâmpadas, reclinada sobre um tapete da Ásia, vestida de trajes ligeiros, em companhia de outro gentil-homem também prestes a perder a alma. Não tive ânimo suficientemente para encará-la, pois seus olhos me obrigaram a entregar-me a ela imediatamente. Sua voz me encolhia o ventre, me enchia o cérebro, e senti que reclamava minh’alma.

“Em tais circunstâncias, por temor de Deus e do inferno, abandonei tudo de repente, deixando-lhe minha casa por tanto tempo quanto ela quisesse, de tão perigoso que era fitar aquela tez mourisca que despedia calores diabólicos, contemplar seus pezinhos mais miúdos e delicados do que os que seria lícito a qualquer mulher de verdade possuir, e escutar sua voz que deixava meu coração inteiramente transtornado.

“Desde aquele dia, evitei voltar a minha casa, pelo pavor que sentia de ser precipitado no inferno...

“Era o que eu tinha a dizer.»

Ao já mencionado “Braço Torto” foi então apresentado um homem abissínio, etíope ou núbio, negro da cabeça aos pés, que se encontrava despojado de todas as pertinências viris das quais via de regra são dotados todos os cristãos. Esse indivíduo não pronunciou palavra, mesmo depois de ter sido atormentado e martirizado por diversas vezes, não sem proferir muitos gemidos, e com isso percebi que ele não sabia falar nosso idioma. Aí o dito Braço Torto reconheceu aquele herético abissínio, por tê-lo visto em sua casa, na companhia daquele espírito demoníaco, considerando-o suspeito de cumplicidade em seus sortilégios.

Em seguida, Braço Torto confessou sua fé católica e disse não saber nada mais que alguns boatos conhecidos de todos, mas dos quais ele não poderia dar testemunho, pois apenas os conhecia de oitiva.

Apresentou-se então um tal Mathieu, mais conhecido por Amassa-Palha, trabalhador braçal na colônia de Saint Etienne, o qual, depois de jurar pelos Santos Evangelhos

Vestia-se à moda das sarracenas e maometanas, tendo à cabeça um bizarro chapéu de plumas.
Sua pele tinha um colorido que parecia sobrenatural, e seus olhos eram
tão flamejantes que até pareciam emitir um fogo infernal.

que iria dizer apenas a verdade, confessou-nos ter visto com freqüência uma grande luz na casa onde residia a dita mulher estrangeira, e ter ouvido muitas risadas extravagantes e diabólicas nos dias e noites de festas e de jejum, notadamente durante a Semana Santa e o Natal, como se naquela morada houvesse muita gente reunida. Acrescentou ter visto nas janelas daquela casa florações verdes de todo tipo em pleno inverno, desabrochadas de maneira mágica, particularmente de rosas, mesmo em épocas geladas, além de outras coisas que carecem de calor, mas que nada disso o deixava de modo algum assombrado, porquanto a tal estrangeira ardia tão forte que, se acaso ao entardecer ela passeasse ao longo do muro da casa, na manhã seguinte encontrava suas verduras com brotos. Outras vezes, pelo simples fato de roçagar a saia nas árvores, ela provocara o escorrimento da seiva, além de acelerar sua brotação.

Para concluir, Amassa-Palha declarou nada saber além disso, visto trabalhar no campo de sol a sol, e de dormir com as galinhas.

Em seguida, sua mulher foi convocada a prestar depoimento, após fazer o devido juramento, quanto ao que havia ouvido, e se obstinou em não confessar outra coisa que não fossem louvores à estrangeira, já que, desde que ela ali chegada, seu marido passara a tratá-la melhor, em virtude da vizinhança dessa boa dama, que espargia o amor no ar, assim como o sol esparge seus raios, além de outras incongruentes tolices que aqui não fizemos constar.

Ao dito Amassa-Palha e a sua mulher apresentamos o já mencionado africano desconhecido, o qual já havia estado com eles no jardim da casa, e era reputado por ambos como sendo o demônio

Em terceiro lugar, apresentou-se *Messire* Harduin V, Senhor de Maillé, o qual, atendendo a nossa solicitação de prestar esclarecimentos quanto à religião da igreja, respondeu que iria colaborar, e se comprometeu como cavaleiro virtuoso que era, a não dizer outra coisa senão aquilo que de fato havia visto.

Disse então que tinha conhecido no exército dos cruzados o demônio do qual estamos tratando. Mais tarde, na cidade de Damasco, encontrou o finado *Sieur* de

Bueil bater-se em campo cerrado para tornar-se seu único possuidor. A já mencionada rameira ou demônia pertencera em outros tempos ao *Sire* Geoffroy IV, senhor de Roche-Pozay, o qual costumava dizer que a trouxera da Turena quando ela ainda era sarracena. Muito assombrava aos cavaleiros franceses sua beleza, que produzia grande alvoroço e mil escandalosos estragos no campo. Durante a viagem, aquela maldita provocou várias mortes, pois o senhor de Roche-Pozay teve de dar cabo de certos cruzados que desejavam

guardá-la para si próprios, porque, segundo confidenciaram alguns senhores regalados secretamente por ela, os prazeres que então haviam desfrutado eram incomparáveis.

Finalmente, o *Sieur* de Bueil, tendo matado Geoffroy de la Roche-Pozay, tornou-se amo e senhor daquela enganadora mortal e a escondeu num convento ou harém, à maneira sarracena. Antes disso, porém, ele mais de uma vez a tinha ouvido expressar-se em mil dialetos de ultramar, em arábico, em grego, na língua do império latino, na dos mouros, e de sobra em francês, tão bem como os que, entre as hostes cristãs, melhor conheciam as línguas faladas na França donde ter surgido aquela crença de que ela fosse possuída pelo demônio.

O dito *Sire* Harduin confessou-nos não ter duelado por ela na Terra Santa, não por medo nem falta de vontade, nem outra causa, mas por acreditar que aquela ventura provinha do fato de carregar consigo uma lasca da vera Cruz, e também por manter consigo uma dama nobre do país grego que o salvava daquele perigo, dispensando-lhe amor de noite e de dia, e desse modo esgotando toda a sua substância interior, não lhe deixando coisa alguma no coração, nem em outras partes do corpo, para entregar a qualquer outra mulher.

Assegurou-nos ainda que a mulher alojada na casa de campo de Braço Torto era realmente a citada sarracena vinda do país da Síria, pois o jovem *Sire* de Croixmare o havia convidado a participar de um regabofe na casa dela, mas veio a morrer daí a sete dias, segundo informou Madamc dc Croixmare, sua mãe, acrescentando que ele tinha morrido absolutamente arruinado por obra e graça da dita rameira, cujas relações amorosas haviam consumido seus impulsos vitais, enquanto que suas fantasias bizarras acabaram dilapidando de vez suas economias.

Depois, interrogado em sua qualidade de homem dotado de prudência, sabedoria e autoridade neste país acerca do que pensava com respeito à dita mulher, e solicitado por nós a não reprimir sua consciência, pois se tratava de um caso mui abominável para a fé cristã e a justiça divina, o dito senhor declarou:

— Certos soldados das hostes dos cruzados disseram-me que aquela diabra se conservava sempre donzela para aqueles que a cavalgavam, e que, com toda a certeza,

Mammon estava dentro dela, ocupado em lhe engendrar uma nova virgindade para cada novo amante, além de mil outras loucuras de gente embriagada, as quais até seriam de molde a compor um quinto evangelho. Mas o certo é que eu, velho cavaleiro de regresso à vida, e já não sabendo coisa alguma acerca de assuntos amorosos, naquela última ceia com que me regalara o *Sieur* de Croixmare, como que voltei a sentir-me jovem a cada vez que escutava a voz daquela demônia, que me entrava diretamente no coração antes de chegar aos ouvidos, e me introduzia no corpo um tão ardente desejo amoroso, que toda a minha vida se escoava por aquele lugar de onde ela sói ser conferida, até que finalmente, sem qualquer ajuda do vinho de Chipre que eu havia bebido, fechei os olhos e me deitei num banco, a fim de não mais ver os olhos chamejantes daquela diabólica anfitriã, e não ser ferido por ela, visto que não hesitaria de modo algum em confundir o jovem Croixmare, só para desfrutar uma única vez que fosse daquela extraordinária mulher sobrenatural.

Depois disso, ele muito cuidou de reprimir aqueles maus pensamentos. Mais tarde, por aviso do alto, retomou de sua esposa sua relíquia da verdadeira Cruz, e permaneceu em seu castelo, onde, apesar dessas previdências cristãs, aquela voz continuava vez que outra a transtornar-lhe o cérebro, e, pela manhã, tinha muitas vezes na lembrança aquela diabra tão terrivelmente ardente como uma mecha. E porque a visão daquela devassa era tão quente que o fazia arder qual se ainda fosse jovem (logo ele, um homem já meio morto!), e como tudo aquilo lhe custava grandes perdas de impulsos vitais, rogou-nos o dito senhor não ter de ser acareado com aquela imperatriz do amor, a quem, embora se tratasse de um diabo, Deus Pai teria concedido estranhas faculdades acerca das coisas próprias da condição masculina.

Após a leitura de suas declarações, o depoente se retirou, mas não sem antes ter visto o citado africano, reconhecendo-o como servo e pajem da dama.

Em quarto lugar, com base no compromisso assumido por nós em nome do Capítulo e de Sua Eminência, o nosso Arcebispo, de não ser atormentado, torturado nem molestado de modo algum, e de não mais ser convocado depois de prestadas estas declarações, dado o impedimento acarretado pelas viagens de seu negócio, e assegurando-lhe que poderia retirar-se com toda a liberdade, compareceu perante nós um judeu chamado Salomon Al Rastchild, que, não obstante a infâmia de sua pessoa e de seu judaísmo, foi ouvido por nós com a única finalidade de tudo revelar com respeito aos excessos cometidos pelo supradito demônio. Não exigimos de Salomon que prestasse juramento, uma vez que ele não pertence à Igreja, sendo separado de nós pelo sangue de nosso Salvador *(trucidatus Salvator inter nos)*. Indagado por que se apresentara diante de nós sem usar o gorro verde na cabeça e a rodela amarela sobre o coração, em lugar bem visível, segundo as ordenações eclesiásticas e reais, Al Rastchild nos apresentou cartas patentes de dispensa concedidas por El-Rei Nosso Senhor e reconhecidas pelo Senescal da Turena e de Poitou.

O dito judeu declarou haver realizado com a dama alojada na casa do estalajadeiro Braço Torto vários negócios, tendo-lhe vendido candelabros de ouro de muitos braços, todos delicadamente cinzelados; bandejas de prata sobredourada; taças decoradas com pedras preciosas, esmeraldas e rubis; e de ter trazido do Levante para ela grande número de telas valiosas, tapetes da Pérsia, sedas e tecidos finos; enfim, cousas tão magníficas que nenhuma rainha da Cristandade podia considerar-se tão bem provida de jóias e utensílios domésticos; e que, por sua parte, ele tinha recebido trezentas mil libras tornesas pelas peças raras a cuja compra se dedicara, tais como flores das Índias, papagaios, pássaros, plumagens, especiarias, vinhos da Grécia e diamantes. Solicitado por nosso juiz a declarar se lhe havia fornecido alguns ingredientes próprios de bruxarias, tais como sangue de recém-nascidos, fórmulas de esconjuros, e todas aquelas coisas em geral utilizadas pelas bruxas, e depois de lhe concedermos licença para confessar seu caso sem que por isso fosse algum dia perseguido nem molestado, o dito Al Rastchild jurou por sua fé hebraica que jamais praticara semelhante comércio. Depois acrescentou estar demasiado comprometido com assuntos de alto interesse para se dedicar a tais infâmias porquanto fizera empréstimos a alguns senhores muito poderosos, como os marqueses de Montferrat, os reis da Inglaterra, de Chipre e de Jerusalém, o Conde de Provença, os senhores de Veneza e muita gente de Alemanha; por ser proprietário de galeotas mercantes de todo tipo que iam ao Egito, sob a proteção do Sultão, e participar do tráfico de objetos preciosos de ouro e de prata, que com freqüência tinha de cambiar em moeda de Tours. Disse ainda ter a dita dama de que aqui se trata como pessoa mui leal, mulher natural, de formas mais suaves, a mais delicada que até então havia visto. E quanto a sua reputação de espírito diabólico, ele próprio, movido por árdega imaginação, e também por estar apaixonado por ela, um dia, quando ela já estava viúva, tinha proposto tornar-se seu amante, ao que ela aceitou com satisfação. Pois embora aquela noite de amor o tivesse deixado por longo tempo com os ossos desconjuntados e os rins destroçados, ele não havia experimentado a sensação, revelada por alguns, de que quem ali caía uma vez nunca mais se reerguia, ficando qual chumbo derretido num crisol de alquimista.

Depois disso, o dito Salomon, ao qual concedemos a liberdade através de um salvo-conduto, não obstante seu testemunho, que demonstrava sobejamente seus pactos com o diabo, já que sempre se safou nas circunstâncias em que todo cristão sucumbia, propôs-nos um acordo a propósito do dito demônio, a saber: que se oferecia ao Capítulo da Catedral para dar por aquela que tinha toda aparência de mulher, no caso de ser ela condenada à fogueira para ser queimada viva, de dar um resgate de tal valor que nos permitisse acabar a mais alta das torres da igreja de São Maurício atualmente em construção. Anotamos tal proposta, para que, no momento oportuno, ela fosse analisada pelo Capítulo.

Então o dito Salomon foi-se, sem querer indicar seu endereço, dizendo-nos que um judeu da judiaria de Tours de nome Tobias Nathaneus poderia deixá-lo a par do que fosse deliberado pelo do Capítulo.

Antes de sua partida, foi-lhe apresentado o africano, a quem ele reconheceu como sendo o pajem do demônio, acrescentando que os sarracenos tinham por costume deixar desnudos seus servos encarregados da vigilância das mulheres, em obediência a um antigo uso, conforme nos é mostrado pelos historiadores profanos ao tratarem de Narses, general de Constantinopla, bem como de outras figuras.

No dia seguinte, depois missa, deu-se o quinto comparecimento, referente à mui nobre e ínclita Madame de Croixmare, a qual jurou por sua fé nos Santos Evangelhos, e nos declarou entre lágrimas ter enterrado seu filho primogênito, morto em razão de seus extravagantes amores com uma fêmea de demônio. Tratava-se de um rapaz nobre, de

Em seus últimos dias, enquanto teve forças para andar, foi terminar seus dias na casa daquela mulher maldita, que era onde iam embora suas economias.

vinte e três anos, que gozava de perfeita saúde e bela compleição. Era extremamente viril, dotado de barba cerrada como a de seu falecido pai. Pois apesar de sua grande fortaleza, em noventa dias fora empalidecendo gradativamente, arruinando-se devido a seus contatos com o súcubo da Rua Quente, conforme a crença geral. De nada servira sua autoridade materna sobre aquele filho. No final, em seus últimos dias, ele até parecia um pobre verme ressecado, como os que as mulheres encontram num canto dum cômodo da casa ao varrê-lo. Nisto, enquanto teve forças para andar, quis terminar seus dias na casa daquela maldita, que era aonde iam embora suas economias. Aí, quando se deitou em sua cama, esperando chegar sua última hora, passou a blasfemar, vituperar, fazer ameaças e proferir mil injúrias contra sua irmã, seu irmão, e até mesmo contra ela, sua mãe; sem pejo, esfregou excrementos no nariz do capelão, renegou a Deus e quis morrer em danação.

Tudo isso deixou sumamente entristecidos os criados da família, que, para salvar sua alma e arrancá-lo do inferno, mandaram rezar duas missas anuais na Catedral.

Depois, para ter sepultura em solo santo, a família Croixmare se comprometeu a doar ao Capítulo, durante cem anos, no dia da Páscoa Florida, os círios das capelas e da igreja.

E para terminar, olvidando as más palavras ouvidas pela reverenda pessoa de Dom Louis Pot, religioso de Marmoustiers, vindo para assistir em sua derradeira hora o supracitado Barão de Croixmare, a senhora sua mãe afirmou não haver escutado o defunto proferir qualquer desaforo no tocante ao demônio que tanto o atormentara.

Dito isso, a nobre e ínclita dama retirou-se, revelando estar possuída de uma grande dor.

Em sexto lugar compareceu diante de nós, atendendo sua convocação, a ajudante de cozinha Jacquette, apelidada "Ensebada", cujo ofício consiste em se apresentar nos domicílios para lavar as vasilhas, a qual declarou residir atualmente na Peixaria.

Enquanto teve forças para andar, quis terminar seus dias na casa daquela maldita, que era aonde iam embora suas economias.

Após ter jurado por sua fé não dizer coisa alguma senão a verdade, declarou o que se segue, a saber: que certo dia, tendo ido à cozinha daquela excomungada, que não lhe causava medo algum, já que somente atacava machos, tivera a ocasião de ver no jardim o tal demônio-fêmeo vestido suntuosamente, passeando em companhia de um cavalheiro, e dando risadas como se fosse uma mulher normal. Notou então que aquela maldita possuía enorme semelhança com a imagem da mourisca que, fazia uns dezoito anos, tinha entrado para o mosteiro de Notre Dame de l'Escrignolle, patrocinada pelo falecido Senescal da Turena e de Poitou, *Messire* Bruyn, Conde de Roche-Corbon. Seria ela a tal mourisca que fora deixada no lugar da imagem de Nossa Senhora Virgem, mãe de nosso bendito Salvador, roubada que fora por um bando de egípcios. Naqueles tempos, dos quais todo o mundo ainda se recorda, devido aos distúrbios que então tiveram lugar na Turena, aquela menina, naquela ocasião com cerca de doze anos, foi salva da fogueira na qual devia ser queimada, ao receber o Batismo. Os falecidos Senescal e Senescala tinham sido os padrinhos daquela filha do inferno. Nessa época, a depoente trabalhava no convento como lavadeira, tendo então podido testemunhar, como agora se lembra, a fuga da noviça, acontecida vinte meses depois que ali havia entrado a dita egípcia. Ela desapareceu de modo tão sorrateiro que jamais se ficou sabendo por onde ou como se teria sovertido. Então, todos deduziram que, ajudada pelo demo, ela teria voado pelos ares, já que, apesar do muito que se pesquisou, não se encontrou traço algum de sua fuga dentro ou fora do mosteiro, onde tudo se encontrava em sua ordem costumeira.

Foi depois apresentado à ajudante de cozinha o tal africano, mas ela disse que nunca vira tal sujeito, apesar da curiosidade que ele lhe despertava, por ser quem se encarregava da guarda do lugar onde a mourisca se refestelava com aqueles que ela tragava através do seu espicho.

Em sétimo lugar foi trazido diante de nós Hugues du Fou, filho do *Sieur* de Bridoré, de vinte anos. Veio em companhia do senhor seu pai, sob caução de Sua Senhoria, já que neste processo com o qual se acha relacionado ele também responde pela acusação

Declarou que tivera a ocasião de ver no jardim o tal demônio-fêmeo trajado regiamente, passeando em companhia de um cavalheiro, e dando risadas como se fosse uma mulher normal.

de haver assaltado a cela do Arcebispado e do Capítulo, e de ter-se divertido em perturbar a Justiça eclesiástica, favorecendo a evasão daquela a quem aqui nos referimos, contando para tanto com a colaboração de vários e maus rapazes cujos nomes desconhecemos. Em que pese sua má vontade, quisemos que o dito Hugues du Fou atestasse a veracidade do que concerne àquelas coisas que ele deve saber acerca do tal demônio, com o qual se sabe com certeza que ele se relacionou, salientando que se tratava de sua salvação e da vida daquela endiabrada.

Foi nestes termos o juramento do depoente: "Juro pela minha salvação eterna, e pelos santos Evangelhos que trago sob a mão, que essa acusada suspeita de se tratar de um demônio seria na realidade antes um anjo, uma mulher perfeita, e mais no que se refere à alma do que no que se refere ao corpo. Ela vive na mais integral honestidade, cheia de delicadezas e refinamentos de amor, e de modo algum poderia ser considerada uma pessoa malvada, mas antes generosa, sempre disposta a prestar ajuda aos pobres e desvalidos. Declaro ainda tê-la visto derramar lágrimas verdadeiras por ocasião da morte de meu amigo, o *Sieur* de Croixmare, e, como naquele dia ela tinha feito uma promessa à Virgem Nossa Senhora de não receber mais a mercê dos amores de rapazes nobres portadores de debilidade corporal, passou a recusar-me constante e deliberadamente o desfrute de seu corpo, não me outorgando mais que o amor e a posse de seu coração, do qual me tornou suserano.

"Depois desse dom gracioso, e apesar de meu crescente ardor, permaneceu sozinha em sua morada, onde passei a maior parte de meus dias, feliz por poder vê-la e ouvi-la, tomando minhas refeições ao lado dela, compartilhando do ar que ela respirava e da luz que iluminava seus belos olhos, e encontrando nisso mais alegria do que a que se desfruta no Paraíso, uma vez que ela fora eleita por mim a eterna dama da minha vida, escolhida para ser a cada novo dia minha pombinha, minha mulher e única amiga, minha pobre louca! Não recebi dela promessa alguma por conta das alegrias futuras, mas sim, ao contrário, mil virtuosas advertências as quais, se as seguisse, permitir-me-iam adquirir renome de bom cavalheiro, e converter-me num homem belo e forte, nada temendo senão a Deus. Ela ensinou-me a honrar as damas, não servindo senão a uma, e a amá-las em memória daquela tal.

"Então, quando me tiver fortalecido com as agruras da guerra, se seu coração continuar combinando com o meu, só então ela se tornaria minha, pois saberia me esperar e me amar fielmente..."

Tendo dito isso, o jovem *Sieur* Hugues chorou; e enquanto lhe corria o pranto, acrescentou:

— Pensando naquela graciosa e frágil mulher cujos braços me pareciam outrora por demais débeis para sustentar o peso de suas pulseiras de ouro, eu não pude conter-me só de imaginar o peso dos grilhões que a prendiam, e as misérias que se lhe imputavam de maneira tão ultrajante. Foi daí que proveio a minha revolta. Tenho direito de revelar minha dor perante a Justiça, já que minha vida estava estreitamente ligada à daquela deliciosa amante e amiga, porquanto, no dia em que lhe ocorresse algum mal, com toda certeza eu iria morrer."

Em seguida, o jovem nobre proferiu em voz alta mil outros elogios com respeito àquele demônio, atestando cabalmente o poderoso feitiço que tomara conta dele, e comprovando a vida abominável, imunda, incorrigível, e as bruxarias fraudulentas às quais ele ainda estava submetido, e que somente poderão ser julgadas por nosso senhor o Arcebispo, com o propósito de salvar, mediante exorcismos e penitências, aquela jovem alma das garras do inferno, no caso de que o demônio não tenha penetrado demasiadamente em seu interior.

Em seguida, entregamos o dito rapaz nas mãos do nobre senhor seu pai, após o quê lhe foi mostrado o africano, que o dito Hugues reconheceu ser o criado da acusada.

Em oitavo lugar, foi conduzida diante de nós, com grande honra, pelos lacaios de nosso senhor o Arcebispo, a altíssima e reverendíssima dama Jacqueline de Champchueurier, Abadessa do Mosteiro de Nossa Senhora do Monte Carmelo, sob cuja direção o falecido senhor Senescal da Turena, pai do senhor Conde de Roche-Corbon, atual provedor do dito Convento, havia entregue a egípcia, que recebeu na pia batismal o nome de Blanche Bruyn. À dita senhora Abadessa foi apresentada sucintamente a presente causa no que ela tem a ver com a glória de Deus e da Santa Igreja, bem como com a felicidade eterna de sua Diocese, afligida por um demônio e por uma criatura que se diz inocente.

Exposta a causa, requeremos da dita senhora Abadessa que testemunhasse aquilo que fosse de seu conhecimento acerca do mágico desaparecimento de sua filha em Deus Blanche Bruyn, desposada por nosso Salvador sob o nome de Sóror Claire.

Então, a mui nobre, altíssima e poderosa senhora Abades declarou o que se segue:

— Sóror Claire, de origem desconhecida, suspeita de descender de pai e mãe gentios e inimigos de Deus, passara a desfrutar da vida religiosa no Mosteiro cuja direção me fora encomendada canonicamente, apesar de minha condição indigna.

Mil e uma lágrimas brotavam sem qualquer razão aparente de seus olhos, talvez por não ter mais na cabeça seus belos cabelos, e por não saber como resistir ao desejo que sentia de brincar nas árvores, como fora seu costume durante toda uma vida passada ao ar livre.

"A dita irmã ali havia realizado com muita firmeza seu noviciado e prestado seus votos segundo a santa regra da nossa Ordem.

"Depois disso, porém, ela caiu num estado de profunda melancolia, tornando-se extremamente pálida. Tendo-lhe interrogado acerca dessa merencória enfermidade, ela respondeu-me entre lágrimas, que ignorava a causa, e que mil e uma lágrimas brotavam sem qualquer razão aparente de seus olhos, talvez por não ter mais na cabeça seus belos cabelos; ou então porque andava sentindo falta de ar, sem saber como poderia resistir ao desejo que sentia de brincar nas árvores, trepar até as grimpas, fazer malabarismos, como fora seu costume durante toda uma vida passada ao ar, livre.

"Destarte, suas noites transcorriam entre lágrimas, e ela sonhava que se encontrava nas florestas, sob cujas folhagens gostava de se deitar. Ao se recordar daquilo, constatava a má qualidade do ar do claustro, o que a deixava assaz aborrecida, por quase impedi-la de respirar, produzindo-lhe maus vapores. A par disso, ela às vezes se distraía durante a missa, levada por pensamentos que lhe faziam perder a serenidade.

"Então seus males foram enfrentados com os santos ensinamentos da Igreja, tendo-lhe sido recordada a felicidade eterna que desfrutam no Paraíso as mulheres sem pecado, quão transitória era a vida na Terra, e quão certa era a bondade de Deus, o qual, apesar de nem sempre ser tratado por nós com a devida deferência, sempre nos destinava um amor sem fim.

"Em que pese a esses prudentes conselhos maternais, o mau espírito persistiu na dita irmã, que continuou a contemplar a folhagem das árvores e a erva dos prados através

das janelas da igreja durante os ofícios e as rezas. Ademais, obstinava-se em ficar pálida como roupa de cama, por pura malícia, só para poder permanecer deitada na cama.

"Outras vezes, corria pelo claustro como cabra que se soltou da estaca.

"No final, emagreceu a olhos vistos, perdendo sua grande beleza e se reduzindo a nada.

"Então, dada essa circunstância extrema, com receio de vê-la morrer, nós, como sua mãe e Abadessa que somos, conduzimo-la para a enfermaria.

"Eis então que, numa certa manhã de inverno, a dita irmã desapareceu sem deixar vestígio algum de seus passos, sem portas arrombadas, sem cadeados arrancados, nem janelas abertas, nem fosse o que fosse que atestasse sua passagem: uma espantosa

aventura que se considerou que tenha contado com a ajuda daquele demônio que a martirizava e atormentava.

"Resumindo, as autoridades eclesiásticas metropolitanas concluíram que aquela filha do inferno tivera por missão desviar as freiras de seus santos caminhos, e acabara retornando pelos ares ao sabá das feiticeiras cuja devassa vida a deixava deslumbrada, e que deviam ser as mesmas pessoas que a haviam deixado no lugar da Virgem Maria para burlar de nossa santa religião."

Terminando seu depoimento, a senhora Abadessa foi conduzida com grande honra, segundo as ordenações de N. S. o Arcebispo, até o mosteiro do Monte Carmelo.

Apresentou-se diante de nós, em nono lugar, Joseph, de apelido "Escalope", cambista, que reside e trabalha além da ponte, num estabelecimento chamado *Besante de Ouro.*

Depois de ter jurado por sua fé católica nada dizer perante o tribunal eclesiástico que não fosse a verdade que ele sabia referente ao Processo, declarou o seguinte:

— Sou um pobre pai, mui afligido pela vontade de Deus. Antes da chegada do súcubo à Rua Quente, o único bem que eu possuía era um filho belo como um senhor nobre, sábio como um clérigo, que já havia feito mais de doze viagens a países estrangeiros. Além disso, era um bom católico, e se resguardava dos aguilhões do amor, visto que se esquivava sistematicamente do matrimônio. Eu sabia que ele viria a ser o cajado de minha velhice, o amor de meus olhos e a felicidade de meu coração. Era um rapaz que o próprio Rei de França ficaria orgulhoso de ter por filho; um homem de coragem, a luz de meu negócio, a alegria de minha casa; em suma: ele representava para mim uma riqueza inestimável, ainda mais porque sou sozinho neste mundo, já que tive a infelicidade de perder minha companheira e ser velho demais para fazer outro filho.

"Ora, *Monseigneur*, esse tesouro sem par foi-me arrebatado e atirado no inferno pelo demônio. Sim, Senhor Juiz, desde o momento em que ele avistou aquela vagabunda, aquela diabra que não passa de uma oficina da perdição, conjunção de prazer e deleite, e que nada pode saciar, meu pobre menino foi colhido no visgo de seu amor, e depois disso passou a viver apenas entre as colunas de Vênus, e não por muito tempo, pois ali faz tanto calor que nada preenche o vazio desse abismo, mesmo que ali fossem postos todos os germens do mundo.

"Oh, meu Deus! Então meu pobre rapaz, seus pertences, suas esperanças, sua felicidade eterna, ele todo, e nada mais, foi engolido por aquele vórtice como o é um grão de trigo pela goela de um touro. Destarte, transformado num velho órfão, eu que vos falo já não terei outra alegria que não fosse ver arder na fogueira esse demônio cevado a sangue e ouro, essa Aracnéia que enganou e sugou tantas pessoas, acabou com tantos matrimônios, desfez tantas famílias, amargurou tantos corações, seduziu tantos cristãos quantos morféticos há nos lazaretos da Cristandade!

Tendo terminado seu depoimento, a senhora Abadessa foi conduzida com grande honra, segundo as ordenações de N. S. o Arcebispo, até mosteiro do Monte Carmelo.

Ela possui um fogo mais flamejante que qualquer outro, pois concentra em seu ventre todo o fogaréu do inferno, a força de Sansão em seus cabelos e a aparência de música celestial em sua voz.

“Queimai, senhores, torturai essa devassa, essa vampira que se nutre de almas, essa natureza de tigre bebedor de sangue; essa lamparina amorosa na qual se despeja o veneno de todas as víboras! Aterrai esse despenhadeiro sem fundo!... Ofereço minhas economias ao Capítulo para formar a fogueira, e meu braço para atear o fogo. Cuidai, Senhor Juiz, de manter bem encarcerado essa diabra, visto que ela possui um fogo mais flamejante que qualquer outro, pois concentra em seu ventre todo o fogaréu do inferno, a força de Sansão em seus cabelos e a aparência de música celestial em sua voz! Ela enfeitiça para depois matar o corpo e a alma de um só golpe; sorri para depois morder; beija para depois devorar; em suma, ela seria capaz de seduzir um santo e fazê-lo renegar a Deus!

“Oh, meu filho, meu filho! Onde estará agora a flor de minha vida, cortada que foi por esse arremedo de mulher que sobre ele atuou como se fosse um podão? Ah, senhor, por que me convocastes a vir até aqui? Quem me haverá de devolver meu filho, cuja alma foi sugada por um ventre que a todos conduz à morte, e a ninguém concede a vida! O diabo somente destrói, sem jamais criar o que quer que seja!

“Este foi o meu testemunho, que rogo ao mestre Tournebouche redigir sem omitir sequer uma vírgula; e que depois me dê uma cédula para que a recite a Deus todas as noites em minhas orações, a fim de sempre fazer chegar a Seus ouvidos o clamor do sangue da inocência, e obter de Sua misericórdia infinita o perdão para meu filho...”

Seguiram-se vinte e sete outros depoimentos cuja transcrição em sua verdadeira objetividade e em toda a sua extensão seria bastante fastidiosa, além de por demais extensa, e que cortaria o fio deste curioso processo, desta narrativa que, segundo os antigos preceitos, deve encaminhar-se diretamente aos fatos, qual touro quando executa seu principal mister.

Assim, eis aqui, em poucas palavras, o que há de essencial nestas declarações. Segundo um grande número de bons cristãos, de burgueses e burguesas residentes na nobre cidade de Tours, esse demônio promovia todos os dias banquetes e festanças régias, que nunca foi visto na igreja, que costumava blasfemar contra Deus, zombando de Seus sacerdotes, que nunca se persignava, que falava todas as línguas do mundo, qualidade que não fora concedida por Deus senão aos Santos Apóstolos. Disseram ainda que

a tal mulher tinha sido encontrada muitas vezes pelos campos montada num animal desconhecido que seguia através das nuvens; que não envelhecia, conservando sempre o rosto jovem; que desatava o cinto num mesmo dia para o pai e para o filho, dizendo que sua porta de entrada não cometia pecado; que sofria visíveis influências malignas que dela fluíam, pois certa noite um confeiteiro que estava sentado num banquinho junto a sua porta a fim de espiá-la, recebeu um tal alento de amor ardente, que logo voltou para

Foi muitas vezes encontrada pelos campos montada num animal desconhecido que seguia através das nuvens.

Fora visto por muitos durante a noite a visitar cemitérios, onde devorava os recém-enterrados, visto não ter outro modo de matar a fome do demônio que se revolvia em suas entranhas.

casa e se enfiou na cama, tendo com sua esposa uma tórrida noite de amor; só que, no dia seguinte, ela o encontrou morto, ainda revelando sinais de desejo; e que os velhos da cidade iam desfrutar o que lhes restava de seus dias e dos escudos ganhos com seu suor, usufruindo dos jubilosos pecados da juventude, mas que depois disso morriam como moscas, todos de costas para o céu, e que alguns deles, ao morrer, ficavam negros como os mouros; que esse demônio não se deixava ver almoçando ou jantando, merendando ou ceando, pois sempre tomava a sós suas refeições, uma vez que se alimentava de miolos de gente; que fora visto por muitos durante a noite visitando os cemitérios, onde devorava os recém-enterrados, visto não ter outro modo de matar a fome do demônio que se revolvia em suas entranhas, e se agitava como uma tempestade, provindo daí os ácidos, corrosivos, nitrosos, lancinantes, pungentes, precipitados e demoníacos movimentos, abraços e volteios de amor e voluptuosidade dos quais diversos homens retornavam arroxeados, amassados, retorcidos, mordidos, exaustos, destroçados; e que, depois da chegada de nosso Salvador, que havia aprisionado o mestre diabo escondido no corpo dos porcos, nunca mais fora visto sobre a terra um animal tão maligno, tão daninho, tão venenoso, tão perverso; e tanto que, se fosse lançada a cidade de Tours nesse campo de Vênus, ela se transformaria em semente de cidades, e aquele demônio iria tragá-la como um morango...

Depois de outros mil depoimentos, declarações e comentários, pôde-se deduzir com toda clareza a natureza infernal dessa mulher, filha, irmã, avó, esposa, amásia ou mãe do demônio; bem como coligir abundantes provas de sua malignidade e das calamidades disseminadas por ela em todas as famílias. E se fosse concedida licença para expô-las aqui de acordo com o registro conservado pelo bom homem a quem se deve esta descoberta, pareceriam uma amostra dos horrorosos gritos proferidos pelos egípcios no dia da sétima praga. Por isso, este verbal prestou grande honra a *Missar* Guillaume Tournebouche, que foi quem redigiu todos estes fólios.

No décimo dia de expediente encerrou-se este interrogatório, visto ter atingido sua maturidade de provas, estando provido de testemunhos autênticos, acrescidos suficientemente de muitas particularidades, acusações, queixas, interditos, contraditos, cargas, consignações, comprovações, confissões públicas e particulares, juramentos, comparecimentos e controvérsias, aos quais o demônio deveria contrapor suas respostas.

E foi por causa disso que os burgueses comentaram que se ela fosse na verdade uma diabra, dotada de cornos interiores disfarçados em sua natureza, e com os quais ela atacava e destroçava os homens, aquela mulher deveria nadar durante muito tempo naquele mar de escrituras antes de chegar sã e salva ao inferno.

II — De como se procedeu com relação àquele demônio fêmeo.

✠ *In nomine Patris, et Filii, et Spiritus Sancti.*

Neste ano da graça de Nosso Senhor Jesus Cristo de hum mil duzentos e setenta e hum, diante de nós **Hierosme Cornille**, Grande Penitenciário, Juiz Eclesiástico, encarregado canonicamente deste caso pelos senhores do Capítulo, compareceram o *Sire* Philippe d'Ydré, bailio da cidade de Tours e da Província da Turena, residente em seu palacete na Rue de la Rostisserie, em Chasteau-neuf; *Maese* Jehan Ribou, Preboste da Confraria e Grêmio dos Tecelões, o qual residia junto ao Cais de Bretanha, ao lado da imagem de São Pedro dos Laços; *Messire* Antoine Jahan, escabino, chefe da Confraria dos Cambistas, o qual residia na Praça da Ponte, defronte à imagem de São Marcos-que-conta-libras; Mestre Martin Beaupertuys, Capitão dos arqueiros da cidade, o qual residia no castelo; Jehan Rabelays, calafate de navios e construtor de barcos, com residência no porto da Ilha de Saint Jacques, tesoureiro do Grêmio dos Marinheiros do Loire; Marc Hierosme, de apelido "Trinca-Ferro", sapateiro, que trabalhava sob a insígnia de Santa Sebastiana, Presidente dos Homens de Prol, e Jacques, de sobrenome Villedomer, taberneiro, vinhateiro, residente na Rua Principal, dono do estabelecimento denominado *Pomme de Pin.*

Para o *Sire* d'Yvré, bailio, e os demais burgueses de Tours, foi lido o requerimento que se segue, escrito, firmado e deliberado por eles, para ser submetido aos olhos do Tribunal Eclesiástico:

REQUERIMENTO

Nós, abaixo assinados, burgueses de Tours, comparecemos à mansão do Sire d'Yvré, Bailio da Turena, na ausência de nosso senhor Alcaide, e dele solicitamos que escutasse nossas queixas e querelas quanto aos fatos a seguir mencionados, acerca dos quais nos reafirmamos perante o Tribunal do Arcebispo, juiz de crimes eclesiásticos, ao qual deve ser transferido o processo da causa por nós exposta.

Faz algum tempo, chegou a esta cidade um demônio maligno com cara de mulher, o qual reside na colônia agrícola de Saint Etienne, na casa de campo do estalajadeiro "Braço Torto", situada dentro da jurisdição espiritual do Capítulo e temporal do Arcebispado. Essa forasteira exerce o ofício de mulher da vida de maneira aleivosa, abusiva e com tal excesso de malignidade que ameaça arruinar a fé católica desta cidade visto que os que a procuram saem de lá com a alma totalmente perdida, recusando a assistência da Igreja e proferindo mil escandalosos discursos.

Destarte, considerando que um grande número daqueles que a ela se entregaram estão mortos, e que, tendo chegado a nossa cidade sem outros bens que não fossem os que a Natureza lhe concedeu, ela hoje possui, segundo é voz corrente, riquezas infinitas, régios tesouros, cuja aquisição se imagina provir de bruxaria, senão de furtos cometidos em função de seus atrativos amorosos mágicos e sobrenaturais.

Considerando-se que se trata da honra e da segurança de nossas famílias; que nunca nesta terra se viu mulher que usa e abusa de seu corpo, ou filha do amor, exercendo com tal prejuízo popular seu ofício de meretriz, e ameaçando tão aberta e duramente as vidas, as economias, os costumes, a castidade, a religião e tudo o mais referente aos habitantes desta cidade;

Considerando ser necessário uma devassa em sua pessoa, em seus bens e em seus excessos, a fim de verificar se tais conseqüências do amor são legítimas e não procedentes de Satã, tal como o demonstram suas ações, já que ele muitas vezes vem visitar a Cristandade sob a forma de mulher, tal como se depreende dos livros santos nos quais se lê que nosso bendito Salvador foi transportado para uma montanha onde Lúcifer ou Astarot lhe mostrou extensos campos férteis da Judéia, e que, em diversos locais, foram vistos súcubos ou demônios com aspecto de mulher, os quais, não querendo retornar ao inferno, mas conservando dentro de si um fogo inextinguível, tentam se refrescar e subsistir invadindo as almas;

Considerando que, no caso da dita mulher, se encontram mil testemunhos das diabruras sobre as quais alguns habitantes comentam abertamente, e que é útil para o repouso da dita mulher que a coisa seja esvaziada, a fim de que ela não seja atacada pelas pessoas que se considerarem arruinadas em conseqüência de suas malvadezas;

Por todas essas razões, suplicamos que praza a vós submeter a nosso senhor espiritual, pai desta Diocese, o nobilíssimo e mui santo Arcebispo Jehan de Montsoreau, os problemas referentes a suas aflitas ovelhas, a fim de que ele possa aconselhá-las a esse respeito.

Assim agindo, cumprireis os deveres de vosso ofício, e nós os de preservadores da segurança desta cidade, cada qual de acordo com as coisas de sua competência específica.

E deste modo firmamos a presente, no ano da graça de nosso Senhor Jesus Cristo de hum mil duzentos e setenta e hum, no dia de Todos os Santos, depois da missa.

E tendo o Mestre Tournebouche encerrado a leitura deste requerimento, nós, Hierosme Corneille, declaramos o seguinte aos requerentes:

— Agora, *Messires*, continuais persistindo nessas declarações? Acaso tendes outras provas além das que aqui foram apresentadas? Estais dispostos a sustentar tais verdades diante de Deus, diante dos homens e diante da acusada?

Todos, exceção feita a Mestre Jehan Rabelays, perseveraram em sua crença, tendo o dito Rabelays decidido abandonar o processo, dizendo que considerava a mencionada mourisca uma mulher normal, uma boa rameira, sem outra falta que não fosse a de manter seu corpo sempre numa temperatura amorosa muito elevada.

Então, como Juiz designado, e após madura deliberação, entendemos haver substância para prosseguir com o processo, continuando a examinar o requerimento dos supraditos burgueses de Tours, e ordenamos que seja processada a tal mulher encerrada no cárcere do Capítulo por todas as vias legais, contidas nos cânones e ordenações *contra daemonios.*

A dita ordenação, comutada em intimação, será publicada pelo arauto da cidade em todos os bairros, e anunciada ao toque de cornetas, a fim de ser conhecida de todos, e para que cada qual possa testemunhar segundo sua consciência, ficando em condição de ser confrontado com o dito demônio, e para que, ao final de tudo, seja fornecido à dita acusada um advogado de defesa, segundo o costume, e também para que os interrogatórios e o processo possam ser concluídos de modo congruente.

Assinado: **HIÉROSME CORNILLE.**

E logo abaixo: TOURNEBOUSCHE

✠ *In nomine Patris, et Filii, et Spiritus Sancti. Amen.*

No ano da graça de nosso Senhor Jesus Cristo de hum mil duzentos e setenta e hum, o décimo do mês de fevereiro, depois da missa, ordenado por nós, Hierosme Cornille, Juiz Eclesiástico, foi retirada do cárcere do Capítulo e trazida diante de nós a mulher residente na casa pertencente ao estalajadeiro “Braço Torto”, situada nos terrenos pertencentes ao Capítulo da Catedral de São Maurício, e sujeita à jurisdição temporal e senhorial do Arcebispado de Tours, além do quê, segundo a natureza dos crimes a ela imputados, está submetida ao Tribunal de Justiça Eclesiástica, razão pela qual trouxemos este processo ao seu conhecimento, a fim de que ela o não ignore. Aí, após uma leitura séria, completa e bem entendida por ela, primeiramente, no tocante à cidade, depois, quanto às declarações, acusações, queixas e procedimentos que se encontram escritos nos vinte e dois cadernos supramencionados que foram organizados por Mestre Tournebouche, ocupamo-nos, sob a invocação de Deus e da Igreja, em buscar a verdade, mediante interrogatórios feitos à dita acusada.

A primeira indagação foi quanto a sua terra natal, ao que ela respondeu ter nascido na Mauritânia. Em seguida, foi-lhe perguntado se tinha pais ou outros parentes, tendo ela respondido que nunca os conhecera. Perguntamos-lhe então seu nome, tendo por resposta que era Zulma, um nome árabe. Perguntada por que se expressava em nossa língua, respondeu que morava havia muito tempo em nosso país. Desde quando estás aqui? Respondeu: já faz uns doze anos. E que idade tinhas então? Quinze anos, ou pouco menos. Portanto, reconheces que deves ter uns vinte e sete anos? A interrogada respondeu que sim. Perguntou-se-lhe então se seria ela a mourisca encontrada no nicho da Virgem Nossa Senhora, e que mais tarde fora batizada pelo Senhor Arcebispo, tendo como padrinho o falecido Senhor de Roche-Corbon, e por madrinha a *Démoiselle* d'Azay, mais tarde sua esposa, tendo o casal patrocinado sua admissão na vida religiosa, no mosteiro do Monte Carmelo, onde ela fizera votos de castidade, pobreza, silêncio e devoção a Deus, sob a divina custódia de Santa Clara.

A depoente respondeu ser tudo verdade. Perguntamos-lhe se tinha por verdadeiras as declarações da mui nobre e ínclita Abadessa do Monte Carmelo, bem como as palavras de Jacquette, de apelido "Ensebada", ajudante de cozinha, ao que ela respondeu que suas palavras eram na maior parte verdadeiras.

Perguntamos então: E por acaso és cristã? Ao que ela respondeu: Sou, meu padre.

Nesse momento, pedimos-lhe que fizesse o Sinal da Cruz e que se benzesse com água benta trazida de uma pia batismal por Guillaume Tournebouche, tendo ela feito o que se lhe pediu. Havendo testemunhado tudo isso, tivemos de admitir como fato demonstrativo que Zulma, a mourisca, chamada em nosso país Blanche Bruyn, monja do Mosteiro sob a invocação do Monte Carmelo, onde recebeu o nome de Sóror Claire, suspeita de possuir uma falsa aparência de mulher, sob a qual se esconderia um demônio, executou em nossa presença um ato de caráter religioso, reconhecendo assim a justiça do Tribunal Eclesiástico.

Então, foram-lhe ditas por nós estas palavras:

— Filha, existe uma forte suspeita de que tenhas recorrido ao diabo, dada a maneira indubitavelmente sobrenatural com que escapaste do convento.

Contestou ela que, naquela ocasião, teria saído naturalmente pela porta da frente, daí ganhando os campos, logo após as Vésperas, escondida sob a túnica de Dom Jehan de Marsilis, visitador do Mosteiro, que se alojou em sua companhia num casebre de sua propriedade, situado no Beco do Cupido, perto de uma das torres da cidade. Ali, aquele venerando sacerdote lhe havia ensinado demorada e detalhadamente as doçuras do amor, que ela até então desconhecia inteiramente. Depois desse aprendizado, ela tomara gosto pela coisa, passando a fazer dela um bom uso.

Um dia, tendo-a visto o *Sire* d'Amboise à janela daquele retiro, foi tomado por um profundo amor. E como ela também passou a amá-lo de todo o coração, com afeto até maior do que o que dedicava a Dom Marsilis, fugiu daquele casebre onde o monge a mantinha encerrada, a fim de usufruir sozinho dos prazeres que ela lhe concedia.

Sem demora ela foi levada para o castelo de Amboise, pertencente àquele nobre, onde desfrutou de mil passatempos, como a caça, além de freqüentar bailes e envergar belos trajes principescos.

Certo dia, o *Sire* de Amboise convidou o senhor de la Roche-Pozay para beber e se divertir, tendo-o chamado para espiá-la ao sair nua do banho, sem que ela o soubesse. Aquela visão deixou o senhor de la Roche-Pozay perdidamente apaixonado pela depoente. Por isso, no dia seguinte, ele desafiou o *Sire* d'Amboise para um duelo, e o matou. Então, com emprego de grande violência, e sem levar em conta suas lágrimas, levou-a para a Terra Santa, onde ela foi tratada com grande respeito e deferência, levando vida de mulher bem-amada, em razão de sua beleza.

Um dia, tendo-a visto à janela daquele retiro, o Sire d'Amboise foi tomado por um profundo amor

Depois de muitas aventuras, ela acabou voltando para o nosso país, apesar de recear infortúnios, mas atendendo ao desejo de seu amo e senhor, o Barão de Bueil, que nos países asiáticos morria de angústia, ansioso por voltar a ver o solar de seus avoengos.

Então, assegurou à depoente que iria protegê-la contra qualquer mal. Ela confiou em sua promessa, mormente porque passara a amá-lo apaixonadamente. Porém, ao chegar a este país, o *Sieur* de Bueil caiu de cama e lamentavelmente morreu, sem que tivesse tomado remédio algum, apesar das fervorosas súplicas nesse sentido que ela lhe dirigiu, mas sem qualquer êxito, visto que ele odiava os médicos, cirurgiões e boticários, por mais absurdo que isso possa parecer.

Perguntamos então à acusada se considerava verazes as declarações do bom senhor Harduin e do estalajadeiro "Braço Torto", ao que ela respondeu que considerava verdadeira boa parte daquelas declarações, mas que numa outra parte ambos tinham sido indignos, caluniadores e imbecis.

Em seguida perguntamos à acusada se ela havia feito amor e experimentado cópula carnal com todos os homens nobres, burgueses e outros mencionados nas queixas e declarações constantes no processo, ao que ela respondeu com muita desenvoltura:

— Quanto ao amor, a resposta é sim, mas quanto à cópula carnal, não sei como responder.

Dissemos-lhe então que vários amantes seus tinham morrido por sua culpa, tendo ela respondido não ser culpada de morte alguma, visto que, passado algum tempo, sempre os despedia, mas quanto mais os expulsava, mais eles insistiam em ficar junto dela, assaltando-a muitas vezes com inaudita sofreguidão. Quando acontecia de se apegar fortemente a um deles, entregava-se a ele de corpo e alma, sempre agradecendo a Deus, já que assim agindo experimentava um prazer sem igual. Depois disse que estava confessando esses seus sentimentos mais secretos apenas por lhe termos exigido que revelasse toda a verdade, pois muito receava os sofrimentos que lhe poderiam ser infligidos pelos torturadores. Pedimos-lhe então que nos respondesse, sob ameaça de tortura, que idéia lhe vinha à mente quando um nobre morria depois de ter contato com ela. A depoente respondeu que isso a deixava mui melancólica e desejosa de se matar; que então rogava a Deus, à Virgem e aos santos que a acolhessem no Paraíso, porque só se havia encontrado com rapazes bonitos e de bom coração, sem vício algum; e que, ao vê-los mortos, afundava em profunda tristeza, passando a considerar-se uma criatura malvada, portadora de má sorte tão contagiosa como uma peste.

Solicitamos então que nos dissesse onde fazia suas orações, tendo ela respondido que era em seu oratório particular, ajoelhada diante de Deus, que, segundo os Evangelhos, tudo vê e tudo ouve, e se encontra em todo lugar.

Foi-lhe então perguntado por que não freqüentava as igrejas, nem as novenas, nem as festas. A isto ela respondeu que os que a procuravam para o amor escolhiam justamente, os dias de festa para seus encontros, e que ela agia em tudo por tudo de acordo com a vontade deles.

Então demonstramos cristamente que, agindo assim, ela se submetia antes aos homens que aos mandamentos de Deus. Ela contestou que, por aqueles que a queriam bem, ela se teria atirado numa fogueira ardente, não seguindo seu amor um outro curso que não fosse o da sua natureza, ao passo que, para as pessoas carregadas de ouro, não entregaria seu corpo nem seu amor, nem que se tratasse de um rei, caso não o amasse

No dia seguinte, ele desafiou o Sire d'Amboise para um duelo, e o matou.

de todo o coração, dos pés à cabeça, de cima a baixo. Destarte, e com certeza, ela jamais havia cometido um ato próprio de rameira, vendendo um único fiapo de amor a um homem que ela não houvesse elegido como seu. E que aquele que a tivera entre seus braços durante uma hora, ou que lhe houvesse dado um beijo na boca, iria possuí-la para o restante de seus dias.

Foi-lhe pedido em seguida que dissesse de onde procediam as jóias, as bandejas de ouro e de prata, as pedras preciosas, os régios móveis e tapetes *et coetera*, ora confiados à guarda do Tesouro do Capítulo, de valor calculado em duzentos mil dobrões, segundo estimativa de peritos procedida em sua casa. Disse ela então que em nós ela depositava toda a sua esperança, tal qual a que depositava em Deus, mas que não se atrevia a responder, pois se tratava do lado mais doce do amor, aquele que sempre representara para ela a própria vida.

Depois, tendo sido de novo interpelada, disse que se nós, seus juízes, fizéssemos idéia do fervor que ela dedicava aos que ela amava, da obediência que lhes prestava, seguindo-os por todo caminho, fosse bom, fosse mau; do afã com que se lhes submetia; da satisfação com a qual escutava seus desejos e aspirava as sagradas palavras de elogio com as quais eles a gratificavam; da adoração que sentia por suas pessoas, iríamos acreditar, como o faziam seus bem-amados, que soma alguma poderia pagar aquele enorme afeto pelo qual ansiavam todos os homens.

Na seqüência, afirmou nunca haver solicitado de algum amado seu um presente que fosse, mesmo uma simples lembrança, e que se contentava em viver em seus corações; que ali se recreava com mil prazeres imperecíveis e inefáveis, sentindo-se com aquilo mais rica que com qualquer outro bem, e não pensava em outra coisa que não fosse devolver com juros as alegrias e felicidades que deles recebia, mas que, apesar das constantes proibições por parte dela, seus namorados se empenhavam sempre em cobri-la de regalos.

Às vezes vinha um deles com um colar de pérolas, e lhe dizia:

— Isto é para mostrar a minha querida amiga que o cetim de sua pele me parece mais alvo que as pérolas! — e o prendia em seu pescoço beijando-a com ternura.

Ela se aborrecia com aquelas loucuras, mas não podia recusar o presente e deixar de conservar uma jóia, já que tanto comprazia ao seu bem-amado vê-la ali onde ele a pusera.

Cada qual tinha uma fantasia distinta. Em outras ocasiões, vinha um outro que apreciava rasgar as ricas roupas que a cobriam, e ela o permitia para dar-lhe prazer. Já outro gostava era de cobrir seus braços, suas pernas, seu pescoço e seus cabelos com safiras. Aquele outro se comprazia em estendê-la sobre um rico tapete, ou sobre colchas de seda ou de veludo negro, permanecendo dias a fio em êxtase diante das perfeições da depoente, a quem as coisas desejadas por seus apaixonados proporcionavam prazeres infinitos, já que elas os deixavam felizes. Disse ainda que, como o que mais amamos na vida é o nosso próprio prazer, e que estamos sempre querendo que tudo refulja em beleza e harmonia, tanto fora como dentro do coração, por isso, todos desejavam ver o lugar que ela habitava adornado das mais belas coisas; com essa idéia, todos os seus namorados se compraziam, tanto como ela, em distribuir naquele lugar ouro, seda e flores.

Ora, já que essas belas coisas não causavam dano algum a quem quer que fosse, a depoente não tinha qualquer força ou autoridade para impedir que um cavaleiro ou algum rico burguês que a amava agisse conforme a sua vontade, e desse modo ela se via obrigada a receber valiosos perfumes e outros presentes que a deixavam extremamente feliz.

Era essa a fonte de onde provinham aquelas bandejas de ouro, os tapetes e jóias apreendidos em sua casa pelos funcionários da Justiça.

Aqui termina o primeiro interrogatório feito a sóror Claire, presumível súcubo, visto que tanto Guillaume Tournebouche como eu próprio estávamos fatigados de sobra de tanto ouvir sussurrar a voz da acusada em nossos ouvidos, e com o entendimento absolutamente transtornado.

Por nosso Juiz foi marcado o segundo interrogatório para daí a três dias, com a finalidade de buscar evidências da obsessiva presença do demônio no corpo da acusada, a qual, por ordem dele, foi conduzida de novo até sua cela, acompanhada de Mestre Guillaume Tournebouche.

✞ *In nomine Patris, et Filii, et Spiritus Sancti. Amen.*

No dia trinta do mês de fevereiro, Hierosme Cornille, *et caetera,* compareceram diante da supracitada Sóror Claire, a fim de interrogá-la acerca dos feitos e atos a ela imputados e por eles acusada. Nosso Juiz disse a ela que, dadas as diversas respostas apresentadas por ela diante das indagações que lhe tinham sido feitas precedentemente,

ele concluíra que nunca estivera em poder de uma simples mulher, ainda que para tanto lhe fosse autorizado, e se é que se pudesse outorgar-lhe tais licenças, o direito de levar uma vida de mulher obcecada por seu corpo, concedendo prazer a todos, provocando tantas mortes e realizando perfeitos atos de charlatanice, sem a assistência de um demônio especial alojado em seu corpo, e ao qual sua alma tenha sido vendida, por meio de um pacto especial

Portanto, conforme ficou amplamente demonstrado, sob sua aparência age e se move um demônio autor de tais malfeitos. Ela agora estava intimada a declarar em que época de sua vida teria recebido aquele demônio, bem como a confessar as condições acertadas entre ela e ele, a dizer a verdade acerca de seus malefícios praticados em dupla. A depoente replicou que gostaria de responder a nós, que somos homens, do mesmo modo que o faria se estivesse diante de Deus, que deve a todos nós julgar. Dito isso, tentou fazer-nos crer que nunca tinha visto o demônio, nem de lhe ter falado alguma vez, nem de ter desejado vê-lo; e também que não teria exercido a profissão de cortesã, pois nunca experimentara as delícias de todo tipo inventadas para a prática do amor. Ao contrário, levada pelo prazer que nosso soberano Criador nela incutiu, sempre se sentira incitada mais pelo desejo de ser meiga e boa com seu querido amigo amado por ela, e não movida por uma necessidade imperiosa.Todavia, se aquilo constituía de fato uma necessidade, ela nos suplicava que lembrássemos de que ela não passava de uma pobre menina africana, em quem Deus havia posto um sangue mui ardente, e em sua mente um tão pobre entendimento no tocante aos prazeres do amor. Assim, quando um homem a fitava, sentia uma grande perturbação em seu coração. Destarte, se por desejo de contato, um senhor enamorado lhe tocava qualquer parte do corpo, acariciando-a com a mão, ela então ficava inexoravelmente sob o seu poder, pois imediatamente seu coração desfalecia. Por causa desse contato, a imaginação e lembrança de todos os maravilhosos prazeres do amor despertavam em seu centro vital, e ali produziam um forte ardor que nela se infiltrava de baixo para cima, inflamando suas veias e deixando-a dos pés à cabeça tomada de amor e de gozo. E desde o dia em que, antes de qualquer outro, Dom Marsilis, lhe abrira a compreensão dessas coisas, ela não mais tivera outro pensamento, reconhecendo que o amor era algo que concordava tão perfeitamente com sua natureza especial, que desde então ela pôde comprovar que, por falta de homem e de irrigação natural, ela teria fenecido e morrido naquele lugar de retiro. Como testemunho daquilo, assegurou-nos que, sem sombra de dúvida, após sua fuga do convento, ela não teve um dia sequer, um único breve instante de melancolia ou tristeza; pelo contrario, esteve sempre feliz, alegre, seguindo nisso a sagrada vontade de Deus para com ela, da qual imaginara ter estado apartada durante todo o tempo que perdeu no mosteiro.

Então, nós, Hierosme Cornille, objetamos à demônia que, com essa resposta, ela havia blasfemado inegavelmente contra Deus, já que todos fomos criados em Sua glória, e colocados neste mundo para honrá-Lo e servi-Lo, para ter sob os olhos seus benditos mandamentos e viver santamente com a finalidade de alcançar a felicidade eterna, e não nos deitarmos para fazer sempre aquilo que os próprios irracionais não fazem mais que durante um certo tempo. Respondeu ela que havia honrado bastante a Deus; que, em todos os países prestara assistência aos que sofriam, dando-lhes muita esmola e roupas, chorando ao tomar conhecimento de suas misérias; e que esperava ter no Juízo Final a companhia de outras santas, que em voz alta haveriam de suplicar mercê por ela. Disse depois que, se não fosse por sua humildade, seu medo de ser repreendida e seu temor de desagradar aos senhores do Capítulo, ela teria cedido seus bens com alegria para terminar a catedral de São Maurício e estabelecer fundações para a salvação de sua alma, empregando nisso toda a sua satisfação e a sua pessoa; e que, com aquela idéia, sentira duplo prazer em suas noites, pois cada um de seus amores seria responsável por mais uma pedra destinada à construção daquela basílica. Além do mais, para essa finalidade e para sua felicidade eterna, todos os que a amavam teriam de bom grado cedido seus bens.

Dissemos então à demônia que ela não poderia encontrar justificativa para o fato de ser estéril, já que, apesar de tantas conjunções carnais, nunca tivera um filho, o que servia para comprovar a presença de um demônio em seu corpo.

Ademais, só Astaroth ou um apóstolo poderia falar em todas as línguas, e que ela se expressava conforme o idioma de cada país, o que confirmava a presença do demônio em seu interior. Ao que ela respondeu que, com respeito às diversas línguas, que, no que se referia ao grego, não sabia dizer outra coisa senão *kyrie eleison* [o Senhor seja louvado], expressão da qual fazia uso constante; que nada sabia de latim, a não ser a palavra *Amen,* que dizia a Deus quando desejava obter a liberdade. Acrescentou ainda que muito a magoava não ter filhos; e quando alguma das senhoras suas conhecida paria um, ela imaginava que isso era devido ao fato de pouco gozarem ao engendrá-los, ao passo que ela sentia inusitado prazer naquele ato. Todavia, essa esterilidade, sem dúvida, representava a vontade de Deus, porquanto, se acontecesse um excesso de felicidade, o mundo acabaria correndo o risco de desaparecer.

Tendo ouvido esta e mais mil outras evidências da presença do demônio no corpo de Sóror Claire, já que é próprio de Lúcifer sempre lançar mão de argumentos heréticos, fazendo-os parecer verdadeiros, ordenamos que, em nossa presença, lhe fosse aplicada tortura com grande severidade, a fim de que seu sofrimento reduzisse a força do demônio, submetendo-a desse modo à autoridade da Igreja.

Solicitamos então a assistência, de François de Hangest, mestre cirurgião e médico do Capítulo, encarregando-o, por meio de uma cédula abaixo transcrita, de reconhecer as qualidades da natureza feminina (*virtutes vulvae*) daquela mulher, para esclarecer nossa religião quanto aos modos utilizados por aquele demônio para absorver as almas através daquela via, e descobrir se ali não iria aparecer algum artifício. Com isso, a mourisca chorou muito, gemendo sem parar, e se prostrou de joelhos, sem se importar com os grilhões que a prendiam, implorando com gritos e clamores a revogação daquela ordem, alegando que seus membros se achavam num tal de fraqueza, e seus ossos tão frágeis que ela estava prestes a se quebrar como vidro. Depois disso tudo, ofereceu como prova de seu arrependimento a doação de seus bens ao Capítulo, e o compromisso de deixar imediatamente o país.

Solicitamos então que ela declarasse de modo voluntário ser e sempre ter sido um demônio da natureza dos súcubos, que são demônios fêmeos, encarregados de corromper os cristãos com as blandícies e lisonjeiras delícias do amor. A isso replicou a interpelada que tal afirmação iria constituir uma abominável mentira, pois sempre sentira que era uma mulher perfeitamente natural.

Foram-lhe então retirados os grilhões pelo torturador, momento em que a acuşada desabotoou sua saia e com indizível malícia e má intenção, nos obscureceu, perturbou e alterou o entendimento, com a visão de seu corpo, que de fato exerce sobre o homem coerções sobrenaturais.

Nesse ponto, por injunção da Natureza, Mestre Guillaume Tournebouche viu-se obrigado a deixar a pena e a se retirar do recinto, alegando não poder, sem tentações incríveis que lhe corroíam o cérebro, ser testemunha daquela tortura, pois sentia como o demônio se apossava poderosamente de sua pessoa.

Termina aqui o segundo interrogatório, e, como foi dito pelo alguazil e bedel do Capítulo que Mestre François de Hangest andava ocupado com as tarefa de seu ofício, a tortura e os interrogatórios foram postergados para o dia seguinte, ao meio-dia, depois da missa.

Isto foi anotado por mim, Hierosme Cornille, na ausência de Mestre Guillaume Tournebouche, em fé de quem firmamos o presente.

HIÉROSME CORNILLE

Grande Penitenciário

REQUERIMENTO

Hoje, dia quatorze do mês de fevereiro, em presença de mim, Hierosme Cornille, compareceram os mestres Jehan Ribou, Antoyne Jahan, Martin Beaupertuys, Hierosme "Trinca-Ferro", Jacques d'Omer e o Sire d'Yvré, que assumiu o lugar e o posto de Alcaide da cidade de Tours, já que o titular então se encontrava ausente, bem como todos os demandantes designados no ato do processo preparado na Prefeitura, os quais se acham aqui explicitados. Por solicitação de Blanche Bruyn, que atualmente reconhece ser monja no Mosteiro do Monte Carmelo, sob o nome de Sóror Claire, foi por ela delegada ao julgamento de Deus a decisão quanto à acusação que sobre ela pesa de estar possuída pelo demônio. Aceitou-se também seu pedido de passar pela prova da água e do fogo, em presença do Capítulo e dos moradores da cidade de Tours, com a finalidade de demonstrar suas realidades de mulher, assim como sua inocência.

Por sua parte, juntaram-se a este requerimento os acusadores, os quais, uma vez que toda a cidade estava também a seu favor, se encarregaram de preparar na praça uma fogueira adequada e aprovada pelos padrinhos da acusada. Então, nosso Juiz designou como data da prova o dia do próximo ano correspondente à Páscoa, na hora do meio-dia, após a missa, tendo as partes reconhecido como satisfatório tal prazo.

Portanto, será o presente édito apregoado por todo canto, para conhecimento de todos, em todas as cidades, burgos e castelos da Turena, e de França, segundo o costume, e a suas custas e providências.

HIÉROSME CORNILLE

III — O que fez o súcubo para sugar a alma do velho Juiz, e o que resultou dessa diabólica deleitação

O presente documento constitui a ata da última confissão feita no dia primeiro do mês de março do ano que se sucedeu à vinda de nosso Salvador de hum mil duzentos e setenta e hum, por Hierosme Cornille, sacerdote, cônego do Capítulo da Catedral de São Maurício e Grande Penitenciário, o qual, reconhecendo-se em tudo por tudo indigno, e na certeza de se encontrar em sua derradeira hora, arrependido de seus pecados, malfeitos, delitos, falhas, erros e maldades, quis que se tornasse pública a sua confissão, para servir ao apregoamento da verdade, à glória de Deus, à justiça do Tribunal, e lhe servissem de punição no outro mundo. Em seu leito de morte, o dito Hierosme Cornille convocou para ouvir suas declarações Jehan de la Haye (ou seja,de Haia), Vigário da igreja de São Maurício; Pierre Guyard, Tesoureiro do Capítulo, atendendo recomendação de nosso Arcebispo Dom Jehan de Montsoreau, , para registrar por escrito suas palavras; também de Dom Louis Pot, religioso no *Maius Monasterium* (Mosteiro de Marmoustier), escolhido por ele como guia espiritual e confessor; sendo os três assistidos pelo grande e ínclito doutor Guillaume de Censatis, Arquidiácono Romano, enviado presentemente à nossa Diocese — *legatus* — por Sua Santidade o Papa.

Por fim, em presença de um grande número de cristãos convidados a testemunhar o passamento do dito Hierosme Cornille, dado o seu conhecido desejo de fazer ato público de arrependimento, já que estamos no tempo da Quaresma. Possam suas palavras abrir os olhos de muitos cristãos em vias de ir para o inferno.

Diante dele, Hierosme, que, por sua demasiada debilidade já não podia falar, Dom Louis Pot leu a seguinte confissão, escutada com grande emoção por parte dos mencionados assistentes:

"Meus irmãos, até que completei os setenta e nove anos que ora tenho, salvo os pecados miúdos, dos quais, por mais santo que seja, um cristão é culpável perante Deus, mas que temos condição de redimir por meio da penitência, creio ter levado uma vida de bom cristão, e merecer a glória e a fama que se me atribuem nesta Diocese, onde fui guindado ao mui alto cargo de Grande Penitenciário, para o qual não sou digno. Então, sobrecarregado pelo temor da infinita glória de Deus, espantado com os suplícios que aguardam no inferno os malvados e prevaricadores, imaginei poder diminuir a enormidade de meus malfeitos com a maior penitência que posso fazer nesta hora extrema da qual me estou avizinhando. Assim sendo, impetrei à Igreja, à qual não obedeci devidamente, à qual traí,

Jehan de la Haye, o Grande Penitenciário

desrespeitando seus direitos e sua fama de justiceira, a honra de me acusar publicamente, do modo como o faziam os antigos cristãos. Quisera, para testemunhar maior arrependimento, ter vida suficiente para me postar diante do pórtico da Catedral, sendo ali injuriado por todos os meus irmãos, permanecendo de joelhos durante um dia inteiro com um círio na mão, corda ao pescoço e de pés descalços, já que há muito venho percorrendo os caminhos tortuosos do inferno, indo de encontro aos sagrados interesses de Deus. Contudo, neste grande naufrágio de minha fragilizada virtude, que tudo isso constitua para vós um ensinamento que vos ajude a fugir do vício e das peias do demônio, permitindo que vos refugieis na Igreja, na qual se encontra toda apoio. Com efeito, fiquei de tal maneira envolvido por Lúcifer, que suplico a N. S. Jesus Cristo seja piedoso para comigo, pobre cristão enganado, cujos olhos se desfazem em lágrimas, solicitando ainda a intercessão de todos vós, rogando-vos que me ajudeis e que oreis por mim.

Sim, irmãos. bem quisera ter uma outra vida para empregar em obras de penitência! Portanto, escutai e tremei de medo!

Escolhido pelo Capítulo reunido com a finalidade de redigir, instruir, e examinar o processo referente ao demônio que se manifestou sob forma feminina na pessoa de uma religiosa relapsa, abominável e que renegava a Deus, chamada Zulma no país dos infiéis de onde proveio; demônio conhecido na Diocese pelo nome de Claire, do Mosteiro do Monte Carmelo, e que muito afligiu a cidade, enfiando-se embaixo de um número infinito de homens com a finalidade de conquistar suas almas para Mammon, Astaroth e Satã, príncipes do inferno, fazendo-os deixar este mundo em pecado mortal, e lhes conferindo a morte pelo lugar no qual se engendra a vida, eu, Juiz, no entardecer de minha vida, caí naquela peia, e, em minha fria ancianidade perdi os sentidos, deixando com aleivosia as funções a mim recomendadas com grande confiança por parte do Capítulo. Vede quão sutil é o demônio, e resguardai-vos de suas artimanhas!

Depois de ouvir a primeira contestação apresentada pelo citado súcubo, vi assustado que os grilhões colocados em seus pés e mãos não deixavam ali qualquer marca, razão pela qual me quedei intrigado diante de sua força oculta e sua aparente fraqueza.

Foi então que meu espírito se perturbou subitamente à vista das perfeições da natureza que revestiam aquele demônio. Eu escutava a música de sua voz, que me esquentava da cabeça aos pés, fazendo-me ansiar por voltar a ser jovem, para assim me entregar àquele demônio, imaginando que, por uma hora passada em sua companhia, minha felicidade eterna não seria mais que uma bisonha recompensa pelos prazeres do amor desfrutados entre os *seus mimosos braços.*

Eu então me despojei da firmeza que deve revestir sempre aqueles que proferem julgamentos. Questionado por mim, esse demônio replicou-me com tais palavras em seu segundo interrogatório, que me persuadi de que estaria cometendo um crime, se castigasse e atormentasse uma pobre criatura que chorava como uma criança inocente.

Nesse momento, advertido por uma voz que vinha do alto conclamando-me a cumprir meu dever, e me alertando para o fato de que aquelas palavras melífluas, aquela música de celeste aparência não passavam de embustes diabólicos; que aquele corpo tão formoso e gentil se transformaria numa besta horrenda e peluda, dotada de garras agudas, e aqueles olhos tão doces em tições do inferno; que

Eu escutava a música de sua voz, que me esquentava da cabeça aos pés, e me fazia desejar ser jovem para me entregar àquele demônio, achando que, por uma hora passada em sua companhia, minha felicidade eterna não era mais que uma bisonha recompensa pelos prazeres do amor desfrutados em seus mimosos braços.

suas costas terminariam numa cauda escamosa, e sua bonita boca rosada e de lábios graciosos numa bocarra de crocodilo, voltei com a intenção de mandar torturar o súcubo até que confessasse sua missão, como se costumava fazer tempos atrás na Cristandade.

Então, quando aquele demônio se mostrou despido diante de mim, dado o seu receio de ser submetido à tortura, me vi subitamente submetido a seu poder por conjurações mágicas. Senti estalar meus velhos ossos; uma luz ardente invadiu meu cérebro; afluiu em meu coração um sangue jovem e fervente; senti-me alegre sem razão aparente; e, em virtude de um filtro lançado em meus olhos, derreteram-se as neves de minha fronte. Perdi a consciência de minha vida cristã e me acreditei um estudante a correr pelos campos, fazendo gazeta e roubando frutas. Faltaram-me forças até para fazer o Sinal da Cruz. Não me lembrei da Igreja, nem de Deus Pai, nem do doce Salvador dos homens. Preso àquela visão, ia pelas ruas recordando as delícias daquela voz, a abominável beleza daquele corpo demoníaco, que me dizia mil indecências. Depois, ferido e atingido por um golpe do tridente do demônio que já se enrolava em minha cabeça como serpente num carvalho, fui dirigido por aquele aguilhão para a cela, apesar de meu anjo da guarda de vez em quando me segurar pelo braço, defendendo-me daquelas tentações; porém, apesar de seus santos avisos e auxílio, milhões de grifos atacaram meu coração, dilacerando-o e me forçando a caminhar, e logo me vi naquela cela. Aí abriram-me a porta, e não mais enxerguei coisa alguma que lembrasse uma prisão, pois o súcubo, com a ajuda de gênios malignos ou fadas, havia construído ali um pavilhão de púrpura e sedas, impregnado de perfumes e decorado com flores, onde ela se deleitava soberbamente trajada, sem correntes no pescoço nem cadeias nos pés. Deixei-me despojar de minhas roupas eclesiásticas, e fui levado para um banho perfumado. Em seguida, o demônio me cobriu com uma túnica sarracena, servindo-me um banquete de iguarias exóticas, servidas em pratos riquíssimos, e de vinhos da Ásia em taças de ouro, tudo isso acompanhado de música e cantos maravilhosos, em meio a mil frases lisonjeiras que quase me fizeram sair a alma pelas orelhas. A meu lado estava sempre o súcubo, e seu contato abominavelmente doce produzia novos ardores em meus membros.

Meu anjo da guarda deixou-me, e a partir de então passei a viver contemplando o resplendor espantoso dos olhos da mourisca. Queria estreitar com ardor aquele lindo corpo, sentindo para sempre o calor de seus lábios naturalmente rubros, segundo eu presumia, não sentindo medo algum de ser mordido por seus dentes, capazes de arrastar a pessoa às profundezas do inferno. Sentia satisfação em experimentar a doçura sem par de suas mãos, sem pensar que tratava das garras imundas dos grifos. Nessa altura, eu me sentia agitado como um recém-casado que anseia encontrar sua noiva, sem pensar que aquela mulher seria a própria Morte! Não me preocupavam as coisas deste mundo, nem o que teria a ver com Deus, sonhando só com o amor, com seus lindos seios que me faziam arder, e em sua porta do inferno, na qual eu pretendia entrar.

Ah, meus irmãos! Durante três dias e três noites me vi obrigado a trabalhar, sem poder secar a fonte que fluía de meus rins, nos quais penetravam, como dois estiletes, as mãos daquele súcubo, que comunicavam à minha pobre velhice e a meus ossos dessecados não sei que fluido de amor.

Para me seduzir, aquele demônio em primeiro lugar, fez escorrer dentro de mim como que uma doçura leitosa; depois se seguiram as venturas pungentes que me picaram como uma centena de agulhas, os ossos, a medula, o cérebro, os nervos; aí, prosseguindo o jogo, inflamou-se o lado oculto de minha mente, meu sangue, meus nervos, minha carne, meus ossos; em seguida, senti-me abrasado pelo fogo do inferno, que me atenazou as juntas e produziu uma incrível, repulsiva e intolerável volúpia, deixando frouxos meus laços vitais. Os cabelos daquele demônio, quando envolviam meu pobre corpo, espargiam nele um borrifo de chamas, e eu sentia cada trança como se fosse um ferro em brasa.

Em meio àquela mortal deleitação, eu via o rosto ardente do súcubo que ria e me dizia mil frases provocantes, tais como que eu era seu cavaleiro andante, seu amo e senhor, sua lança, seu dia, sua alegria, seu raio de luz, sua vida, seu bem, quem melhor a cavalgava, e de como ela tinha intenção de se unir mais intimamente a mim, desejando penetrar em minha pele, ou ter-me dentro da sua.

Ouvindo isso, sob o aguilhão daquela língua que me sugava a alma, eu me derretia, me precipitava mais e mais pelo inferno abaixo, sem nunca encontrar o fundo.

Aí, quando eu já não tinha mais sequer uma gota de sangue nas veias, que já não mais sentia a alma no corpo, depois de estar completamente arruinado, a demônia, sempre louçã, pele alva, ligeiramente enrubescida, reluzente, e com um sorriso nos lábios, assim me falou:

— Ah, pobre louco, então imaginas que eu seja um demônio? Ora! Se eu te pedisse que me vendesses tua alma por um beijo, não ma entregarias de todo o coração?

— Sim — respondi.

— E se para viveres sempre nessa condição tivesses de te alimentar de sangue de recém-nascidos, a fim de te manteres jovem, levando a vida em meu leito, não farias isso com prazer?

— Sim — respondi.

— Se para estares sempre cavalgando alegre como um homem em sua mocidade, sentindo a vida, desfrutando o prazer, mergulhando na mais completa alegria, como um nadador no Loire, não renegarias a Deus? Não cuspirias no rosto de Jesus?

— Sim — respondi.

Se mais vinte anos de vida monástica te fossem concedidos, não aceitarias trocá-los por dois anos deste amor que te abrasa, permitindo que estejas sempre a praticar este belo movimento?

— Sim — respondi.

Nesse momento senti cem garras agudas que dilaceravam meu diafragma, como se mil bicos de aves de rapina estivessem a me atacar, em meio a gritos estentóreos.

Depois disso, fui alçado repentinamente aos ares, acima do súcubo que tinha aberto suas asas, e que me disse:

— Cavalga! Cavalga, meu cavaleiro! Segura firme nas ancas de tua égua, em suas crinas, em seu pescoço, e cavalga, cavalga, meu cavaleiro! Cavalga em cima de mim!

E assim vi através de uma espécie de névoa as cidades da Terra, onde, por um dom especial, divisei cada homem que estava unido a um súcubo, repoltreando-se, refocilando-se com concupiscência, todos berrando mil frases de amor, exclamações de todo tipo, todos unidos, agarrados, como se ensartados. Foi então que minha égua, com cabeça de mourisca, me mostrou, enquanto atravessava voando a galope através das nuvens, a Terra copulando com o Sol, numa conjunção de onde saía um germe de estrelas; e ali cada mundo feminino fornicava com um mundo masculino. Então, em vez de dizerem palavras, como o fazem as criaturas, os mundos suavam de tanto que nossas tormentas os faziam ofegar, arremessando raios e produzindo trovões. Aí, sem desmontar, vi por cima dos mundos a natureza, fêmea de todas as coisas, copulando com o príncipe do movimento. A guisa de burla, o súcubo me fez entrar no âmago daquela saliência horrenda e perpétua, onde me senti perdido como um grão de areia no mar.

E a minha égua branca continuava a dizer-me:

— Cavalga, cavalga, bom cavaleiro! Cavalga, vamos! Em cima de mim!

Ao ver o pouco que representava um sacerdote em meio a toda aquela torrente de sementes de mundos, onde eles continuavam a se unir e a cavalgar, enraivecidos, os metais, as pedras, as águas, os ares, os trovões, os peixes, as plantas, os animais, os homens, os espíritos, os mundos, os planetas, eu reneguei a fé católica. Então, o súcubo, mostrando-me aquela extensa faixa de estrelas que se vê nos céus, me disse:

— Esta via é uma gota da semente celeste, escapada de um enorme fluxo de mundos em conjunção.

Depois disso, tomado de raiva, cavalguei imediatamente o súcubo à luz de um bilhão de estrelas, e, enquanto cavalgava, ansiava por sentir a natureza daquele um bilhão de criaturas. Então, após aquele grande esforço de amor, caí imóvel e inerte, ouvindo uma gargalhada infernal. Vi-me então em meu leito, rodeado de meus criados, que tiveram a coragem de lutar contra aquele demônio, jogando na cama em que eu estava deitado uma grande jarra de água benta, e dirigindo fervorosas preces ao Todo Poderoso.

Então, apesar dessa ajuda, tive de sustentar um terrível combate com aquele súcubo cujas garras estavam cravadas em meu coração, fazendo-me padecer dores infinitas. Reanimado pela voz de meus criados, parentes e amigos, esforçava-me por fazer o Sinal da Cruz, mas o súcubo deitado em meu leito, ora na cabeceira, ora nos pés, onde quer que ficasse, ocupava-se em distender-me os nervos, ao mesmo tempo em que ria, gracejava e punha diante dos meus olhos mil imagens obscenas, produzindo em mim mil desejos malvados.

Todavia, tendo compaixão de mim, o Senhor Arcebispo mandou que buscassem as relíquias de São Graciano, e quando o relicário tocou minha cabeceira, o súcubo foi obrigado a fugir, deixando o ar impregnado de um fartum de enxofre e de inferno que provocou vômitos em meus criados, amigos e demais presentes durante um dia inteiro.

Então, tendo a luz celestial de Deus iluminado minha alma, compreendi que corria risco de morte, como conseqüência de meus pecados e de meu combate contra o espírito maligno. Implorei, pois, a graça especial de viver o resto de meus dias voltados a glorificar a Deus e a Sua Igreja, recordando os méritos infinitos de Jesus na cruz, imolado para a salvação dos cristãos. Por esta súplica, obtive o favor de recuperar a força para acusar-me de meus pecados, de impetrar a todos os membros da igreja de São Maurício sua ajuda e assistência para mitigar minha estada no Purgatório onde eu deverei chegar a fim de redimir minhas faltas com sofrimentos infinitos.

Para concluir, declaro que minha sentença, que apelava ao julgamento de Deus e à prova da água benta e do fogo, a fim de espantar os maus pensamentos sugeridos pela dita demônia, que assim imaginava escapar da justiça do Tribunal, do Arcebispo e do Capítulo, porquanto ela em segredo me confessou que podia fazer aparecer em seu lugar um demônio acostumado a enfrentar tais provas.

Para encerrar, eu entrego e cedo ao Capítulo da igreja de São Maurício todos os meus bens, quaisquer que sejam, para fundar uma capela naquela igreja, edificá-la e adorná-la, colocando-a sob a invocação de São Jerônimo (hierosme) e São Graciano, já que aquele é meu santo patrono, e este é o salvador de minha alma.

Tendo todos os assistentes ouvido essas palavras, o relatório foi assim apresentado ao Tribunal Eclesiástico por Jehan de la Haye (Johannes de Haga):

Nós, Jehan de La Haye (Iohannes de Haga), *eleito Grande Penitenciário de São Maurício pela assembléia geral do Capítulo, segundo os usos e costumes dessa igreja, e indicado para acompanhar o peróxido do súcubo atualmente recluso na cela do Capítulo, ordenamos a realização de outro interrogatório, no qual serão ouvidos todos os desta Diocese que tenham ficado a par dos feitos referentes a ele.*

Declaramos nulos os demais procedimentos, interrogatórios, sentenças, e os anulamos em nome dos membros da Igreja, reunidos em Capítulo Geral e Soberano, lembrando que não há lugar para se apelar a Deus contra essa aleivosia do demônio, devido a sua insigne traição neste caso.

Tal julgamento será apregoado ao som de cornetas em toda a Diocese, ali onde foram publicados os falsos éditos do mês anterior, todos devidos notoriamente às instigações do demônio, segundo confessou o falecido Hierosme Cornille. Que todos os cristãos ajudem nossa santa Igreja e sigam seus mandamentos.

JEHAN DE LA HAYE

IV — De como se contorceu tão intensamente a mourisca da Rua Quente, que, com grande dificuldade, foi queimada, e cozida viva enquanto seguia para o inferno

(Isto foi escrito no mês de maio do ano de 1360, à guisa de testamento.)

Meu queridíssimo e bem-amado filho:

Quando puderes ler isto, eu, teu pai, já terei adormecido na tumba, implorando tuas orações e suplicando que te comportes na vida conforme te será recomendado neste documento destinado ao sábio governo de tua família, tua felicidade e segurança, pois que o escrevi numa época em que tinha meus sentidos e entendimento ainda revoltados contra a injustiça dos homens.

Em minha idade adulta, nutri a veleidade de guindar-me aos altos postos da Igreja, alcançando as mais elevadas dignidades visto que nenhum outro tipo de vida me parecia tão belo.

Com a mente voltada para tal meta, aprendi a ler e a escrever, e então, com grande esforço, alcancei a condição de me tornar um clérigo.

Todavia, pelo fato de não contar com um poderoso protetor e carecer de prudentes conselhos para progredir na carreira, tive a idéia de me tornar escrivão, tabelião ou rubricador do Capítulo de Saint Martin, que era onde se encontravam os mais dignos e importantes personagens da Cristandade, visto que, ali, o próprio Rei de França não passava de um simples cônego.

Portanto, ia poder encontrar ali, melhor que em qualquer outro lugar, senhores a quem servir e que me concederiam sua proteção; depois, com sua ajuda, conseguiria entrar na religião, e poderia vir a receber a mitra episcopal, para posteriormente ser nomeado para a sede de algum Arcebispado, fosse onde fosse.

Mas este primeiro objetivo era um tanto presunçoso e ambicioso, conforme Deus me fez ver com os fatos que ocorreram a seguir.

Aconteceu que Messire Jehan de Villedomer, mais tarde elevado ao cargo de Cardeal, fora indicado para aquele lugar, em detrimento de minha pessoa. Foi então, nessa tão melancólica situação, que os conselhos do bom e velho Hierosme Cornille, Penitenciário da Catedral, de quem tantas vezes já te falei, chegaram para aliviar minha angústia.

Com seu natural manso, aquele estimado homem me levou a manejar a pena para o Capítulo de São Maurício e Arcebispado de Tours, o que fiz com prazer, pois então já havia granjeado fama de excelente escrivão.

No ano em que ia entrar para o sacerdócio teve início o famoso processo do demônio da Rua Quente, recordado até hoje pelos mais velhos, que costumam relatar esse caso ao cair da noite para os jovens, narrando a mesma história que naqueles tempos era contada ao pé de todas as lareiras da França.

Destarte, na certeza de que aquilo seria vantajoso para minha ambição, e que, por esta ajuda, o Capítulo me faria ascender a esta ou àquela dignidade, meu bom mestre mexeu os pauzinhos para que eu fosse indicado para redigir tudo aquilo que tivesse a ver com esse grave assunto, e que merecia ser registrado por escrito.

Logo de início, Monsenhor Hierosme Cornille, que nessa ocasião beirava os oitenta anos, homem mui sensato, justo e de bom entendimento, suspeitou da existência de certas irregularidades naquele processo. Cabe ressaltar que ele nunca apreciou o convívio com as mulheres que tiram proveito de seus corpos, e que nunca se havia apaixonado por mulher alguma na vida, a qual sempre fora santa e venerável, sendo essa a razão de ter sido escolhido Juiz, quando chegaram ao fim as declarações e os depoimentos da pobre rameira, ficando evidenciado que aquela alegre meretriz havia de fato rompido o voto jurado em seu Mosteiro, mas que era inocente de qualquer ação diabólica. Ademais, seus preciosos bens eram ambicionados por seus inimigos e outras pessoas cujos nomes prefiro não revelar, por uma questão de prudência.

Naquele tempo, todo o mundo achava que ela estava rica a mais não poder, e que possuía ouro em tal abundância, que muitos chegavam a afirmar que ela até poderia comprar todo o condado da Turena, se assim desejasse.

E assim foi que mil mentiras e calúnias sobre aquela rapariga, invejada pelas mulheres honestas, corriam por todo canto e se converteram em verdades evangélicas.

Nessa conjuntura, Monsenhor Hierosme Cornille, tendo reconhecido que não havia demônio algum dentro daquela mulher, a não ser o demônio do amor, fê-la consentir em entrar para um convento durante o restante de seus dias.

Mais tarde, convencido por alguns valorosos cavaleiros, poderosos na guerra e ricos em domínios, e que fariam o que fosse preciso para salvá-la, convenceu-a secretamente a exigir de seus acusadores o julgamento divino, mas não sem antes doar seus bens ao Capítulo, a *fim de fazer calar as más línguas.*

Com isso, poderia ser salva do fogo a mais preciosa flor que o céu havia deixado desabrochar em nossa terra, uma flor de mulher que só poderia ser recriminada por excesso de ternura e compaixão do mal de amor lançado por seus olhos ao coração de todos os seus pretendentes.

Entrementes, o verdadeiro diabo, sob a forma de um monge, introduziu-se nesse assunto, e eis como foi que ele agiu:

Esse grande inimigo da virtude, da honra e da santidade de Monsenhor Hierosme Cornille, cujo nome era Jehan de la Haye, após saber que em sua cela a pobre moça era tratada como uma rainha, acusou maldosamente o Grande Penitenciário de estar conivente com ela, e de lhe ser subserviente, pois, como dizia aquele malvado sacerdote, ela o rejuvenescia, despertava seu amor e sua felicidade, o que fez morrer de mágoa o pobre ancião, ao se dar conta um dia de que Jehan de la Haye teria jurado sua perda e aspirava suas dignidades.

Com efeito, nosso senhor o Arcebispo visitou a cela e encontrou a mourisca num local agradável , muito bem instalada, sem grilhões, porque, tendo escondido um diamante num lugar onde ninguém poderia pensar que ele pudesse caber, com ele pudera comprar a clemência do carcereiro.

Nessa época, diziam alguns que aquele carcereiro se apaixonara por ela, e que por amor, ou melhor, por medo dos jovens varões amantes daquela mulher, havia preparado sua fuga.

Quando o bom Cornille estava para morrer, em razão das artimanhas de Jehan de la Haye, julgou o Capítulo ser necessário anular os procedimentos feitos pelo Penitenciário, como também suas sentenças. Foi aí que o tal Jehan de la Haye, até então um simples vigário da Catedral, soube astutamente demonstrar que, para justificar tal anulação, seria necessário conseguir uma confissão pública do bom homem em seu leito de morte. O moribundo então foi martirizado e atormentado pelos senhores do Capítulo, os de Saint Martin, os de Marmoustiers, pelo Arcebispo, assim como pelo Legado do Papa, com a finalidade de que se retratasse a favor da Igreja, ainda que ele o não quisesse consentir. Assim, após sofrer mil

Aquela sentença provocou grandes agitações e embates armados por toda a cidade.

tormentos, foi preparada a sua confissão pública, assistida pelas pessoas de maior consideração da cidade, que demonstrou diante dela um indizível horror e consternação.

As igrejas da Diocese organizaram preces públicas contra aquela calamitosa praga, e todos tinham medo de ver o diabo entrar em suas casas, descendo pela chaminé da lareira.

Nisso tudo, a única coisa certa era que meu bom mestre Hierosme sofria de acessos de febre, durante os quais enxergava vacas a andar pela sala. Era nessas ocasiões que dele foi obtida aquela retratação. Contudo, logo que terminava o ataque, o pobre santo chorava copiosamente quando eu o punha a par de toda aquela torpe tramóia.

De fato, morreu em meus braços, assistido por seu médico, desesperado com aquela farsa, dizendo-nos que iria prostrar-se aos pés de Deus, rogando-lhe que não consentisse na consumação daquela tão deplorável iniqüidade.

Com suas lágrimas e seu arrependimento, muito o comovera aquela pobre mourisca, já que, antes de lhe sugerir que apelasse para o julgamento divino, ele a havia confessado, e assim tinha resgatado a alma divina que habitava aquele corpo, e da qual ele nos falava como se se tratasse de um diamante digno de adornar a santa coroa de Deus, quando ela deixasse esta vida, após cumprir suas penitências.

Destarte, querido filho, sabendo pelas palavras que corriam pela cidade e pelas ingênuas respostas daquela pobre infeliz o rumo que ia tomando aquele caso, decidi, seguindo o conselho de Mestre Françoys de Hangest, médico do Capítulo, simular uma enfermidade e abandonar o serviço da igreja de São Maurício e do Arcebispado, por não querer sujar a mão no sangue inocente que ainda grita, e gritará até o dia do Juízo Final diante de Deus.

E assim foi que desterraram o carcereiro, pondo em seu lugar o segundo filho do torturador, que encerrou a mourisca num calabouço, e lhe colocou desumanamente nas mãos e nos pés grossos grilhões pesando cinqüenta libras, além de um cinturão de madeira. A cela em que ela estava passou a ser vigiada pelos alabardeiros da cidade e pelos guardas do Arcebispo. Além disso, a infeliz foi torturada e martirizada, e seus ossos quebrados, quando então, vencida pela dor, confessou tudo conforme ditado por La Haye, sendo condenada a ser rapidamente queimada na colônia de Saint Etienne, depois de exposta diante do portal da igreja, trajando uma camisola cor de enxofre, e tendo seus bens adjudicados ao Capítulo, etc. e tal.

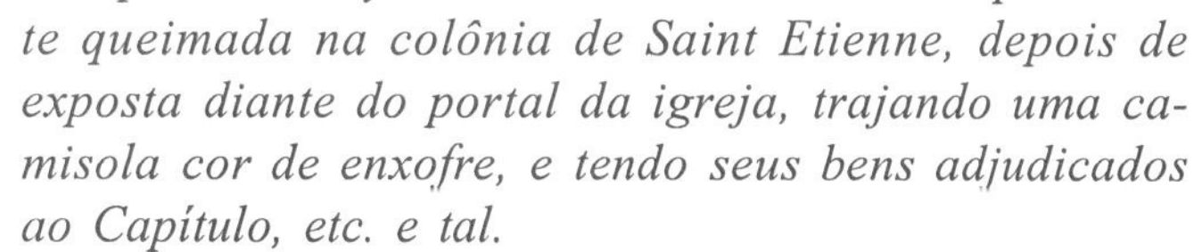

Aquela sentença provocou grandes agitações e embates armados por toda a cidade , pois três jovens turenianos juraram morrer a serviço da jovem, e libertá-la fosse como fosse. Assim, vieram à cidade acompanhados por mais de mil desgraçados, diaristas, velhos soldados, mercenários, artesãos e outros a quem a citada jovem havia ajudado, mitigado sede e fome, aliviado a miséria. Eles esquadrinharam os tugúrios da cidade onde viviam aquelas pessoas a quem ela favorecera. Então, estando todos comovidos e tendo sido convocados ao sopé do Monte Louis sob a pro-

teção dos soldados dos ditos senhores, tiveram como companheiros todos os maus elementos que viviam num raio de vinte léguas, e assim, numa certa manhã, dirigiram-se ao cárcere do Arcebispado, a fim de sitiá-lo, exigindo em altos brados que se lhes fosse entregue a mourisca, sob o falso pretexto de que queriam dar-lhe a morte; mas de fato sua intenção era libertá-la e fornecer-lhe um corcel a fim de permitir sua fuga, visto ser ela uma hábil amazona.

Então, naquela espantosa tempestade de gente, vimos, como num formigueiro, entre os edifícios do Arcebispado e as pontes, mais de dez mil homens azafamados, sem contar os que tinham subido nos telhados das casas e acorrido às janelas para ver a sedição.

No final das contas, era possível escutar, na margem oposta do Loire e no outro lado de Saint Symphorien, a pavorosa gritaria dos cristãos que ali haviam ido por conta própria, bem como daqueles que assediavam a cadeia com intenção de favorecer a fuga da pobre moça. Foi tão grande o ajuntamento e opressão dos corpos naquela multidão de gente alterada pelo sangue da infeliz, a cujos joelhos todos se teriam prostrado, caso houvessem tido a felicidade de vê-la, que sete meninos, onze mulheres e oito burgueses foram pisados e esmagados, ficando irreconhecíveis, reduzindo-se como que a montões de barro.

Resumindo, tão aberta estava a goela daquele Leviatã popular, daquele horrendo monstro, que os clamores foram ouvidos até em Montilz-les-Tours.

A multidão uivava: "Morra o súcubo!", "Queremos o demônio!", "Eu quero um quarto dela!", "Dai-me os cabelos dela!", "O pé é meu!", "Para ti, os pêlos!", "Para mim, a cabeça", "Para mim, a coisa dela!", "É ruiva?", "Alguém já viu como ela é?", "Mostrai-a para nós!", "Vão queimá-la também?", "Morra! Morra!"

Cada um dizia sua frase, mas o brado de "Deus seja louvado! Que morra o súcubo!" era o que mais se ouvia, gritado em uníssono pela chusma, tão estentórea e cruelmente que fazia sangrar os ouvidos e os corações. Quanto aos demais brados, apenas se ouviam nas casas.

Para aplacar aquela tempestade que ameaçava virar tudo de cabeça para baixo, o Arcebispo teve uma idéia: sair com grande pompa da igreja, levando o Corpo de Deus. Foi o que salvou o Capítulo de ser destruído, visto que os malfeitores e os senhores haviam jurado destruir e queimar o claustro, e matar os cônegos.

Com esse estratagema, eles se viram obrigados a se dispersar e, por falta de víveres, a voltar para suas casas.

Então, os mosteiros da Turena, os senhores e os burgueses, ante o terror de que no dia seguinte houvesse saques e pilhagens, convocaram uma assembléia noturna e se submeteram à decisão do Capítulo, tendo sob suas ordens, muitos soldados, arqueiros, cavaleiros e burgueses. Messire Harduin de Maillé, velho nobre, discutiu com os jovens cavaleiros que se constituíam em defensores da mourisca, dirigindo-lhes essa sábia indagação:

— Será que por causa de uma simples mulherzinha quereis reduzir a Turena a fogo e a sangue? Ainda que fôsseis vitoriosos, seríeis capazes, encerrada a batalha, de conter os ânimos exaltados dos malfeitores que vós mesmos trouxestes para cá? Depois de arruinarem os castelos de vossos inimigos, eles acabarão se voltando contra os vossos.

Vimos, como num formigueiro, entre os edifícios do Arcebispado e as pontes, mais de dez mil homens azafamados.

Além disso, como imaginavam eles que poderiam dominar a igreja de Tours, visto que esta logo invocaria a ajuda do Rei, ainda mais tendo em vista que a rebelião, no primeiro assalto, não tivera êxito algum, e que, no momento, o lugar se achava desocupado?

Acrescentou a seguir uma centena a mais de argumentos. Ao ouvi-los, os jovens cavaleiros replicaram que para o Capítulo seria fácil fazer evadir de noite a moça; e que assim seria suprimida a causa da sedição.

Sem se sensibilizar com essa prudente e humana solicitação, respondeu Monseigneur de Censoris, Legado Papal, que era necessário que a força permanecesse nas mãos da Religião e da Igreja.

No final das contas, a pobre rapariga acabou pagando o pato, pois ficou acertado não se proceder a outras pesquisas mais a respeito daquela sedição. Desse modo, obteve o Capítulo a licença necessária para suplíciar a jovem, cerimônia eclesiástica à qual compareceram pessoas vindas de até doze léguas de distância.

Assim, depois de prestadas as contas à ira do Senhor, o súcubo foi entregue à justiça secular para ser queimado em público numa fogueira.

Nem se pagasse uma libra de ouro, um cidadão, mesmo que fosse abade, teria encontrado alojamento na cidade de Tours. Muitos acamparam fora dos muros, debaixo de tendas ou deitados na palha. Faltaram víveres, e muitos que haviam chegado de barriga cheia, voltaram com ela vazia, sem coisa alguma terem visto além das chamas da fogueira crepitando ao longe.

Quem se deu bem foram os malfeitores, que agiram como bem quiseram ao longo dos caminhos.

A pobre cortesã já estava quase morta. Seus cabelos se tinham tornado brancos, e ela não era mais que um esqueleto revestido de carne, sendo que seus grilhões pesavam mais que ela. Se em vida muito prazer havia desfrutado, agora estava pagando mui caro por isso.

Os que a viram passar disseram que ela chorava e gritava de dar dó, mesmo entre aqueles que a contemplavam cheios de ódio.

Por isso, na igreja viram-se obrigados a tapar-lhe a boca com uma mordaça, que ela mordia tal qual um lagarto morde um pedaço de pau.

Depois, o verdugo amarrou-a a uma estaca para sustentá-la de pé, já que ela desfalecia de tempos em tempos, e caía sem forças.

Então, num dado momento, ela recuperou a força no punho e, segundo disseram, conseguiu soltar-se das cordas e fugir por dentro da igreja, onde, recordando sua antiga habilidade circense, subiu com grande agilidade até as galerias de cima, voando como um pássaro ao longo das colunas e frisos. Ia escapar pelos telhados, quando um soldado visou-a com sua besta e lhe desfechou uma flecha que atingiu seu tornozelo.

Apesar de seu pé traspassado, a pobre jovem ainda conseguiu correr através da igreja com rapidez, sem se preocupar com o pé ou com seus ossos quebrados, perdendo muito sangue, pois era grande o pavor que sentia das chamas da fogueira.

No final foi apanhada, amarrada, atirada numa carreta e reconduzida à fogueira, sem que, depois disso, pessoa alguma a tivesse escutado gritar.

O relato de sua fuga através da igreja ajudou o vulgo a acreditar que ela fosse o demônio em pessoa, tendo alguns afirmado que ela teria voado pelos ares.

Quando o verdugo da cidade atirou-a ao fogo, ela teria dado dois ou três saltos horríveis e caído em meio às chamas da fogueira, que ardeu de dia e de noite.

No dia seguinte, à noite, fui ver o que teria restado daquela gentil jovem tão terna e doce, mas nada mais encontrei senão um mísero fragmento de osso estomacal, que, apesar daquele fogaréu, conservara um resto de umidade, e que alguns disseram que estremecia como uma mulher durante o gozo.

Eu não teria como contar-te, querido filho, as tristezas sem número e sem igual que, durante quase uma década, pesaram sobre mim. Sempre recordava aquele anjo quebrado por gente malvada, e sempre enxergava aqueles olhos repletos de amor; em suma, os dons sobrenaturais daquela cândida criança brilhavam todo o tempo diante de mim, e passei a rezar por ela na igreja onde ela fora martirizada.

Enfim, não tinha nem a força nem a coragem de recordar, sem estremecer, o Grande Penitenciário Jehan de la Haye, que morreu roído pelos piolhos. A lepra justiçou o Juiz. O fogo consumiu sua casa e sua mulher. Todos os que puseram a mão naquela fogueira foram vitimados por algum tipo de chama.

Tudo isto, bem-amado filho, foi causa dos mil pensamentos que aqui deixei por escrito para que de agora em diante orientem a norma de conduta de nossa família.

Deixei o serviço da Igreja e me casei com tua mãe, de quem recebi infinitas doçuras, e com quem compartilhei minha vida, meus bens, minha alma e tudo o mais. Por isso, ela esteve de acordo comigo nos seguintes preceitos:

***Primeiro**: Para ser feliz, é preciso estar longe da gente da Igreja, honrá-la sempre, mas sem permitir que eclesiástico algum entre em tua casa, também fechada para aqueles que por direito, justo ou injusto, são considerados acima de nós.*

***Segundo**: Alcança um boa posição e mantém-te nela, sem querer parecer rico. Cuida de não despertar inveja seja em quem for, nem ferir o próximo, de qualquer maneira que seja, porque para cortar as cabeças dos invejosos, é preciso ser forte como o carvalho que mata as plantas que estão a seus pés. E mesmo assim a pessoa poderia sucumbir, pois os carvalhos humanos são espécimes raros, de modo que Tournebouche algum poderá jamais vangloriar-se de ser um deles, e nunca deixará de ser um Tournebouche.*

***Terceiro**: Não gastes mais que a quarta parte de teus ganhos. Cala-te acerca de teus bens, e esconde teu cabedal. Não ocupes cargo oficial algum. Vai à igreja como todo o mundo, e guarda sempre teus pensamentos para ti, já que eles não pertencem a qualquer outra pessoa, a qual acabará lançando mão deles, como se fossem capas, usando-os como bem entendem, muitas vezes sob a forma de calúnias.*

***Quarto**: Permanece sempre na condição dos Tournebouches, que são agora e sempre serão tapeceiros. Casa tuas filhas com bons tapeceiros, manda que teus filhos se tornem tapeceiros em outras cidades da França, munidos destes sábios preceitos, e alimenta-os na honra da tapeçaria, sem deixar que acalentem algum sonho ambicioso no espírito. "Tapeceiro como um Tournebouche": este deve ser teu lema, tua glória, teu nome, tua divisa, tua vida. Portanto, sendo sempre tapeceiros, os Tournebouches, graças a isso, serão sempre desconhecidos, e vegetarão como bons e pequenos insetos que, uma vez instalados numa viga, enchem-na de furinhos e prosseguem com toda tranqüilidade até o final de seu novelo de linha.*

Quinto: Jamais uses outra linguagem que não a da tapeçaria. Não discutas sobre religião ou política. E ainda que o governo do Estado, a província, a religião e Deus dessem uma guinada ou tivessem a fantasia de se inclinar para a direita ou para a es-

De repente ela recuperou as forças e, segundo dizem, conseguiu soltar-se das cordas e fugir por dentro da igreja, onde, recordando seu antigo ofício, subiu com grande agilidade até as galerias de cima, voando como um pássaro ao longo das colunas e dos frisos.

querda, permanece sempre, dada a tua qualidade de Tournebouche, fabricando teus tapetes. Assim, sem ser percebidos por quem quer que seja da cidade, os Tournebouche viverão sempre tranqüilos, com seus pequenos Tournebouchinhos, pagando corretamente seus dízimos, impostos e tudo o mais que lhes seja cobrado, quer pela força, quer para a glória de Deus, do Rei, da cidade ou da paróquia, entidades com as quais não vale a pena ficar em débito. Também é necessário que reserves um tesouro patrimonial para teres paz, para que compres a paz, para que nunca devas, que sempre tenhas pão em casa, e que possas dar boas gargalhadas, mas atrás de portas e janelas fechadas.

Assim ninguém terá poder sobre os Tournebouches, seja o Estado, seja a Igreja, ou ainda os senhores, aos quais, conhecendo-lhes a situação, e caso te sintas obrigado a isso, emprestarás alguns escudos, sem qualquer esperança de voltar a vê-los (refiro-me aos escudos).

Desse modo, todos e em todo momento amarão os Tournebouches, embora debochem deles, tachando-os de tacanhos, chamando-os de Tournebouches-de-pés-pequenos; Tournebouches de escasso entendimento. Ora, deixai que falem esses pobres ignorantes, já que os Tournebouches nunca serão queimados, nem enforcados para gáudio do Rei, da Igreja ou de quem quer que seja.

Nesse meio tempo, os espertos Tournebouches guardarão em segredo dinheiro em seus alforjes e alegria em sua casa, sempre a salvo e sem receio.

Portanto, filho meu, segue estes conselhos e procura levar uma vida medíocre e sem sustos.

Conserva isso em tua família, como uma Carta Magna. Assim, quando morreres, que teu sucessor a mantenha como um sagrado Evangelho dos Tournebouches, até que Deus não mais queira que haja Tournebouches neste mundo.

(Esta carta foi encontrada quando se procedeu ao inventário da casa de Françoys Tournebouche, senhor de Veretz, chanceler do Delfim, condenado à morte e a ter todos os seus bens confiscados por sentença do Parlamento de Paris. por ocasião da rebelião do dito senhor contra o Rei. A carta foi entregue ao Governador da Turena como curiosidade histórica e incluída nas atas do peróxido no Arcebispado de Tours por mim, Pierre Gaultier, Corregedor, Presidente dos Próceres.)

Encerradas pelo Autor as transcrições e os deciframentos destes papéis, traduzindo-os de sua estranha língua para a nossa atual, quem os doou lhe disse que a Rua Quente, de Tours, teria recebido tal nome, segundo alguns, porque ali o sol permanecia mais tempo que em outros logradouros. Todavia, apesar dessa versão, as pessoas de alto entendimento viram na vida tépida do mencionado súcubo a verdadeira causa da denominação.

O Autor concorda com esta segunda versão, a qual nos ensina a não abusar de nosso corpo, mas antes, a fim de prevenir nossa salvação, a utilizá-lo de modo prudente e sensato.

20 — DESESPERO DE AMOR

No tempo em que deu na telha do Rei Carlos VIII a idéia de decorar o castelo de Amboise, ele enviou para lá alguns artesãos italianos, mestres escultores, hábeis pintores, arquitetos e pedreiros, que ornamentaram as galerias com esplêndidas obras de arte que, por terem sido tratadas com descaso, estão hoje se deteriorando a olhos vistos.

Nessa época, a Corte estava sediada naquele lugar aprazível, e, como todo o mundo sabe, aquele gentil e jovem soberano muito apreciava ficar assistindo a esses artistas durante seu trabalho de criação.

Entre esses forasteiros havia um florentino conhecido como *Signore* Angelo Cappara, um jovem de grande mérito, que, apesar de sua idade, era reputado o mais hábil escultor e gravador de seu tempo, deixando as pessoas impressionadas ao constatar tamanha competência num jovem que mal havia chegado à primavera da vida.

Com efeito, apenas se entreviam em seu rosto os primeiros pêlos que conferem ao homem seu aspecto majestoso viril.

Angelo Cappara deixava as damas verdadeiramente embevecidas com o seu encanto, considerando-o um sonho. Quanto ao moço, levava uma vida solitária e melancólica, qual um pombo que se refugia no ninho, sofrendo pela morte de sua companheira.

Eis a razão dessa atitude: nosso escultor sempre enfrentara a pobreza, que afeta todos os atos da vida. De fato, ele vivia miseravelmente, comia pouco, sempre envergonhado pelo fato de nada possuir, e lançava mão de seus talentos com grande desespero, querendo a todo custo desfrutar de uma vida tranqüila, a melhor que existe para quem vive com a mente ocupada.

Certa vez, como se por bravata, o florentino apareceu na Corte elegantemente trajado, mas ali, devido à timidez decorrente de sua juventude, e por um golpe de azar, não se atreveu a cobrar o que lhe era devido pelo Rei, que, vendo seus ricos trajes, imaginou

estar diante de um rapaz bem de vida. Os cortesãos e as damas costumavam admirar não somente seus belos trabalhos, como seu talentoso autor, mas quanto a dinheiro, nada lhe davam. Todos, mormente as damas, imaginavam-no naturalmente rico, certas de que lhe bastariam sua bela juventude, seus longos cabelos negros e seus olhos claros, sem se lembrar de que nada disso constitui uma efetiva e consistente riqueza.

Por um lado, elas até tinham razão, uma vez que tais qualidades acarretavam para muitos marotos da Corte belos domínios, dinheiro à farta etc. e tal. Porém, a despeito de sua aparência juvenil, o *Signore* Angelo, que ainda não tinha passado dos vinte anos, não era um tonto, mas sim um moço de grande bondade no coração e belas poesias na cabeça, além de possuir uma alta capacidade de imaginação. Todavia, devido a sua grande humildade, e como sói acontecer com todos os pobres e sofredores, ele ficava perplexo e intrigado com o sucesso que costumava cercar tanta gente ignorante. Além disso, acreditava-se azarado de corpo e de alma, guardando consigo seus íntimos anseios, revelando-os tão-somente às sombras, a Deus, ao diabo, e a mais ninguém. Nessas horas, lamentava possuir um coração tão quente, que as damas até o evitavam, receosas de se queimarem em contato com aquele verdadeiro ferro em brasa. Ele então dizia para si próprio o quanto trataria com desvelo e fervor uma bela amante; com que honrarias seria ela tratada por ele; que fidelidade iria dedicar-lhe; com que afeição a serviria, como iria encarar todos os seus pedidos como se fossem ordens; de quais brincadeiras lançaria mão para dissipar as eventuais névoas e brumas de sua melancolia.

Assim, concebendo em sua imaginação uma diva, arrojava-se a seus pés, beijava-os ternamente, fazia-lhe carícias, mordia-os, apertava-os contra o peito, tudo com realismo igual ao mentalizado por um prisioneiro que se imagina a correr através dos campos, só de enxergar aquela extensão verde através das grades de sua cela. Em seguida ele conversava com ela e rogava seus favores. Aí, numa exaltação de sentimentos, quase a fazia perder o fôlego com os abraços que lhe dava. E se tornava cada vez mais atrevido, apesar do respeito que lhe tinha. Porém, ao constatar que ela ali não estava a seu lado, mordia tudo o que havia em seu leito, tomado de raiva e paixão, desejando mais do que nunca aquela dama ausente, cheio de coragem quando ali se via sozinho, mas corrido de vergonha no dia seguinte, quando por acaso passava por uma dessas divas. Então, inflamado por esses amores fantasiosos, acabava avançando contra suas estátuas de mármore e, munido de escopro e buril, cinzelava nelas formosos seios que até davam água na boca só de contemplar aqueles belos frutos do amor, isso sem contar os outros detalhes que lhes acrescentava, alisando-os, acariciando-os, limando-os com esmero, conformando-os de modo tal a deixar patente, até para uma pessoa ingênua e inexperiente, seu domínio desses instrumentos e seu conhecimento perfeito daqueles detalhes, desfazendo sua ignorância num único dia.

As damas costumavam apreciar a beleza desses trabalhos, tornando-se cada vez mais entusiasmadas com o talento e a juventude do *Signore* Cappara, o qual, por sua vez, jurava para si próprio que, no dia em que uma delas lhe desse um dedo para beijar, ele acabaria beijando todo o resto de seu corpo.

Certo dia, uma dessas damas de alta linhagem chegou-se ao gentil florentino e lhe perguntou por que ele era tão tímido, e se não haveria na Corte alguma dama disposta a desfazer seu acanhamento. Em seguida, convidou-o graciosamente a visitá-la logo ao anoitecer.

Em vista disso, o *Signore* Angelo tratou de comprar perfumes e uma bela capa de veludo forrada de cetim, além de pedir emprestado a um amigo um capote de mangas bem largas, um gibão curto e calções de seda. No início da noite, chegou à casa da dama e subiu os degraus a passos rápidos, respirando a esperança a plenos pulmões, não sabendo como controlar seu coração que parecia querer sair-lhe pela boca, saltando e pinoteando em seu peito como uma cabra. Para resumir em poucas palavras, ele estava tomado de amor da cabeça aos pés, a ponto de ficar com as costas suadas.

Podeis estar certos de que se tratava de uma bela dama, e ninguém mais ciente disso do que Cappara, o qual, por força de seu ofício, conhecia a fundo como devia ser a conformação dos braços, as linhas do corpo, as curvas secretas dos globos traseiros, além de outros mistérios.

Portanto, aquela dama satisfazia as mais exigentes regras da Estética, além de ser alva e esbelta, e de possuir uma voz que transtornava o espírito e que incendiava o coração, o cérebro e tudo o mais. Em suma, ela inculcava na imaginação de quem a contemplava as deliciosas imagens do que dela se poderia esperar quanto ao amor, sem necessidade de mencionar tais assuntos, característica própria dessas astutas mulheres.

O escultor encontrou-a sentada diante da lareira, numa cadeira alta, e então, demonstrando desenvoltura, ela iniciou a conversa, enquanto que o jovem Angelo não dizia senão "Sim" ou "Não", sem que outras palavras lhe viessem aos lábios, ou que qualquer

Imaginou que estivesse mal-ajambrado, tanto de corpo como de alma, guardando consigo mesmo seus pensamentos. Não, não é bem verdade, pois ele os revelava nas noites de luar, às sombras, a Deus, ao diabo, a tudo a seu redor.

idéia lhe ocorresse ao cérebro. Teria até enfiado a cabeça dentro da lareira, não fosse a felicidade que sentia de ver e ouvir sua encantadora anfitriã, que se sentia tão à vontade quanto um moscardo ao sol.

Mas o fato foi que, apesar da muda participação de um dos interlocutores naquele diálogo, os dois ali permaneceram até a metade da noite, caminhando a passos lentos pelas sendas floridas do amor.

Nosso artista estava radiante. Ao voltar para casa, conversando consigo próprio, concluiu que, se uma mulher nobre não se importava de tê-lo à noite a seu lado durante quatro horas, de modo algum se importaria de continuar com ele até o raiar do sol. Partindo dessa premissa, foi deduzindo interessantes corolários, até que resolveu solicitar dela aqueles favores que bem podeis imaginar quais fossem, como se se tratasse de uma mulherzinha qualquer. Em seguida, decidiu que deveria matar a todos — o marido, ela, ou ele próprio, — caso não lograsse obter uma hora de prazer ao lado de sua amiga. Com efeito, ele estava tão envolvido pelo amor, que imaginava não passar a vida de uma aposta no jogo do amor, uma vez que um único dia podia valer por mil vidas.

O florentino retomou seus trabalhos com a cabeça voltada para a noite anterior, sem que outro pensamento lhe ocorresse. Por causa disso, resolveu abandonar o trabalho, perfumou-se e foi escutar as gentis promessas de sua dama, na esperança de que ela as transformasse em atos concretos. Entretanto, quando se viu em presença de sua soberana, a majestade feminina entrou em cena, e o pobre Cappara, que até então seguira pelas ruas se portando como um leão, transformou-se subitamente num carneirinho, logo que se deparou ao lado daquela que deveria ser sua presa. Porém, ao se avizinhar a hora em que os desejos de ambos atingiram o auge, ele, já quase se sentando em seu colo, estreitou-a fortemente. Ele já havia tentado dar-lhe um beijo, e o tinha conseguido, coisa que muito o tinha alegrado, mormente porque, quando é a dama quem concede o beijo, ela guarda consigo o direito de recusar o próximo; porém, quando permite que ele seja roubado, aí o amante pode estar certo de que conseguirá obter outros mil. Por essa razão, toda dama prefere o beijo roubado ao beijo concedido. Resultado: o florentino já havia roubado uma boa quantidade de beijos, e a coisa estava progredindo de maneira promissora, quando de repente a dama, que tinha economizado seus favores, exclamou:

— Oh! Meu marido!

Com efeito, terminado o jogo da péla *Monseigneur* estava voltando para casa, o que obrigou o escultor a ir-se embora depressa, mas não sem antes receber um tépido olhar de sua dama, interrompida em meio a seu prazer.

Consistiu nisso toda a sua festança sua sustança e sua pitança durante um mês, visto que, quando sua alegria estava prestes a transbordar, sempre aparecia o tal marido, chegando como que de propósito entre uma recusa e uma doce e ligeira carícia com a qual as mulheres costumam amenizar suas recusas, aquelas pequenas concessões que reaquecem e reforçam o amor. E, ainda que o agora impaciente escultor iniciasse sua escaramuça amorosa logo que ali entrava, a fim de alcançar o sucesso antes da chegada do marido, ao qual, sem dúvida, essas interrupções em nada prejudicavam, sua bela dama, vendo esse desejo patenteado nos olhos de seu escultor, dava início a uma seqüência de querelas e altercações sem fim. Para começar, fingia estar enciumada, a fim de escutar boas declarações de amor; em seguida, aplacava a cólera do rapaz com o lenitivo de um beijo; então, tomava a palavra para não mais deixá-la, sempre recomendando como seu amante deveria proceder com relação a ela, agindo com sensatez e prudência, e seguindo à risca seus conselhos, pois do contrário ela não teria como lhe conceder sua alma e sua vida. Isso, dizia ela, até que era muito pouca coisa para se oferecer à amante, afirmando ainda que ela se sentia mais corajosa, porque, quanto mais o amava, mais sacrifício representava não aquiescer a seus pedidos. Quanto às propostas que ele fazia, ela sempre retrucava: "Vamos deixar para depois!", com pose de rainha. Depois assumia um ar de enfastiada, contestando as recriminações de Cappara:

— Se não agires como quero que ajas, acabarei deixando de amar-te.

Assim, ainda que um pouco tardiamente, compreendeu o italiano que aquele amor não era do tipo nobre, daqueles que não contam as alegrias como um avarento conta seus escudos. No final das contas, aquela dama encontrava prazer em mantê-lo do lado de fora da cerca, deixando-o sentir-se dono de tudo, mas desde que não tocasse no jardim do amor.

Ao chegar a essa conclusão, Cappara encheu-se de fúria, com desejo de matar tudo e todos, e foi atrás de alguns bons companheiros, amigos fiéis, encarregando-os de atacar o marido da amante quando ele estivesse voltando para casa, terminada a partida de péla com o Rei. E eis que ele estava regressando na hora de costume, enquanto se desenrolavam as ternas brincadeiras do amor, constantes de beijos bem degustados cabelos bem enrolados e desenrolados, mãos mordiscadas com paixão, assim como as orelhas; enfim, desfiando todo o repertório de carícias, exceção feita àquela coisa especial que os bons autores consideram abominável (com razão), e eis o nosso Florentino a dizer entre um beijo prolongado e outro:

— Oh, minha querida, acaso me amas mais do que a tudo mais?

— Sim! — respondeu ela, já que se tratava de palavras, e nada mais.

— Já que é assim — retrucou o amante, — entrega-te toda a mim!

— Mas acontece – replicou a dama — que meu marido está para chegar...

— Será essa a única razão?

— Sim.

— Pois te digo que tenho amigos que irão abordá-lo e o não deixarão prosseguir seu caminho, caso eu deixe uma vela acesa diante desta janela. E se ele acaso for queixar-se ao Rei, meus amigos dirão que estavam apenas tentando pregar uma peça num conhecido.

— Ah, meu querido — replicou ela, — deixa-me ver se tudo está bem aqui em casa, e se todos já se foram dormir.

Ela se levantou, pegou a vela acesa que estava no peitoril da janela e demonstrou intenção de seguir para o interior da mansão. Vendo isso, Cappara soprou a vela, desembainhou a espada e, colocando-se diante da dama, cujo estratagema acabara de compreender, assim falou:

— Não irei matar-te, Madame, mas pretendo marcar teu rosto de modo que nunca mais poderás insinuar-te de maneira coquete com rapazes apaixonados, fazendo burla deles e de suas vidas. Tu me vens enganando de maneira vexaminosa e de modo indigno para uma mulher de bem. Sabes que um beijo jamais será capaz de sustentar a vida de um amante de verdade, e que, uma vez beijada uma boca, o restante do corpo necessita de algo mais. Por tua causa, minha vida se tornou pesada e desagradável para sempre. Por isso, quero fazer com que te lembres eternamente da morte que me causaste. De fato, tu nunca mais irás contemplar teu semblante num espelho sem que ali enxergues senão o meu.

Ele então ergueu o braço e brandiu a espada, disposto a arrancar um naco da carne macia daquela bochecha, que ainda revelava indícios de ter sido beijada havia pouco tempo.

Nisso, a dama exclamou:

— Ah, maldito!

— Cala a boca! — replicou ele. — Há pouco me dizias que me amavas mais do que tudo neste mundo! Agora mudas de opinião? A cada nova noite deixavas que eu me aproximasse mais um pouquinho do céu, mas eis que, com um sopro, me arrojavas ao inferno! Estás redondamente enganada se achas que o fato de usares saia irá salvar-te da cólera de um amante...

— Oh, meu Angelo, eu te pertenço! — exclamou ela, assustada diante daquele homem inflamado pelo ódio.

Quanto a ele, dando três passos para trás, vociferou:

— Ah, cortesã sem coração, amas muito mais teu rosto do que a quem dizes que amas!

Ela empalideceu e ergueu para ele um rosto humilde e assustado, entendendo que, naquele instante, sua perfídia passada desmentia inteiramente sua presente declaração de amor.

Então, de um só golpe, Angelo cortou-lhe o rosto, deixou a casa e abandonou o país.

O marido, que não fora estorvado em seu caminho pelo fato de não haver uma vela acesa junto à janela, encontrou sua mulher com um profundo corte na bochecha esquerda; mas ela nada lhe contou, apesar da dor que sentia, uma vez que, depois daquele golpe, passara a amar o jovem Cappara mais do que a própria vida. Mesmo assim, ele quis saber a causa daquele ferimento. Como ninguém estivera em sua casa, a não ser o florentino, foi queixar-se ao Rei, que enviou soldados atrás do jovem com ordem de prendê-lo, o que não demorou a acontecer. Sua Majestade ordenou então que ele fosse enforcado em Blois.

No dia da execução, uma dama nobre foi tomada do desejo de salvar aquele homem corajoso, acreditando que ele fosse um amante às direitas. Então suplicou ao Rei que o entregasse a ela, tendo Sua Majestade aquiescido a seu pedido. Porém, Cappara declarou que pertencia inteiramente a sua dama, cuja imagem não conseguia esquecer. E como sua pena fora comutada, ele entrou para a vida religiosa, chegando se tornar Cardeal. Granjeou fama de sábio, e costumava dizer, ao chegar no ocaso da existência, que fora a lembrança das alegrias desfrutadas durante aquelas horas em que ele fora tão bem e tão maltratado por sua dama, que o mantivera vivo.

Um certo autor chegou a afirmar que, algum tempo depois, ele acabou reencontrando e se acertando com sua querida dama, cuja bochecha se teria cicatrizado sem deixar marcas, mas não acredito nessa versão, uma vez que ela se deve a um homem de coração romântico e imaginação fértil no que se refere às santas delícias do amor.

Esta história não nos traz qualquer outro bom ensinamento que não seja o de lembrar que às vezes ocorre na vida algum mau sucesso. Cabe ainda frisar que este conto relata uma história absolutamente verídica. Se, em outros trechos, o Autor eventualmente ultrapassou o limite da verdade, este aqui haverá de lhe acarretar as indulgências que lhe serão concedidas pelos conclaves dos amantes.

EPÍLOGO DA SEGUNDA DEZENA

Embora esta segunda dezena informe em seu frontispício ter sido completada numa época de neve e frialdade, ela foi entregue ao público no belo mês de junho, quando tudo está alegre, e verdejante; isso porque a pobre musa, da qual o Autor não passa de um súdito, tem sido mais caprichosa que amor de rainha, e tem preferido, sem que se saiba a razão, produzir seus frutos na época das flores.

Ninguém pode presumir-se amo e senhor dessa fada. Às vezes, quando a mente está ocupada por pensamentos sérios que desgastam e cansam o cérebro, lá vem a mocinha risonha a sussurrar no ouvido do Autor suas galantes sugestões, roçando-lhe uma pluma nos lábios para fazer cócegas, dançando sarabandas e fazendo com que seu riso ecoe por toda a casa.

Se porventura o escritor, trocando a Ciência pelo Prazer, lhe diz: "Espera um momento, querida, que já, já irei até aí!", e sai correndo com grande pressa para ir divertir-se em sua companhia, eis que ela já desapareceu: foi refugiar-se no oco de árvore onde costuma esconder-se, ali permanecendo bem escondidinha, para finalmente ir-se embora.

Então, toma de um porrete, ou um cacete, um bastão, bordão ou cajado, ergue-os e dá de rijo na desavergonhada; em seguida, dirige-lhe mil impropérios, até que a ouças gemer. Continua a castigá-la, enquanto ela não pára de gemer. Então, afaga-a (e ela a gemer), faz-lhe carícias (e ela a gemer), beija-a e dize a ela: "Vem cá, meu benzinho!" (e ela a gemer).

Observa: ela ora está fria, ora parece prestes a morrer, dando adeus ao amor, adeus aos risos, adeus a alegria, adeus às boas histórias. Nessa altura, enverga luto fechado por sua morte, derrama lágrimas sentidas imaginando que ela tenha morrido de fato, e trata de carpi-la.

Mas eis que ela ergue a cabeça, e seu riso alegre volta a ser ouvido; ela abre suas alvas asas, voa para não se sabe onde, gira no ar, faz cabriolas, exibe sua cauda diabólica, seus seios de mulher, suas sólidas ancas, sua face angelical; sacode sua cabeleira perfumada, dá cambalhotas sob os raios do sol, refulge em toda a sua beleza, muda de cor qual peito de pomba, ri até chorar, e então deixa que suas lágrimas caiam no mar, onde os pescadores irão encontrá-las transmutadas em lindas pérolas, que são recolhidas para enfeitar as testas das rainhas.

Por fim, ela passa a corcovear como um potro selvagem à solta num descampado, ostentando seus encantos virginais e mil detalhes corporais tão encantadores, que um papa arriscaria sua salvação apenas pelo fato de contemplá-las.

Durante esses corcoveios da fera indomada, eis que surgem pessoas ignorantes e medíocres que dirão ao pobre poeta: "Onde estão teus livros prometidos? Tua nova dezena de contos? Não passas de um profeta pagão, de um tratante! Compareces às festas e banquetes, e nada fazes entre um e outro ágape. E então: onde está tua obra?"

E embora seja naturalmente um apreciador das atitudes gentis, eu bem que gostaria de ver uma dessas pessoas impalada à moda turca, e lhe dizer que vá assim ataviada à caça do Amor.

Termina aqui a segunda dezena destes Contos; possa o diabo dar-lhe um empurrão com seus chifres, a fim de que ela tenha uma boa acolhida por parte de uma Cristandade sorridente.

PRÓLOGO DA TERCEIRA DEZENA

Algumas pessoas questionaram o Autor, indagando se haveria tamanha demanda destes Contos, que não se passava um ano sem que ele deixasse de publicar mais uma dezena dos tais. Perguntaram ainda as razões que o teriam levado a agir assim, e, finalmente, por que estaria ele escrevendo vírgulas entremeadas de sílabas maliciosas, diante das quais, ao menos em público, as damas franziam o cenho; além de mil outras questões desse gênero! Em sua resposta, o Autor declarou que essas sentenças traiçoeiras, espalhadas como seixos ao longo de seu caminho, têlo-iam tocado bem no fundo do coração, e que ele estava suficientemente a par de seu dever para não deixar de trazer neste Prólogo, para seus distintos leitores, outros argumentos além dos precedentes, já que é sempre necessário argumentar com as crianças, até que fiquem crescidinhas, passem a compreender as coisas e aprendam a arte de calar a boca, e também porque ele percebeu que existem muitos rapazes de mau caráter em meio à enorme multidão buliçosa, ignorante do prazer que constitui o real objetivo destes Contos.

Em primeiro lugar, ficai sabendo que se determinadas damas virtuosas (eu disse virtuosas, porque as mulheres simples e de baixa extração não se dedicam à leitura destas páginas, preferindo deter-se diante de textos inéditos), pertencentes à burguesia, religiosas e de alta respeitabilidade, embora se sintam indubitavelmente constrangidas diante dos temas aqui tratados, mesmo assim se põem a lê-los piedosamente, a fim de contentar seu lado maligno espiritual, e com isso imaginam resguardar sua virtude.

Estais entendendo, meus bons disseminadores de cornos? A ser enganado, mais vale sê-lo por uma história contada num livro, que pela falinha macia de algum cavalheiro espertalhão.

Com isso, evitareis que saiais prejudicados, meus tolinhos, além do quê muitas vezes vossas damas enamoradas poderão ser tomadas por profunda agitação com a leitura do presente livro. Desse modo, estes Contos contribuirão para aumentar a população do país, conservando-o alegre e feliz, honrado e saudável, donde se constatar a enorme utilidade apresentada por estes Contos. Eu disse "honrado", porque assim podereis proteger vossos ninhos das garras desse jovem demônio chamado *Kornutto* em língua celta. E eu disse "saudável", porque este livro incita a fazer o que foi prescrito pela Igreja de Salerno a fim de se evitar a pletora cerebral.

Acaso poderíeis extrair semelhante proveito em qualquer outro caderno enegrecido tipograficamente? Ha, ha! Onde podemos encontrar livros capazes de gerar filhos? Não percais tempo em procurá-los. Entretanto, podereis encontrar com fartura crianças que fazem livros, os quais nada mais geram senão enfado.

Mas vamos em frente. Ficai sabendo, portanto, que se algumas damas de natureza virtuosa, mas de espírito falastrão, conversam publicamente acerca dos temas destes Contos, um número bem expressivo delas, longe de recriminar o Autor, confessa sentir por ele um grande apreço, achando-o valente e digno de ser um dos monges da Abadia de Thelesme. Quanto ao Autor, devido a tantas razões quantas estrelas há no céu, não admite mudar o tom do discurso com o qual compôs estes mencionados Contos, mesmo correndo o risco de ser vituperado. Assim, prefere manter inalterado o estilo que adotou, uma vez que entende ser a nobre França como uma mulher que se recusa a fazer aquilo que bem sabeis do que se trata, gritando e se retorcendo, enquanto exclama: "Não, não, jamais! Oh, oh, oh, *Monsieur*, que pretendeis fazer? Não quero saber disso! Estais a machucar-me!" Aí, quando o livro estiver pronto e acabado, com toda gentileza, elas lhe dirão: "Oh, mestre, e os próximos, quando virão?"

Podeis estar certos de que o Autor por ser um bom companheiro, não dá maior importância aos gritos, prantos e contorções da dama que chamais de Glória, Moda ou Favorecimento Público, uma vez que sabe ser ela uma devassa que até aprecia ser tratada com certa brutalidade. Ele sabe que o grito de guerra é: *Monta na Alegria!* Um belo brado, como podeis ver, que alguns escritores corromperam, mas que significa: "A alegria não pertence à Terra; portanto, fica bem distante; tratai de alcançá-la, pois, se o não conseguirdes, adeus!" O Autor extraiu esta interpretação de Rabelais, que assim o revelou a ele.

Se pesquisardes a História, vereis que a França jamais murmurou palavra alguma enquanto era alegremente montada, bravamente montada, apaixonadamente montada, a ponto de perder o fôlego. Ela continua a marchar furiosamente, e mais se compraz em ser cavalgada do que em beber.

Ora, ora, então não estais vendo que estes Contos são alegremente franceses, selvagemente franceses, franceses por diante, franceses por detrás, franceses até a raiz dos cabelos? Portanto, para trás, mastins; que soe a música; silêncio, carolas; um passo à frente, senhores farristas! Ei, meus pajenzinhos, segurai as mãos das damas com vossas mãos macias e acariciai-as bem no meio (no meio da mão, evidentemente!). Há, há! Temos aí algumas razões reboantes e peripatéticas, ou o Autor nada entende de ribombos nem de aristotelismo. Ele tem a seu lado o escudo da França, a auriflama do Rei e de Saint Denis, aquele que, mesmo depois de decapitado, ainda conseguiu bradar: "Monta na minha alegria!" Acaso tereis coragem de dizer, quadrúpedes, que isso não passa de invenção? Não! Aquele brado com certeza foi escutado por muita gente naquele tempo! Todavia, nestes nossos dias, já não se crê mais em coisa alguma que nos é ensinada pelos bons religiosos...

O Autor ainda não disse tudo o que queria. Portanto, vós todos que manuseais e passais os olhos por estes Contos, ficai sabendo que eles devem ser sentidos pela cabeça somente, e apreciados pela alegria que proporcionam, e que acaba correndo para o coração. Sabei também que o Autor, tendo em má hora deixado que suas idéias, isso é, sua herança, se extraviassem, sem conseguir repô-las no lugar, se viu reduzido a um estado de nudismo mental.

Ele então gritou como aquele lenhador do prólogo do livro de seu querido mestre Rabelais, a fim de se fazer ouvir pelo cavalheiro lá de cima, o Soberano de todas as coisas, a fim de obter Dele outras idéias. Infelizmente, o Altíssimo, ainda ocupado com os congressos que então aconteciam, lhe enviou, por intermédio de Mercúrio, uma escrivaninha dotada de um par de tinteiros, sobre a qual estavam gravadas, à maneira de um dístico, estas três letras: *AVE*. Aí, nosso pobre amigo, não percebendo a chegada de qualquer outra ajuda, tomou todo o cuidado de vasculhar a tal escrivaninha, à procura de algum sentido oculto, enquanto matutava sobre o significado da misteriosa palavra ali gravada, esforçando-se por decifrar o que haveria atrás dela. O que concluiu ao primeiro exame foi que Deus era polido, como um grão-senhor, coisa que de fato Ele é, uma vez que, mesmo sendo o dono do mundo, não deixa quem quer que seja desamparado. Mas visto que, rememorando os fatos de sua mocidade, não se lembrou de qualquer favor ou serviço que porventura tivesse prestado a Deus, o Autor ficou em dúvida quanto a essa dádiva sem sentido, e quedou-se demoradamente a matutar sobre o assunto, sem chegar a qualquer conclusão quanto à real utilidade daquele presente celeste. Então, de tanto virar e revirar a escrivaninha, examinando-a, esquadrinhando-a, esvaziando-a, apalpando-a e batendo nela de maneira interrogativa, deitando-a de um lado, depois do outro, olhando-a de frente, de trás, e depois de cabeça para baixo, leu de trás para frente as três letras, que então se tornaram *EVA*. E que representa *Eva* senão o conjunto de todas as mulheres reunidas numa só? Ouviu-se então uma voz divinal, que assim disse ao Autor:

— Concentra-te nas mulheres. É a mulher que tratará de tuas feridas, e que arrumará tua sacola de caça. Ela é tua riqueza; portanto, não tenhas senão uma única. Veste-a e despe-a; afaga-a o quanto puderes; faze bom uso dela. A mulher é tudo. Ela tem sua própria escrivaninha sem fundo; tenta tirar dela tudo o que puderes. A mulher ama o amor; assim, senta-te à escrivaninha e proporciona-lhe esse amor. Acalenta suas fantasias. Retrata com alegria as mil facetas do amor em seus milhões de aspectos gentis, pois ela é generosa, e, uma por todas e todas por uma, a mulher saberá recompensar o pintor e manter sempre limpos os pelinhos do pincel.

"Para completar, medita bem acerca daquilo que está escrito: *Ave* — salve!; *Eva* — a mulher. Ou então: *Eva*, a mulher, *Ave*, salve, viva.

Ora muito bem: ela faz e desfaz. Então, ocupa logo a escrivaninha!"

De que é que a mulher mais gosta? Que será que ela almeja? Todas as coisas especiais referentes ao amor. E ela tem razão. Dar à luz é produzir uma contrafação da Natureza, a qual sempre está em atividade. Assim sendo, vinde a mim, mulheres, vem a mim, Eva!

Neste ponto, o Autor se pôs a trabalhar nessa fecunda escrivaninha, onde encontrou uma papa cerebral, cozinhada pelas virtudes provenientes lá de cima, à maneira talismânica.

De um dos tinteiros saíram coisas graves, escritas em tinta marrom, e do outro coisas mais amenas, que coloriam alegremente as páginas do caderno. Muitas vezes o pobre

Autor, por descuido, deixou que as tintas se misturassem nesse ou naquele trecho; porém, tão logo as frases pesadas, difíceis de aplainar, polir e lustrar, similares às que se encontram nas obras afeitas ao gosto hodierno, eram formadas, o Autor, interessado em se divertir, apesar da pequena quantidade de tinta alegre que sobrou no tinteiro esquerdo, tratava de surrupiar sem remorso algumas penas, e foi com elas que acabou redigindo estes Contos Droláticos, cuja autoridade não pode ser posta em dúvida, uma vez que provêm de uma fonte divina, conforme se pode concluir após esta ingênua confissão de Autor.

Alguns indivíduos mal-intencionados ainda irão protestar quanto a isso, mas acaso é possível encontrar alguém que se sinta completamente satisfeito neste globo de lama — não é uma vergonha?

Nisto o comportamento do Autor faz lembrar o de Deus, e ele o comprova por *atqui*.

Escutai: para os sábios, ainda não ficou demonstrado com toda a clareza que o soberano Senhor dos mundos teria construído um número infinito de máquinas complexas e pesadas, dotadas de enormes rodas e grossas correntes, medonhas chanfraduras e colossais parafusos, compondo uma complicada engenhoca que lembra um conjunto de espetos giratórios, nem que Ele também se divertiu com ninharias e coisas grotescas, leves como o zéfiro, e ainda produziu criações ingênuas e divertidas que vos causam riso só de vê-las! Isso não é verdade? Então, em toda criação excêntrica, como é a vasta obra composta pelo Autor, seria necessário, para se enquadrar nas leis do já mencionado Senhor, espargir algumas delicadas flores, vistosos insetos, belos dragões bem retorcidos, imbricados, coloridos, senão mesmo dourados — ainda que muitas vezes o ouro não esteja sobrando, — e espalhar, nos sopés de seus montes nevados, amontoados de rochas e outras filosofias altaneiras, trabalhos árduos e terríveis, colunatas de mármore, pensamentos esculpidos em pórfiro. Olalá, bestas imundas que menosprezais e repudiais as fugas, fantasias, harmonias, contrapontos e trinados da bela musa drolática, nada de roer vossas unhas e garras, a fim de que nunca mais esfoleis sua alvíssima pele riscada por veias azuladas, seus rins que exsudam amor, seus elegantíssimos quadris, seus pés que repousam sossegadamente no leito, sua face de cetim, suas belíssimas feições, seu coração sem fel! Ah, seus cabeças duras, que diríeis ao constatardes que essa linda jovem gerada no coração da França, tão concorde com a natureza da mulher, tenha sido saudada por um *Ave!* gentil dos anjos, na pessoa do dadivoso Mercúrio, e que ela, no final das contas, constitua a mais pura quintessência da Arte?

Nesta obra é possível encontrar as necessidades, virtudes, fantasias e desejos de mulher, anseios de um robusto pantagruelista — tem de tudo! Calai-vos, então, e erguei vivas ao Autor. Deixai que sua escrivaninha de dois tinteiros dote a Alegre Ciência dos cem gloriosos Contos droláticos!

Portanto, para trás, mastins! Que soem as músicas! Silêncio, carolas! Fora com os ignaros! Um passo à frente, senhores farristas! Ei, meus pajenzinhos, segurai as mãos das damas com vossas mãos macias, e acariciai-as bem no meio, com muita ternura, enquanto lhes dizeis: "Lede-os, para rir" Dizei-lhes depois algumas frases agradáveis, passíveis de fazê-las explodir em risos, uma vez que, quando elas sorriem, seus lábios se entreabrem, e elas passam a apresentar pequena resistência ao amor.

Escrito em Genebra. no Hotel de l'Arcq, nas Águas Vivas, em fevereiro de 1834.

21 — PERSEVERANÇA NO AMOR

Por volta dos primeiros anos do século XIII depois da vinda de Nosso Divino Salvador, ocorreu na cidade de Paris uma aventura amorosa que teve como protagonista um sujeito natural de Tours, acerca do qual tanto a cidade como a Corte nunca mais se cansaram de comentar. No que concerne ao Clero, havereis de ver qual foi a sua reação, já que a historia tem a ver com o papel que os clérigos nela desempenharam, preservando sua memória.

O mencionado indivíduo, conhecido por todos como "o Tureniano" devido ao fato de nascido na nossa alegre região da Turena, chamava-se, na realidade, Anseau. Pouco tempo antes, esse bom homem tinha regressado a sua terra natal e fora nomeado prefeito de Sainct Martin, segundo rezam as crônicas da abadia daquela cidade; todavia, quando chegara a Paris, com o tempo acabou por tornar-se um renomado ourives.

Desde que adotou esse ofício, em virtude de sua proverbial honestidade, da qualidade de seu trabalho, etc. e tal, tornou-se cidadão de Paris e súdito do Rei, cuja proteção havia adquirido, segundo o costume vigente naquele tempo. Tratou de comprar uma casa, que logo quitou inteiramente, próximo da igreja de Saint Leu, na Rua de Saint Denis, e sua oficina se tornou bem conhecida de todos os que apreciavam as belas jóias.

Ainda que ele fosse um tureniano, e considerado um sujeito espirituoso e animado, Anseau se mantinha virtuoso como um verdadeiro santo, não obstante as blandícies daquela cidade, e tinha gasto seus dias de juventude sem ter jamais deixado seu nome

Seu coração pulsava tão forte que até parecia estar batendo dentro de sua goela.

— Tens uma bela vaca — comentou ele.

— Gostaríeis de provar um gole do seu leite? — perguntou ela, acrescentando: — Ele fica bem quentinho nestes primeiros dias de maio.

arrastar na lama. Muitos dirão que isso ultrapassa a faculdade de crer que Deus nos concedeu para nos ajudar a confiar nos mistérios da Santa Religião, razão pela qual se torna necessário demonstrar com abundância de argumentos a causa absconsa da castidade do nosso ourives.

Primeiramente, cabe lembrar que ele tinha vindo até Paris a pé, pobre que nem Jó, conforme o testemunho dos seus antigos companheiros, e que, diferentemente dos nossos conterrâneos, que conservam aceso seu fogaréu juvenil, era possuidor de um caráter de ferro, e persistia em sua determinação qual um ascético monge. Sua vida consistia em trabalhar sem descanso, de manhã à noite, e com isso ele veio a se tornar um mestre em seu ofício, buscando sempre aprender novos segredos, experimentando novas receitas e buscando encontrar soluções para todos os seus problemas profissionais. Os transeuntes retardatários sempre enxergavam, escoando-se através da janela de sua oficina, uma lâmpada sempre acesa, e enxergavam lá dentro o bom homem limando, lixando, brunindo, cinzelando, modelando e dando acabamento a suas peças, ajudado por um ou dois aprendizes, de portas fechadas, mas de orelhas bem abertas.

A pobreza o tinha levado a trabalhar duro; o trabalho duro, a adquirir sua competência; esta, a acumular um belo cabedal. Aprendei esta lição, filhos de Caim, que devorais dobrões para depois urinardes água: se o nosso bom ourives tivesse saciado seus desejos selvagens, ter-se-ia tornado um pobre e infeliz solteirão. Assim, quando o diabo tentava seduzi-lo, ele fazia o sinal-da-cruz e descia o malho com força sobre o metal, expulsando o espírito rebelde de sua mente, enquanto se debruçava sobre suas delicadas obras de arte, gravando-as com esmero, compondo figuras e arabescos em ouro e prata. Desse modo conseguia aplacar os ardores de Vênus.

Acrescente-se a isso que o nosso tureniano era um sujeito simples, quase simplório, que temia a Deus acima de todas as coisas, vindo em seguida os ladrões, depois os nobres, e que fugia como o diabo da cruz de qualquer tipo de confusão. Embora tivesse duas mãos, nunca fazia mais de uma coisa ao mesmo tempo. Sua voz era tão suave quanto a de um noivo antes de se casar. E ainda que os membros do Clero, os militares e algumas outras pessoas não o considerassem um indivíduo culto, ele havia aprendido Latim com sua mãe, sabendo expressar-se bem nessa língua, sem precisar da ajuda de outrem.

Nos últimos tempos, vivendo em Paris, tinha aprendido a caminhar ereto, a falar sem rodeios, a limitar seus caprichos ao alcance de seus rendimentos, a não ceder seu couro para fazer sapatos alheios, a não confiar em alguém que não pudesse ter sempre sob as vistas, a jamais revelar o que fez, e sempre fazer o que prometeu, a nunca verter outra coisa que não água, a ter memória melhor que a das moscas, a usar as mãos em seu próprio benefício, e o que guardava no bolso também, a evitar aglomeração de gente pelas ruas, e a vender suas jóias por preço bem maior do que elas lhe custaram. A sábia observação dessas regras lhe trouxe tanta sabedoria quanto tinha necessidade de trabalhar de maneira satisfeita e confortável.

E assim vivia ele, sem perturbar a vida do próximo.

Observando a vida particular desse sujeito tão discreto, alguns talvez venham a dizer: "A la fé! Eu gostaria de ser esse joalheiro, ainda que fosse obrigado a entrar na lama de Paris e nela ficar mergulhado durante uma centena de anos até os joelhos!"

Pois até o próprio Rei de França poderia desejar ser Anseau, caso soubesse que o ourives possuía braços possantes e nervosos, tão fortes que, quando cerrava o punho, nem os ardilosos, nem os brutamontes seriam capazes de fazê-lo abrir a mão. Daí podeis estar seguros de que ninguém conseguiria arrancar aquilo que ele estivesse segurando. Ademais, seus dentes eram capazes de mastigar ferro, o qual seu estômago logo dissolveria, seu duodeno digeriria, e seu esfíncter o expectoraria sem se romper. Tinha ainda ombros capazes de sustentar o globo terrestre, como o fazia aquele cavalheiro pagão a quem outrora fora confiada tal empresa, e que, com a vinda de Jesus Cristo, foi dela desincumbido.

Ele era, a bem da verdade, um desses homens feitos de um golpe só, os quais são os melhores, visto que aqueles que têm necessidade de vários golpes para se formarem nada valem, e ainda por cima precisam receber acabamentos adicionais de tempos em tempos.

Resumindo: Mestre Anseau era um homem de verdade. Sua fisionomia lembrava a de leão, e sob seu supercílio luzia um olhar capaz de derreter ouro, caso o fogo de sua forja se apagasse. Contudo, uma água límpida posta em seus olhos pelo grande Moderador de todas as coisas amenizava esse tremendo ardor, sem que seu olhar viesse a inflamar tudo a seu redor.

Então: não estamos diante de um esplêndido espécime de homem?

Tendo em mira essas virtudes cardeais, certas pessoas insistiam em perguntar por que o nosso bom ourives permanecia solteiro e solitário como uma ostra, visto que suas qualidades naturais seriam vistas com bons olhos em qualquer lugar que ele fosse. Acaso sabem esses críticos opiniosos em que consiste o amor? Ha! Ha! Homessa! A vocação de um ente amoroso é ir, vir, escutar, conter a língua, postar-se de cócoras num canto, fazer-se ora grande, ora pequeno, chegando às vezes a desaparecer de todo; ser concorde, tocar música, tornar-se burro de carga, ir atrás do diabo onde quer que ele se encontre, separar uma por uma as ervilhas secas, colher flores sob a neve, dizer padre-nossos para a Lua, acariciar gato e cachorro ao mesmo tempo, cumprimentar os amigos, não se aborrecer com a gota ou a constipação da velha tia, dizendo-lhe nos momentos oportunos: "A senhora está com boa aparência! Vai escrever o epitáfio de todo o gênero humano!" E ainda cortejar todos os parentes, não pisar no pé dos outros, não quebrar copos ou taças, não desperdiçar seu latim, gostar de conversar fiado, segurar gelo na mão, dizer: "Está tudo bem", ou "De fato, Madame, a senhora está linda!", além de cem mil variações dessas frases. E ainda conservar-se sempre limpo, trajar-se com o apuro de um grão-senhor, ter a língua ágil, mas prudente, suportar com um sorriso todas as vicissitudes que o diabo possa inventar, sempre conter a cólera, manter a natureza sob controle, ter sob as vistas o dedo de Deus e a cauda do diabo, presentear a mãe, a prima, a criada; em suma: estar sempre de cara boa, pois, caso contrário, a namorada escapa e vos deixa plantado, sem lhe dar uma única razão cristã.

Na realidade do fato, se o enamorado da mais gentil donzela que Deus criou num momento de bom humor falasse com a sabedoria de um bom livro, saltasse como uma pulga, rolasse como um dado, tocasse música como o rei Davi, e erigisse para sua amada a ordem coríntia das colunas do diabo, e caso deixasse de fazer o essencial, aquilo que a sua escolhida apreciasse acima de tudo o mais, e que muitas vezes nem ela própria sabe do que se trata, mas que ele tem necessidade de saber, ela o deixaria como a uma lebre vermelha. Nisso estaria certa, e ninguém poderia recriminá-la. Nessa circunstância, alguns homens se tornam mal-humorados e aborrecidos, mais enfurecidos do que poderíeis imaginar. Pois não é que muitos deles se matam em razão dessa tirania das saias? Nesse assunto, o homem se distingue dos animais, visto que bicho algum perdeu o senso em razão do desespero de amor, o que prova sobejamente que os animais não possuem alma.

Aquilo em que se ocupa o amoroso é a mesma coisa em que se ocupam os saltimbancos, os soldados, os charlatães, os bufões, os príncipes, os tolos, os reis, os vadios, os monges, os crédulos, os vilões, os mentirosos, os fanfarrões, os sicofantas, os cabeças-ocas e cabeças-duras, os frívolos, os que não entendem nada de nada; trata-se de uma ocupação da qual o próprio Jesus Cristo se absteve, e da qual, no intuito de imitá-Lo, gente de alto entendimento desdenha: é o ofício ao qual um homem de valor dedica, antes de tudo o mais, seu tempo, sua vida e seu sangue, suas melhores palavras, além de seu coração, sua alma e seu cérebro, coisas para as quais todas as mulheres são cruelmente atraídas, porquanto, desde que sua língua vai e vem, elas se dizem umas às outras que, se não forem donas de tudo o que um homem tem, não são donas de coisa alguma. Ficai certos, também, de que existem aquelas que, franzindo os cenhos, reclamam que um homem não faz mais do que cem coisas para elas, com a finalidade de descobrir se haveria uma centésima primeira, visto que, no final das contas, elas sempre querem mais, por mero espírito de conquista e tirania. E essa alta jurisprudência tem sido useira e vezeira entre os costumes de Paris, onde as mulheres, ao serem batizadas, recebem mais sal do que em qualquer outro lugar do mundo, razão pela qual são elas maliciosas desde o nascimento.

E assim foi que nosso ourives, sempre estabelecido em sua oficina, sempre brunindo o ouro e derretendo a prata, não tinha tempo de aquecer seu coração, nem de brunir e fazer resplandecer suas fantasias, e tampouco de sair pelas ruas e se exibir, ou gastar seu dinheiro em futilidades, e muito menos de recorrer a efeminados para se satisfazer. Ora, dado que em Paris as donzelas não costumam cair nas camas dos rapazes, do mesmo modo que não se vêem faisões assados soltos pelas ruas, mesmo que tais rapazes solteiros sejam ourives reais, o Tureniano tinha a vantagem de guardar embaixo das calças, como se disse atrás, um passarinho que até então ainda não tinha sido usado para o amor. Entretanto, o bom burguês não podia fechar os olhos quanto aos atributos naturais dos quais eram amplamente dotadas as mulheres com as quais ele discutia o preço de suas jóias. Assim, muitas vezes, após escutar pacientemente as lisonjas que lhe dirigiam as senhoras e senhoritas na tentativa de convencê-lo a conceder desconto em seus preços, o bom Tureniano voltava para casa sonhador como um poeta, desesperado como um cuco sem ninho, e então dizia com seus botões: "Tenho de encontrar uma esposa. Ela iria manter a casa limpa, servir-me comida quente, guardar bem dobradas as minhas roupas, pregar meus botões; iria cantar alegremente pela casa, atormentar-me para fazer tudo de acordo com seu gosto, e me dizer, como dizem todas as mulheres aos seus maridos, quando querem que eles lhes dêem de presente uma jóia: "Ah, meu benzinho, olha aquela ali, não é uma beleza?" E todos os moradores do bairro iriam pensar nela, e depois em mim, comentando entre si: "Eis ali um sujeito feliz"!

E ele então se decidia: iria logo casar-se, dar uma esplêndida festa de núpcias, comprar um magnífico vestido de noiva para Madame Ourives, dar-lhe de presente uma rica corrente de ouro, adorná-la da cabeça aos pés, entregar-lhe o governo da casa (exceto no tocante ao dinheiro), preparar-lhe um quarto bem aconchegante na parte de cima da casa: um cômodo arejado, com janelas de persianas e vidraças, tapetes e cortinas, além de um sólido baú e uma cama bem larga, dotada de dossel de cetim amarelo, sustentado por colunelas torcidas, sem falar nos lindos espelhos que mandaria instalar em todas as paredes. Imaginava que, quando chegasse ao lar, seria saudado por uma dúzia de filhos, entre meninos e meninas. Mas num segundo a mulher e os filhos se evaporavam nas nuvens, e ele transformava seus tristes sonhos em fantásticas obras de arte, inventando jóias diferentes que caíam no gosto dos seus compradores, os quais nem imaginavam quantas mulheres e filhos se tinham perdido para dar origem àquelas belas peças de ourivesaria criadas por Mestre Anseau, que, quanto mais talento empregava em sua arte, mais desalentado se tornava.

Ora, se Deus não se tivesse apiedado do nosso ourives, ele teria deixado este mundo sem conhecer o que era o amor, só vindo a encontrá-lo no outro mundo, após aquela metamorfose da carne que o dispensa, segundo assevera o mestre Platão, grande autoridade nesse assunto, muito embora às vezes tenha cometido erros, pelo fato de não ter sido cristão.

Mas deixemos isso de lado. Essas digressões preparatórias não passam de comentários dispensáveis e fastidiosos, com os quais os incréus nos obrigam a esticar um conto, como um menino de cueiros querendo correr, coisa que faria sem problemas se estivesse inteiramente despido. Que o Grande Diabo lhe aplique um clister com seu rubro tridente!

Assim, vou prosseguir com minha história sem ulteriores circunlóquios. Vejamos então o que foi que aconteceu com o nosso ourives quando ele já estava com quarenta e um anos de idade.

Num certo domingo, tendo saído a passeio ao longo da margem esquerda do Sena, sempre pensando na possibilidade de vir a se casar, e sem planejar seu percurso, Anseau resolveu se aventurar através daquela várzea então denominada *Prado dos Padres*, que nessa época ainda se encontrava sob o domínio da Abadia de Saint Germain, e não da Universidade. Sempre caminhando a esmo, o Tureniano se viu de repente em campo aberto, e ali deparou com uma jovem pobre, que, ao avistar aquele senhor bem vestido, inclinou-se e o saudou com essas palavras:

— Deus vos guarde, meu senhor.

Era tão cordial seu cumprimento e tão doce a sua voz, que o ourives sentiu-se encantado por aquela melodia feminina, logo sendo tomado de paixão pela jovem, ainda mais porque, atormentado pela idéia de se casar, tudo aquilo ia ao encontro de tal sentimento.

Não obstante, depois que a moça passou por ele, o ourives não se atreveu a ir atrás dela, visto ser tímido como uma donzela, daquelas que preferem morrer segurando a saia, do que suspendê-la para virem a sentir prazer. Contudo, quando ele prosseguiu seu caminho sem parar, veio-lhe à mente que, havia já dez anos, ele portava o título de Mestre-Ourives, que de longa data se tornara um cidadão de respeito, e que já havia vivido por mais de duas vezes o tempo de vida de um cão, podendo muito bem encarar uma mulher, se assim lhe desse no bestunto, ainda mais se o desejasse fazê-lo com muito empenho.

Assim, deu meia-volta como se decidido a retornar pelo caminho da vinda, e seguiu atrás da jovem, que puxava por uma corda esgarçada uma velha vaca. O pobre animal, até então, estivera pastando junto a um fosso à beira do caminho.

— Ah, minha pequena — disse ele, — acaso a obtenção dos bens deste mundo justifica o fato de usares tuas mãos para trabalhar no Dia do Senhor? Não receias ser levada à prisão por causa disso?

— Meu senhor — respondeu ela, abaixando os olhos, — nada tenho a recear, visto que pertenço à Abadia, e o Sr. Abade me concedeu licença para levar a vaca a pastar depois da oração das Vésperas.

— Quer dizer então que dás mais importância a essa vaca do que à salvação de tua alma?

— Na realidade, senhor, este animal representa quase a metade de nossas pobres vidas.

— Estou espantado, menina, por ver que tua pobreza te obriga a usar essas roupas esfarrapadas e a caminhar descalça por estes campos em pleno domingo! Todavia, carregas contigo mais tesouros do que poderias desenterrar no subsolo desta Abadia. Imagino que, por causa deles, os rapazes da vila devam perseguir-te e atormentar-te sem descanso com propostas de amor.

— De modo algum, senhor! Lembrai-vos de que pertenço à Abadia — replicou ela, mostrando ao ourives uma pulseira que trazia no braço esquerdo, semelhante às argolas que se põem nas pernas das criações, mas com a diferença de que ela não trazia cincerro ao pescoço.

Dizendo isso, lançou-lhe um olhar tão desalentado que o deixou compungido, pois aqueles olhos lhe transmitiram uma angustiada mensagem proveniente do fundo de seu coração.

— Ei! — exclamou ele, querendo que ela lhe desse maiores explicações acerca de tudo aquilo. — Que significa isso?

E tomou da pulseira, vendo, revoltado, que nela estavam gravadas em alto relevo as armas da Abadia.

— Ficai sabendo, senhor, que sou filha de um servo. Por isso, quem quer que se una a mim pelo casamento irá tornar-se igualmente um servo, ainda que se trate de um cidadão de Paris, e todos os seus haveres passarão a pertencer à Abadia. Se mesmo assim ele insistisse em se casar, nossos filhos também passariam ao domínio dela. Por causa disso, sou evitada por todos, ignorada como um pobre animal silvestre. Mas o que me torna mais infeliz é que, de acordo com o que o Sr. Abade decidir, deverei casar-me algum dia com um servo pertencente à Abadia. E se eu fosse menos feia do que já sou, à vista da minha pulseira, mesmo os mais fervorosos fogem de mim como se da peste negra.

Dizendo isso, ela voltou a puxar a vaca pela corda.

— Quantos anos tens? — perguntou o ourives.

— Não sei, senhor, mas meu amo, o Abade, tem o registro.

Essa situação miserável tocou o coração do bom homem, trazendo-lhe à lembrança o tempo em que ele próprio tinha comido o pão que o diabo amassou. Acertando seu passo com o da jovem, seguiu ao lado dela em direção ao bebedouro, num doloroso silêncio. O burguês olhava de esguelha a bela fronte, os lindos braços rosados, o talhe de rainha, os pés sujos de pó, mas que mesmo assim lembravam os de uma Virgem Maria, e a doce fisionomia daquela belíssima donzela, fiel retrato de Santa Genoveva, padroeira de Paris e das jovens camponesas.

Pois não é que o tonto do ourives não parava de examinar a mocinha da cabeça aos pés, imaginando qual não seria a alvura dos seus seios, cobertos modesta e graciosamente por uma faixa de pano esgarçado? Ele os comia com os olhos, como se fosse um estudante olhando para uma suculenta maçã num dia de calor.

Cabe lembrar que essas suaves colinas naturais denotavam que a jovem, embora modesta, sabia cobrir-se decentemente, sem deixar à mostra a deliciosa beleza de suas formas, perfeitas como tudo o mais que pertence aos monges.

Ora, quanto mais o ourives entendia que era proibido tocar naqueles seios, mais sua boca se enchia de água, sequiosa por provar o sabor daquele fruto do amor, e seu coração pulsava tão forte que até parecia estar batendo dentro de sua goela.

— Tens uma bela vaca — comentou ele.

— Gostaríeis de provar um gole do seu leite? — perguntou ela, acrescentando: — Ele fica bem quentinho nestes primeiros dias de maio. Aproveitai, pois a cidade está bem longe daqui.

Na verdade, o céu estava limpo e claro, sem sequer uma nuvem, e o Sol estava ardente como uma forja. Tudo irradiava juventude: as folhas, o ar, as moças, os rapazes; tudo reluzia, e as plantas verdes recendiam a bálsamo.

O ingênuo oferecimento da jovem, feito sem qualquer intuito de recompensa, visto que uma moeda jamais recompensaria a graça especial daquela oferta; além disso, o ar modesto com o qual a pobre moça se voltou para ele a fim de lhe oferecer um gole de leite ganhou o coração do ourives, que bem gostaria de poder pôr essa serva na pele de uma rainha, tendo Paris a seus pés.

— Não, minha menina, não sinto sede de leite, mas sim de ti, que eu tanto gostaria de poder libertar.

— Não pode ser. Quando eu morrer, ainda pertencerei à Abadia. Temos vivido nesta condição faz muito tempo, de pai para filho e de mãe para filha. Como meus pobres antepassados, também eu passarei meus dias sem sair daqui, do mesmo modo que meus filhos, já que o Abade não pode legalmente deixar-nos ir embora.

— Quê?! — estranhou o Tureniano. — Então até hoje não apareceu por aqui algum bravo rapaz que, vendo teus belos olhos, não se tenha sentido tentado a comprar tua liberdade, do mesmo modo que paguei ao Rei pela minha?

— Na realidade, ela deve custar caro demais! Por isso, mesmo aqueles que à primeira vista se agradam de mim acabam indo embora sem delongas, do mesmo modo que aqui chegaram.

— E nunca pensaste em fugir para outra terra na garupa do cavalo de algum galante enamorado?

— Ah, sim, mas vede bem, senhor, se eu for apanhada, serei condenada à forca! Quanto ao meu raptor, mesmo que se trate de um grão-senhor, perderia mais de um domínio, sem falar no resto. Não valho isso tudo. Ademais, o cumprimento dos braços da Abadia é maior do que o alcance de meus pés. Por isso, sou completamente obediente a Deus, que aqui me colocou.

— Que faz o teu pai?

— Cuida das videiras do pomar da Abadia.

— E tua mãe?

— Passa roupa.

— E qual e o teu nome?

— Não tenho nome, estimado senhor. Meu pai foi batizado Estienne; minha mãe é a Estienne; quanto a mim, sou Tiennette, a vosso dispor.

— Ah, doçura — fez o ourives, — jamais mulher alguma me agradou tanto quanto tu me agradas! Acredito que teu coração contenha um manancial de bondade. Desde que apareceste diante de meus olhos, justo no instante em que eu havia deliberado arranjar uma companheira, acredito ter encontrado em ti um aviso do Céu! Caso eu não te desagrade, rogo-te que me aceites como teu pretendente.

Ouvindo isso, a jovem baixou os olhos. Aquelas palavras foram proferidas de tal modo, num tom tão grave, sincero e convincente, que Tiennette prorrompeu em pranto.

— Oh, não, meu senhor — respondeu ela, — não quero ser a causa de mil desgostos e de vosso infortúnio. Para uma pobre serva, esta conversa já foi longe demais.

— Oh! — exclamou Anseau. — Não sabes, minha criança, com quem estás tratando.

O Tureniano fez o sinal da cruz, juntou as mãos e prosseguiu:

— Juro por Santo Elói, sob cuja invocação se colocam todos os ourives, que vou mandar o melhor artesão confeccionar duas imagens de prata puríssima. Uma será a estátua da Virgem, e terá por finalidade agradecer pela liberdade de minha querida esposa; a outra, uma estátua do meu padroeiro, para o caso de ser bem sucedido na empresa de libertação da serva Tiennette, aqui presente, e pela qual eu confio em sua assistência. Além do mais, juro pela minha salvação eterna perseverar intrepidamente neste empreendimento, despendendo nele tudo quanto possuo, e somente desistindo caso perca a vida. E que Deus me ouça.

Em seguida, voltando-se para a jovem, perguntou-lhe:

— Que me dizes, minha pequena?

— Ah, senhor, vede!... minha vaca disparou pelo campo afora! – gritou ela chorando, caindo de joelhos aos pés do ourives. — Hei de amar-vos por toda a minha vida, mas será melhor que renuncieis ao vosso juramento.

— Vamos atrás da vaca! — disse o ourives, erguendo-a bem junto do peito, mas sem se atrever a dar-lhe um beijo, embora ela demonstrasse estar disposta a ser beijada.

— Sim, vamos — concordou ela, — pois do contrário apanharei uma boa sova!

E ficou observando Anseau, que saiu em disparada atrás da danada da vaca, a qual, por seu turno, pouco se incomodava com os seus amores. Ele não demorou a segurá-la pelos chifres, dominando-a inteiramente, mas tendo de se conter para não atirá-la pelos ares como se ela não passasse de uma palha.

— Adeus, minha querida. Se fores à cidade, vem visitar-me em minha casa, que fica perto da igreja de Saint Leu. Sou conhecido como Mestre Anseau, e exerço a profissão de ourives de nosso senhor o Rei de França, sob a proteção de Santo Elói. Promete-me que estarás nesta várzea no próximo Dia do Senhor, e não deixes de vir, ainda que chovam albardas.

— Com certeza, bondoso senhor! Para cumprir esta promessa, eu não hesitaria em saltar muros e passar por debaixo das cercas! Em reconhecimento pelo que fizestes, gostaria de vir a ser vossa, e de não vos causar problema algum, empenhando nisto a própria salvação de minha alma. E enquanto espero esse feliz encontro, pedirei por vós a Deus de todo o meu coração.

E ali ficou ela ereta e imóvel, como uma santa de pedra, até não mais avistar, o bom burguês, que se afastou a passos lentos, voltando-se de tempos em tempos para lançar à bela jovem uma olhadela fugaz.

Quando ele ficou fora do alcance de sua vista, ela ainda ali permaneceu até o anoitecer, perdida em seus pensamentos, sem saber se tudo aquilo não teria passado de um lindo sonho.

Por fim, ela resolveu regressar para casa, onde levou uma surra por ter ficado fora por muito tempo, mas nem sentiu os golpes que recebia.

Já o nosso bom ourives nem quis saber de comer ou de beber. Fechou sua oficina, sem pensar em outra coisa senão na garota, enxergando-a para onde quer que volvesse os olhos, desejando-a acima de tudo nesta vida.

Ora, na manhã seguinte, ele se dirigiu, não sem alguma apreensão, para a Abadia, intencionado a conversar com o Sr. Abade. Enquanto caminhava, pensou que seria de bom alvitre colocar-se sob a proteção de algum graúdo ligado ao Rei, e, desse modo, dirigiu seus passos para a Corte, que estava então sediada na cidade. Como era conhecido e respeitado por sua prudência, e estimado pelo esmero que imprimia em seus trabalhos, bem como por seus modos gentis, o Camareiro-Mor do Rei, para quem de certa feita confeccionara um belo porta-jóias destinado a servir de presente a uma determinada dama da Corte — um estojo de ouro adornado de pedras preciosas, único em seu gênero, — prometeu ajudá-lo naquela empresa. Assim, mandou selar para si um cavalo, e para o ourives uma hacanéia, e dali seguiram os dois para a Abadia, onde pediram para falar com o superior. O Abade era Monsenhor Hugon de Sennecterre, então com noventa e três anos.

Depois de introduzidos no salão, enquanto o ourives esperava nervosamente ser atendido e receber sua sentença, o Camareiro-Mor informou ao Abade que ali viera na intenção de adquirir um bem pertencente à Abadia, e que ele muito ansiava possuir. A esse pedido, o Abade respondeu, mirando-o fixamente, que os Cânones lhe inibiam, e em certos casos até proibiam, de dispor dos bens entregues a sua guarda.

— Então, informo-vos, estimado Abade — disse o Camareiro-Mor, — que aqui o nosso amigo, ourives da Corte, concebeu um profundo amor por uma serva que pertence à vossa Abadia. Pois bem: vim requerer de vós, em troca de algum favorecimento que me queirais solicitar, que emancipeis essa jovem.

— E de quem se trata? —perguntou o Abade, dirigindo-se ao burguês.

— O nome dela é Tiennette — respondeu timidamente o ourives.

— Ho! Ho! — sorriu o velho e bom Hugon. — Nosso pescador pretende fisgar um belo peixe! Estamos diante de um caso grave, e não sei como tomar sozinho tal decisão.

— Estou sabendo, prezado Abade, o que significam tais palavras — disse o Camareiro-Mor, franzindo os sobrolhos.

— Será que o cavalheiro sabe quanto vale essa donzela?

Dito isso, mandou chamar Tiennette, recomendando ao clérigo que a foi buscar que lhe providenciasse belas roupas, deixando-a o mais vistosa que fosse possível.

— Tua pretensão amorosa está correndo perigo —segredou o Camareiro-Mor ao ourives, chamando-o à parte. — Deixa de lado essa fantasia. Podes encontrar facilmente outra esposa, até mesmo na Corte: mulheres de posses, jovens e belas, que de bom grado aceitarão desposar-te. Para tanto, se for necessário, o Rei poderá conceder-te

O Abade era Monsenhor Hugon de Sennecterre, então com noventa e três anos.

algum título, que, no transcurso do tempo, irá capacitar-te a constituir uma digna família. Acaso estás bem fornido de dinheiro para te tornares o fundador de uma nobre linhagem?

— Não sei, senhor — respondeu Anseau. — De fato, tenho guardado algum dinheiro.

— Então verifica se o que guardaste daria para comprar a alforria da donzela. Conheço os monges. Com eles, o dinheiro resolve tudo.

— Monsenhor — disse o ourives, dirigindo-se ao Abade, — estou ciente de que tendes o privilégio e encargo de representar aqui embaixo a vontade do Senhor, que com freqüência despeja sobre nós sua clemência, e que possui um tesouro infinito de misericórdia, para compensar nossas misérias. Ora, hei de lembrar-me de vós, durante o restante de meus dias, a cada noite e cada manhã, em minhas preces, e jamais esquecerei que recebi de vossas caridosas mãos minha felicidade, caso queirais me ajudar a desposar legitimamente essa jovem, dispensando da condição de servos os filhos que porventura vierem a nascer dessa união. Para isso, comprometo-me a confeccionar um estojo para guardar a Santa Eucaristia, tão elaborado, tão rico em ouro e pedrarias, e ainda adornado com figuras de anjos alados, que nenhum outro igual poderá ser encontrado em toda a Cristandade. Ele será único no gênero, deslumbrará vossos olhos, e haverá de constituir a glória do vosso altar. As pessoas da cidade e os nobres vindos do estrangeiro acorrerão para vê-lo, tal a sua magnificência!

— Meu filho — respondeu o Abade, — acaso perdeste o senso? Se estás de fato tão decidido a tomar essa serva como tua legítima esposa, teus bens e tua pessoa passarão a pertencer ao Capítulo da Abadia!

— Sim, Monsenhor, estou apaixonado por ela, além de compungido por sua miséria e tocado por seu coração cristão que tanto combina com suas perfeições. Todavia — e dizendo isso seus olhos se encheram de lágrimas, — o que mais me espanta é a dureza de vosso coração, e isto digo sem temer quaisquer que sejam as conseqüências que venha a sofrer, já que estou em vossas mãos. Sim, Monsenhor, conheço a Lei. Assim, se meus bens devem cair sob vosso domínio, se eu tiver de me tornar um servo e de perder minha casa e minha condição de cidadão, conservarei a arte adquirida à custa de meu suor e meus estudos, e que — prosseguiu gritando e franzindo a testa, — está guardada aqui, num lugar onde ninguém, exceto Deus, pode ser mais senhor que eu. Toda a vossa Abadia não poderia pagar pelas criações especiais que daqui procederem. Podeis possuir meu corpo, minha esposa, meus filhos, mas jamais possuireis meu engenho, ainda que me submetais a torturas, porquanto sou mais forte que o mais duro ferro, e mais paciente que a mais terrível dor.

Depois de dizer isso, o ourives, irritado com a calma do Abade, que parecia decidido a arrecadar para a Abadia todo o cabedal do bom homem descarregou o punho sobre uma cadeira de carvalho, reduzindo-a a pedacinhos, como se ela tivesse recebido um golpe de malho.

— Eis aí, Monsenhor, o tipo de servo que havereis de ter! Ireis transformar um artesão que confecciona trabalhos divinos num verdadeiro cavalo de puxar carroça!

— Meu filho — respondeu o Abade, — acabaste de quebrar sem qualquer motivo essa cadeira, depois de julgar meu coração de maneira assaz frívola. Essa menina pertence à Abadia, e não a mim, que sou apenas o fiel guardião dos direitos e costumes deste glorioso mosteiro. Contudo, posso conceder ao seu ventre licença para parir filhos livres, pois disso deverei prestar contas a Deus e à Abadia. Ora, desde que se erigiu aqui um altar, e para cá vieram servos e monges, *id est,* isso há tempos imemoriais, jamais ocorreu um caso de um burguês que se tenha tornado propriedade da Abadia por ter desposado uma serva local. Portanto, temos necessidade de examinar e aplicar o direito, para que este não se perca, debilitado, caduco e caído em desuso, o que daria ocasião a mil problemas. E isso seria de mais vantagem para o Estado e para a Abadia do que vossos preciosos estojos, por mais belos que sejam, tendo em vista que possuímos um tesouro que nos permitiria adquirir jóias raras, embora tesouro algum seja capaz de estabelecer costumes e leis. Vou então apelar para o senhor Camareiro-Mor do Rei, testemunha das penas infinitas que Sua Majestade enfrenta todo dia, na batalha que trava para estabelecer suas ordenações.

— Isso é para me calar o bico — resmungou o Camareiro-Mor.

O ourives, que não era nenhum erudito, quedou-se imerso em seus pensamentos. Foi então que chegou Tiennette, limpa como um alfinete novo, vestindo uma túnica de lã branca, tendo em lugar do cinto uma faixa de pano azul, os cabelos presos num coque, calçando mimosos sapatinhos e meias brancas; em suma: tão airosa e bela, ostentando um tão nobre porte, que ele ficou petrificado, como que num êxtase.

Mais tarde, o Camareiro-Mor confessou jamais ter visto uma criatura tão perfeita. Naquele instante, porém, imaginando que aquela visão poderia representar um grande perigo para o fabricante de jóias, tirou-o dali e o levou para a cidade, rogando-lhe que esquecesse todo aquele negócio, já que a Abadia não estava propensa a soltar nas águas de Paris aquela isca tão apetitosa, só para atrair os burgueses e nobres dispostos a pescá-la. E, de fato, o Capítulo fez saber ao pobre apaixonado que, se ele viesse a desposar a jovem, teria de transferir para a Abadia seus bens, inclusive sua casa, e de submeter-se à condição de servo, extensiva aos filhos que o casal viesse a ter. Contudo, por graça especial, o Abade lhe permitiria continuar ocupando seu domicílio, sob a condição de preparar um inventário da mobília ali existente, pagando por cada móvel um aluguel, e tendo de viver durante oito dias por mês numa cabana pertencente ao domínio da Abadia, a fim de demonstrar sua submissão e servilidade.

O ourives, a quem todos procuravam para criticar a cupidez dos monges, logo entendeu que o Abade manteria inalteravelmente aquela ordem, e sua alma se enchia de desespero. Em certos momentos, chegou mesmo a pensar em pôr fogo no mosteiro; em outros, propôs-se a seqüestrar o Abade e levá-lo para um lugar secreto, para ali torturá-lo até que ele assinasse a carta de liberação de Tiennette; enfim, acalentou mil sonhos que logo se evaporavam. Porém, depois de muito se lamentar, decidiu raptar a jovem e se refugiar num lugar seguro, onde ninguém o poderia encontrar. Para tanto, tomou as providências que julgou necessárias, porquanto, uma vez fora do reino, seus amigos, quem sabe o próprio Rei, poderiam conversar com os monges, convencendo-os a agir de maneira razoável. Mas nosso bom homem não contava com a esperteza do Abade, visto que, indo mais de uma vez à várzea, ali não encontrou Tiennette, deduzindo que ela deveria estar reclusa na Abadia, e vigiada com muito rigor. Para encontrá-la, seria necessário invadir o mosteiro.

Em vista disso, Mestre Anseau passou seu tempo entre lágrimas, queixas e lamúrias. Então, por toda a cidade, os moradores, especialmente as donas de casa, passaram a comentar sobre a sua desventura, e o rumor foi tão grande que chegou até os ouvidos do Rei. Sua Majestade logo mandou chamar o velho Abade à Corte, indagando dele o porquê de não ceder naquela circunstância, não dando a devida importância ao enorme amor de seu ourives, e deixando de praticar a caridade cristã.

— A explicação, Majestade — respondeu o Abade, — é que todos os direitos estão interligados, como as partes de uma armadura; assim, se uma faltar, todo o conjunto desaba no chão. Se essa moça for tirada de nós contra a nossa vontade, e se o costume não for observado, logo vossos súditos usurparão vossa coroa, a violência e a sedição haverão de se espalhar por todo lugar, sob o pretexto de se abolirem os tributos e impostos que pesam sobre os ombros do populacho.

Ante tal argumento, o Rei se calou, sem ter o que contrapor.

Todo o mundo ficou ávido por saber o desfecho deste caso. Foi de tal monta a curiosidade a esse respeito, que certos nobres apostaram que o Tureniano iria desistir da sua empresa amorosa, enquanto que as damas da Corte apostavam no final oposto.

Foi então que o ourives procurou a Rainha e, em lágrimas, se queixou de que os monges tinham escondido sua amada. Ela considerou tal atitude arbitrária e detestável, ordenando ao Abade que fosse permitido ao bom ourives apresentar-se todos os dias no parlatório da Abadia, a fim de visitar Tiennette, ainda que sob a vigilância de um velho monge. Ela sempre compareceu aos encontros trajada esplendidamente, como se fosse uma grande dama. Aos dois enamorados apenas era permitido se verem e conversar um com o outro, sem poderem desfrutar de um minuto sequer de arrebatamento amoroso. Sem embargo disso, seu amor mais e mais crescia.

Certo dia, Tiennette assim falou para seu pretendente:

— Meu prezado senhor, resolvi entregar-vos de presente minha vida, a fim de aliviar vosso sofrer. Eis o modo que idealizei: inquirindo a respeito de tudo, descobri um meio de passar por cima dos direitos da Abadia, a par de vos conceder todas as felicidades que esperais obter de minha fruição. O Juiz Eclesiástico determinou que, como vos tornastes servo meramente por vossa própria concessão, e uma vez que não nascestes sob tal condição servil, ela cessará com o término da causa que acarretou vossa servidão. Ora, por me amardes acima de tudo, aceitastes perder todos os vossos bens em penhor de nossa felicidade, e por isso ireis desposar-me. Depois que me tiverdes abraçado, beijado e saciado o desejo que por mim sentis, antes que amanheça, eu me matarei voluntariamente, e desse modo sereis de novo um homem livre. Ao menos, isso irá constituir um motivo para que o Rei se coloque ao vosso lado, já que consta serdes benquisto por ele. E, sem dúvida alguma, Deus me perdoará por essa morte, já que terei agido assim com a intenção de alcançar a liberdade do senhor meu esposo.

— Oh, minha querida Tiennette! — gritou o ourives. — Já está decidido. Tornar-me-ei servo, e tu viverás para que minha felicidade dure enquanto durarem meus dias. Em tua companhia, as mais duras cadeias jamais me serão pesadas, e pouco me importará a falta de ouro, pois todas as minhas riquezas estão dentro de teu coração, e meu único prazer consiste em tua doce compleição. Coloco-me nas mãos de Santo Elói, que em toda esta miserável situação conceder-nos-á lançar seu olhar misericordioso sobre nós, e nos protegerá de todos os males. Ora, agora mesmo irei atrás de um escrivão para firmar as escrituras e contratos. Ao menos, cara flor dos meus dias, estarás lindamente trajada, morando bem e sendo servida como uma rainha durante toda a tua vida, visto que o Sr. Abade permitiu que eu auferisse os lucros decorrentes de minha profissão.

Rindo e chorando, Tiennette se recusava a aceitar sua sorte. Preferia morrer a ter de reduzir à servidão um homem livre, mas o bom Anseau lhe sussurrou palavras tão doces, e ameaçou tão firmemente segui-la na tumba, que ela acabou concordando com o casamento, imaginando que poderia sempre se matar depois de ter desfrutado das delícias do amor.

Quando a cidade tomou conhecimento da submissão do Tureniano, que por amor de uma mulher abrira mão de seus haveres e de sua liberdade, todo o mundo quis visitá-lo. As damas da Corte se cobriam de jóias para conversarem com ele; e se despejavam como chuva na casa do ourives, em número suficiente para compensar o tempo que ele tinha passado sem companhia feminina, mas se alguma delas se aproximava de Tiennette em beleza, nenhuma tinha seu coração.

Para encurtar a história, quando estava quase soando a hora da servidão e do amor, Anseau fundiu todo o seu ouro para compor uma coroa real, na qual fixou todos os seus diamantes e pérolas, e a foi entregá-la secretamente à Rainha, dizendo-lhe então:

— Majestade, não sei como fazer para dispor de minha fortuna, que aqui vos passo às mãos. Amanhã, tudo aquilo que for encontrado em minha casa tornar-se-á propriedade dos malditos monges, que não sentem por mim sequer um resquício de piedade. Dignai-vos, por conseguinte, de aceitar este presente, como um humilde testemunho de meu reconhecimento pela alegria que, por vossa intercessão, experimentei durante as visitas que fiz a minha amada, visto que nenhuma soma de dinheiro vale um único de seus olhares. Não sei o que será de mim, mas, se um dia meus filhos forem livres, isso se deverá à vossa generosidade de rainha.

— Muito bem dito, bom homem — disse o Rei. — A Abadia um dia irá necessitar de minha ajuda, e eu não me esquecerei disso.

Havia um ror de gente na Abadia para assistir às núpcias de Tiennette, a quem a Rainha dera de presente o vestido de noiva, e o Rei concedera licença para que ela usasse brincos de ouro todo santo dia.

Quando o elegante casal voltava da Abadia e seguia para a casa de Anseau (então já reduzido à condição de servo), próxima de Saint Leu, havia tochas acesas em todas as janelas, e duas fileiras de archotes ao longo das ruas, e todos os saudavam com euforia, como se estivessem assistindo à passagem de um novo casal real.

O pobre marido tinha confeccionado para si uma pulseira de prata que trazia no braço esquerdo, simbolizando sua pertinência à Abadia de Saint Germain. Mas apesar de sua condição servil, o povo bradava "*Noël! Noël*", como se saudando um novo rei. E o bom homem inclinava-se para os lados graciosamente, demonstrando a felicidade de seu amor e sua alegria diante da homenagem que todos rendiam à graça e modéstia de Tiennette.

Já em sua casa, o bom Tureniano encontrou grinaldas de ramos verdes e violetas confeccionadas em sua honra. Os figurões do bairro estavam todos ali em frente, e, para ressaltar a homenagem, tocavam música e gritavam: "Tu serás sempre um nobre, queira ou não queira a Abadia!"

Podeis ficar seguros de que os dois felizes recém-casados sentiram os corações baterem fortemente, tamanho o seu contentamento; tanto o dele, que pulsava vigorosamente, quanto o dela, que, como uma boa donzela criada no campo, em tudo por tudo acompanhava seu esposo.

E assim viveram juntos durante todo um mês, alegres como um casal de pombos que na primavera construiu seu ninho, raminho por raminho.

Tiennette estava deliciada com sua bonita casa, mas o que mais a maravilhava eram os fregueses, sempre a entrar e a sair.

Passado o mês em que tudo foram flores, num belo dia, em grandiosa pompa, o bom e velho Abade Hugon, seu amo e senhor, entrou na casa, que de fato não mais pertencia ao ourives, mas sim ao Capítulo, e, ao se encontrar com o casal, assim falou:

— Meus filhos, estais livres, desimpedidos e quites de tudo. Gostaria de dizer-vos que, desde o início, me senti enormemente impressionado com o amor que vos uniu. Uma vez reconhecidos os direitos da Abadia, coube-me tomar a deliberação de restaurar vossa alegria, após ter comprovado vossa lealdade no tocante às determinações do Senhor. E esta manumissão não vos custará coisa alguma.

Tendo dito isso, deu em cada um deles um tapinha no rosto, e os dois se prostraram de joelhos a seus pés , chorando de alegria por tão jubilosa notícia.

O Tureniano logo foi contar a boa nova para os vizinhos, que se reuniram diante de sua casa, bendizendo a generosa conduta do Abade Hugon. Depois, com todo o aparato, Mestre Anseau arreou sua égua e seguiu até o Portão de Bussy. No percurso, como tinha levado consigo um saco cheio de moedas de prata, as foi atirando para os pobres e sofredores, enquanto gritava:

— É presente! Presente de Deus! Que Ele salve e guarde o Sr. Abade! Viva o bom Monsenhor Hugon!

Após regressar para sua casa, regalou os amigos e preparou uma nova festa de casamento, que dessa vez durou uma semana inteira.

Podeis bem imaginar como foi recriminado o Abade pelo Capítulo, por ter agido com clemência, abrindo as portas da prisão para deixar escapar uma presa tão preciosa! E tanto foi assim que, um ano mais tarde, tendo o bom Abade Hugon caído doente, o Prior de sua Ordem lhe disse ser aquilo um castigo dos Céus, uma vez que ele teria negligenciado os interesses do Capítulo e de Deus.

— Creio que fiz desse homem um justo julgamento — replicou o Abade. — Ele jamais se esquecerá daquilo que nos deve.

De fato, nesse dia, que coincidiu por acaso ser o do aniversário daquele casamento, um monge veio anunciar que o ourives suplicava a seu benfeitor que o recebesse. Ele logo foi introduzido no quarto onde o Abade se encontrava, e depositou diante dele dois maravilhosos sacrários, que desde então não foram igualados por qualquer outro artesão ou joalheiro, em lugar algum do mundo cristão, e que, por isso, foram denominados "*votos pela perseverança do amor*". Esses dois tesouros, como todos sabem, estão expostos no altar-mor da igreja, e são considerados uma obra de arte de valor inestimável, visto que o ourives neles despendeu todo o seu engenho. Não obstante, essas preciosidades, longe de lhe esvaziarem a bolsa, encheram-na até a boca, pois tão rapidamente cresceu sua fama e sua fortuna, que ele logo pôde adquirir um título de nobreza, além de extensos terrenos, podendo fundar a Casa de Anseau, que acabou por granjear enorme renome entre a gente da Turena.

Isso nos ensina a sempre recorrer aos santos e a Deus em todos os empreendimentos desta vida, e a perseverar em todas as coisas reconhecidamente boas, porquanto, além do mais, um grande amor sempre triunfa sobre tudo, o que constitui uma antiga sentença, mas que o Autor houve por bem reescrever, por considerá-la extremamente prazerosa.

22. A PROPÓSITO DE UM PREBOSTE QUE NÃO ERA UM BOM RECONHECEDOR

Na boa cidade de Bourges, no tempo em que aí se divertia El-Rei nosso senhor, que depois abandonou sua busca por diversões para conquistar o reino, e que de fato o conquistou, vivia um preboste, encarregado por ele de manter a ordem, conhecido como o Preboste Real. Algum tempo depois, sob o governo do glorioso filho desse mencionado Rei, ele foi promovido a Preboste do Palácio. Foi nesse cargo que se comportou um tanto duramente esse senhor Tristan de Méré, acerca do qual estes divertidos Contos já fizeram menção, muito embora ele não fosse de modo algum um sujeito divertido. Presto aos amigos a informação que se segue, e que surripiei de antigos alfarrábios manuscritos, quando os pesquisei para confeccionar novos livros, e para assim demonstrar quão instrutivos são estes Contos, ainda que tais não pareçam ser.

Pois muito bem: então o dito Preboste era chamado por certas pessoas de "Picot" ou "Picault", de onde alguns derivaram as palavras *picante, piquete* e *picotado,* e por outros de "Pitot" ou "Pitaut", de onde se derivou *pitada;* já em língua d'oc chamavam-no de "Pichot", nome do qual não se derivou coisa alguma que valha a pena mencionar; e há ainda aqueles que o chamavam de "Petiot" ou "Petiet", como se diz na língua d'oïl; e "Petitot" ou "Petinault", ou ainda "Petiniaud", que constitui a denominação limusina; mas em Bourges chamavam-no mesmo era de "Petit", isso é, *pequeno*, nome que acabou sendo adotado por sua família, que cresceu e multiplicou excepcionalmente, razão pela qual hoje se encontra por toda parte tanta gente pequena. Destarte, iremos designá-lo por "Petit" ao longo desta narrativa.

Apresentei aqui esta etimologia a fim de prestar um esclarecimento a nossa linguagem e ensinar como os burgueses e outros acabaram por adquirir seus sobrenomes.

E agora chega de ciência.

O dito preboste, possuidor de tantos nomes quantas províncias havia nas quais se instalava a Corte, era na realidade um sujeitinho muito mal acabado, que herdara de sua mãe uma pele de tal maneira esquisita que, quando ele queria rir, costumava espichar as bochechas, qual faz uma vaca ao urinar, e esse sorriso era conhecido na Corte como "sorriso do preboste".

Um belo dia, o Rei, ao escutar essa expressão proverbial usada por certos nobres, comentou jocosamente:

— Incorreis em grave erro, senhores! Petit não está rindo; está é repuxando a parte de baixo da cara, para cobrir sua falta de pele!

Contudo, apesar desse riso forçado, Petit era o mais indicado para a função de vigiar e coibir a ação dos maus elementos.

Resumindo, ele valia quanto custava.

Toda a sua malícia consistia em pequenas traições conjugais; todo o seu vício, em freqüentar as vésperas; toda sapiência, em obedecer a Deus sempre que achasse conveniente; toda alegria, em ter uma esposa em casa; e quando queria variar essa alegria,

saía à caça de alguém para enforcar, e se acaso lhe pediam para ir atrás desse alguém, ele nunca deixava de encontrá-lo; todavia, quando se enfiava sob os lençóis, não mais se preocupava com ladrão algum. Poderíeis encontrar em toda a Cristandade um preboste assim tão virtuoso? De modo algum! Todo preboste enforca ou menos vezes ou mais vezes do que esse nosso, que só enforcava a quantidade necessária para ser um preboste às direitas.

Para espanto de muita gente, nosso bom Petit, o justiceiro, tinha por legítima esposa uma das mais belas cidadãs de Bourges, e, por isso, muitas vezes, quando saía para fazer suas diligências, ele endereçava a Deus a mesma pergunta que algumas pessoas da cidade com freqüência faziam, a saber: por que logo ele, Petit, o justiceiro, o Preboste Real, tinha como esposa uma beldade tão bem feita de corpo, tão cheia de encanto e graça, que, ao vê-la passar, até os jumentos zurravam com deleite? A essa pergunta, Deus não dava qualquer resposta, e sem dúvida alguma tinha lá Suas razões. Mas as línguas venenosas da cidade respondiam por Ele que aquela jovem esposa já havia deixado de ser donzela quando se casara com Petit. Já outros asseveravam que ela não reservava seus afetos apenas para o marido. Os burlões, para debicar, lembravam que mesmo os asnos gostavam de visitar os belos estábulos. Todos tinham um deboche a dizer, o que poderia compor ao menos uma coleção razoável. Porém, por uma questão de justiça, temos de deixar de lado quase quatro quartos dessas suposições, porquanto Madame Petit era uma virtuosa burguesa, que não tinha senão um amante para o prazer, e um marido para o dever. Acaso encontraríeis na cidade muitas assim tão reservadas de coração e de boca? Se puderdes mostrar-me uma só que assim seja, dou-vos um tostão ou um bofetão, conforme vossa preferência. Por certo podereis encontrar alguma que não tenha nem marido, nem amante. Há também aquelas que têm amante, mas não têm marido. As mais feias têm marido, mas não têm amante. Mas encontrar uma mulher que, tendo um marido e um amante, se contenta com o duque, sem arriscarem o terno, aí já é caso de milagre, viram bem, seus tontos, ignaros e cabeças-duras?

Portanto, depositai nos escaninhos de vossa memória qual era o caráter dessa virtuosa senhora, segui vosso caminho e deixai que eu retome o meu.

A boa Madame Petit não era dessas mulheres que sempre estão em movimento, correndo de lá para cá, sem saber ficar quietas em seu canto; dessas que estão sempre

vasculhando a vida alheia, tagarelando, mexericando, e que não conhecem coisa alguma que as sossegue; dessas levianas que costumam correr atrás de ventosidades gástricas como se fossem olorosas quintessências. Não! Ao contrário, a esposa de Petit era uma excelente dona de casa, sempre sentada em sua cadeira ou deitada em seu leito, tesa como um castiçal, esperando pelo dito amante quando o preboste estava ausente, recebendo o preboste quando o amante ia embora. Essa mulher exemplar jamais pensava em se ataviar para provocar inveja ou ciúmes em suas conterrâneas. Cáspite! Ela encontrava um emprego mais cômodo para seus lazeres juvenis, e punha vida em suas conjunturas, a fim de fazer o melhor uso delas.

Ora muito bem, já conheceis devidamente o preboste e sua boa esposa. Vamos falar agora de quem servia de lugar-tenente do preboste Petit para os deveres matrimoniais, os quais são tão pesados que exigem dois homens para cumpri-los devidamente. Esse tal era um cavalheiro de sangue nobre, um proprietário rural que de certa feita havia causado um profundo aborrecimento em Sua Majestade. Guardai na mente esse pormenor, que constitui um ponto de suma importância nesta história.

E há ainda o Condestável, um rude cavalheiro escocês, que certa ocasião avistou por casualidade Madame Petit, e quis travar com ela uma conversa ligeira, por volta da manhã, algo rápido que não lhe tomaria mais que o tempo necessário para rezar um terço, coisa mais que cristãmente honesta, ou honestamente cristã. A finalidade que alegou foi tratar com ela sobre coisas de ciência ou sobre a ciência das coisas. Por se tratar de uma pessoa séria, a bela burguesa, que, conforme se disse, era de fato uma esposa virtuosa, prudente e honesta, recusou o convite do Condestável. Depois de esgotar argumentos e arrazoamentos, idas e vindas, mensagens e mensageiros, que foram como se não tivessem existido, o Condestável jurou por sua grande *cocquedouille* negra que iria estripar seu galante rival, ainda que se tratasse de uma pessoa de alta consideração. Mas nada jurou com respeito a ela, o que denota tratar-se de um bom francês, visto que, nesse tipo de circunstância, algumas pessoas afrontadas se esquecem de toda misericórdia e, nesses negócios envolvendo três, acabam matando quatro. O Condestável apostou sua grande *cocquedouille* negra diante do Rei e de Madame de Sorel, que estavam jogando cartas antes do jantar, e então o bom monarca ficou contente, ao ver que iria arruinar aquele nobre que há tempos lhe fizera uma enorme desfeita, e isso seria conseguido sem lhe custar sequer um padre-nosso.

— E como pretendeis levar a cabo esse processo? — perguntou com um sorriso Madame de Sorel.

— Ho! Ho! — respondeu o Condestável. — Podeis estar certa, Madame, que eu não pretendo perder minha grande *cocquedouille* negra.

Que era naquele tempo essa grande *cocquedouille*? Ha! Ha! Essa questão é de tal modo obscura que poderíeis arruinar vossos olhos consultando antigos cartapácios na intenção de destrinchá-la; mas com certeza se tratava de algo muito importante. Sem embargo dessas ressalvas, vamos pôr nossos óculos e pesquisar. *Douille,* na Bretanha, significa "moça", e *cocque* quer dizer "de pêlo na cauda". Diz-se *coquus* em patoá de latinidade. Dessa palavra proveio, na França, *cocquin,* que é como se designa um malandrim que sempre mistura, revira, esquenta, assa, frita, morde, lambe, chupa, bebe, come tudo e ainda esbanja o que ganha; um fulano que se compraz no ócio, que nada sabe fazer entre um repasto e outro, e assim procedendo, torna-se malvado e acaba ficando pobre, o que o incita a roubar ou mendigar. Daí podermos concluir com os mais sábios que a grande *cocquedouille* devia ser um utensílio doméstico em forma de chaleira, empregada para cozinhar raparigas.

— Bem — prosseguiu o Condestável, também conhecido pela alcunha de *Lord* Richmond, — Vossa Majestade teria de ordenar a esse preboste que se dirija ao campo e ali permaneça durante um dia e uma noite, a fim de prender alguns indivíduos suspeitos de estar maquinando traições com os ingleses. Nessa altura, os dois pombinhos, acreditando que o preboste-marido esteja ausente, ficarão mais alegres que soldado de folga, e quando estiverem em plena traquinagem, eu mandarei, em nome do Rei, que o preboste-cornudo vá até a casa onde a dupla se encontra, ordenando-lhe que dê cabo de nosso amigo, o qual pretende ter apenas para si essa boa freirinha.

— Por que a chamais assim? — perguntou Madame de Beaulté.

— É o nome que se costuma dar às distintas senhoras que saem às ruas disfarçadas usando um capuz, — respondeu o Rei, sorrindo.

— Então vamos cear — disse Madame Agnès. — Sois dois homens malvados, que com uma só palavrinha conseguis faltar ao respeito tanto com as esposas discretas como com as irmãs de caridade.

O fato era que de longa data a boa Madame Petit sonhava passar toda uma noite na casa de seu amante, em sua companhia, pois ali poderia desfrutar livremente do prazer, gritando o quanto quisesse, sem receio de perturbar os vizinhos, porque em sua própria casa, que era a do preboste, ela disfarçava o ruído e tinha de se contentar com sussurros de amor e carícias discretas, apenas mordiscando, sem poder dar uma boa mordida, contentando-se em trotar, quando o que gostaria mesmo seria de se lançar num galope desenfreado.

Assim, na manhã seguinte, a empregada da bela burguesa, por volta do meio-dia, dirigiu-se ao palácio do nobre, para avisá-lo que o preboste teria de ficar fora de casa por todo um dia. Como já recebera daquele senhor muitos presentes, nutria por ele alguma simpatia; por isso, recomendou-lhe que fizesse seus preparativos tanto para o amor como para o jantar, de modo que a cara-metade do preboste não passasse uma noite com ele padecendo fome e sede.

— Bom! — respondeu o nobre. — Dize a tua ama que aqui não lhe faltará coisa alguma que ela deseje.

Os pajens do astuto Condestável, que já andavam rondando o palácio do galante, vendo que este se preparava para suas galanterias, guarnecendo-se de frascos, garrafas e viandas, correram a anunciar a seu amo que tudo estava acontecendo de acordo com suas previsões. Ouvindo isso, o bom Condestável esfregou as mãos, imaginando como é que, daí por diante, iria agir o preboste.

Pois muito bem: imediatamente ordenou, alegando tratar-se de ordem expressa do Rei, que o leal funcionário se dirigisse à cidade, indo até o palacete do mencionado senhor, para ali prender em flagrante delito um *mylord* inglês fortemente suspeito de estar maquinando uma conspiração diabolicamente tenebrosa. Contudo, antes de executar essa ordem, teria ele de comparecer ao palácio do Rei, para tomar conhecimento do modo de agir a ser empregado nesse caso.

O preboste, alegre como um rei pela oportunidade de falar com o Rei, procedeu com tal diligência que chegou à cidade na hora exata em que os dois amantes entoavam a primeira nota do cantochão das vésperas. O nobre, que era proprietário daquele palacete tão adequado a seus propósitos amorosos, e também de suas adjacências, e que tinha o seu quê de extravagante, arranjou as coisas tão bem que, no momento em que Madame Petit estava conversando com ele, o senhor seu marido estava conversando com o Condestável e com o Rei, coisa que o deixou muito contente, tanto quanto o estava sua dedicada esposa, caso muito raro de acontecer ao mesmo tempo entre marido e mulher.

— Eu estava comentando com Sua Majestade — disse o Condestável ao preboste, quando este entrou na câmara do Rei — que todo homem neste reino tem o direito de dar cabo de sua esposa e do amante dela, caso os surpreenda cavalgando um sobre o outro. Porém, Sua Majestade, que é clemente, contrapôs não achar lícito senão castigar-se com a morte o cavaleiro, nunca a montaria. Ora, que pretendes fazer, meu bom preboste, se por acaso deparares com algum senhor lavrando esse fecundo campo no qual as leis humanas e divinas proíbem que se cultive qualquer florescência?

— Eu mato tudo que aí for encontrado — respondeu o preboste. — Hei de triturar os quinhentos mil diabos da natureza, incluindo flores e sementes, sacola, bola e balizas, as pevides e o fruto, a erva e a campina, a mulher e o homem.

— Agirias errado — replicou o Rei. — Isso é contrário às leis da Igreja e do Reino: do Reino, porque poderias privar-me de um bom súdito; da Igreja, porque poderias enviar para o limbo um inocente que ainda não foi batizado.

— Majestade, admiro vossa profunda sapiência, e bem vejo que sois o centro de toda justiça.

— Portanto, não se pode matar senão o cavaleiro? Já que é assim, *amen!* — fez o Condestável. — Deixa em paz a cavalgadura, e mata só quem a estava montando. Agora corre até onde se encontra o suspeito, mas com cuidado, sem te deixares passar para trás, e sem te esqueceres o que esse senhor fez por merecer.

O preboste, na certeza de que seria nomeado Chanceler de França, caso se desincumbisse bem de sua missão, saiu do castelo real e foi para a cidade, onde convocou seus ajudantes, seguindo com eles até a residência do nobre. Ali dispôs seus homens ao redor da casa, deixando guardas diante de todas as portas, e então, seguindo à risca as instruções do Rei, abriu sem fazer ruído a porta da frente e subiu com cuidado os degraus da escada. Depois de ser informado pelos criados qual das portas dava para a alcova do dono, mandou prendê-los e foi-se postar sozinho diante da tal porta, atrás da qual os dois amantes duelavam com as armas que o leitor bem imagina quais fossem, e então bradou:

— Abri esta porta em nome de El-Rei nosso senhor!

A burguesa logo reconheceu a voz do marido e não conseguiu conter um sorriso, visto que, no seu caso, não fora necessário ordem do Rei para fazer o que ela estava fazendo. Mas depois do riso veio o terror. O amante cobriu-se com um roupão e chegou junto à porta. Ali, ignorando que corria risco de perder a vida, declarou que era um cortesão, e que pertencia à Casa Real.

— Bah! — fez o preboste. — Trago comigo ordens expressas de El-Rei, e, sob pena de ser tratado como rebelde, estais obrigado a me deixar entrar incontinênti.

Diante disso, o nobre entreabriu a porta e saiu da alcova, mantendo-a fechada e segura, e perguntou:

— Que vieste fazer aqui?

— Vim procurar um inimigo de El-Rei nosso senhor, que ficou sabendo de sua presença neste palácio e me ordenou vir aqui para prendê-lo. Portanto, devereis acompanhar-me, trazendo-o convosco, para que sigamos os três até o castelo real.

"Isso aí", pensou o nobre, "deve ser algum embuste arquitetado por aquele maldito Condestável que foi repelido por minha querida amiga. Preciso encontrar um meio de nos tirar desta enrascada".

Assim, voltando-se para o preboste, dobrou o risco que corria, argumentando deste modo com o marido cornudo:

— Meu amigo, tu sabes que eu te considero um homem galante, ou pelo menos tão galante quanto possa ser um preboste no cumprimento de seu dever. Ora muito bem, será que eu posso confiar em ti? Eu estava há pouco deitado em meu leito com a mais bela dama da Corte. Quanto aos ingleses, só tenho aqui em casa uma fatia de bolo inglês, e mesmo assim insuficiente para ser servida no desjejum de *Lord* Richmond, que foi quem te enviou a este lugar. Isso é (vou-me abrir contigo) o resultado de uma aposta que fiz com o Condestável, o qual agiu em parceria com o Rei. Ambos apostaram que saberiam quem seria a dama de meu coração, e eu apostei que não era quem eles imaginavam. Quanto aos ingleses, ninguém os odeia mais do que eu, pois eles me tomaram os domínios que eu possuía na Picardia. Não vês que essa idéia de pôr a Justiça em ação contra mim não passou de um golpe muito baixo? Ho, ho! Esse senhor Condestável vale menos que um camareiro! Deixa estar, que vou fazer-lhe passar vergonha! Meu caro Petit, eu te concedo licença para esquadrinhar à vontade, tanto de dia como de noite todos os cantos e recantos da minha alcova. Mas, entra sozinho. Podes examinar tudo, revirar minha cama, fazer o que quiseres. Mas deixa-me cobrir com um lençol essa bela dama, que neste momento se encontra vestida de anjo, para que não saibas de quem se trata e quem possa ser o marido dela.

— De bom grado — respondeu o preboste. — Mas eu sou raposa velha, e não costumo deixar que me puxem pelo rabo facilmente. Quero ter certeza de que se trata realmente de uma dama da Corte, e não de um maldito inglês, pois os desse povo costumam ter a pele lisa e branca como a de uma mocinha. Sei disso muito bem, pois já enforquei vários deles.

— Então está bem — concordou o nobre. — Tendo em vista o crime que maldosamente fui acusado de ter cometido, e de cuja culpa quero ficar isento, vou suplicar a minha dama e amante que consinta por um momento em deixar de lado sua pudicícia. Ela me tem tão grande amor que não se recusará a me ajudar a me livrar dessa infame acusação. Assim, pedir-lhe-ei que se vire de costas e te mostre uma parte do corpo que de modo algum a comprometa, revelando sua identidade, mas que te baste para que reconheças tratar-se de uma mulher nobre, mesmo que só possas ver como é ela do pescoço para baixo.

— Tudo bem — aquiesceu o preboste.

Tendo escutado toda essa conversa com as três orelhas que as mulheres costumam ter, a dama tirou toda a roupa e a enfiou sob o travesseiro, a fim de evitar que o marido reconhecesse alguma peça. Em seguida, enrolou a cabeça no lençol, deixando expostas as carnosidades redondas que começavam onde terminava sua espinha rosada.

— Já podes entrar, meu amigo — disse o nobre.

O preboste examinou o que havia dentro da lareira, abriu o armário e o baú, olhou embaixo da cama e sob as cobertas — enfim: nada deixou sem esquadrinhar. Só depois disso se pôs a estudar quem seria a pessoa de pé sobre a cama.

— Cavalheiro — falou, enquanto examinava detidamente as costas daquela que lhe pertencia legalmente, — já por diversas vezes deparei com rapazes ingleses com dorsos tais e quais este aqui. Assim sendo, peço-vos perdão, mas a missão da qual fui incumbido exige que eu examine algo mais que apenas isso.

— Que queres dizer com esse “algo mais”? — perguntou o nobre.

— Vamos dizer que eu queira ver a outra face da moeda, ou, se preferirdes, o lado de lá.

— Para tanto, permite que a dama se cubra e ache um modo de não te mostrar senão o mínimo necessário para te deixar convencido — disse o nobre, ciente de que sua amante possuía algumas sardas que facilitariam seu reconhecimento.

— Então, fica de costas um pouquinho, para que minha querida dama satisfaça às conveniências.

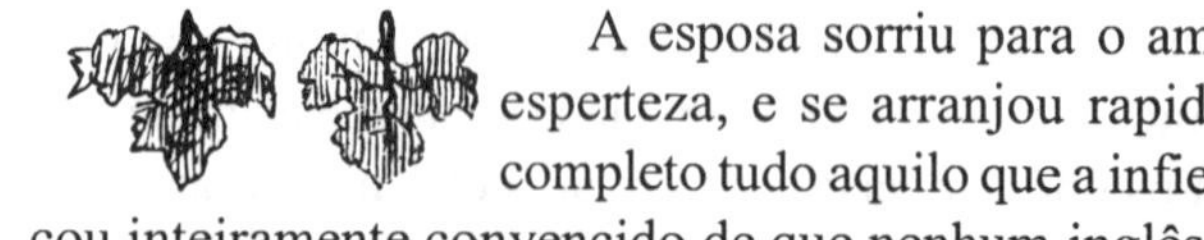

A esposa sorriu para o amante, dando-lhe um beijo por sua esperteza, e se arranjou rapidamente. Aí, o marido, vendo por completo tudo aquilo que a infiel esposa jamais lhe permitira ver, ficou inteiramente convencido de que nenhum inglês poderia ser assim tão bem conformado, a não ser que se tratasse de uma deliciosa inglesa.

— Não tenho mais dúvidas, senhor — sussurrou ele ao ouvido de seu lugar-tenente em assuntos amorosos, — de que se trata de uma dama da Corte, visto que nossas burguesas não são assim tão bem feitas de corpo, nem tão belas de se olhar.

Assim, na certeza de que naquele palacete não havia qualquer inglês, o bom preboste regressou ao castelo do Rei, seguindo à risca as ordens que recebera, e ali encontrou o Condestável a sua espera.

— Então, deu cabo dele? — perguntou *Lord* Richmond.

— De quem?

— Do sujeito que te plantou um belo par de chifres na testa!

— Não vi senão uma mulher na cama daquele nobre, que parecia ter-se divertido um bocado com ela.

— Quer dizer, seu corno manso, que viste a tua mulher com teus próprios olhos, e não deste cabo de quem te estava passando para trás?

— A que estava com ele não era uma mulher qualquer, mas sim uma dama da Corte!

— Chegaste a vê-la?

— Examinei-a de um lado e de outro.

— Que queres dizer com isso? — perguntou o Rei, quase explodindo de tanto rir.

— Quero dizer, com todo o respeito que devo a Vossa Majestade, que a examinei de cima abaixo.

— E acaso te esqueceste de como é a fisionomia e o corpo de tua própria mulher, seu velho cabrão sem memória? Tu mereces ser enforcado!

— Trato com toda a reverência minha mulher, e por isso não fico espiando tais partes. Ademais, ela é tão religiosa que preferiria morrer a expor um átomo que fosse de seu corpo.

— Com efeito — concordou o Rei, — o corpo da mulher não foi feito para ser mostrado.

— Seu idiota chapado, aquela mulher era a tua esposa! — exclamou o Condestável.

— Não pode ser, Sr. *Lord*, porque a pobrezinha da minha esposa está dormindo!

— Sus! Depressa! A cavalo! Vamos até a tua casa, e se ela lá estiver, esquecerei as cem chibatadas que ora pretendo mandar que te apliquem.

E o Condestável, seguido do preboste, cavalgou até a casa deste, ali chegando em menos tempo que o necessário para um mendigo gastar as esmolas que recebeu.

— Olá! Oh de casa!

Ouvindo a vozearia que vinha de fora e as ameaças de pessoas que tentavam derrubar o muro, a criada abriu a porta, bocejando e esticando os braços. O Condestável e o preboste se precipitaram casa adentro, seguindo até o quarto do casal, onde, com grande dificuldade, conseguiram despertar a burguesa, que fingiu estar assustada, despertando de um sono tão profundo que seus olhos estavam até pregados, de tanta remela. Vendo isso, o preboste exultou de satisfação, dizendo ao Condestável que, com certeza, alguém deveria tê-lo ludibriado, pois sua esposa era uma mulher virtuosa. E, de fato, ela se mostrava atordoada, como ocorre com as pessoas que são despertadas subitamente.

O Condestável deu meia-volta e foi embora. O bom preboste logo tirou a roupa, decidido a se deitar cedo, visto que aquela aventura lhe havia trazido de novo à memória a imagem da sua boa esposa. Enquanto ele pendurava as armas e tirava as calças, Madame Petit, ainda atordoada, disse-lhe:

— Ei, meu querido, quem foi que fez aquela zoada toda? E que vieram fazer aqui aquele Sr. Condestável e seus pajens? E por que veio ele ver se eu estava a dormir? Acaso seria isso parte das funções de um condestável?

— Não sei — respondeu o preboste, interrompendo-a para narrar o que lhe tinha acontecido.

— Quer dizer, então — disse ela em tom zangado, — que foste examinar, sem que eu te desse permissão, uma dama da Corte? Uá, uá, uá! Oh, oh, oh!

Então se pôs a gemer, a chorar e a gritar tão alto e tão deploravelmente, deixando o preboste constrangido.

— Eh! Que houve, meu bem? Que queres que eu faça por ti? Falta-te alguma coisa?

— Uá! Depois que viste essa linda dama da Corte, sei que irás deixar de me amar!

— Deixa de ser tola, querida. Mas numa coisa tens razão: essas damas da Corte, cumpre-me confessar-te, são mesmo lindas sob todos os aspectos!

— E quanto a mim — perguntou ela sorrindo, — sou melhor ou pior que elas?

— Ah, — disse ele com ar de saudosa lembrança, — em matéria de beleza, só tens cerca de um palmo a menos que elas.

— Elas então devem ser muito felizes — disse Madame Petit suspirando, — visto que eu também o sou, mesmo sendo tão menos bonita...

Mas logo em seguida o preboste tentou consolar sua esposa, lançando mão de tão bons argumentos, que ela se deixou finalmente convencer de que Deus permitira que muito prazer pudesse ser alcançado com coisas pequenas.

Isso nos mostra que, neste mundo aqui de baixo, nada prevalecerá contra essa Igreja: a dos Chifrudos.

23 — A PROPÓSITO DO MONGE AMADOR, GLORIOSO ABADE DE TURPENAY

Num dia de chuvinha fina, época na qual as damas costumam quedar-se bem satisfeitas em suas residências, porque elas adoram o tempo úmido, quando então podem ter junto às barras de suas saias os homens com os quais de modo algum antipatizam, a Rainha se encontrava numa das salas do castelo d'Amboise, próximo às cortinas da janela. Ali, sentada em sua cadeira, passava o tempo tecendo um tapete. Naquele instante, manejava sua agulha desatentamente, perdida em seus pensamentos e sem dizer palavra, enquanto espiava a chuva a cair sobre as águas do rio Loire. Junto dela, suas damas de companhia seguiam-lhe o exemplo. Enquanto isso, o bom Rei, terminadas as orações das vésperas dominicais, voltava da capela acompanhado de alguns cortesãos. Ao notar que tanto a Rainha como as damas estavam com um ar ensimesmado, talvez porque meditassem sobre os problemas do matrimônio, com os quais todas estavam bem familiarizadas, ele parou de conversar com os cortesãos. Voltando-se para elas, comentou:

— Engraçado! Tive a impressão de ter visto por aí, não faz muito tempo, o Abade de Turpenay...

Ouvindo essas palavras, um monge adiantou-se e se apresentou diante do Rei. Por suas constantes reclamações e petições por justiça, esse monge se tinha tornado tão importuno ao rei Luís XI, que o monarca ordenara severamente ao Preboste do Palácio que o retirasse de diante de sua vista, conforme se narrou na história sobre esse Rei, transcrita no primeiro volume destes Contos. Nela se relatou como foi que esse monge conseguiu salvar sua pele em virtude de um erro do mencionado *Sieur* Tristan, o preboste.

Naquela época, as qualidades do monge estavam crescendo e se avolumando tanto, que seu espírito lhe deixara assinalada no rosto uma extraordinária jovialidade, conforme se denotava pelo colorido que o recobria. Por isso, as damas apreciavam-no sobremaneira, e viviam a presenteá-lo com botelhas de vinho, doces e iguarias diversas, convidando-o com freqüência para almoçar, jantar e cear, porquanto não existe anfitriã que não ame esses bons convivas de Deus, de mandíbulas incansáveis, que dizem tantas palavras quantos são os bocados que levam à boca.

Pois bem: o tal abade era um sujeito pernicioso, que, sem embargo do hábito que envergava, gostava de contar para as damas algumas histórias divertidas, e com as quais elas apenas ficavam ofendidas caso as já conhecessem. Afinal de contas, para serem julgadas, as coisas precisam ser escutadas.

— Reverendo Padre — disse o Rei, — chegou a hora do lusco-fusco, na qual as orelhas femininas podem ser regaladas com alguma história divertida, visto que as da-

O monge Amador, que foi um glorioso Abade do Mosteiro de Turpenay

mas podem rir sem que as vejamos enrubescer, ou então enrubescer de tanto rir, conforme acharem melhor. Regalai-nos com um bom conto! Sugiro que nos narreis uma história de monge. Escutá-la-ei prazerosamente, podeis crer, pois estou desejoso de me divertir, do mesmo modo que nossas distintas damas.

— Nós nos submetemos a essa ordem, a fim de agradar a Vossa Senhoria — disse a Rainha, — tendo em vista que o Sr. Abade nem sempre sabe se conter dentro dos limites...

— Sendo assim, meu bom padre, — respondeu o Rei, voltando-se para o monge, — para divertir Madame, melhor será que nos leiais alguma admoestação cristã.

— Ler? Oh, Majestade, minha vista está fraca, e o dia já está prestes a se encerrar.

— Contai-nos então uma história que pare no meio.

— Ah, Majestade — sorriu o monge, — a única da qual me recordo termina assim, no meio do seu corpo, mas com uma diferença: começa pelos pés!

Os nobres presentes fizeram tão ingentes e galantes súplicas à Rainha e às damas, que ela, como boa bretã que era, dirigiu ao monge um sorriso gentil e disse:

— Tocai a carroça, reverendíssimo, mas tereis de responder a Deus pelos pecados que nos fizerdes cometer.

— De bom grado, Madame. Se for de vosso prazer receber o meu, agora mesmo tê-lo-eis!

Todos caíram na risada, inclusive a Rainha. O Rei sentou-se ao lado da esposa que tanto amava, conforme era de conhecimento geral, e logo em seguida concedeu licença aos cortesãos para se sentarem nas cadeiras vazias, mas só os mais velhos o fizeram, pois os mais jovens preferiram ficar de pé ao lado das cadeiras das damas, obviamente com o consentimento destas, para rirem junto com elas. Depois disso, o Abade de Turpenay narrou-lhes com artifício e graça o conto que a seguir transcreveremos, usando uma voz baixa e suave, que lembrava o sopro de uma flauta, para relatar as passagens mais delicadas:

Faz mais ou menos uma centena de anos, a Cristandade teve de enfrentar violentas disputas, pelo fato de coexistirem dois papas sediados em Roma, cada qual pretendendo ter sido eleito legitimamente. Isso provocou um grande aborrecimento nos mosteiros, abadias e sedes episcopais, visto que, para ser reconhecido pelo maior número dessas entidades, cada qual concedia direitos e privilégios cada vez maiores aos seus adeptos, disseminando a idéia da duplicidade papal por toda parte. Nessa conjuntura, os mosteiros e abadias que mantinham desavenças com seus confrontantes não podiam reconhecer ambos os papas, e se viam embaraçados pelo vizinho, com isso dando ganho de causa aos inimigos de seu Capítulo.

Esse terrível cisma engendrou infinitos males, provando sem qualquer dúvida que, para o mundo cristão, nenhuma peste é mais malévola que o adultério da própria Igreja.

Nessa ocasião, da qual o diabo se aproveitou para abocanhar parte de nossas pobres possessões, a ínclita Abadia de Turpenay, da qual sou presentemente o indigno Superior, enfrentava um difícil processo com respeito a certos direitos seus, então contestados pelo irredutível **Sieur** de Candé, um idólatra herético e relapso, um nobre desprovido de entranhas. Esse demônio, que veio à Terra sob a forma de grão-senhor, era, há que se reconhecer, um bom soldado, altamente considerado na Corte, e amigo do **Sieur** Bureau de la Rivière, um cortesão muito afeiçoado ao Rei Carlos V, de gloriosa memória. Abrigado à sombra do favor desse **Sieur** de la Rivière, o dito **Sieur** de Candé obteve a permissão de agir conforme seu alvedrio, sem receio de qualquer punição, atuando no miserável Vale do Indre, onde se apossara indevidamente de tudo o que havia entre Montbazon e Ussé.

Digo-vos, pois, meus prezados, que seus vizinhos morriam de medo dele, e para não levarem a pior, não contestavam nem protestavam, deixando-o proceder como bem queria. Com certeza, porém, teriam preferido vê-lo sob a terra do que por cima dela, e lhe rogavam um milhar de pragas, coisa que não o perturbava nem um pouco.

Em todo aquele vale, apenas a nobre Abadia ousava opor-se a esse demônio, visto que a Igreja sempre teve por doutrina proteger os fracos e oprimidos, e se empenhar em defender os injustiçados, sobretudo aqueles cujos direitos e privilégios estiverem ameaçados de ser usurpados. Por essa razão, esse rude guerreiro detestava os monges, especialmente aqueles pertencentes à Abadia de Turpenay, que não se deixava lesar em seus direitos, fosse pela força, fosse por meio de estratagemas. O maldito até que estava bem satisfeito com o cisma eclesiástico, esperando a decisão de nossa Abadia quanto ao Papa que ela iria considerar legítimo, a fim de reconhecer o outro, lançando mão desse pretexto para praticar sua pilhagem.

Desde que retornara ao seu castelo, adotara por costume atormentar e aborrecer os padres que porventura encontrasse em seus domínios, de tal maneira que um pobre monge, surpreendido por ele em sua estrada particular, caso estivesse à margem do rio, não encontraria outro modo de se safar da sanha desse malvado senão precipitando-se nas águas do rio Indre, onde, por um especial milagre de Deus, que o bom homem invocava ardentemente, e devido ao ar preso embaixo de sua batina, conseguia flutuar e seguir com algum conforto até a margem oposta, sob as vistas e a chacota do **Sieur** de Candé, que não sentia o menor constrangimento em se comprazer com a aflição de um servo de Deus.

Com isso, podeis ver de que estofo era feito esse homem pavoroso.

O Abade ao qual estava então entregue a direção de nossa gloriosa Abadia levava uma vida mui santa, e recorria à misericórdia divina com toda a devoção, mas teria salvo dez vezes sua alma, tal era a boa qualidade de sua religião, antes de encontrar a oportunidade de salvar a Abadia dos apertos provocados pelo maldito nobre. Embora o velho Abade ficasse muito perplexo e visse que se aproximava sua hora derradeira, ele confiava na Providência Divina, dizendo que Deus jamais permitiria a usurpação dos bens de sua Igreja. Confiava, portanto, em que Aquele que havia suscitado aos hebreus a princesa Judite, e aos romanos a Rainha Lucrécia, não recusaria prestar o mais ingente socorro à ilustre Abadia de Turpenay, e outras igualmente necessitadas. Porém, seus monges, que — confesso envergonhadamente — eram incrédulos, reprochavam-no por sua maneira otimista de encarar as coisas, e faziam ironia, dizendo que, para puxar a carroça da Providência que iria trazer aquele socorro, seria necessário atrelar a ela todos os bois da província, e que as trombetas de Jericó já não eram fabricadas em lugar algum do mundo, pois Deus estava desgostoso com Sua criação, e nada mais tinha a ver com ela. Em suma, diziam mil e uma coisas que revelavam suas dúvidas e contumélias contra Deus.

Um pobre monge, surpreendido por ele em sua estrada particular, não encontrou outro modo de se safar da sanha desse malvado senão precipitando-se nas águas do rio, onde, devido ao ar preso embaixo de sua batina, conseguia flutuar e seguir até a margem oposta, sob as vistas e a chacota do **Sieur** de Candé, que não sentia o menor constrangimento em se comprazer com a aflição de um servo de Deus.

Nessa deplorável conjuntura, surgiu na Abadia um monge estranhíssimo, ao qual aplicaram o nome de Amador. Esse nome tinha sido dado a ele por gracejo, visto que sua pessoa expunha um verdadeiro retrato do falso deus egípcio assim denominado. O monge era, como ele, ventripotente, possuidor de pernas cambaias, braços cabeludos como os de um urso, costas que pareciam feitas para carregar sacos pesados, cara rubicunda como a de um beberrão, olhos brilhantes, barba desgrenhada, pêlos em todo o rosto e por todo o corpo, e que tinha uma silhueta tão rotunda devido às comidas gordurosas que consumia, que poderíeis imaginá-lo prenhe.

Pois ainda vos digo que ele entoava as matinas nos degraus da adega, e as vésperas por entre as vinhas do Senhor! Era tão cioso de sua cama quanto o é um mendigo de suas feridas. Percorria o vale a se embebedar e se entreter com bobagens, abençoando os noivos, colhendo cachos de uvas para dá-los às meninas que encontrava, a despeito das proibições do Abade nesse sentido. Na realidade, ele não passava de um ladrãozinho vulgar, de um vadio, um péssimo soldado da milícia eclesiástica, cujo paradeiro jamais era do conhecimento de membro algum da Abadia, já que todos ali o deixavam agir conforme quisesse, por caridade cristã, presumindo tratar-se de um louco.

Quando tomou conhecimento de que alguém pretendia levar à ruína aquela Abadia onde ele vivia confortavelmente qual barrão no chiqueiro,os pêlos de Amador,se eriçaram de raiva, e ele começou a perambular por aqui e por ali, visitando todas as celas de seus companheiros, escutando tudo o que se comentava dentro do refeitório, tremendo de indignação. Por fim, passou a alardear que iria salvar a Abadia. Ficou a par de todos os argumentos dos que lhe contestavam os direitos, até que o Abade lhe concedeu licença para tentar encerrar o processo, e os membros do Capítulo prometeram que ele iria ocupar a vaga recém- aberta de Subprior da Ordem, caso assentasse uma pedra sobre todo aquele litígio.

Feito disso, pôs-se a caminho sem qualquer receio das crueldades e malvadezas praticadas pelo **Sieur** de Candé, dizendo que ele levava embaixo da batina aquilo que poderia derrotar suas pretensões.

De fato, Amador saiu a pé, levando apenas a batina como bagagem, mas a verdade era que dentro dela havia gordura bastante para alimentar um anão. Ele resolveu seguir rumo ao castelo, num dia em que chovia tanto que seria possível encher as cisternas de todas as casas, e chegou ali sem encontrar vivalma, apresentando-se na propriedade do **Sieur** de Candé com a aparência de um cachorrinho molhado. Entrando corajosamente no pátio do castelo, abrigou-se sob um telheiro, esperando que a fúria dos elementos se aplacasse, e depois foi postar-se destemidamente diante de uma janela atrás da qual imaginou que poderia avistar o castelão. Um criado que servia o jantar, percebendo sua presença, sentiu compaixão daquele pobre diabo, e lhe disse para sair dali antes que seu amo mandasse aplicar-lhe uma centena de açoites, só para início de conversa, e lhe perguntou por que resolvera postar-se atrevidamente diante de uma casa na qual os monges eram mais odiados que a lepra vermelha.

— Ah! — exclamou Amador, — estou seguindo para Tours, por ordem do Superior da Abadia. Se **Monseigneur** de Candé não sentisse tamanha aversão pelos pobres servos de Deus, eu não estaria enfrentando este dilúvio aqui no pátio do castelo, mas sim abrigado em seu interior. Espero que ele encontre melhor recepção na sua hora suprema.

O criado repetiu essas palavras para seu amo, que a princípio queria mandar atirar aquele monge atrevido na grande cloaca do castelo, no meio das imundícies, pois como tal o considerava. Mas sua esposa, que tinha autoridade sobre ele, já que, devido a ela, o **Sieur** de Candé esperava receber uma considerável herança, e porque ela às vezes se mostrava um pouco tirana, repreendeu-o, dizendo ser possível que aquele monge fosse um bom cristão, e que, durante um dilúvio daqueles, até os próprios ladrões, caso encontrassem um oficial de justiça a enfrentar tal intempérie, não hesitariam em conceder-lhe abrigo: que, além disso, seria de boa precaução tratá-lo bem, para descobrir qual fora a decisão tomada pelos religiosos de Turpenay com respeito ao cisma, e que, por tudo isso, ela lhe aconselhava adotar uma atitude gentil, sem usar de força, para solucionar de vez o problema surgido entre a Abadia e o domínio de Candé, porquanto nenhum senhor, depois da vinda de Cristo, fora mais poderoso que a Igreja; por conseguinte, mais cedo ou mais tarde, a Abadia acabaria levando o castelo à ruína; por fim, desfiou mil razões sensatas, como as mulheres costumam dizer no auge das procelas da vida, quando ficam muito aborrecidas.

A fisionomia de Amador provocava tanta piedade, seu aspecto era tão miserável e tão ridículo, que o senhor, tocado pelo seu estado lamentável, concebeu a idéia de se divertir a suas custas, atormentando-o e lhe pregando peças, tais como encher seu copo de vinagre, de modo tal que ele jamais se esquecesse da recepção que tivera ali naquele castelo. Assim, o dito senhor, que mantinha relações secretas com a criada de sua esposa, encarregou essa jovem, cujo nome era Perrotte, de ajudá-lo em suas malvadas intenções com respeito ao infeliz Amador.

Tão logo os dois combinaram o que fazer, a criada, que, para comprazer o amo, também votava aos religiosos um ódio mortal, dirigiu-se ao chiqueiro, onde o monge se fora abrigar, e, fazendo-se de cortês a fim de ganhar suas boas graças, assim lhe falou:

— Reverendo padre, o castelão que aqui reside está envergonhado de ter deixado na chuva um servo de Deus, quando poderia abrigá-lo num cômodo do castelo, dotado de uma boa lareira, e alimentá-lo, já que a mesa está servida. Em nome dele e da senhora castelã, vim convidar-vos a entrar e vir cear conosco.

— Agradeço à boa senhora e ao senhor castelão, não pela hospitalidade, que é uma atitude cristã, mas por me terem enviado como emissária, a mim, um pobre pecador, um anjo de tão peregrina beleza que chegou a me lembrar a Virgem exposta em nosso altar.

Dizendo isso, Amador empinou o nariz e saudou com duas chispas de fogo, que seus olhos despediram, a bela criada, que não o achou nem tão horrendo, nem tão asqueroso, e tampouco bestial.

Ao subir a escadaria do castelo ao lado de Perrotte, Amador recebeu no nariz, nas bochechas e em outras partes do rosto uma vergastada que lhe fez ver todas as luminárias do **Magnificat**, tão bem aplicado foi o golpe desferido por **Monseigneur** de Candé, que, fingindo estar amestrando seus lebréus, e que não tinha visto o monge, acertara em seu rosto aquela chicotada. O nobre pediu mil perdões a Amador, alegando tratar-se de um acidente, e saiu correndo atrás dos cães, atribuindo-lhes a responsabilidade pelo dano causado ao seu hóspede.

Disfarçando o riso, a criada, que estava a par do que iria acontecer, desviou-se habilmente do chicote, o que não passou despercebido a Amador, que logo desconfiou das relações que ela devia manter com seu amo, acerca das quais recordou-se de que as mocinhas do vale já lhe tinham segredado qualquer coisa.

Dentre as pessoas que aguardavam no salão, nenhuma quis recepcionar aquele homem de Deus, que permaneceu parado na entrada, recebendo a corrente de vento que entrava pela porta e saía pela janela, deixando-o quase enregelado, até que finalmente o senhor de Candé, sua esposa e sua irmã mais velha, a **Mademoiselle** de Candé, preceptora da jovem herdeira da casa, que tinha então cerca de dezesseis anos, chegaram e se sentaram em suas cadeiras à cabeceira da mesa, longe dos plebeus, conforme o deselegante costume então adotado pelos nobres. **Monseigneur** de Candé, sem prestar qualquer atenção ao monge, deixou que ele se sentasse na extremidade oposta da mesa, numa quina, ladeado por dois malandrins que tinham sido encarregados de espremê-lo com as pernas e dar-lhe cotoveladas e pisões. De fato, os dois gaiatos pisaram-lhe os pés e lhe deram mil cotoveladas nos braços e no corpo, como verdadeiros torturadores, além de encherem seu copo de água com vinho branco, a fim de embebedá-lo e de se divertirem a suas custas. Obrigaram-no a beber sete jarros grandes, e ele o fez, sem arrotar, peidar, suar ou bufar, o que os deixou horrorizados, especialmente ao notarem que seus olhos continuavam límpidos como cristal. Entretanto, encorajados por um olhar malicioso que lhes dirigiu o amo, continuaram a pregar-lhe peças, empurrando-o de maneira que sua barba afundasse no molho, para então esfregá-la vigorosamente, com o pretexto de secá-la, mas de modo a arrancar-lhe vários pêlos. O criado que servia a sopa batizou sua cabeça com ela, e ainda conseguiu derramar aquele alimento escaldante ao longo da espinha dorsal do pobre Amador, que suportou todo esse suplício sem qualquer reclamação, visto que o espírito de Deus estava nele, bem como a esperança de encerrar o litígio permanecendo em boa paz dentro do castelo.

Nessa altura dos acontecimentos, porém, a cambada maldosa estrugiu em gargalhadas ao presenciar o batismo queimante aplicado ao pobre monge, encharcado pelo criado que servia a sopa, e que, juntamente com toda a criadagem, a começar pelo mordomo, caiu na risada. Madame de Candé acabou por perceber o que estava acontecendo, enchendo-se de dó ao notar o ar de sublime resignação no semblante de Amador, que naquele instante se empenhava em catar alguma carne de um enorme osso de boi que lhe tinham posto em seu prato de estanho. Nessa altura, o bom monge, que acabava de limpar destramente, com um golpe de cutelo, o enorme osso, tomou-o entre suas mãos peludas, rachou-o ao meio e passou a chupar o tutano ainda quente, dando mostras de tê-lo achado bem saboroso.

"Em verdade", disse para si mesma Madame de Candé, "Deus colocou sua força nesse monge". Dentro desse pensamento, ela recomendou seriamente aos pajens, criados e demais serviçais, que não mais atormentassem o bom religioso, ao qual, por zombaria, tinham acabado de servir maçãs podres e nozes bichadas. Quanto a ele, vendo que a velha **Mademoiselle** e sua pupila, bem como a castelã e as criadas, tinham-no visto manipulando o osso, arregaçou as mangas, exibiu a tríplice nervura de seu braço, colocou as nozes sob um dos punhos, à altura da bifurcação das veias, e as esmagou uma a uma, pressionando-as contra a palma da outra mão tão vigorosamente, que as deixou amassadas, como se não passassem de nêsperas maduras. Depois, com seus dentes brancos como os de um cão, passou a mastigar, descascar e triturar frutos e outros alimentos, reduzindo-os em menos de um segundo a um purê que saboreava como

se fosse hidromel. Quando não tinha mais diante de si senão maçãs, passou a segurá-las entre dois dedos e, usando-os como tenazes, dividia-as em dois pedaços, sem qualquer dificuldade.

Assistindo a tudo isso, as mulheres emudeceram, e os criados passaram a crer que ele estivesse possuído pelo demo. Não fosse pela presença da esposa, e das espessas trevas da noite, teria o **Sieur** de Candé posto aquele monge para fora do castelo, apesar do enorme medo de Deus que sentia. Todos passaram então a sussurrar entre si que, se o quisesse, aquele monge seria capaz de atirar o castelo dentro do fosso.

Assim, depois que todos já tinham lavado a boca, o senhor de Candé tomou suas providências com respeito àquele demônio de força hercúlea. Mandou que o amarrassem e conduzissem a um quartinho miserável, onde Perrotte tinha preparado certas armações destinadas a perturbá-lo durante a noite. Os gatos das vizinhanças foram

requisitados, para se fazerem ouvir por ele em confissão, contando-lhe todos os pecados que porventura tivessem cometido entre as moitas com as gatinhas vadias. Trouxeram também para o cômodo alguns leitõezinhos, pondo embaixo de seu catre uma boa quantidade de tripas que tinham sido extraídas de seus irmãos mais velhos, a fim de evitar que eles um dia se tornassem monges, desse modo atalhando a sua vocação, já um tanto abalada depois de escutarem o **Libera** que o Amador costumava entoar. A verdade era que, para cada movimento do pobre monge, em cujos lençóis tinham espalhado crinas de cavalo para provocar-lhe comichão, ele seria obrigado a regar o leito com água fria. Além dessas, tinham preparado mil outras malvadezas que costumam ser praticadas nos castelos pelos burlões.

Depois que foram todos se deitar, esperando divertir-se com o suplício noturno do infeliz monge, certos de que, nesse particular, ele não iria desapontá-los, visto que seu quartinho ficava logo abaixo do teto, no alto de uma pequena torre vigiada por cães ferozes, os quais, por dá cá aquela palha, se punham a uivar.

A fim de verificar em que linguagem se comunicaria o monge com os gatos e os leitões, o castelão veio visitar sua querida Perrotte, que ocupava o quarto vizinho ao dele. Tão logo Amador compreendeu o que lhe tinham armado, tirou de seu saco um cutelo e destramente se desvencilhou das cordas que o maniatavam. Em seguida, ficou bem atento aos ruídos do castelo, a fim de entender o que estaria acontecendo nas imediações de seu quartinho, e não tardou a escutar as risadinhas abafadas do castelão e da criada, no cômodo ao lado do seu. Suspeitando de suas manobras, esperou até o momento em que a dama do castelo deveria estar a sós em sua alcova, e foi até lá pé descalço ante pé descalço, para que o ruído de suas sandálias não revelasse seu segredo. Aí apareceu diante dela à luz suave do candeeiro, do modo como os monges costumam aparecer à noite, ou seja, com uma aparência mirífica, que os leigos dificilmente conseguiriam manter durante algum tempo, visto que o efeito é produzido pela batina, que tudo amplia. Então, depois que ela viu que se tratava de um monge de carne e osso, em voz bem suave, ele lhe dirigiu as seguintes palavras:

— Ficai sabendo, Madame — que Deus vos proteja, — que fui enviado até aqui por Jesus e a Virgem Maria, com a incumbência de vos recomendar que deis um fim às imundas perversidades que estão sendo aqui cometidas em detrimento de vossa virtude, já que estais sendo privada traiçoeiramente daquilo que vosso marido tem de melhor, e que, em vez de gastar convosco, prefere destinar a vossa criada. De que vos vale ser a dama do castelo, se as obrigações senhoriais são desviadas para o prazer de outra? Desse modo, vossa criada acaba se tornando a ama, a dama do castelo, enquanto que vós sois reduzida à condição de sua serva. Acaso não são devidos a vós todos os prazeres a ela concedidos? Se assim preferirdes, podereis encontrar tais prazeres guardados para vós em nossa Igreja, que é o consolo dos aflitos. Vede em mim o mensageiro disposto a pagar esses débitos, caso a eles não renunciardes.

Tendo dito isso, o bom monge afrouxou o cinto que o estava incomodando um pouco, tanto ele parecia afetado pela visão das belas formas que o senhor de Candé desdenhava.

— Se estais dizendo a verdade, bom padre, guiai-me, que vos seguirei — disse ela, erguendo-se rapidamente do leito. — Com certeza sois um mensageiro de Deus, porque enxergastes, no único dia em que aqui estivestes, aquilo que há longo tempo deve estar ocorrendo, sem que eu jamais o notasse.

Assim, depois de correr a mão pela batina do monge e verificar que ele era real e que não se tratava de uma visão, ela perdeu suas últimas dúvidas quanto à culpa do marido, e seguiu em companhia de Amador. Com efeito, não tardou a reconhecer as vozes do marido e da criada, em cujo leito imaginou que os dois estivessem. Notou que estavam conversando sobre o monge. Ao constatar a felonia dos dois, foi tomada por uma cólera furiosa, e já se preparava para botar a boca no mundo, o que constitui o modo de agir usual entre as mulheres em tais circunstâncias, armando um escarcéu dos diabos, para só depois entregar a rapariga à Justiça, quando Amador a impediu de gritar, dizendo-lhe que seria de melhor alvitre vingar-se primeiro, e esbravejar depois.

— Vingai-me então bem depressa, meu padre — disse ela, — para que eu logo possa prorromper em gritos.

Com isso, o monge vingou-a de modo bem monástico, sugerindo-lhe uma boa e ampla desforra, na qual ela mergulhou de cabeça, como um beberrão que enfia a boca na torneirinha de um tonel, visto que, quando uma dama tira vingança, deve embebedar-se com ela, ou então não irá sentir-lhe o gostinho. E nossa castelã foi vingada de tal modo que nem se podia mexer, visto que nada agita, tira o fôlego e exaure mais que a cólera e a vingança.

Assim, ainda que ela fosse vingada, arquivingada e ultravingada, jamais iria perdoar o marido, a fim de se reservar o direito de tirar vingança, encontrando-se de vez em quando com aquele monge. Vendo essa sua ânsia de vingança, Amador prometeu ajudá-la a se desforrar, na mesma medida em que durasse a sua ira. Destarte, disse-lhe que conhecia bem, dada a sua qualidade de religioso obrigado a meditar sobre a natureza das cousas, um número infinito de modos, métodos e maneiras de praticar vingança. Depois ensinou-lhe canonicamente que a vingança constitui atitude mui cristã, uma vez que, em várias passagens das Santas Escrituras, Deus sempre se jactou de ser, antes de tudo o mais, um Deus vingador, e nos demonstrou sem qualquer dúvida, quando criou as regiões infernais, quão efetivamente se trata de algo divino a vingança, visto ser eterna a que ele nos destina. Segue-se daí que se devem vingar mormente as mulheres e os religiosos, sob pena de perderem sua condição de cristãos e fiéis servidores das doutrinas celestes.

Esse dogma agradou infinitamente a dama, que confessou jamais ter compreendido inteiramente os mandamentos da Igreja, e que por isso convidava seu bem amado monge a vir prestar-lhe maiores esclarecimentos sobre aquele assunto. Por fim, a castelã, cujos espíritos vitais tinham sido excitados pela perspectiva da vingança, buscou arrefecê-los, entrando no quarto da sua infiel criada, encontrando-a por acaso com a mão lá onde ela, a boa castelã, costumava apenas deitar os olhos, qual um mercador que vigia seus mais preciosos artigos, a fim de que eles não sejam furtados. Isso era, segundo a expressão usada pelo Presidente Lizet quando se encontrava num bom momento, uma dupla apanhada no leito em flagrante delito, e que parecia embaraçada, confundida e tonta.

Não há palavras que possam descrever o quanto aquela visão desagradou a dama, conforme se pode deduzir pelo discurso que ela proferiu, cuja aspereza lembrou o ronco das águas de uma represa quando as comportas são subitamente abertas.

Foi um sermão daqueles bem compridos, de três andares, tendo ao fundo música de alta gama, com variações em todos os tons, alternando ora entre os graves, ora entre os agudos.

— Misericórdia! Meu senhor, creio que uma parte disso aí me pertence! Acabais de me mostrar o absurdo de se acreditar piamente na fidelidade conjugal! Agora estou entendendo por que motivo eu não tenho um filho homem! Quantas crianças não deveis ter posto nesse torno ordinário, nesse cofre das almas, nesse saco de esmolas sem fundo, nesse porto de desembarque de leprosos? Eis aí o verdadeiro cemitério da Casa de Candé! Gostaria de saber se não sou fecunda por um defeito de minha natureza, ou por omissão vossa! Podeis ficar com as criadas, mas, quanto a mim, haverei de me entender com alguns cavaleiros simpáticos, a fim de podermos contar com um herdeiro. Encarregai-vos de engendrar bastardos, que me encarregarei de gerar os legítimos!

— Oh, minha querida — replicou o castelão desnorteado, — não faças tamanho escândalo!

— Como não? — retrucou a dama. — Vou gritar e berrar para que todos me ouçam, para que me escutem o Arcebispo, o Legado, o Rei, meus irmãos; para que todos me venham vingar por essa infame afronta!

— Não desonres teu marido!

— Trata-se então de desonrar-vos? Tendes razão. Mas, meu senhor, a desonra não proveio de vós, mas sim dessa vilã que vou amarrar dentro de um saco e jogar no meio do Indre, para assim deixar vossa honra lavada e enxaguada. Vamos lá! — exclamou ela.

— Cala-te, Madame! — disse o marido, ressabiado como um cão de cego, pois esse guerreiro feroz, sempre pronto a dar cabo de alguém, tornava-se uma criança diante de sua esposa, fato costumeiro de se ver entre soldados, porque neles jaz a força e se encontram as rudes carnalidades da matéria, enquanto que, ao contrário, na mulher, se podem encontrar um espírito sutil e o cintilar de uma chama perfumada, capaz de iluminar o paraíso, e de ofuscar e deslumbrar os homens. Essa é a razão pela qual certas mulheres dominam seus maridos, porquanto é o espírito que governa a matéria.

(Nesse ponto da narrativa, as senhoras começaram a rir, e o mesmo fez o Rei. Quanto ao Abade, prosseguiu seu conto):

— Não! Não ficarei em silêncio — retomou a palavra a dama de Candé, — pois fui por demais ultrajada: eis o fruto que colhi dos grandes bens que vos cedi, e de minha virtuosa conduta! Jamais vos recusei minha obediência, não obstante os dias de jejum dessa quaresma a que me submetestes. Será de tal monta a minha frigidez que poderia enregelar o Sol? Imaginais que eu faça as coisas forçada pelo sentimento do dever, ou por pura complacência? Acaso serei demasiado sagrada, a ponto de que não me possais tocar? Por que me tratais com o respeito devido ao santo sacrário? Seria necessário uma bula do Papa para que neste sacrário pudésseis pôr vossas mãos? Deus seja louvado! Será que vos acostumastes tanto a me tocar que agora ficastes enfarado? Não sentis mais qualquer atração por mim? Nesses assuntos, será que as criadas são mais sábias que as damas? Ah! Sem dúvida isso deve ser verdade, visto que essa aí vos deixou colher em sua seara sem ter de semeá-la. Ensinai-me esse tipo de trabalho, que irei praticá-lo com aqueles que eu contratar para me servir, já que, pelo visto, para tal me liberastes. Pois que assim seja. Vossa companhia já se me vem tornando enfadonha, e estais vendendo muito caro o pequeno prazer que me proporcionais. Graças a Deus, estou livre de vós e de vossos caprichos, porque pretendo retirar-me para um mosteiro de religiosas...

Ela queria dizer que pretendia ir para um convento, mas o monge vingativo lhe tinha transtornado a língua.

— E sentir-me-ei melhor em companhia de minha filha nesse mosteiro do que aqui neste antro de abomináveis perversidades. Podeis ficar com ele como a herança a vós legada por vossa concubina. Ha, ha! Eis a que se reduziu a bela dama de Candé!

— Que está acontecendo aqui? — perguntou Amador, entrando subitamente no quarto.

— O que está acontecendo, meu padre — respondeu a dama, — é que minha desonra brada por vingança. Para começar, vou mandar atirar no rio essa rameira, cosida num saco, por ter impedido que germinasse a semente da Casa de Candé. Com isso, pouparemos o trabalho do carrasco. Em seguida, quero...

— Abandonai vossa ira, minha filha —disse o monge. — Quando rezamos o **Pater Noster**, a Igreja nos manda perdoar as nossas ofensas, para que mereçamos o Céu, uma vez que Deus perdoa aqueles que igualmente perdoam o próximo. Deus não se vinga eternamente senão nos malvados que tiram vingança, reservando seu paraíso para aqueles que concedem o perdão. É daí que decorre o jubileu, aquele grandioso dia de júbilo, quando todas as dívidas e ofensas são remidas. Portanto, eis aqui uma boa hora para conceder perdão. Perdoai, perdoai! O perdão é coisa sacrossanta. Perdoai o **Monseigneur** de Candé, que vos bendirá por vossa graciosa misericórdia e muito vos amará por isso. Esse perdão restituir-vos-á as flores da juventude. E podeis crer, minha cara, bela e jovem dama, que o perdão é em certos casos um belo modo de se vingar. Perdoai igualmente essa vossa criada, que rogará a Deus por vós. Assim, Deus, a quem todos dirigirão suas súplicas, guardar-vos-á sob sua proteção e vos concederá uma bela linhagem masculina em virtude desse perdão.

Tendo dito isso, o monge tomou a mão do castelão, pondo-a na mão da dama, e acrescentou:

— Ide acertar os pormenores desse perdão.

Antes que eles se fossem, porém, segredou ao ouvido do senhor esse sábio conselho:

— **Monseigneur**, lançai mão de vossos melhores argumentos, e conseguireis estancar as objurgatórias de sua esposa, pois a boca de uma mulher só está repleta de palavras quando outras partes de seu corpo estão vazias. Enchei-as, portanto, com vossos argumentos, e desse modo sempre conseguireis impor sobre ela vossa razão.

— Pelo corpo de Deus! Pensando bem, há muita coisa de bom nesse monge! — murmurou o senhor enquanto se retirava.

No que se viu a sós com Perrotte, Amador dirigiu-lhe o seguinte discurso:

— Tua principal culpa, minha cara, foi teres querido atormentar um pobre servo de Deus; por isso, agora te encontras sob o foco luminoso da ira celeste, que não mais deixará de recair sobre ti. Para qualquer lugar em que te refugies, esse foco sempre te seguirá, rebrilhando sobre ti em qualquer circunstância da vida, e até mesmo após tua morte, quando fores assada como um empadão dentro do forno do inferno, onde permanecerás fervendo e chiando por toda a eternidade! Então, dia após dia, receberás setecentos bilhões de açoites, em paga de cada maldade que preparaste para mim.

— Ah, meu padre — disse a criada, ajoelhando-se aos pés do monge, — só vós podeis salvar-me! Abrigada sob a vossa batina, estarei a salvo da cólera de Deus.

Dizendo isso, ergueu a batina do monge, enfiando-se debaixo dela, mas logo em seguida exclamou:

— A la fé! Os monges têm atributos bem mais notáveis que os cavaleiros!

— Pelas barbas chamuscadas do diabo! Será que até hoje nada viste ou conheceste com respeito aos monges?

— Não — respondeu ela.

— E nada sabes sobre o serviço religioso que os monges entoam sem dizer palavra?

— Não — fez Perrotte.

Ante essa negativa, o monge mostrou-lhe de bom grado, como eram entoadas nas festas solenes, em alto e bom som, conforme se costuma fazer nos mosteiros, os salmos bem cantados em fá maior, à luz dos círios, e acompanhados por um coral de meninos, enquanto lhe prestava minuciosas explicações que iam desde o Intróïto até o **Ite missa est**. Depois disso, foi-se embora, deixando-a tão santificada que a cólera de Deus nem teria como encontrar alguma parte dela que não tivesse sido benzida de cima abaixo.

Obedecendo a suas ordens, Perrotte conduziu-o ao quarto onde se encontrava a **Mademoiselle** de Candé, irmã do **Sieur**, à qual ele se apresentou, indagando se ela desejaria confessar-se, já que aquele castelo recebia muito raramente a visita de sacerdotes. Boa cristã que era, a **Mademoiselle** ficou contente de poder proceder a uma limpeza em regra de sua consciência. Amador então pediu-lhe que lhe mostrasse a consciência, e a pobre **Mademoiselle**, deixando que ele examinasse aquilo que, segundo o monge, constituía a consciência das moças solteiras, achou que ela estava bem enegrecida, dizendo-lhe ser ali que se depositavam todos os pecados das mulheres, e que, para que no futuro ela ficasse isenta de pecados, seria necessário arrolhar sua consciência com uma boa indulgência, uma daquelas que só os monges podem conceder. A boa e inocente **Mademoiselle** disse que ignorava quem lhe poderia conceder tal indulgência, tendo Amador respondido que trazia consigo uma relíquia que o capacitava a concedê-la a quem a solicitasse, pois não havia no mundo relíquia alguma mais indulgente que aquela, que dispensava preces e proporcionava infinito prazer a quem a recebesse, o que de fato constituía a eterna e principal característica de uma boa indulgência.

A pobre **Mademoiselle** ficou tão extasiada diante daquela relíquia que ela até então jamais tivera a oportunidade de contemplar, que seu cérebro entrou em ebulição, e ela quis de todo o coração receber todas as indulgências possíveis, com tanta unção quanto a de sua cunhada, a dama de Candé, que fora indulgenciada de todas as suas vinganças.

Essa história de confissão acabou atraindo até ali a jovem **Démoiselle** de Candé, que veio ver o que estava acontecendo. Há que se dizer que o monge estava ansioso por confessá-la, pois sua boca se enchia de água só de pensar em provar daquele fruto de vez, que ele tratou de engolir bem depressa, antes que a **Mademoiselle** mais velha o impedisse de conceder à mocinha, que também queria participar da cerimônia, um restinho das indulgências proporcionadas por aquela relíquia. Cabe ressaltar, contudo, que ele fizera por merecer tal sobremesa, em razão dos sofrimentos que lhe tinham sido impostos.

Bem de madrugada, já tendo os leitõezinhos devorado as tripas deixadas sob a cama, e os gatos saciado seus amores, e depois de lavar e esfregar com ervas aqui e ali, Amador foi repousar em seu leito, que Perrotte já tinha aprontado. Todos dormiam a sono solto, graças ao monge, de maneira que ninguém daquele castelo se levantou antes de meio-dia, hora do almoço. Os criados ainda estavam acreditando que o monge fosse um demônio, e que tivesse dado cabo dos gatos, dos leitões e até mesmo dos amos. Apesar de tais temores, todos se apresentaram na sala de refeições na hora do almoço.

— Vinde, meu padre — convidou a castelã, dando o braço ao monge e fazendo com que ele se sentasse à cabeceira da mesa, no lugar do marido, para espanto geral da criadagem, especialmente ao ver que o amo não disse palavra ante aquele absurdo.

— Pajem — ordenou ela, — serve isso ao padre Amador.

— O padre Amador aprecia este acepipe — reforçou a boa **Mademoiselle** de Candé.

— Enchei a taça do padre Amador — completou o **Sieur** de Candé.

— O padre está sem pão — lembrou a **Démoiselle** mais nova.

— Que vos falta, bondoso padre? — perguntou Perrotte.

Assim, por qualquer motivo, era padre Amador aqui, padre Amador ali. O monge se sentia tão feliz quanto uma noiva no dia do casamento.

— Vamos, padre, comei — dizia a dama, — pois ontem não fostes servido a vossa altura.

— Bebei, meu padre — dizia o senhor. — Pelo sangue de Deus, se não sois o mais bravo monge com quem já deparei!

— O padre Amador é um monge supimpa! — comentou Perrotte.

— Um monge muito indulgente — acrescentou **Mademoiselle**.

— Um monge muito caridoso — rematou a caçula dos Candé.

— Um monge maravilhoso — voltou a dizer a dama.

— Um monge que bem merece o nome que tem — intrometeu-se na conversa o escrivão do castelo.

Enquanto isso, Amador mastigava com vontade, experimentando todos os pratos, esvaziando as botelhas de vinho e hipocraz, chupando as costeletas, espirrando, assoando o nariz, fungando e bufando como um touro no pasto. Os outros o observavam apavorados, acreditando que se tratasse de um necromante.

Terminado o almoço, a dama de Candé, **Mademoiselle** de Candé e a mocinha da casa de Candé suplicaram ao **Sieur** de Candé, usando mil bons argumentos, que ele desistisse da questão que travava contra a Abadia. Muita coisa lhe foi dita por Madame, que lhe demonstrou quão útil seria um monge naquele castelo; por **Mademoiselle**, que queria doravante fazer uma limpeza diária em sua consciência; pela **Démoiselle**, que puxou o pai pelas barbas e lhe pediu que aquele monge ficasse residindo em Candé. Se alguma providência tivesse de ser tomada, seria de molde a favorecer o monge, que se mostrava compreensivo, gentil e sensato como um santo; seria uma grande insensatez ser inimigo de um mosteiro onde havia monges parecidos com aquele. De fato, se todos os monges fossem como Amador, a Abadia seria superior ao castelo sob todos os aspectos, e acabaria por arruiná-lo, visto que o monge era tão forte. Em suma, elas expuseram mil razões que desabaram como um dilúvio de palavras, e tão pluviosamente diversificadas que o senhor acabou por ceder, vendo que não teria um instante de paz ali dentro enquanto não chegasse ao fim aquela discussão, dando ganho de causa aos anseios das mulheres da casa. Em seguida, ele ordenou que o escrivão redigisse um termo de compromisso a ser assinado por ele e pelo monge. Então Amador surpreendeu-o extraordinariamente, mostrando-lhe o rascunho do acordo que ele já havia preparado, a fim de apressar a assinatura do documento.

Quando Madame de Candé os viu prestes a porem um ponto final nesse antigo caso, ela foi até a arca onde guardava seus panos, a fim de procurar um belo e fino tecido com o qual pretendia confeccionar um novo hábito para seu querido Amador. Todos os moradores do castelo já tinham notado como a sua batina estava rota e surrada. Dava até vergonha deixar aquele tão maravilhoso instrumento de vingança revestido por tão vil envoltório. Todas as mulheres dali fizeram questão de participar daquela costura. Madame de Candé cortou o pano, Perrotte fez o capuz, **Mademoiselle** de Candé encarregou-se dos pespontos e chuleios, a **démoiselle** costurou as mangas. Todas elas se empenharam tanto em suas tarefas, que o hábito ficou pronto à hora da ceia, ao mesmo tempo em que o escrivão terminava de redigir a carta destinada a firmar o acordo, que logo recebeu o selo **do Sieur de Candé.**

— Ah, meu padre — disse a dama, — se de fato nos amais, ireis repousar desse ingente trabalho que tivestes, tomando um belo banho de água quente, que Perrotte preparou para vós com toda deferência.

A água para o banho de Amador tinha sido aquecida e perfumada. Quando ele saiu da tina, encontrou seu novo hábito de monge confeccionado em finíssima lã, além de belas sandálias, que ele tratou de vestir e calçar, aparecendo diante dos olhos de todos como o mais glorioso monge do mundo.

Nesse ínterim, os religiosos de Turpenay, receosos do que poderia estar acontecendo com Amador, tinham escolhido dois monges para fazerem um trabalho de espionagem nos arredores do castelo. Esses espias estavam rondando o fosso do castelo justamente no instante em que Perrotte saíra para jogar fora a batina velha e surrada de Amador, junto com outros refugos. Vendo aquilo, acreditaram estar diante dos restos mortais do pobre companheiro, e retornaram à Abadia, onde relataram que, com toda certeza, Amador teria sofrido um cruel martírio. Ao tomar conhecimento disso, o Abade ordenou que todos os monges se reunissem na capela, a fim de pedir a Deus que assistisse aquele Seu devoto servo em seus tormentos.

Quanto ao monge Amador, após uma lauta ceia, guardou no bolso a carta do acordo e se preparou para regressar a Turpenay. Quando acabava de descer as escadarias, encontrou lá embaixo a hacanéia da Madame, que um cavalariço acabara de escovar,

arrear e selar. Além disso, o senhor ordenara a seus soldados que acompanhassem o bom monge, a fim de evitar algum mau encontro. À vista disso, Amador perdoou as maldades da noite anterior, e deitou sua bênção a todos, antes de se retirar daquele lugar onde tantas conversões haviam ocorrido. Foi acompanhado pelos olhos de Madame, que mais uma vez pôde constatar e proclamar o quanto ele montava bem. Perrotte acrescentou que, para um monge, ele nada ficava a dever aos cavalarianos locais. **Mademoiselle** de Candé suspirou. A **Démoiselle** disse que jamais aceitaria outro confessor que não ele.

— O monge Amador santificou este castelo — disseram todas elas em uníssono quando voltaram a se reunir no salão.

Quando ele apeou da hacanéia de Madame de Candé, os monges prorromperam numa gritaria tal que até parecia uma reunião de lunáticos.

Quando Amador e seu séquito chegaram à entrada da Abadia, seguiu-se uma cena de espanto inaudito, visto que as sentinelas acreditavam que o **Sieur** de Candé tinha saciado seu apetite pelos monges no sangue de seu pobre companheiro, e que agora aquela tropa ali estava com o propósito de saquear a Abadia. Nisso, Amador gritou com sua voz de baixo profundo, sendo então reconhecido e admitido no pátio.

Quando ele apeou da hacanéia de Madame de Candé, os monges prorromperam numa gritaria tal que até parecia uma reunião de lunáticos.

Reunidos no refeitório, continuaram a gritar feito loucos, especialmente quando Amador exibiu o acordo assinado pelo **Sieur** de Candé, congratulando-se todos com seu companheiro pelo sucesso de sua embaixada. Os soldados foram regalados com o me-

lhor vinho da adega local, que tinha sido dado de presente aos monges de Turpenay por seus colegas da Abadia de Marmoustier, aos quais pertenciam os famosos vinhedos de Vouvray. O bom Abade Superior, tendo mandado ler os termos do acordo firmado por Amador com o **Sieur** de Candé, comentou:

— Em toda esta conjuntura se nota a presença do dedo de Deus, ao qual temos de render graças.

Como o bom Abade voltou a mencionar o dedo de Deus ao fazer seu agradecimento pessoal a Amador, o monge, aborrecido por ver seu feito tão desmerecido, retrucou:

— Talvez não seja só o dedo, mas sim todo o braço, meu padre, e nem mais uma palavra sobre isso.

O término da pendência entre o **Sieur** de Candé e a Abadia de Turpenay foi seguido por uma bênção que aumentou extraordinariamente a devoção do castelão pela Igreja, porque, passados nove meses, sua esposa deu à luz um filho homem. Dois anos depois, Amador foi escolhido pelos monges como Superior da Abadia, tendo ali realizado uma profícua administração. Durante sua gestão, acabou por se tornar um abade mui sensato e austero, porque conseguira dominar seus maus instintos através de meditações e exercícios, e reformulado sua natureza na forja feminina, na qual há uma chama que ilumina todas as coisas, visto tratar-se do fogo mais persistente, perdurável, permanente, perseverante, peregrino, perfeccionista, perenal, perscrutante e perolino que existe neste mundo. Por outro lado, é um fogo que arruína tudo que não presta, e que arruinou a tal ponto a maldade que havia em Amador, deixando-lhe tão-somente aquilo que ele não poderia morder, a saber: seu espírito, que se tornou transparente como um diamante, o qual, como todos sabem, é um resíduo do grande fogo pelo qual foi carbonizado outrora o nosso globo.

Amador foi, portanto, o instrumento escolhido pela Providência para reformar nossa ínclita Abadia, visto que reformou e aperfeiçoou tudo o que nela havia, vigiando seus monges dia e noite, fazendo com que todos se levantassem nas horas prescritas para os ofícios, verificando a presença de cada um na capela, à maneira de um pastor quando conta suas ovelhas, tratando-os com mão de ferro e punindo com severidade suas faltas, de modo a fazer deles religiosos sapientes e virtuosos.

Isso nos ensina a tratar as mulheres não como objetos de nosso prazer, mas como instrumentos de nossa salvação. A par disso, essa aventura nos ensina a jamais querermos enfrentar a gente da Igreja."

* * *

O Rei e a Rainha acharam este conto interessantíssimo. Os cortesãos confessaram jamais ter escutado um mais agradável, e as damas bem que gostariam de ter sido uma das participantes desta história...

24 — BERTHE, A ARREPENDIDA

I. Como Berthe permaneceu donzela em estado marital

Por volta da época da primeira fuga do Delfim, que tanto aborrecimento causou ao nosso bom rei Carlos o Vitorioso, deixando-o num estado de grande abatimento, ocorreu um grande infortúnio numa nobre casa da Turena, mais tarde inteiramente extinta, razão pela qual esta tão deplorável história pôde ser trazida à luz. Para auxiliá-lo neste trabalho, o Autor teve de recorrer aos Santos Confessores, Mártires e outras Dominações Celestes, os quais, por ordem do Senhor Deus, foram os promotores do bem nesta aventura.

Por um defeito de caráter, Sire Imbert de Bastarnay, um dos maiores proprietários de terras da Turena, não tinha confiança alguma no espírito das mulheres casadas, que acreditava ser muito semovente, em razão de suas numerosas excentricidades; e era possível que ele até tivesse razão. Em decorrência dessa infeliz e preconcebida idéia, ele chegou a uma idade provecta sem ter arranjado uma esposa, coisa que não constituía para ele vantagem alguma.

Levando sempre uma vida solitária, esse sujeito não fazia questão alguma de ser gentil com relação aos outros, não se dedicando a coisa alguma que não fossem expedições de guerra e orgias de rapazes solteiros, com os quais, aliás, ele não se identificava muito. Desse modo, estava sempre trajando roupas amarfanhadas, andando sempre suado e com as mãos sujas, feio como um macaco; enfim, para resumir, parecendo ser o sujeito mais horroroso de toda a Cristandade; isso no que se referia a seu aspecto

externo, visto que, no tocante ao coração, à cabeça e outras partes ocultas, ele tinha propriedades que até o tornavam digno de apreço. Um mensageiro de Deus (prestai bastante atenção) teria percorrido um longo caminho sem encontrar um guerreiro mais firme em seu posto, um senhor mais dotado de honra sem tacha, de palavra mais confiável e de lealdade mais perfeita.

Alguns dizem, por terem escutado, que ele sabia dar bons e judiciosos conselhos. Não seria isso uma dádiva de Deus, que às vezes se diverte conosco, dotando de tantas perfeições um indivíduo tão mal apetrechado?

Quando esse senhor se tornou sexagenário de aparência, embora tivesse apenas cinqüenta anos, ele resolveu arranjar uma esposa, a fim de garantir sua descendência. Então, visitando os lugares onde imaginou que pudesse encontrar uma mulher que lhe conviesse, ouviu muitas louvações aos méritos e perfeições de certa moça da ilustre casa de Rohan, que nessa época possuía alguns feudos naquela província. A jovem em questão era conhecida pelo apelido de Berthe.

Tendo-a visto no castelo de Montbazon, Imbert ficou bem impressionado com a beleza e a virtude inocente de Berthe de Rohan, sendo tomado por um tal desejo de torná-la sua, que logo decidiu pedi-la em casamento, na certeza de que uma jovem de tão distinta família jamais deixaria de cumprir seus deveres maritais. Não tardou a ser celebrado o casamento, porquanto o Sire de Rohan tinha sete filhas e não sabia como fazer para criá-las todas, naquele tempo em que todo o mundo estava se refazendo das últimas guerras e retomando os negócios interrompidos. De fato, o bom homem Bastarnay não teve qualquer dúvida de que Berthe era realmente uma boa donzela, conforme o atestavam sua bela constituição física e sua perfeita propensão à maternidade.

Assim, desde a noite em que lhe foi permitido por lei abraçá-la, o Sire Imbert o fez com tais arroubos que, dois meses depois do casamento, ficou ciente de que havia engendrado um filho, coisa que o deixou extremamente satisfeito.

A fim de encerrar esta primeira parte da história, vamos contar que desta legitima união nasceu o Sire de Bastarnay, que mais tarde se tornou Duque pela graça do Rei Luís XI, que o nomeou seu Camareiro, além de Embaixador em diversos países da

Europa, além de bem-amado desse formidável senhor, a quem jamais traiu. Essa lealdade herdou-a de seu pai, que desde tenra infância sempre sentira grande afeição por *Monseigneur* o Delfim, acompanhando-o em todas as suas aventuras, inclusive nas rebeliões, uma vez que sua amizade até o teria levado a pregar de novo o Cristo na cruz, se ele assim o solicitasse — uma flor de amizade rara de se encontrar ao redor dos príncipes e poderosos em geral.

No princípio, a gentil dama de Bastarnay comportou-se tão lealmente que sua companhia dissipava os espessos vapores e as negras nuvens que obscureciam o espírito do bom homem, empanando a claridade da glória feminina. Ora, segundo costuma acontecer com as pessoas maliciosas, ele passou do estado de desconfiança para o de confiança absoluta, e de maneira tão cabal que delegou a Berthe o governo geral de sua casa, tornando-a senhora de todos os seus atos e gestos, soberana de tudo o que ali havia, rainha de sua honra, guardiã de seus cabelos brancos, e não hesitaria em dar cabo sem tergiversar do primeiro que se atrevesse a fazer qualquer comentário maldoso sobre aquele espelho de virtude que jamais ficara embaçado, já que nunca recebera outro sopro que não fosse oriundo dos lábios conjugais e maritais, por mais frios e murchos que eles fossem.

Para não faltar de modo algum com a verdade, é necessário dizer que esse comportamento virtuoso muito tinha a ver com o garotinho do qual se ocupou a formosa mãe noite e dia durante seis anos. Ela fez questão de alimentá-lo com leite materno, transformando o pirralho no substituto de um amante, pois sempre que o via amuado, punha em seus lábios os delicados seios, que ele sugava com firmeza, o tanto que quisesse, e não se cansava de sugá-los, qual se fora de fato um amante. Essa boa mãe não conhecia outro tipo de carícia amorosa que não fosse a proporcionada por aqueles róseos lábios, nem outros afagos que não os que lhe faziam suas mãozinhas macias a lhe correrem sobre o corpo como patinhas de um camundongo brincalhão, nem lia outro livro que não fossem seus lindos olhos claros que refletiam o céu , nem escutava outra música que não fosse a de seu chorinho que lhe entrava orelha a dentro como palavras sussurradas por um anjo. Cabe ressaltar que ela o embalava sempre, que estava o tempo todo com vontade de beijá-lo, coisa que fazia de dia e de noite, e que costumava levantar-se de madrugada para cobri-lo de beijos e abraços, fazendo-se criança como ele, inocente como ele, educando-o na perfeita religião da maternidade; enfim: comportando-se como a melhor e mais feliz mãe do mundo, sem faltar com a devida deferência à Virgem Nossa Senhora, que deve ter tido pouco trabalho para proporcionar uma boa criação ao nosso Salvador, uma vez que ele era Deus.

O fato de vê-la a nutrir o filho, somado ao pequeno prazer que Berthe demonstrava na execução das lides domésticas, muito compraziam o bom homem, uma vez que ele não sabia como retribuir àquele afeto matrimonial. O que fez foi economizar o quanto pôde, a fim de amealhar o suficiente para engendrar um segundo filho.

Transcorridos esses seis anos, a boa mãe se viu constrangida a deixar seu filho nas mãos das empregadas que *Messire* de Bastarnay incumbiu de lhe proporcionar uma educação rígida, a fim de que ele herdasse as virtudes, qualidades, nobreza de espírito e coragem típicas da sua nobre casa, bem como os domínios e o nome da família.

Sem condição de contestar aquelas ordens, Berthe se entregou a um amargo pranto, na certeza de que tinha dado adeus a sua felicidade.

Com efeito, para aquele grande coração de mãe, era terrível ver seu filho bem-amado entregue a mãos alheias, tendo-o consigo apenas durante umas poucas e fugidias horas. Por causa disso, mergulhou na mais profunda melancolia. Escutando seu pranto, o bom homem bem que se esforçou por fazer outro filho, mas então era tarde. Resultado: acabou deixando sua pobre esposa ainda mais triste, uma vez que, segundo ela confessou, aquele trabalho de fazer outro filho, além de deixá-los esgotados, custava muito caro. E isso era uma grande verdade, ou então doutrina alguma é verdadeira, e seria necessário queimar os Evangelhos, considerando-os uma coleção de falsidades, se não dermos crédito a essa inocente observação.

Não obstante, como para diversas mulheres — não incluo aí os homens, uma vez que eles dominam essa ciência — tal fato iria parecer uma inverdade, o escritor teve o cuidado de deduzir as razões mudas dessa estranha antipatia, pois com efeito eu compreendo bem o desgosto que assaltou Berthe, por se referir àquilo que as damas amam acima de tudo. Entretanto, essa total negação do prazer não lhe envelheceu a aparência, nem lhe atormentava o coração. (Acaso já deparastes com um escriba que, como eu, fosse tão complacente com as mulheres, e que tanto as apreciasse? Creio que não, certo? Isto é porque eu as amo acendradamente, mas não tanto quanto desejaria, já que mais vezes trago entre os dedos o cabo de minha pena de ganso, do que cofio os pêlos da barba com os quais lhes faça cócegas nos lábios para torná-las risonhas e se divertirem de maneira inocente. Mas o fato é que eu as compreendo.)

Portanto, eis como as coisas estavam acontecendo: o bom homem Bastarnay não era de modo algum um rapaz esperto, de natureza amorosa, familiarizado com gentilezas e maneirismos. Ele pouco se importava com a maneira que teria de empregar para matar um soldado, desde que o tal estivesse morto, pois poderia matá-lo bem matado desse ou daquele modo, sem lhe dizer uma palavra — isso durante um combate, é claro. Essa perfeita indiferença com relação à morte combinava com sua despreocupação com respeito à vida, às providências necessárias para engendrar um filho dentro daquele delicado forno que tão bem conheceis. O bom senhor não tinha qualquer conhecimento dos mil procedimentos demandantes, moratórios, interlocutórios e preparatórios; das gentilezas: do tanto de lenha que se tem de pôr nesse forno para mantê-lo aquecido, juntamente com as folhas secas que recendem a bálsamo, colhidas uma por uma nas florestas do amor; dos pequenos afagos, mimos, carícias, adulações, mordidelas; dos confeitos consumidos a dois; das lambidinhas de gato, e de outros pequenos truques e trocas de carinho tão conhecidas dos rufiões, que os amorosos preservam, e pelos quais as damas sentem maior apreço do que pela sua própria salvação, já que mais têm de felinas que de humanas. Isso ressalta com toda evidência em suas maneiras de agir como mulheres. Se prestardes atenção nelas, se as examinardes atentamente enquanto estão comendo, vereis que nenhuma delas — refiro-me às mulheres nobres e bem educadas — cortará a carne e a levará à boca logo em seguida, a fim de engoli-la depressa, assim como o fazem grosseiramente os homens, mas antes remexerão sua comida, escolherão as partes que lhes interessam, como se escolhem as ervilhas cinzentas uma a uma, provarão dos pedaços miúdos contidos nos molhos, deixando de lado os pedaços maiores, usarão colher e faca como se estivessem comendo em atendimento a uma ordem judicial, de tanto que detestam ir direto ao ponto, e farão livre uso de variações, de finesses, de maneiras delicadas durante todo o tempo que durar a refeição. O que é próprio dessas criaturas e constitui a razão pela qual as filhas de Adão tanto as apreciam, uma vez que elas fazem as coisas de maneira diferente deles, e fazem bem. Sei que estais de acordo comigo. Ora muito bem: eu vos amo.

Assim sendo, Imbert de Bastarnay, velho soldado ignorante em matéria de gentilezas amorosas, tinha entrado naquele belo jardim dito de Vênus como se estivesse tomando de assalto algum lugar, sem prestar a menor atenção aos clamores e lágrimas de seus pobres habitantes, e ali engendrou seu filho com a mesma delicadeza que teria para disparar flechas contra um alvo escondido na escuridão. Ainda que a gentil Berthe não estivesse acostumada a esse tipo de tratamento (pobre criança: não tinha senão quinze anos!), ela acreditava, dentro de sua fé virginal, que a simples alegria de ser mãe exigia esse terrível, tenebroso, contundente e sórdido sofrimento. Assim, durante o seu doloroso cumprimento do dever, ela pediu com unção a Deus que a socorresse naquela aflição, e recitou muitas *Aves* a Nossa Senhora, agradecendo por não ter de suportar outra dor senão as provocadas por sua divinal pomba. Destarte, não tendo experimentado no casamento senão o desprazer, jamais pediu a seu marido que lhe mostrasse qual seria o lado bom da coisa. E, nessa altura da vida na qual o bom homem perdera o ímpeto do passado, conforme há pouco se disse, ela passou a viver na mais completa solidão, como uma freirinha. Detestava a companhia dos homens, e não lhe passava pela cabeça que o Criador do mundo tivesse concedido a possibilidade de sentir qualquer prazer que fosse naquela coisa com a qual até então não recebera senão infinitos padecimentos.

E desse modo ela dedicava amor cada vez maior àquele seu pimpolho que antes de nascer tamanho sofrimento lhe tinha causado.

Assim, não vos espanteis com o fato de que ela franzisse o cenho diante de tudo aquilo que se referia a esse galante torneio durante o qual é a montaria que governa o cavaleiro, levando-o para este ou aquele lado, deixando-o fatigado, mas sempre o mantendo firme na sela, mesmo que um dos dois tropece.

Essa é a verdadeira história de alguns infelizes matrimônios, no dizer dos anciãos e das anciãs, e a razão que explica as loucuras de certas mulheres que tardiamente vêem — não sei como! — que foram logradas, e tentam recuperar num só dia o tempo que perderam durante toda uma vida. Eis uma atitude filosófica, meus amigos!

Por conseguinte, estudai bem esta página, a fim de sabiamente estabelecerdes controle sobre vossas esposas, vossas namoradas e todas as mulheres em geral, particularmente aquelas que por acaso estejam sob vossa guarda, e que Deus vos guarde.

Desse modo, vivendo praticamente como uma virgem, embora mãe de um filho, Berthe completou vinte e um anos, sendo considerada a flor daquele castelo, a glória de seu bom homem e a honra da província. Quanto a Bastarnay, seu prazer consistia em ver aquela criança ir e vir, vibrante como vara de marmelo, ágil como um peixe, inocente como seu filho, ainda que dotada de muito bom senso e perfeito discernimento, tanto que ele jamais se meteu em qualquer empresa sem antes pedir seu conselho, pois se o espírito desses anjos ainda não foi perturbado em sua clareza, ele responde com sensatez a tudo que se lhe perguntam.

Nessa época, Berthe vivia próximo da cidade de Loches, no castelo de seu senhor, sem sentir qualquer necessidade de lidar com outra coisa que não fossem as tarefas relativas ao cuidado do lar, como se usava no passado, antes que as honestas donas de casa da França fossem desviadas desse costume pela Rainha Catarina e seus amigos italianos, grandes farristas e promotores de festas. A essas práticas emprestaram seu apoio o Rei Francisco I e seus sucessores, cujas trampolinagens prejudicaram o Estado da França tanto quanto as malvadezas dos que transtornaram a Religião. Mas isso nada tem a ver com nossos Contos.

Por volta dessa época, o Senhor e a Senhora de Bastarnay foram convidados por Sua Majestade para visitarem à cidade de Loches, onde então ele se encontrava com a Corte, à qual chegara a notícia da extrema beleza de Madame de Bastarnay. Quando Berthe ali chegou, recebeu muitos elogios e gentilezas por parte do Rei, tornando-se o alvo das homenagens de todo jovem nobre que deitava os olhos sobre aquela maçã do amor, e de todo velho nobre que se aquecia sob aquele sol. Mas ficai certos de que todos eles, velhos e jovens, padeceram mil mortes por não poderem desfrutar das benesses de seus belos instrumentos de produzir prazer, os quais turvavam suas vistas e deixavam suas mentes confusas.

Em Loches passou a ser mais comum falar-se de Berthe que mencionar o nome de Deus nos Evangelhos, coisa que deixou possessas inúmeras damas que não tinham sido tão generosamente dotadas de encantos e atrativos, e que de bom grado aceitariam entregar-se ao homem mais horroroso que houvesse durante dez noites, desde que com isso conseguissem despachar de volta para seu castelo aquela linda despertadora de sorrisos masculinos. Uma jovem dama, tendo notado que seu amado primo ficara apaixonado por Berthe, criou por Madame de Bastarnay um tal despeito, que dele provieram todos os seus infortúnios, bem como, por outro lado, sua felicidade e a descoberta das até então desconhecidas e apaixonantes ilhas do amor. Essa malvada dama tinha esse tal primo que um dia, ao ver Berthe, lhe confidenciou que, se pudesse tê-la para si, aceitaria morrer após passar com ela um mês de júbilo e prazer. Cabe frisar que esse rapaz era bonito como uma mocinha, sem pêlo algum no queixo, e que teria alcançado o perdão de qualquer inimigo ao qual o implorasse, de tão melodiosa que era sua voz. Acresce dizer que ele não tinha senão vinte anos de idade.

— Querido primo — disse-lhe a dama, — sai daqui e vai para o teu palácio, que me encarrego de te proporcionar essa satisfação. Mas cuida de não te mostrares a ela, nem àquele marido cuja cara de babuíno, por um engano da Natureza foi colocada sobre um pescoço cristão, e ao qual pertence aquela fada de beleza.

Feito esse acordo com seu belo primo, a dama foi esfregar seu nariz traiçoeiro contra o rosto de Berthe, chamando-a de amiga, de meu tesouro, de estrela de beleza, e lançando mão de mil galanteios destinados a conquistar sua simpatia, para melhor levar a cabo a sua vingança contra aquela pobrezinha que, sem desconfiar de coisa alguma, conquistara seu infiel amante, coisa que, para as mulheres sequiosas de amor, constitui a pior das infidelidades.

Depois que conversaram durante algum tempo, a astuta dama suspeitou de que, em matéria de amor, a pobre Berthe ainda não perdera sua donzelice, ao ver a limpidez e pureza de seus olhos, a ausência de marcas em sua testa e de qualquer ponto negro na pontinha de seu nariz branco como neve, onde de ordinário se denotam os sinais indicativos da agitação interna, nenhuma ruga em sua fronte; em suma: nenhum indício de que ela costumava entregar-se ao prazer em seu rosto, liso e claro como a face de uma donzela sem malícia. Por isso, a traiçoeira dama lhe fez algumas perguntas tipicamente femininas, adquirindo plena certeza, pelas respostas que recebeu, de que ela podia ter desfrutado da alegria de ser mãe, mas que o prazer do amor lhe era inteiramente desconhecido.

Essa revelação que tanto iria redundar em benefício do primo deixou muito contente a boa mulher. Ela então lhe confidenciou que na cidade de Loches morava uma jovem nobre da família de Rohan, que estava então necessitada da assistência de uma dama de posição, para se reconciliar com *Messire* Loys de Rohan; que se ela tivesse tanta bondade quanta beleza recebera pela graça de Deus, ela deveria recebê-la em seu castelo, constatar a santidade de sua vida e patrocinar sua reconciliação com *Monsieur* de Rohan, que se recusava terminantemente a recebê-la em seu solar.

Berthe aceitou a incumbência sem qualquer hesitação, uma vez que os infortúnios daquela jovem já lhe tinham sido revelados anteriormente, embora ela não conhecesse a infeliz, que se chamava Sylvie, e que ela imaginava que então vivia no estrangeiro.

Cabe explicar por que razão o Senhor Rei convidara o Senhor de Bastarnay a vir a Corte. É que Sua Majestade suspeitava que, quando de sua primeira fuga, o Delfim se teria refugiado na província de Borgonha, e queria privá-lo de um tão bom conselheiro como o era o dito Bastarnay. Mas o veterano guerreiro, fiel ao jovem *Monseigneur* Luís, sem dizer coisa alguma, já havia tomado sua decisão. Dessa sorte, mandou que Berthe retornasse ao castelo, tendo esta lhe dito que tinha arranjado uma companhia, apresentando-a ao marido. Essa pessoa era o jovem nobre apaixonado que se travestira de mulher com ajuda da prima, a qual morria de ciúmes de Berthe, motivo pelo qual pretendia emporcalhar sua reputação, furiosa por constatar sua virtude.

Imbert franziu o cenho, sabendo que se tratava de Sylvie de Rohan; mas ao mesmo tempo ficou sensibilizado com a bondade de Berthe, e acabou por lhe agradecer pela tentativa de reconduzir ao aprisco uma ovelhinha desgarrada. Assim, tratou carinhosamente sua boa mulher nessa última noite que passou em casa, deixando ali vários soldados de prontidão, e em seguida partiu com o Delfim em direção à Borgonha, sem de modo algum suspeitar que abrigava um cruel rival dentro de seu próprio lar.

Com efeito, o rosto do tal rapaz lhe era inteiramente desconhecido, porque se tratava de um jovem pajem que viera visitar a Corte, e que era patrocinado por Monsenhor de Dunois, em cuja casa servia como donzel. O veterano guerreiro, na certeza de que se tratava de uma jovem, achou que ela era uma pessoa muito recatada e tímida, uma vez que o rapaz, receoso de que seus olhares traíssem seus intentos, mantinha os olhos sempre baixos, e, num momento em que Berthe, num gesto de carinho, beijou-o na boca, ele receou que a saia que estava usando não fosse discreta o suficiente, e se afastou para junto da janela, tal o pavor que sentiu de que seu disfarce fosse descoberto por Bastarnay, e que este desse cabo dele antes que ele pudesse desfrutar da mulher pela qual estava apaixonado.

Desse modo, foi grande a sua satisfação, como seria a de qualquer amante que estivesse em seu lugar, na hora em que a grade levadiça foi suspensa e o velho castelão saiu pelo campo afora. Ele até então ficara num tal suspense que chegou a prometer que iria patrocinar a ereção de uma coluna na Catedral de Tours, agradecendo a Deus por ter conseguido escapar ileso do risco que sua tresloucada empresa o levara a cometer. E, com efeito, reservou cinqüenta marcos de prata para cobrir os gastos dessa promessa. Mas até parece que esse dinheiro fora destinado ao diabo, pelo que se depreende dos fatos que se seguiram. E caso este Conto vos esteja agradando a ponto de vos dar na telha prosseguir com sua leitura, sabei que ele, daqui para a frente, foi redigido de maneira mais sucinta, como o deve ser toda boa história.

II. Como agiu Berthe depois de ficar ciente das coisas relativas ao amor

O mencionado donzel era o jovem senhor Jehan de Sacchez, primo do Senhor de Montmorency, ao qual, em razão da morte do dito Jehan, retornariam os feudos de Sacchez e outros lugares, segundo os direitos de posse. Ele tinha apenas vinte anos e era ardente como um carvão em brasa. Vou contar-vos, então, que seu primeiro dia foi difícil de suportar. Tão logo o velho Imbert saiu a galope através do campo, os dois primos se penduraram na lanterna da grade levadiça, a fim de acompanhá-lo durante sua partida, enquanto lhe faziam mil sinais de adeus. Depois, quando a nuvem de poeira levantada pelos cavalos desapareceu no horizonte, eles desceram e se retiraram para a sala.

— Que vamos fazer agora, minha bela prima? — perguntou Berthe à falsa Sylvie.

— Gostas de música? Então podemos cantar em dueto. Que me dizes de uma cantiga de amor de algum gentil menestrel antigo, hein? Esta sugestão te agrada? Vamos até o órgão, vem! Se gostas de mim, vem cantar comigo!

Então, tomando Jehan pela mão, levou-o até junto ao teclado do órgão, a cujo lado seu belo acompanhante se sentou elegantemente, imitando a maneira feminina de se postar. Aí o donzel virou a cabeça para ela, a fim de cantarem em dueto.

— Ah, bela priminha! — exclamou Berthe quando se ouviram as primeiras notas. — Oh, querida, que olhar ardente que tu tens! Ele me faz sentir não sei o quê dentro do meu coração!

— É mesmo, querida prima? — retrucou a falsa Sylvie. — Então vou revelar-te o que foi que constituiu a minha perdição. Certa vez, um gentil milorde das terras de além-mar me disse que eu tinha belos olhos, e os beijou tão ternamente que eu não resisti e me entreguei a ele, tal o prazer que senti de os deixar beijar.

— Quer dizer, priminha, que o amor pode começar pelos olhos?

— Encontra-se neles a forja onde se fabricam as setas de Cupido, minha cara Berthe — respondeu o jovem apaixonado, lançando sobre ela um olhar de fogo e chamas.

— Então vamos cantar, minha prima!

Em seguida, atendendo a sugestão de Jehan, entoaram o dueto de *Cristina de Pisan*, cuja letra é repleta de frases de intenso amor.

— Ah, prima, como tens uma voz profunda e poderosa! Sinto até como se tivesse recebido um golpe!

— Onde? — perguntou a indiscreta Sylvie.

— Aqui — respondeu Berthe, mostrando seu delicado diafragma, que é por onde se escutam os acordes do amor, melhor que pelos ouvidos, uma vez que o diafragma está mais perto do coração e daquela parte que bem sabeis, a qual é sem dúvida alguma o primeiro cérebro, o segundo coração e a terceira orelha das mulheres. Digo isto com todo o respeito e toda a honra, movido apenas por razões físicas, e não por outras quaisquer.

— Basta de cantar — disse Berthe. — Este canto está me afetando um bocado. Vem para perto da janela, para fazermos crochê até que comece a escurecer.

Em seguida, atendendo a sugestão de Jehan, entoaram o dueto de Cristina de Pisan, cuja letra é repleta de frases de intenso amor.

— Ah, prima querida de minh'alma, não sei nem mesmo segurar a agulha de crochê entre os dedos, já que, para minha perdição, adquiri o costume de fazer outra cousa com eles.

— Eh! Então em que é que te costumas ocupar durante todo o dia?

— Ora, eu me deixo levar pela corrente do amor, que faz com que os dias pareçam instantes, os meses pareçam dias e os anos meses! E se esse amor perdurasse, seria capaz de tragar a eternidade como se fosse um moranguinho, porquanto tudo nele é frescor e perfume, doçura e alegria infinitas.

Após dizer isso, o bom rapaz baixou suas belas pálpebras sobre os olhos e ficou melancólico como uma pobre dama abandonada por seu amado, e que chora por ele, querendo tê-lo junto a si, e pronta a perdoar suas traições, caso ele se decidisse a novamente trilhar a doce via que leva ao seu antigo e adorado abrigo.

— Oh minha prima, por acaso o amor pode desenvolver-se quando a pessoa está casada?

— Ah não! — respondeu Sylvie, — porque, em estado marital, tudo são deveres, enquanto que no amor tudo é feito com plena liberdade do coração. Essa diferença derrama um misterioso bálsamo de indescritível suavidade sobre as carícias, que são as flores do amor!

— Prima, vamos deixar de lado este assunto, pois ele está me agitando mais do que a música.

Ela então chamou um criado e ordenou que ele lhe trouxesse seu filho, que logo veio. Ao vê-lo, Sylvie exclamou:

— Ah! Ele é tão belo como o Amor!

Depois beijou-o ternamente na testa.

— Vem, meu queridinho — disse a mãe ao menino, que logo se aninhou em seu colo. — Vem cá, delícia da mamãe, toda a minha felicidade sem senão, minha alegria de todo momento, minha coroa, minha jóia, minha pérola preciosa, minh'alma imaculada, meu tesouro, minha luz diurna e matinal, minha única chama e meu coração. Dá-me tuas mãos para que eu as coma; dá-me tuas orelhas para que lhes dê uma mordidinha; dá-me tua cabeça para que eu possa beijar teu cabelos Sê feliz, pequena flor nascida de mim, para que assim eu também possa ser feliz!

— Oh, prima — fez Sylyie, — tu falas com ele na linguagem do amor!

— Quer dizer que o Amor é uma criança?

— Sim, prima: foi por isso que os pagãos sempre o retrataram sob a forma de um garotinho.

E prosseguindo com mil outros comentários desse gênero, sempre tratando do amor, as duas gentis primas puseram-se a brincar com o menino, permanecendo com ele até a hora do jantar.

— Não desejarias ter uma outra criança? — perguntou Jehan num momento oportuno, sussurrando a pergunta junto à orelha esquerda da prima, e aproveitando a ocasião para roçá-la com seus lábios quentes.

— Ah, Sylvie, sim, bem que eu queria ter tido outro, não me importando se, para tanto, tivesse de padecer cem anos no inferno, se assim o Senhor Deus o permitisse, concedendo-me uma tal alegria. Porém, apesar das tentativas, do empenho e dos esforços do senhor meu esposo, os quais me são muito pungentes, minha cintura não se dilatou. Ai de mim! É penoso não poder ter senão um único filho! Se escuto um gritinho neste castelo, meu coração até parece que vai saltar para fora, pois imagino que tenha sido emitido por minha inocente criança. Tenho receio de qualquer pessoa e animal com os quais ele se envolva. Tenho pavor dos volteios, dos trotes, dos exercícios de equitação; enfim: de toda coisa. Eu não vivo para mim, de tanto que vivo para ele. E, apesar de tudo, adoro suportar estas desgraças, uma vez que, enquanto estiver assustada, isso é sinal de que meu pimpolho está são e salvo. Eu me pego com os santos e os Apóstolos, sempre rogando por ele. E, para ser breve, pois, se eu não me contiver, acabo falando sem parar neste assunto até amanhã, chego a acreditar que até respiro por ele, e não por mim...

Tendo dito isso, ela o estreitou contra o peito, como só as mães sabem abraçar as crianças, com uma força espiritual que não incendeia outra coisa que não seja seus coraçõezinhos. E se disso duvidais, prestai atenção numa gata que esteja carregando seus filhotes na boca, e garanto que nenhum deles emite um gemido ou um simples miado.

O bom rapaz, que receava estar procedendo mal ao regar com a água da alegria esse lindo campo infecundo, sentiu-se muito reconfortado por tais palavras. Até então ele tinha imaginado que bastaria seguir os mandamentos de Deus para conquistar essa alma para o amor, e isso fora bem imaginado.

Chegando a noite, Berthe chamou a prima para, seguindo o antigo costume que hoje caiu em desuso entre nossas damas, de se deitar em sua companhia, no largo leito senhorial. Sylvie respondeu que isso seria para ela muito agradável, pois não queria deixar de lado seu papel de moça bem nascida. Assim, depois de soado o toque de recolher, as duas primas entraram na alcova guarnecida de tapetes e cortinados reais franjados de ouro, e então Berthe começou a se despir graciosamente, ajudada por suas aias.

Conforme podeis supor, o donzel declinou pudicamente de se deixar tocar pelas mãos das criadas, e, rubro de vergonha, disse à prima que estava acostumada a trocar de roupa sem ajuda, pois desde que perdera seu bem-amado adquirira um verdadeiro horror ao contato com a suavidade de mãos femininas, uma vez que esses preparativos lhe traziam à memória as deliciosas palavras que seu amado lhe dizia, bem como as trêfegas brincadeiras que fazia enquanto a despia, as quais, por infelicidade, até hoje lhe davam água na boca.

Essas palavras deixaram Berthe intrigada, e por isso ela deixou a prima dizer suas orações da noite e proceder a outros preparativos protegida pelo cortinado do leito. Ardendo de desejo, o jovem enamorado enfiou-se apressadamante sob as cobertas, contente por poder lançar olhadelas furtivas às esplêndidas belezas da dona do castelo, que ainda não havia sofrido os desgastes do tempo.

Berthe, na certeza de estar na companhia de uma jovem de boa formação, não deixou de fazer nenhuma de suas ações costumeiras: lavou os pés, sem se preocupar se os estava erguendo muito ou pouco, deixou ver seus delicados ombros e suas belas costas, e fez tudo o que costumam fazer as damas quando se vão deitar. Por fim, foi para o leito, e se recostou confortavelmente, depois de beijar a prima nos lábios, os quais, aliás, achou que estavam muito quentes.

— Estás passando mal, Sylvie? Parece , que estás ardendo de febre!

— Eu sempre estou ardendo assim na hora em que me deito — respondeu ela, — pois é então que me vêm à memória as brincadeiras gentis que ele inventava para me dar prazer, e cuja lembrança até hoje me fazem arder.

— Oh, prima, conta-me quem foi esse "ele" ao qual por vezes te referes. Revela-me as boas coisas do amor, pois eu vivo à sombra de uma cabeça grisalha cujas neves me deixam afastada de tais ardores. Conta-me tudo, tu que és tão experiente no que tange a esse assunto. Isso me será de bom ensinamento, e desse modo teus infortúnios poderão servir de salutar lição para duas pobres mulheres.

— Não sei se devo obedecer-te, bela prima — replicou o moço.

— Dize-me por quê.

— Ora! É que mais vale mostrar que falar! — respondeu ele, suspirando tão forte que o som até lembrou a sonoridade cava da nota *ut* de um órgão. — Ademais, receio que esse milorde tanto me tenha sobrecarregado de alegria que eu acabe deixando em ti um bocadinho, que seria suficiente para te engendrar uma filha, uma vez que a matéria geradora de crianças ficou enfraquecida em mim.

— Mas dize-me — retrucou Berthe — se haveria pecado caso a coisa fosse feita entre nós...

— Ao contrário! — respondeu Sylvie. — Seria antes uma festa, tanto aqui como no céu! Os anjos espargiriam seus perfumes sobre ti, enquanto estariam tocando suas suaves músicas.

— Mostra-me então como é, prima, e sem perda de tempo! — pediu Berthe.

— Olha então como era que meu bem-amado me enchia de alegria.

Dizendo isso, Jehan tomou Berthe entre os braços e a estreitou contra o peito com desejo incontido. Ali estava ela, à luz do lampião e coberta com seus alvos lençóis, naquele leito tentador, qual se fosse um lírio nupcial de lindas pétalas, assentado no fundo de seu cálice virginal.

— Vês? Ele me abraçava assim mesmo, enquanto me dizia com uma voz bem mais suave que a minha: "Oh, Berthe, tu és meu eterno amor, meus mil tesouros, minha alegria de dia e de noite! Tu és mais alva do que a luminosidade da luz do dia, mais graciosa do que tudo o que existe! Eu te amo mais do que amo a Deus, e não hesitaria em padecer mil mortes em paga da felicidade que me estás concedendo!" Depois disso, ele me beijava não à maneira dos esposos, que é bruta, mas como se fôssemos um casalzinho de pombos.

Para demonstrar-lhe a superioridade incontestável da maneira de beijar dos amantes, ele sugou todo o mel dos lábios de Berthe, e lhe ensinou como ela poderia fazer aquilo com sua delicada língua rosada e macia como língua de gata, e como poderia desse modo falar ao coração sem dizer uma só palavra. Em seguida, excitado por aquela diversão, Jehan deixou que o fogo de seus beijos migrasse da boca para o pescoço, e daí para os mais delicados frutos que a mulher dá a sugar a seus bebês sedentos de leite. E quem quer que estivesse em seu lugar seria considerado um mau sujeito se o não imitasse.

— Ah! — fez Berthe, toda enlanguescida de amor, embora sem o saber. — Assim é muito melhor! Não posso deixar de contar para o Imbert!

— Estás em teu juízo perfeito, prima? Não me digas nada ao teu velho marido, pois ele não tem a menor condição de fazer com que suas mãos sejam prazerosas e suaves como as minhas, já que as dele são grosseiras como tábuas de lavar roupa! Ademais, sua barba espetada deve ativar muito mal o centro das delícias, essa rosa na qual reside todo o nosso espírito, nosso bem, nossa essência, nossos amores, nossa fortuna. Fica sabendo que esta é uma flor viva que precisa de ser tratada com carinho, e não com brutalidade, como se fosse uma catapulta de guerra. Agora, Berthe, vou acabar de mostrar-te a maneira gentil de amar com a qual eu era tratada pelo meu bem-amado inglês.

Dito isso, o belo rapaz se comportou com tal bravura, agindo naquela batalha como se fosse toda uma artilharia, até fazer com que a pobre e inocente Berthe exclamasse:

— Oh, prima, eis que chegam os anjos! Tão bela é sua música que nada mais consigo escutar, e tão flamejantes são seus raios luminosos que meus olhos nem conseguem se abrir!

E, de fato, ela ficou extasiada sob o peso das alegrias do amor que queimava dentro dela como as notas mais altas do órgão, que rebrilhava como a mais magnífica aurora, que fluía em suas veias como a música mais requintada, afrouxando os laços de sua vida e encaminhando-a à infância do amor, que, nela se alojando, produzia um tumulto que a deixava tomada de extrema agitação.

Finalmente, Berthe imaginou estar no Paraíso Celeste, de tão feliz que se sentia, e despertou de seu adorável sonho encerrada nos braços de Jehan, a quem disse:

— Que pena não me ter casado na Inglaterra!

— Minha bela dama — disse Jehan, cujo êxtase já chegara ao fim, — tu estás casada comigo aqui na França, onde as coisas transcorrem de maneira ainda melhor, uma vez que, na realidade, eu sou um homem que por ti daria mil vidas, se mil vidas tivesse!

A pobre Berthe desferiu um grito agudíssimo que atravessou as paredes, e no mesmo instante saltou do leito com a agilidade de uma dançarina das planícies do Egito, caindo prostrada de joelhos diante de seu oratório, de mãos postas, derramando mais lágrimas perolinas do que as derramadas por Maria Madalena, enquanto se lamentava:

— Ai de mim! Estou morta! Fui enganada por um demônio disfarçado de anjo! Estou perdida! Sou mãe de um belo menino, sem ser mais culpada de tê-lo parido do que vós o fostes, ó Virgem Santíssima! Implorai para mim o perdão divino, já que não mereço o dos homens sobre a Terra, ou então fazei com que eu morra de fato, a fim de que não venha a morrer de vergonha diante de meu amo e senhor!

Notando que ela nada dissera passível de incriminá-lo, Jehan se levantou espantado ante a reação de Berthe, e decidiu convidá-la a retomar a bela dança interrompida. Mas tão logo escutou seu anjo Gabriel mover-se, ela se pôs de pé rapidamente e o encarou com o rosto banhado de lágrimas, os olhos iluminados por uma cólera santa, o que os tornava ainda mais belos, e exclamou:

— Se derdes mais um passo em minha direção, eu darei um em direção à morte!

Dizendo isso, tomou de um estilete e o brandiu com a ponta voltada contra o peito.

Era tão visivelmente pungente e trágica a dor que ela sentia, que Jehan lhe disse com suavidade:

— Não és tu quem deve morrer, mas sim eu, minha linda e querida senhora, a mais amada mulher que um dia existiu sobre a Terra!

— Se de fato me amásseis, não teríeis feito o que me fizestes, pois prefiro morrer a ser motivo de desonra para meu esposo.

— Falas como se já estivesses morta!

— Minha morte logo ocorrerá.

— Mas se ele me encontrar aqui perfurado por mil golpes, certamente não te irá condenar, pois lhe dirás que foste surpreendida em tua inocência, mas que vingaste a sua honra, matando aquele que te enganou. E isto será para mim a maior das felicidades que me poderia advir: morrer por ti, já que te recusaste a viver para mim!

Ouvindo esse tocante discurso pronunciado entre lágrimas, Berthe deixou cair a arma, que Jehan logo correu a apanhar, cravando-a no próprio peito enquanto exclamava:

— Uma felicidade como esta que acabo de desfrutar só pode ser paga com a morte!

E caiu estendido no chão.

Apavorada, Berthe chamou a criada, que logo acorreu, quedando-se também estarrecida ao ver um homem apunhalado dentro da alcova de Madame, e esta, por sua vez, amparando-o entre os braços, enquanto lhe dizia:

— Que fizeste, meu amigo?

De fato, ela acreditou que ele estivesse morto, e ainda conservava na mente o sentimento de júbilo que há pouco sentira, lembrando-se de como era belo e delicado aquele rapaz, a ponto de que todos, inclusive Imbert, julgassem que se tratasse de uma jovem.

Tomada de angústia, contou tudo para sua criada, chorando e se lastimando, dizendo que se já não bastasse a dor de não poder criar seu filho, tinha agora de carregar a culpa pela morte de um homem. Ouvindo essas palavras, o pobre apaixonado tentou abrir os olhos, mas apenas conseguiu mostrar o branco das córneas, e mesmo assim discretamente.

— Oh, Madame, não choreis! — consolou-a a criada. — Não podemos perder a calma, mas sim tratar de salvar a vida deste belo cavaleiro. Vou atrás de La Fallotte, pois seria mais difícil trazer até aqui em segredo algum físico ou cirurgião. Vereis que ela é uma feiticeira competente, que tudo fará para realizar em vosso benefício o milagre de tratar desse ferido sem deixar qualquer traço de sua presença neste quarto.

— Então vai correndo! — ordenou Berthe. — Serei tua amiga e hei de te recompensar por essa tua ajuda.

Antes de qualquer coisa, porém, ama e criada combinaram calar-se sobre aquela aventura, tendo *Monsieur* Jehan aquiescido com os olhos. Em seguida, a criada aproveitou a escuridão para procurar La Fallotte, e foi conduzida pela ama até a entrada do bueiro, a fim de não ter que ordenar à guarda que erguesse a grade levadiça. Ao retornar à alcova, Berthe encontrou seu amiguinho desacordado e semimorto, visto que o sangue se lhe escapava sem cessar pelo ferida aberta. Vendo isso, ela sorveu um pouco daquele sangue, já que Jehan o estava perdendo por causa dela. Empolgada por esse grande amor e morta de medo devido ao perigo que estavam correndo, ela beijou o rosto daquele lindo professor de prazer, enquanto suas lágrimas caíam abundantemente sobre sua ferida, e lhe dizendo para não morrer, pois se ele vivesse, ela iria amá-lo de todo o seu coração.

Podeis imaginar que a castelã ficava cada vez mais apaixonada, à medida que percebia as diferenças entre um jovem como Jehan, de pele alva, de tez louçã recoberta apenas por uma ligeira penugem, e, por outro lado, um velho como Imbert, peludo, encardido, de pele seca e enrugada. Essa diferença trouxe-lhe à lembrança o que ela tinha descoberto quanto às delícias produzidas pelo amor.

La Fallotte é uma feiticeira competente, que tudo fará para realizar em vosso benefício o milagre de tratar desse ferido sem deixar qualquer traço de sua presença neste quarto.

Mergulhada nessas recordações, seus beijos se tornaram tão calorosos que Jehan aos poucos recobrou os sentidos, firmou o olhar e conseguiu enxergar Berthe, pedindo-lhe perdão com voz débil. Ela então lhe disse que evitasse falar até que La Fallotte chegasse. Enquanto isso não ocorria, os dois gastaram o tempo amando-se pelos olhos, uma vez que os de Berthe estavam repletos de compaixão, e que a compaixão, nessas circunstâncias, é irmã gêmea do amor.

La Fallotte era uma mulher corcunda, fortemente suspeita de lidar com necromancia, de participar de sabás, aos quais comparecia montada numa vassoura, conforme o costume atribuído às bruxas. Alguns afirmavam tê-la visto arreando a tal vassoura no estábulo que, como se sabe, toda bruxa tem no sótão de suas casas. Para não fugir à verdade, ela conhecia certas tisanas secretas, e costumava prestar bons ofícios às damas com relação a certos assuntos, e aos senhores em outros, de maneira que ela passava seus dias em perfeita tranqüilidade, sem medo de que sua alma se lhe evolasse sobre um monte de lenha acesa, mas antes repousando o corpo sobre um leito de plumas, uma vez que amealhara bom dinheiro com seus atendimentos, sem embargo de ser atormentada pelos doutores, que a acusavam de comerciar venenos, o que não era mentira, como se haverá de verificar no transcurso desta história.

A criada e La Fallotte vieram montadas sobre uma mesma mula, numa tal rapidez que o dia ainda nem tinha clareado de todo quando elas chegaram ao castelo. A velha corcunda disse, tão logo entrou no quarto:

— Ora, ora, que temos por aqui, crianças?

Era essa a maneira como costumava tratar as clientes que conhecia desde pequenas, sempre cheia de familiaridade. Depois de colocar seus óculos e examinar detidamente a ferida, disse:

— Eis aqui um belo sangue fresco, minha querida. Vejo que provaste dele. Não tem maior problema, o ferimento é superficial.

Depois de dizer isso, lavou a ferida com uma esponja fina, sempre observada de perto pela dama e pela criada, ambas com a respiração suspensa. Por fim, proferiu seu diagnóstico médico, asseverando que aquele moço ainda não morrera em conseqüência do golpe recebido; porém, pelo que se podia deduzir do aspecto de sua mão, a morte provavelmente iria sobrevir-lhe violentamente ainda no transcorrer daquela noite. Essa dedução quiromântica deixou Berthe e a criada tomadas de pavor. La Fallotte então prescreveu remédios urgentes, prometendo retornar na noite seguinte. E de fato ela tratou do ferimento durante uma quinzena, vindo sempre à noite e em segredo. Aos guardas que a interpelavam, dizia ela, instruída pela criada, que viera tratar da jovem Sylvie de Rohan, que estava correndo perigo de morte em razão de um inchaço

La Fallotte era uma mulher corcunda, fortemente suspeita de lidar com necromancia e de participar de sabás, aos quais comparecia montada numa vassoura.

no estômago, mas que a presença daquela jovem no castelo devia permanecer secreta, a fim de resguardar a honra de Madame, que era sua prima.

Os guardas acreditaram nessa lorota, mas acabaram repassando-a para seus camaradas. Estes, por sua vez, acreditaram que aquela doença devia ser muito perigosa, mas nisso se enganaram: perigosa foi a convalescença, uma vez que quanto mais Jehan ficava forte, mais Berthe enfraquecia. Assim, foi ficando tão debilitada que se deixou afundar naquele paraíso cujas portas Jehan lhe tinha aberto. Em suma: ela cada vez mais se via tomada de amores por aquele moço.

Entretanto, no meio de suas alegrias, sempre empanadas pelas palavras ameaçadoras de La Fallotte, e atormentada por seus pruridos religiosos, Berthe vivia receando o regresso de Sire Imbert, ao qual se sentiu obrigada a escrever, dando notícias do filho, que estava crescido e forte, e dizendo que ele e ela aguardavam ansiosamente seu regresso; mas a mentira que pregava era ainda maior que o menino. A pobre mulher evitou encontrar-se com seu amigo Jehan durante todo aquele dia em que escrevera a tal carta mentirosa, chorando tanto que chegou a ensopar seu lenço. Sentindo-se relegado ao desprezo, já que até então eles não se deixavam mais que o fogo deixa o mato depois que ele se incendeia, Jehan passou a crer que ela o estivesse odiando, e também prorrompeu em pranto.

Ao anoitecer, Berthe, tocada pelas lágrimas do infeliz, que haviam deixado seus olhos inchados, mesmo ele os tendo enxugado, revelou-lhe a razão de sua dor, mesclada com o pavor que sentia pelo que iria acontecer daí em diante, confessando estar arrependida pelo pecado que ambos estavam cometendo, e proferindo um tão belo discurso, tão repleto de conceitos cristãos, tão molhado de lágrimas santas e preces contritas, que Jehan foi tocado no âmago de seu coração por aquela tão sincera fé. Esse amor, somado a um ingênuo e tocante arrependimento, essa nobreza envolta pela culpa, essa mistura de força e debilidade, até teria podido, segundo a comparação dos antigos, mudar o caráter dos tigres, tornando-os mansos e amistosos. Assim, não vos espanteis de que Jehan se sentisse obrigado a empenhar sua palavra de donzel, garantindo que iria obedecer-lha em tudo que ela lhe ordenasse, para com isso salvá-la neste e no outro mundo.

Testemunhando essa confiança em sua pessoa e esse coração tão sem maldade, Berthe se lançou de joelhos aos pés de Jehan, beijando-os ternamente e lhe dizendo:

— Oh, meu querido, que sou obrigada a amar, ainda que com isso esteja cometendo um pecado mortal! Tu que és tão bom, que tanto te compadeces desta tua pobre Berthe, se queres que ela sempre pense em ti com todo o seu carinho, e que seja capaz de conter esta torrente de lágrimas da qual és a causa gentil e que tanto me apraz (e para lhe mostrar que dizia a verdade, permitiu que ele lhe roubasse um beijo); oh, Jehan, se queres que a recordação de nossas alegrias celestes, das músicas dos anjos e das fragrâncias do amor não me sejam pesadas, mas, ao contrário, que me sirvam de consolo pelos maus dias que ora atravesso, faze o que a Virgem me sugeriu que te ordenasse, num sonho que tive, no qual eu lhe supliquei que me orientasse nesta conjuntura, uma vez

A criada e La Fallotte vieram montadas sobre uma mesma mula, numa tal rapidez que o dia ainda nem tinha clareado de todo quando elas chegaram ao castelo.

que eu lhe tinha suplicado que me ajudasse, e Ela o fez. Ora, eu então lhe revelei o suplício horrivelmente ardente que me aguardava, receando pela criança que já sinto mexer-se dentro de mim, e pelo seu verdadeiro pai, que estaria à mercê do outro, e que poderia expiar sua paternidade através de morte violenta, uma vez que La Fallotte viu isso com toda clareza com respeito a seu futuro. Então a bela Virgem me respondeu sorrindo que a Igreja nos oferece o perdão de nossas faltas, desde que sigamos seus mandamentos; que seria necessário salvar-se a si próprio dos tormentos do fogo do inferno, emendando-se a tempo, antes que o Céu se enchesse de sagrada ira. Aí, com o dedo, ela me indicou um Jehan idêntico a ti, mas vestido como deverias estar, e como certamente estarás, se de fato amas Berthe com amor eterno.

Jehan assegurou-lhe sua perfeita obediência, erguendo-a do chão, sentando-a sobre os joelhos e beijando-a ternamente. A pobre Berthe disse-lhe então que a roupa à qual se tinha referido era um hábito de frade, e perguntou se ele aceitaria envergá-lo, demonstrando receio de que ele se recusasse a entrar na vida religiosa e se retirar para o convento de Marmoustier, nas proximidades de Tours. Ele então implorou, empenhando sua palavra de honra, que ela lhe permitisse desfrutar de uma última noite, após a qual ela não mais se deitaria com ele ou com qualquer outra pessoa neste mundo. E a cada ano, em recompensa disso, ela permitiria que ele fosse visitá-la durante um dia, a fim de ver seu filho.

Fiel a sua palavra, Jehan prometeu entrar para a vida religiosa, atendendo a sugestão de sua amada, e lhe disse que desse modo lhe seria fiel, e não experimentaria outros prazeres amorosos senão os que tivessem a aprovação divina, e que iria viver daí em diante com a lembrança dos doces momentos que havia desfrutado a seu lado.

Ouvindo essas cativantes palavras, Berthe lhe respondeu que, por maior que fosse seu pecado, e o que quer que Deus lhe tivesse reservado, bastaria aquela felicidade para que ela tudo viesse a suportar, uma vez que acreditava não se ter entregue a um homem, mas sim a um anjo.

Depois disso, voltaram a deitar-se no ninho em que seu amor tinha surgido, a fim de dar um adeus supremo a todas as suas encantadoras flores.

Há que se imaginar que Mestre Cupido não deixou de estar presente a essa festa, uma vez que jamais mulher alguma desfrutou de júbilo igual em lugar algum do mundo, e que o mesmo jamais aconteceu a homem algum.

É próprio do verdadeiro amor uma certa concordância que faz com que tanto mais um dá, tanto mais o outro recebe, e sempre de modo recíproco, como em certos casos da Matemática, nos quais as coisas se multiplicam por si próprias ao infinito. Tal problema não pode ser explicado às pessoas de pouco saber, visto que elas enxergam através de lentes venezianas, não percebendo senão a existência de milhares de figuras produzidas pela multiplicação visual de uma única. Assim, nos corações de dois amantes, multiplicam-se as rosas do prazer numa profundidade tal que os deixa espantados por sentirem tanta alegria de uma só vez, sem que coisa alguma se arrebente dentro deles. Berthe e Jehan bem gostariam de que aquela noite fosse a última de suas vidas, e imaginaram, em razão do excessivo langor que fluía em suas veias, que o amor resolvera transportá-los sobre suas asas com um beijo mortal; mas saíram ilesos da batalha amorosa, a despeito dessas infinitas multiplicações.

No dia seguinte, já que estava próximo o retorno de *Messire* Imbert de Bastarnay, a jovem Sylvie decidiu partir. A pobre moça deixou sua prima depois de muitos prantos e

Esse amor, somado a um ingênuo e tocante arrependimento, essa nobreza envolta pela culpa, essa mistura de força e debilidade, até teria podido mudar o caráter dos tigres, tornando-os mansos e amistosos.

beijos, cada qual pretendendo ser o último, mas nunca passando de penúltimo, até que o derradeiro só foi dado ao anoitecer. Aí o rapaz se viu compelido a deixar sua amada de uma vez por todas, e partiu, do mesmo modo que também se partiu seu coração, como um círio pascal que se quebra e se apaga.

Obediente a sua promessa, ele seguiu para Marmoustier, onde chegou por volta das onze da manhã, sendo admitido entre os noviços. Dias depois, Berthe disse para seu marido que Sylvie havia retornado para o seu *Mylord* ("Senhor", em linguagem da Inglaterra), sendo essa a derradeira vez em que ela teve de mentir com relação à prima.

A alegria demonstrada pelo marido quando viu Berthe sem cinto, uma vez que ela não estava em condição de usá-lo, de tanto que havia engordado, deu início ao martírio da infeliz, que não sabia mentir, e que, para cada falsidade que dizia, corria para seu oratório, onde chorava lágrimas de sangue, murmurava mil preces e pedia ajuda a todos os Santos do Paraíso. E acontece que ela rezou com tal unção, que o Senhor escutou suas preces, pois Ele tudo escuta, até mesmo o som das pedras que rolam sob as águas, os gemidos dos pobres e o zumbido das moscas a voar. E é bom que saibais disso, pois do contrário não ireis acreditar no que sucedeu depois.

Deus mandou que o Arcanjo Miguel tornasse a vida daquela penitente um verdadeiro inferno sobre a Terra, a fim de que ela adquirisse condição de entrar sem contestação no Paraíso. Então São Miguel desceu dos céus, seguiu até as portas do inferno e entregou aquelas três almas ao diabo, dizendo-lhe que ele tinha permissão de atormentá-las durante o restante de seus dias, e lhe mostrando Berthe, Jehan e a criança. O diabo, que, pela vontade de Deus, é o senhor de todo o mal, respondeu ao arcanjo que aceitava usufruir daquela permissão.

Enquanto durava esse arranjo celeste, a vida seguia seu curso aqui embaixo. A gentil dama de Bastarnay entregou a mais bela criança do mundo a Sire Imbert: um garoto de lírios e de rosas, de grande inteligência, qual um Jesus menino, risonho e brincalhão como um Amor pagão, que se tornava mais belo a cada novo dia, enquanto que o primogênito se ia aos poucos ficando parecido com um macaco, como seu pai, com quem infelizmente passara a se assemelhar. Já o caçula era brilhante como uma estrela, parecendo-se tanto com o verdadeiro pai como com a mãe, cujas perfeições corporais e espirituais tinham produzido uma bela mistura de graças insignes e maravilhoso entendimento.

Vendo esse perpétuo milagre de carne e espírito mesclados em proporções idênticas, Bastarnay dizia que, para sua salvação eterna, ele gostaria de transformar o caçula em primogênito; e que isso seria possível com a permissão do Rei. Berthe ficou sem saber como deveria agir, uma vez que adorava o filho de Jehan, e não conseguia sentir pelo outro senão um débil afeto. Independente disso, tudo faria para protegê-lo contra as más intenções de Bastarnay.

Todavia, contente com o caminho que as coisas tendiam a seguir, ela sufocou seus pruridos de consciência, aceitando a mentira, na crença de que nada poderia fazer, uma vez que já se haviam passado doze anos sem qualquer coisa que empanasse sua alegria, a não ser a dúvida que por vezes a assaltava quanto à mentira que evitava revelar. De ano em ano, entregue a sua fé, o frade de Marmoustier, que era desconhecido de todos, salvo da criada, vinha passar um dia inteiro no castelo para ver seu filho, muito embora Berthe mais de uma vez tivesse rogado a seu amigo Frei Jehan, que renunciasse a seu direito, ao que ele retorquia, apontando-lhe o menino:

— Tu podes vê-lo dia após dia, enquanto que eu não posso fazê-lo senão num único, durante todo um ano!

Quando ouvia isso, a pobre mãe não encontrava palavras para responder.

Alguns meses antes da última rebelião do Delfim Luís contra seu pai, o menino estava caminhando para seu décimo segundo aniversário, e tudo levava a crer que se tornaria um erudito, de tanto que demonstrava saber acerca de todas as ciências. Jamais o velho Bastarnay sentira tal orgulho de ser pai, e resolveu levar o filho à Corte de Borgonha, onde o duque Charles prometera conferir a essa bem-amada criança uma alta posição, passível de causar inveja até aos príncipes, visto que ele não era de modo algum avesso às pessoas cultas e inteligentes.

Ora, vendo que as coisas estavam tomando essa direção, o diabo entendeu que seria hora de agir. Assim, segurando a cauda, mergulhou-a de chofre no caldeirão daquela felicidade geral, a fim de remexer o conteúdo a seu bel-prazer.

III. Dos terríveis castigos sofridos por Berthe, e de suas expiações, antes de morrer perdoada

A criada de Madame de Bastarnay, que tinha então trinta e cinco anos, apaixonou-se por um dos soldados da guarda do castelo, e de tal modo que lhe permitiu tirar alguns

pães de seu forno, de maneira a produzir nela uma inchação natural, daquelas que as pessoas espirituosas destas plagas costumam chamar de "barriga-d'água de nove meses". A infeliz suplicou a sua boa ama que intercedesse em seu favor junto ao Sire, a fim de que ele obrigasse o malvado sujeito a terminar diante do altar aquilo que ele tinha começado na cama. Madame de Bastarnay não se opôs de modo algum a lhe conceder esse favor, o que deixou a criada bem satisfeita. Entretanto, o velho guerreiro, que nunca perdeu sua grosseria natural, fez comparecer diante do pretório seu lugar-tenente, repreendendo-o com aspereza e lhe ordenando, sob pena de enforcá-lo, que desposasse a criada, o que o soldado aceitou pressuroso, já que mais amava seu pescoço do que sua paz de espírito.

Bastarnay também chamou a moça, na certeza de que, pela honra de sua casa, devia recitar-lhe uma boa ladainha recheada de epítetos e adornada de expressões extremamente fortes, as quais a levaram a crer que, à guisa de punição, o amo não iria permitir que ela contraísse matrimônio, mas que, em vez disso, mandaria encerrá-la numa cela da masmorra.

A criada imaginou que aquilo eram artes de Madame, com a intenção de dar um sumiço nela, para desse modo enterrar os segredos relativos ao nascimento de seu querido filho caçula. Movida por essa impressão, e depois que o velho símio lhe dirigiu aquelas ultrajantes admoestações, afirmando, entre outras coisas, que só se ele fosse maluco iria permitir que uma puta como ela vivesse em sua casa, ela lhe retrucou que ele, mais do que maluco, era um idiota, por não ter achado estranho que sua mulher embarrigasse de repente após tão longo período de tempo, pelo fato de se ter amasiado com um fradeco, coisa que devia constituir o pior agravo possível para um homem de guerra.

Imaginai a pior tempestade que já enfrentastes até hoje, e tereis uma ligeira idéia do acesso de fúria que invadiu o coração do velho guerreiro, ferindo-o num ponto que abrigava uma tríplice vida. Ele segurou criada pelo gasganete e a quis matar ali mesmo. Contudo, já que tinha razão, ela explicou com detalhes o como, o quando e o porquê do que acontecera, acrescentando que, caso ele não acreditasse naquilo tudo, poderia tirar a prova ficando escondido no dia em que ali viesse Frei Jehan de Sacchez, Prior de Marmoustier. Desse modo, poderia escutar as palavras do verdadeiro pai da criança, o qual, após sua quaresma de um ano, iria querer dar, num único dia, todos os beijos que não poderia dar em seu filho durante o restante do ano. Imbert ordenou-lhe que deixasse imediatamente o castelo, e que, se ele constatasse que sua acusação não era verídica, iria matá-la sem dó nem piedade. Logo em seguida entregou-lhe cem escudos, juntamente com o soldado galã, recomendando-lhes que fossem viver longe da Turena, e, para maior segurança, mandou que o casal fosse escoltado até a Borgonha por um de seus oficiais. Em seguida, informou a esposa de que faria em breve uma longa viagem, e que havia despedido a criada, já que ela era uma fruta podre, mas que lhe tinha dado cem escudos e arranjado um emprego na Corte de Borgonha. Berthe ficou espantada ao saber que sua criada, depois de se casar, fora mandada embora do castelo, antes de que ela, sua ama, fosse consultada, esperando que sua antiga aia nada dissesse acerca do que sabia.

Logo depois ela encontrou outra sarna para coçar, sendo tomada por terríveis apreensões, ao notar que seu marido mudara sua maneira de pensar, e que começara a perceber a semelhança que seu primogênito apresentava com ele, estranhando não encontrar tal parecença no caçula que tanto amava, fosse quanto ao semblante, fosse quanto a qualquer outro aspecto.

— Ele me puxou em tudo por tudo — retrucou Berthe num dia em que ele fazia tais comentários. — Não sabes que, nas boas uniões, os filhos se parecem ou com o pai ou com a mãe, ou então com ambos ao mesmo tempo, visto que a mãe mistura seus espíritos vitais com os do marido? E alguns físicos asseveram conhecer muitas crianças sem qualquer semelhança com um ou com outro cônjuge, atribuindo tais mistérios aos caprichos de Deus.

— Estás te tornando uma sábia, minha querida — respondeu Bastarnay. — Quanto a mim, que não passo de um ignorante, acredito que quando uma criança se parece com um frade...

— Teria sido feita por esse frade? — completou Berthe, encarando-o interrogativamente, sem demonstrar qualquer pavor no rosto, embora corresse gelo em suas veias, em lugar de sangue.

O bom homem imaginou que estivesse cometendo um erro, e maldisse a criada, embora não tivesse desistido de averiguar o caso.

Como estava se aproximando o dia da visita de Frei Jehan, Berthe, tomada de desconfiança em razão daquelas palavras, escreveu para seu bem-amado recomendando-lhe que não viesse ao castelo naquele ano, mas sem lhe dizer o porquê. Depois, foi a Loches atrás de La Fallotte, pedindo-lhe que entregasse a carta a Frei Jehan, crente de que tudo estaria a salvo, ao menos por enquanto. Ficou aliviada por ter avisado a tempo o Prior, informando-lhe que Sire Imbert, que costumava viajar para a província de Maine por ocasião da visita anual do pobre frade, pois ali possuía extensas propriedades, dessa vez tinha desistido de sair, alegando ter de organizar os preparativos da sedição planejada pelo Delfim Luís contra seu pobre pai, que ficou tão agastado com essa revolta armada que veio a morrer, como é de conhecimento geral. Foi tão boa essa desculpa que a pobre Berthe deixou de lado todas as suas apreensões.

No dia marcado, porém, o Prior ali chegou, como de costume. Ao vê-lo, Berthe empalideceu e perguntou se ele não tinha recebido sua mensagem.

— A que mensagem te referes? — perguntou Jehan.

— Ai! Então estamos perdidos: o menino, tu e eu — respondeu Berthe.

— E por quê? — estranhou o Prior.

— Só te digo que nosso dia extremo acaba de chegar.

Ela perguntou a seu filho predileto onde estaria Bastarnay. O rapazinho lhe respondeu que seu pai recebera uma mensagem chamando-o a Loches e seguira para lá, não devendo retornar senão ao anoitecer. Sabendo disso, Jehan quis, contra a vontade de sua amada, permanecer com ela e com seu querido filho, na certeza de que nenhum malfeito poderia advir passados doze anos do nascimento dele.

Nesse dia de visita, que sempre coincidia com o aniversário das aventuras que sabeis, Berthe costumava permanecer no quarto com o pobre frade até a hora do jantar. Naquela circunstância, porém, os dois amantes, devido às apreensões de Berthe, que também foram compartilhadas por Frei Jehan depois que sua amada o pôs a par de tudo, decidiram jantar mais cedo, mesmo tendo o Prior de Marmoustier tranqüilizado Berthe, citando-lhe os privilégios da Igreja e lembrando-lhe de que Bastarnay, já malvisto na Corte, certamente recearia cometer um atentado contra um dignitário de Marmoustier.

Quando eles se sentaram à mesa, o menino estava brincando no pátio, e, a despeito dos repetidos chamados de sua mãe, não quis atendê-la, uma vez que ali se encontrava cavalgando um belo corcel espanhol, presenteado a Bastarnay por *Monseigneur* Carlos de Borgonha. E como os rapazinhos sonham em se tornar pajens, estes em se tornar donzéis, e estes em ser armados cavaleiros, o pequeno se comprazia em mostrar seus progressos eqüestres ao amigo frade, fazendo o corcel saltar como pulga num lençol, e de fato dominava o animal como se fosse um experiente cavaleiro.

— Deixa o menino se exibir, querida — dizia o frade a Berthe. —Meninos ativos e indóceis costumam tornar-se grandes homens.

Berthe comia sem vontade, sentindo o coração inchar-se dentro do peito como esponja dentro da água. Aos primeiros bocados, o frade, que se tornara um homem versado em assuntos diversos, sentiu em seu estômago uma pontada aguda, e no céu da boca um travo amargo de veneno, levando-o a supor que o Sire de Bastarnay havia arquitetado o seu fim. Antes que desse o alarme, Berthe já havia engolido alguns bocados. Súbito, o Prior apanhou um guardanapo, devolveu o que havia comido e atirou tudo na lareira, revelando a Berthe sua suspeita. Berthe agradeceu à Virgem pelo fato de seu filho não ter parado de brincar. Não tendo perdido os sentidos, Frei Jehan lembrou-se das lições que aprendera em seu antigo ofício de pajem, e então, correndo para o pátio, arrancou o filho da sela do corcel, trocando de lugar com ele, e saiu do castelo à toda velocidade, dando com os calcanhares nos flancos do animal, com tal diligência que até parecia uma estrela cadente, e seguiu para Loches, em busca de La Fallotte, levando nesse percurso o mesmo tempo que o diabo o levaria, caso o cobrisse. O frade relatou seu caso em duas palavras à feiticeira, visto que o veneno já começava a afetar sua fressura, e pediu-lhe que lhe ministrasse um antídoto.

O frade relatou seu caso em duas palavras à feiticeira, visto que o veneno já começava a afetar sua fressura, e pediu-lhe que lhe ministrasse um antídoto.

— Ai, ai, ai — gemeu La Fallotte. — Se eu soubesse que era para vós o veneno que me mandaram preparar, eu preferia ter recebido no peito a lâmina do punhal com o qual me ameaçavam, entregando meu desditoso viver em troca da vida de um homem de Deus, e da vida da mais gentil dama que um dia floresceu sobre esta terra, uma vez, meu caro amigo, que não disponho senão de duas gotas de contraveneno aqui neste frasco...

— E isso seria suficiente para salvar a vida dela?

— Sim, mas desde que seja ministrado sem demora — respondeu a velha.

O coração de Berthe encheu-se subitamente de santas consolações, ao ver o corcel reaparecendo na estrada. O frade tinha percorrido o caminho de volta mais depressa do que na ida, se bem que, de tão esfalfado, o corcel acabou morrendo quando entrou de novo no pátio do castelo.

Frei Jehan entrou no quarto em que Berthe, acreditando que sua hora extrema havia chegado, beijava seu filho, retorcendo-se como um lagarto numa fogueira, mas sem proferir grito algum por sua própria causa, e sim pela pobre criança que agora iria ficar abandonada a mercê da sanha vingativa de Bastarnay, esquecendo-se de suas dores, tendo em mente apenas o crudelíssimo futuro que imaginava estar aguardando a desditosa criança.

— Toma — disse o frade. — Quanto a mim, já salvei a minha vida.

Frei Jehan teve a extrema coragem de dizer isso com rosto impassível, ainda que já estivesse sentindo as garras da morte a se cravarem em seu coração.

Mal havia Berthe sorvido o antídoto, e o Prior caía morto, mas não sem antes beijar seu filho e lançar sobre sua amada um olhar que não perdeu a intensidade mesmo depois que ele exalou seu último suspiro.

Essa visão deixou-a gelada como mármore, e a aterrorizou tanto, que ela se quedou rígida diante daquele cadáver estendido no chão a seus pés, dando a mão a seu filho que chorava, enquanto que ela própria, ao contrário, se mantinha de olhos tão secos como deve ter ficado o Mar Vermelho quando os hebreus o atravessaram, conduzidos pelo barão Moisés, pois ela imaginava ter uma areia saibrosa sob suas pálpebras. Orai por ela, almas caridosas, porque mulher alguma padeceu tamanha agonia, ao constatar que seu amigo lhe salvara a vida, tendo por isso que perder a sua.

Ajudada pelo filho, deitou o frade no leito e se manteve de pé a seu lado, rezando com o menino, a quem então revelou que aquele religioso era seu verdadeiro pai. Desse jeito ficou à espera de sua hora derradeira, e esta logo sobreveio, pois, às onze horas, Bastarnay chegou e, quando ainda se encontrava transpondo a grade levadiça, foi informado de que o frade estava morto, mas não a Madame, nem o menino. Em seguida, ele viu seu belo corcel estendido morto no pátio. Então, tomado do desejo furioso de dar cabo de Berthe e do filho bastardo, subiu os degraus da escada de um salto, e pouco depois, tendo diante dos olhos o cadáver ao lado do qual sua mulher e o filho recitavam uma ladainha, sem os interromper, não tendo ouvidos para escutar suas tocantes orações, nem eles tendo olhos para ver seus esgares e seu semblante ameaçador, ele também não encontrou dentro de si coragem para perpetrar aquele ato tão atroz.

Passado o seu acesso de fúria, ficou sem saber o que fazer, e se retirou para a sala como um homem covarde pilhado em falta, abalado pelas preces para o Prior, que não cessava de escutar. A noite transcorreu em prantos, gemidos e orações.

Por ordem expressa de Madame, uma de suas aias fora a Loches comprar-lhe uma roupa de nobre solteira, e para seu pobre menino um cavalo e armas de escudeiro. Ao tomar conhecimento disso, o Senhor de Bastarnay ficou intrigado, ordenando que trouxessem a sua presença sua esposa e o filho do Prior, mas eles se recusaram a ir vê-lo. Em silêncio vestiram os trajes que a criada acabava de lhes entregar. Por ordem de Berthe, essa criada relacionou todos os bens pertencentes a Madame, juntando suas roupas, pérolas, jóias e diamantes, como se costumam dispor as coisas de uma viúva que renuncia a seus direitos. Berthe ainda ordenou que incluíssem entre os bens até mesmo sua bolsinha de esmolas, a fim de que nada faltasse àquela cerimônia de renúncia.

O ruído desses preparativos se espalhou pelo castelo, e todos ficaram cientes de que Madame estava prestes a ir embora, o que provocou tristeza em todos os corações, até mesmo no de um pequeno ajudante de cozinha chegado aquela semana — ele chorou, porque Madame lhe tinha dirigido uma gentil palavra de boas-vindas.

Espantado diante de tais providências, o velho Bastarnay foi até o quarto de Madame, onde a encontrou em prantos ao lado do corpo de Jehan, pois finalmente as lágrimas lhe afluíram aos olhos; mas ela logo os secou, ao ver o senhor seu esposo. Ao longo interrogatório ao qual foi então submetida, ela respondeu de cabeça erguida, reconhecendo sua culpa e contando como tinha sido enganada, como o pobre donzel se arrependera, e apontando o corpo ali estendido, no qual ainda se via a marca da punhalada que ele mesmo se dera anos atrás. Relatou ainda como tinha sido pesada a sua penitência, já que, por obediência a um pedido seu e como penitência em relação aos homens e a Deus, aceitara entrar para a vida religiosa e abandonar sua promissora carreira de cavaleiro, deixando findar seu nome, o que por certo era pior que a morte; como ela, para compensar tal perda, tinha imaginado que o próprio Deus não teria recusado conceder ao frade um dia por ano para ver o filho ao qual ele havia sacrificado tudo. E como não queria viver com um assassino, ela estava abandonando a sua casa, mas deixando dentro dela seus bens; porquanto, se a honra dos Bastarnay fora maculada, era ele, e não ela, quem causara a vergonha, porque, em todo aquele malfeito, ela acabara acomodando as coisas o melhor que pudera. Por fim, decidira seguir pelos montes e vales, junto com seu filho, até que todo o seu pecado fosse expiado, uma vez que ela sabia como expiá-lo até o fim.

Tendo dito essas belas palavras com nobreza de ânimo e rosto pálido, tomou o menino pela mão e saiu trajando luto fechado, mais magnificamente bela do que o fora a jovem Agar ao deixar a casa do patriarca Abraão.

Tendo dito essas belas palavras com nobreza de ânimo e rosto pálido, tomou o menino pela mão e saiu trajando luto fechado, mais magnificamente bela do que o fora a jovem Agar ao deixar a casa do patriarca Abraão, e tão altiva que todas as pessoas da casa se ajoelharam a sua passagem, implorando de mãos postas, como se vê na imagem de Nossa Senhora de la Riche.

Foi digno de dó ver como depois disso ficou no castelo envergonhadíssimo o Senhor de Bastarnay, em prantos, reconhecendo sua culpa e desesperado como um homem que estivesse sendo conduzido para o cadafalso, a fim de ser enforcado.

Berthe não quis escutar os rogos que lhe eram dirigidos. Sua desolação era tão grande que, tendo encontrado a grade baixada, apressou o passo para sair do castelo, com receio de que ela fosse subitamente reerguida, mas ninguém teve coragem ou motivo para fazer isso. Fora do castelo, ela se sentou na borda do fosso, de onde podia ver o pessoal que suplicava entre lágrimas a sua volta. O pobre Sire ficou parado junto à grade, segurando a corrente que a erguia, mudo como um dos santos de pedra entalhados sobre o pórtico. Dali ele viu Berthe ordenar que o filho sacudisse a poeira de seu calçado batendo-o no corrimão da ponte, a fim de não levar consigo coisa alguma que pertencesse aos Bastarnay, enquanto ela fazia o mesmo. Depois apontou-lhe o Sire e, com ar grave, lhe dirigiu estas palavras:

— Eis ali, meu filho, o assassino de teu pai, que era, como já sabes, o pobre Prior. Guarda bem o nome desse homem. Um dia farás com que ele se arrependa deste dia em que deixaste para trás a poeira de seu castelo que trazias em teus sapatos. E nesse dia também saldaremos a dívida que temos pelo alimento que ele te forneceu em sua casa, se Deus assim o permitir.

Se houvesse escutado isso, o velho Bastarnay teria concedido permissão para que todo um mosteiro de frades viesse visitar sua mulher, para não ser abandonado por ela e pelo rapazinho, que poderia ter-se tornado a honra de sua casa. Ali se quedou cabisbaixo, sempre segurando a corrente que acionava a grade levadiça.

— Demônio! — exclamou Berthe, sem saber que era o demo quem lhe havia reservado aquele sofrimento. — Então, estás contente? Quando será que esta agonia chegará ao fim, e que receberei a ajuda que tanto pedi a Deus, aos santos e aos arcanjos?

Súbito, seu coração encheu-se de santas consolações, quando ela viu tremular na estrada que atravessava o campo o estandarte do grande mosteiro, precedido dos cânticos sagrados que soavam como se entoados por vozes celestes. Os frades, informados do assassinato perpetrado contra seu bem-amado Prior, vieram buscar seu corpo em procissão, assistidos pela Justiça Eclesiástica.

Ao ver isso, o Sire de Bastarnay mal teve tempo de fugir através do bueiro acompanhado de sua guarda, indo refugiar-se com o Delfim Luís, deixando todo o castelo abandonado e desguarnecido.

A pobre Berthe, seguindo na garupa do filho, foi para Montbazon despedir-se do pai, dizendo-lhe que esse golpe iria matá-la, e foi reconfortada por seus familiares, que se empenharam em levantar-lhe o moral, sem todavia o conseguirem. O velho Sire de Rohan deu ao neto de presente uma bela armadura, recomendando-lhe conquistar glória e honra por seus denodados feitos, a fim de transformar a culpa materna em renome eterno.

Acontece que Madame de Bastarnay não tinha inculcado na mente de seu querido filho outra idéia que não fosse a de reparar sua falta, a fim de permitir que ela e Jehan ficassem livres da danação eterna.

Súbito, seu coração enecheu-se de santas consolações, quando ela viu tremular na estrada que atravessava o campo o estandarte do grande mosteiro. Os frades, informados do assassinato perpetrado contra seu bem-amado Prior, vieram buscar seu corpo em procissão, assistidos pela Justiça Eclesiástica.

Mãe e filho seguiram então para os locais onde estava ocorrendo a rebelião, desejosos de prestar seus serviços ao Senhor de Bastarnay, de maneira que ele acabasse devendo a eles algo mais do que a própria vida.

Ora, o foco da sedição estava localizado, como todos sabem, nas cercanias de Angoulême e de Bordeaux, na província de Guyenne, e em outros lugares do Reino nos quais deviam ocorrer renhidas batalhas e enfrentamentos entre os rebeldes e as tropas fiéis ao Rei. A mais importante de todas, que encerrou a guerra, foi travada entre Ruffec e Angoulême, onde foram condenados à morte e enforcados todos os prisioneiros. Essa batalha, comandada pelo velho Bastarnay, teve lugar em novembro, cerca de sete meses depois da morte de Frei Jehan.

Ora, o Barão sabia que sua cabeça fora posta a prêmio, com ordens de ser cortada, pelo fato de ser ele o braço direito de *Monseigneur* Luís. Então, depois que os seus foram postos fora de combate, o bom homem se viu cercado por seis soldados determinados a agarrá-lo. Bastarnay nesse instante compreendeu que eles o queriam vivo, para instaurarem um processo contra sua casa, arruinarem seu nome e confiscarem seus bens. O pobre Sire teria preferido perecer, para com isso salvar sua gente e preservar os domínios para seu filho. Por isso, defendeu-se como um leão, conforme sempre foi de seu feitio. A despeito de sua superioridade numérica, seus oponentes, vendo tombar três dos seus camaradas, foram obrigados a cair em cima de Bastarnay, correndo o risco de matá-lo, e assim se arremeteram de uma só vez sobre ele, após terem posto fora de combate seus dois escudeiros e um pajem.

Durante esse perigo extremo, um escudeiro que trazia as armas de Rohan caiu sobre os assaltantes como um raio, matando dois deles, enquanto bradava: "Deus salve os Bastarnay!" O terceiro homem, que já tinha posto as mãos sobre o velho Bastarnay, sofreu um ataque tão feroz por parte desse escudeiro, que foi obrigado a deixar o velho de lado, voltando-se contra o atacante e desferindo contra ele uma punhalada, que penetrou numa brecha existente em seu gorjal, ferindo-o fundo na garganta. Bastarnay era um guerreiro muito leal para fugir sem socorrer o libertador de sua casa, pois viu quando ele foi severamente ferido pelo outro. Ele então deu cabo do soldado inimigo com um

Então, depois que os seus foram postos fora de combate, o bom homem se viu cercado por seis soldados determinados a agarrá-lo. Defendeu-se como um leão, conforme sempre foi de seu feitio, mas seus oponentes se arremeteram sobre ele, após terem posto fora de combate seus dois escudeiros e um pajem.

Ao retirar o elmo de seu salvador, viu que se tratava do filho de Jehan, que veio a expirar ali mesmo junto à mesa, beijando a mãe num derradeiro esforço, e lhe dizendo em voz alta: " Oh, minha mãe, agora quitamos nossa dívida para com ele!"

golpe de clava, colocou o escudeiro de través sobre seu cavalo e partiu pelo campo afora, conduzido por um guia que o levou até o castelo de La Roche-Foucauld, onde eles entraram tarde da noite. Ali, numa ampla sala, ele então reconheceu que seu guia durante aquela retirada fora Berthe de Rohan. Ao retirar o elmo de seu salvador, viu que se tratava do filho de Jehan, que veio a expirar ali mesmo junto à mesa, beijando a mãe num derradeiro esforço, e lhe dizendo em voz alta:

— Oh, minha mãe, agora quitamos nossa dívida para com ele!

Ouvindo essas palavras, a mãe estreitou contra o peito o corpo de seu filho bem-amado e dessa vez para sempre, pois morreu ali mesmo de dor, sem sequer escutar o pedido de perdão e os protestos de arrependimento de Bastarnay.

Essa tragédia apressou a chegada do último dia do pobre Sire, que não chegou a ver a coroação do bom monarca Luís XI. E foi este quem ordenou que se rezasse diariamente uma missa na igreja de La Roche-Foucauld, e que em seu interior se enterrassem na mesma tumba o filho e a mãe, tendo por cima uma enorme lápide contendo um epitáfio escrito em latim, com palavras elogiosas com relação às vidas de ambos.

A moral que cada qual poderá extrair desta história será muito proveitosa para a sua conduta de vida, uma vez que ela tem a ver com o modo como os gentis-homens devem ser corteses com suas bem-amadas esposas. Ademais, ela nos ensina que todas as crianças nos foram enviadas pelo próprio Deus, e que, com relação a elas, seus pais, falsos ou verdadeiros, não têm o direito de dispor de suas vidas, como outrora acontecia em Roma devido a uma abominável lei pagã, que foi repudiada pelo Cristianismo, segundo o qual somos todos considerados filhos de Deus.

Ordenou que se rezasse diariamente uma missa na igreja de La Roche-Foucauld, e que em seu interior se enterrassem na mesma tumba o filho e a mãe, tendo por cima uma enorme lápide contendo um epitáfio escrito em latim, com palavras elogiosas com relação às vidas de ambos.

25 — DE COMO A BELA DONZELA DE PORTILLON CONSEGUIU DOBRAR SEU JUIZ

A donzela de Portillon, que passou a ser conhecida, como todos sabem, pelo apelido de Tascherette, antes de se tornar tintureira tinha sido lavadeira no vilarejo de Portillon, donde o nome com o qual costumavam designá-la. Se o leitor não conhece Tours, devo esclarecer que Portillon também fica à margem do Loire, um pouco a jusante, do mesmo lado em que se situa Saint-Cyr, tão distante da ponte que leva à Catedral de Tours quanto essa dita ponte está distante de Marmoustier, uma vez que ela se encontra no topo da encosta situada entre o vilarejo de Portillon e Marmoustier. Deu para entender? Sim? Bom!

Portanto, era ali que a tal donzela tinha sua lavanderia, da qual ela alcançava num átimo o Loire, em cujas águas lavava as roupas, e depois tomava uma barcaça para seguir até Sainct-Martin, situada na margem oposta, pois teria de entregar a maior parte das encomendas em Chasteau-neuf e outros lugares próximos.

Nas antevésperas da festa de São João, sete anos antes de seu casamento com o Mestre Taschereau (ver Conto nº 25), ela atingiu a idade de ser amada. Por se tratar de uma pessoa muito dada, ela não se importou de ser amada, mas não quis decidir-se por algum dos rapazes que a cortejavam.

Muito embora gostassem de vir sentar-se num banquinho sob sua janela o filho de Rabelais, dono de sete barcos que navegavam no Loire; o filho mais velho dos Jahan; Marchandeau, o alfaiate, e Peccard, o fabricante de passamanes, ela se limitava a brincar com eles, já que só aceitaria envolver-se com um homem depois que este a tivesse levado ao altar, o que prova que se tratava de uma jovem honesta, tanto que sua virtude jamais foi posta em questão.

Ela era dessas moças que tomam todo cuidado para não se corromperem, mas que, se acaso caírem num engodo, deixam as coisas seguirem seu curso natural, na certeza

Monsieur du Fou, Camareiro do Rei, abordou a donzela quando a a viu. Esse encontro deixou a jovem tão feliz, que ela não parou de falar no nome daquele jovem cavalheiro, contando o caso a todos os seus conhecidos de Saint-Martin.

de que, no caso de uma nódoa ou de mil, sempre será necessário proceder a uma boa limpeza. Há que se usar de indulgência com relação a esses caracteres.

Um jovem cavalheiro da Corte viu-a certo dia em que ela estava atravessando o rio por volta de meio-dia, sob um sol abrasador que fazia ressaltar suas esplêndidas belezas, e logo perguntou quem era aquela jovem. Um velho que trabalhava junto à margem disse-lhe que se tratava da gentil donzela de Portillon, lavadeira conhecida por sua risada franca e sua diligência. Esse jovem senhor, que usava colarinho rendado e engomado, tinha em casa grande quantidade de toalhas de mesa e roupas de cama preciosíssimas, e resolveu entregar o serviço de lavanderia de sua residência à formosa donzela de Portillon, abordando-a quando ela passou por perto. Ela agradeceu muito, vendo que se tratava de *Monsieur* du Fou, Camareiro do Rei. Esse encontro deixou a jovem tão feliz, que ela não parou de falar no nome daquele jovem cavalheiro. Contou o caso a todos os seus conhecidos de Saint-Martin, e, ao voltar para sua lavanderia, continuou repisando o assunto.

No dia seguinte, enquanto lavava roupa, continuou falando naquilo, e o fato foi que, no sermão do domingo, mais se tocou no nome de *Monseigneur* du Fou do que no do Senhor Deus, o que já começava a passar dos limites.

— Se ela martela assim a frio, como o fará a quente? — comentou uma velha lavadeira. — Esse tal de Du Fou ainda lhe dará muita dor de cabeça!...

Pela primeira vez em que, ainda com a boca cheia do nome de *Monsieur* du Fou, foi ela entregar as peças lavadas em seu palácio, o Camareiro quis vê-la, derramando-se em louvores e cumprimentos com respeito a seus belos atributos, acabando por lhe dizer que ela nada tinha de tonta, apesar de ser tão bela, e que, por isso iria pagá-la de lança em riste. Passou depressa das palavras à ação, visto que, num momento em que seu pessoal os deixou a sós, ele requestou a bela jovem, que esperava vê-lo tirar da bolsa dinheiro sonante, sem ousar olhar para a dita bolsa, pela vergonha que sentia de estar recebendo aquele tipo de pagamento, e então disse para ele:

— Isso será só desta primeira vez!

— Será sempre assim — retrucou ele.

Disseram alguns que Du Fou teve de se empenhar muito para forçá-la; outros, que não teve de se empenhar tanto assim; outros ainda que ele a forçou de maneira errada, pois na verdade ela saiu dali em disparada, como uma tropa em retirada, prorrompendo em prantos e queixumes, e logo tratou de ir em busca do Juiz.

Por acaso, o dito Juiz estava fora de casa. A donzela de Portillon esperou seu regresso na sala, derramada em pranto, dizendo à criada que fora roubada, uma vez que não tinha recebido de *Monseigneur* du Fou senão uma prova de seu mau caráter, bem diferente de como procedia com ela um cônego do Capítulo, que costumava lhe dar vultosas somas em paga daquilo que *Monseigneur* du Fou lhe havia tirado sem qualquer pagamento. Quando ela gostava de um homem, achava razoável proporcionar-lhe aquela alegria, visto que também ela se comprazia com a brincadeira. No caso do Camareiro, porém, ele a tinha maltratado e agredido, ao invés de tratá-la com a delicadeza que ela acreditava merecer. Por conseguinte, ele lhe estava devendo os mil escudos que o cônego costumava lhe dar.

Um jovem cavalheiro da Corte viu-a por volta de meio-dia, sob um sol abrasador que fazia ressaltar suas esplêndidas belezas, e logo perguntou quem era aquela jovem. Um velho que trabalhava junto à margem disse-lhe que se tratava da gentil donzela de Portillon, lavadeira conhecida por sua risada franca e sua diligência.

Ao chegar a sua residência, o Juiz viu a bela jovem e quis divertir-se com ela, que se pôs em guarda e lhe disse que fora a sua casa apresentar uma queixa. Ele lhe respondeu que, sem qualquer dúvida, mandaria enforcar o acusado, se ela assim o desejasse, porque estava ansioso por receber algum tipo de agradecimento por parte dela. A beldade então lhe respondeu que ela de modo algum queria que o acusado fosse condenado à morte; apenas queria que ele lhe pagasse mil escudos de ouro, já que ele a coagira a agir contra a sua vontade.

— Ha, ha! — riu o Juiz. — A sua flor vale bem mais que isso!

— Com os mil escudos — retrucou ela, — dou o assunto por encerrado, pois poderei viver sem ter de lidar com barrela.

— E esse fulano que te roubou é abonado? — indagou o Juiz.

— Ah! Se é!

— Então isso irá custar-lhe caro. De quem se trata?

— Trata-se de *Monseigneur* du Fou.

— Isso muda a causa toda,— resmungou o Juiz.

— E a Justiça, como fica? — retrucou ela.

— Eu disse que muda a causa, e não a Justiça — protestou o Juiz. — Temos de saber direito como se deu esse caso.

Então a bela jovem contou ingenuamente que, enquanto ela arranjava os colarinhos frisados dentro do baú do cavalheiro, ele se aproveitara para levantar-lhe a saia, e que ela se voltara para ele, dizendo-lhe:

— Parai com isso de uma vez, *Monseigneur*!

— Agora entendi tudo — concluiu o Juiz, — Como disseste tal frase, ele imaginou que tu lhe estavas dando licença de terminar a brincadeira rapidamente. Ha, ha!

A bela jovem replicou que se havia defendido, que tinha chorado e gritado, o que configurava uma violação.

— Melindres de donzela para excitá-lo! — comentou o Juiz.

Ao fim de tudo, ela disse que, contra a sua vontade, ela se viu agarrada pela cintura e atirada na cama, mesmo se tendo debatido e gritado muito, mas que, como pessoa alguma veio acudi-la, ela acabou perdendo a bravura.

— Bom! Bom! — disse o Juiz. — E acaso sentiste prazer?

— Não! — exclamou ela. — Meu prejuízo não poderia ser compensado senão com o pagamento de mil escudos de ouro.

— Minha querida disse o Juiz, — não posso acolher tua queixa, porquanto não creio que uma moça possa ser violada se ela assim não o permitir.

— Oh, oh, *Monsieur* — retrucou ela chorando, — então interrogai vossa criada, e ouvi o que tem ela a dizer a esse respeito.

A criada asseverou que havia violações agradáveis e outras odiosas, e que, se aquela moça não tinha recebido pagamento, nem sentido prazer, um dos dois lhe era devido. Essa sábia conclusão deixou o Juiz um tanto intrigado.

— Jacqueline! — exclamou ele. — Antes de jantar, quero esclarecer este caso. Ora pois bem: vai buscar minha agulheta e o cordão vermelho que eu uso para amarrar os pacotes dos processos.

Jacqueline voltou trazendo uma agulheta provida de um pequeno orifício feito com todo o esmero, e um grosso cordão vermelho, como costumam usar os membros da

Justiça. Feito isso, permaneceu ali de pé, aguardando o desfecho da questão, com interesse igual ao da bela jovem com respeito àqueles demorados preparativos.

— Minha querida — tornou o Juiz, — vou segurar este passador, que tem um orifício grande o bastante para que nele passe sem maior dificuldade a ponta do cordão. Se o passares para mim, hei de me encarregar de tua causa, e mandarei *Monseigneur* reconhecer o que te deve, por meio de um compromisso.

— Como assim? — perguntou ela com estranheza. — Não quero ter qualquer compromisso com ele!

— Trata-se de um termo judiciário, que equivale a um acordo.

— Então é como se fosse um acordo nupcial da Justiça – concluiu a jovem de Portillon.

— Minha querida, vejo que a violação te aguçou a mente. Estás pronta?

— Sim, — respondeu ela.

O maldoso Juiz fingiu que estava agindo sério com a pobre violada e lhe estendeu gentilmente a agulheta, com o lado do orifício voltado para ela, mas quando a jovem quis enfiar ali o cordão, depois de torcê-lo para que ele ficasse bem reto, o Juiz tremeu a mão ligeiramente, e com isso ela falhou em sua primeira tentativa. A jovem logo entendeu que o magistrado queria era se divertir, e então passou o cordão na língua, estendeu-o e tentou outra vez. Aí, o bom Juiz não parou de se mexer, se agitar e balançar o corpo, como uma donzela a fazer negaceios. Com isso, nunca que ela conseguia enfiar o danado do cordão no maldito buraquinho. A bela jovem bem que tentava acertar o orifício, enquanto que o gaiato magistrado não parava de mexer a mão. E nunca que o cordão violava o orifício, o qual insistia em permanecer virgem, enquanto a criada morria de rir, dizendo à jovem que ela mais entendia de ser violada do que de violar. O bom Juiz também caiu na risada, mas a bela jovem de Portillon prorrompeu em pranto, sempre a reivindicar os seus escudos de ouro.

— Se não ficardes parado — disse-lhe a jovem começando a perder a paciência, — e continuardes a vos mexer sem cessar, não terei como enfiá-lo neste buraco tão pequeno.

— Estás vendo, mocinha? Se tivesses negaceado assim, *Monseigneur* não te teria dominado. Vê como é fácil enfiá-lo aí neste orifício, e como deve ser difícil fazer o mesmo com uma donzela!

Ouvindo isso, a bela jovem, que se jactava de ter sido forçada, pôs-se a pensar em como fazer para deixar o Juiz confuso, mostrando-lhe que de fato fora obrigada a ceder, uma vez que estava nas mãos do magistrado defender a honra de todas as pobres donzelas idôneas expostas a ser violadas.

— Para que a coisa seja justa, Meritíssimo, é preciso que eu descreva o que foi que *Monseigneur* fez. Se bastasse mexer-me para impedi-lo, eu estaria me mexendo até agora, mas ele também lançou mão de outros truques.

— Vejamos quais foram — disse o Juiz.

Então a jovem de Portillon segura o cordão e o esfrega na vela, a fim de cobri-lo de cera e deixá-lo firme e reto. Aí, estando o cordão encerado, ela o endereça para o orifício que o Juiz lhe apresenta, mas sem deixar de mexer a mão para a direita e a esquerda. Nesse instante a bela jovem lhe disse mil frases maliciosas, como:

— Ah, buraquinho danado! Fica quieto e deixa de ser assanhado! Nunca vi um buraquinho tão gracioso assim! Bonito e mimoso! Deixa-me enfiar dentro de ti este cordão teimoso, deixa! Ha, ha, ha! Se não sossegares, vais machucar o pobre cordãozinho, tão delicado e sensível! Fica quietinho agora! Vamos, meu Juizinho querido, meu amor! Vê lá, hein, se este cordão não irá ficar pouco à vontade dentro desta portinhola de ferro, que há de tirar proveito dele, que estará bem depauperado depois que sair daí!

E se pôs a rir, uma vez que entendia desse brinquedo havia bem mais tempo que o Juiz. Quanto a este, ria a bom rir, de tanto que ela se mostrava engraçada, traquinas e graciosa, enquanto enfiava e retirava o cordão do orifício. E ali ficaram os dois nessa brincadeira, até dar sete horas, ele sem parar de se remexer e negacear como marmota alvoroçada, sempre empunhando a agulheta enquanto ela fingia estar empenhada em continuar enfiando o cordão, até que ele sentiu cheiro de assado queimado, e então não pôde mais, estando com o punho tão fatigado, que se viu obrigado a repousar um pouquinho apoiando a cabeça na borda da mesa. Nesse instante, com grande destreza, a bela jovem de Portillon enfiou de uma só vez o cordão dentro do orifício, dizendo:

— Eis como foi que a coisa aconteceu.

— Ai! Meu assado queimou! — exclamou ele.

— E o meu também! — disse ela.

Um tanto envergonhado com o que havia acontecido, o Juiz, disse à jovem que iria conversar com *Monseigneur* du Fou, e se encarregar da questão, uma vez estar convencido de que o jovem cavalheiro tinha forçado a moça contra sua vontade, ainda que, por motivos justificados, mas que iria conduzir as cousas de maneira discreta e sem alarde.

No dia seguinte o Juiz foi à Corte e se encontrou com *Monseigneur* du Fou, a quem deu ciência da queixa formulada contra ele pela bela jovem de Portillon, relatando-lhe a sua versão do caso.

Quem achou muita graça naquilo tudo foi Sua Majestade, especialmente depois que o jovem du Fou disse haver algo de verdade naquela história. O Rei então lhe perguntou se ele de fato tinha encontrado dificuldade de acesso para alcançar aquela entrada, ao que o moço respondeu sem maldade que não. Já que fora assim, o Rei lhe disse que aquela alabardada com certeza valia cem escudos de ouro. O Camareiro então entregou a soma ao Juiz, com receio de carregar a pecha de desonesto, comentando que a engomadura dos colarinhos tinha proporcionado um polpudo rendimento à bela jovem de Portillon.

O Juiz voltou para sua casa e disse sorrindo à bela cliente que lhe tinha conseguido cem escudos de ouro. Entretanto, se em vez de apenas cem ela desejasse receber mil escudos, encontravam-se naquele momento, dentro da câmara do Rei, alguns cavalheiros que, sabendo do caso, não se recusariam a conceder-lhe aquela quantia. A bela jovem não se recusou a aceitar o oferecimento, dizendo que, para não mais ter de engomar colarinhos, teria todo prazer em aceitar outro tipo de tarefa.

Ela recompensou regiamente o trabalho do bom Juiz, pois acabou fazendo jus aos seus mil escudos de ouro, em coisa de um mês.

Foi daí que surgiram as mentiras e calúnias a seu respeito, uma vez que as invejosas transformaram em uma centena aquela mera dezena de cavalheiros, sem levarem em conta que, ao contrário das mulheres de má vida, a jovem de Portillon revelou prudência, depois que recebeu seus mil escudos de ouro.

Um certo duque que não teria hesitado em lhe pagar quinhentos escudos não conseguiu que ela acedesse a seus desejos, o que prova que ela era parcimoniosa com seu patrimônio.

É bem verdade que o Rei mandou chamá-la a seu retiro situado na Rua Quinquangrogne, na Alameda de Chardonneret, e a achou muito linda e provocante, e se divertiu

bastante com ela, proibindo que aquela jovem fosse inquietada de alguma maneira pelos nobres da Corte. Notando sua beleza, Nicolle Beaupertuys, a amante do Rei, deu-lhe cem escudos de ouro para que ela fosse a Orléans verificar se a cor do Loire era a mesma que em Portillon. A bela jovem ali foi prazerosamente, mormente porque não tinha qualquer conta de se tornar amiguinha do Rei.

Quando veio o santo bom homem que confessou o Rei em seus dias extremos, o qual foi mais tarde canonizado, a bela jovem foi aplacar sua consciência com ele, fez penitência e se encarregou das despesas de um leito no leprosário de Saint-Lazare-lez-Tours. Inúmeras damas que bem sabeis de quem se trata foram violadas de bom grado por mais de dez cavalheiros, sem se encarregar das despesas de outro leito que não fossem os de suas próprias casas. Carece relatar esse fato para lavar a honra dessa boa moça, que lavava as sujeiras alheias, e que depois granjeou tanto renome por sua gentileza e seu espírito; ela demonstrou cabalmente seus méritos ao se casar com Taschereau, cuja cabeça enfeitou com um belo par de chifres, entregando seu coração tanto ao marido como ao amante, como se relata no Conto *"A Apóstrofe"* (nº 10).

Isso nos mostra sem sombra de dúvida que com força e paciência é possível violar até mesmo a Justiça.

26 — NO QUAL SE DEMONSTRA QUE A FORTUNA É SEMPRE MULHER

No tempo em que os cavaleiros costumavam prestar-se cortesmente auxílio e assistência quando saíam em busca da fortuna, aconteceu na Sicília, que, conforme sabeis, é uma ilha situada numa das extremidades do Mar Mediterrâneo, e que no passado gozou de grande renome, haver um cavaleiro deparado num bosque com outro cavaleiro, o qual aparentava ser francês. Era de se presumir que esse francês estivesse por azar desprovido de tudo, pois seguia a pé, sem escudeiro nem séquito, e trajava uma vestimenta tão pobre, que se não fosse pelo aspecto de príncipe que ostentava, seria facilmente confundido com um vilão. Pelo jeito, seu cavalo já devia estar morto de fome ou de fadiga já ao desembarcar de ultramar, de onde vinha o senhor, que talvez se houvesse empenhado nos bons encontros travados pelas pessoas da França na mencionada Sicília, sendo verdadeira tanto a primeira quanto a segunda suposição. O cavaleiro chegado da Sicília, que tinha por nome Pezare, era um veneziano que havia saído tempos atrás da república de Veneza, para onde não mostrava vontade de regressar, pois havia conseguido uma posição na Corte do Rei da Sicília. Todavia, como era desprovido de bens em Veneza, por ser filho caçula e nada entender de negócios, acabou sendo abandonado por sua família, que, não obstante, era mui ilustre, e fora dar com os costados naquela Corte, onde acabara granjeando as boas graças do Rei.

O dito veneziano montava um belo ginete espanhol, e seguia preocupado com o fato de se encontrar sozinho naquela Corte estrangeira, sem amigos de fato, lembrando-se de como em certos casos a Fortuna tratava com dureza as pessoas desprovidas de ajuda, para as quais costumava proceder como uma verdadeira tirana. Foi então que ele encontrou aquele pobre cavaleiro francês que lhe parecia bem mais desprevenido que ele, que possuía belas armas, um garboso cavalo e criados a esperá-lo numa hospedaria, onde já deviam ter-lhe preparado uma lauta ceia.

— Creio que deveis estar vindo de longe, pela quantidade de pó que trazeis nos pés — disse o senhor de Veneza.

— Meus pés não trazem o pó de todo o caminho que percorri — replicou o francês.

Certo cavaleiro deparado num bosque com outro cavaleiro, o qual aparentava ser francês. Era de se presumir que esse francês estivesse por azar desprovido de tudo, pois seguia a pé, sem escudeiro nem séquito, e trajava uma vestimenta tão pobre, que se não fosse pelo aspecto de príncipe que ostentava, seria facilmente confundido com um vilão.

— Pois se viajastes tanto assim — retrucou o veneziano, — deveis ser mui douto.

— O que aprendi — respondeu o francês — foi a não me preocupar em absoluto com aqueles que não se afligem por minha causa. Também aprendi que, por mais que o homem mantenha a cabeça erguida, seus pés sempre estarão no mesmo nível dos meus. E ainda aprendi a não confiar em tempo quente no inverno, no sonho de meus inimigos e na palavra de meus amigos.

— Então sois mais rico que eu — disse o veneziano muito surpreendido, — visto que me dissestes coisas das quais eu nunca havia cogitado.

— Cada qual deve pensar por sua própria conta — disse o francês, — e como me interrogastes, posso solicitar-vos que façais a gentileza de me informar qual é o caminho que leva a Palermo, ou então a alguma estalagem, visto que a noite se aproxima.

— Tendes acaso algum conhecido francês ou siciliano em Palermo?

— Não.

— Quer dizer que não tendes a menor certeza de ser ali recebido?

— Estou disposto a perdoar aqueles que me rechaçarem. E então, meu senhor, qual é o caminho?

— Estou tão perdido como vós — disse o veneziano. — O melhor será fazermos companhia um ao outro.

— Para isso, teríamos de seguir juntos. Acontece que estais a cavalo, e eu a pé.

O veneziano pôs o francês na garupa e falou:

— Já adivinhastes com quem estais seguindo?

— Ao que me parece, com um homem.

— E credes que estais em segurança?

— Se fôsseis um ladrão, teríeis que recear por vós — respondeu o francês, encostando a ponta do punhal no coração do veneziano.

— Muito bem, senhor francês, vós me pareceis ser um homem de grande sabedoria e elevado senso. Ficai sabendo, portanto, que sou um fidalgo estabelecido na Corte da Sicília, que vivo sozinho, e que estou em busca de um amigo. Acredito que estejais na mesma situação, já que, segundo posso ver, não sois primo de vossa sorte, e aparentais estar carente de tudo.

— E eu acaso seria mais feliz se todo o mundo tivesse alguma coisa a ver comigo?

— Sois um demônio que me deixais sem palavras. Por São Marcos, senhor cavaleiro, é possível a alguém confiar em vós?

Mais do que em vós mesmo, uma vez que iniciastes nossa acertada amizade enganando-me, visto que conduzis vosso cavalo como homem que conhece seu caminho, conquanto houvésseis assegurado estar perdido.

— E vós também não me enganastes — retrucou o veneziano, — caminhando a pé, apesar de se tratar de um jovem sábio, e conferindo ao nobre cavaleiro que sois o aspecto de um vilão? Eis aqui a estalagem. Meus empregados já devem ter preparado nossa ceia.

O francês apeou e entrou no estabelecimento juntamente com o cavaleiro veneziano aceitando participar de sua ceia. Sentaram-se ambos à mesa. O francês fez trabalhar de tal modo as mandíbulas, mastigando cada pedaço com tanta avidez, e limpando o prato de tal modo, que demonstrou também ser douto em ceias, revelando nisso uma grande habilidade, já que seu olho não deixava de estar alerta, e seu entendimento de estar sempre atilado. Levai em conta que o veneziano acreditou haver encontrado um orgulhoso filho de Adão, saído da costela de Eva, a legítima, e não a falsa.

Enquanto conversavam amistosamente, o cavaleiro veneziano se esforçava por encontrar um modo de ficar a par das profundas cogitações de seu novo amigo. Porém, logo percebeu que seria mais fácil para o outro perder a camisa do que a prudência, e lhe pareceu oportuno granjear sua estima abrindo-lhe seu coração. Então, explicou-lhe sem rodeios em que estado se encontrava a Sicília, governada pelo príncipe Leufroid e sua gentil esposa; como era galante sua Corte, como florescia ali a cortesia, e que lá se encontrava grande quantidade de fidalgos possuidores de ricos pendões, vindos da Espanha, da França, da Itália e de outros países, donos de enormes fortunas, e muitas princesas tão ricas como nobres e tão belas como ricas; que aquele príncipe acalentava altíssimas ambições, como a de conquistar o país dos mouros, Constantinopla, Jerusalém, as terras do Sudão e outros lugares africanos; que alguns homens de alto entendimento dirigiam todos esses assuntos, convocando a fina flor da cavalaria cristã, e mantinham esse esplendor com intenção de tornar aquela ilha tão opulenta como o fora nos tempos de outrora, quando dominara o Mediterrâneo. Outro sonho que acalentava era o de arruinar Veneza, que não tinha de si nem um palmo de terra. Fora ele, Pezare, quem tinha colocado essas ambições na mente do Rei; porém, mesmo que ainda gozasse do seu favor, sentia-se fraco, pois não contava com a ajuda dos cortesãos, e ansiava por encontrar um amigo. Mergulhado nessa tão grande aflição, havia saído sem destino, para tratar de resolver sua sorte. Enquanto matutava sobre o assunto, havia encontrado este homem de mui bom senso, conforme lhe pareceu ser o cavaleiro; por isso, queria propor-lhe que se unissem como irmãos, estando decidido a lhe franquear sua bolsa e lhe emprestar seu palácio para morar. Os dois, juntos, iriam em busca de honras, sem deixar de lado os prazeres, sem se ocultarem seus pensamentos, e ajudando-se mutuamente em todas as circunstâncias, como os irmãos de armas nas Cruzadas, pois, uma vez que ele, o francês, ia em busca da Fortuna e requeria ajuda, o outro, o veneziano, esperava não ver desdenhada sua oferta de mútuo apoio.

— Mesmo não estando eu necessitado de ajuda alguma — retrucou o francês, — pois confio em algo que me dará tudo aquilo que almejo, eu muito apreciaria, meu caro cavaleiro Pezare, corresponder a vossa cortesia. Vereis quão depressa estareis devendo obrigações ao cavaleiro Gauttier de Montsoreau, gentil-homem do aprazível país da Turena.

— Acaso possuís alguma relíquia na qual depositais vossa esperança? — perguntou o veneziano.

— Sim: trago um talismã que me foi dado por minha boa mãe. Qual uma marreta, ele pode construir e destruir fortalezas e cidades, pode fabricar moedas, é uma panacéia para curar todo tipo de enfermidade, e serve como um cajado em certas viagens. Trata-se de um talismã de extraordinário valor, de um instrumento versátil que, sem o menor ruído, faz cinzeladuras maravilhosas e funciona em qualquer forja.

— Homessa! Por São Marcos, meu amigo, que tendes entre vossos guardados algo mui misterioso!

— Equivocai-vos redondamente — contestou o cavaleiro francês; — trata-se de uma coisa mui natural. Ei-la.

Então, Gauttier, levantando-se da mesa, foi até o quarto de dormir, e ali exibiu ao veneziano o mais belo instrumento para produzir prazer que ele até então havia visto.

— Isto aqui — disse o francês quando os dois se foram deitar no mesmo leito, de acordo com o costume da época — aplana qualquer obstáculo, pois domina inteiramente os corações femininos. E visto que as damas são rainhas nesta Corte, a alma de Gauttier aí logo irá reinar.

O veneziano quedou-se estarrecido ao contemplar a beleza oculta do dito Gauttier, que de fato tinha sido espantosamente bem dotado por sua mãe, quiçá também por seu pai, e devia desse modo triunfar por completo, já que aquela perfeição corporal vinha a reboque de um espírito de pajem jovem e da sabedoria de um experiente malandrim. Assim, pois, juraram guardar entre si um perfeito companheirismo, sem deixar que entre eles se imiscuísse um coração de mulher, jurando terem um só e único pensamento, como se suas cabeças estivessem soldadas pela mesma argamassa, e desse modo dormiram como se no mesmo travesseiro, satisfeitíssimos por aquela amizade fraternal. E era assim que se davam as coisas naquela época.

No dia seguinte, o veneziano cedeu a seu amigo Gauttier um garboso cordel, bem como uma bolsa contendo bela soma de dinheiro, finos calções de seda, gibões de veludo pespontado com fios de ouro, uma capa bordada, trajes que realçaram sua bela aparência e fizeram ressaltar tanto suas perfeições, que o veneziano logo imaginou que ele iria seduzir todas as damas locais. Ele em seguida ordenou a seus criados que obedecessem a Gauttier como se a ele próprio. E como dissera que tinha saído para pescar, ficaram todos espantados com aquele tipo de peixe francês que o amo havia colhido em sua rede.

Mais tarde, na hora em que o príncipe e a princesa costumavam sair a passeio, os dois amigos fizeram sua entrada triunfal na citada cidade de Palermo. Pezare então apresentou orgulhosamente seu amigo francês, enaltecendo seus méritos, o que lhe proporcionou tão graciosa acolhida, que Leufroid acabou convidando-o para jantar.

O francês observou a Corte com olhos perspicazes, descobrindo ali um sem-fim de curiosas intrigas. Notou que o Rei era um valente e belo príncipe, que a princesa era una espanhola de temperamento ardente, a mais bela e digna daquela Corte, embora aparentasse ser algo melancólica. Ao notar esse pormenor, o tureniano imaginou que ela estivesse mal servida pelo Rei, pois a lei vigente na Turena reza que a alegria do semblante provém da alegria do outro. Pezare indicou discretamente a seu amigo Gauttier várias damas às quais Leufroid dirigia olhares algo ternos, notando que essas tais sentiam muita inveja umas das outras, empenhando-se numa disputa de galanterias e curiosos trejeitos femininos para atrair seu olhar. Gauttier concluiu que naquela Corte quem mais fornicava era o príncipe, o qual, apesar de ter para si a mais formosa mulher do mundo, ocupava-

se antes em apor seu selo em todas as damas da Sicília, com a finalidade de fazer seu cavalo provar da forragem de cada estrebaria local, a fim de ficar a par dos diferentes modos de cavalgar empregados naquele país.

Ao descobrir as tramóias de Leufroid, o Senhor de Montsoreau, com a certeza de que ninguém na Corte teria coragem suficiente para deixar a Rainha a par de tudo quanto ali ocorria, resolveu que, na primeira oportunidade, iria cravar sua estaca no campo da bela espanhola, com um golpe certeiro.

Eis como foi que a coisa aconteceu:

Antes de seguirem para o jantar, a fim de fazer uma cortesia ao cavaleiro estrangeiro, o Rei houve por bem dizer que ele deveria sentar-se ao lado da Rainha. Ouvindo isso, o galante Gauttier ofereceu o braço à dama para dirigir-se à sala, e a conduziu para lá rapidamente, para distanciar-se dos demais, pois queria lhe falar sem perda de tempo sobre aqueles assuntos que as mulheres, seja qual for a sua condição, tanto apreciam escutar. Não é difícil imaginar que assuntos seriam esses, e com que habilidade ele transpôs os campos semeados com repolhos até chegar à sarça ardente do amor.

— Sei muito bem, senhora Rainha, por que razão vossa tez está perdendo a cor.

— E qual seria essa razão? — perguntou ela.

— É que, por serdes tão boa de se cavalgar, o Rei vos cavalga de dia e de noite, e como desse modo abusais de vossos encantos, ele acabará morrendo de amor.

— E que devo fazer para mantê-lo vivo? — perguntou a Rainha.

— Deveis proibir-lhe que, durante a adoração diante de vosso altar, ele reze mais de três *Oremus* por dia.

— Deveis estar fazendo burla, senhor cavaleiro, porquanto, pelo que sei do método francês e pelo que o Rei costuma dizer-me, a maior parte dessas orações não consta senão de um simples *Pater*, e mesmo assim apenas uma vez por semana, correndo-se risco de morte se disso a reza passar.

— Estais enganada, senhora — retrucou Gauttier, sentando-se à mesa. — Posso demonstrar-vos que o amor deve rezar missa tanto nas Vésperas como nas Completas, além de uma *Ave* de vez em quando, no que se refere tanto às rainhas como às mulheres em geral, e celebrar esse ofício diariamente, com todo o fervor, como o fazem os monges em seus mosteiros. Em vosso caso particular, creio que essas belas ladainhas nunca haveriam de chegar ao fim.

A Rainha lançou sobre o galante cavaleiro francês um olhar desprovido de irritação, sorriu para ele e balançou a cabeça.

— Quando se trata dessas coisas, os homens mentem muito.

— Guardo uma grande verdade que vos ensinarei se o desejardes — replicou o cavaleiro. — Eu me vanglorio de poder servir-vos iguarias dignas de uma rainha, e de fazer-vos mergulhar nas profundezas do prazer, a fim de que recupereis o tempo perdido, já que o Rei se anda desgastando no convívio com outras damas, enquanto que eu poderei reservar minhas qualidades para servir-vos.

— Mas se o Rei ficar sabendo deste nosso acordo, porá vossa cabeça ao nível de vossos pés...

— Ainda que tal azar me sobrevenha depois de uma primeira noite, eu me sentiria como se tivesse vivido cem anos, pelo prazer que teria experimentado, porquanto, após ter visitado todas as grandes Cortes, jamais deparei com uma princesa que se equiparasse a vós em beleza. Em suma: se eu não morrer pela espada, morrerei por vossa culpa, visto que resolvi consumir minha vida em nosso amor, se for verdade que a vida se vai por onde ela se deu.

Como aquela Rainha jamais havia escutado um discurso semelhante, sentiu-se mais satisfeita do que se tivesse assistido à mais solene das missas cantadas, o que se pôde notar em seu rosto pela coloração purpúrea que dele tomou conta, porquanto aquelas palavras fizeram ferver-lhe o sangue nas veias e vibrar as cordas do alaúde de seu coração, o qual desferiu um acorde perfeito em tom maior que chegou até seus ouvidos. Trata-se daquele alaúde interno que enche com seus sons o entendimento e o corpo das damas, graças a um artifício mui gentil de sua natureza sonora. Que raiva sentiu ela pelo fato de que, mesmo sendo jovem, formosa, rainha e espanhola, estivesse sendo enganada! Sentiu também um desprezo mortal com relação a todos os membros da sua Corte, que, por medo do Rei, se mantinham de lábios cerrados diante daquela traição! Então decidiu vingar-se com a ajuda daquele galante francês tão pouco preocupado com sua vida, uma vez que, já no primeiro discurso, demonstrara seu destemor, dirigindo a uma rainha uma proposta que, se levada a cabo, poderia resultar em sua morte. Mas o que ela fez foi apertar o passo, enquanto que, de maneira nada equívoca, deixou entrever o que sentia por dentro, ao lhe dizer em voz alta:

— Vamos mudar de assunto, senhor cavaleiro, pois não vos assenta nada bem atacar uma pobre rainha em seu ponto fraco. Contai-nos como são os costumes das damas da Corte de França.

Com isso, ele recebeu o gentil aviso de que aquele assunto eram favas contadas. Então começou a desfiar um rosário de divertidas anedotas, que durante a ceia deixaram

Depois, desceram para os jardins, e ali a Rainha, usando como pretexto querer escutar novos relatos do cavaleiro estrangeiro, pôs-se a passear com ele sob um laranjal em flor, do qual se desprendia um suave perfume. "Bela e nobre Rainha", começou Gauttier, " vamos amar-nos sem dar na vista, para não despertarmos qualquer suspeita, a fim de podermos desfrutar por longo tempo da felicidade, sem corrermos qualquer risco."

no maior alvoroço os cortesãos, o Rei e a Rainha. Contou a eles histórias tão engraçadas que, ao dar a refeição por encerrada, Leufroid afirmou não se lembrar de alguma vez que tivesse rido tanto.

Depois, desceram todos para os jardins, que eram os mais belos do mundo, e ali a Rainha, usando como pretexto querer escutar novos relatos do cavaleiro estrangeiro, pôs-se a passear com ele sob um laranjal em flor, do qual se desprendia um suave perfume.

— Bela e nobre Rainha — começou nosso Gauttier, — em todos os países que visitei observei que a causa dos fracassos amorosos acontece naqueles instantes iniciais aos quais chamamos de "momento da cortesia". Se tendes confiança em mim, vamos agir como pessoas de elevada compreensão, amando-nos sem dar na vista, para não despertarmos qualquer suspeita, a fim de podermos desfrutar por longo tempo da felicidade, sem corrermos risco. É assim que devem proceder as rainhas, antes que lhes sobrevenha algum impedimento.

— Bem pensado — concordou ela. — Porém, como sou inexperiente neste assunto, não sei como tirar som destas flautas.

— Acaso tendes entre vossas aias alguma na qual podeis confiar sem reservas?

— Tenho — disse ela. — Trata-se de uma moça que veio da Espanha comigo, e que, por mim, seria capaz de deitar-se sobre uma grelha, como o fez São Lourenço por Deus. Pena que ela com freqüência está adoentada.

— Bem — disse o gentil companheiro; — quer dizer que costumais visitá-la em seu aposento?

— Sim — respondeu a Rainha. — Costumo visitá-la quase todas as noites.

— Ahn! — fez Gauttier. — Então vou fazer a Santa Rosália, padroeira da Sicília, a promessa de erigir-lhe um altar de ouro, por alcançar esta suprema graça.

— Ai, Jesus! — exclamou a Rainha. — Sou duplamente feliz por um tão gentil amante ser tão religioso.

— Ah, minha graciosa dama! Hoje tenho dois amores: um dedicado a uma Rainha nos céus, outro a uma Rainha aqui embaixo, e por sorte ambos não se prejudicam entre si.

Aquelas palavras tão doces muito enterneceram a Rainha, que por um triz teria fugido com aquele francês tão cheio de astúcia.

— A Virgem Maria é muito poderosa nos Céus — disse a Rainha. — Faça o amor que eu também o seja aqui na Terra.

— Bah! Estão conversando sobre a Virgem Maria! — escarneceu o Rei, que por acaso fora espiá-los, movido por um repentino rasgo de ciúme, instilado em seu coração por um cortesão aborrecido com aquele súbito favorecimento que o Rei passara a dedicar àquele maldito francês.

A Rainha e o cavaleiro passaram a agir com maior cuidado, e tudo foi sutilmente combinado para engalanar o elmo do Rei com alguns invisíveis penachos.

O francês voltou a reunir-se aos cortesãos, conversou com todos e retornou ao palácio de Pezare, a quem contou que já estavam com a sorte garantida, pois na próxima noite ele iria passar a noite com a Rainha. Essa tão rápida conquista deixou deslumbrado o veneziano, que, como bom amigo que era, logo se empenhou em fornecer ao outro finos perfumes, camisas de pano de Brabante e demais roupas elegantes que pudessem ser usadas diante de uma rainha, e com elas arrumou seu querido Gauttier, com a finalidade de deixar o invólucro digno de seu conteúdo.

— Oh, amigo — disse ele, — estás seguro de não cometer um deslize, de cumprir com rigor o que combinaste, de deixar bem servida a Rainha, e de lhe proporcionar tais prazeres em seu castelo de Gallardin, que ela necessite agarrar-se para sempre a esse magistral bastão, como se ele fosse a tábua de salvação de um náufrago?

— Ora, meu caro Pezare, nada temas, porque espero poder saldar todas essas contas de viagem em atraso. Para tanto, vou tratá-la como a uma simples empregada, ensinando-lhe todos os usos das damas da Turena, que conhecem o amor melhor que todas as outras mulheres, porque o praticam, depois voltam a praticá-lo, e mais tarde o desfazem para mais uma vez praticá-lo, praticando-o uma vez mais, e outra vez, e mais outra, e nada mais têm a fazer senão praticar aquilo que sempre requer ser de novo praticado. Mas tratemos de entrar em acordo. Olha como teremos de agir para nos tornarmos senhores do governo desta ilha. Deixa a Rainha para mim, que eu te deixarei o Rei, e vamos representar a comédia de nos fingirmos de grandes inimigos diante dos cortesãos, a fim de que eles se dividam em dois partidos sob os nossos comandos; pelas costas deles, porém, continuaremos sendo amigos; Assim ficaremos a par de suas tramas, fazendo-as fracassar; tu, prestando atenção ao que dizem meus inimigos; eu, ao que dizem os teus. Então, passados uns poucos dias, simularemos uma disputa para bater-nos um contra o outro. A causa dessa desavença será o favorecimento que receberás por parte do Rei, sugerido a ele por mim através da ajuda da Rainha. Depois disso, ele vai conferir-te o poder supremo, em prejuízo da minha pessoa.

No dia seguinte, na hora combinada, nosso Gauttier foi visitar a aia espanhola em seu aposento, usando como desculpa, diante dos cortesãos o fato de que costumava visitá-la com freqüência quando vivera na Espanha. Ali permaneceu durante sete dias inteiros. Como se pode imaginar, naquela alcova o tureniano serviu a Rainha como a uma dama mui amada, fazendo-a descobrir na terra do Amor inúmeros países desconhecidos, ensinando-lhe as práticas francesas, brincadeiras, gentilezas, meiguices, etc. Pouco faltou para que ela ficasse enlouquecida, tendo ele lhe deixado a certeza de que somente os franceses sabiam praticar o amor. Eis como foi castigado o Rei, que, para preservá-la do mal, se fizera de feixe de palha naquela tão produtiva granja do amor.

Aquele acontecimento sobrenatural provocou na Rainha uma tal comoção que ela jurou amor eterno ao bom Montsoreau, que a tinha deixado de olhos arregalados ao lhe servir as requintadas iguarias do amor. Combinaram os dois que a aia fingiria estar sempre adoentada, e que o único homem em quem os dois amantes poderiam confiar seria o médico da Corte, que tinha grande apreço pela Rainha. Por acaso esse médico tinha em sua garganta cordas vocais absolutamente idênticas às de Gauttier, de maneira que, por um capricho da Natureza, os dois tinham a mesma voz, coisa que deixou a Rainha assaz espantada. O tal médico jurou por sua vida servir fielmente a tão gentil casal, pois ele muito deplorava o triste abandono imposto àquela formosa mulher, e ficara contente por saber que ela agora era servida como uma rainha de fato, coisa à qual não estava acostumada.

Terminou o mês, e as coisas continuaram conforme o desejo dos dois amigos, que arquitetaram as providências a serem tomadas pela Rainha com a finalidade de transferir o governo da Sicília para as mãos de Pezare, em detrimento de Montsoreau, a quem o Rei admirava por sua grande ciência, mas a quem a Rainha dizia não apreciar, asseverando até que o odiava, visto que ele não a tratava com o devido acatamento. Leufroid exonerou o Duque de Cataneo, até então seu principal colaborador, colocando em seu lugar o cavaleiro Pezare. O veneziano fingiu não ter mais coisa alguma a ver com seu amigo francês. Então Gauttier explodiu, queixando-se daquela ingratidão, recordando a santa amizade que não fora correspondida, e com isso granjeando a devoção de Cataneo e seus amigos, com os quais firmou um pacto visando à derrubada de Pezare.

Enquanto ocupou seu cargo, o veneziano, que era um homem mui sutil e idôneo na governança dos Estados, característica normal entre os senhores de Veneza, realizou maravilhas na Sicília: recuperou os portos e induziu os comerciantes, por meio de franquias e demais facilidades que lhes proporcionou, a dar emprego a um grande número de pessoas pobres; além disso, atraiu os artesãos de todo tipo, promovendo uma infinidade de festas, freqüentadas pelos ociosos e ricos de todo lugar, inclusive do Oriente. A par disso, as colheitas, os produtos da terra e outras mercadorias tornaram-se moda. Da Ásia vieram galeras e naus, o que tornou o Rei muito invejado e o mais feliz monarca do mundo cristão, visto que, do modo como as coisas estavam acontecendo, sua Corte se tornara a mais famosa da Europa.

Essa engenhosa política foi fruto do perfeito entendimento existente entre aqueles dois homens que se davam muito bem. Um cuidava dos prazeres, proporcionando-os copiosamente à Rainha, que sempre ostentava um semblante alegre, já que estava sendo servida segundo o método empregado na Turena, reforçado pelo fogo de sua felicidade. Além disso, ela tomava todas as providências para que o Rei estivesse sempre alegre, arranjando-lhe novas amantes e proporcionando-lhe mil divertimentos. Quanto a ele, estava estranhando muito a complacência da Rainha, na qual, desde a chegada do Senhor de Montsoreau, deixara de tocar, do mesmo modo que um judeu não toca em toicinho.

Estando assim ocupados, a Rainha e o Rei delegavam o cuidado de seu reino ao outro amigo, que, com empenho e habilidade, tratava dos assuntos do Governo, estabelecendo suas disposições, organizando as finanças, mantendo sob total controle os homens de guerra, tudo na maior perfeição. Sabendo onde estava escondido o dinheiro, canalizava-o para o Tesouro, direcionando o depois para ajudar as grandes empresas do país.

Esse belo arranjo durou três anos, senão quatro, conforme garantem alguns, mas como os monges de São Benito não investigaram com maior rigor essa duração, ela assim permanece tão imprecisa como as razões da desavença surgida entre os dois amigos. Segundo parece, o veneziano ambicionava reinar sem controle ou oposição, não mais se lembrando dos serviços que lhe tinham sido prestados pelo francês. É assim que se comportam os homens nas Cortes, uma vez que, segundo um pensamento do mestre Aristóteles colhido numa de suas obras, o que mais envelhece a gratidão neste mundo é, como sabemos, uma amizade que se extingue depois de se tornar rançosa.

Então, confiando em sua perfeita amizade com Leufroid, que o chamava de compadre, e lhe teria dado a própria camisa caso ele a pedisse, o veneziano decidiu dar cabo de

seu amigo francês, revelando ao Rei o mistério ligado aos cornos que lhe estavam sendo postos, junto com o porquê da felicidade da Rainha, mesmo sabendo muito bem que Leufroid, seguindo a prática em uso na Sicília em tais casos, começaria por cortar a cabeça do Senhor de Montsoreau. Desse modo, o bom Pezare tornar-se-ia dono de todo o dinheiro que ele e Gauttier remetiam em segredo para a casa de um lombardo de Gênova, e que constituía propriedade comum dos dois, em razão da sua fraternidade.

Esse tesouro tinha aumentado muito; de um lado, em virtude dos presentes dados pela Rainha, muito generosa para com o Senhor de Montsoreau, pois possuía extensos domínios na Espanha, além de alguns que havia herdado na Itália; de outro, devido aos que haviam sido ofertados pelo Rei ao seu querido ministro, ao qual ele concedera certos direitos sobre os comerciantes; isso sem falar em outros regalos menores. O amigo traidor, ao decidir tornar-se desleal, tomou a precaução de apontar essa lança bem no coração de Gauttier, já que o tureniano

era homem difícil de ser apanhado. Destarte, numa noite em que Pezare sabia que a Rainha fora para a cama com seu amante, que a amava como se cada noite fosse a primeira, tão hábil era ela nos jogos de amor, o vil camarada prometeu ao Rei mostrar-lhe a prova inconteste daquela traição, através de um furinho aberto na porta do guarda-roupa da aia espanhola, que sempre dava a impressão de estar prestes a morrer. Para proporcionar-lhe melhor visão, Pezare esperou a hora do nascer do Sol. A aia, que tinha bons pés, bons olhos e boca capaz de suportar um bridão, escutou passos, esticou o pescoço e viu o Rei, seguido do veneziano, por uma greta existente na porta do quartinho lateral ao qual ela se recolhia durante as noites em que a Rainha mantinha seu amigo entre dois lençóis, que é o melhor método para se lidar com um amigo. Ela então foi correndo advertir o casal quanto ao risco que estavam correndo.

Nessa altura, o Rei já tinha o olho colado ao maldito furinho. E que foi que ele viu? Aquele belo e divino luzeiro que queima tanto azeite que até clareia o mundo, luzeiro adornado dos mais magníficos pingentes, dourado e flamejante, e achou a sua esposa mais linda que qualquer outra mulher, pois como havia deixado de prestar atenção nas suas perfeições, elas lhe pareceram novas. Além da esposa, o furinho não lhe permitia ver outra coisa senão a mão de um homem que pudicamente tapava aquele luzeiro, mas ele pôde escutar a voz de Montsoreau, que dizia:

— Como está passando agora de manhã esta minha bonequinha?

Eram palavras malucas, como as que os amantes costumam dizer por brincadeira, pois aquele luzeiro, na verdade, representava em todos os países do mundo o sol do amor, e é por isso que lhe dão mil lindos nomes, comparando-o com as coisas mais belas, chamando-o de "minha jóia", "minha rosa", "minha conchinha", "meu ouriço", "meu golfo de amor", "meu esteio", "minha bonequinha", havendo mesmo alguns que se atrevem a dizer de modo algo herético: "minha deusa"! Se não me credes, informai-vos com vossos conhecidos a esse respeito.

Naquele momento, a aia deu-lhes a entender por meio de um sinal que o Rei estava ali.

— Ele pode escutar-nos? — perguntou a Rainha.

— Pode.

— Pode ver-nos?

— Pode.

— Quem o trouxe até aqui?

— Pezare.

— Então traze aqui o médico e esconde Gauttier neste outro quartinho — ordenou a Rainha.

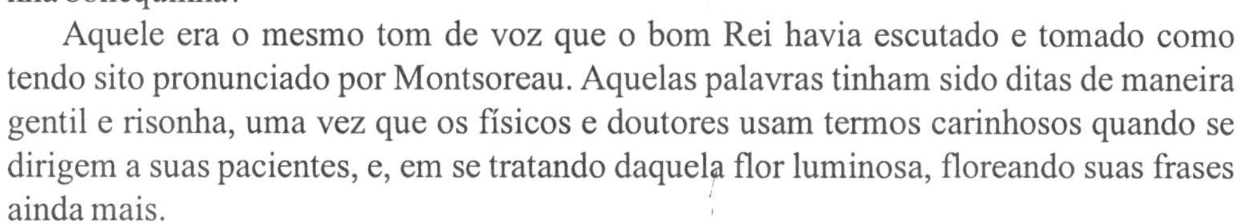

Em menos tempo que um pobre teria desfiado sua cantilena, a Rainha cobriu o luzeiro com roupas e pomadas, de modo a se supor que ela estaria com uma ferida horrível, além de uma grave inflamação.

Quando o Rei, tomado de fúria por causa do que acabara de escutar, arrombou a porta, encontrou a Rainha estendida na cama, no mesmo lugar onde a tinha visto através do furinho, tendo a seu lado o doutor, com o nariz e a mão sob o luzeiro envolto em faixas, ao mesmo tempo em que lhe dizia:

— Como está passando agora de manhã esta minha bonequinha?

Aquele era o mesmo tom de voz que o bom Rei havia escutado e tomado como tendo sito pronunciado por Montsoreau. Aquelas palavras tinham sido ditas de maneira gentil e risonha, uma vez que os físicos e doutores usam termos carinhosos quando se dirigem a suas pacientes, e, em se tratando daquela flor luminosa, floreando suas frases ainda mais.

Ao presenciar a cena, o Rei encheu-se de vergonha, qual raposa colhida na esparrela. Igualmente rubra de vergonha, a Rainha tratou de se vestir, indagando em alta voz que homem seria tão atrevido a ponto de entrar em seu quarto àquela hora. Tão logo viu que quem ali estava era o Rei, dirigiu-lhes estas palavras:

— Oh, meu senhor, acabastes de descobrir o que eu queria ocultar-vos: é que ando recebendo de vós uma tão parca atenção, que me vi vitimada por um ardente mal, do qual, por uma questão de dignidade, não me atrevo a me queixar, mas que necessita de tratamentos secretos com a finalidade de estancar meu tão copioso fluxo de impulsos vitais. Para salvar a minha e a vossa honra, vi-me obrigada a vir até os aposentos de minha aia, a gentil *Doña* Miraflor, que me tem prestado sua assistência nesse meu padecimento.

Depois disso, o médico dirigiu a Leufroid um discurso recheado de citações latinas, extraídas, como pérolas preciosas, de Hipócrates, de Galeno, da Escola de Salerna e de outros autores, e com isso lhe demonstrou quão grave era para uma mulher sentir seu campo de Vênus relegado ao abandono, mormente no caso das rainhas espanholas, que corriam risco de morte, devido a terem o sangue carregado de fluido amoroso. Apresentou tais razões com ar solene, cofiando a barba e dobrando a língua, com a finalidade de dar tempo ao Senhor de Montsoreau de chegar ao quarto que costumava ocupar. Em seguida, a Rainha usou esses argumentos para dirigir ao Rei um longo discurso de palmo e meio de comprimento, e pediu-lhe o braço, sob o pretexto de liberar o cômodo para sua pobre aia adoentada, que era quem sempre a acompanhava de volta a seus aposentos, a fim de evitar comentários maldosos.

Assim que passaram pela galeria onde estava alojado o Senhor de Montsoreau, a Rainha comentou com ar zombeteiro:

— Seria bom pregardes uma peça nesse francês, que, posso até apostar, sem dúvida alguma deve ter trazido para este quarto alguma dama, em vez de ir pernoitar em sua casa. Todas as cortesãs estão loucas por ele, não sendo de estranhar se algumas até se estapearem por sua causa. Se houvésseis seguido meu conselho, a esta hora ele já deveria estar longe da Sicília.

Ouvindo isso, Leufroid entrou de repente no aposento de Gauttier, ali o encontrando mergulhado num profundo sono, roncando como um religioso durante o coro.

A Rainha continuou caminhando ao lado do Rei, entrando com ele em sua alcova, e ordenou a um guarda que trouxesse até ali o nobre cujo posto fora usurpado por Pezare.

Pois bem, enquanto ela mimava o Rei durante o desjejum, chamou à parte o tal senhor, e quando ele chegou à sala contígua, disse-lhe:

— Erguei uma forca sobre um bastião, e ide prender o senhor Pezare, agindo de tal forma que ele seja enforcado sem qualquer delonga, não lhe dando tempo de escrever uma só palavrinha, nem de dizer coisa alguma. É este o nosso desejo e ordem suprema.

Cataneo não fez qualquer comentário. Enquanto o cavaleiro Pezare pensava consigo próprio que seu amigo Gauttier estava sendo decapitado, chegou o Duque Cataneo para prendê-lo e o conduzir ao alto do bastião, de onde ele avistou, através da janela da Rainha, o Senhor de Montsoreau em companhia do Rei, da Rainha e de alguns cortesãos. Ele então pensou que quem tinha a seu lado a Rainha estava mais bem servido do que quem tinha a seu lado o Rei.

— Oh, meu querido — disse a Rainha a seu esposo, levando-o até a janela, — eis ali um traidor que planejava tirar de vosso poder o bem mais precioso que tendes neste mundo, e hei de vos dar comprovação disso quando assim o desejardes e tiverdes tempo para estudar esse assunto.

Montsoreau, vendo os preparativos da última cerimônia, prostrou-se aos pés do Rei, implorando o perdão para aquele que se tornara seu inimigo mortal, o que muito comoveu Leufroid.

— Senhor de Montsoreau — disse a Rainha, mostrando-lhe um rosto encolerizado, — tendes o atrevimento de questionar nossas ordens?

— Tenho-vos por um nobre cavaleiro — disse o Rei, ordenando que o Senhor de Montsoreau se levantasse, — mas não estais sabendo quão contrário a vós se colocou esse veneziano.

Pezare foi delicadamente estrangulado entre a cabeça e os ombros, já que a Rainha havia demonstrado ao Rei suas traições, levando-o a verificar as declarações de um lombardo da cidade quanto às vultosas somas depositadas pelo veneziano no banco do agiota genovês, as quais foram logo em seguida repassadas a Montsoreau.

A bela e nobre Rainha morreu, segundo se acha registrado na história da Sicília, em conseqüência de um parto difícil, no qual deu a luz a um filho que foi tão grande homem como infeliz em seus empreendimentos. O Rei presumiu, devido às advertências do médico, que os malefícios causados pelo sangue naquele parto seriam resultantes da vida tão casta à qual ele relegara a Rainha, considerando-se por isso um verdadeiro criminoso, culpado da morte daquela virtuosa princesa. Em vista disso, ele fez penitência e erigiu a igreja da Madona, que é uma das mais bonitas da cidade de Palermo. O Senhor de Montsoreau, testemunha da dor do Rei, disse-lhe que, no caso de um monarca trazer sua consorte da Espanha, ele devia saber que ela devia ser mais bem servida que qualquer outra dama, já que as espanholas eram tão vivazes que valiam por dez, e que se o monarca quisesse uma esposa unicamente para exibi-la, devia ir buscá-la no Norte da Europa, onde as mulheres são frias.

Nosso bom cavaleiro regressou para a Turena carregado de presentes, e ainda viveu longos anos, mantendo completo silêncio no tocante à felicidade que havia desfrutado na Sicília. Voltou àquela ilha para ajudar o filho do Rei no assalto que ele empreendeu contra Nápoles, e abandonou a Itália quando aquele belo príncipe foi ferido de morte, tal como se conta na Crônica.

Além das elevadas lições de moral contidas neste relato onde se diz que a Fortuna, por ser mulher, se coloca sempre do lado das damas, e que os homens têm toda a razão para servi-las bem, ele ainda nos mostra que o silêncio constitui nove décimos da prudência. Não obstante, o monge, autor desta narrativa inclinou-se a extrair este outro ensinamento não menos sábio, e é que o interesse que constrói tantas amizades costuma também destruí-las. Destarte, elegei dentre estas três versões a que mais se acomode ao vosso entendimento e necessidade do momento.

27. A PROPÓSITO DE UM POBRE DIABO CONHECIDO COMO "O VELHO PER-CAMINHOS".

O velho cronista que forneceu o material para compor o presente conto diz haver presenciado na cidade de Ruão alguns destes fatos, tais como os deixou registrado em suas anotações.

Nos arredores daquela formosa cidade, onde então residia o Duque Ricardo, vagava sem destino um bom homem chamado Tryballot, mas que recebeu o apelido de "Velho Per-Caminhos", ou talvez "Velho Pergaminho", não por ser amarelo e seco como velino, mas sim por estar sempre a vagar *pelos caminhos*, pelos montes e vales, dormindo a céu aberto e andando tão sujo como um mendigo.

Não obstante, era mui querido no ducado, já que todos se haviam acostumado com ele, tanto que, se terminasse o mês sem que ele apresentasse sua escudela, o pessoal dizia assim: "*Por onde anda o velho?*", e logo vinha a resposta: "*Per caminhos*", ou seja, "pelos caminhos".

Esse homem teve por pai um tal Tryballot que, segundo diziam, fora em vida um homem sensato, bom administrador de sua casa, e de hábitos tão ordeiros que deixou a seu filho muitos bens.

Pena que o jovem os dissipara rapidamente em farras, agindo ao contrário de como procedera seu pai, que, quando voltava de suas terras para casa, recolhia aqui e ali ramos secos e gravetos deixados pelo chão, dizendo que, por uma questão de consciência, nunca se devia chegar à casa com as mãos vazias. Era com aquilo que ele se aquecia durante o inverno, às custas das pessoas relaxadas, e dizia isso com muita razão.

Parece que todos reconheceram a boa lição que isso representava para a região, uma vez que, um ano antes de sua morte, ninguém mais deixava de recolher os gravetos largados pelos caminhos, desse modo não permitindo que os mais pródigos passassem por precavidos e ordenados no que se referia aos gastos.

Acontece que seu filho jogou tudo isso pela janela, deixando de seguir aqueles bons hábitos.

Seu pai havia previsto aquilo. Desde sua tenra idade, quando o bom homem Tryballot lhe permitia sair à caça dos pássaros que vinham a comer as ervilhas, as favas e demais

Vagava por ali sem destino um bom homem chamado Tryballot, mas que recebeu o apelido de "Velho Per-Caminhos", ou talvez "Velho Pergaminho", não por ser amarelo e seco como velino, mas sim por estar sempre a perambular pelos caminhos, sujo como um mendigo.

grãos, esperando que ele desse cabo daqueles ladrões, sobretudo das pêgas, que devastavam tudo, que ele preferia ficar a observá-los, sentindo enorme prazer em contemplar a graciosidade com que aquelas aves iam e vinham, e depois partiam carregadas, para mais tarde voltarem, sempre atentas às arapucas e laços estendidos pelo caminho, e ele ria a bom rir vendo com que esperteza os evitavam.

Pai Tryballot se aborrecia ao ver como amiúde lhe faltavam dois ou três sétimos da quantidade de grãos que deviam ter sido colhidos. E, por mais que, ao encontrar o filho

sob um pé de avelã, o trouxesse para casa pelas orelhas, o danadinho teimava em apenas ficar assistindo ao espetáculo proporcionado pelas aves, estudando a destreza dos melros, gorriões e demais sábios bicadores.

Um dia seu pai lhe disse que seria muito conveniente para ele seguir o exemplo daquelas aves, porquanto, se continuasse com aquele tipo de vida, ele acabaria por se ver obrigado, em seus dias futuros, a ficar bicando como eles, sempre a fugir da perseguição dos agentes da Justiça.

E assim foi que, tal como já dissemos, ele gastou em poucos dias os escudos que seu genitor conseguira amealhar durante sua vida, deixando que as pessoas se comportassem com ele como se fossem gorriões, permitindo que enfiassem a mão em sua bolsa, e admirando a graça e gentileza que exibiam quando lhe pediam permissão para ir ao poço. Com isso, este logo veio a secar, mas Tryballot pouco se preocupou com isso.

Quando viu que já não restava em sua bolsa sequer um vintém, deu de ombros, dizendo que não queria se danar por causa dos bens deste mundo, pois havia estudado a filosofia na escola das aves.

Depois de ter gozado a vida desenfreadamente, não lhe sobrou senão um copinho comprado na feira de Landict, e três dados, material suficiente para beber e jogar, visto que vivia sem ser embaraçado por móveis, ao contrário dos grandes deste mundo que não sabem deslocar-se sem levar seus carros, tapetes, louças, talheres e um incontável número de criados.

Tryballot quis um dia reencontrar seus velhos amigos, porém não mais achou um único que fosse, de quantos que outrora conhecera, o que lhe deu permissão para não mais ligar para quem quer que fosse.

Vendo que não lhe restara coisa alguma para matar a fome, decidiu adotar um sistema de vida que lhe permitisse muito ganhar sem nada fazer.

Para alcançar tal objetivo, lembrou-se de como agiam os melros e gorriões, e então imaginou que o melhor sistema de vida para ele seria o de sair bicando aqui e ali, ou seja, pedindo dinheiro nas portas das casas.

Desde que começou a pedir, sempre conseguiu com que as pessoas caritativas lhe dessem alguma coisa, o que muito o alegrou, pois viu que aquele ofício era promissor e que não exigia empréstimos nem acarretava riscos de gênero algum, constituindo, ao contrário, uma atividade mui cômoda. Exerceu aquela profissão com tanta competência que passou a ser admitido onde quer que ia, recebendo da parte de todo o mundo o carinho que era em geral negado aos ricos.

O bom homem ficava a observar como era que os camponeses plantavam, semeavam, cuidavam e colhiam, achando que parte do que lhes rendia aquele trabalho era devida a ele. Por exemplo, se alguém matava um porco, ainda que não soubesse disso, um pedaço do animal acabaria sendo dele. Se outro assava um pão em seu forno, fazia isso para beneficiar Tryballot, ainda que sem o saber.

Quanto a ele, não precisava ter trabalho algum; ao contrário, todos lhe davam presentes e lhe diziam frases gentis, a saber: "Toma, velho Per-Caminhos, conforta-te com isso. Está tudo bem? Vamos! Come este petisco que o gato começou a comer: aproveita e termina".

O velho Per-Caminhos comparecia aos casamentos, batizados e enterros, visto que ia a todo lugar onde, às claras ou às escuras, havia comida e bebida. Observava escrupulosamente os estatutos e regras de sua profissão, como por exemplo a de vagabundear sempre, já que, se tivesse assumido qualquer trabalho, por leve que fosse, ninguém mais iria dar-lhe coisa alguma. Além de fartar-se, esse homem sensato se espojava dentro de uma vala ou se sentava apoiado a uma coluna de igreja, sonhando com os negócios públicos, até chegar à mesma conclusão de seus gentis mestres melros, gaios e gorriões, e enquanto errava pelos caminhos se punha a devanear, já que, pelo simples fato de usar roupas pobres, isso constituiria razão suficiente para que ele não possuísse um rico entendimento?

Sua filosofia divertia muito seus conterrâneos, a quem dizia, em agradecimento, os mais galantes aforismos de seu conhecimento. Para ele, as pantufas provocavam gota nos ricos, e ele se jactava de ter os pés ligeiros, porque seu sapateiro lhe fornecia sapatos feitos de casca de amieiro. Debaixo de um diadema costumava haver muita dor de cabeça, mas não no caso dele, que não era afetado por esse mal, já que sua cabeça nunca era oprimida por preocupações, nem por qualquer tipo de gorro ou de chapéu. Dizia também que os valiosos anéis de pedras preciosas entorpeciam a circulação do sangue. Entretanto, como ele observava rigidamente as leis da indigência, costumava afirmar que estava mais sadio de corpo e de alma que um recém-batizado.

O bom homem se divertia muito com os outros pedintes, jogando com aqueles três dados que guardava para recordar que era necessário gastar o que ganhava, a fim de permanecer pobre para sempre.

Esse homem sensato se espojava dentro de uma vala, ou se sentava apoiado ao muro de uma igreja,
sonhando com os negócios públicos, já que, pelo simples fato de usar roupas pobres, isso
não constituiria razão suficiente para que ele não possuísse um rico entendimento.

Apesar de seu compromisso de honra, recebia, como nas Ordens Mendicantes, inúmeros donativos. Apesar disso, num dia de Páscoa, a um outro mendigo que lhe pediu emprestado seus ganhos daquele dia, Per-Caminhos não lhe quis dar nem mesmo dez escudos. Todavia, naquela noite ele gastou alegremente quatorze escudos para festejar os esmoleres, pois consta nas regras da mendicância que é preciso ser agradecido com os dadivosos.

Ele fazia todo o possível para se desfazer de tudo quanto fosse causa de preocupação, vendo como isso afetava os outros, que, demasiado carregados de bens, estavam sempre buscando mais. Por isso, como nada tinha de seu no mundo, podia agora ser mais feliz do que quando possuía os escudos de seu pai. E quanto às condições da nobreza, sempre estava a ponto de ser enobrecido, visto que não fazia nada que não fosse de seu agrado. Assim, sem trabalhar, vivia como um nobre.

Quando estava deitado, nem por trinta escudos se levantaria. Levando essa vida, chegava sempre ao dia seguinte como qualquer outra pessoa, conclusão à qual já havia chegado o mestre Platão, cuja autoridade foi invocada alhures, e que foi a mesma de muitos famosos sábios do passado.

Resumindo, o velho Per-Caminhos chegou à idade de oitenta e dois anos sem haver deixado nem um só dia de recolher algum donativo, e ostentava então uma tez com o colorido mais belo que possais imaginar.

Por isso acreditava que se houvesse permanecido no caminho da busca das riquezas estaria desgastado, e que portanto já deveria estar enterrado há longo tempo. É bem possível que tivesse razão.

Durante a mocidade, o velho Per-Caminhos tinha por ínclita virtude dedicar um profundo amor às mulheres, e tal abundância de amor era, conforme se acredita, fruto dos estudos que fazia com os gorriões e pardais. Naquele tempo ele estava sempre disposto a ajudar as mulheres a contar as vigas dos tetos. Tal disponibilidade tem uma explicação fisiológica, e é que, por não fazer coisa alguma, ele sempre estava disponível para fazer aquilo. É por isso que as mulheres que lavavam roupas, chamadas nesta terra de "lavandeiras", diziam que, por mais que elas ensaboassem as damas, o velho Per-Caminhos o fazia muito melhor.

Dizem que suas virtudes escondidas é que teriam engendrado aquele favorecimento do qual ele desfrutava na província. Contam alguns que Madame de Caumont mandou chamá-lo ao seu castelo para conhecer a verdade acerca daquelas qualidades, e ali o manteve encerrado durante oito dias, com a finalidade de impedir que ele saísse para mendigar. Não obstante, devido ao receio de se acostumar com a vida mansa, o bom homem, acabou escapulindo pelas seteiras.

Já entrado em anos, esse grande apreciador de quintessências passou a ser desdenhado por elas, muito embora suas notáveis faculdades de amar não houvessem sofrido qualquer prejuízo. Essa injusta mudança de atitude por parte da espécie feminina produziu o primeiro desgosto do velho, sendo a causa do célebre "Processo de Ruão", que agora já é o momento de narrar.

Nesse seu octogésimo segundo ano de vida, Per-Caminhos se viu obrigado a guardar continência por cerca de sete meses, durante os quais não encontrou sequer uma

O bom homem se divertia muito com os outros pedintes, jogando com aqueles três dados que guardava para recordar que era necessário gastar o que ganhava, a fim de permanecer pobre para sempre.

mulher de boa vontade, e por isso declarou perante o Juiz que aquela tinha sido a ocorrência mais abominável de toda a sua longa e honrada vida. Em meio a essa dolorosa contingência, quando transcorria o gentil mês de maio, avistou nos campos, guardando as vacas, uma jovem que por acaso era donzela. Devido ao escaldante calor que fazia, aquela pobre pastora de vacas se estendeu à sombra de uma árvore, com o rosto voltado para o chão, como é costume dos lavradores quando querem tirar um cochilo aproveitando o momento em que o gado está ruminando. Ela despertou por culpa do Velho, que acabava de roubar aquilo que uma pobre mocinha não pode dar senão uma única vez. Vendo-se deflorada sem ter recebido sequer um aviso, a par de não ter sentido prazer algum, ela gritou tão alto que o pessoal que trabalhava nas proximidades se acercou, e a mocinha os tomou por testemunhas, já que ainda se podiam ver nela os mesmos danos que teria sofrido uma recém-casada na noite de núpcias. A coitada chorava e se queixava, dizendo que aquele velho macaco descontrolado deveria ter ido violentar sua mãe, já que esta não faria qualquer reclamação. O velho contestou aos presentes que já o ameaçavam de morte com seus forcados que se havia deixado levar pelo desejo de se divertir. O pessoal objetou, e com razão, que um sujeito pode divertir-se sem precisar forçar uma donzela, e que aquele caso concernia à jurisdição do Preboste. Dali, em meio a um grande tumulto, ele foi conduzido ao presídio de Ruão.

Durante o interrogatório, a mocinha disse que tinha dormido por nada ter de melhor para fazer. Então imaginara estar sonhando com seu namorado, e mantendo com ele uma acirrada discussão, pois ele estava querendo conhecê-la mais a fundo antes do casamento, e que por isso ela o deixara ver se as coisas do amor se encaixavam direito, a fim de não deixar que adviesse mal algum a ele ou a ela. Todavia, apesar de seus protestos, ele tinha avançado além da permissão que ela lhe concedera. Nesse instante, sentindo naquilo tudo antes mal-estar que prazer, ela despertara, oprimida sob o peso do velho Per-Caminhos, que se atirara sobre ela como um frade sobre um presunto ao terminar a Quaresma.

Essa questão provocou um tal alvoroço na cidade de Ruão, que o Preboste houve por bem dar ciência dos fatos ao Duque, já que ele havia demonstrado interesse em saber se aquilo tudo tinha ou não fundamento. Tendo o Preboste confirmado a veracidade da história, o Duque ordenou que conduzissem o velho Per-Caminhos ao seu palácio para ouvir o que ele teria a dizer em sua defesa.

O pobre homem apresentou-se diante do Príncipe e desembuchou ingenuamente toda a história, relatando a desgraça que estava sofrendo por obra e graça da Natureza, confessando que havia procedido como um rapazola impelido por desejos extremamente imperiosos, e acrescentando que até aquele ano ele sempre havia encontrado mulheres a sua disposição. Todavia, já fazia oito meses que estava em absoluto jejum, visto que era pobre demais para contratar rameiras, e que as mulheres honradas que até então lhe haviam oferecido aquela esmola sentiam agora uma verdadeira aversão por seus cabelos, pois estes cometeram a felonia de encanecer, apesar de ter-se mantido verdejante o seu amor.

Destarte, ele se vira obrigado a buscar seu prazer onde quer que pudesse, e então, ao deparar com aquela amaldiçoada donzela, que, ao se estender à sombra de uma faia, deixara entrever o bonito forro de sua saia, além de dois hemisférios brancos como a neve, os quais lhe fizeram perder a razão; portanto, a culpa tinha sido da jovem, e não dele, já que se deveria proibir às donzelas tentar aqueles que vão *per caminhos*, exibindo aquilo que dera a Vênus o apelido de "Calipígia". Por fim, queria ele que o Príncipe levasse em consideração o trabalho que custava a um homem amansar seu cachorro bravo, mormente sob o sol a pino do meio-dia, porque fora precisamente àquela hora que o rei David ficara enfeitiçado pela mulher do nobre Urias. Ora, se um rei hebreu bem-amado de Deus não fora capaz de resistir àqueles encantos, que dizer de um pobre andarilho privado de toda alegria e obrigado a roubar o seu sustento? Portanto, aconteceu que ele tinha sucumbido à tentação, e por conseguinte aceitava de bom grado cumprir uma penitência, tal como recitar todos os salmos, do primeiro ao último, sem cessar, até o fim de seus dias, acompanhando-se de um alaúde, à imitação daquele mencionado rei, que ademais cometera o grave erro de matar o marido da outra, enquanto que ele tão-somente havia causado um pequeno dano moral a uma jovem camponesa.

O Duque concordou com as razões apresentadas pelo velho Per-Caminhos, e então pronunciou esta memorável sentença: aquele mendigo parecia ser de fato um homem dotado de bons c(...), e se, tal como ele havia asseverado, e apesar de sua idade, era efetivamente tão grande sua necessidade de mulheres vadias, ser-lhe-ia concedida licença de demonstrar seu vigor, ao pé da escada cujos degraus teria de subir para ser enforcado, pois tal fora a sentença proferida pelo Preboste. Portanto, se já estando com a corda no pescoço, postado entre o sacerdote e o verdugo, mesmo assim continuasse sentindo aquela feroz necessidade, ele, Duque, iria conceder-lhe o seu perdão.

Divulgada a sentença, juntou-se uma grande multidão para acompanhar o bom homem em sua caminhada até a forca. Como no caso da passagem triunfal de um duque, ele seguiu através de uma dupla fileira de pessoas, entre as quais se podiam ver mais gorros de plebeus que chapéus de poderosos.

No caminho, o bom homem foi abordado por uma dama desejosa de ver como se portaria diante da morte aquele precioso violador de donzelas. Ela depois dirigiu-se ao Duque, lembrando-lhe que a religião nos mandava ser condescendentes com aquele bom homem, e que por isso ela se tinha vestido como se para participar de um baile, exibindo propositalmente dois balões de carne viva tão branquinhos como o mais fino e alvejado linho usado nas gargantilhas. De fato aqueles suculentos frutos do amor se ostentavam sem rugas ou enchimentos debaixo de seu corpete, como duas maçãs maduras, tão apetitosas que até davam água na boca. Essa dama nobre era daquelas que só de vê-las o sujeito se sente mais viril; por isso, manteve nos lábios um sorriso dirigido ao bom homem. O velho Per-Caminhos, vestido com uma túnica de pano grosseiro, que permitiria ver sua boa propensão a violar donzelas depois de ser enforcado, enquanto tal não ocorria, vinha caminhando com ar tristonho entre os oficiais da Justiça, lançando aqui e ali uma olhadela, sem que conseguir enxergar outra coisa que não fossem cabeças e gorros. Seguia pensando que teria dado cem escudos para ver uma jovem bem apanhada, tal como a guardadora de vacas, de cujas rijas e brancas colunas de Vênus ele tão bem se recordava, apesar de terem representado a sua perdição, mas que talvez pudessem salvá-lo. Porém, dada a circunstância de estar velho, a simples lembrança já não lhe bastava. Por isso, quando chegou ao pé da escada e avistou aqueles dois deliciosos ressaltos da dama, além do lindo delta formado pela confluência de suas rotundidades, seu mestre João Cabeção entrou num tal estado de furor que, num inesperado sobressalto, a túnica não deixou dívidas quanto ao que estava acontecendo embaixo dela.

— Ei! — exclamou ele, dirigindo-se aos oficiais da Justiça. — Olhai e comprovai! Acabo de obter meu indulto, pois não posso responder por este assanhado!

Com essa homenagem, a dama ficou desvanecida, dizendo que aquilo valia mais do que ser violada.

Os sargentos encarregados de suspender a túnica para proceder a inspeção acharam que aquele velho devia ser o demônio, porque nunca nas atas jurídicas se havia mencionado a existência de um rompedor tão retesado como era o daquele homem. Por isso, ele desfilou em triunfo ao longo da cidade, até chegar ao palácio do Duque, diante de quem os sargentos e demais pessoas prestaram contas do acontecido.

Naquele tempo de ignorância era dispensado um tal respeito àquele instrumento jurídico, que a cidade concordou com que, no lugar onde o bom homem havia obtido seu indulto, fosse erguida uma coluna, que na realidade foi esculpida em pedra, no formato indicado por aquela honesta e virtuosa dama. Nos tempos em que a cidade de Ruão foi tomada pelos ingleses, ainda se podia ver aquela obra de arte, e todos os autores da época incluíram esta história entre os feitos notáveis daquele reinado. Por isso, a cidade ficou na obrigação de oferecer mocinhas afáveis para o velho, além de roupa, comida e mais o que fosse necessário, e o bom Duque acabou de acertar as coisas dando à deflorada mil escudos e casando-a com o bom homem, perdendo este o apelido de "Velho Per-Caminhos", pois foi nomeado pelo Duque Senhor de Bons C(...).

Passados nove meses, sua mulher deu à luz um varão mui bem constituído, cheio de vivacidade e que já nasceu dotado de dois dentes. Esse casamento deu surgimento à casa de Bons C(...), cujos membros, alegando questões de pudor e justiça, requereram de nosso bem-amado Rei Luís XI cartas patentes para alterar seu nome, adotando o de Boas Coisas. O bom soberano replicou então ao senhor de Bons C(...) que havia no Estado dos nobres venezianos uma ínclita família chamada "*dei Coglioni*", a qual tinha gravado em seu brasão três c(...) ao natural. Entretanto, os ditos senhores dos Bons C(...) objetaram a Sua Majestade que suas mulheres sentiam muita vergonha ao serem chamadas assim nas salas de companhia. Contestou o Rei que elas iriam sair muito prejudicadas com isso, visto que, com a perda do nome, iam-se embora as coisas... Apesar de tudo, ele acabou outorgando as cartas.

Desde então aquela gente foi conhecida por este nome, e se espalhou por várias províncias.

O primeiro Senhor de Bons C(...) ainda viveu vinte e sete anos, e teve outro filho e duas filhas, mas sempre se queixou de terminar seus dias rico, e de não mais poder levar a vida *pelos caminhos*.

Extraireis daqui um dos mais belos ensinamentos e uma mui profunda moral, dentre as que encerram estes trinta gloriosos contos picarescos e droláticos, a saber: jamais uma tão galante aventura teria ocorrido com respeito à natureza branda e combalida dos cortesãos e dos burgueses ricos, que cavam seus túmulos com os dentes, quando comem em demasia e bebem muitos vinhos que dão cabo de seus instrumentos de prazer, sendo todos eles gente mui pançuda, que se debruça sobre valiosos aviamentos e leitos de plumas, diferentemente do senhor de Boas Coisas, que dormia no chão duro. Em tal estado, muitos, se tivessem comido couve, teriam defecado alho-porro.

A muitos leitores, isto pode dar idéia de mudar de vida, passando a imitar o velho Per-Caminhos, para assim alcançar a sua idade.

28 – DITOS INCONGRUENTES DE TRÊS PEREGRINOS

Quando o Papa deixou sua querida cidade de Avignon para ir viver em Roma, sentiram-se logrados alguns peregrinos que se tinham posto a caminho rumo ao Condado, e que se viram obrigados a cruzar os elevados Alpes para chegar à dita cidade de Roma, aonde iam buscar o perdão de seus pecados mais bizarros.

Nos caminhos e nos lugares de pouso podiam-se ver então todos aqueles que levavam o colar da ordem dos irmãos de Caim, que constituíam a nata dos maus elementos arrependidos, dotados de almas leprosas, sedentos de poder banhar-se na piscina papal, todos trazendo consigo ouro e outros objetos de valor para redimir suas malvadezas, pagar pelas bulas de remissão e doar suas oferendas aos santos.

Cabe dizer que aqueles que somente bebiam água na ida, ao voltarem, caso os estalajadeiros lhes dessem água comum, só queriam beber da água benta guardada nas adegas.

Nessa ocasião, três peregrinos vieram até a dita cidade de Avignon por ignorância, não sabendo que esta tinha ficado sem o Papa. Ao descerem o Ródano para alcançar a costa do Mediterrâneo, um dos três, que levava consigo seu filho de uns dez anos, deixou de acompanhá-los, mas ao chegar a Milão reapareceu sem mais nem menos, só que agora sem o filho.

Um deles havia chegado de Paris, o outro procedia da Alemanha, e o terceiro, conhecido como Senhor da Vaugrenand, provinha de um ducado da Borgonha onde possuía alguns feudos, e era o segundo filho da casa de Villiers-la-Faye.. O que pretendia com essa viagem era proporcionar instrução ao filho.

O barão alemão se havia encontrado com o burguês de Paris quando já se avistava a antiga cidade papal, depois de terem passado por Lyon. Não demorou a se juntar a eles o Senhor da Vaugrenand.

Ao chegarem naquela pousada, os três perderam os freios das línguas e decidiram seguir juntos até Roma, unindo seus esforços para rechaçar os ataques noturnos dos salteadores de estradas e demais facínoras cujo ofício é o de despojar os peregrinos de tudo aquilo que lhes pesasse no corpo, antes que o Papa lhes despojasse do que lhes pesava na consciência.

Depois que os três camaradas já haviam bebido, puseram-se a conversar, pois a chave que destrava o discurso está na garrafa, e confessaram todos que a causa daquela romaria tinha a ver com mulher. A criada que lhes estava servindo bebida disse a eles que de cem peregrinos que se detinham naquele lugar, noventa e nove atribuía àquela mesma causa a sua romaria.

Os três homens convieram então que de fato as mulheres são extremamente perniciosas aos homens. Mostrou o barão uma pesada corrente de ouro que trazia dentro de sua cota de malhas, destinada a obsequiar o Senhor São Pedro, e disse que seu caso era de tal monta que nem dez correntes daquela poderiam conferir-lhe a absolvição. O parisiense tirou debaixo da luva e expôs diante de todos um luzente anel de diamante branco, e disse que trazia para o Papa outros cem iguais. O borgonhês tirou o gorro e tirou debaixo dele duas esplêndidas pérolas que deveriam ser transformadas em formosos brincos para Nossa Senhora de Loreto, confessando que, na realidade, teria preferido depositá-las no colo de uma certa mulher.

Interveio de novo na conversa a moça, dizendo que seus pecados deviam ser tão cabeludos como os dos Visconti.

Então os peregrinos replicaram que suas faltas efetivamente eram tais, que cada qual em seu íntimo fizera o voto de não voltar nunca a fornicar durante o restante de seus dias, por mais atraentes que fossem as damas que encontrassem, isso além da penitência que porventura lhes fosse imposta pelo Papa.

Espantou-se a servente de que todos tivessem feito o mesmo voto.

Informou então o borgonhês que fora por causa desse voto que ele se atrasara depois que se haviam encontrado em Avignon, pois tivera receio de que seu filho, apesar da tenra idade, também caísse em pecado, e que por isso tinha feito a promessa de impedir que animais e pessoas satisfizessem suas paixões em sua casa e em seus domínios. E como o barão quis saber a respeito daquela aventura, o senhor lhe contou o que se segue:

— Todos vós estais a par de como a boa Condessa Joana de Avignon publicou há tempos um edito endereçado às prostitutas, obrigando-as a viver num arrabalde, dentro de bordéis, com os postigos pintados de vermelho e mantidos sempre fechados. Pois bem, passando em vossa companhia por esse maldito arrabalde, meu filho chamou minha atenção para as tais casas de postigos cerrados pintados de vermelho, os quais também despertaram sua curiosidade, pois, como sabeis, esses diabinhos de dez anos tudo observam. Ele então puxou-me, pela manga e não parou de puxar até que eu lhe dei uma explicação sobre aquelas casas. Para encerrar o assunto, disse-lhe que os meninos novos nada tinham a fazer naqueles antros, e que nem mesmo podiam entrar ali, sob pena de perderem a vida, pois aquele era o lugar onde se produziam os homens e as mulheres. Portanto, corria grande perigo todo aquele que ignorasse tal fato, pois se um desavisado ali entrasse, saltar-lhe-iam no rosto caranguejos alados e outros monstros selvagens.

"Morreu de medo o garoto e me seguiu até a pousada, sem se atrever a deitar sequer uma olhadela aos tais bordéis. Enquanto eu me encontrava no pátio para vigiar a acomodação dos cavalos, o garoto escapuliu, e a criada não me soube dizer onde ele se achava. Eu me assustei muito, pensando que ele poderia ter ido a um daqueles bordéis, se bem que os editos proibissem expressamente a entrada ali de menores. Na hora do jantar, o capetinha reapareceu, sem demonstrar qualquer sentimento de vergonha, tal qual nosso divino Salvador no meio daqueles doutores.

— Então, de onde estás vindo? — perguntei-lhe.

— Das casas com postigos vermelhos — respondeu ele.

— Ah, pirralho sem vergonha! Eu não te disse que não fosses lá? Agora vais apanhar de chicote!

"Ele então se pôs a gemer e a chorar. Aí eu lhe disse que se ele confessasse o que tinha acontecido naquele lugar, eu suspenderia o castigo."

— Ah! — disse ele. — Tomei todo cuidado de não entrar lá, com medo dos caranguejos voadores e monstros selvagens. Assim, agarrei-me numa das janelas para ver como eram feitos os homens.

— E que viste?

— Vi uma mulher muito bonita acabando de ser feita: só estava faltando uma cravelha, que seu fabricante lhe estava enfiando com grande empenho. Depois que a fabricação terminou, ela se virou, começou a falar e deu um beijo no artífice que tinha acabado a fabricação.

— Trata de jantar — disse-lhe eu.

"Sem perda de tempo, voltei para Borgonha durante a noite, deixando-o com sua mãe, com receio de que, na primeira cidade que parássemos ele quisesse meter sua própria cravelha em alguma menina..."

— É... esses meninos costumam fazer esse tipo de arte — disse o parisiense — O filho do meu vizinho revelou inocentemente que seu pai estava recebendo um par de chifres por causa de umas palavras que disse. Foi assim: certa noite, para saber se na escola ele estava recebendo um bom ensino de Religião, eu lhe perguntei: "Que é a esperança?", e ele respondeu: "É um robusto besteiro do Rei, que entra aqui em casa quando meu pai está fora". Com efeito, o sargento dos besteiros do Rei era assim designado em sua companhia. O vizinho ficou intrigado ante tal resposta e, para não perder o controle, ficou a contemplar-se diante do espelho, no qual não viu refletido seu par de chifres.

Explicou então o barão por que razão o menino teria dito aquilo: era que, de fato, a Esperança é uma jovem que vem deitar-se conosco quando nos são adversas as realidades da vida.

— Será que um cornudo teria sido feito à imagem de Deus? — questionou o borgonhês.

— Oh, não, — respondeu o parisiense — visto que Deus, ao não querer ter uma mulher, demonstrou ter bom senso, e por isso haverá de ser feliz por toda a eternidade.

— Acontece — retrucou a servente — que os cornudos foram feitos à imagem de Deus antes que lhes tivessem posto cornos.

Depois desse comentário, os três peregrinos maldisseram as mulheres, afirmando que neste mundo todos os males provinham delas.

— Os assuntos dos quais elas tratam são tão vazios como os elmos — disse o borgonhês.

— Seu coração é tão reto como uma serpente — acrescentou o parisiense.

— Por que será que se vêem tantos peregrinos e tão poucas peregrinas? — perguntou o barão alemão.

— É porque seus malditos assuntos não pecam — respondeu o parisiense. — O assunto delas não tem pai nem mãe, não conhece os mandamentos de Deus nem os da Igreja, nem as leis divinas, nem as humanas! Seu assunto não conhece doutrina alguma, não entende de heresias, não tem por que ser recriminado, é inocente de tudo, e só sabe rir; seu entendimento é nulo, e por isso eu lhe tenho horror. Sinto por ele um profundo horror e aversão.

— Eu também — concordou o borgonhês, — e estou começando a entender a variante feita por um perito em versículos da Bíblia com respeito à Criação. Em seu comentário, que em nosso país chamamos de "natalino", encontraremos a razão da imperfeição do assunto das mulheres, com as quais, ao contrário do que ocorre com as demais fêmeas, nenhum homem poderia saciar a sede, tal o ardor diabólico que elas lhe provocam. Nesse comentário natalino está explicado por que Deus Nosso Senhor, em seu paraíso, enquanto estava fabricando Eva, num momento em que voltou a cabeça ao escutar um asno a zurrar pela primeira vez, não notou que o demônio se aproveitou daquele instante de desatenção, e pôs seu dedo naquela criatura assaz perfeita, produzindo nela uma dolorosa ferida, que Nosso Senhor tratou de fechar, dando-lhe um ponto. Foi assim que surgiram as donzelas. Devido a esse ponto, a mulher permaneceria fechada para sempre, tendo as crianças de ser geradas do mesmo modo que eram feitos os anjos, frutos de um prazer tão acima do carnal quanto o céu está acima da terra.

"Porém, ao constatar aquele fechamento, o demônio, aborrecido por ter sido logrado, arrancou um pedaço da pele do senhor Adão, que estava dormindo, e a espichou até lhe dar o mesmo formato da sua cauda diabólica. Mas como o pai dos homens estava deitado de boca para cima, o dito apêndice lhe foi aplicado na parte da frente. Destarte, aquelas duas travessuras demoníacas tenderam a se juntar, devido à lei das similitudes, determinada por Deus para orientar o rumo de seus mundos. Daí a origem do primeiro pecado e das agruras do gênero humano, já que Deus, ao ver a obra do demônio, ficou interessado em saber o que iria resultar daquilo.

Interveio de novo a empregada, dizendo que eles haviam demonstrado muita razão no que acabavam de falar, pois de fato a mulher era um animal malvado, tanto que ela sabia de algumas que estariam melhor embaixo do que em cima da terra. Tendo notado então os peregrinos como era bonita aquela moça, e para não quebrar seu voto de castidade, recolheram-se a seus quartos, tendo ela ido avisar a sua ama que havia entre seus hóspedes alguns indivíduos ímpios, repetindo-lhe seus comentários a propósito das mulheres.

— Bah! — disse a estalajadeira. — Pouco me importam os pensamentos que os hóspedes trazem na cabeça, desde que suas bolsas estejam bem providas de dinheiro.

Porém, assim que a moça mencionou a existência das jóias, acrescentou entusiasmada:

— Isso sim é que interessa a todas as mulheres! Vamos conversar com eles. Eu fico com os nobres e te cedo o burguês.

Essa estalajadeira, que era a burguesa mais devassa do ducado de Milão, desceu até o quarto onde estavam alojados o Senhor de Vaugrenand e o barão alemão, e os felicitou por seus votos, dizendo-lhes que isso a deixara muito impressionada, mas que, para cumprir tais votos, era mister saber se eles seriam de fato capazes de resistir à mais irreprimível das tentações, oferecendo-se então para pernoitar junto deles, tal a sua curiosidade em verificar se não iriam querer fornicar, já que tal coisa jamais acontecera em cama alguma na qual ela estivesse acompanhada por um homem.

No dia seguinte, à hora do desjejum, a criada ostentava no dedo um belo anel, enquanto que sua ama trazia no pescoço uma valiosa corrente de ouro, e nas orelhas preciosos brincos de pérolas.

Os três peregrinos permaneceram naquela cidade por mais ou menos um mês, e ali gastaram todo o dinheiro que levavam em suas bolsas, confessando que se haviam amaldiçoado tanto as mulheres, era porque até então nunca tinham estado com as milanesas.

Ao regressar para a Alemanha, o barão chegou à conclusão de que só se arrependia de um pecado, que era o de estar em seu castelo. Já o burguês de Paris voltou todo empolado, mas achou sua mulher cheia de Esperança. Por último, o senhor de Borgonha encontrou Madame de Vaugrenand assaz pesarosa, a ponto de quase morrer, por mais consolações que ele lhe proporcionou, apesar de tudo quanto havia dito.

Isso nos mostra que nas hospedarias o melhor que se faz é manter-se calado.

29 - INGENUIDADE

Pela dupla e rubra crista de meu galo, e pelo forro cor-de-rosa das pantufas de minha amada! Por todos os chifres dos meus bem-amados cornudos, e pela virtude de suas sacrossantas esposas! A obra mais bela executada pelo homem não são os poemas, nem as pinturas, ou as músicas, ou os castelos, ou as estatuas, por mais bem esculpidas que sejam, nem os barcos a remo ou a vela: são as crianças. Refiro-me às de até dez anos, pois as que têm mais que isso se tornam adultas, sejam homens, sejam mulheres, e, quando sobrevém a razão, já não valem o quanto custaram, e aí as piores acabam sendo as melhores, sobretudo as fenestradas, com os utensílios domésticos, deixando aquelas que lhes desagradam suplicando por aquelas que lhes apetecem, dando cabo dos doces e confeitos da casa, lambiscando nas despensas e sempre rindo, depois que lhes romperam os dentes, certamente concordareis comigo que elas são em tudo por tudo deliciosas, além de serem flores e frutos — frutos do amor e flores de vida. Assim sendo, enquanto seus entendimentos ainda não foram desviados para as confusões da existência, nada existe neste mundo que seja mais santo nem mais aprazível que suas frases, caracterizadas pela extrema ingenuidade. Isso é tão verdadeiro quanto a dupla fressura de um boi. Mas não espere encontrar num adulto a mesma ingenuidade de uma criança, uma vez que existe um certo ingrediente da razão, não sei especificar qual seja, na ingenuidade de um homem, enquanto que a das crianças é cândida, imaculada, e dotada da finura da mãe, conforme está patente neste Conto.

A Rainha Catarina, que nessa época ainda era Delfina, para cair nas boas graças do Rei, seu sogro, que então estava doente, costumava presenteá-lo de tempos em tempos com telas de pintores italianos, sabendo que ele muito apreciava tais obras, sendo mesmo grande amigo do célebre Rafael de Urbino, de Primatice e de Leonardo da Vinci, aos quais já enviara notáveis somas. Ela então obtinha com sua família, que possuía a nata desses trabalhos, porque o Duque de Mediais governava então a Toscana, um precioso quadro pintado por um veneziano de nome Ticiano, um dos artistas prediletos do Imperador Carlos, que havia feito uma tela de Adão e Eva no momento em que Deus ordenara que perambulassem pelo Paraíso Terrestre. As duas figuras foram pintadas em tamanho natural, segundo o costume daquele tempo, circunstância em que fica difícil cometer erros. A tela mostrava que o casal estava revestido de sua ignorância e recoberto com a graça divina que o envolvia, cousas difíceis de representar, especialmente a cores, mas acerca da qual o senhor Ticiano revelava extrema competência. O dito quadro foi colocado no quarto do desditoso Rei, que então estava atacado do mal que acabou resultando em sua morte. Esse quadro logo alcançou grande renome na Corte de França, onde todos queriam vê-lo; entretanto, só o conseguiram depois que o Rei faleceu, uma vez que, em atendimento a seu expresso desejo, o dito quadro ficou guardado em seu quarto enquanto ele esteve vivo.

Um dia a Delfina Catarina levou ao aposento de Sua Majestade seu filho Francisco e a pequena Margot, que estava aprendendo a falar, tagarelando a torto e a direito, como o fazem todas as crianças.

Ora aqui, ora ali, as duas crianças tinham ouvido falar desse retrato de Adão e Eva, e viviam a insistir com sua mãe para que as levasse até onde a tela se encontrava. Como os dois pirralhos vez que outra divertiam o velho Rei, Sua Alteza, a Delfina, concordou em levá-los ao seu quarto.

— Sei que estais querendo ver Adão e Eva, nossos primeiros pais. Pois bem: ei-los aí — fez ela.

Sentada na beirada da cama do Rei, ela deixou os petizes diante da tela de Ticiano, tomados de espanto, enquanto que mãe e avô se divertiam em contemplá-las.

— Qual destes dois é o Adão? — perguntou o pequeno Francisco, segurando o cotovelo de sua irmã Margot.

— Oh, seu bobo! — respondeu ela. — Para saber isso, seria preciso que eles estivessem vestidos!

Essa resposta, que divertiu o pobre Rei e a mãe dos dois, foi mencionada numa carta enviada a Florença pela Rainha Catarina.

Nenhum escritor divulgou-a, e ela, qual uma flor, permaneceu no final dos presentes Contos, ainda que não se trate de algo efetivamente picaresco ou drolático, e que não contenha outro ensinamento a ser dela extraído a não ser que, para se ouvir uma inocente resposta infantil como essa, só mesmo gerando uma criança.

30 — A BELA IMPÉRIA CASADA

I — Como foi que Madame Império caiu nas redes que ela própria costumava estender para capturar seus pombinhos

Madame Império, com quem iniciamos estes contos, pois sua beleza o fez por merecer, logo que acabou o Concílio, viu-se na obrigação de seguir para a cidade de Roma, pois o Cardeal de Ragusa, que a amava tanto a ponto de não hesitar em sacrificar por ela seu barrete cardinalício, queria tê-la sempre por perto. Esse prelado libertino era tão generoso que lhe tinha dado de presente o belo palácio que possuía em Roma. Nessa época, ela teve o azar de ficar prenhe por obra e graça do dito cardeal.

Como todos sabem, essa prenhez resultou no nascimento de uma formosa menina, que o Papa sugeriu jocosamente que se chamasse Teodora, nome que significa "presente de Deus". Pois foi esse o nome que puseram naquela criança, que logo se tornou admirada por sua beleza. Seu pai destinou sua herança à jovem Teodora, que a bela Império instalou em seu palácio de Constança depois que fugiu de Roma por considerar aquela cidade um lugar pernicioso, onde se podia facilmente engravidar, e onde pouco faltou para que ela perdesse sua atraente silhueta, suas celebradas belezas, as linhas perfeitas do corpo, as curvas dos ombros, os seios deliciosos, os encantos curvilíneos que a colocavam por cima das demais mulheres da Cristandade, do mesmo modo que o Santo Padre está por cima dos demais cristãos.

Foi assim que todos os seus amantes tiveram notícia da chegada de onze doutores de Pádua, de sete professores de medicina de Pavia e cinco cirurgiões vindos de todas as partes, para assisti-la num tratamento confinado, do qual ela saiu corrigida de todos os defeitos. Chegaram até mesmo a dizer que sua extrema esbelteza e sua tez alvíssima haviam melhorado. Um ilustre doutor da escola de Salerno escreveu a esse respeito um livro para demonstrar a importância do confinamento para o frescor, a saúde, a conservação e a beleza das damas. Nessa obra de grande erudição, ficou claro para todos os leitores que as partes mais belas de se apreciarem em Madame Império eram aquelas que só a seus amantes lhes era lícito admirar, caso mui raro, visto que nem diante dos príncipes menores da Alemanha, a quem ela chamava de "meus margraves, burgraves, eleitores e duques", como o faria um capitão com seus soldados, ela se desnudava inteiramente.

Essa prenhez resultou no nascimento de uma formosa menina, que o Papa sugeriu chamar-se Teodora, nome que significa "presente de Deus". Foi esse o nome que puseram naquela criança, que logo se tornou admirada por sua beleza.

Todos se lembram de que, já aos dezoito anos, a encantadora Teodora, para expiar a vida desregrada levada por sua mãe, quis entrar na vida religiosa, doando todos os seus bens ao convento das Clarissas. Para tanto, ela entregou-se nas mãos de um cardeal, pedindo-lhe que a preparasse para cumprir os preceitos da Igreja. Esse descarado pastor tanto se encantou com a magnífica formosura de sua ovelha que tentou violentá-la. Para que o sobredito prelado não a conspurcasse, Teodora suicidou-se, usando para tanto um estilete.

Como era mui querida a filha de Madame Impéria, esse assunto foi assaz comentado na época, tendo provocado assombro na cidade de Roma, e deixado todo o mundo presa do mais amargo pesar.

Ao regressar a Roma, a nobre cortesã, de tanto chorar a desgraça da filha, estava então chegando próximo dos quarenta anos, idade que foi, segundo asseveram os autores, a mais louçã de sua esplêndida beleza, já que tudo nela havia então alcançado seu máximo grau de perfeição, como no caso de uma fruta madura. A dor tornou-a altiva e austera até mesmo com relação aos que, para secar suas lágrimas, vinham falar-lhe de amor. O próprio Papa visitou-a em seu palácio, a fim de levar-lhe sua palavra de solidariedade.

Mesmo assim ela permaneceu afundada em seu pesar, dizendo que iria entregar-se a Deus, pois homem algum jamais a satisfizera, por muitos que tivesse conhecido, e que todos, inclusive um padreco a quem ela havia devotado verdadeira adoração, qual se fosse uma sagrada relíquia, a havia enganado, coisa que Deus nunca o faria.

Tal decisão fez tremer mais de um sujeito, já que ela representava a felicidade de um grande número de senhores. Por isso, as pessoas se encontravam nas ruas de Roma e se saudavam dizendo:

— Que foi que Madame Impéria decidiu fazer? Privar o mundo do amor?

Houve até mesmo embaixadores que escreveram a seus governantes sobre esse assunto. O Imperador dos romanos ficou mui pesaroso com isso, pois se havia divertido à larga com Impéria durante onze semanas, e só a deixara devido a ter de seguir para a guerra. Amava-a tanto como ao membro mais valioso de seu corpo, o qual, para ele, apesar da opinião diversa de seus cortesãos, seria o olho, pois, segundo argumentava, somente ele conhecia de cima abaixo sua bem amada Impéria.

Tendo em vista essa situação, o Papa mandou chamar a bela Impéria e a apresentou a um médico espanhol, que, com argumentos repletos de citações gregas e latinas, demonstrou que, em razão de pranto e tanta angústia, a beleza dela iria perder-se, e que pela porta dos pesares iriam imiscuir-se as rugas. Essa proposição, confirmada pelos doutores em controvérsias religiosas, teve como conseqüência que naquela mesma noite foram reabertas as portas do palácio de Impéria. Ali foram chegando e enchendo os salões jovens cardeais, vários enviados de países estrangeiros, pessoas de extensos cabedais, e figurões de Roma, e aprontaram um alegre bulício. Os homens do povo acenderam fogueiras do lado de fora, e todo o mundo celebrou o retorno da rainha dos prazeres a seu ofício, ela que, naquele tempo era a rainha dos amores.

Os artesãos de todo gênero queriam-na muito, porque ela gastava vultosas somas para enfeitar uma igreja local, edificada num lugar de onde se podia divisar a tumba de Teodora, a qual foi mais tarde destruída durante o saque de Roma, na mesma época em que se deu a morte do Condestável de Bourbon, aquele traidor. Essa destruição deveu-se ao fato de que a santa donzela havia sido enterrada dentro de um ataúde de prata maciça com ornatos de ouro, do qual os soldados se quiseram apoderar. Diz-se que aquela imponente basílica teria custado mais que a pirâmide construída antigamente, mil e oitocentos anos antes da chegada de nosso divino Salvador, pela nobre Rodepa, cortesã egípcia, acontecimento que comprova a antigüidade desse grato ofício, ao mesmo tempo em que demonstra como os sensatos egípcios sabiam recompensar o prazer, e como é que as coisas se vão depreciando, visto que, hoje em dia, na rua do Petit Heuleu, em Paris, por pouco mais de um tostão se pode dispor de uma camisola recheada de carne palpitante. Não se trata de uma abominação? Nunca dantes se vira Madame Impéria tão esplêndida como naquela primeira festa depois de seu luto.

Todos, príncipes, cardeais e demais pessoas presentes, diziam que ela estava digna de receber as homenagens do mundo inteiro, junto a ela representado por um nobre de cada país conhecido, e assim se pôde demonstrar plenamente que a beleza, onde quer que se estivesse, era a rainha de todas as coisas.

O enviado do Rei de França, um cadete da casa de L'Isle-Adam, embora ainda não houvesse visto Madame Impéria e tivesse muita curiosidade por conhecê-la, somente chegou ao palácio depois que a festa já havia começado. Era um jovem cavaleiro mui bem apessoado, que merecera o especial apreço do Rei, em cuja Corte vivia uma sua querida amiga, a quem ele amava com infinita ternura. Tratava-se da filha do Senhor de Montmorency, cujas terras confinavam com as da casa de L'Isle-Adam. O Rei o encarregara de certas missões sigilosas no ducado de Milão, que ele havia cumprido com tal acerto, que logo em seguida fora mandado a Roma para acelerar aquelas negociações que os historiadores comentaram extensamente em suas obras. E como, por ser cadete, o pobre e gentil L'Isle-Adam nada tinha de seu, ele esperava muito daquele tão bom começo. Não era nem alto nem baixo, mas sim dotado de porte altivo, ereto como uma

Nunca dantes se vira Madame Impéria tão esplêndida como naquela primeira festa depois de seu luto. Todos, príncipes, cardeais e demais pessoas presentes, diziam que ela estava digna de receber as homenagens do mundo inteiro.

coluna; de resto, era moreno, de radiantes olhos negros, barba digna de um velho legado, e a quem ninguém conseguia passar a perna. A par de suas maneiras corteses, tinha um ar ingênuo de menino, o que lhe conferia uma aparência graciosa e gentil, qual a de uma menina risonha.

Ao ver esse cavaleiro em sua mansão, Impéria se sentiu tomada por idéias extremamente fantasiosas, o que a levou a dedilhar com ardor seu alaúde, fazendo-o vibrar com uma sonoridade que havia muito tempo ali não se escutava. Diante daquela juventude tão louçã, sentiu no corpo uma tal ardência amorosa que, se seu orgulho imperial não a houvesse impedido, teria dado uma mordida naquelas apetitosas maçãs do rosto que brilhavam como maçãs de verdade.

Cabe agora lembrar que as mulheres consideradas cheias de escrúpulos, quais o são as damas de saios nobres, ignoram tudo acerca da natureza do homem, já que restringem sua análise a um único exemplar, como aconteceu com a Rainha de França, que acreditava terem todos os homens um terrível mau hálito, porquanto assim o tinha o Rei. Mas uma grande cortesã como a bela Impéria conhecia os homens a fundo, por ter tido contato com um grande número deles. Os que freqüentavam sua alcova sentiam ali dentro tanta vergonha quanto a que sentiria um cão vadio. Não escondiam dela coisa alguma, talvez pela certeza que tinham de que tão cedo não voltariam a vê-la.

Muitas vezes ela lamentava essa sua condição, e costumava dizer que seus sofrimentos eram antes devidos ao prazer do que à dor. Era esse o lado escuro de sua vida. Mas há que se levar em conta que seus admiradores tinham de vir ao seu palácio trazendo um burro carregado de escudos para poderem passar a noite com ela, e se entregavam a estentóreas lamentações caso a bela Impéria recusasse recebê-los.

Assim sendo, para ela não passou de uma fantasia juvenil semelhante à que havia experimentado com relação àquele padreco cuja história abre a seqüência destas narrativas picarescas. Entretanto, por estar então com uma idade mais avançada do que no tempo daquele bendito noviço, o amor se instalou mais profundamente em seu coração, e ela se deu conta de tratar-se de um amor da mesma natureza do fogo, pois não demorou a se sentir abrasada. De fato, aquele amor deixava sua pele em carne viva, como um gato esfolado, morta de vontade de cair em cima do cavaleiro e de levá-lo qual presa capturada para sua cama, assim como o faz um bichano com um camundongo.

Somente a duras penas conseguiu refrear seu desejo. Quando o jovem se aproximou para saudá-la, ela assumiu um ar altivo e displicente, agindo de modo arrogante e majestoso, como costumam proceder aquelas que têm um capricho amoroso no coração. Essa atitude distante com relação ao jovem embaixador foi tão acintosa que alguns chegaram a imaginar que ela estaria agastada com sua presença, equivocando-se quanto a isso, já que ela agira de um modo então considerado normal naquela circunstância.

Para L'Isle-Adam, que estava apaixonado por sua graciosa namorada, pouco se lhe deu a indiferença demonstrada por Madame Impéria, e em momento algum quis tirar a limpo se estaria diante de uma mulher séria ou frívola. O que fez foi divertir-se durante o restante da noite como cabra solta no campo.

Despeitada ao perceber tal reação, a bela Impéria mudou de tom: de áspera e distante, tornou-se galharda e brincalhona; aproximou-se dele, suavizou a voz, aguçou o olhar, mostrou-se faceira e coquete, deixou-se encostar nele, chamou-o de querido, dirigiu-lhe palavras de seda, tamborilou os dedos em sua mão e acabou por lhe dirigir sorri-

Ao ver esse cavaleiro em sua mansão, Impéria se sentiu tomada por idéias extremamente fantasiosas. Diante daquela juventude tão louçã, sentiu no corpo uma tal ardência amorosa que, se seu orgulho imperial não a houvesse impedido, teria dado uma mordida naquelas apetitosas maçãs do rosto que brilhavam como maçãs de verdade.

sos extremamente corteses. Já o jovem, não imaginando que uma pessoa tão inexpressiva quanto ele pudesse despertar naquela diva qualquer interesse, mormente por ser desprovido de riquezas, e sem saber que a beleza dela valia todos os tesouros do mundo, não caiu naquela rede, mantendo-se de cabeça erguida como um galo, e conservando o punho apoiado na cadeira. Esse total desdém por suas tentativas de conquistá-lo irritou o coração da beldade, tornando-se a chispa que acabou por incendiá-la. Se estais duvidando disso, é porque não sabeis em que consistia o ofício da bela Impéria, que de tanto o praticar, podia ser comparada a uma lareira que por longo tempo estivera acesa, e que agora se encontrava repleta de cinza e fuligem. Nessa circunstância, bastaria uma faísca para que tudo voltasse a arder ali onde uma centena de feixes de gravetos pouco tempo atrás estavam em chamas.

Portanto, ela queimava por dentro, de cima abaixo, de maneira espantosa, e só mesmo a água do amor poderia apagar aquele fogo que a consumia. Sem notar tal ardor, o cadete de L'lsle-Adam foi-se embora. Aturdida por essa saída inesperada, Madame Impéria acabou por perder o juízo dos pés à cabeça, de tal modo que mandou um criado atrás dele, para convidá-lo a passar a noite com ela. Em momento algum de sua vida havia ela se rebaixado tanto, nem sequer no caso de um rei, de um papa ou de um imperador, pois a escravidão na qual mantinha os homens havia conferido a seu corpo tão alto valor que quanto mais desdenhosa se mostrava, mais era desejada. Foi dito então ao nosso displicente herói, pela astuta aia da senhora, que ela pretendia reentrar esplendorosamente na vida de cortesã, e que, com toda certeza, iria brindá-lo com suas mais lindas invenções amorosas. Envaidecido por essa inesperada oferta, L'Isle-Adam voltou ao palácio. Como todos haviam notado que Madame Impéria ficara pálida quando o enviado de França tinha saído, fez-se um burburinho ecumênico quando o viram voltar, especialmente por terem notado que ela havia recobrado sua antiga alegria e seus conhecidos e apreciados trejeitos amorosos.

Um prelado inglês que havia esvaziado mais de um bojudo jarrão de vinho, e que bem gostaria de dar uma provadinha na bela Impéria, acercou-se de L'Isle-Adam e lhe segredou ao ouvido: "Agarrai-a bem firme, a fim de que ela nunca mais nos escape!" Esse caso foi relatado ao Papa na hora em que ele se estava levantando, recebendo do Pontífice o seguinte comentário: "*Laetamini, gentes quoniam surrexit Dominus*", frase que os velhos cardeais abominaram, visto que consideraram tratar-se de uma profanação dos textos sagrados. Ao escutar essa crítica, o Papa aproveitou a ocasião para repreendê-los e lhes admoestar, dizendo que, por melhores cristãos que fossem, eram maus políticos. Ele contava com a bela Impéria para controlar o Imperador, e com esse propósito, a vinha cumulando de lisonjas.

Apagadas as luzes do palácio, viam-se frascos de ouro espalhados pelo chão, e muita gente embriagada dormindo estirada sobre os tapetes. Então, a senhora entrou na sua alcova, levando pela mão seu dileto amigo do coração, tão satisfeita, que confessou mais tarde estar sentindo naquele momento um desejo de tal modo angustiante que pouco lhe faltou para deitar-se ali mesmo no chão, como besta de carga, e lhe pedir para esmagá-la.

L'Isle-Adam tirou suas roupas e se deitou na cama como se estivesse em sua casa. Madame, arfando de impaciência, acabou de arrancar as saias já meio desabotoadas, saltou sobre o leito e se entregou às carícias de amor, com uma tal sofreguidão que

Quando o jovem se aproximou para saudá-la, ela assumiu um ar altivo e displicente,
agindo de modo arrogante e majestoso, como costumam proceder
aquelas que têm um capricho amoroso no coração.

deixou assombradas suas criadas, que sabiam não haver na cama mulher alguma tão reservada como ela.

Esse fato se espalhou por todo o país, pois os dois amantes permaneceram naquele leito durante nove dias, bebendo, comendo e se entregando a jogos amorosos de modo magistral e superlativo. Ela mais tarde comentava com suas aias que havia encontrado uma fênix de amor, que renascia a cada nova vez que se amavam.

Foi tema de conversa em toda a Roma e por toda a Itália essa famosa derrota sofrida por Impéria, que se vangloriava de não ceder diante de homem algum, e que cuspia na cara de qualquer um, ainda que se tratasse de um duque, uma vez que, no que tangia aos já mencionados burgraves e margraves, deixava que segurassem a cauda de seu vestido, alegando que, se os não pisoteasse, seria por eles pisoteada. Ela também confessava a suas aias que, diferente do que acontecera com os homens que havia suportado, no caso daquele menino, quanto mais o mimava, mais ganas tinha de mimá-lo, e que nunca poderia prescindir daqueles formosos olhos que a deslumbravam, nem de seus lábios de coral que a deixavam sempre sequiosa de beijos. Dizia ainda que, se ele assim o quisesse, ela deixaria que ele chupasse seu sangue, mordesse seus seios, que eram os mais formosos do mundo, e cortasse seus cabelos, dos quais só havia dado uma simples amostra ao bondoso Imperador dos romanos, que a conservava pendurada no pescoço como valiosa relíquia. Acrescentou por fim que sua verdadeira vida havia começado aquela noite, pois aquele tal de Villiers de L'Isle-Adam conseguira que os divertimentos amorosos a tivessem deixado comovida, e que tão-somente numa ocasião em que ela esfregara o local de uma picada de inseto foi que sentira seu sangue dar três voltas em seu coração.

Ouvindo isso, mais de um de seus amigos sentiu-se aflito. Já na primeira vez que saiu de casa, Madame Impéria revelou a algumas damas romanas que morreria de paixão se aquele gentil-homem a deixasse, circunstância na qual, como a rainha Cleópatra, se deixaria envenenar por uma áspide ou um escorpião. E para rematar disse sem reservas que estava dando adeus a suas loucas fantasias, e que iria mostrar ao mundo inteiro o que era a virtude, deixando seu belo império para seguir Villiers de L'Isle-Adam, pois preferia ser sua criada do que reinar sobre todo o mundo.

O cardeal inglês observou ao Papa que aquele amor verdadeiro só acontece uma única vez no coração de uma mulher que era a alegria de todos; portanto, tal casamento seria uma infame depravação, e que Sua Santidade deveria torná-lo nulo e sem valor, mediante a edição de um breve "*in partibus*", já que ele constituía um agravo à boa sociedade.

O amor dessa pobre mulher que confessava todas as misérias de sua vida acabou por calar todos os rumores, fazendo com que cada qual aceitasse sem queixas sua felicidade.

Um belo dia, em plena quaresma, a bela Impéria ordenou a toda a sua criadagem que se confessasse e voltasse a encomendar-se a Deus; depois, foi prostrar-se de joelhos aos pés do Papa, e seu arrependimento de amor resultou na remissão de todos os seus pecados, tendo ela certeza de que a absolvição conferida pelo Sumo Pontífice daria a sua alma a virgindade que lhe doía não poder oferecer a seu amigo. É de se crer que a pia de água benta alguma virtude possua, pois o pobre cadete se viu colhido numa rede tão bem urdida que chegou a imaginar que se achava no Céu, tanto que deixou de lado as negociações encomendadas pelo Rei de França, renunciou ao amor que votava à

Mademoiselle de Montmorency, e, desejoso de viver e morrer junto de Império, tudo abandonou para casar-se com ela. Foram esses os efeitos das sábias providências tomadas por aquela grande dama do prazer, ao colocar sua ciência a serviço de um amor tão meritório.

Numa soberba festa para comemorar suas núpcias, que foram maravilhosas, e às quais assistiram vários príncipes italianos, Madame Império despediu-se de seus favoritos e admiradores. Corria o boato de que ela possuía um milhão de escudos de ouro. A despeito de se tratar de uma soma tão vultosa, em vez de criticar L'Isle-Adam, todos lhe fizeram grandes elogios, visto ter ficado claro que tanto Império como seu jovem esposo estavam tão indiferentes a tal circunstância, que isso nada representava para eles.

O Papa abençoou esse matrimônio, dizendo ser uma linda coisa presenciar um tal desfecho para a vida de uma dama insensata que, pela via do matrimônio, se reencontrava com Deus.

Então, naquela última noite, na qual foi dada a permissão a todos de contemplarem a rainha de beleza que em breve iria converter-se numa simples castelã no reino de França, houve grande número de pessoas que lamentou a perda das noites de risos, das ceias da meia-noite, dos bailes de máscaras, das magníficas diversões e daquelas horas lascivas nas quais todos lhe abriam seus corações. Em suma, todos deploraram não mais poder desfrutar do prazer na casa daquela esplêndida mulher, que parecia então mais apetitosa que em qualquer primavera de sua vida, pois seu extremado ardor amoroso fazia com que ela brilhasse como o Sol. Foram muitos os que lastimaram aquele seu triste capricho de se tornar uma dama de prol. A esses tais, Madame de L'Isle-Adam respondia, fazendo chiste, que, depois de vinte e quatro anos empregados em promover o bem público, fizera por merecer um bom descanso. Outros retrucaram que, por muito distante que estivesse o Sol, cada um podia desfrutar de sua quentura, ao passo que ela agora lhes estava privando do calor de sua presença. A isso ela respondia que sempre haveria sorrisos para aqueles que fossem verificar como ela estaria se saindo em seu papel de dama respeitável. De novo se manifestou o enviado inglês, dizendo que ela era capaz de tudo, inclusive de levar a virtude até seu ponto mais extremo.

A cada um de seus amigos ela deixou um presente, e aos pobres e miseráveis legou vultosas somas. Depois renunciou aos bens que havia herdado de Teodora, dados a ela pelo já citado cardeal de Ragusa, destinando-os ao convento onde sua filha havia estado, e à igreja que mandara construir.

Iniciada a viagem, os dois recém-casados foram acompanhados durante um bom trecho por ginetes enlutados, e também por pessoas do povo, todos lhes desejando mil venturas, já que Madame Império somente era dura com os grandes, sempre se mostrando delicada e cortês com os pequenos.

Durante o percurso, muitas festas foram prestadas àquela bela deusa do amor em sua passagem por todas as cidades da Itália nas quais havia chegado a notícia de sua conversão, e onde todos ardiam de curiosidade por ver aqueles esposos tão amorosos, pois aquilo não deixava de ser um caso bastante raro. Alguns príncipes acolheram em sua corte o encantador casal, dizendo ser mais do que justo render homenagem àquela mulher que tivera a coragem de renunciar a um verdadeiro império para converter-se em dama de prol. Todavia, houve um desalmado, o *Signor* Duque de Ferrara, que tratou com desdém o cadete de L'Isle-Adam, afirmando que sua sorte não lhe custara muito caro. Para responder a essa primeira ofensa, Madame Império demonstrou a nobreza de seu coração renunciando a todos os escudos provenientes de seus antigos amantes para ornar, na cidade de Florença, a cúpula da igreja de Santa Maria del Fiore, dando

margem a que se zombasse da sovinice do *Signor* d'Este, que se vangloriava de ter edificado uma igreja modesta, usando como desculpa sua parca disponibilidade de recursos. Há que se levar em conta que seu irmão cardeal muito o censurou por aquelas palavras.

A bela Impéria só conservou seus próprios bens e aqueles que, por certo consideráveis, lhe tinham sido entregues pelo Imperador por ocasião de sua partida, em razão da amizade que ele lhe dedicava.

L'Isle-Adam bateu-se em duelo com aquele duque, a quem deixou ferido. Assim foi como se nenhuma ofensa tivesse sido feita, fosse à Senhora de L'Isle-Adam, fosse a seu marido. Tal rasgo de cavalheirismo fez com que, por ocasião de sua passagem, fossem ambos gloriosamente acolhidos por onde quer que estivessem, especialmente quando cruzaram o Piemonte, onde as festas foram esplêndidas.

Constam em muitas antologias várias poesias, tais como sonetos, epitalâmios e odes, compostos naquela época pelos poetas locais, mas todos esses poemas eram pobres, comparados com aquilo que, segundo as palavras de *Maese* Boccaccio, era a própria Poesia.

O galardão por essa série de festividades coube ao bondoso Imperador dos romanos, que, ao tomar conhecimento da néscia atitude do Duque de Ferrara, enviou um emissário encarregado de entregar a sua dileta amiga uma carta de próprio punho redigida em latim, na qual dizia que a amava pelo que ela era, e que se alegrava por estar a par de sua felicidade, conquanto se entristecesse ao constatar que aquela ventura não tinha a ver com ele, que agora perdera o direito de recompensá-la, mas que se o Rei de França não a tratasse com a devida deferência, ele iria considerar que seria motivo de honra se Villiers se integrasse ao Santo Império, e que lhe concederia os principados que ele houvesse por bem escolher dentro de seu patrimônio real. A bela Impéria respondeu que sabia quão magnânimo era o Imperador, mas que, por mais afrontas que viesse a sofrer na França, já se decidira a morrer ali.

II — Como foi que chegou ao fim o dito matrimônio

Impéria, que se tornara a Senhora de L'Isle-Adam, temendo não receber por parte dos nobres franceses uma boa acolhida, não quis seguir para a Corte, preferindo viver no campo, onde, depois de adquirir o domínio de Beaumont-le-Vicon, seu marido ali a estabeleceu suntuosamente, dando lugar ao equívoco relatado por nosso bem amado Rabelais em seu mui brilhante livro. Villiers também comprou o domínio de Nointel, os bosques de Carenelle e Saint Martin, e outros lugares vizinhos de L'Isle-Adam, onde morava seu irmão mais velho. Com essas aquisições ele se converteu no mais poderoso senhor da Île-de-France e do condado de Paris. Construiu o magnífico castelo de Les Beaumont, destruído já faz muito tempo pelos ingleses, e o decorou com belos móveis e cortinas, tapetes suntuosos, arcas, quadros, estátuas e outras coisas dignas de se verem, todas escolhidas por sua mulher, que era entendida nessas coisas, o que fazia rivalizar essa morada com os mais formosos castelos então conhecidos.

Era tão invejada por todos a vida que levava aquele casal, que na cidade de Paris e na Corte só se falava dos dois, da felicidade do senhor de Beaumont, e, sobretudo, da perfeita, leal, amável e religiosa vida de sua esposa, a quem alguns, pela força do hábito, continuavam chamando de Madame Impéria. Quanto a ela, não era altiva nem cortante como o aço, mas poderia servir de exemplo a uma rainha pelas virtudes e qualidades que

Impéria, que se tornara a Senhora de L'Isle-Adam, temendo não receber por parte dos nobres franceses uma boa acolhida, não quis seguir para a Corte, preferindo viver no campo.

possuía como dama de sumo respeito. A Igreja a estimava por sua grande religiosidade, pois, como ela mesma se lembrava, havia convivido bastante com eclesiásticos — abades, bispos, cardeais —, que agora viviam a aspergir-lhe água benta, e, no confessionário, a manter viva em sua memória sua bem-aventurança eterna. Assim, ela nunca se havia esquecido de Deus.

Tal efeito provocaram em Sua Majestade os elogios que sobre o casal lhe chegaram, que, desejoso de ver aquela maravilha, ele foi a Beauvoisis, concedendo ao senhor de Beaumont a insigne honra de dormir em seu castelo, ali permanecendo por três dias, durante os quais tomou parte numa caçada real com a Rainha e toda a Corte.

Pois ficai certos de que as maneiras daquela beldade, proclamada rainha da cortesia e da formosura, deixaram maravilhados o Rei, a Rainha, as damas e toda a Corte. Sinceros cumprimentos recebeu L'Isle-Adam, primeiro por parte do Rei, depois da Rainha e de todos os demais, por ter desposado uma mulher de tão excelsas qualidades. Pela magnanimidade de seu nobre coração e pelo devotado amor que dedicava a seu marido, além de outras virtudes como sua modéstia, a castelã alcançou bem mais do que teria conseguido caso se mostrasse altaneira, pois foi convidada a ir à Corte e a outras partes. Ficai ademais seguros de que, escondidos sob a bandeira da virtude, seus encantos se mostraram ainda mais notáveis.

O Rei concedeu o cargo vacante de Lugar-Tenente da Île-de-France e titular do Prebostado de Paris a seu antigo enviado, outorgando-lhe o título de Visconde de Beaumont, e desse modo tornando-o Governador de toda a província, o que lhe permitiu desfrutar de uma alta posição na Corte.

Infelizmente, daquela estada na Corte restou uma chaga aberta no coração da senhora de Beaumont, pois um cortesão desalmado, com inveja daquela felicidade sem sombras perguntou-lhe maldosamente se Beaumont lhe havia falado de seus primeiros amores com *Mademoiselle* de Montmorency, que então acabara de completar vinte e dois anos, e que tinha dezesseis quando se celebrou o casamento em Roma. A dita senhorita gostava tanto dele que tinha permanecido solteira, e se recusava a contrair matrimônio com quem quer que fosse, vivendo desde então com o coração partido. E como preferia não ver seu antigo amor que lhe fora arrebatado por Impéria, estava pensando em entrar para o convento de Chelles. Impéria nunca escutara esse nome, o que lhe mostrou o quanto seu marido a amava. Tende em mente que todo aquele tempo se escoara como se não houvesse transcorrido mais que um único dia, tanto que os dois chegavam a crer que se tinham casado na véspera, que para eles cada noite era como se fosse a de suas bodas, e que se o Visconde se afastava de sua esposa para tratar de algum assunto, ficava mergulhado em profunda melancolia, já que nem ele nem ela podiam perder-se de vista.

O Rei, que nutria uma grande simpatia pelo Visconde, fez-lhe um dia uma pergunta que ficou cravada em seu coração como se fora um espinho:

— Ainda não tivestes filhos?

A isso Beaumont reagiu como um homem ferido em cuja chaga alguém houvesse metido o dedo, assim respondendo:

— Quem tem filhos, Majestade, é meu irmão. Assim, assegurada está nossa linhagem.

Mas aconteceu que os dois filhos de seu irmão morreram repentinamente, um ao air de um cavalo durante um torneio, e o outro em decorrência de uma enfermidade. O enhor de L'Isle-Adam — o primogênito — ficou tão amargurado com as mortes dos us amados filhos, que também veio a falecer pouco tempo depois. Assim se uniram ao

Construiu o magnífico castelo de Les Beaumont, e o decorou com belos móveis e cortinas, tapetes suntuosos, quadros, estátuas e outras coisas dignas de se verem, todas escolhidas por sua mulher, que era entendida nesses assuntos, fazendo rivalizar essa morada com os mais formosos castelos então conhecidos.

Era tão invejada por todos a vida que levava aquele casal, que na cidade de Paris e na Corte só se falava dos dois, da felicidade do senhor de Beaumont, e, sobretudo, da perfeita, leal, amável e religiosa vida de sua esposa, a quem alguns, pela força do hábito, continuavam chamando de Madame Impéria.

domínio de L'Isle-Adam — herdeiro único — os bosques confinantes ao viscondado de Beaumont, as propriedades de Carenelle e todas as áreas limítrofes, já que ele passara a ser o cabeça daquela nobre casa.

Nessa altura, a senhora, que já estava com quarenta e cinco anos, em virtude de sua constituição robusta, bem que seria capaz de conceber, mas isso até então não acontecera. Ao ver o desastre que havia acontecido com a linhagem de L'Isle-Adam, ficou ansiosa por ter sua própria descendência. Todavia, como passados sete anos ela nunca dera qualquer sinal de engravidar, acreditou que aquela ausência de fecundação procedia, segundo a opinião de um sábio físico que mandara vir de Paris, à variedade de maneiras que o casal empregava para obter o prazer, pois ambos, tanto ela como seu marido, sempre mais amantes que esposos, apreciavam empenhar-se em jogos amorosos, impedindo com isso que a concepção ocorresse. Por isso, durante algum tempo, a boa mulher se empenhou em permanecer na cama imóvel qual uma galinha quando está sendo coberta pelo galo, pois o tal médico lhe havia explicado que na Natureza os animais nunca deixam de procriar, uma vez que as fêmeas não empregavam artifício algum, nem sentiam melindres, nem tomavam parte fosse em brincadeiras lésbicas, fosse em outros mil expedientes aos quais as mulheres recorrem para amadurecer as azeitonas de Poissy. "Deve ser por isso", concluiu ela, com toda a razão, "que são eles chamados de irracionais". Jurou não mais empregar com o marido procedimento algum que não fosse voltado para a procriação, relegando ao esquecimento as doces carícias que antes tanto embalavam suas noites. Ai! — ela então passou a ficar inteiramente inerte no leito, como aquela alemã cujo apático comportamento resultou no fato de ter sido montada por seu marido depois que já havia morrido. O pobre varão foi pedir absolvição desse seu pecado ao Papa, que, em seu famoso breve apostólico dirigido às damas da Francônia, recomendou-lhes publicamente que não deixassem de se mexer nem que ao menos ligeiramente durante o enlace amoroso, para que aquele tipo de erro não voltasse a ser cometido.

Apesar dessas providências, a senhora de L'Isle-Adam não conseguia engravidar, e mergulhou num estado de profunda melancolia. Mas ao mesmo tempo começou a notar que seu marido passara a ficar tristonho, e observou com freqüência que, quando imaginava não estar sendo visto, L'Isle-Adam se punha a chorar, angustiado pelo fato de ainda não ter conseguido gerar um fruto de seu amor. Logo se misturaram as lágrimas dos dois esposos, pois naquele belo matrimônio tudo era compartilhado, e como eles sempre estavam juntos, era fatal que os pensamentos de um se mesclassem aos pensamentos do outro.

Quando Impéria via uma criança, morria de tristeza, e para se recobrar levava um dia inteiro. Frente a tal sofrimento, L'Isle-Adam mandou que todos os pirralhos fossem mantidos distantes da esposa, a quem dirigiu palavras de consolo, tais como que com freqüência os filhos acabavam nascendo muito feios, ao que ela retrucou que um filho gerado por eles dois, que tanto se amavam, teria de ser o mais bonito do mundo; disse ele então que seus filhos poderiam vir a morrer, tal qual ocorrera com os de seu pobre irmão, ao que ela contestou dizendo que não os deixaria se afastarem da barra de sua saia, do mesmo modo que a galinha mantém sempre seus pintainhos ao alcance da vista. Para tudo que ele dizia, tinha ela uma resposta.

Por fim, mandou ela chamar até o palácio uma mulher suspeita de praticar magia e entender desses mistérios, a qual lhe disse que muitas vezes as mulheres não concebiam por ignorar o modo de proceder dos animais, pois, se os conhecessem, poderiam engravidar sem problemas, bastando que empregassem procedimentos mais simples. Dispôs-se então

Todo aquele tempo se escoara como se não houvesse transcorrido mais que um único dia, tanto que os dois chegavam a crer que se tinham casado na véspera.

a senhora a agir daquele modo, o que também não resultou em qualquer inchação do ventre, que continuou tão liso e alvo como mármore.

Ela então resolveu recorrer de novo à ciência médica dos mestres doutores de Paris, e mandou buscar um famoso médico árabe recém-chegado à França com a fama de ser versado numa nova ciência. E foi desse modo que aquele médico, seguidor da escola de um tal Averróis, pronunciou esta cruel sentença: por ter tido contato com excessivo número de homens, e por se ter entregue a mil caprichos de amor como tivera o costume de fazer quando cumpria seu lindo ofício, ela acabara por arruinar para sempre certas partes do corpo nas quais a Mãe Natureza havia colocado alguns ovos que, quando fecundados pelos varões, eram incubados interiormente, e dos quais nasciam durante o parto os pequenos de qualquer fêmea provida de mamas, fato comprovado pela coifa ostentada por certos bebês ao nascerem.

Aquele argumento pareceu tão sumamente absurdo e néscio, tão contrário aos livros sagrados nos quais se estabelece a majestade do homem feito à imagem de Deus, e tão oposto aos sistemas vigentes da reta razão e da pura doutrina, que os doutores de Paris até fizeram chacota do tal médico árabe, que abandonou aquela escola de pensamento e nunca mais voltou a tocar no nome de seu mestre Averróis.

Tendo Impéria ido em sigilo a Paris, disseram-lhe os médicos locais que voltasse a seguir seu antigo modo de vida, pois durante seus anos de amor ela tivera do cardeal de Ragusa a bela Teodora, que as mulheres desfrutavam do direito de ter filhos até que cessasse a maré de sangue, e que ela, portanto, procurasse multiplicar as oportunidades de se engravidar. Tão sensata lhe pareceu aquela opinião que ela passou a multiplicar suas tentativas, mas isso resultou em também multiplicar suas decepções, já que somente colheu flores sem fruto.

Aflita com esse resultado, ela resolveu escrever ao Papa, que tão bem a queria, para torná-lo partícipe de suas dores. Numa amável homilia escrita de próprio punho, Sua Santidade respondeu que ali onde falhavam a ciência dos homens e as coisas terrenas, era mister encomendar-se ao Céu e implorar a graça de Deus. Assim, em companhia de seu esposo, ela resolveu visitar a igreja de Notre Dame de Liesse, famosa por atuar em casos semelhantes, e fez a promessa, caso viesse a ter um filho, de construir uma magnífica catedral.

Ali acabou cansando e ferindo seus lindos pés, e não concebeu nada mais que um tão penoso sofrimento, que alguns de seus formosos cabelos caíram, e outros se tornaram brancos. Com o tempo, as possibilidades de ter filho se lhe foram sendo retiradas, e disso lhe advieram espessos vapores, produzidos pela hipocondria, e que acabaram por provocar o amarelecimento de sua cútis.

Ela já havia completado quarenta e nove anos, e vivia em seu castelo de L'Isle-Adam, onde se enfraquecia a olhos vistos, como os leprosos do Hospital da Santa Cruz. Quanto mais via L'Isle-Adam sempre enamorado e bom como o pão com relação a ela, e achava que não conseguia cumprir seu dever por ter sido muito usada pelos homens, e agora, segundo costumava dizer com desprezo, não passava de uma panela para cozinhar chouriço, mais se desesperava a pobre coitada. "Ai!" — lamentou-se ela num certo entardecer, com o coração atormentado por seus pensamentos, — "apesar da Igreja, apesar do Rei, apesar de tudo, a senhora de L'Isle-Adam nunca deixou de ser a malvada Impéria".

E assim, ao ver aquele garboso fidalgo desfrutar de tudo que se possa desejar, de uma considerável fortuna, do favor real, de um amor sem igual e uma esposa sem par, que lhe proporcionava prazeres tais como nenhuma outra pessoa poderia fazer, e a quem só faltava realizar o desejo que mais atormenta a mente dos membros de uma família de alta linhagem, ou seja, garantir sua descendência, apoderava-se dela um violento ataque de raiva.

Aquilo tanto a afetava que, ao ver quão nobre e grande tinha sido ele, ao contrário dela, que, como faltava a seu dever, não podendo dar-lhe um filho, e já desesperançada de um dia engravidar, passou a desejar morrer. Escondeu sua dor no âmago de seu coração e concebeu uma devoção por ele digna de seu grande amor. Para levar a cabo esse heróico propósito, deu largas a sua paixão, cuidou com esmero de sua beleza e fez uso de sábios preceitos para manter sua aparência corporal que ainda desprendia um incrível esplendor.

Por essa época, o Senhor de Montmorency por fim conseguira vencer a repulsa de sua filha pelo matrimônio, e muito se comentou acerca de seu futuro enlace com um certo *Sieur* de Chatillon. Madame Impéria, que morava a umas três léguas de Montmorency, sugeriu um dia que seu esposo saísse para caçar, e se dirigiu ao castelo onde residia a *Mademoiselle*. Ao chegar ao parque, ficou a passear por ali e pediu a um criado que avisasse a *Mademoiselle* que uma senhora viera ali com o propósito de lhe trazer um recado mui urgente, e que lhe rogava conceder-lhe uma audiência. Perturbada pela descrição que lhe fizeram da beleza e da cortesia daquela senhora desconhecida, bem como do séquito que a acompanhava, *Mademoiselle* de Montmorency apressou-se a se dirigir aos jardins, onde encontrou sua rival, que ainda não conhecia.

— Minha amiga — disse chorando a pobre senhora, ao ver quão formosa era aquela jovem, — eu sei que, apesar do amor que sentis pelo Senhor de L'Isle-Adam, houvestes por bem unir-vos em matrimônio com o Senhor de Chatillon. Pois confiai na profecia que

Quando Impéria via uma criança, morria de tristeza, e para se recobrar levava um dia inteiro.

aqui vos faço, de que aquele a quem um dia amastes e que somente faltou a sua palavra por se achar preso em redes tais que nem mesmo um anjo delas conseguiria escapar, logo estará livre de sua antiga esposa, e isso antes que caiam as folhas das árvores. Então podereis ver vosso fiel amor coroado de flores. Tomai coragem, pois, e tratai de desfazer o compromisso de casamento acertado por vosso pai, para que possais casar-vos com aquele a quem de fato amais. Prometei-me em nome de vossa fé que ireis de-

votar ao Senhor de L'Isle-Adam um profundo amor, já que ele é o mais gentil de todos os homens, de nunca lhe causar qualquer dissabor, e de pedir-lhe que vos revele todos os segredos de amor inventados por Madame Impéria, pois sois tão jovem que, se os praticardes, vereis que em seu espírito há de se apagar pouco a pouco a lembrança dela.

Tal foi o assombro que tomou conta de *Mademoiselle* de Montmorency, que ela ficou sem saber o que dizer, deixando que se afastasse aquela rainha de beleza, e pensando que se tratava de uma fada, até que um de seus empregados lhe contou que aquela fada era a Senhora de L'Isle-Adam. Então, obedecendo ao conselho que acabara de receber, *Mademoiselle* de Montmorency disse a seu pai que resolvera adiar seu casamento para depois do outono, em respeito à natureza do Amor, que sempre se casa com a Esperança, em que pesem os néscios enganos que aquela falaz e graciosa companheira lhe dá para sorver como se fosse o mais dulcíssimo mel.

Chegado o tempo da colheita, Impéria não quis que L'Isle-Adam se afastasse dela, e se apresentou diante dele com seus mais resplandecentes encantos, de tal modo que seria de se crer que quisesse arruinar-lhe a constituição física, pois, em seus encontros amorosos, fez com que L'Isle-Adam pensasse que a cada noite estava com uma mulher diferente. Quando despertava, a boa e bela mulher lhe rogava que recordasse sempre aquele ato de amor executado com tanta perfeição.

Um dia, para ficar a par da verdade guardada no coração de seu companheiro, disse-lhe:

— Ah, meu pobre L'Isle-Adam, nós não fomos prudentes quando aceitamos que se casasse um rapazinho como então eras, que nem tinha completado vinte e três anos, com uma velha que já caminhava para os quarenta!...

Ao ouvir isso, ele replicou que era tal a sua felicidade, que o número dos que o invejavam passava de mil, e que, independente de sua idade, ela não tinha rival entre as mais jovens, e que se por casualidade acabasse por envelhecer, a ele pouco importariam suas rugas, sabendo que na tumba ela seria bonita, e que seu esqueleto continuaria sendo amado por ele.

Diante dessas respostas que faziam seus olhos se encherem de lágrimas, uma certa manhã ela retrucou com malícia que *Mademoiselle* de Montmorency era por demais formosa, além de fiel. Aquelas palavras deixaram L'Isle-Adam pensativo e triste, pois lhe trouxeram à lembrança a única falta que cometera em toda a vida, deixando de cumprir a palavra empenhada a sua primeira namorada, cujo amor Impéria conseguira apagar de seu coração, conforme então lhe asseverou. Aquela cândida resposta fez com que ela, comovida com a lealdade de um discurso que, em outras circunstâncias, teria podido feri-la, fê-la correr para ele e o abraçar estreitamente, enquanto lhe dizia:

— Meu querido, faz muitos dias que me sinto afetada por uma contração no coração que já me ameaçou matar quando eu era menina, sentença confirmada por aquele médico árabe. Se eu vier a falecer, quero que te comprometas por tua honra de fidalgo a tomar por esposa *Mademoiselle* de Montmorency. Estou tão segura da proximidade de minha morte que leguei todos os meus bens para se incorporarem ao teu patrimônio, com a condição de que se realize sem falta esse casamento.

Ouvidas tais palavras, e imaginando a tristeza de se ver eternamente separado de sua adorada esposa, L'Isle-Adam empalideceu, sentindo-se desfalecer.

— Sim, meu, amor —disse ela, — Deus me castigou por onde pequei, pois os grandes prazeres que um dia experimentei, hoje me dilatam o coração, e, segundo o médico árabe, me deixaram debilitados os vasos sangüíneos, os quais, no primeiro dia em que a temperatura fique como costuma ser no Senegal, irão arrebentar. Por isso, sempre pedi a Deus que me tire a vida nesta idade que ora tenho, pois não quero ver meus encantos desfeitos pelos anos.

Ao notar como seu marido reagia ante aquelas palavras, a grande e nobre dama teve a confirmação de quanto ele a amava.

E foi assim que ela realizou o maior sacrifício de amor jamais presenciado nesta terra. Só ela sabia quantos atrativos tinham os abraços, as carícias, os afagos trocados no leito conjugal, os quais eram de tal monta, que o pobre L'Isle-Adam teria preferido morrer a ter de viver privado daquelas saborosas iguarias amorosas que ela tão bem sabia preparar. Ao confessar que, caso se empenhasse numa furiosa noite de amor, seu coração se romperia, o cavaleiro caiu de joelhos a seus pés e lhe disse que, para conservá-la viva, não mais iria procurá-la com desejo de amor, e que viveria feliz com o simples fato de poder contemplá-la e tê-la a seu lado, contentando-se com beijar os cachos de seus cabelos e roçar em suas saias. Então, prorrompendo em pranto, ela replicou que preferia a morte à perda de um só botão de rosa da sua roseira silvestre, e que iria morrer tal como havia vivido, já que, por sorte, sabia como proceder para que um homem a cavalgasse quando assim o desejasse, sem necessidade de dizer uma só palavra.

Cabe assinalar que ela havia recebido do já mencionado cardeal de Ragusa um valioso presente que aquele vicioso prelado dizia só poder ser usado *in articulo mortis*, ou seja, em caso de morte. Perdoai essas três palavrinhas latinas pronunciadas pelo cardeal. Tratava-se de um pequeno frasco de fino cristal, confeccionado em Veneza, da grossura de uma fava, que ao ser quebrado entre os dentes desprendia um veneno tão sutil, que produzia uma morte repentina e sem dor. Quem lhe tinha dado essa poção letal fora a *Signora* Tofana, mulher experiente na preparação de venenos, a qual vivia em Roma.

Pois bem, esse delicado frasco de cristal estava debaixo do engaste de um anel, protegido do contato com qualquer objeto contundente por certas placas de ouro. A pobre Impéria levara à boca muitas vezes aquele pequeno frasco, mas sem jamais chegar a mordê-lo, contentando-se em sentir um prazer mórbido naqueles instantes que poderiam ser os derradeiros de sua existência. Limitava-se então a recapitular tudo aquilo que ela poderia fazer antes de morder o cristal, e então decidiu em seu íntimo que, quando houvesse experimentado o mais perfeito dos prazeres, aí, sim, espatifaria entre os dentes o frasquinho de veneno.

Terminada a noite de primeiro de outubro, ouviu-se um grande clamor nos bosques e nas nuvens, como se os Amores tivessem gritado: "*O grande Noc morreu!»,* imitando os deuses pagãos que no advento do Salvador dos homens escaparam pelo céu afora, exclamando: "*Foi assassinado o grande Pã*!" palavras que foram ouvidas por alguns navegantes no Mar da Eubéia e conservada por um dos Padres da Igreja.

Tanto se esmerou Deus em criar um modelo irrepreensível de mulher com Madame Impéria, que, quando ela perdeu a vida, a morte não foi capaz de corrompê-la. Dizem que ela exibia uma cútis magnificamente rosada, que resplandecia iluminada pelo Prazer, e que este chorava enquanto permanecia a seu lado, sem pensar nem por um só instante que ela morrera para liberar seu amado esposo da obrigação de viver ao lado de uma mulher estéril, pois o médico que a embalsamou não disse uma só palavra sobre a causa daquela morte. Quanto ao marido, guardou um rigoroso luto.

O tão perfeito planejamento e execução dessa morte não se tornou conhecido senão seis anos depois do casamento de Villiers de L'Isle-Adam com *Mademoiselle* de Montmorency, já que a ingênua esposa acabou lhe revelando a visita que recebera de Madame Impéria. A partir dessa revelação, o pobre cavaleiro permaneceu durante dias a fio invadido por uma profunda melancolia, que acabou resultando em sua morte, já que ele não mais era capaz de afastar de sua lembrança os prazeres de amor que uma jovem inexperiente não tinha a menor capacidade de restituir-lhe.

E assim se demonstrou a verdade que naquele tempo passou a ser apregoada, de que aquela mulher nunca morria num coração onde um dia havia reinado.

Tudo isso nos ensina que só respeitam de fato a virtude aquelas que alguma vez praticaram o vício, e que, no caso das mulheres honestas, por mais alto que as coloqueis no pedestal da religião, poucas aceitariam sacrificar suas vidas daquele modo.

EPÍLOGO DA TERCEIRA DEZENA

Ao concluir a Terceira Dezena de seus *Contos Picarescos*, Balzac redigiu um "Epílogo", no qual, entre outras coisas, avisa ao Leitor que já dera início à elaboração da Quarta Dezena, uma vez que, segundo seu plano original, a obra completa constaria de uma centena de contos, ou seja, de Dez Dezenas, cada qual editada num volume separado.

Todavia, depois da Terceira Dezena de seus *Contes Drolatiques,* o Autor desistiu de prosseguir com a sua publicação, encerrando prematuramente a projetada grande coleção, que acabou se resumindo aos três tomos — ou seja, às Três Dezenas — que, nesta edição brasileira, foram reunidas num único volume.

Que razões teriam levado Honoré de Balzac a encerrar sem qualquer explicação a elaboração e publicação desses contos em estilo rabelaisiano? Ao que tudo indica, o motivo teria sido a insatisfação do Autor com seu pouco expressivo sucesso de vendagem. Acostumado a publicar obras que se esgotavam velozmente nas livrarias, a modesta vendagem de seus "contos medievais" o teria deixado desapontado, levando-o a desistir de lhes dar prosseguimento.

Entretanto, ele ainda publicou mais um conto nesse estilo, num periódico parisiense, sob forma de folhetim, à semelhança do que já fizera com diversas obras suas (quase todas) antes de dá-las a público em forma de livros. Esse derradeiro *Conto Picaresco* — uma verdadeira jóia literária, — que recebeu o título de "O Íncubo", tem tudo a ver com os demais contos de suas Três Dezenas, com a única diferença de ser um pouco mais curto e objetivo. Nele, Balzac não se detém em considerações de ordem filosófica, histórica, geográfica ou outras, preferindo atacar e narrar a história de maneira lisa e direta, o que conferiu a seu conto uma qualidade narrativa talvez até maior que a dos outros trinta aqui traduzidos.

Na realidade, *O Íncubo* não deveria constar nesta coleção, já que não fora inserido num dos três volumes de *Contos Picarescos* editados em vida por Balzac. Entretanto, em vez de encerrar este livro com um Epílogo que, dadas as circunstâncias, se tornou desnecessário e algo insípido, preferimos presentear o leitor com a tradução deste curioso conto, a nosso ver o melhor da obra "medieval" de Honoré de Balzac.

Assim sendo, vamos a ele.

31 — O ÍNCUBO

É bem sabido quão malparado deixaram o mundo cristão naqueles tempos vários demônios, e não me refiro aqui aos que se passaram por príncipes, militares ou gente ligada à religião, mas sim às bruxas queimadas em praças públicas, e aos demônios alojados no corpo de muitos criminosos, responsáveis por mil malefícios relatados em processos sobre os quais o senhor Bodin escreveu um alentado volume, provando de modo cabal a existência diabólica de íncubos, súcubos e outros seres cornígeros e cornúpetos, bem como de velhas empesteadas, que cavalgavam ilícitas montarias, voando pelos ares para comparecer aos seus conciliábulos, todos os quais, quando submetidos à tortura, confessaram seus extravios e a circunstância de terem lançado mão de poderes infernais e sobre-humanos.

Esse *Monsieur* Bodin, prudente funcionário da Justiça, tinha um amigo na cidade de Angers que nutria enorme pavor com relação a essa corja diabólica, não deixando de lado prática alguma suscetível de afastá-los para bem longe de sua morada.

Por causa dessas práticas, esse seu amigo, cujo nome era Pichard, foi censurado veementemente pelo Bispo de Angers, mormente quando se propalou que ele preparava sua sopa com água benta. Destarte, embora se tratasse de um coletor de impostos rico e mui considerado, pouco faltou para que o encerrassem no xilindró.

Ele comprava relíquias na Corte de Roma e as pendurava em todos os cantos de suas casas, tanto as da cidade como as do campo. Como bem podeis imaginar, nenhuma casa da província de Anjou estava mais bem protegida que as dele.

Segundo se dizia, *Monsieur* Pichard jamais guardaria em sua bolsa algo que tivesse a ver com o demônio, e devido a esse seu pavor, deram-lhe o apelido jocoso de "Pichard, o Diabo".

Não obstante, alguns comentavam que ele vivia com um verdadeiro demônio, representado pela pessoa de sua mulher, formosa e virtuosa dama, à qual vários sujeitos metidos a sedutores haviam cortejado sem êxito algum. Nessas tentativas, suas florezinhas se haviam murchado, suas belas palavras latinas se haviam perdido, e pela província se atribuía aquela indômita virtude às relíquias, visto que elas desprenderiam a seu redor um olor de santidade que envolvia a dita Madame Pichard. Por isso, o bom homem se considerava isento da ação dos blandiciosos sedutores de mulheres casadas e de tipos similares, sendo-lhe mais fácil acreditar na perdição de Nosso Salvador que na infidelidade de sua invicta esposa, ainda mais por ser ela de natureza frígida, que encarava os prazeres do amor com a mesma ojeriza com que um menino encara a obrigação de lavar as orelhas. Naquelas horas, gritava como um porco ao avistar o facão, pressentindo estar próxima a hora de seu sacrifício, e era um tal de chorar, de ranger os dentes e de outros desplantes dirigidos a Pichard quando este queria cumprir seus deveres maritais, obrigando-o a se arranjar com uma empregada muito bonita, sobre a qual, ao que parecia, as relíquias não exerciam efeito algum.

Pois ficai sabendo que aquelas damas de Anjou que sabem como aproveitar bem seus dias acharam muito caras certas relíquias, reagindo como gatas selvagens quando alguns maridos invejosos da felicidade de Pichard quiseram adornar suas casas com as tais, para resfriar suas mulheres e abaixar-lhes o facho, iniciativa que ficou conhecida por todo lado como uma obra mui árdua e de graves conseqüências.

Voltando a nossa história, no ano em *que Monsieur* Bodin veio visitar seu amigo Pichard em Angers, teve de enfrentar a obstinada recusa de sua mulher em acompanhá-lo, pois Madame quis porque quis permanecer em seu leito, fazendo com que seu marido mudasse de idéia, preferindo convidar Bodin a passar uma semana em sua casa de campo, razão pela qual foi a Angers apenas buscá-lo. Mas aconteceu que Bodin não pôde ou não quis deixar a cidade, onde estava recebendo diversas homenagens por parte dos notáveis e da gente de prol, e por essa razão Pichard regressou, decidido a fazer com que sua esposa dobrasse a cerviz, convencendo-a de que seu dever era ir à cidade para fazer as honras da casa ao renomado escritor e homem de grande saber.

Foi a cavalo sozinho, depois, de cear, a fim de não perder nem um segundo do tempo que lhe era concedido pelo amigo Bodin, e voltar acompanhado da esposa já ao primeiro canto das calandras.

O coletor de impostos encontrou entreaberta a porta do pomar, por esquecimento do vigia, e prometeu em seu íntimo passar-lhe uma boa esfrega por isso. Seguiu ao lado da sebe, ao clarão da lua, fazendo seu cavalo marchar sobre a erva que adorna, tanto em Anjou como na Turena, o centro das alamedas das hortas e dos pomares, parques e jardins, para assim conterem a queda das terras carreadas pelas enxurradas, pois, caso não o saibais, Turena, Anjou e arredores são terras onduladas onde os esquilos se sentem muito à vontade, locais mui propícios ao cultivo das vinhas, que ali crescem como mato, proporcionando grandes lucros a todos: aos cortadores de aduelas para tonéis, barricas, cubas e tinas; aos cultivadores de vimieiros e castanheiros para fabricação de arcos de barris; aos toneleiros que fabricam os tonéis; aos vinhateiros que cuidam das videiras; aos fabricantes de lagares; aos vindimadores que pisam as uvas; aos senhores vendedores de vinhos; aos fabricantes de botijas e garrafas; aos pobres coitados que as esvaziam; sem contar os policiais que acodem a abafar as querelas provocadas pelo vinho, e os eclesiásticos que batizam as crianças concebidas pelo poder do vinho, que às vezes faz com que um homem confunda sua mulher com outra. Daí vem o adjetivo *alegre* que costuma ser aplicado à Turena, onde podereis encontrar mulheres a carregar cestos cheios de uvas, maridos felizes que bebem fresco para se aquecerem fazendo amor, toneleiros a assobiar como melros, vinhateiros ágeis como peixes, belas árvores para fazer aduelas, parafusos de sorveira, barricas de carvalho, gente sempre alegre, vinho em tonéis, tonéis nas bodegas, botelhas abertas, cerimônias de bodas, vinhas carregadas, moças enamoradas, presbíteros a devorar nacos de carne, pássaros a cantar nas gaiolas, tudo bulindo, palpitando, rindo, rodando, gritando, mexendo-se, agitando, bamboleando, rebolando, bailando, reverdecendo, bebendo, colhendo, empenhado em jogos amorosos, indo e vindo como em parte alguma do mundo.

E o coletor de impostos dizia consigo mesmo, vendo suas videiras carregadas e a claridade do céu no qual se pavoneava a Lua: "Vamos produzir dez tonéis para cada fanega colhida, caso essa Lua dure...", e bendizia a Lua.

Essa bisbilhoteira que ilumina as ocorrências da noite deixou que o bom coletor enxergasse uma sombra em forma de homem, a trepar como uma lagartixa por uma parreira acima, e se imiscuir de forma milagrosa pela janela do quarto de sua mulher, desaparecendo instantaneamente. Logo deduziu que se tratava de um diabo, pois essa habilidade sobrenatural é uma das características demoníacas dos seres avernais providos de garras. Perquirindo consigo próprio a qual espécie pertenceria aquele demônio, concluiu sem sombra de dúvida que se tratava de um íncubo. Sendo assim, decidiu livrar a esposa de suas garras, maquinando uma maneira de afugentá-lo dali, utilizando o método de espantar demônios preconizado pelo amigo Bodin: arremedar o canto do galo, logo que chegasse perto dele.

Subiu as escadas a passo de ladrão. Chegando junto à porta do quarto de sua mulher, pôs o olho no buraco da fechadura, e viu sobre a cama um genuíno íncubo. Apurando o ouvido, escutou gemidos. Então emitiu um cocoricó tão bem imitado, que o íncubo, convencido de que se tratava de um galo de verdade, nem lhe fez caso. Estranhando o fracasso de sua primeira tentativa, Pichard repetiu o grito. Dessa vez o íncubo levou um tal susto que, sem perda de tempo, saltou da cama e saiu pela janela. Então o coletor, seguro de ter um demônio em casa, agora sem qualquer dúvida quanto ao fato de se tratar de um íncubo, encilhou seu cavalo e tratou de ir atrás de Bodin, a fim de que este o ajudasse a apanhar o demoníaco intruso, adicionando outro processo aos já existentes.

Cavalgou com tal diligência que, em menos de meia hora, alcançava Anjou e pôde encontrar seu amigo antes que ele se recolhesse ao leito. Este então rogou-lhe que descrevesse o encontro em seus mínimos detalhes, considerando-o um das ocorrências mais felizes de sua vida, já que, em seu caso particular, ele mesmo jamais havia deparado com demônios, especialmente íncubos, até aquela data.

— Ah, meu prezado amigo – disse-lhe o bom angevino, — quando fiz "cocorocó" pela segunda vez, o maldito apanhou algo que parecia ser calções, sapatos e calças, deixando-me a impressão de estar carregando nas mãos um traje completo! Estivesse ali outra pessoa que não eu, e teria imaginado tratar-se não do demo, mas de um guapo rapaz, tanto de cara como em seu aspecto geral.

— Usava camisola?

— Oh, sim, e ela me pareceu ser inteiramente branca!

— Isso vai de encontro à afirmativa *de Monsieur* Pasquier, segundo o qual os demônios não usam esse tipo de roupa...

— O que me tirou qualquer dúvida quanto a sua condição demoníaca foi a faculdade demonstrada por ele de saltar do leito e alcançar a janela sem fazer ruído algum, como se estivesse voando!

— E antes disso, que estava fazendo?

— Estava amassando minha pobre mulher com toda a força contra o leito! A coitadinha se debatia, gemendo e gritando, o que atesta sua natureza infernal mais que qualquer outra prova, pois com efeito ela sente profunda ojeriza pelos prazeres do amor.

— Viste seus chifres?

— Só pude vê-lo por trás. Tinha uma aparência de realidade humana perfeita! Sua pele era tão branca como a de minha mulher, e não notei o pelame de bode que, segundo os bons autores eclesiásticos, costuma revestir-lhes o dorso.

— Tinha o pé fendido? — perguntou Bodin.

— Não só fendido, como dotado de garras — respondeu Pichard, — porque, de outro modo, como teria podido trepar pela parede igual uma lagartixa?

Depois disso, seguiram os dois juntos decididos a despertar o Cura da paróquia onde estava situada a quinta. Por volta de meia-noite, chegaram com mil precauções à casa paroquial, de onde saíram, acompanhados do Cura, do sacristão e de um coroinha, intencionados a aprisionar o íncubo, colocando-lhe uma estola no pescoço, para depois presentear a cidade de Angers com sua morte na fogueira.

O mais valente de todos era *Monsieur* Bodin, que se prontificou a ocupar a janela, a fim de não deixar que o diabo saísse voando por aquela saída. O Cura, seguido pelo sacristão, preferiu entrar pela porta, e Pichard, com receio de que o íncubo se escondesse num quartinho ao lado da alcova, ali entrou decidido a proceder a uma minuciosa inspeção.

E foi assim que a boa Madame Pichard, justo no meio de sua opressão diabólica, levou um tremendo susto ao ver entrar pelo quarto a dentro aqueles três vultos, e escutar o "*Vade retro, Satanas*" com acompanhamento de círios acesos. Os conjuradores surpreenderam o demônio participando com ela daquele interessante jogo para o qual são necessárias duas bolas.

— Como podes ver, compadre — segredou Pichard a Bodin, — ele está usando camisola. Trata de escrever a *Monsieur* Pasquier comentando isso...

— Mas esse aí é o filho do Senhor de Civrac! — exclamou o sacristão muito assustado.

— Não é ele, não! — protestou a bela Madame Pichard, envergonhada por ser encontrada em perfeita conjunção carnal com seu íncubo. — Posso jurar que se trata de um demônio! Ainda bem que chegastes, senhor Cura, pois eu estava a pique de cair morta!...

— Ficai sabendo minha senhora — advertiu Bodin, — que este assunto é da alçada da Ciência. Portanto, dizei-nos: que foi que sentistes?

— Um frio mortal em todos os meus membros...

— Isso corrobora a opinião defendida em minha obra com respeito à semente dos demônios, e que foi devidamente atestada pelas três bruxas queimadas nestes últimos dias em Abbeville, Meaux e Laon..

Estorvado pela estola que lhe tolhia os movimentos, e irritado pelo banho de água benta que o Cura e o sacristão lhe aplicavam, o demônio passou a contorcer-se como um lúcio recém-fisgado, proferindo impropérios infernais, ora em grego, ora em maometano, destinados a conclamar Belzebu, Astarot, Mammon, Belial e outros para que viessem acudi-lo naquele transe...

— Grita, maldito, grita bem alto! — dizia o bom Pichard. — Vais arder na fogueira! Vais provar da ardência do fogo!

— Deus do céu, mas como se parece com o filho do Senhor de Civrac! — continuava a exclamar o sacristão.

— É da maior urgência — disse a mulher de Pichard, querendo deixar claro que sentia ainda mais horror aos demônios que aos homens — que chegueis sem perda de tempo ao castelo do Senhor de Civrac, a fim de verificar se ali não se encontra o seu filho, ajuntando mais uma prova contra este demônio...

Nisso, a criatura se pôs a uivar como um louco, enquanto tentava livrar-se da estola.

— Vamos — exclamaram os dois amigos, descendo para o pátio e montando em seus cavalos.

Chegando a toda velocidade ao castelo de Civrac, despertaram o gentil-homem, dizendo-lhe que se tratava de um caso de Justiça Eclesiástica. Quando foram introduzidos na alcova do jovem Conde, requisitaram o testemunho de todas as pessoas do castelo acerca do modo como se encontrava o dito jovem, dormindo a sono solto em seu leito, com suas roupas. Eles então disseram ao Conde que, naquele mesmo instante, o senhor Cura estava na casa de Pichard mantendo seguro um íncubo que usava roupas semelhantes às do rapaz, com o qual, aliás, era extremamente parecido. Esse íncubo deverá ser queimado sobre uma pilha de lenha na praça principal de Angers, depois de ser julgado.

O Senhor de Civrac pôs-se a rir, dizendo que eles deviam ter perdido o juízo, e que demônio algum seria tão ousado a ponto de se meter com a casa de Civrac, assumindo a figura de algum morador do castelo, mesmo que fosse a de um pajem. *Monsieur* Bodin protestou, lembrando que certos demônios não haviam hesitado em assumir figuras reais, e convidou o gentil-homem a acompanhá-los para ver o tal íncubo com seus próprios olhos, o que ele aceitou de bom grado.

Enquanto se dirigiam à residência de Pichard, encontraram Madame, o Cura, o sacristão, o coroinha e os criados da casa muito alarmados, porque o senhor Cura, num momento em que conversava com a dona da casa, se havia distraído e soltado um pouquinho a estola, e a casa em seguida estivera a ponto de pegar fogo, depois de uma tremenda explosão, e no lugar onde até então estivera o íncubo, o que passaram a ver foi um montão de cinzas fumegantes e recendendo a enxofre, sendo que um jardineiro vira um cavalo que brilhava como se fosse de fogo, correndo velozmente como uma nuvem, montado por um cavaleiro que, apesar do clarão da lua, não produzia qualquer tipo de sombra.

Monsieur Bodin não se atreveu a pedir a Madame Pichard que lhe mostrasse as marcas deixadas pelo demônio em sua pessoa, contentando-se com narrar tudo aquilo em seu livro seguinte, segundo à risca o relato que ela fez do tremendo frio que se sucedeu à primeira ardência provocada pelo demônio.

Nesse ponto, o Senhor de Civrac voltou a rir e disse que a mesma coisa costumava ocorrer no caso dos homens, ao que ela respondeu com infinita modéstia, o que provocou grande satisfação tanto ao marido como *a Monsieur* Bodin, dizendo que aquilo devia ser para assinalar o término da conjunção carnal, dada a ojeriza que ela sentia por essas odiosas familiaridades.

Ouvindo isso, o castelão convidou-a galantemente a seguir até seu castelo, a fim de ver como seu verdadeiro filho diferia daquele íncubo. Ela não recusou o convite, segredando ao ouvido do esposo que aceitara para não fazer desfeita ao venerando ancião.

As conclusões deste conto são muito complexas, e não convêm a todos os espíritos. Vereis que, em épocas de fé, os franceses tinham o homem em tão alta conta, e o acreditavam tão bem conformado à imagem de Deus, que atribuíam seus despropósitos e absurdos ao demônio, e não a...

FIM

A presente edição de CONTOS PICARESCOS de Honoré de Balzac é o Volume de número 28 da Coleção Grandes Obras da Cultura Universal. Impresso na Líthera Maciel Editora Gráfica Ltda., à rua Simão Antônio, 1070 - Contagem - MG, para a Editora Itatiaia, à Rua São Geraldo, 67 - Belo Horizonte - MG. No catálogo geral leva o número 03149/9B. ISBN-978-85-319-0785-2.